皆川博子コレクション

Minagawa Hiroko COLLECTION

5 海と十字架

目次

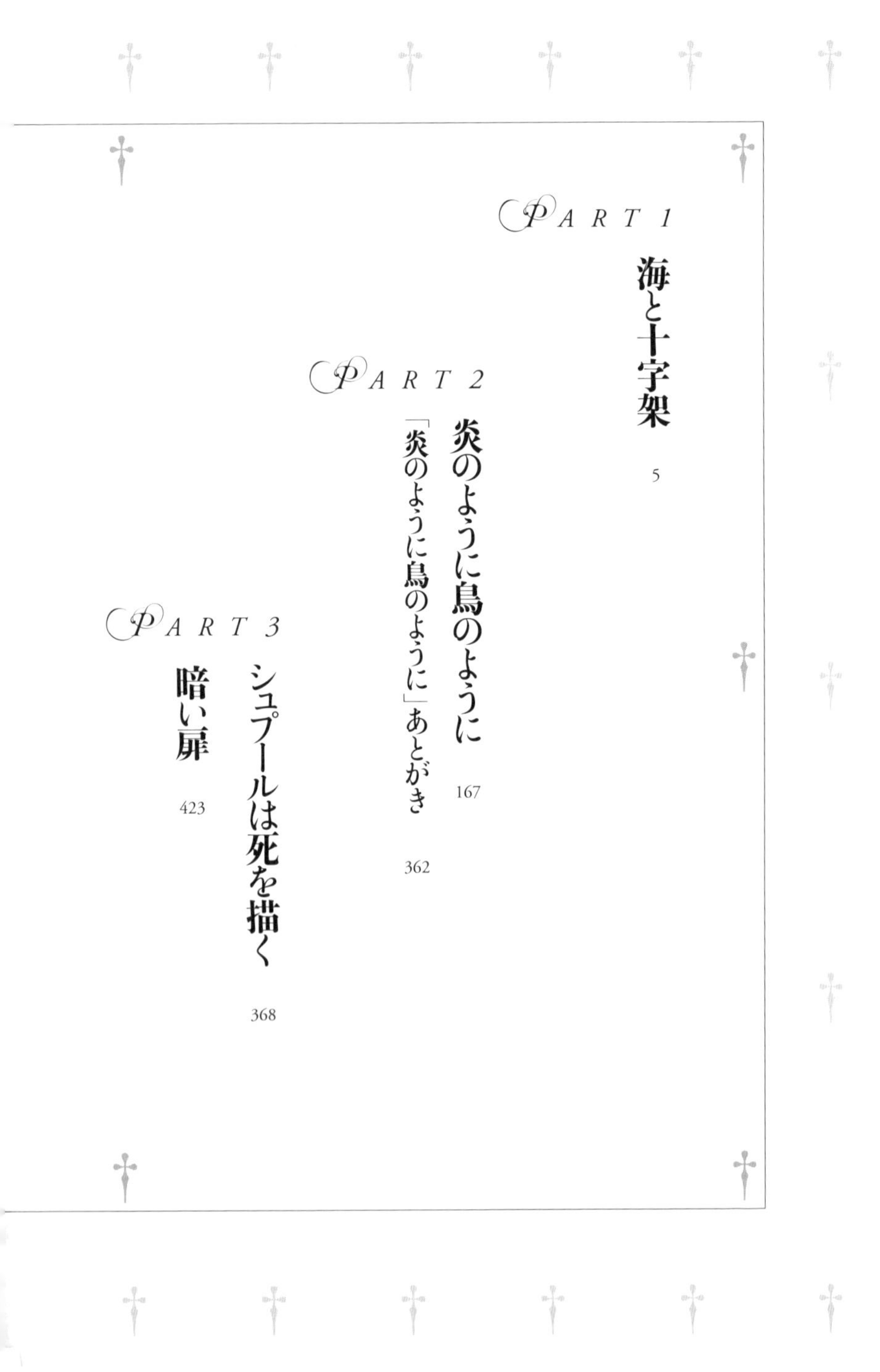

PART 4

装画　木原未沙紀
装幀　柳川貴代

海と十字架

PART 1

第一章　海のはての国

逃げだしたふたり

「みさきの教会が燃えちょる！」

弥吉がさけんだ。くらい空に火の粉がまいあがり、みさきの端は、ぼうっと紅かった。

伊太は、ちらりと岸のほうをふりむいた。しかし、伝馬船の櫓をこぐ手はやめない。いつもの伊太なら、「ふん、いいきみだ」と毒づくところだが、いまは、それどころではなかった。

「キリシタンの寺など、どうでんよか。追っ手の船がこんか、よう、みはっちょれ」

こわい声でしかりつけた。

伊太は十四、弥吉は十二。ふたりとも、素肌に、すそがひざまでしかない、すりきれたひとえをまとっただけである。櫓をこぎつづけている伊太は、ひたいにも鼻のあたまにも汗をうかべているが、弥吉は、つめたい風が吹きつけるたびに、両手でじぶんのからだをだきしめ、ふるえあがる。

くさび形に切れこんだ、長崎の入り江。

いかりをおろした大小さまざまの船の、船尾にともされたあかりが、海面にゆれてひかる。ふたりがめざす船の灯は、まだ、だいぶさきのほうにあった。岸辺の水深があさいので、大きな帆船は岸にちかづけないのである。

ひょろ長いからだをふたつに折って、伊太は腕に力をいれる。櫓をこぐのは、はじめてだった。小さな伝馬船は、かってな方向にへさきをむけたり、ひとつところをぐるぐるまわりしたりする。波とぐるになって、伊太のおぼつかない手つきをあざわらっているようだ。

「ちくしょう……」

そのたびに、伊太は、ひくい声でののしった。

夜の入り江にうごいているのは、伊太と弥吉と、ふたりののった小さな伝馬船だけだった。櫓のきしむ音が、しわがれた鳥の鳴き声のようにひびく。

「伊太、かわろうか」

きげんをとるように、弥吉は申しでた。親切そうにきこえるが、じつは、からだをうごかさないと、寒くてたまらなかったからである。息をきらせながら、伊太は、ふきげんな顔で首をふった。

ぐっと力をいれたはずみに、櫓の入れ子が櫓臍(ろべそ)からはずれ、船がぐらりとゆれた。波のしぶきを頭からあびて、弥吉は、悲鳴をあげて伊太の腰にしがみついた。それを無言でつきはなして、伊太は櫓をなおし、ふたたび腕に力をいれた。

船底に十五センチぐらい水がたまっているのを見て、弥吉はこころぼそくなった。両手ですくって、かいだしてみたが、すこしもへらないうちに、指さきがしびれてきた。手のさきをわきの下にはさみこんであたためながら、どのくらい岸からはなれただろうと、みさきのほうに目をやった。

空をこがすほのおが目にはいる。

「あそこは、あたたかいだろうな」

弥吉は、おもわず、つぶやいた。

慶長十九年（一六一四年）十月十四日——。

キリシタンの教会(イグレジア)や学校(コレジオ)が、役人の手で焼きはらわれるといううわさは、うそではなかった。

燃えているのは、〈ご上天(じょうてん)のサンタマリア教会〉らしい。入り江のおくに、指のようにつきだしたみさきのはしに建てられた、イエズス会の教会である。

弥吉は、キリシタンにはなんの興味ももっていなかった。しかし、朝夕鳴りわたるチャイムの音色や、クラボー（ピアノの前身）のメロディにのって流れる讃美歌(ミゼレレ)に耳をかたむけるのは、きらいではなかった。大時計のついた白い石造りの鐘楼、十五玄義図や聖体旗(クストード)でかざられた礼拝堂、それらがすべて灰になってしまうのかと思うと、ちょっとおしいような気がした。

　でも、伊太のまえでは、そんなことはいえない。伊太はたのもしい兄貴ぶんだが、うっかりキリシタンに関係のあるものをほめると、ひどくふきげんになる。「礼拝堂のマリアさまの絵はきれいだね」などといおうものなら、なんともいえないおそろしい目つきでにらみつけられる。そうして、三日も口をきいてもらえないはめになるのだ。

　弥吉には、なぜ、伊太がそんなにキリシタンをきらうのかわからない。キリシタン禁教令は、二年まえに発令されている。それまでみとめられていたキリシタンの教えが、どうして禁止されたのか、それも、弥吉は知らない。興味がないから、とくべつに知りたいとも思わない。しかし、伊太がキリシタンをきらうのは、幕府の禁令にそむいて、パードレ（神父）たちが国内にとどまり、布教活動をつづけたきたことに腹をたてているためとは思われなかった。伊太自身、きめられた命令を忠実にまもろうというような気は、すこしももっていないのだ。

　――いまだって、おれたちは、主人にそむいて、つかまったら半殺しにされるようなことをやっている。

　そう思ったら、みぞおちが、きゅっといたくなった。

「逃げだしたい」と口ばしったのは、弥吉だった。でも、まさか、本気でやるつもりはなかった。とてもできるはずがないと思っていた。それでも「天竺（インド）」などへつれていかれたら、おそろしくて死んでしまう」と、はんぶん泣き顔で、伊太にうったえずにはいられなかった。

　伊太と弥吉は、ポルトガル人の商人、シモン＝デ＝コステイロの館ではたらく下人であった。主人のコステイロが、長崎での商用をおえ、インドのゴアにひきあげることになった。

日本人を奴隷として南蛮人に売ることは、すでに、天正十五年（一五八七年）、豊臣秀吉によって、

　大唐、南蛮、高麗エ日本仁ヲ売リヤリシ候事、曲事（きょくじ）、付（つけたり）日本ニオヰテ人之売買停止（ちょうじ）之事

と、法令で禁止されていた。
また、天正十八年にも、

　人ヲ売買ノ儀一切停止スベシ

と、お布令（ふれ）がでている。
そんなきまりがあることを、弥吉は知らなかった。伊太も知らなかった。コステイロだっておそらく知ってはいないだろう。掟をさだめた豊臣秀吉が世を去り、徳川に政権がうつっていくおちつかない世相のなかで、禁令はわすれさられ、人身売買も、なかば公然とおこなわれるようになってきていた。

　弥吉は、なんとか、日本をはなれないですむ方法はないだろうかと考えていた。

「逃げだそうか」

　やけまじりにつぶやいた弥吉に、

「よか、いっしょに逃ぐっと」

　伊太は、かんたんに賛成した。

　天竺へいくことを、伊太は弥吉のようにいやがってはいないようだったので、弥吉は意外に思った。それでも、伊太といっしょなら、ほんとうに逃げられるかもしれないと、うれしくなった。

　ゆくさきは、日本のなかならどこでもいい、と弥吉は思った。南蛮人しかいないようなところでくらすのだけは、まっぴらだ。

　——故郷（くに）へかえるのもいいな。

　しかし、日田（ひた）という村の名まえはおぼえていたが、それが長崎からどちらの方角にあたるのかさ

え、記憶になかった。

家のことを思いだそうとすると、くらい小さいへやにころがっている、小さな赤ん坊のすがたがうかんでくる。赤ん坊の顔には一枚の紙がのっている。しっとりぬれた紙は、赤ん坊の口と鼻を、すきまなくふさいでいる。

それが、弥吉であるはずはなかった。うまれたばかりのときのことを、おぼえていられるものではない。それなのに、弥吉には、その赤ん坊が、どうしても、じぶんであるように思えるのだ。間引かれぞこないと兄たちにののしられることばから、えがきだした光景かもしれなかった。それとも、あれは、うまれるとすぐ死んでしまった、ときかされている弟なのだろうか。

きょうだいはおおかった。兄と姉が七人いた。村のものではない男が、ときどき弥吉の家にたずねてきた。そのたびに、兄や姉が、ひとりずついなくなった。じぶんもいつか、あの男につれられて、どこかにいくのだと、だれにもおしえられなくても、知っていた。

そのときがきた。弥吉は十歳だった。男に手をひかれて家をでた。母親は、男から紙包みをうけとると、背をむけ、はやくいけというように、尻のあたりで手をふった。弥吉の目にさいごにのこったのは、横幅のひろい母の尻だった。

まさか、南蛮人の下人に売られるのだとは思わなかった――。

「江戸だ」

と、伊太は主張した。

徳川が江戸にあたらしく幕府をひらいてから、十一年になる。江戸城は改築され、湾がうめたてられ、よしばかりおいしげっていた荒れはてた湿地は、にぎやかな町並みにかわりつつあった。諸国から商人がよびあつめられ、土地をあたえられ、繁華街がかたちづくられていく。

伊太は、そんなくわしいことは知らなかったが、どんどん発展していくにぎやかなところだということは、うわさにきいていた。そういうところにまぎれこめば、コステイロの使用人にみつかる心配もないし、仕事だって、いくらでもあるにきまっている。金もうけもできそうだ。

なるほど、さすがに年上だけあって、伊太はいいところに目をつける、と弥吉は感心した。

しかし、それとなくおとなたちからききだしたところ、江戸は想像以上に遠いところだということがわかった。まず、堺か大坂あたりへいく便船(びんせん)をみつけたほうがよさそうだ。船賃などもっていないから、もぐりこんで密航するつもりである。

決心してから、道中食糧の準備をはじめた。

「長崎から堺まで、海路二百三十二里（一里はおよそ四キロメートル）の船旅だ」

と、伊太は、どこできいてきたのか、もの知りなところをみせた。

ところが、その二百三十二里の海をわたるのに、何日ぐらいかかるのか、かんじんなところがわからなかった。あまりいろいろたずねてはあやしまれる。

「食糧は、四、五日ぶんも用意すれば、じゅうぶんだろう」

と、伊太はいった。それ以上の分量をととのえるのは、不可能にちかかった。

一日にあたえられる食事の量は、かぎられている。そのなかから、めしをすこしずつとりのぞいては、天日でほして、干し飯(ほしいい)をつくった。主人のためには、とくべつな南蛮風の食事が用意される。コックは、パンをこね、肉料理をつくり、菓子を焼く。

カルメル、ボーロ、ヒリョウス、ビスカウト……。

そのひとかけらだって、伊太や弥吉の口にははいらない。干し飯と梅干し、ふたりがこっそり用意できるのは、これぐらいだった。干し飯は便利なもので、水か湯にひたせば、すぐやわらかくなる。そのまま、ぽりぽりかじることもできる。うまくはない。

コステイロの館の裏庭には、乳牛が一頭飼われている。主人ののむ乳をしぼるためである。乳しぼりも牛の世話も、ふたりの仕事であった。

ぬらしたわらのたばで、黒白まだらの牛のわき腹をこすりながら、

「今夜やる」

と伊太がささやいたとき、弥吉はおもわず、

「やめよう」

と、いってしまった。

下人頭の目をかすめて、めしつぶをひろげた竹の皮を、下人小屋の草ぶきの屋根の上におき、スズメがついばみはしないかと横目でにらみながら水汲みをしているときは、堺も大坂も、てのひらのなかにあった。しかし、いざ、「今夜決行だ」といわれると、それはきゅうに、すっと遠のいて、霧のなかにかすんだ幻影となった。

できるはずがなかった。とちゅうでつかまえられて、背なかの肉がはじけるまで、むちで打たれるにきまっている。

「いやならやめろ」

と、伊太は冷淡につきはなした。

逃げなければ、天竺行きだ。

弥吉は、うずくまって、べそをかきながら思案した。つかまってしまえば、どっちみち、天竺につれていかれる。おなじことなら、いたいめにあわないほうがとくだ……。

――天竺……雲の上か、海のはてみたいな国。おとなしい目をした牛を裂き殺し、血のしたたる肉をむさぼり食う南蛮人しか住んでいないところ……。

コステイロのところでは乳牛しか飼っていなかったが、仲間のポルトガル商人は、船で食用の牛をはこんできていた。それを屠殺するとき、コ

ステイロも、肉をゆずりうけるため、たちあった。弥吉も、ともをさせられた。

黒人の召使いが、まさかりにも似たおもい刃物で、牛の眉間をなぐりつけた。牛はおどろいたような目をした……と、弥吉には思えた。ゆっくり前足を折り、それから、ふいに地ひびきをたてて、横たおしになった。黒人は、斧(おの)を牛の首すじにあて、全身の力をこめて、おし切った。骨が、がつんと鳴った。ふきだした血が、しぶきをあげて、黒人の腹からももをあかくぬらした。

「おいも逃ぐっと」

弥吉は、もういちど、前言をひるがえした。

――伊太といっしょなら、やれるかもしれない。

伊太は、背は高いがやせていて、とても強そうにはみえなかった。しかし、みかけよりは力があった。弥吉は、水おけをいちどにひとつはこぶのがせいいっぱいなのに、伊太は、ふたつ両手にさげて、たいして息もきらさずはこぶことができた。

もっとも、よほど気がむかなければ、いちどに二はいはこんだりはしなかった。裏の井戸から炊事場まで、一ぱいのおけを、ひきずるようにして、のろりのろりと、わざと時間をかけてはこぶのである。伊太が気をいれてやるのは、牛の世話ぐらいなものであった。もっといっしょうけんめいはたらけ、とどなられても、ききながしていた。

腹をたてた下人頭が、むちをふりあげたことがある。そのむちがからだにあたるまえに、伊太は、あいての下腹をけりあげた。ほかの使用人たちが手をかして、あばれまわる伊太をとりおさえ、庭のさくらの木にしばりつけた。

翌朝、すがたが消えていた。

うしろ手にしばっておくべきだったのである。両手をまえでしばり、犬をつなぐように、腰にまわした綱を立ち木にむすんでおいた。手をしばった綱を歯で食いちぎり、それから、足腰の綱をほどいた形跡があった。ほかのポルトガル商人のところの使用人まで総動員されて、半里といかないうちにつかまえられた。伊太が、こんどの脱走に船を利用しようと思ったのは、このときの経験があるからである。

伝馬船は、左右によたよたゆれているばかりで、すこしも前進していないように思われたが、それでも、めざす船尾の灯火が、すこしずつちかづいてきた。昼間、伊太が水夫らしい男から、あれが堺行きだとおしえられた帆船である。帆はおろしてある。三本の帆柱が、黒ぐろとつったっているのがみえる。

伊太は、櫓をにぎりなおした。

船がちがっていた

朝霧が、ぬぐいさられるように消えると、かたい透明なガラスをかさねたような初冬の空があらわれる。木屋助右衛門の朱印船（しゅいんせん）は、三そうのひき船にひかれて、長崎の港を出港した。

入り江のはずれまでくると、ひき綱をといて、小舟はちっていった。はだかに赤いふんどし一本のたくましい男たちが、帆柱の根もとのろくろにとりつき、綱をまきあげる。帆桁があがる。網代（あじろ）帆（ほ）が風をはらんで、船は速力をました。中央の帆柱のてっぺんに、赤い吹き流しがおどっている。

唐船（からふね）とよばれる中国のジャンクに似た、二千石積みの船である。船尾のやぐらに立って、船長（カピタン）の与惣次は、空もようをながめていた。ほどよい季節風にめぐまれた、おだやかな航海になりそうであった。

入り江の端にある伊王島はすでに小さくかすみ、女（め）島（じま）が視界にはいってくる。マカオをめざす船は、西進してきた針路を、ここで南西にかえる。

与惣次のとなりに立った、按針（あんじん）（水先案内）の黒市（くろいち）が、

「取りかじぃ」

と、風に鳴る帆の音にまけない胴間声（どうまごえ）で、舵手に

さしずした。

黒市は、二メートルちかい大男である。ほんとうの名まえは市蔵というのだが、南蛮人のような黒いちぢれ毛が、あごから胸をうめているので、このあだ名がある。

黒市とならぶと、小柄でやせた白髪まじりの船長(カピタン)は、いわしの干物のようにみえる。しかし、与惣次も、長年海できたえた男だから、やせてはいても、からだつきはしっかりしている。

風はつめたいが、天気がいいので、乗組みの大部分は上甲板にでていた。

二百人ちかい乗組みのうち、水夫は五十人ぐらいで、あとは、客商とよばれる商人と、マカオや安南(アンナン)にわたるポルトガル人、唐人などである。客商というのは、じぶんで船をもたず、大きな貿易商の持ち船に便乗して、呂宋(ルソン)、交趾(コーチ)、暹羅(シャム)、麻利加(マラッカ)など、遠い南の国ぐにを交易してまわる商人である。この客商のしはらう船賃が、朱印船の船主の大きな収入になっていた。

甲板の上はにぎやかだった。カルタ賭博にふけるポルトガル人、はやばやと、酒もりの席をひろげるもの、三味線にあわせて、くにの歌をうたうもの……。マカオまで、順調にいって、十五、六日はかかる航海である。船客たちは、おもいおもいのやりかたで、船旅をたのしいものにしようとしていた。

木屋船(きやぶね)が長崎を出航して、三日めのこと――。あいかわらずの、よく晴れた航海びよりであった。

ふいに、あらあらしいもの音と、子どもの泣きさけぶ声が、甲板でくつろぐ人びとをおどろかせた。船底につうずる垂直にかかった木のはしごを、数人の水夫がのぼってくる。かれらは、ふたりの少年を、手とり足とりしてかつぎあげていた。

伊太と弥吉である。

男たちは、ふたりを甲板の上にほうりだし、おきあがろうとするところを、肩をけとばして、ころがした。

伊太は泣いてはいなかった。みつかってしまってはしかたがない。なぐられてもけられてもいいから、いっしょうけんめいたのみこんで、堺までつれていってもらおう。頭のなかで、そう計算をたてていた。

「なんだ、そうぞうしい」

黒市がやぐらからおりてきた。

「ふとい野郎です。船荷のあいだにかくれていやがった。船賃をはらわず、アマカワ（マカオ）まで密航しようという腹ですぜ」

「アマカワ！」

さけび声が、ふたりの口からもれた。

「堺へいくんじゃなかったのか！」

「堺だと」

男たちのたけだけしい笑い声が、頭上からふりかかった。

「堺へいくつもりで、この船にしのびこんだのか」

「あほう。この船は、木屋助右衛門さまの御朱印船だ。アマカワから、安南までもわたろうというのだ。日本のまわりをうろうろしている、けちな船とはわけがちがうぞ」

弥吉の泣き声が、いっそうかんだかくなった。くちびるまで、まっ白だった。

「いやだ……いやだ……。せっかく天竺ばいかんですんで、たすかったと思っちょったに……」

きれぎれに泣きじゃくる弥吉のことばをききとがめた水夫のひとりが、

「天竺？　どういうことなのだ」

わけをきこうという顔になった。

伊太は、甲板にはいつくばったまま、頭をもちあげて、そっと周囲をみまわした。船客や水夫たちが、いいたいくつしのぎだと、もの見高くあつまってきている。そのなかには、ポルトガル人の顔もみえる。うっかりしたことはしゃべれない。

「弥吉、なんもいうな」

伊太のひくいするどい命令に、弥吉は口をつぐんだ。しかし、しゃくりあげる泣き声までとめることはできなかった。

「どうします、こいつら」

水夫のひとりにきかれ、

「海にほうりこめ」

黒市は、まるで犬の子のしまつでも命じるように、かんたんにいった。

たわめられていた竹がはじけかえるように、伊太ははねおきた。まわりの人垣のあいだを、身をひるがえして走りぬける。ほとんど、反射的な動作だった。

船客たちは、おもしろがって、甲板上の鬼ごっこをながめている。しかし、どんなにすばしこく逃げまわろうと、艫から舳まで、およそ十二間（一間はおよそ一・八メートル）、横幅もいちばんひろいところで四間ほどという、せまい船の上である。

伊太はたちまち、船首の突端まで追いつめられた。海へとびこむとみせかけて、すばやく向きをかえる。からだをしずめて、追ってきたあいてに、体当たりをくらわせた。おもいがけない逆襲に、あいてはひるんで、たたらをふむ。そのすきに、弥帆をはった前檣の根もとにかけより、帆柱にそってたらした縄ばしごに足をかけた。

帆柱のてっぺんまでのぼったところで、逃げきれるわけではない。だが、ほかに逃げ場はない。がむしゃらによじのぼる伊太の耳に、

「小僧、おりてこい」

どなる声がとどいた。

「さっさとおりてこないと、おまえの仲間を海にぶちこむぞ」

みおろすと、弥吉は、水夫たちに胴上げのようにかかえあげられて、かすれた悲鳴をあげている。水夫たちは、弥吉の手と足を両はしからつか

んで、大きく左右にふりまわしはじめた。しかし、本気で海に投げこむつもりはないらしい。はずみをつけ、「そーれっ」と、いまにもほうり投げそうなかけ声をかけては、弥吉が悲鳴をあげるのをおもしろがっている。このぶんなら殺されることはない、と伊太はけんとうをつけた。

——あの黒いちぢれひげの大男が、この船の親玉らしい。

甲板におりたつと、黒市のまえにひざをついた。

「無断でもぐりこんでわるかった。どげん仕事でもするけん、かんべんしんしゃい」

アマカワにいくのもわるくはないな、とこっそり考えている。知らない異国の町を見てみたい。ゴアというところにも、興味はあったのだ。だが、こきつかわれ、むちで打たれ、いくらはたらいても一文のかせぎにもならない下人の暮らしにしんぼうできなかったので、脱走する決心をしたのである。

「なにをぐずぐずしているのだ」

黒市は、めんどくさそうにあごをしゃくった。

「はやいところ、ほうりこんで、しまつをつけろ」

黒市が本気だとさとって、水夫たちの顔に、さすがに、ためらいの色がうかんだ。

「でも、黒市さん……」

黒市は、ふと、気をかえた。

「いや、船底にしばりつけておけ」

たすかった。

伊太はおもわずため息をつく。だが、あとにづいたことばが、伊太をうちのめした。

「おれの脇荷(わきに)にして、安南で売りとばしてやる」

朱印船の船長や按針、水夫は、船主の商品のほかに、じぶんで用意した商品を船にもちこんで、寄港さきで売りさばくことができる。これが脇荷である。

水夫たちは、さしずをあおぐように、黒市のかげにひんじゃくなすがたをみせている与惣次に目をむけた。与惣次は無言であった。
「船長（カピタン）」
と声をかけられ、与惣次は、なにもきこえなかったように横をむいた。子どもたちをあわれだと思う心と、黒市とあらそいをおこしたくないという気持ちがいりまじっていた。与惣次がとめたくらいで、気のかわる黒市でないことを、かれはよく承知していた。

按針の黒市は、船のもちぬしである堺の豪商、木屋助右衛門のおいであった。〈按針〉は、船の水先案内をつとめ、羅針盤で船の方向をさだめたり舵取りをさしずしたりするたいせつな役目である。

『元和（げんな）航海記』という、そのころの航海術についてしるした本にも、〈すぐれた按針ののっている船は、がんじょうにつくられたへやのなかにいるように安心だが、腕のわるい按針ののった船は、湖にはった薄い氷の上にすわったようにあぶなっかしい〉と書かれている。

ことに、朱印船の航海は、つねに陸地を見ながらすすむ沿岸航路の船とちがい、海図や羅針儀（コンパス）、天文観測儀（アストロラーブ）、象限儀（クワランテ）などをつかいこなして針路をはかり、みわたすかぎり空と海だけが無限にひろがる大海原をのりきらなくてはならないのである。ちょっと針路をまちがえば、とんでもない方向にそれ、どこまでいっても陸地にいきつかないということになりかねない。

だから、初期の朱印船は、おおくのばあい、航海になれたポルトガル人や唐人のパイロットをやといいれていた。しかし、かれらをやとうためには、日本人の何倍もの給料をはらわなくてはならない。

黒市は、ポルトガル人の航海士について、何年かいっしょの船にのり、欧州（ヨーロッパ）風の航海術をたたきこまれた。その腕のたしかさは、まさに、『元和航海記』にいう〈能学（よくまなび）シタル行師（あんじ）〉であった。

木屋助右衛門が、このおいをだれよりもたいせつにしているのも、むりのないことであった。船長のかえはあっても、按針黒市のかわりをするものはいないのである。だから、与惣次は、黒市がじぶんの脇荷として日本から女たちをつれこみ、船底にとじこめていることを知っていても、また、いま、この子どもたちを奴隷として売ろうとしていることを知っても、口だしすることができなかった。へたに黒市にさからって、日本にかえってから主人に告げ口され、くびになってはこまる。

だが、木屋船の乗組みのなかでも、人間を脇荷にしているのは、黒市ぐらいなものであった。

――あいつ、本気でおれたちを売りとばすつもりだ。

伊太の頭に血がのぼった。なんのために、危険をおかして、コステイロのもとから逃げだしたのだ。

弥吉は、ぐったり甲板に横たわっている。いまにも海にほうりこまれるかと、肝のちぢむような思いをさせられて、なかば気をうしなっていた。

伊太は、目のまえに立ちはだかる大男を見あげた。

立ちあがりざま、男の腹めがけて、頭からつっこんでいった。ふいうちだったので、うまくきまって、黒市は、ぐっとうめいて、よろめいた。

しめた！　と、とびかかろうとしたが、あいての立ちなおるほうがはやかった。いきなり、甲板にたたきつけられた。一瞬、目のまえがくらくなる。ようやくおきあがったものの、上まぶたが切れ、血がはいるので、目をあけていられない。鼻血がくちびるからあごに流れおちるのがわかった。手の甲で流れてくる血をぬぐうと、黒くうすぼんやり立ちはだかる影に組みついた。

ふとい腕がのどにかかり、力がくわわった。耳のおくががんがん鳴る。頭がはれつしそうな気がする。いくらもがいても、黒市の腕は、鉄のくさりのように、のどにくいこんではなれない。その腕につめをたててかきむしりながら、だんだん、意識が遠のいていった。

「もうよせ、死んでしまうぞ」

という声が、かすかにきこえた。首のまわりをしめつけていた力がゆるんで、新鮮な空気が肺に流れこんだ。伊太は、大きく息をすいこむと、その腕にかみつこうとした。

　からだが宙にういた。はげしい痛みが全身をはしり、伊太は、帆柱の根もとに、ぐんなりころがった。気をうしなっていた。

「けが人では高く売れないな、黒市」

　そういうのが、与惣次のせいいっぱいの皮肉だった。

　黒市は、おもしろくない顔つきで、足のさきで、正体のない伊太のからだをちょっとこづいて、興味をうしなったように、やぐらへもどっていった。

　水夫が小声でたずねた。

　――アマカワの小鉄にあずけるか。

　与惣次は考えていた。

　――黒市がうまく承知すればいいが……。

　小鉄というのは、マカオにおかれた木屋の出店（でみせ）をあずかっている男である。まだわかい。三十にもなっていない。おとこ気の強い、さっぱりした人物である。しかし、黒市が小鉄をこころよく思っていないのが気になった。

　黒市は、マカオでも、日本からはこんだ女たちを売りさばきたいのだが、小鉄は手をかそうとしないのである。

「いつまでも、アマカワで大きな顔をしていられると思ったら大まちがいだ」

　小鉄のことを、黒市がそんなふうにいっているのを与惣次は耳にしたことがある。

　――黒市に、じょうずにもちかけなくては。

「子どもたちは、船底にいれておけ」
与惣次は、水夫にあごをしゃくった。

ほのおの夢

七つの丘がなだらかな起伏をえがく、みどり濃い町、マカオ。珠江(しゅこう)デルタの南、南シナ海につきだした、小さな半島――。中国人は澳門(オームン)とよぶ。水のほとりという意味である。面積はわずか、五・四平方キロ。どこに立っても、エメラルド色の海がみわたせる。

町のにぎわいをしめすように、桟橋が櫛(くし)の歯のようにならんだ波止場は小舟でうずめられ、海岸ぞいの平地には、漁師の小屋が軒をならべている。

みはらしのよい南の丘には、海の守護神、天后(テンコウ)娘々(ニャンニャン)をまつった媽閣廟(マーコーミュー)、白亜のポルトガル総督邸、中央の丘には、十数門の大砲が筒口を海のほうにむけたいかめしい砦(とりで)、マードレ・デ・デウス修道院の天主堂の壮麗なすがた、そのほか、かずおおくのカトリックの教会、学校、修道院……。石だたみの坂道をはさんで、ポルトガル風の民家の、白壁に赤や青の屋根が、太陽の光を照りかえしている。

中国大陸の一部でありながら、この半島は、一五五七年以来、ポルトガル人の東洋貿易の根拠地となっていた。

ここはまた、カトリックの一宗派であるイエズス会の、東洋伝道の中心地であり、そしてさらに、日本の南洋貿易の窓口でもあった。

木屋の出店は、マードレ・デ・デウスの修道院のみえる丘を背にした海岸通りにあった。小鉄のすまいをかねている。白木の柱、網代壁、十坪(約三三平方メートル)ほどの、掘っ立て小屋のような建物で、となりにならんだ倉庫のほうが、はるかにりっぱであった。

木屋船のすがたがあらわれたと、波止場にでていた店のものの報告をうけ、小鉄は店をでた。

黒と朱と浅黄のはでな染めわけの小袖を着流している。たくしあげた袖からむきだしになった腕、大またで歩くたびに、すそをけってのぞく脛（すね）、それらが、なめし皮の具足（ぐそく）でもあてたようにみえるのは、南国の強い陽光にあぶりあげられた結果である。

小走りにあとを追ってくる足音に気がついて、小鉄は足をとめ、ふりかえった。

イエズス会の僧服をまとった少年である。髪も異国風に肩のあたりで切っているが、顔だちは、まぎれもない日本人であった。

マチアス、と洗礼名でよばれている。

店からほど近い、マードレ・デ・デウス修道院に住んでいるので、小鉄とはしたしい。

「木屋船が入港するそうですね」

石だたみの道をかけおりてきたマチアスは息をはずませている。花もようの小袖を着せたら、女の子とまちがえられそうな、やさしい目鼻だちで、わらうと、えくぼまでできる。

「いっしょに見にいっていいでしょう」

「それはかまわないが、気をつけてください。荷揚げのときは、人足たちが気がたっているから、ぼんやりしていると、つきとばされる」

だいじょうぶですよ、とマチアスはたのしそうにわらった。

波止場まで、ここからなら、マチアスの足でも五分とかからない。

桟橋のちかくには、はやくも、上陸してくる水夫たちめあての物売りが、市（いち）をひろげていた。いり豆のこうばしいにおい、魚を焼くあぶらのにおい、それらが、磯くさい潮風にまじってただよう。色とりどりの布が、大きな竹ざるにあふれ、へびやすっぽんの肉まで売られている。

木屋船は、ようやく仔島（チャオとう）をまわって水路のおくに帆影をみせたばかりだというのに、もう、物売りの呼び声がかしましい。

　半裸の男たちが桟橋の上にむらがって、船がちかづくのを待ちうけている。

　扇をひろげ、ひたいにかざすと、まぶしくまぶたを射る陽の光がさえぎられ、船のすがたがあきらかになった。沖にむかって、ひすいのようなみどりから銀にぼかしあげた海面。船の甲板でたちはたらく人影が、黒い点のうごきとなって目にうつる。帆が、たたみこまれるように帆柱をおりる。ろくろをまくかけ声までつたわってくるような気がする。

　船がいかりをおろしたとみると、桟橋で待ちかまえていた男たちは、いっせいに小舟にとびのる。長崎港と同様に、大きな船は底がつかえて、桟橋まではちかよれないのだ。鉄片が磁石にすいよせられるように、海面にちった小舟は、沖の一点めがけて、こぎあつまっていく。

　船荷が、つぎからつぎへと小舟にうつされるさまが、桟橋に立った小鉄の目に、はっきりうつる。まいど、みなれた光景であった。木屋船ばかりではない。ほかの朱印船や南蛮船、唐船などが入港したときも、おなじことがくりかえされる。

　故国の香りをつみこんだ船をながめながら、小鉄の表情は、それほどなつかしそうでもなかった。この南国の町にきて、七年になる。はじめて足をふみいれたときは、二十歳そこそこの若僧だった。出店の責任者になったのは、二年まえからである。

　積み荷を満載して船足のおそくなった小舟が、岸にちかづいてくる。

　こもでくるんだ木箱や長持が、桟橋にのこって待っていた男たちの手にわたされる。なかみは、小袖、屏風、蒔絵道具、刀剣などの工芸品や雑貨がおおい。

　小さいわりにずっしりとおもい箱は、銀や銅、銅銭などである。そのころの日本は、世界でもゆびおりの銀の産出国であった。世界産額の三割から四割にたっする量の銀を輸出したこともあるくらいである。マカオと日本のあいだを往復する貿易船は、ポルトガル人のあいだで、〈銀の船(ナオ・ダス・プラタス)〉とよばれていた。木屋船も、八百五十貫（およそ三・二トン）の銀をつみこんでいた。

やがて、船長(カピタン)や按針を先頭に、乗組員たちも上陸してくる。

ふたりの水夫が、小鉄の足もとに、どさっところがしたのは、あおい顔をして目をとじた少年のからだであった。

「どうしたのだ、この子どもは」

死んでいるのか、と小鉄は思った。

ほおにもくちびるにも、まるで血の気がない。目のまわりがおちくぼみ、青黒く、くまがうきだしている。手足には、打ち身のあとらしいあざ。着物の左の肩口が裂け、血が黒く変色してこびりつき、そのうえ、傷口が化膿しているらしくて、いやなにおいのする黄色っぽい汁が、にじみだしている。

小鼻がかすかに、ひくひくうごいているので、かろうじて、死人ではないことがわかる。

「あずかってほしいのだ」

与惣次は口ごもりながら、なかばおしつけるように、

「もうひとりいる」

と、こぎよってくる小舟のひとつを、親指でさした。

「パードレさまをよんできます。カルバリオ神父さまなら、てあてができる」

手の甲を口にあて、泣きだしそうな顔で立ちすくんでいたマチアスが、走りだそうとした。

「マチアスさん、パードレさまには、店のほうにきてくださるよう、たのんでください」

その背に、小鉄は声をかけた。

「けが人は、店にはこんでおきますから」

マチアスは、うなずいて走りさった。

「あの小さいお坊さんは、よほど肝をつぶしたとみえるな」

与惣次のことばに、

「おれだって、おどろいた」

小鉄がかがみこんで背の下に手をいれ、だきあげようとすると、伊太は、顔をしかめてうめき声をあげた。小鉄は、まわりによってきた人足たちに、戸板を用意するよう命じた。

そのあいだに、もう一そうの小舟が、弥吉をはこんできた。

桟橋に足がつくと、弥吉は、ふらふらとしゃがみこんだ。

「そっちもけが人か。どこもけがはしていないようだが」

「船酔いだ」

与惣次は、黒市がだいぶはなれたところにいて話し声がとどかないのをみさだめ、

「もう、仮病もいいかげんにしろ」

と、弥吉にささやいた。

伊太と弥吉は、数人の人夫たちの手で、小鉄の店のほうにつれていかれた。

「飛乗りなのだ、あの小僧たちは」

飛乗りというのは、船賃をはらわないで海外にわたろうとする密航者のことである。

「ほう、子どものくせに、肝がふといではないか。それで、しおきしたのか」

「いや、じつは、堺にいくつもりだったのだそうだ」

積み荷をはこびおろすのを監督しながら、与惣次は、手みじかに事情を話した。

「あの小さいほうは、仮病なのか。あんたがさっき、そういっていたようだが」

「そうなのだ」

与惣次は苦笑した。

はじめから仮病をつかっていたわけではない。伊太といっしょに船底にほうりこまれたときは、おそろしさのあまり、息もたえだえだった。船酔いがそれにつづいた。それでも、いくらかおちついて食欲もでてきたころ、「半病人でとても売りものにならないから、黒市もあきらめ、アマカワの出店にあずけることになった」という話を耳にはさんだのである。それでは、うっかり元気なところをみせるわけにはいかない。弥吉は、病人でとおす決心をした。

うすぐらい船底にうちすてられたふたりを看病してくれたのは、おなじところにおしこめられている、黒市の脇荷の女たちであった。女は三人いた。そのなかのひとり、上方のなまりのある女が、ことに親切でやさしかった。

傷口が化膿し、高い熱にあえぐ伊太は、うわごとのように水をほしがった。しかし、ながい船旅で、飲み水は貴重品である。竹筒にいれてもちこんだ水は、とっくになくなっていた。上方なまりの女は、じぶんの飲み水で伊太のひびわれたくちびるをぬらし、口のなかに、すこしずつそそぎいれてくれた。

女たちはたいせつな商品なので、そうひどいとりあつかいはうけていなかった。一日のうち、二時間ほどは、上甲板にでることをゆるされていた。伊太と弥吉がアマカワにあずけられる話も、女たちが上甲板にでたとき、水夫たちからききこんで、おしえてくれたのである。

弥吉は、病人のふりをつづけなくてはならなかった。椀にもられた粟がゆを、ひと口だけすすって、あとのこすのは、ほんとうにつらかった。ひと息にすすりこんで、のこった汁まで、きれいになめてしまいたかった。それをぐっとこらえて、

「船に酔って気分がわるい。とてもたべられない」

というときは、目じりになみだがにじんできた。

女たちは、船酔いで苦しくて泣いているのだろうと同情しながら、弥吉ののこした粟がゆをたべた。

「なにもたべんと毒よ。もうすこしおたべ」

と、やさしくいわれると、とてもがまんしきれなくなって、つぎの朝は、ひと椀きれいにたいらげてしまった。これでは、病人のまねはできないと思ったら、また泣けてきた。

女たちは、なだめすかしたりして、弥吉からわけをききだした。

「あほやね。たんとおあがり」

女はわらいながら言った。

「わたしら、なにも告げ口などせんからね」

うまくだましおおせたつもりだったが、与惣次の目はごまかせなかったようだ。

伊太は夢をみていた。

無数に立ちならぶ、ほのおの柱。

真紅の竜がきそいあって、空にかけのぼるように、よじれ、もつれ、ゆらめいて、天をこがす。

そのなかにうかぶ、顔、顔、顔……。

どの顔も、苦痛と恐怖にゆがみ、声にならないさけびをあげている。ひときわはっきりとうかびあがる、おさないおかっぱ頭。妹のフミである。

――兄（あん）ちゃあ！　兄ちゃあ！

声はきこえないが、伊太には、はっきりわかる。その呼び声は、とぎすまされた刃物のように、伊太の胸を切り裂く。

――フミ、逃げてこい。おいのとこば、こい！

さけぼうとしたが、声がでない。

そのうちに、はっと気がつく。これは、いつもの夢なのだ。くりかえし、くりかえし、夜になると伊太をおそう、あの、おそろしい夢なのだ。目をひらきさえすれば、燃えさかるほのおも、妹のすがたも、そして、煙とほのおのかげに見えかくれする父や母、兄たちの顔も、みんな消えてしまうはずだ。

しかし、悪夢は、伊太をとらえてはなさなかった。

ほのおは、ゆれうごきながらひとつにあつまり、天と地をつなぐ巨大な柱となる。それはさらに、ひとりの男のすがたにかわる。ゆらめきかがやくほのおにふちどられた黒衣。肉づきのいいあから顔。男が腕をひろげると、黒衣の袖は、ほのおをふきあげながら、目のまえいっぱいにひろがり、伊太をつつみこもうとする。胸のわるくなるにおいが鼻につく。

たすけてくれ、とさけぼうとして、ふいに、からだが自由になった。

まず、目にうつったのが、黒い僧服を着た南蛮人のバテレン（ポルトガル語のパードレがなまったもの）の顔であった。

――まだ夢のなかなのか。

南蛮人のバテレンは、伊太の左腕をおさえつけていた。ひきぬこうとすると、はげしい痛みがはしり、うめき声をあげた。

「伊太、しずかにしちょれ」

ききなれた弥吉の声が、伊太をなだめた。

弥吉は、神父のとなりにひざをそろえ、神父が傷のてあてをするのを、まめまめしくてつだっていた。

神父のさしずにしたがって、布を切ったり、薬をぬりひろげたり、まるで、何年もこの仕事をやってきたのかと思われるような、ものなれた手つきであった。

その神父は、伊太の悪夢にいつもあらわれるふとったバテレンとは、まるでちがっていた。背が高く骨ばっていて、ほおのこけた、きびしい顔だちだった。

黒いねり薬をぬった布が打ち身ではれた腕にあてられると、さわやかな感触が肌にしみとおった。弥吉は、手をうごかしながら、伊太に説明してきかせた。

ここが、アマカワの木屋助右衛門の出店であること。奴隷に売られないですんだこと……。

船のなかで耳にした会話の断片と思いあわせて、およその事情は、すぐにのみこめた。

「このバテレンさんは、イエズス会の、ディオゴ＝デ＝カルバリオという人だ。それから、その人は、マチアスさん……」

伊太は頭をうごかして、弥吉が指さした人物に目をやった。

弥吉とむかいあって、伊太の右がわにすわっているのは、南蛮の僧服を着た少年だった。伊太とおなじぐらいの年にみえた。

マチアスは、伊太と目があうと、人なつっこい微笑をうかべた。伊太は、むっとした顔つきで目をとじた。

イエズス会の会士には、医学のこころえのあるものがおおい。伊太の化膿した傷のてあてをしてくれたディオゴ＝デ＝カルバリオ神父も、すぐれた医師のひとりであった。

カルバリオ神父は、かなりなめらかに日本語をしゃべることができた。慶長十四年（一六〇九年）日本にわたり、それからあしかけ六年間、畿内あたりで布教にたずさわってきたのである。幕府の宣教師追放令でマカオにひきあげてきたのは、伊太と弥吉の密航より、ひと月ほどまえであった。

神父は毎日おとずれてきた。その骨ばった長い指が肌にふれるたびに、伊太は、鳥肌がたつような思いがした。マチアスもいっしょについてくることがおおかった。弥吉とマチアスは、じきに、まえからの友だちのように、したしく口をききあうようになった。

店には、小鉄のほかに、日本人の男がふたりと、炊事や洗たくをする、ハナという中年の女がひとりいる。そのほか、日やといの人足たちや、ポルトガル人、唐人の商人が、しじゅう出入りしている。神父たちも、ときおり、おとずれてくる。生糸やぶどう酒の売買の商談のためであった。

　伊太の傷は、めきめきとよくなった。しかし、だれも、はやくおきてはたらけとはいわない。こんなとりあつかいをうけるのは、はじめてだった。店の主人の小鉄とは、まだ、ほとんど口もきいてない。

「あん小父(おっ)さんのおとうさんは、宇喜多さまちゅうお大名のところではたらいとった足軽じゃちゅうこったい」

　弥吉は、店のものからきいた話を、伊太につたえた。

　宇喜多秀家は、豊臣秀吉の重臣で、徳川家康、前田利家などとともに、五大老のひとりであった。

　秀吉の死後、関ヶ原の戦いで石田三成方についたため、やぶれて、家は断絶となり、秀家は八丈島に流された。

「宇喜多さまちゅうのは、キリシタン大名だったそうだが、あん小父さんはキリシタンではないけん、安心せいや」

　弥吉はわらった。

「宇喜多さまといえば、船のなかでめんどうみてくれた女子衆(おなごしゅ)がおったじゃろ。あん人にきいたとじゃが……」

と、弥吉はつづけた。

「なんでも、宇喜多さまがキリシタンじゃったけん、ご家来衆にもキリシタンがおおくての、大坂や京都にかくれとったのが、いまごろになって、せんぎされて、みなつかまったとじゃ。津軽に流されたちゅうこつじゃ。女子衆も子どももおったと。むごか話たい」

　弥吉の話をききながら、伊太は、手足のさきをうごかしてみて、もう、これならふつうにうごけそうだ、と思った。

第二章　伊太とマチアス

洞窟でのけんか

小鉄が人夫たちをさしずして、倉庫の積み荷を整理しているわきを、伊太は、横目でながめながらとおりすぎた。小鉄は、伊太がとおりかかったのも、ちょっと足をとめ、倉庫のなかに目をやり、また、すたすたと歩きさったのも、気がつかなかった。仕事が、つぎつぎと待ちうけている。

マカオで積み荷の一部をおろし、安南(アンナン)にむかった木屋船は、半年ほどそこに滞在し、季節風がかわるのを待つ。五月ごろ、ふたたびマカオにたちより、日本にかえる。木屋船が寄港するまでに、かたづけておかなければならない仕事は山ほどあった。木屋船がはこんできた船荷の売りさばき、日本にもちかえる品じなの買いつけ……。日本でもっとも需要がおおいのは、生糸である。そのほか、縮緬(ちりめん)、綸子(りんず)、主珍(しゅちん)などの絹織物、綿織物、鹿皮、鮫皮、水銀、白砂糖……。

――去年は、生糸の買いつけがおおすぎて、相場が下落した。今年はすこしひかえたほうがよさそうだ。

つみあげた生糸の梱(こり)をかぞえ、帳面に記入しながら、小鉄は考えていた。

石だたみの坂道を、伊太はのぼっていく。菩提樹がかさのように枝をひろげたむこうに、マードレ・デ・デウス修道院の白い建物がみえる。そのまえを、伊太は足ばやにとおりすぎた。どこを歩いても、イエズス会の建物が目につく町である。

修道院のまえでは、マチアスが、ほかの修道士と立ち話をしていた。伊太をみかけると、よってきて、人なつっこくわらいかけた。

伊太は知らん顔でいきすぎた。マチアスがあとを追ってきて肩をならべようとするので、伊太は、いっそう足をはやめた。

「どこへいくんだ」

　マチアスは問いかけた。伊太のはやい足どりにあわせるため、すこし息をはずませている。

　伊太がだまっていると、

「この丘をこえてむこうがわにおりると、洞窟があるよ。いってみないか」

　マチアスは、伊太の顔をのぞきこむようにしてさそった。

　どこへいくという目的があってでてきたのではなかった。たいくつしのぎである。洞窟ということばに興味をそそられた。

　——おまえに案内してもらわなくても、ひとりでいける。

　心のなかで思っただけで、口にはださなかったが、ついてくるマチアスをふりきるように、さらに足をはやめた。

　まがり角やふたまた道にくると、伊太は、あたりの景色をながめるふりをして足をとめた。マチアスが心得顔でさきにたつ。それを追いぬいて、伊太はマチアスの案内を無視する。そんなことをくりかえしながら、建設ちゅうのとりでの下の道をとおりぬける。高い石垣の銃眼から、大砲の筒口が黒くのぞいている。丘の中腹をまわって、西岸にでた。

　そこは花崗岩の低地で、樹齢数百年という大木が枝をさしかわし、陽の光をさえぎっていた。たけ高いしだのしげみのかげに、マチアスのいう〈洞窟〉がみえた。

　侵入者をはばむように入り口においしげったしだの葉をかきわける。

「これが洞窟か？」

〈洞窟〉とよぶような大げさなものではなかった。大きな岩の板が組みあわされて、自然のトンネルをつくっている。もっとおくふかい神秘的な場所を想像していた伊太は、いくらか失望した。それでも、原生林のあらあらしい息吹きは、伊太の心をさわやかにした。

「おもしろい場所だろう」

マチアスに話しかけられ、気むずかしい表情がよみがえった。

「友だちになろう」

さしだされた手をみむきもしないで、

「なんして」

「どうしてって……」

マチアスは口ごもった。友だちになるのに、理由がいるのだろうか。

「おいと友だちになりたかったら、その、黒い、いやらしか着物ば、ぬぎすててこい」

風がこずえをゆらした。木の葉のあいだをもれる陽ざしが、ふたりのほおに光の輪をつくっておどっていた。マチアスの僧服の胸にかけられたクルスが、小さい星のようにかがやいた。


「どうして？」

こんどは、マチアスが問いかけるばんだった。

口でいわなくてはわからないのか。おれがおまえをきらっていることを。おれのまえに、うろうろすがたをみせるな。伊太は、あいてをにらみつけた。

「着物ばぬげ」

伊太の心にわだかまり、くすぶりつづけてきた怒りが、いま、このやさしい顔だちをした少年に、はけ口をみいだしていた。いちど突破口をあたえられた怒りは、ひとりでにふくれあがり、燃えさかりはじめた。心が命じるまえに、手のほうがうごいていた。服の胸に手をかけると、ちぎるようにひもをとき、僧服を肩からひきはがした。僧服は、黒い大きなはなびらになって、マチアスの足もとにひろがった。

「からす！　いくじなし！　うらぎり野郎！」

白い肌着の胸もとに、クルスだけがのこった。

マチアスは、あっけにとられ、おこるのもわすれたように、つったっていた。クルスもひきちぎろうと、伊太は手をのばす。両手で胸をかばって、マチアスはうしろにさがった。

「きちがいか、おまえは……」

マチアスのおびえたようなつぶやきが耳にはいった。

伊太は、マチアスの僧服をひろいあげ、しずかに、力をこめて、ひきさいた。

みひらかれたマチアスの目に、なみだがにじみはじめた。おさない子どものように、やわらかなまるみをもったくちびるがうごいて、つぶやきがもれた。

「天主（デウス）よ、わたしは、隣人（ボロシモ）の不足をゆるします」

伊太の右手がひるがえった。マチアスのほおで、大きく鳴った。

「いたっ！」

マチアスは悲鳴をあげ、うっ、うっ、としゃくりあげはじめた。

「なにもしていないのに、どうして、ぶつんだ」

「腹がたったたから、かかってこい、いくじなし」

腰をおとして、伊太は身がまえた。

「あらそうのはわるいことだと、パードレさまがおっしゃった。だから、わたしは、けんかはしないんだ」

マチアスのべそをかいたなさけない顔を見ていると、むきだしの怒りが消えていった。

「けんかば、せんとではなか。できんとじゃろう。弱虫」

あまりあいてが弱いので、はりあいがぬけた。それと同時に、あとあじのわるい思いにとらわれた。これではまるで、四つか五つの子どもをあいてに、けんかをふっかけているようなものではないか。

胸からすそにむかってひきさかれた僧服を、伊太はマチアスにほうり投げた。ひとつすすりあげてから、マチアスは服を頭からかぶって着た。裂けめから、腹や足がのぞいた。うつむいて、そのさまをながめて、マチアスはくすっとわらった。なみだはひっこんでいた。

「パレードさまたちは、わたしが大げんかしたと思って、びっくりなさるよ」

「おまえは、腹ばたたんとか、なぐられても」

伊太は、いささかうんざりしていった。

「恥辱をかんにんせよと、天主（デウス）のおことばにある」

「おいのまえで、天主（デウス）などというてみい。もういちど、顔がひんまがるほど、ぶんなぐったるばい」

どなりつけてから、

「はずかしめをうけたとは、思っちょるとな」

「いいや、なんでおまえがおこっているのかわからないもの。おまえは、すこし、頭がおかしいらしいね」

「この野郎！」

マチアスは、首をすくめ、手をあげて顔をかばった。

その子どもじみたしぐさに、伊太はひょうしぬけして、ふりあげた手をおろした。

ばたばたと、野鳥が三、四羽、とびたっていった。

つらい思い出

小鉄がよんでいる、と弥吉が告げにきた。洞窟へいった翌日の昼下がりである。

――ほら、きた！

小鉄は、あいかわらず、倉庫で人足をさしずしていた。

伊太のひょろ長いからだが、数十メートルはなれたところで立ちどまり、それ以上ちかづいてこないのを見ると、男たちにあとの仕事のだんどりを説明し、それから、じぶんのほうから伊太のそばにあゆみよった。

「こい」

小鉄はさきにたって歩きだした。そのあとを、伊太の細長い足が追った。

潮のにおいが強くなる。波止場には、小舟が群れていた。水夫たちが、市をひろげた物売りのあいだを歩きまわり、焼き魚を手づかみでほおばったり、故郷へのみやげをあさったりしている。水平線にちかい沖には、ポルトガルの商船が二そう、帆をおろしたすがたをみせている。

「話をきこう」

小鉄と、はじめて、まともに視線があった。

ごつごつした顔だ。角ばったあご。濃い眉。右の眉に、ななめに傷あとがはしっている。小鼻のはった、いかつい鼻。しかし、その目は、きびしくひかってはいるが、おそろしい感じはしなかった。

――あいつが告げ口したな。

「もう、いわんでも、知っとるんじゃろが」

「おれがたずねているのは、理由だ。なぜ、マチアスどのの着物をひきさいたりしたのだ」

「気にいらんかったからたい」

「なにが気にいらん」

小鉄は、思いなおしたように首をふった。

「いちいち、こんなたずねかたをしておっては、らちがあかんな。とにかく、はじめから話せ」

伊太は、上目づかいに、小鉄の顔色をぬすみ見た。おこっているようすはなかった。まず、伊太の話をきいて、それからすべてを判断しようと、伊太が口をひらくのを待っているようだった。

――この人に誤解されたくない。

伊太は、はじめて、そう思った。

――弱いものいじめをするひきょうなやつだと思われるのはいやだ。

「おいは、キリシタンはすかんたい」

「そうらしいな」

小鉄は、ゆっくりとうなずいた。

「パードレさまがてあてをしているあいだの、おまえの顔といったら、なかったぞ。まるで、熊かおおかみにほおをなめられ、こわいのをひっしにこらえているといったふうだった。日本では、キリシタンのパードレについて、あやしげなうわさが流れているそうだな。赤子を殺してその肉を食うとか、妖術をつかうとか。だが、そんなうわさは、みな、でたらめだ。パードレは、人だすけのためにはたらいている。親切な、よい人がおおい。なにも、おびえることはない」

伊太は、おどろいた顔で、小鉄をまじまじとみつめた。これまで、伊太を一人まえにあつかって話しかけてくれたおとなはいなかった。おとなは、命令するか、おこりつけるかの、どちらかであった。

「バテレンは、大うそつきの、いくじなしの、ひきょうもののたい。うらぎりもののたい。人殺したい」

伊太は、ひとことひとことに、力をこめた。

小鉄に、わかってほしかった。バテレンは、ひどいやつなのだ。この町で、りっぱな僧院の壁にまもられて、やつらの仲間がぬくぬくと安楽にくらしているなんて、ゆるせないことなのだ。

話が長くなりそうだとみて、小鉄は、ざるをおいて唐菓子をあきなっている老婆から、大胡麻餅を買って、伊太の手にもたせた。ひと口かじると、ねっとりとしたあまみが、口のなかにひろがった。舌のつけねがいたくなるほど、うまかった。伊太の口がほぐれた。

伊太は、肥後八代（やつしろ）郡豊原村のうまれである。

肥後国は、南北に二分され、北の九郡二十五万石が加藤主計頭（かずえのかみ）清正の領土であり、南の益城（ましき）、宇土（うと）、八代の三郡二十四万石が、小西摂津守行長の所領になっていた。

小西行長は、アウグスティノという洗礼名をもつキリシタン大名で、その領民も、大半はキリシタンの信徒であった。

ところが、慶長五年（一六〇〇年）、関ヶ原の戦いで、小西行長は大坂方についたため敗北し、京都六条河原で処刑された。行長の領土は、加藤清正にあたえられた。

この加藤清正は、以前から、小西行長とはひじょうに仲がわるく、しかも、ねっしんな法華教の信者であった。益城、宇土、八代の三郡が所領としてあたえられると、ただちに、清正は、領民にキリシタン禁止の布令をだした。

しかし、ながいあいだ信仰してきた教えを、一片の布令でかんたんにすてられるものではない。信徒たちは、役人の目をしのんで、ひそかに信仰をつづけていた。

伊太の家族も、キリシタンの信徒であった。父も母も、三人の兄も、みんな洗礼名をもち、クルスを胸にかけていた。

伊太がうまれたのは、関ヶ原の合戦のあった年である。領主の滅亡、とつづいたため、新領主によるキリシタン禁止の発布、とつづいたため、両親は伊太に洗礼をうけさせることができなかった。宣教師たちは、村を追放されていた。

伊太が五歳のとき、ジュリアンという神父が、村にかくれ住むようになった。洗礼、聖体拝受、堅信礼、告解などの儀式を、ひそかにおこなっていた。伊太の父は、その年うまれたフミといっしょに、伊太にも洗礼をうけさせようとした。伊太は、いやだ、とかたくなにいいはった。それまで、ひとりだけ洗礼をうけていないというので、兄たちから、ことあるごとに、仲間はずれにされてきた。それでつむじをまげていたうえに、ジュリアンという神父が、虫がすかなかった。むりに洗礼の式につれだされ、聖水の盆をひっくりかえして逃げた。あとで、父親から、手いたいせっかんをうけた。

そのころ、幕府はまだ禁教令を公布していなかったが、肥後におけるキリシタン迫害はきびしかった。

慶長六年、新領主は、信徒の財産をすべて没収し、しかも、領内をはなれること、領民から食物を買ったり、領民に物を売ったりすることを厳禁した。

慶長八年におこなわれた処刑は、さらに残酷だった。とらえられたキリシタンは、すべて、はりつけの刑に処せられたのである。

その後も、いくたびかキリシタン狩りがおこなわれた。そのため、領内の八万のキリシタンが、わずか二、三年のあいだに、二万にへったといわれている。

伊太が九つになった年の秋……。たわわにみのった柿が、晴れわたった空に、くっきりとあかくうきだしていた。

よじれたふとい枝にまたがり、手をのばして、伊太はあかい実をもぎとっては、ふところにねじこんだ。下では、妹のフミが、足ぶみしながら待っている。ふところの柿をつぶさないように気をつけながら、伊太は幹をすべりおりた。

そのとき、大声でわめきながら、こっちにむかって走ってくる男のすがたが目にはいった。伊太は、ふところの柿をどこにかくそうかと、あわてた。柿の木は、伊太の家のものではなかったのである。

両手をふりまわし、走りよってきたのは、となりの家の小父(おっ)さんだった。

「キリシタン狩りたい！　キリシタン狩りたい！」

小父さんは、伊太の肩をつかんで、ゆさぶった。

「おとうやおかあは畑か。はよう逃ぐるようういうちゃれ。バテレンさまも、お召捕りになったとじゃ」

ふところから柿の実がころげおちた。よく熟れた実は、ぐしゃりとつぶれて、あかい汁が足にかかった。小父さんはみむきもしないで、走りさった。

「キリシタン狩りて、なんね」

はやく、父や母に知らせなくては！　伊太がかけだそうとしたとき、ふたりが畑からかえってきた。

「キリシタン狩りじゃと」

フミが、たどたどしく告げた。ふたりは立ちすくんだ。

「バテレンさまも、つかまったと」

伊太がいうと、父親は、伊太をにらみつけた。

母親は、フミをだきかかえ、

「佐吉！　平吉！」

と、かんだかい声で、伊太の兄たちの名をよんだ。

畑の土でよごれた腕は鳥肌がたち、くちびるはまっさおだった。呼び声がほかの子どもたちの耳にとどかないとみると、フミを夫の腕におしつけ、

「あんた、さきに逃げとって。うちは、子どもらばさがして、すぐいくけん。どこに逃げたらよかとじゃろうね……」

「逃げてはならん」

父親が、おそろしい声でどなりつけた。

走りだそうとした母の足がとまった。

「なんしてね」

母は、あおざめた顔を父にむけた。

「バテレンさまのおともばすっとじゃや。おいたちも、殉教（マルチリ）ばとぐっとじゃや。殉教（マルチリ）ばしたものは、天国（ハライソ）でお上人（しょうにん）さまの位につけると、バテレンさまがいわしたとじゃなかか」

「そげんこつ、できん」

母は、父の腕からフミをもぎとった。

「伊太、兄（あん）ちゃらば、さがしてこい」

「バテレンさまの、日ごろのお教えば、わすれたとか。おいたちだけ殉教（マルチリ）ばおそれて逃げだしたとあれば、地獄（インヘルノ）におちるぞ、地獄（インヘルノ）はおそろしか。バテレンさまのお話で、よう知っちょうじゃろうが」

母は、フミをだきしめたまま、足の力がぬけたように、地面にすわりこんだ。

「みんな、お召捕りになってしもうたとじゃ」

伊太は海のほうを見ていたが、その目にうつっているのは、活気にあふれた港のたたずまいではなかった。

「おいだけ、逃げた」

小鉄は、伊太の肩に手をおこうとして、ためらった。やせてとがった肩は、同情やなぐさめをはねかえしていた。

「処刑の日、おいは、こっそり刑場にいってみた。おそろしゅうてたまらんかった。ばってん、いかずにはおれんかった」


火あぶりを見ようと、おおぜいの人間が、刑場をとりまいていた。

荒縄でじゅずつなぎにされた囚人の列が、役人に追いたてられながら、ゆっくりすすんできた。

知っている顔が、いくつも、伊太のまえをとおりすぎた。伊太は、見物人の背にかくれて、そっと、目だけのぞかせていた。

四歳のフミまでが、一人まえにうしろ手にくくられ、おとなたちのあいだにまじって、素足で歩かされていた。フミは、しばられた手やはだしの足がいたいのか、泣きじゃくっていたが、ときどき泣きやんで、まわりのおとなたちが、みなしばられているのを、めずらしそうにながめ、足がいたいのを思いだして、また泣いた。

竹矢来(たけやらい)の内がわに立ちならんだ柱に、囚人はひとりひとりくくりつけられた。柱の根もとには、うずたかく、枯れ草や薪がつまれている。薪の山をふみのぼり、柱を背にして立った信徒たちの顔は、なまり色だった。しばり縄には、すぐに燃え切れないよう、粘土がぬってある。フミは、母にだかれて、いっしょにしばりあげられた。

処刑されるのは、捕縛された豊原村のキリシタン八十三人のうち、改宗したものや牢内で死んだものをのぞく、二十一人であった。そのなかに、黒い僧服の神父もひとりまじっていた。

ポルトガル人のジュリアン神父は、まわりの信徒をはげますように、たえずかたりつづけていた。

「おそれてはなりません。神の国はちかいのです。みなさん、わたしといっしょに祈りましょう」

そのきみょうなアクセントをもった声は、人垣のざわめきをこえて、伊太の耳にもとどいた。

風上から火がつけられた。ゆるやかに煙がたちのぼりはじめた。苦痛をながびかせるため、薪はあらかじめ、しめらせてあった。いがらっぽい煙が、囚人の目や、鼻、のどをおそう。悲鳴があがった。そのなかに、フミの泣きさけぶ声をきいたように思った。

伊太はしゃがみこんだ。足がふるえて、立っていられなかった。かがんだまま、目は、まえに立った見物人の足のあいだから、竹矢来のなかに、すいつけられていた。

——逃げなくては……キリシタンの身内だということが知れたら、おれも焼き殺されてしまう……。

足の感覚がなくなっていた。目をそらすことができなかった。のどは、からからにひあがっていた。

転宗するものは、すぐにゆるす、と役人が大声で告げた。

——おかあ、ころぶ（改宗する）といってくれ、たのむ。

伊太は、心のなかで、ひっしにさけびつづけた。声にだすことはできなかった。

伊太の母親のあおざめた顔が、役人にむけられた。母は、役人に目をすえ、しばられたからだをのりだし、なにかさけびかけた。

——おかあ、もっと大きな声でいうんだ。

そのとき、バテレンの声がひびいた。一段高い柱にしばられたジュリアン神父は、煙にむせ、せきこみながら、声をふりしぼっていた。

「みなの衆、悪魔の誘惑（テンタサン）に耳をかたむけてはなりませぬぞ。神の国は、いま、あなたがたの目のまえにある。だが、殉教（マルチリ）の栄光をすて、いま、ころぶものは、未来永劫、地獄の業火に焼かれなければなりませぬぞ」

母は首をたれた。

火がいきおいをました。ほのおの先端は、足の裏をなめ、衣のすそに燃えついた。ほのおと煙のかげに、フミの小さいからだは、がっくりのけぞって、みえなくなった。

伊太は、しゃがんだまま、吐いた。赤い粟つぶのまじった黄色っぽい泡が、地面に流れた。囚人たちの悲鳴や祈る声、泣きわめく声が、ひとかたまりのひびきになって、伊太をうちのめした。

やがて、声はとだえた。見物人も、ひっそり、息をひそめていた。

そのしずけさを、神父のさけび声がやぶった。

「ころぶというたんじゃ、バテレンは」

伊太の目に、憎しみと怒りが燃えた。

「教えをすてる、たすけてくれ、といいくさった。ころびまする、たすけてくだされ、火をけしてくだされ、ジュリアンちゅうキリシタンの坊主は、そげにいいおった」

ジュリアン神父が教えをすてるといったときには、信徒の大半は息がたえていた。縄が焼け切れて、ほのおのなかにおちこんだものもあった。柱にくくりつけられたままのものも、焼けただれ、小さくちぢんだ黒いかたまりになっていた。毛や肉のこげるにおいが、刑場いっぱいにただよった。

神父は、柱からたすけおろされた。役人たちが、神父をおしつつむようにして、つれさった。

刑場をつつんだほのおは消えた。薪の燃えがらがとりはらわれた。あとにのこった黒こげの死体を、刑吏が、火のついた茅（かや）のたばで、止（とど）め焼きをしてまわっていた。

見物人はちっていった。

そのあとの数日を、どのようにしてすごしたのか、伊太はまったくおぼえていない。

記憶はとつじょとして、どこかの街道を、白痴のような顔でふらふら歩いているじぶんのすがたにつながる。つかれはてて道ばたにすわりこんでいるとき、親切そうに話しかけてきた男がある。どこへいくあてもないときいて、いいところへつれていってやろう、とさそった。

男は人買いであった。人手から人手へと転々と売りわたされ、さいごに、長崎のシモン＝デ＝コスティロの下人に売られたのであった。

話しおわったとき、伊太の顔は、水にひたしたようにぬれていた。汗となみだがいっしょになっていた。

これまで、だれにも話したことのない、過去の秘密であった。弥吉にさえ、話したことはなかった。処刑になったキリシタンの身内だと他人に知れたら、じぶんもとらえられ、火あぶりになるかもしれないという恐怖が、伊太の口をふさいでいた。ひとりが罪をおかしたばあい、その家族までとがめをうけるという、きびしい〈縁坐の掟〉があるる。

——ここアマカワでは、キリシタンのバテレンたちは、うやまわれ、たいせつにされている。

ここでなら、しゃべってもだいじょうぶだろう、そんな安心感が、伊太の口をかるくした。

小鉄が、伊太の話をしっかりうけとめてくれる、その手ごたえにはげまされ、すぎた日の、くやしさ、かなしさ、おそろしさを、あらいざらい、ぶちまけた。たかぶった気持ちが、しだいにおさまっていった。すきとおった海の色が、目にしみた。

小鉄は、煮えたぎる怒りにからだをふるわせていた伊太の表情が、気ぬけしたようなおだやかさにかわっていくのを、みまもっていた。

——いま、マチアスの素性を告げたものだろうか。

小鉄はまよった。

マチアスが、キリシタン虐殺の命令をくだした、その、肥後の領主の子であることを話したら、伊太は、なんと思うだろうか……。

マチアスの母は、肥後の領主、加藤主計頭清正の側室のひとりであった。

わかいころ、キリシタン大名ジュスト高山右近の感化をうけ、洗礼をうけていた。洗礼名をルシアといった。夫から棄教をせまられたとき、ルシアは、教えをすてるよりは殉教をえらぶといって、夫の命令にしたがわなかった。

清正は、じぶんの領国からキリシタンを一掃しようとしているときであった。夫のキリシタンにたいする憎しみが、肉親のものへの情愛より強いと知って、ルシアは、そのとき三歳のマチアスを、マカオにかえる宣教師に託した。そのあと、ルシアは、ほかのキリシタン信徒とともに、はりつけの刑に処せられた。慶長八年十二月八日、聖母御胎(おんやどり)の祝日であった。

それから十一年、マチアスは、ずっと、マカオの僧院で、パードレたちによってそだてられてきたのである。

その話を小鉄が伊太にかたったのは、伊太の身のうえ話をきいてから四、五日のちのことであった。

伊太は、よくはたらくようになっていた。小鉄のさしずにしたがい、ほかの人夫たちといっしょに、力仕事にせいをだしていた。小鉄のまえでは、ふてくされた態度はみせなくなった。

弥吉もいるところで、小鉄は、世間話のような調子で、マチアスの母が、キリシタンであったため、夫の命令で処刑されたことをかたった。

夕方の食事どきであった。日本風な箱膳に、粟まじりのめしと、いもの煮たのがついている。伊太はだまって、はしのさきでいもをつきさした。小鉄も、それ以上、なにもいわなかった。


ひまがあると、伊太は波止場にいく。小鉄はそれに気がついていた。弥吉は、下ばたらきのハナの台所仕事をてつだっているほうが性にあっているらしかったが、ときどきは、伊太のあとについて海を見にいく。

「日本が恋しくなったか」

桟橋に立って水平線をながめているふたりに、小鉄は問いかけた。

弥吉は、あまえるようにうなずいた。

伊太は、くちびるをきゅっとひきしめ、沖に帆をおろしたポルトガル船をみつめていた。

水平線は大きな弧をえがいて、伊太をとりまき、青い円盤の中心に立っているような錯覚をおぼえさせる。陽が背後の丘のふちを紅くそめてしずみかけ、昼間は明るいみどり色の海は、濃いあじさい色にかわって、さざなみがひかっていた。

「南蛮船は、どこからくっとじゃろう」

伊太はつぶやいた。

「ずっと西のほう、ポルトガルという国から、海をわたってくるのだ。日本からここまでの距離の、十倍も遠い」

「天竺より遠いんか」

弥吉が、おずおずたずねた。

「船が気にいったか」

伊太の表情をよみとって、小鉄はきいた。

「船はおそろしか」

弥吉が首をちぢめた。船底にとじこめられ、船酔いに苦しんだ、いやな記憶しかもっていない。

「帆船ばあやつって、思うところへいけたら、おもしろかろうの」

伊太の目は、沖の船からはなれなかった。

「いつか、おれの船にのせてやるさ」

「小父さん、船もっちょるんか」

「いまは、まだもってはいない。だが、いつかは、じぶんの船を手にいれるつもりだ」

いつの話かわからんな――と思ったが、小鉄は、顔にはあらわさなかった。

「小父さんは金持ちじゃけん、船ぐらい、すぐ買えるじゃろ」

弥吉はうなずいた。

「おれが金持ち？」

「倉に、めずらしかものが、たんとしまってあるばい」

「あほ」

と、伊太が、

「あれは、木屋のだんなのものたい」

「残念ながら、そのとおりだ」

小鉄は苦笑した。

「おれはまだ、独立した貿易商ではない。木屋の番頭にすぎんからな」

伊太、と小鉄はすこしあらたまった声でよびかけた。

「おまえ、ほんとうに船乗りになりたいか」

「ああ」

伊太は、ことばすくなに、しかし、きっぱりとうなずいた。

「それなら、イエズス会のパードレに、学問をおそわらないか」

「パードレに……学問？」

はじめてきいた異国のことばを口まねするように、伊太は、そのふたつのことばをくりかえした。目がけわしくなった。

「おいは……」

「バテレンをにくむ気持ちはわかっている」

なおもいいはろうとする伊太を、小鉄はおさえた。

「だが、南蛮人の航海術は、日本人にはかんがえもおよばないほど、すぐれている。黒市をおぼえているだろう、木屋船の按針の」

ふたりは、顔をこわばらせてうなずいた。

「あの男も、南蛮人についてまなんだおかげで、航海士として人なみすぐれた技術を身につけることができたのだ。おまえはこれまで、学問らしいことは、なにひとつしていないのだから、とうぶん骨がおれるだろうが、やりがいのある苦労だと思わないか」

「おいが、黒市にまけん按針になったら、小父さんの船にいっしょにのれるか？」

「おれがじぶんの船をもつのと、おまえがりっぱな按針になるのと、どちらがはやいか、競争だな」

伊太がマカオにきてから、ひと月ちかくたつ。

小鉄は、はじめて、伊太の口もとに少年らしい、いきいきした微笑がうかぶのを見た。


伊太の師となったのは、傷のてあてをしてくれた、ディオゴ＝デ＝カルバリオ神父であった。神父のほうで、店に足をはこんでくれた。マチアスもいっしょだった。

最初の日、神父とマチアスは、大きな荷物をかかえてやってきた。神父の黒い服を見ると、怒りともおそれともつかない痛みが、伊太の胸をかんだ。さいわいなことに、カルバリオ神父は、ジュリアン神父とは正反対な容貌であった。もし、すこしでも似たところがあったら、伊太はとてもがまんできなかったであろう。

神父は、きまじめな顔つきで、包みをとき、さまざまな品物を伊太と弥吉のまえにならべた。

一枚の羊皮紙、円弧をふたつ組みあわせた形の木製品、めもりのついた棒に十文字にみじかい棒がついたもの、同心軸でうごく大小ふたつの円盤、砂のはいった中央のくびれた透明な筒……。

ふたりは息をのんで、つぎからつぎへととりだされる、きみょうな形の器具にみとれていた。海図、天体の仰角をはかる象限儀（クワランテ）、おなじ目的につかうクロス・スタフ、夜、正確な時刻を知ることのできるノクタール、時間をはかる砂時計……と、神父は、ひとつひとつの名まえと用途を説明した。

神父の日本語は、かなりなめらかであったが、ときどき、てきとうな日本語を思いつけなくて、ポルトガル語がまじった。マチアスがそれを通訳した。マチアスがついてきたのは、そのためであった。

しかし、これらの品じなは、少年たちの興味をひきつけるためにもってきたので、使用法をおそわるのは、まださきのことであった。

まず、星座の位置と名まえ、数学の計算法、そして、やっかいなポルトガル語……まなばなくてはならないことは、うんざりするほどあった。

弥吉は、「おハナおばさんのてつだいをしなくては……」と、さっさと逃げだした。伊太は、三本マストの帆船の船尾に立ち、舵取りを指揮するじぶんのすがたを思いえがいた。伊太のとなりには、小鉄が、がっしりとつったっている。潮風、帆のはためき……。

授業がおわったあとで、神父といっしょにかえろうとするマチアスを、伊太はよびとめた。〈洞窟〉でけんかして以来、はじめて顔をあわせたのである。

おれの過去のことを、小鉄からきき知っているらしい、と伊太はさっした。

「おいば、なぐってもよか」

ほおずきをかむような口つきをして、マチアスは、えくぼをうかべた。

おこらない黒市

「どげんすっとか……」

弥吉は、このごろ、黒い小さな目をせわしなくうごかし、耳たぶをこすり、そわそわとおちつかない。

四季の変化にとぼしいので、日のたつのがわかりにくいが、季節風は南にかわり、仏桑花(ぶっそうげ)の真紅の色が、町をいろどるようになった。六月であった。安南での商用をおえ、日本にかえる木屋船が、マカオの港にたちよる日もちかい。

マカオでくらすようになって、半年あまりになる。弥吉は、日本が恋しくてたまらなくなっていた。

「日本にかえりたければ、船長(カピタン)にたのんで、木屋船でおくりかえしてやろう」

めそめそしている弥吉を見て、小鉄はいった。

弥吉は、ぱっと顔をかがやかせた。しかし、伊太がこのままマカオにのこるときくと、考えこんでしまった。

伊太は、カルバリオ師から、航海術に必要な知識や学問をまなぶのが、おもしろくてたまらないところであった。小鉄に商品のよしあしの見わけかたをおそわるのも、興味があった。

カルバリオ師は、そのうち、ほんものの南蛮船にのれるよう、とりはからってやると、約束してくれた。じっさいに船にのって経験をつまなくては、すぐれた按針になれない。

ポルトガル語と日本語の読み書きだけが、どうにも苦手だった。日本語の読み書きをおしえてくれるのは、マチアスである。カルバリオ師ではおしえられないし、小鉄はいそがしすぎた。

弥吉は、「船乗りになるつもりはない」といって、伊太の勉強にはつきあわなかった。たいてい、炊事場で、つまみ食いをしながら、ハナとおしゃべりしていた。

　マチアスとふたりきりになると、伊太は、文字をまなぶのはそっちのけで、マチアスをそそのかし、洞窟にでかけるのだった。ふたりは、原生林のあいだを走りまわり、岩の壁にいたずら書きをし、鳥の声に耳をすませて、時をすごした。日本へかえることなど、伊太は考えもしなかった。

　伊太がかえらないとなると、弥吉は、ひとりで木屋船にのらなくてはならない。黒市になにをされるかわからないと、弥吉はこころぼそくなった。高砂（たかさご）（台湾）あたりで、売りとばされてしまうかもしれない。

　弥吉が心配しているのを知って、

「船長（カピタン）に、よく話をつけておいてやるから、安心しろ」

　小鉄はわらった。それでも、弥吉は、やはり気がかりだった。

　日本にはかえりたいが、黒市がおそろしい。

「どげんすっと……」

　つい、ひとりごとがもれるのだった。

　木屋船がマカオについた。

　伊太も弥吉も、いそがしくなった。

　おおぜいの人夫にまじって、生糸や織物の梱（こり）を波止場にはこばなくてはならない。生糸だけでも、百梱以上ある。荒縄をかけ、背なかにしょってはこぶ。肩に布をあててはいるが、三度も往復すると、皮がすりむけて、赤くはれてくる。力仕事になれた人夫たちは、へいきな顔だ。なかには、二梱いちどにかつぐ男もいる。

　——これはかなわない。荷物はこびは伊太にまかせて、おれは、おハナおばさんのてつだいをすることにしよう。

　ひゃっと悲鳴をあげて、弥吉は、うしろにひっくりかえった。

　波止場をいききする人びとのなかに、黒市のすがたをみかけたのである。立ちあがろうとしても、背なかにおもい荷物をくくりつけているので、身うごきがとれない。あおむけにされた亀の子のように、手足をばたつかせてもがいた。

弥吉は、はっとした。

梱をせおった肩の縄に手をかけ、伊太が、ひとあしひとあし、地面をふみしめながらやってくる。梱の重みで、ともすれば、うしろにひきもどされそうになる。背をまるめ、うつむいて、目は足もとの地面をみつめたままだ。黒市が目のまえにいる。

——伊太、気をつけろ！

伊太は、あおむけにころがった。かたい壁が、伊太のからだをはねかえした。梱が縄からはずれ、木のふたがひらいて、生糸のたばがこぼれでた。

——伊太がやられる。

首をちぢめ、目をとじた。

だが……、なにごともおこらなかった。

どなりつけられると思ったのに、どうしたことか、黒市の声はなかった。

おそるおそる、目をあける。伊太も、あっけにとられたように、だまって立ちさっていく黒市のうしろすがたをみおくっていた。

弥吉は、肩の荷をはずすと、伊太のそばにかけよった。

「どげんしたとじゃろうね。黒市のやつ、なんしておこらんかったとじゃろうね。気いがやさしゅうなったんじゃろか」

「そげんこつなか」

伊太は首をふった。しかし、伊太も、黒市がなにもいわずに立ちさったのが、ふしぎでならなかった。

「あいつ、おいたちば、また、売りとばすつもりではなかとじゃろうか」

弥吉は思いついてさけんだ。

「けがばさすると売れんようになるけん、そいで、なぐらんかったんじゃ」

伊太は、そうは思わなかった。密航をみつかったときとはちがう。いまは、小鉄がついている。黒市がいくらふたりを売って金もうけをしたいと思っても、小鉄がゆるすはずがない。

黒市は、店への道を歩いていく。黒市をむかえにでてきたらしい店の男といきあった。ふたりで話しながら遠ざかっていく。黒市がすこし背をかがめ、店の男はいくらかのびあがって、口を黒市の耳もとにちかづけ、ささやきかけている。ないしょ話をしているようにみえる。伊太の右手は、いつのまにか、道ばたの石ころをにぎりしめていた。


船荷の積みこみは、一日ではおわらなかった。日がおちても、倉のなかには、まだ三分の一ぐらい荷物がのこっていた。

伊太と弥吉は、腹をすかせて店にもどった。肩も背なかも、腰も、ずきずきいたむ。ふたりとも、くたびれて、きげんのわるい顔をしていた。

小鉄は、もっとふきげんな顔つきだった。

――仕事をなまけたので、おこっているのかな。

弥吉はびくびくした。

伊太は、

――梱をおとして、たいせつな生糸をよごしたことを、だれかいいつけたのだろうか。

気になった。

板敷きのへやには、小鉄のほかに、与惣次や人足頭をはじめ、十人あまりの男たちがあつまっている。黒市のすがたはみえなかった。黒市と話をしていた店の男もいない。

ハナが、みんなのまえに箱膳をならべた。伊太と弥吉も、じぶんの膳をはこんできて、あぐらをかいた。おとなたちの膳には、チンタ（赤ぶどう酒）のグラスがつき、伊太と弥吉には、ハナがつくったあまいコンペイトが、五つぶずつ、よぶんにのっていた。

「半年みないうちに、大きくなったな」

与惣次は、目じりにしわをよせて、伊太にチンタをひと口すすらせた。

「日本にかえることになった」

小鉄が、ぶっきらぼうに、伊太と弥吉に告げた。


つぎの日は、朝から、ひどくむし暑かった。

伊太は、マードレ・デ・デウス修道院のまえに立っていた。建物のまえをとおりすぎたことはいくたびかあるが、おとずれるのは、はじめてだった。

ふといい、まるい石の柱がならんでいる。そのあいだの壁にきざまれたゆりとけしのもようを指でなぞりながら、どうやってマチアスをよびだしたものかと考えた。

ばらでかこまれた聖母や、つばさの長い天使、聖者、それらが浮きぼりになった建物の正面には、入り口が三つ。中央の入り口だけとびらがひらき、あとのふたつは、青銅のとびらでとざされていた。なかをのぞくと、おくは、礼拝堂になっていた。礼拝堂はうすぐらく、両がわの壁のステンドグラスの窓をとおして、赤や青の光が、床にモザイクもようをつくっていた。人影はなかった。

伊太は、おもいきって、礼拝堂のなかにふみこんだ。正面に大きな十字架がかけられ、はりつけにされた木像彩色のキリストが、伊太をみおろしている。あばら骨がごつごつうきだし、顔や手足は白っぽくぬられ、あまり気持ちのいい像ではない。

伊太は、肩をそびやかした。それから、声をはりあげて、

「マチアス！」

力いっぱいどなった。壁や天井に、びんびんひびいて、はねかえってきた。
五、六ぺんわめいて、のどがいたくなったころ、やっと、正面右の木のとびらがあいて、修道僧がひとり、顔をのぞかせた。

洞窟への道を、伊太とマチアスは肩をならべた。ほんとうは、伊太は、きょうも荷物はこびをてつだっていなくてはいけないのである。

「日本へかえることになった」

伊太は、小鉄のことばをそのまま、つたえた。

「ずいぶんきゅうな話じゃないか。どうして？」

小鉄は、理由はかたらなかった。伊太には、マカオにのこって学問をつづけてもいいといった。

店の男のひとりが、こっそり伊太におしえてくれた。黒市を波止場にでむかえた男ではない。もうひとりの、りく平という小番頭である。

「黒市が、木屋のだんなにふきこんだらしいのだ、小鉄さんが店の金をつかいこみ、帳簿をごまかしていると」

小鉄さんをアマカワから追いはらいたいんだよ、と、りく平は声をひそめた。

「黒市は、じぶんの脇荷をアマカワでも売りさばきたいのに、小鉄さんは、日本の女を南蛮人に売るなんてとんでもないと、承知しないからね。小鉄さんがいなくなれば、仁兵衛がこの店の責任者になる。仁兵衛は黒市に手なずけられている。どうやら、おれも、日本にひきあげたほうがよさそうだ」

そんなわるだくみで頭がいっぱいだったから、おれや弥吉などあいてにしなかったのだ、と伊太は気がついた。

小鉄おじさんは、木屋のだんなのまえで、ちゃんといいひらきをするにきまっているさ、と伊太はマチアスに、力をこめていった。

「おまえも、日本にいっしょにかえるの？」

伊太はうなずいた。草の葉をちぎってまるめ、口にあてて吹いた。あまりいい音ではなかった。

「さびしくなるね」

洞窟がみえてきた。

「秋には、もどってくるばい。おじさんといっしょに」

「わたしも、ちかいうちに日本にいくつもりなんだ。いきちがいにならないといいけれど」

「日本へ？　なんのために」

「仕事があるから」

「やめろ」

伊太は強い声をだした。

「なぜ」

「キリシタンのとりしまりがきびしかこつ、知っちょるじゃろうが。おいは、おまえが火あぶりになるところなど、見とうはなか」

「わたしの父のことを、小鉄さんからきいただろう」

だから、いくのだ、とマチアスはいった。

「あほらしか。おまえは、なんも知らんから、そげなこつ、たやすういえるんじゃ」

「でも……」

「いいか」

伊太の目は、最初あったころとおなじように、けわしくなった。

「おまえらバテレンやイルマン（バテレンのつぎの位をもつ宣教師）が、キリシタンの教えば説くごとに、ふしあわせになるものがふえるんじゃ」

「そんなことはない。イエズスの教えは、人間をしあわせにするためにあるんだ」

「おまえは、バテレンにおしえこまれたこつば、口うつしにいうとるだけたい。なんも知りゃあせん」

伊太は、マチアスの白いなめらかなほおに、泥をなすりつけてやりたいようないらだたしさをおぼえた。

かわった水葬

じくじくと、なまつばがわいてくる。ひや汗が、こめかみににじみだす。このいやな気分は、おぼえがあった。船酔いなのだ。

弥吉は、船底のすみで、からだをまるめて気分のわるさをこらえていた。

船は、すーっとのしあがって、ふわっとしずみこむ。甲板や船べりにたたきつける波と雨の音がすさまじい。となりにいるものの話し声もききとれないほどだ。

船底は、風雨をさけて甲板からおりてきた船客と船荷で、身うごきもとれない。空気がおもくよどんでいる。

船のゆれが、ますますはげしくなる。上積みの船荷が、いまにもくずれおちそうにかたむく。はきけがこみあげてくる。

——伊太が、いっしょにいてくれればいいのに。

船乗りが、嵐なんかこわがっていられるか、そういって、伊太は、上甲板にのこったままなのだ。てつだいながら、水夫たちのはたらきぶりをみならうつもりである。

弥吉は、はなをすすりあげて、口のなかにたまったにがい汁を、となりの船客の帯のはしで、そっとぬぐった。

高砂をすぎるまでは、おだやかな航海だった。

黒市は、小鉄といっしょにのりこんだふたりの小どもを見ても、なにもいわなかった。道ばたで野良犬でもみかけたような、ひややかな顔つきだった。

木屋の主人にでたらめな告げ口をしたことで、小鉄はきっと黒市をおこりつけるだろうと、伊太は思った。しかし、小鉄と黒市のあいだにも、あらそいはおこらなかった。

「なんして、あげなやつのいうとおり、だまって日本にかえるんじゃ」

伊太はじれったがった。

「黒市をあいてに、船のなかでごたごたをおこせば、ほかのものがめいわくするだろう。だんなにあって話せばわかることだ」

くったくのない声だった。小鉄はもう、ふきげんな顔はしていなかった。

――だいじょうぶなのかな。

伊太のほうが、なんとなく気がおもい。小鉄が木屋の主人にあえば、黒市のうそやたくらみはばれてしまう。それとも、黒市は、よほどうまく主人をまるめこんでしまっているのだろうか。堺についたとたんに、役人が待ちかまえていて、おじさんを牢屋にぶちこむなんてことにならないだろうか……。黒市がおとなしいのが、かえってうすきみわるかった。

雨まじりの風が、横なぐりに吹きつけてくる。空はくらい。どろどろにとけたなまりがうずまいているようだ。時刻はおよそ亥の刻（午後十時ごろ）

ろくろをまく男たちのなかに、伊太もまじっている。小鉄もいる。伊太のからだは、綱で小鉄につなぎあわされている。波にさらわれて海におちこまないためだ。波は、船の甲板を、右から左にとびこえ、甲板の上のものを根こそぎさらいこむいきおいで、ざあっとひいてゆく。

帆が、ばたばたとたたみこまれる。帆柱がきしむ。船べりの板がひびわれる音がする。松やにでかためた板のつぎめから、いつとはなく、海水が船内ににじみこんでくる。

横波をくらって、甲板が海面すれすれにかたむく。すべりおちそうになる伊太の腰の綱を、小鉄が、ぐい、とひきもどす。

「荷をはねろ」

黒市のしわがれた声が、風に吹きちぎられてとんだ。

甲板のあげぶたをあけると、海水が、さかまく流れとなって船内に流れこむ。苦労してつみこんだ生糸の梱やチンタのたるが、水夫たちの手でかつぎだされ、海中に投げこまれる。すこしでも吃水をあさくして、沈没をふせぐためである。

「ここは危険だ。下におりろ」

小鉄にいわれたが、伊太はききながした。こわくはなかった。

はこびあげられてきた船荷をかつごうと、手をかけた。そのとたんに、すさまじい横波がおおいかぶさってきた。

伊太のからだは、波にまきこまれた。はねあがって、かたいものにうちつけられた。水がさっとひく。海面が、目の下にあった。船の外に宙づりになっていた。

――おちる。

ふりこのようにふりまわされ、船べりにたたきつけられる。だが、それ以上、下におちてはいかない。小鉄の腕が、腰にまきつけた綱をにぎりしめていた。

「伊太がおちる、手をかしてくれ」

小鉄のどなり声は、嵐の音にけされ、ほかの水夫の耳にはとどかない。波のしぶきが、霧の幕になって、あたりをさえぎっている。小鉄は、片足を船べりにかけ、ぐっとふんばって、綱をひきあげた。

伊太の重みだけなら、ひきあげるのもむずかしくはない。しかし、風と波がじゃまをした。綱は、にぎりしめたこぶしのなかを、小刀で切り裂くようにぎゃくに走って、ひふがやぶれ、血がふきだした。

伊太は、小鉄のひきあげる綱に力をかりて、船べりをよじのぼってきた。船べりに両手と片足をかけ、からだをもちあげたとき、水しぶきの切れめに、伊太の目に、きみょうなものがうつった。

前(さき)の間(ま)で、蛇の群れともみえるものが、のたうちまわっていた。黒いとがったものが、かしいだ床を、ざあっと走る。

「小父さん、たいへんじゃ。いかり綱がはずれとる」

甲板にとびおりざま、伊太はさけんだ。

「なに」

まぶたをふさぐ雨を、二の腕でしごきおとす。

いかり揚げ役の水夫は、持ち場をはなれていた。

小鉄は、いそいで腰の綱をほどき、

「おまえは、はやく下におりろ」

早口に命じて前の間に走る。水けむりが、そのうしろすがたをかくした。

あげぶたをあけて、船底にもぐろうとしたとき、もうひとつの人影が、前の間に消えるのを、伊太の目はとらえた。


とつぜん、太陽がかがやきだした。

仰角二十度の高さに、ぎらぎらした光をはなち、黒い布をはぎとられたように、夜は朝にかわった。

海は、まだ荒れていた。しかし、太陽の光は人びとを元気づける。甲板にちらばった網や木片、こわれた船具などを、水夫たちはかたづけはじめた。波はじきにしずかになるだろう。

伊太は、上甲板にでた。水夫たちが、前の間にあつまっていた。

「小鉄小父さんはどこね」

伊太は、水夫のひとりをつかまえてたずねた。

水夫は、伊太をおしもどそうとした。

「なんばすっと」

むっとして、水夫の手をはらいのけた。

なんの人だかりだろうと、伊太は、水夫たちの肩ごしにのびあがってみた。頭にさえぎられて、なにもみえない。腹ばいになって、足のあいだからのぞいた。

伊太のほうにむけてつきだされた足の裏がふたつ、目にとびこんだ。きみのわるいむらさき色をしていた。ねじまがって、こわばっていた。

小鉄であった。足にはいかり綱がからまっていた。船長のさしずで、水夫が、手ばやく、帆布をかぶせた。


小鉄のなきがらの水葬の方法で、与惣次と黒市のあいだに、いいあらそいがおこった。

船中に死人がでたときは、伝馬にのせて、取り舵がわから海に流すのが、船乗りのしきたりである。

「ばかげたしきたりだ」

黒市はせせらわらった。

「死人のために伝馬を流したりするから、あとでじぶんたちが難破したとき、みすみす、たすかるいのちをうしなうことになるのだ。南蛮人は、そんなばかげたことはせん」

「しきたりはしきたりだ」

与惣次は、ひからびたからだに力をこめた。

「伝馬にのせてもやらんで、死人を海に投げいれたら、船霊さまのお怒りをうけるぞ」

嵐などで難破した船が漂流しているとき、せっかく陸地がみえてきても、伝馬船がなければ上陸できない。いまのばあいは、黒市のいうことのほうが、理屈にかなっていた。

しかし、むかしからのしきたりをやぶるということは、船乗りたちにとっては、たいそう縁起のわるいことだった。黒市が女を売ったりすることはみのがしている水夫たちも、がやがやさわぎだした。そのあいだ、帆布におおわれた小鉄のからだは、じりじり照りつける陽ざしにあぶられて、甲板にほうりだされてあった。伊太は、その足もとにうずくまり、たてひざに顔をふせていた。

「いかり綱に足をからまれたところを、風に吹きたおされたんだな」

「それで、頭のうしろを帆柱にうちつけたらしい」

水夫たちの声が耳にはいってくる。

――おれがわるかったんだ。いかり綱がはずれていると、小父さんにおしえたから……それで、小父さんはなおしにいって……。おれも、いっしょにいけばよかった。ふたりでやれば、小父さんが綱に足をとられたりすることはなかったんだ……。

黒市と与惣次のあらそいは、けっきょく、黒市の主張がとおった。黒市につむじをまげられたら、木屋船は、海のまんなかで立ち往生になる。

帆布でまかれた小鉄のからだは、水夫たちの手で、海に投げこまれた。

白い大きな包みが青くそまって、ゆらゆらゆれながら、ゆっくりしずんでいくのを、伊太は、くいいるようにみつめていた。すっかりみえなくなったとき、伊太は、甲板にからだを投げだし、ほえるような声で泣きだした。


伊太は、口をきかなくなった。たまにつぶやくのは、

「おいがわるかった。小父さんは、おいばたすけてくれたのに……」

「あほらしか。おまえのせいではなか。いかり綱がとけたんをほうっておけば、船があぶないけん。小父さんは運がわるかったとじゃ」

弥吉がなぐさめても、伊太は船底の壁にもたれて、ぼんやりすわっているだけであった。
二、三日たって、伊太は、血相をかえて、与惣次のところへやってきた。黒市は船首にいき、やぐらに与惣次がひとりでいるときだった。
「船長(カピタン)、なんして、おいにおしえんかった」

はげしいけんまくだった。胸ぐらをつかみかねないいきおいで、

「なんして、だまっとった。小父さんは、風で帆柱にたたきつけられたんではなか。殺されたとじゃ。黒市にくびり殺されたとじゃ」

「大きな声をだすな」

与惣次はうろたえた。

「だれがそんなことをいった」

伊太はだまった。だれにもいうな、とまえおきして、小鉄の首に、綱でしめたあとがのこっていた、とおしえてくれたのは、岩松という水夫だった。この男が、小鉄の死体を最初にみつけたのである。伊太が、おれのせいで小父さんが死んだ、

とじぶんを責めるのをみかねて、口をすべらせた。与惣次に口どめされていることであった。

　黒市がやったとは、岩松はいわなかった。頭のうしろを帆柱にぶつけたようなあともあるが、綱でしめたあとも、首にのこっていた、といっただけであった。殺すところを見たものは、だれもいない。

　――でも、黒市でなくて、だれが、小父さんを殺すんだ。木屋のだんなに、じぶんのうそがばれるとこまるからだ。金のつかいこみをしたのは、きっと黒市だ。それを、小父さんのせいにしようと……。小父さんが前の間にいったあとから、おなじ方角に消えていった男のうしろすがた。くらいし、水しぶきのかげで、はっきりとはみえなかったが、あの肩幅のひろい大きなからだは、たしかに黒市だ。いかり綱に足をとられて身うごきのできない小父さんの首に綱をまいて……。

「ごまかさんで、おしえてくれ、船長（カピタン）。なんして、だまっとったじゃ。船長（カピタン）も、黒市とぐるなんか」

　黒市は、しめ殺したあと、小鉄のからだを海に投げすてて犯行をくらますつもりだったのだろうと、伊太は思った。だが、からまった綱がなかなかほどけない。まごまごしていて、人に見られたらたいへんだ。それで、頭を帆柱にうちつけたように細工してごまかしたのだ。

　しきたりどおりに伝馬にのせて海に流そうとみんながいうのに、黒市だけが反対した。死体をのせた伝馬が流れているのを漁船などがみつけることがある。すると、ひろって、あらためてとむらってやるというのも、しきたりのひとつである。船霊さまがよろこんで、大漁になると信じられているからだ。黒市は、首に綱のあとがのこったのに気づき、おじさんの死体をひろわれるのをおそれて、伝馬をつかうなといいはったのにちがいない。

「もし、黒市が小鉄さんを殺したのだとしたら、おまえは、どうするつもりだ」

「殺してやる」

伊太は、そのことばを、つばをはくようにはきだした。

「おまえのような子どもに、あの大男が殺せるのか」

「殺してやるとも」

「この船のなかで、さわぎをおこすことはゆるさん」

与惣次は、冷淡につきはなした。

「黒市は、船のだいじな按針だ。この船には、二百人ちかい人間がのっている。高価な船荷もつみこんである。それを、ぶじに日本にはこびかえるのが、船長(カピタン)であるわしのつとめだ。どうしても黒市とあらそうというのなら、おまえをしばりあげて、船底へほうりこむぞ」

「堺にかえりついてから、殺したるばい」

伊太は、すこしたじろいで、いった。

「その腕で殺せるものかどうか、頭をひやして考えてみることだな」

黒市にしかえしするよりも、一人まえの船乗りになることを考えたほうが、小鉄さんはよろこぶと思わないか――。

肩をおとして去ってゆく背なかに、与惣次は声をやわらげたが、伊太の耳にはとどかなかった。

与惣次も、黒市をうたがっていた。しかし、証拠はない。

小鉄の首に綱のあとがあったのをはっきり見たのは、岩松と与惣次だけであった。ほかのものは気づかなかったようだ。綱のあとはうすかった。

めんどうなことにまきこまれるのは、いやだった。黒市がおそろしくもあった。

だまっていることにした。気がとがめるのを、ふたりの子どもの身のふりかたを考えてやることでうめあわせようと思った。

「わしの妹が嫁にいっている青物屋が、大坂にあるのだが……」

伊太と弥吉をよんで、話しかけた。

「人手をほしがっている。そこではたらいてみる気はないか」

「おねがいします」

弥吉は、しんみょうな顔で頭をさげた。

「おまえはどうだ」

「おいは、いらんとです」

伊太は、そっけなく首をふった。

「船にのりたいか。木屋の船は、黒市が按針だからまずいが、ほかの船を世話してやろうか」

「いらんとですよ」

せっかく親切にいってやるのに、と、与惣次は、いささかむっとした。

伊太は、それきり、口をつぐんだ。船をおりるまで、ひとことも、与惣次に話しかけようとはしなかった。

第三章　旅だち

しもごえ船

伊太と弥吉が日本にかえってきた年、大阪夏の陣として知られる、豊臣、徳川のさいごの決戦がおこなわれた。大坂城は燃えおちて、豊臣家はほろんだ。徳川幕府の力は、ゆるぎないものとなった。

その翌年、元和(げんな)二年（一六一六年）十月——。

マカオから日本にむかう、一そうのガレオン船があった。船の甲板には、ポルトガル商人にまじって、ディオゴ＝デ＝カルバリオ神父と、マチアス少年のすがたがみられた。

峰もふもとも　卯の花の
さかりをきそう　よろい武者

なびくは雲か　白旗か
門出吉左右（かどできっそう）　万万歳（ばんばんぜい）

ふしおもしろくうたう、くぐつまわしの声がきこえる。

「弥吉、たあ坊をつれていってや」

おかみさんにいわれて、弥吉は、へい、と腰をかがめた。振り売りからかえったばかりで、くたびれていたが、

「さあ、坊（ぼ）ん、いきましょう」

五つになる主人のむすこの太郎吉の手をひいて、外にでた。

もえ黄色の頭巾に、だんだら縞の袖なし羽織のくぐつまわしが、胸からさげた箱舞台で人形をあやつりながら、うたっている。箱の上の、紙のよろいを着た武者人形が、うたにあわせて、小さい刀をふりまわす。

くぐつまわしのまわりには、もう、子どもたちが七、八人あつまって、人形のうごきにみとれていた。弥吉も、小さい子どもといっしょになって、おもしろがっていた。

「弥吉」

耳のそばでよばれて、弥吉はふりむいた。ぎくっとした。

服装や髪の形は、すっかり日本風にかえっているが、まぎれもなく、去年の六月、マカオでわかれたマチアスであった。

弥吉の顔に、おびえた影がはしった。つ、とその場をはなれ、人目にたたないものかげにはいり、マチアスを目でまねいた。

「あめ買（こ）うて」

太郎吉が、ばたばたかけてきて、ねだった。くぐつまわしは、ひとくぎりうたいおわって、人形を箱におさめ、まわりにあつまった子どもたちに、あめを売りつけていた。

「あとでね。いま、おあしをもろうてきとらんか

ら」

太郎吉は、どうしても、いまほしいんだ、と足をふみならしてわめいた。

マチアスがやさしくなだめて小銭をわたすと、太郎吉は、にこにこ顔になって、小銭をにぎりしめ、くぐつまわしのところへとんでいった。

「なんして、日本にわたってきたと」

慶長十六年（一六一一年）の禁教令以後、いくら禁止してもあとをたたないキリシタンに手をやいた幕府は、ますますとりしまりを厳重にした。とらえられたキリシタンは、改宗しないかぎり、残酷な処刑をうけている。改宗させるためには、火責め、水責め、石責め、さかさ吊り、と、さまざまな拷問がくわえられた。

幕府が、このように強硬な弾圧をキリシタンにくわえるようになった理由はいくつかある。

たとえば、キリスト教の説く、人間は神のまえではだれでも平等であるという教えが、将軍の権力を絶対的なものとし、階級による封建制度を強固にしようとする幕府の方針とあいいれないこと。

イスパニア、ポルトガル人が、ポルトガルのあとから日本にやってきたオランダ人が、ポルトガル人は宣教師をおくりこんで、人民の心をつかんだうえで、その国を侵略しようとする意図をもっている、これまでも、その方法で、東洋の各地を植民地にしてきたと、幕府に告げたこと、などである。

「だいじょうぶだよ。ここでは、だれも、わたしがイエズス会のイルマンだとは知らないもの」

マチアスはへいきな顔だが、弥吉は、気が気ではない。

「おいがここではたらいてるこつ、なんしてわかったと」

「堺の木屋の店をたずねてみたのだよ。店の人で、与惣次さんからおまえたちの話をきいたという人がいて、おしえてくれた」

「木屋によったたんか……」

弥吉の不安は、ますますふくれあがった。

木屋には、マカオの出店にいったことのあるものが、何人かいるということだ。そのなかには、マチアスの顔を見知っているものもいるかもしれない。マチアスは、しじゅう、小鉄のところに出入りしていたから……。

与惣次の世話ではたらくようになった青物屋は、間口九尺（一尺はおよそ三〇センチ）の小さい店である。与惣次の妹だというおかみさんも主人も、けちで、口やかましくて、年じゅう、もうけがすくないとか、やとい人のくせにめしをたべすぎるとか、もんくばかりいっている。

弥吉は、毎朝、夜のしらむと同時におきる。荷車をひいて、主人といっしょに、天満（てんま）の青物市に野菜の仕入れにでる。かえってくると、うちじゅうのそうじをし、おもてのどぶ板の下まで、すっかりきれいにする。おかみさんがきれいずきでやかましいのだ。使用人は弥吉だけだから、ひと息いれるひまもない。

昼からは、てんびんをかついで、町なかを振り売りにでかける。振り売りからかえるころは、もう夕方で、店がたてこみはじめる。そのあいまには、きょうのように、太郎吉のおもりがはいる。

それでも、弥吉は、けっこう満足だった。おかみさんは、兄の与惣次にたのまれたから、しかたなくおいてやるのだといっているが、腹のなかでは、くるくるよくはたらく弥吉を、ちょうほうがっているのだ。

コステイロのところにいたことを思えば、ここは天国だった。わずかではあるが、ちゃんと給金もはらってくれる。マカオでは、仕事はつらくはなかったが、こんな遠い見知らぬ異国にきてしまって、これからさきどうなるのだろうと、こころぼそくてたまらなかった。

いっしょうけんめいはたらいて小金をためて……金がたまったら、南蛮菓子をつくる店でももとうかな……。マカオにいるとき、ハナのてつだいをしながら、みようみまねで、ボーロやコンペイト、カルメルのつくりかたはおぼえていた。

この暮らしをこわされるのは、たまらなかった。

木屋のものが、だれかマチアスを訴人しないだろうか。もし訴人されたら、キリシタンのイルマンの密入国を知ってだまっていたじぶんまで、おしおきにあう……。

「木屋で知ったもんにあわんかったか」

「さあ、気がつかなかったな」

マチアスは、のんびり首をふった。

「伊太とは、いっしょではないんだね。伊太はどうしている」

「伊太は、船にのっちょる」

「船？　それでは、のぞみがかなったんだね。よかったな。小鉄さんといっしょに船にのって、世界の海をまわるのだと、よくいっていたものね。でも、船にのっているのではあえないいな」

「あえるさ、大坂にいるんじゃ。伊太ののっちょるのは、船は船でも……」

弥吉は、ちょっとけいべつしたような笑いをうかべて、早口に、伊太のいどころを告げた。

京、大坂の辻つじには、キリシタンを訴人したものにはほうびをあたえる、としるした高札が、いくつもたてられてある。

定

きりしたん宗門ハ累年御禁制タリ、自然不審ノ者有之ハ申出ヅベシ

御褒美トシテ

ばてれん訴人　銀五百枚

いるまん訴人　銀三百枚

同宿立カエリ訴人　銀　百枚

…………………

隠シオキタル場合ハ重キ厳科アルベシ

弥吉は、いろはのかな文字ぐらいは、どうにか読み書きできるようになったものの、このような漢字まじりのむずかしいお布令書きは、さっぱり読めない。それでも、ほかのものからきいて、文面はほとんど、そらでおぼえていた。

バテレンを訴人したものには、ごほうびとして、銀五百枚くださる。

イルマンを訴人したものには銀三百枚。

バテレンやイルマンをかくまったものには、おもいおとがめ……。

「弥吉、いまの人、だれや」

マチアスが去ったあと、太郎吉が、弥吉の袖をひっぱってたずねた。

「なんでもなかとですよ。知らん人ですよ」

「……銀三百枚か」

弥吉はつぶやいて、ふかいため息をついた。

マチアスは、淀川をみおろす土手にたたずんでいた。川から吹きあげてくる夕風はつめたい。マチアスは、着物のえりをかきあわせた。

淀川すじで待っていれば、伊太ののった船がこぎくだってくるだろうと、弥吉はおしえてくれた。

琵琶湖にみなもとを発し、瀬田川、宇治川と名をかえて、やがて、桂川、木津川と合流し、大坂平野をつらぬいて流れる淀川は、京、大坂の交流の要路である。

目の下を、さまざまな船がこぎのぼり、こぎくだっていく。

八ちょう櫓でとばす飛脚船、船遊びの客をのせた屋形船、船の客めあてに、くらわんか、くらわんかとよびたてて、酒やもちなどを売る煮売船（にうりぶね）……。

一そうの小舟が、流れにのって、ゆっくりこぎくだってきた。からのおけを、五つ六つ、つんでいる。櫓は一ちょう、船頭はひとり。

櫓をおす背の高いやせたすがたに、おぼえがあった。

「伊太！」

雑草のしげった土手を、灌木の小枝をたよりに、腰をおとして、すべるように川べりにおりる。

櫓をこいでいた手がとまった。

「マチアス！」


「船は船でも、とんでもないやつにのっとったんで、おどろいただろう」

伊太は、マチアスの鼻さきに両手をつきだした。

「おいの手、くそうはなかか」

ふたりは、土手にならんで腰をおろした。小舟は、川べりの柳の木につないである。

マチアスは、えくぼをみせて首をふった。

「ひと月ほどまえ、日本についた。九州の大村にこっそり上陸してね、それからしばらく、そこの癩(らい)病院ではたらいていた。血や膿でいっぱいの病人といっしょだった。だから、しもごえぐらいではおどろかないよ」

伊太がこいでいたのは、大坂の町のしもごえをあつめて、ちかくの農家にはこぶ、〈おけ船〉とよばれる小舟であった。

「おまえは、どうして、弥吉といっしょにはたらかないの」

「他人の顔ば、見とうなかとよ」

なげやりないいかたに、マチアスは、ちょっと眉をひそめた。小鉄が日本にかえるとちゅう嵐にあい、事故で死んだということは、マカオの出店のものからきいていた。

「伊太、やけをおこしてはいけないよ」

――なにも知らんと、えらそうな口ばきくな。

一年たった、と、伊太は心のなかで日かずをかぞえていた。

二年待つ、と、伊太はじぶんにちかったのだ。小鉄が黒市に殺されたとさとったとき、すぐにも、しかえしをしたかった。しかし、とても勝ちめはなかった。

二年たてば、おいも十七たい。からだも大きゅうなる。力も強うなる。黒市にまけんごとになる。あと一年。来年こそ、小父(おっ)さんのかたきばとってやる。

だが、その決心を、マチアスに告げるわけにはいかなかった。

——マチアスときたら、バテレンの教えをうのみに信じこんでいて、そのままばか正直にしたがうことしか知らないのだから。

「いま、どこに住んでいる?」

マチアスは、口をひきむすんだ伊太の横顔をのぞきこむように、首をかしげた。

「家などなか。船んなかでねちょる」

「今夜は、わたしのとまっているところにこないか。下辻の信徒のところにいるんだ。ひさしぶりであったんだもの。ゆっくり話がしたい。カルバリオ神父さまにもあえるかもしれないよ」

「パードレさまも日本にこられたんか」

「ああ」

いったい、なんのために、危険な日本にやってきたのだ、と、伊太は声をきつくした。

「だって、信徒はおおぜい日本にいるのに、その中心になるパードレやイルマンがいなかったら、みんなこまってしまうだろう。教えのたいせつな部分はわすれられ、しきたりばかりが、あやまったかたちでつたえられるようになる。わたしだって、たいした仕事はできないかもしれないけれど、つらい思いをしている信徒たちを、はげますことはできる」

マチアスは、めずらしく、いきおいこんでしゃべった。ふだんは、人なつっこいわりに無口なほうだった。マチアスとしても、なみなみならぬ決心をして日本にわたってきたのだということは、伊太にもさっしがついた。

川をこぎくだる屋形船に、ぽっとあかりがともった。

家のなかで、ふとんにくるまってねるのは、日本にかえって以来、はじめてといっていいほどだ。うすい、かたいせんべいぶとんが、伊太には、まるで、真綿入りの豪華な夜具のように感じられた。

朝、子どもたちのうたう声で目がさめた。となりのふとんは、もう、きちんとたたんでおり、マチアスのすがたはなかった。

伊太はおきあがると、歌声のする縁さきにでてみた。庭で、五、六人の子どもがあそんでいた。妹のフミのような、おかっぱ頭のおさない女の子もいた。その足もとで、にわとりが、くちばしで地面をつつきながら、コッコッと、えさのさいそくをしている。道をへだてむこうの稲田は、刈りとられた切り株が、ぎょうぎよくならんでいる。

沖にくるのは
パアパの船よ
丸にやの字の
帆がみえる

子どもたちは、声をあわせてうたっている。

「長崎のほうで、このごろはやっている歌だよ」

いつのまにかうしろにきていた、マチアスがいった。

「パアパというのはローマ法王のことで、丸にやの字でマルヤ、つまり、マリアさまのことだって。きびしい迫害をうけているキリシタンの人たちが、いつとはなくうたいだしたものらしい」

「あかんよ、そないな歌うとうたら」

おくからでてきたわかいむすめが、子どもたちをたしなめた。

「よその人にきかれたら、どないするねん。こわいところへつれていかれてしまうよ」

それからマチアスに、

「あないな歌、おしえてもろたらこまりますわ。子どもらは、すぐにおぼえて、みさかいのううたいますよって」

伊太と目があうと、「おはようさん」と、かるく頭をさげた。

勝ち気そうな、きりっとした眉と、りんかくのはっきりした目をもっている。ゆうべここについたとき、マチアスにひきあわされた。この家のむすめで、美代、洗礼名をクレールという。美代の父の太右衛門も、シモンという洗礼名をもつキリシタンで、大坂の郊外、下辻村の大百姓である。母親は十年ほどまえに世を去り、家族はこのふたりだけであった。庭であそんでいる五人の子どもは、太右衛門親娘（おやこ）がひきとってめんどうをみている。身よりのない孤児たちである。

朝食のしたくができたと美代が告げると、子どもたちは、さきをあらそってあがってきた。太右衛門は、炉をきった板敷きのへやの炉べりにすわり、にこにこしながら、みまもっていた。美代が箱膳をならべた。

「仕事には、はやくいかなくてはならないのか」

マチアスがたずねた。

「どうせ日やといたい。やすんでもかまわん」

伊太がこたえると、マチアスはうれしそうな顔になった。

「もうじき、旅にでるんだ。そうすると、またあえなくなるからね。大坂にいるあいだぐらい、いっしょにいられるといいな」

「旅？　どこへいくと」

「津軽だよ」

美代がきつい目をむけ、

「マチアスさま」

と、とがめた。

「津軽ちゅうたら、おまえ……」

伊太はあきれて、

「日本の北のはてたい。なんして、そげんなところばいくとね」

「マカオから日本までの道のりを考えてごらんよ。遠いといったって、津軽は日本のうちだよ」

「マチアスさま」

美代が、また口をはさんだ。

「この人は異教徒(ゼンチョ)ですやろ。もし、あのことがよそにもれたら、えらいことになりますよってに……」

キリシタンは、信徒以外のものを、異教徒(ゼンチョ)とよんでいる。

「だいじょうぶだよ。伊太は、わたしのなかよしの友だちだ。なにを話したって……」

「そやかて……」

「美代、ひとさまをやたらうたごうたら、あかん」

太右衛門がむすめをたしなめた。美代がしかられていると思ったのか、小さい子どもが、美代のひざに手をおいて、太右衛門をにらんだ。

太右衛門は伊太にむかって、

「天主(デウス)の御心を奉ずるものが、いつも、他人をうたごうてばかりおらねばならんのは、かなしいことじゃがの。だが、いまの日本では、わたしたちは、じぶんの身をまもるためには、蛇のように、さかしゅう、うたがいぶこうしとらねばならんのや。あんたはマチアスさまの友だちやさかい、わたしらもあんたを信じよう。この家で見たりきいたりしたことは、いっさい、他言(たごん)せんといてほしい。おおぜいの人のいのちにかかわることじゃ。わしらがキリシタンであることが世間に知れたら、とらえられるのは、わしら親娘ばかりやない。ここにいるがんぜない子どもらも、どのようなめにあうかわからん。みな、親も身よりもない子供ばかりじゃ」

「津軽には、おおぜいのキリシタンが流されている」

マチアスがつづけた。

「きのうは、道ばたで、とおりすがりの人にきかれるといけないから、くわしい話はできなかったけれど、津軽にいくのも、わたしの仕事のひとつなんだよ」

おととしになるな……と、マチアスは指をくった。

「おまえたちがマカオにきたあの年、京や大坂のキリシタンが、おおぜいとらえられて、津軽に流されたことを知っているかい」

きいたおぼえがあるな――と伊太は思った。

いつ、だれにきいたのだったろう……。

そうだ、弥吉がいっていた。木屋船の船底におしこめられていたとき、いっしょだった女の人からきいた話だといって、伊太に告げたのだった。

京都で四十七人、大坂で二十四人のキリシタンが捕縛された、と太右衛門が話をついだ。マチアスのゆっくりした話しぶりがじれったくなったように、

「七十一人のキリシタン衆は、敦賀から船で津軽におくられた。ほとんどが、関ヶ原の戦いにやぶれてほろんだ宇喜多さまのご家来衆と、その家族や。女も子どもも、まじっとったそうや」

くさりでつながれてな、と、太右衛門の声に怒りがこもった。

宇喜多さまときいて、伊太は太右衛門の話に心をせかれた。小鉄の父が宇喜多家の足軽組のひとりだった、という話を思いだしたのである。

「津軽の鬼沢村というところに流されて、荒れ地を開墾してくらしとるそうじゃが、ここ三、四年、奥州（おうしゅう）のあたりは、ひどい飢饉でな、ふつうのものでさえ、えろう暮らしにこまっておるそうじゃ。まして、荒れ野にうちすてられた流人（るにん）の衆のみじめなことは、わしらの思いもおよばぬほどらしい。京、大坂には、まだまだ、おおぜい、役人衆のせんぎの目をのがれたキリシタンがひそんどる。わしらキリシタンは、流人衆のために、金をあつめた。マチアスさまが、長崎、平戸あたりの仲間か

らよせられた金を、ここまでとどけてくだされた」

「その金をとどけに、津軽にいくのさ」

「おまえがひとりでか」

「そうだよ」

マチアスは、となりの家に重箱をとどけにいくような気がるさで、うなずいた。

「カルバリオ神父さまは？」

「パードレさまは、仙台にいく用がおありなさるのじゃ」

太右衛門がいった。

食事のすんだ子どもたちを、美代が庭に追いやった。

仙台藩に、後藤寿庵というキリシタンの武将がいる。胆沢郡千二百石を領有し、藩主伊達政宗からおもくもちいられている。伊達政宗は、キリシタンに好意的で、ローマ法王のもとに親善使節をおくったほどである。

後藤寿庵は、胆沢平野に大用水路をひらく計画をたてた。その灌漑工事の指導のために、カルバリオ神父は、ひそかに仙台にまねかれたのである。

「お奉行所に知れたら、えらいことになるがの」

と、太右衛門は声をひそめた。

「ほかに、だれもおらんとですか、津軽までマチアスといっしょにいくもんは」

「キリシタンは、みな、おのが身を役人衆の目からかくすにせいいっぱいでな」

太右衛門は目をふせた。

「みな、家族もちじゃ。津軽に旅するには、妻を、子を、親を、すてるかくごがいる。いつ役人の手がまわるかもしれぬ、あぶない旅じゃ。船でゆけば道中はらくじゃが、まんいち、船のなかで、キリシタンであることが露見したら、海の上では逃げ場がない」

密航をみつかったときのことを、伊太は思いだした。ポルトガル商人コステイロのもとを逃げだし、追っ手につかまらぬよう、船で逃げようとしたのだが、水夫にみつかってしまった。せまい船の上を、どう逃げまわっても、けっきょく、つかまるほかはなかった。陸路をえらぶという太右衛門のことばは、なっとくがいった。

「それで、北陸路をとることになるのじゃが、いまからでは、おそらく、津軽までいきつかぬうちに、雪になろうの。北国の雪はふかい。路銀もとぼしい。日本のキリシタンはまずしゅうてな。わしらのために、ひそかに日本にわたってこられるパードレさまたちも、本国からの送金もなく、苦しい暮らしをしておられる。じゅうぶんな路銀をととのえることができんのじゃ」

ため息がもれた。

「いのちがけの、なんぎな旅や。わしでもいいければええんじゃが、母親のおらんこのむすめや、五人の子どもたちをのこしてはいけぬでの」

「太右衛門さんは、ここで、孤児たちをそだてるというだいじな仕事をしているし」

とマチアスが、

「ほかの仲間も、みな、なにかしら他人のためにはたらいている。わたしは、こういう仕事をするために、日本にかえってきた。これは、わたしの役目だよ」

あまりあっさりいうので、旅のつらさ苦しさが、ほんとうにわかってはいないのだ、と伊太は心配になった。小さいときに母親からひきはなされて海のむこうにおくられ、しかも、母が父の手で虐殺されたということは、おそらく、マチアスの心の傷になって、のこっているだろう。しかし、三つのときから、僧院のおくで、神父たちにかわいがられてそだったマチアスは、長い道中を歩いたことさえないのではないだろうか。大村の癩病院ではたらいたといっていたが、それにしても、せいぜいひと月ていどである。

太右衛門がマチアスをながめる目も、いくぶん、こころもとなげであった。

「おいがいっしょにいったるばい」

美代が、はっとしたように、父の顔を見た。

「ありがとう、伊太。そういってくれるの、とてもうれしいよ。でも、いま太右衛門さんがいったように、これはあぶない旅なんだ。おまえをまきぞえにはできないよ」

――あぶなか旅ちゅうこつは、おいのほうがよう知っちょる。

「淀川をのぼったりくだったりするのに、あきあきしとったとじゃ」

流人のなかには、宇喜多さまの家来がおおぜいいるということだから、ひょっとしたら、小鉄おじさんを知っている人がいるかもしれない。そう思うと、あったこともない流人に、なんとなく、したしみをおぼえた。

「ええのん、とうちゃん、はじめて会(お)うた人に……」

美代の心配そうな声に、金をもち逃げされないかと思っているのだと気がついた。

伊太は、わざと、ずるそうな顔つきで、うすら笑いをうかべてみせた。


マカオで見た海は、明るかった。灰色の雲がひくくたれこめた日本海をながめて、

「この海が、マカオまでひとつにつづいているなんて、信じられない」

伊太はつぶやいた。

大坂から、京、小浜、敦賀とすぎて、福井のてまえ、麻生津(あそうづ)のあたりである。冬がちかい。なまり色の海は、おもたげにうねっていた。

マチアスが、足をひきずりながら追いついてきた。

「わらじのはきかたがわるかと。足ばだしてみい」

ひもをむすびなおしてやって、

「いまからまめつくっとるようでは、さきが思いやられるの」

と、からかった。

「北と南では、こんなにも海の色がちがうんだね」

マチアスも、くらい海に目をやった。

福井の城下には、日ぐれまでには、はいれそうであった。

「すこし、やすんでいこう」

ふたりは、道に背をむけ、草むらに腰をおろした。すすきの白い穂が、風になびいていた。

背後の街道を、ときおり、旅人の足音がちかづいては遠ざかってゆく。

伊太のひざの上に、白い小さいものが舞いおちてきた。いまごろ蝶が——と、手にとると、それは、ただの紙くずだった。

「ちぇっ。だれか、はなをかんだ紙ば、ほうりよった」

指さきでつまんですてようとした伊太は、手をとめた。

「文字が書いてある」

「手紙の書きそんじかな」

ひろげてみて、顔色がかわった。

まちあすのたびを　やくにんがしった

「弥吉の字だ」

さけんで、伊太は立ちあがり、街道をみわたした。

ずっと遠くに、福井にむかってさきをいそぐ、ふたりづれの旅人の小さなうしろすがたがあった。

「あの、背のひくいほうが弥吉だろうか」

かけだそうとして、手紙のつづきがあるのに気がつき、伊太は、くしゃくしゃな紙に目をはしらせた。

「読みにくか字たい」

伊太は顔をしかめた。

「おいよりひどか」

まちあすをかくまっていたきりしたんがつ
かまって
ごうもんされて　やくにんにしゃべった
おれは　まちあすのかおをしっているので
つかまえるてつだいをしろと　やくにんに
いわれた
いま　したやくにんといっしょに　おまえ
たちのあとを　おっている
このてがみを　うまくわたせるといいとお
もっている

「パードレさまも、お美代さんたちも、みんなつかまったのだろうか」

「さっきのあれが弥吉だとすると、いっしょにいたのが、ここに書いてある下役人だな」

　伊太はのびあがって、弥吉らしいうしろすがたを目で追った。

「マチアス、おまえは、わき道をいけ。あとでおちあおう」

　そういいすてて、伊太は、大またに、弥吉のあとを追いはじめた。

　つれの吉本儀兵衛という下役人のきげんがわるいので、弥吉はへいこうしていた。

　いままで、ほんとうに、キリシタンの小僧をみかけなかったのか。かばったりすると、ひどいおしおきにあうぞ、と、吉本は、道みち、なんども念をおした。

　風がはだ寒いこのごろだというのに、小ぶとりの吉本は、あごのくびれた顔に汗をうかべ、せっせとみじかい足をはこんでいる。

　弥吉は、道ばたにしゃがみこんだ。

「どうした。さっさと歩け」

「へえ、腹がいとうて……」

「やっかいなやつだな」

　吉本は、舌うちして足をとめた。

「歩けないのか」

「へえ」

弥吉は、しゃがんだまま下をむいて、さっきふたりをみかけたとき、「あそこにいます」と指させば、それで、おれの役目はおわったんだけどな……と、ぼんやり、考えていた。青物屋のせせこましい店に、はやくかえりたかった。

「おかみさん、おれがおらんので、こまっとるやろな」

「あほう、おまえのような小僧のひとりやふたり、いてもいなくても、おなじことだ」

吉本儀兵衛はいらいらして、

「おれは、さきにいくぞ」

と、どなった。

「手配をととのえるよう、番所にたのんでくるからな。腹がなおったら、すぐにとんでこい。逃げてもむだだぞ。そのようなことをしたら、店にはおれんようになるぞ」

「わかってま」

ふとったからだをまるめて、吉本は足ばやに立ちさった。

やれやれと腰をのばし、役人のすがたがすっかりみえなくなったところで、弥吉は片手をあげた。

「なんだ、知っちょったんか」

かたわらの辻堂のかげから、伊太がでてきた。

「知っちょったかもないもんじゃ。おいは、気が気でなかったと。あほ。なんして、のこのこ、あとをついてくるんじゃ。せっかく、知らせてやったのに」

「おまえに、もうちっとくわしゅう、話ばきこうと思ったけん」

「話なら、はようすませてくれや」

弥吉は、びんぼうゆすりをしながら、せきたてた。

「パードレさまは、どげんしなされた」

「ぶじに大坂をたった。そのあとで、キリシタン狩りがあったとじゃ。マチアスばとめとったキリシタンがつかまっての、拷問されて、マチアスが津軽にいくこつば、口をわってしもうたばい」

「あのうちでやしなわれとった子どもたちは、どげんした」

「知らんよ」

弥吉は、おちつかなく、あたりをみまわした。

「伊太、このまま、大坂にかえれや。なんも、おまえのいっちょすかんキリシタンのために、津軽までいくこつはなか。役人は、おまえのこつはなんも知らん。つかまったキリシタンも、おまえのこつまではしゃべっちょらん。おいは、おまえがおらんようになったけん、マチアスといっしょだと、すぐ気がついたばってん……」

「おいのこつは、かまわんでよか。おまえも、とんだまきぞえじゃったの」

「めいわくな話たい。ばってん、金沢あたりまでも追いかけて、そいでん、つかまらねば、役人もあきらめて、大坂へかえるちゅうじゃろ」

役人がもどってくるといけないから、おれはもういくぜ、と弥吉は手をふった。

「おまえのおかげで、つかまらんですみそうじゃ」

おおきに、と大坂弁で礼をいって、伊太は草むらをかきわけ、わき道に消えた。

伊太にすなおに礼をいわれて、弥吉は、胸がしめつけられるように苦しくなった。伊太は、弥吉の秘密には、なにも気がつかないでいってしまった。

――おいは運がわるるか。役人と友だちの板ばさみたい。

福井の城下にむかう弥吉の足はおもかった。北風が土ぼこりを舞いあげた。海鳴りの音に追われるように、弥吉は足をはやめた。

吹雪の矢立峠(やたてとうげ)

はだしの足を、すきとおった川の水にひたすと、しびれるようなつめたさが、足の指さきからつたわってくる。

　伊太は、水中に手ぬぐいをひろげ、足をひらき腰をかがめて、えものがなにかはいってくるのを待つ。

　ざっと手ぬぐいをひきあげると、青みをおびた灰色のはやがおどっている。小枝にさして、火の上にかざし、ついでに、むらさき色になった足もあたためる。

　やがて、うまそうなにおいがただよいはじめる。

「野宿はむりになってきたね」

　マチアスがいった。

「そうかちゅうて、街道すじにおりて、宿をとるわけにもいかんし……」

　枯れ枝をぽきっと折って、伊太はたき火にくべた。

　弥吉がいったとおり、下役人の吉本は、とちゅうでマチアスを追うのをあきらめたらしい。弥吉は、とっくに大坂の青物屋にかえりついて、くるくる小まめにはたらいているころであった。

　しかし、関所関所には、マチアスをつかまえよう、手配がまわっているかもしれない。伊太とマチアスは、用心ぶかく山越し（関所やぶり）しながら、福井から大聖寺、金沢、糸魚川、高田とすぎて、酒田から東に道をとり、羽州街道にでようとしていた。ずっと野宿をつづけてきた。ときたまみかける農家でとめてもらおうと思っても、どこでもつめたくことわられた。他国ものがわざわいをもたらすという迷信のためばかりではない。うちつづく飢饉に、農民はつかれはてていた。じぶんたちが飢えとたたかっているのに、他国ものの世話までするよゆうはなかったのである。

「ばってん、これでは寒うてかなわん。こんど家がみつかったら、なんでもかんでもたのみこんで、とめてもらうとじゃ」

　その日の暮れ、戸をたたいた農家で、四十ぐらいの女が、ふたりのくたびれたようすを見て、なかにいれてくれた。

　それほどまずしげな家ではなかった。

　いろりのまわりに、家のものがあつまっていた。家長のすわる横座には、八十くらいのやせこけた老人が、あごとひざがつきそうなかっこうで、まるまりこんでいた。おとなは、この老人と、ふたりをまねきいれてくれた主婦らしい女だけで、あとは、十二、三をかしらに、四人の子どもが、いろりの火に手をかざしていた。

　老人も子どもも、むっつりだまりこんでいる。いちばん年下の五つぐらいの子どもでさえ、年よりのようなつやのないほおをして、どんよりした目で、自在かぎにかかったなべのゆげをながめていた。

　女はなべのふたをあけ、なかの汁を、木杓子（きじゃくし）で椀にもりわけた。白いゆげが、丸太を組んだすすけた屋根裏にはいりのぼった。

　伊太のまえにも椀がおかれた。うすいみそ汁に、いもの茎のようなものがしずんでいる。たべるものは、それだけだった。

　子どもたちは、からになった椀をきれいになめ、ごろんと横になった。末の子は、むしろのはしのわらをひきぬいて、しゃぶりはじめた。

　マチアスは、振りわけ荷をほどいた。子どもたちの目が、くいいるように、マチアスの手もとにそそがれた。

　なにをするのかと伊太がいぶかっているうちに、マチアスは、道中食糧ののこりをとりだし、女に手わたした。わずかばかりの、みそ、干し飯、もちなどだった。

　女のほおがひくひくひきつれた。女は、わっとまわりにとびついてきた子どもたちをはねのけ、ひとにぎりほどのたべものをぎゅっとつかんで、からだをふるわせた。老人の枯れ枝のような指が、女の手からもちをつまんだ。かちかちにひびわれたもちのかけらを、老人は、歯のまばらな口にいれ、目をつぶってしゃぶった。

女はふかい息をつくと、干し飯をすこしずつ子どもたちのてのひらにのせてやり、伊太とマチアスにもさしだした。

末の子が、伊太のほうをむいて、鼻のあたまにしわをよせてみせた。笑い顔のつもりらしかった。伊太がその鼻のあたまをかるくつまむと、子どもはうれしがって、犬の子のようにじゃれついてきた。

家のものはとなりのへやでやすみ、伊太とマチアスはいろりのはたに横になった。

「あほう」

伊太は、声をひそめて、マチアスにおこった。

「みんなやってしもうて、あしたから、どげんすっと」

「町にでれば、なにか買えるだろう」

「路銀がすくなかこつ、知っとるじゃろが」

マチアスのこまった顔を、いろりの火があかく照らした。

目をつぶったが、空腹感がのこっているので、なかなかねつけなかった。

まくらもとで、かすかな音がした。いろりの火は消え、へやはくらかった。伊太は、やみをすかして、ようすをうかがった。目がなれると、残り火のうすあかりで、黒い影が、すこしずつにじりよってくるのがわかった。

影は、横になっているふたりの鼻さきに手をかざして、寝息をうかがい、また、そろそろとうごきだした。その手がまくらもとにおいてある振りわけ荷物にとどいたとき、

「どろぼう!」

伊太はとびかかった。

とりおさえてみると、どろぼうと思ったのは、この家の老人だった。おもいがけないほどの強い力で、老人は、組みついてくる伊太をはらいのけながら、荷物をしっかりかかえこんだ。

マチアスが目をさました。

「どうしたんだ」

女がかけこんできた。

女は、老人と伊太がとっくみあっているようすを見ると、とめにはいるどころか、いっしょになって、包みをうばいとろうとした。

伊太は、女をつきとばした。

「食いものは、さっき、みんなやってしもうたとじゃなかか。もう、なんものこっとらん。恩知らず」

女は、包みのはしをにぎったまま、ころげた。そのはずみに包みのむすびめがほどけ、いろりの残り火に、黄金色の光がきらめいた。

それがクルスであることに気がついて、女はさけび声をあげた。

「でていけ」

女は、手をふりまわしてわめいた。

「でていってけれ。おめえだち、キリシタンでねえか。でてってけれ」

さわぎをききつけてよってきた子どもたちに、

「ちかづくでねえぞ。たたりがあるぞ」

と、おそろしそうに告げ、「でていけ、でていけ」と、わめきつづけた。

夜はまだあけきっていなかった。ふたりをつきとばすように追いだすと、女は、かたく土間の戸をとざした。

黒いこんもりとしたわらぶきの屋根に、

「あほう！」

伊太はどなった。

東の空にのこった細い月が、白くなりかかっていた。

「恩知らずめ」

伊太は、くしゃみをして毒づいた。

「なんも、だまって追んだされるこつはなかったんじゃ。おまえがとめなんだら、なぐりとばしてやったとに」

マチアスがだまっているので、伊太は、気になってたずねた。

「おまえ、おいば、おこっとるんか。乱暴したちゅうて」

「おこっているって、わたしが？」

マチアスは、おどろいたように、伊太を見た。

「ばってん、あまり、だまりこくっちょるけん。おまえは、けんかば、いっちょすかんもんな」

「ああ、ごめんよ。考えごとをしていたものだから」

マチアスは、こまりはてた顔で、

「ねえ、どうしよう」

「心配せんでよか。食いものなら、おいがなんとかするけん、まかしておけ」

「あのね……」

マチアスは、小さくなったわらぶきの屋根をふりかえった。

「飢饉で苦しんでいるのは、津軽の人たちも、このあたりの人たちも、みんなおなじだね。わたしたちが、じぶんの仲間のことだけ心配して、キリシタンでない人たちをみすてていってしまっていいんだろうか。でも、この胴巻のなかの金は、津軽の人たちのものなのだから、わたしがかってにほかの人たちにあげてしまってはいけないね。どうしたらいいんだろう」

「そげんこつ、おいが知るか」

伊太はどなりつけた。

「かわいそうだちゅうて、金をやっていたら、津軽につくまでに、胴巻がからになってしまうばい。おまえの仕事は、津軽まで金をはこぶこつではなかか」

世話のやけるやつだ、と、伊太は、ためらっているマチアスの腕をつかんで、がむしゃらに歩きだした。

大館（おおだて）から羽州街道にはいる。旅はおわりにちかづいていた。

矢立峠をこえれば、津軽の領内である。峠の道は、ふかい雪の下にあった。

雪の山道をいくのは、伊太とマチアスのふたりだけだった。降りつんだ新雪はやわらかく、ふたりは、たびたび、吹きだまりのなかに腹までおちこんだ。木の枝を輪にあんだかんじきをはいていたが、まるで役にたたなかった。

空が晴れわたっているのがありがたかった。風は強い。雪をまきあげながら、まともに吹きつけてくる。

白沢（しらさわ）の里から三里ほど山道をのぼってゆくと、碇ヶ関（いがりがせき）の口止（くちどめ）番所がみえてくる。

番所の門のわらぶき屋根も、左右の袖垣も、雪にあつくおおわれている。門のとびらは、あけひろげてあった。なかの番屋の入り口に、袖からみ、刺股（さすまた）、突棒などの武具が、ものものしくたてかけてある。

口止番所は、幕府でもうけた関所とはべつに、各藩が、それぞれの国ざかいにおいているものである。藩内の産物が、かってに他国にもちだされないよう、とりしまっている。

津軽藩で、領外にもちだすことを禁止している産物は、魚、酒、米のほかに、武具、農具、馬牛、金、銀、銅などの鉱産物、紅花、うるし、鷹、紙、など三十種類以上もあった。そのため、通行人のとりしらべは、とくにきびしかった。

番所は、まるでだれもいないように、ひっそり雪にうずもれているが、建物のなかでは、おおぜいの役人が、いろりの火をかこんでいるにちがいない。みとがめられずにとおりぬけることは、できそうになかった。

これまでも、関所や番所にぶつかるたびに、わき道にそれて、山越ししてきた。通行手形がなくても、名まえと住んでいるところ、いくさきを告げるだけでとおしてくれる、とりしまりのゆるやかな番所もあった。

杣道（そまみち）にわけいって、道にまよったとき、小さな石地蔵が道をおしえてくれたこともあった。

こけむした石地蔵の背なかに、

　あげひばり鳴く音を空にやすみいて
　　右に蛙の声を聞くべし

というたがきざまれていたのである。

　石にきざみつけた文字は、雨や風にさらされ、うすれて読みにくくなっていた。里人たちが、間道を踏みまよう旅人に、右へいけば河津の里にでられると、それとなくおしえたものである。こういうところは、役人の監視もそれほどきびしくはないのであろう。地蔵の背に道しるべがきざんであることに気がついても、ことさらにとがめだてもしないで、みのがしてきたらしい。

　碇ヶ関の口止番所の監視がひじょうにきびしくということは、道みち、うわさにきいていた。

　伊太は、空をみあげた。雲が、とぶように流れてゆく。

「天気がかわらんといいが……」

　ふたりは、えぞ松や杉が雪をかぶった御仮屋獄の斜面をのぼりはじめた。

　斜面は、しだいに急になった。

　晴れていた空が、乳色ににごってきた。風が吹きわたるたびに、こずえの雪が、かたまりのままどさっとおちてきて、肩をどやしつけた。

　ときどき、樹海がきれる。空はすっかり雲におおわれ、おもくひくくなっていた。ふもとのほうは、雲のなかに灰色にとけこみ、なにもみえない。

　吹きつける風が、針のようにいたい。

「マチアス、はなれるな」

　突風が、雪のかたまりを顔にたたきつける。風は吹雪にかわった。

　――歩きつづけるのは危険だ。

　方角がまるでわからなくなっていた。すぐうしろにつづいてくるマチアスのすがたも、うずまく雪けむりのむこうに、ぼんやりした灰色の影としかみえない。

伊太は手をうしろにのばした。マチアスも手をさしのべて、ふたつの手がからみあった。

——きこりの小屋か、せめてほら穴でもないだろうか。

つごうのいいかくれ場所はみあたらなかった。吹雪が針葉樹の枝を鳴らしているばかりであった。

「かくれがば、さがそう」

伊太はマチアスによびかけ、からだをまえかがみにして歩きだした。胴巻にくるんで腹にまきつけた銀が、ずっしりおもくつめたかった。

マチアスの足は、だんだんおそくなった。じぶんの意志で歩いているのではなく、伊太にひきずられて、ようやく足をうごかしているようだった。

手をはなすと、マチアスは、くたくたとうずくまった。そのからだの上に、みるみる雪が降りつもっていく。

「さっさと歩け」

尻をけとばすと、まえにつんのめって、顔を雪のなかにつっこんだままうごかない。腕をひっぱって、肩にかけた。

——だらしのないやつだ。

伊太は腹をたてていた。

「おい」

と、ゆさぶって、

「おまえの神さんにそういって、吹雪ばとめさせろ」

こたえはなかった。

森をではずれたと思われるころ、おぼろな黒い影が、吹きつける雪けむりの切れめに、目にはいった。すぐ目のまえにあるようにみえながら、歩いても歩いても、その影は、いっこうにちかくならなかった。

——目のまよいかもしれない。

しかし、影をめざして歩きつづけるほかはなかった。足は、もう、つめたさも感じなくなっていた。雪のなかにずぶりとふみこんだ足は、おもしでもくくりつけたようにおもい。やっとひきぬいて、つぎのひとあしをふみだす。小屋の戸口にたどりついたときは、伊太も、なかば意識をうしなっていた。戸をたたくかわりに、からだごと、板戸にうちつけて、たおれこんだ。

そのまま、なにもわからなくなった。

からだにほんのりしたぬくみを感じ、目をさましたとき、まず伊太の目にうつったのは、あかあかと燃える薪の火だった。

火のそばに、もっこりした熊の毛皮を着こんだ男があぐらをかき、その横で、わかい女が赤ん坊に乳を飲ませていた。丸太を組んだ壁に、弓と、矢をいれたえびらがたてかけてある。弓は丸木のそまつなものだが、やじりはとぎすまされてひかっている。土間には、耳のとがった大きな犬がねそべっていた。

伊太がからだをおこしかけると、犬はひくい声でうなったが、男にしかられ、耳をふせておとなしくなった。

またぎ（狩人）のすみかだとわかった。

伊太が正気づいたのを見て、女は、湯のみをわたしてくれた。薬草をせんじたものらしく、ひどくにがい味がした。マチアスは伊太のとなりに横たわっていた。目をとじていたが、たき火の火をうけて、ほおに血の色がさしていた。

道にまよったのだ、と伊太はいった。またぎの夫婦は、それ以上くわしい説明をもとめようとはしなかった。マチアスが旅をつづけられるようになるまでに、五日かかった。碇ヶ関はこえていた。すでに津軽領であった。男は、鬼沢村にでる道を、とちゅうまで案内してくれた。

男とわかれて、鬼沢村への道をたどるとちゅう、マチアスは、小さな声で、

「伊太、ありがとう」

と、ささやいた。マチアスはしょげていた。さきにたおれてしまったことを、はずかしく、なさけ

なく思っているらしかった。

「おいのほうが、おまえの神さんより役にたつとじゃろうが」

伊太は、はしゃいだ声でいった。雪玉をにぎると、はずみをつけて、遠くへほうり投げた。雪玉は、こずえにあたってくだけ、きらきらした光を八方にちらした。

第四章　流人の村

すくいの使者

岩木おろしが、あらあらしく野づらを吹きわたる。三十戸ほどの草ぶきの掘っ立て小屋が、雪の荒れ野に、小さい白い塚のように、ぽつりぽつりとちらばっている。ここが、津軽のキリシタン部落であった。


一軒の小屋のあかり窓から灯がもれる。

せまい小屋のなかには、十四、五人の男や女が、ひざをよせあっていた。

小屋のあるじ、尾形兵庫は、あつまった人びとの視線をあびて、目をとじ、正座している。ひざの上ににぎりしめたこぶしが、かすかにふるえている。六十にはまだ間があるが、小びんの髪は、すでにまっ白だった。

尾形兵庫（ひょうご）は、宇喜多家では、馬廻組頭（うままわりくみがしら）をつとめていた。禄高五百二十石、城代家老（じょうだいがろう）につぐ重職であった。

「父上。では、父上は、兄上をこのまま見殺しになさるおつもりなのですか」

はげしいことばで兵庫にせまるのは、兵庫の末のむすこ、十五歳の尾形数馬である。

へやのすみには、兵庫の妻の藤江が、孫むすめの小萩の頭をひざにのせて、かたい表情でなりゆきをみまもっている。小萩は、小さい寝息をたてていた。

兵庫には三人のむすこがいる。

徳太郎、十次郎、数馬。

徳太郎の妻は、津軽についてまもなく病死した。藤江のひざにねむっている小萩は、徳太郎のひとりむすめである。

徳太郎は、三日ほどまえ、高岡城下でひそかに伝道しているところを、藩の役人にとらえられた。きびしい拷問にあっても、徳太郎は、改宗を承知しなかった。

〈此者切支丹也〉としるした小旗を背に、高岡の町なかをひきまわされ、城の西の郭の外を流れる樋ノ口川の川岸につくられた水牢につけられた。

水牢というのは、川岸に掘られた穴で、まわりに木柵をめぐらし、そのなかには、氷のような川水がひきいれてある。

徳太郎は、うすいじゅばん一枚で、吹雪にさらされながら、首まで冷水にひたって、すわらされているのであった。

「父上、このままでは、兄上はこごえ死んでしまいます。水牢には、もう、氷がはりつめているにちがいありません」

その氷のきしきしいう音が、数馬の耳にはきこえるような気がした。

「数馬」

兵庫のとなりにいる、すぐ上の兄の十次郎がよびかけた。

「おまえは、おれたちにどうしろというのだ」

「きまっているではありませんか。みんなで兄上をすくいだしにいくのです。みんな、その決心であつまってきたのです」

数馬がふりむいて、そうだろう、と、いならぶ人びとをみわたすと、男たちのほぼ半数が、大きくうなずいた。

うなずいたのは、年のわかいものたちであった。兵庫のゆるしのありしだい、すぐにもとびだそうというように、片ひざをたて、からだをのりだしている。年かさのおとなたちは、心配そうに兵庫の顔色をうかがっていた。

「藩の警護の役人など、おそれることはありません。わたしの腕をごぞんじでしょう」

梁(はり)のすきまから吹雪が舞いこんでくる。消えそうになるあかりを、藤江は袖でかこった。

「そのようにさわぎをおこして、どんな結果になるかわかっているのか」

「兄上のいのちがたすかります」

兵庫はゆっくり首をふった。

「おまえほどの腕なら、たしかに、役人のひとりやふたり、もののかずではなかろう。徳太郎を水牢からすくいだすことも、不可能とはいえぬ。だが……」

兵庫は、はやる若者たちをなだめるように、

「数馬も、ほかのものも、よく考えてほしい。いま、役人をあいてに暴動をおこしたら、藩はそれを口実に、この流人部落のものを根だやしに処刑するやもしれぬ」

じゅんじゅんと説いた。

津軽藩主、津軽信牧(のぶひら)は、これまでキリシタンにたいしては、かなり寛大であった。

津軽は荒れ地がおおく、はたらくものの数がすくない。キリシタン流人をつかって未開地を開拓させることは、藩にとって、たいへんつごうがよかった。

しかし、津軽にキリシタン部落があるとつたえきいて、諸国から、土地を追われたキリシタン信徒が、ひそかにしのびこんでくるようになった。また、幕府の禁教政策がきびしさをくわえてきた。それにつれて、藩の態度もかわった。幕府からにらまれないために、津軽藩でも、領国内のキリシタンを一掃しようという方針を強くうちだすようになった。これまで黙認されてきた流人部落のなかでの信仰も、いっさい禁止された。まし

て、伝道をおこなって、未信者をキリシタンに改宗させることは、みのがされるはずがなかった。

「徳太郎の処刑は、われわれへのみせしめなのだ」

「しかし」といきおいこむ数馬をおさえて、

「われわれは、おもてむきは、教えをすてたことになっている。このままおとなしくしているかぎり、藩も公儀も、われわれをさらに罰することはできない。だが、もし、ここで暴動をおこせば、藩に、ねこそぎやっかいばらいをする口実をあたえることになる。

　われわれとしては、天主（デウス）に祈りをささげ、徳太郎の殉教をみまもるほかはないのだ」

「父上はひきょうだ。死をおそれておられるのですか」

　数馬がさけぶと、わかい男のひとりがつづいて、

「どうせ、こうやっていても、じりじり死にちかづいているようなものです」

　そうだ、そうだ、というざわめきが、波のようにおこった。わかい男は、それに力をえて、さらにいいつのった。

「藩も公儀も、わたしたちをこの荒れ野にうちすてたまま、どんなに苦しんでいようと、なにひとつすくいの手をさしのべてはくれないではありませんか。こんなところを開墾してくらせというのは、われわれに、死ねというのとおなじです」

　開墾せよと命じられた土地は、沼地につづく湿地帯であった。着物の下にわらの浮子（うきご）をはさみ、田のなかに丸太をしずめてその上に立たなくては、からだが泥にしずみこむ。わき水はつめたくて、せっかく植えた苗も、根がつかなくて枯れてしまう。
牛も馬も、このような湿田では役にたたないので、すべて人間の力でたがやさなくてはならない。

　やっとの思いでとれたわずかばかりの収穫は、藩米としてとりあげられるのであった。

「おとなしくしているから、なめられるのです。おもいきって、徳太郎どのをうばいかえし、われ

らキリシタン衆の底力をみせてやりましょう」

「そうだ、そのとおりだ」

賛成の声があがる。

わかい声は、さらにみんなにむかって、

「幕府はちかごろ、外様大名の力をそごうとつとめている。ささいなことを口実に、領地を没収し、家を断絶させている。われわれの暴動が江戸にまできこえれば、とりしまり不行届きということで、津軽四万七千石とりつぶしにもなりかねない。痛快ではないか」

男たちのあいだから、どよめきがあがった。

「待ちなさい」

兵庫が手をひろげた。

「ご一同が、これまで、どのような思いですごしてきたかは、よくわかっている」

「それなら、とめないでください」

わかい男はどなった。

「このままでは、飢え死にするばかりです。われわれは武士だ。飢えて死ぬよりは、武士らしく斬り死にしたい」

そのことばは、おおくのものの気持ちをあらわしていた。

「それが、天主(デウス)の御教えを奉ずるもののいうことか」

十次郎がしかりつけた。

「徳太郎ひとりをすくいだすのは、われわれが力をあわせれば、できないことではない」

兵庫の声はひくかった。

「だが、それは、鬼沢村の流人ぜんぶのいのちとひきかえだろいうことを、もういちどよく考えてほしい。村には、女や子どももいる。われわれがみな処刑されれば、この津軽の地に、天主(デウス)の御教えをかたるものはひとりもいなくなる。われわれは、生きねばならぬ。どんなにつらくても生きのびて、正しい神のことばを、つたえていかねばならぬ。そのためには、ながい年月がいる。徳太郎は天主(デウス)のみもとにかえる。だが、徳太郎の説いたことばは、いく人かの異教徒(ゼンチョ)の心にのこり、いつかは芽をふくときがあろう」

「数馬」

十次郎がやさしくよびかけた。

「おまえの気持ちはよくわかる。しかし、兄上は、ごじぶんのいのちがすくわれるために、おまえが他人を傷つけ殺すことを、よろこびはなさるまい……」

「武士らしく切腹でもさせられるのなら、まだ、がまんできる。川のなかで、こごえ死にさせられるなんて……」

数馬は立ちあがった。

「わたしはいきます」

外にとびだそうとした。母の藤江が、はっとして、あとを追う。ひざからすべりおちた小萩が目をさました。

戸をあけると、はげしいいきおいで、粉雪が吹きこんだ。

それといっしょに、雪のかたまりのような人影がふたつ、土間にころがりこんできた。

「だれだ! なにものだ」

「イエズス会のイルマンです」

マチアスと伊太は、おもく雪のつもった蓑(みの)を、からだからはがしおとした。

高岡城下への道を、数馬はいそいでいた。

救援の金がとどいたよろこびに、徳太郎の処刑は、わすれられてしまったようだった。

「ありがたい。これだけあれば、春までもちこたえることができるぞ」

「あたらしく種もみを用意することも……」

「めしが食えるぞ。人間らしいものが食える」

口ぐちによろこぶ声をあとに、数馬は、こっそり小屋をぬけだしてきたのである。

だれもやらないのなら、じぶんひとりででも、兄をすくいだす。

強い風にまっこうから吹きつけられて、吹きだまりのなかにころげこむ。

――あのふたりは、よく、この吹雪のなかをやってこられたな。

おれだって、まけるものか、くそっ、と風にさからって、歩きつづける。

「数馬」

耳もとでよばれた。いつのまにか、もうひとつの影が、数馬とならんで歩いていた。

「おれもいっしょにいこう」

十次郎であった。

剣術修業

尾形兵庫の小屋の横には、そまつな馬小屋がある。農耕につかうことはできないが、厩肥（きゅうひ）をとるために飼っているのである。肋骨のうきでた馬が二頭、つながれている。

伊太とマチアスは、その小屋のすみにうすい夜具をかけて横になっていた。

すまいのほうは、まだおおぜいの人びとがつめかけたままだった。金がとどいたよろこびと、でかけたままかえってこない数馬と十次郎のことが気になるのとで、だれもがこうふんしている。あつまりを解散して、めいめいの小屋にもどる気にはなれないのであった。

伊太とマチアスは、つかれきっていた。はやく手足をのばして横になりたかった。しかし、ほかのものの小屋にとまりにいくにしても、また吹雪のなかを歩かなくてはならない。馬小屋をかしてもらえればいい、と伊太は申しでた。馬小屋もすまいも、たいしてかわりはないみすぼらしさである。

目をとじると、いちどにつかれがおそってきた。伊太は、たちまちねむりこけた。

水牢につけられているという徳太郎の話が心に

のこっていたためか、伊太は、矢立峠での遭難を、夢のなかでくりかえしていた。

あまりにきびしい寒さのため、目がさめた。

吹雪はやんでいた。つみかさねたわらに、霜がひかっているのが、星あかりでみえた。

マチアスのそばによって、からだをあたためようとした。となりには、だれもいなかった。マチアスの夜具は、伊太の夜具の上にかさねてかけてあった。

ピシリ、ピシリ、と、音は、規則ただしい間隔をおいて、ひびいた。

――なんだろう。

伊太は耳をすませた。きいたおぼえのある音だった。

キリシタンだった母親が、キリストの像のまえでざんげをするとき、肩にうちあてたむちの音……。

母が、肩や背にむちをふりおろすとき、伊太は、じぶんがむちで打たれるような痛みを感じた。両親が鞭打ち(ディシピリ)の行(ぎょう)をはじめるたびに、音のきこえないところに逃げたものだった。

「マチアス……」

小声でよんだが、返事はなかった。むちの音だけが、単調につづいていた。

伊太は外にでた。雪が白くひかっているなかに、ひざまずいたマチアスのすがたが、黒くうきだしていた。

マチアスの手がうごいた。縄をたばねたむちがうねって、肩に尾をひいた。伊太の肩が、きりっといたんだ。

やがて、マチアスは立ちあがった。ふりむいて、伊太が立っているのに気づき、ちょっとはにかんだようにわらった。

「かぜばひくと。ねよう」

しばらくだまっていてから、伊太はいった。

「ああ」

マチアスは汗をぬぐった。その口もとに、ここしばらくみられなかったえくぼがうかんでいた。湯あがりのようなさえざえとした顔で、マチアスは、

「いこう」

と、うながした。

「さきにいって、ねちょれ」

「おまえは？」

「おまえのおかげで、ねそびれてしまったばい。あとからいく」

マチアスが馬小屋にはいるのをみとどけて、伊太は、軒下につみあげた薪のたばの雪をはらって、その上に腰をおろした。

――マチアスと、あいつの信じているものとのあいだには、強いきずながあるのだ。ふたりは、ふたりだけにわかることばで、なにか話しあっていたのだ……。

伊太には、そんな気がした。そのことばは、おれにはけっして理解できないものだし、わかりたいとも思わない……。

じぶんがひとりきりだという思いが、ひしひしと強くなった。

苦しい旅がおわりにきて、大役をぶじにはたしおえたという気のゆるみが、伊太の心を弱くしていたのかもしれない。

小鉄が恋しくてたまらなくなった。旅のあいだは、さきをいそぐのにせいいっぱいで、マカオでの暮らしをなつかしむゆとりもなかった。

黒市のやつさえいなければ、いまごろはアマカワで、小鉄小父(おっ)さんの仕事をてつだっているところだったのに……。

――カルバリオ神父さまは、ぶじに仙台についただろうか。

神父には、大坂をたつまで、とうとうあうことができなかった。

マカオでは、パードレもイルマンも、みんなか

ら尊敬され、したわれているのに、日本では、キリシタンは、まるで親殺しの大罪人のように、にくまれ、きらわれ、ひどいめにあっている。伊太には、わからなかった。どうして、こんなにもちがった目でみられるのだろう……。

——キリシタンのことなど、どうでんよか。おいは、黒市にしかえしするてだてば考えよう。

「なにをしているのだ、こんな夜ふけに」

伊太のまえに立った影がある。右手に、棒をさげている。太刀の形にけずってあった。泣きはらしたように目が赤いが、泣き顔はしていなかった。いらいらとおこっているようにみえた。徳太郎をすくいにぬけだした数馬という少年にちがいないと、伊太はけんとうをつけた。

「数馬さんたいね?」

数馬は、ぶあいそうにうなずいた。

「徳太郎さんは、どげんしんさったと」

「殺された」

「殉教ばしんしゃったか」

「殺されたんだ。水漬けにされて」

数馬は、右手にさげた木太刀(きだち)のような棒を、ぴゅっとふった。

十次郎といっしょに、処刑場にたどりついたときは、徳太郎はすでに息がたえていたのである。

尾形兵庫の小屋から、かすかな祈りの声が伊太の耳にとどいた。殉教した徳太郎のために、人びとがとなえているものであろう。

ばんじかない給う　でうすを始め奉り　びるぜんサンタマルヤ　サンミゲル　サンジュアン　サンペエテル　もろもろの聖者(ベアト)……

「あんたは、いっしょに祈らんのか」

「おれは、キリシタンは大きらいだ」

数馬は、もういちど、つめたい空気を切りさくように、木刀をふった。

おや、と、伊太は数馬の顔をみなおした。

「それは、おいのいうこったい。キリシタンは、あんたじゃなかか」

「おまえは、信徒ではないのか」

「おいはキリシタンではなか」

「では、なぜ、おれたちのために、金をとどけにきたりしたのだ」

「マチアスがいくちゅうたけん。マチアスはおいの友だちたい。それに、おいの大すきな小父さんば知っちょる人が、ここにおらすかもしれんと思うたきに」

「ばかなやつだな。キリシタンでもないのに、こんなところにくるなんて。春になるまでうごけないぞ」

「おいも、話にはきいとったが、こげん雪のひどかところとは思わんかった……あんたは、キリシタンではなかとか。流人村におって」

「おれか。洗礼はうけている。だが、じぶんの意志で信仰にはいったわけではない。うまれるとすぐ、両親の手で洗礼をうけさせられたのだ。いわば、親のかってで、おれの一生はきめられてしまったようなものだ」

数馬は、木刀をにぎった手をみつめた。

「だが、おれは、もう、こんな暮らしはまっぴらだ。一生流人のままで、泥田をこねまわしておわるなんて……おれは、世のなかにでていきたいのだ」

「強いんか」

伊太は刀で斬る身ぶりをした。

数馬は、しんけんな顔でうなずいた。

「強い」

くやしそうにつけくわえた。

「でも、父上も、兄上たちも、みな、刀をすてろという。いやだ。おれは」

「あんたにたのみがある」

われながら、いいおもいつきだと思った。伊太の顔つきもしんけんだった。

「なんだ」

「おいに、おしえてほしか」

「刀のつかいかたをか。百姓に武芸はいらんだろう」

「おいは、あだうちばすっとじゃ」

「あだうち?」

数馬は、からだをのりだした。小鉄と黒市のことを、伊太はくわしく話した。長い話になった。

「よし、おしえてやる。毎晩、いまの時刻に、ここにこい。父上にはないしょだぞ」

「おいも、マチアスにはないしょたい」

「さっそく、今夜からはじめよう」

「今夜から……」

伊太は、くたくたにくたびれていた。

「あしたの夜からにせんか」

「こういうことは、思いたったら、すぐはじめなくてはいかん。なまけていては上達しないぞ」

木刀を伊太にわたし、「かまえてみろ」と命令した。

「肩の力をぬけ。そんなにしゃっちょこばっていたら、腕がうごかんだろう」

はじめて弟子をもった数馬は、うれしがって、じぶんが以前いわれたとおりのことを、年上の新弟子におしえこみはじめた。

それから毎夜、数馬と伊太の剣術のけいこがはじまった。

そのほかに、伊太にはもうひとつたのしみがふえた。

小萩の手をひいて、村尾荘七という、流人部落のはずれに住む老人の小屋をおとずれることであった。

小萩は、ちょこちょこと伊太にからまりながらついてくる。

「おいにも、小萩ちゃんぐらいの妹がおったと。死んでしもうたばって……」

小萩がくたびれた顔をすると、伊太は背をだした。

ておぶってやるのだった。

村尾荘七のことは、数馬がおしえてくれたのである。小鉄の知り人をさがしているときいて、

「その男の父親が、足軽組にいたというのだな。村尾荘七は、もと、足軽組の小頭をつとめていたのだ。知っているのではないかな」

足軽組は十八組にわかれ、一組が二十五人、それぞれに小頭をおいていた。

「みな、おなじ長屋にいたそうだから、組がちがってもわかるだろう。だが、小鉄というのは、みょうな名だな。苗字はなんというのだ」

数馬にきかれ、小鉄小父さんとしかよんでいなかったことに気がついた。足軽は、身分はひくいが、武士階級に属している。苗字帯刀はゆるされていた。

「小鉄？　知らんな、そんな男は。苗字はなんというのだ」

村尾荘七にもきかれた。腰のまがった老人であった。わずかばかりのこった白髪を、小さなちょんまげにゆっている。

伊太はいっしょうけんめい、人相を説明した。年は二十七、八、角ばった顔で、眉が濃い、目が大きい。右の眉毛に傷あとがあって……。

「ちょっと待て」

村尾荘七がさえぎった。

「右の眉毛に傷あとか。年は二十七、八というと、お家断絶のころは、十三か四ぐらいじゃな。小鉄……と」

目をとじて、むかしの思い出をさぐっているようだったが、思いあたったように、かっと目をひらいた。

「うむ。小郡鉄五郎のむすこの、あれは、なんというたかな。そう……鉄之助じゃ。お長屋には、わんぱく小僧が何人もおったが、そのなかでも、手のつけられんきかん坊が、鉄之助でな」

お長屋の屋根に、わんぱくどもが一列にならん

で、小便をとばしくらべたことがあった。その音頭をとったのが鉄之助だった、と、老人はなつかしそうに目をほそめた。

「わしは下をとおって、ひっかけられてな、いや、腹がたったのなんの……」

まちがいない、と荘七老人はうなずいた。

「右の眉の傷あとのある子どもは、ひとりしかおらなんだからの」

昔語りのきき手ができたのをよろこんだ荘七老人は、小萩をつれて伊太がおとずれるたびに、かずかずの合戦のもようを話してきかせた。きき手をあきさせないために、話はだんだん大げさになった。

太閤秀吉の朝鮮出兵のころは、ほんの十か十一の子どもで日本にのこっていたはずの小鉄こと鉄之助が、敗走する朝鮮の二王子、臨海君（りんかいくん）と順和君（じゅんわくん）を追って、咸鏡北道（かんきょうほくどう）をかけめぐったことになったり、関ヶ原の戦いのときは、足軽組の小頭にすぎなかった荘七老人が、みごとなよろいかぶとを身にまとい、全軍を叱咤したような話になったりした。

夜は、数馬との剣術のけいこにはげんだ。

数馬のおしえかたは、あらっぽかった。

――あの棒でぶんなぐられたら、骨が折れちまう。

木刀が風をきってふりおろされるたびに、伊太は目をつぶって逃げ腰になる。

しかし、数馬の木刀は、肩やひたいすれすれのところに、ぴたりととまる。

「ばか、目をつぶるな」

息をきらせてへばった伊太をたすけおこして、

「おれは、むしゃくしゃしてるんだ」

数馬は、汗をしごきおとした。

「おまえが、つくづくうらやましい」

「おいなんど、なんもええこつなか」

じぶんが人にうらやましがられるなど、考えたこともなかった。

「おまえは、すくなくとも、自由だ。春になって雪がとけたら、ここからでていくのだろう。旅は、らくではないさ。手形（通行手形）をもっておおっぴらに歩けるわけではないからな。しかし、おれのような公儀の罪人とはちがう。すきなところへいける」

「あんただって、ここをでるちゅうたではなかとか」

「ああ、おれの夢だ。でも、おれは、武士として、剣士として、世にでたいのだ。行商でも物乞いでもなんでもいいというわけではない」

数馬は、夜目にも白い、雪におおわれた山なみに目をあげた。

猿渡村のキリシタン

鬼沢村のちかくの村むらには、おもいがけないところにキリシタンの信徒がいる。徳太郎と十次郎が、ねっしんに伝道してまわった結果である。

徳太郎にかわって、このごろは、マチアスが十次郎と同行する。

「徳太郎さんのごとならんよう、気いつけてくれ」

伊太が気をもんでも、だいじょうぶだよ、とわらって、マチアスは十次郎とつれだってでかけていく。

心配しているのは、藤江もおなじだった。

「すこしおとなしくしていてください。人目につきますよ」

藤江は、まるで、マチアスが十次郎をそそのかして、危険な布教につれだすのだというような口ぶりで責める。

「このごろは、猿渡村にまでいくそうではありませんか」

〈猿渡村〉という名まえを口にするのさえきみわるそうに、藤江は眉をひそめた。

十次郎は、いいかえそうとしたが、母のかなしそうな顔を見て口をつぐんだ。

伊太と小萩が兄妹のようになかよくしているのを見てさえ、世が世なら、五百石どりの武士の家柄のむすめが、百姓の小せがれと……と、藤江は、なさけなくてたまらなくなるのであった。

「これでは、タカのことなど、とてもきりだせない」

十次郎は、母のいないところで、マチアスにこぼした。

「タカさんて、やさしい人ですね」

マチアスは、耳たぶをすこし赤らめた。

「いいむすめですよ」

猿渡村のむすめタカを妻にすることを、十次郎は、いつかは母にみとめさせるつもりであった。

白くかがやく岩木山の山はだに、ぽつんと黒いしみがみえはじめた。春のまえぶれである。指のさきでついたほどに、ほんのすこしのぞいた黒い土の色は、日ごとにひろがっていった。


「おまえ、まだ、猿渡村ばいっちょるとか。あげなところばいくのは、やめろ」

伊太も、マチアスが猿渡村へいくのをきらって、そういった。

「おまえも、いっしょにいってみないか」

マチアスはさそった。

「すかんこつ」

数馬も、兄にたのんでいた。

「兄上、あの村へいくのだけは、やめてください」

いっしょにいこう、と十次郎は弟をさそった。いやだ、とことわると、猿渡村の連中がこわいのか、とからかわれた。

こわいものですか、と数馬は肩をそびやかした。

「こわいからいかれないのだろう」

数馬は腹をたてて、それなら、いちどいってやる、とこたえた。数馬もいくのなら、と伊太はマチアスのさそいにのった。

美山湖(みやまこ)から流れる樋ノ口川の上流に、四人は山道をたどった。

山の雪どけの水をふくんで、流れは水かさをましていた。岩のあいだに、草の芽があわいみどり色の葉さきをのぞかせている。せせらぎをこえて、うぐいすのさえずりがわたってくる。

猿渡村は、鬼沢村の流人部落より、さらにまずしげできたならしかった。谷あいのしめっぽいくぼ地に、いまにもくずれおちそうな小屋がいくつかたっていた。わき水を利用した、二、三畝(せ)（二～三アール）ていどの棚田が何枚かあるが、いまは雪の下にうずもれている。

一軒の小屋のまえで、十次郎とマチアスは立ちどまった。タカの家である。小屋のなかから、トッ、トッと、力のない杵(きね)の音がきこえる。

鬼沢村でもおなじ音をきくことがあるので、伊太も知っていた。わらびの根をつきくだいているのにちがいない。畑の作物が不作で食糧がたりないとき、山から自生のわらびの根を掘りとってきて、杵でついて粉にして、山いもとまぜてたべるのである。

堅杵(たてぎね)をついているのは、わかいむすめであった。十次郎が声をかけると、いそいそと立ってきて、みんなをなかにまねきいれた。軒がひくいので、小屋のなかはうすぐらかった。

「タカだ」

十次郎はむすめをひきあわせて、

「弟の数馬と、友だちの伊太をつれてきた」

と、ふたりを紹介した。

「おとうさんのぐあいはどうかな」

おかげさんで、だいぶ……とタカはこたえ、へやのすみにねていた病人が、頭をすこしあげて、あいさつした。

マチアスは、病人のまくらもとにすわり、なれた手つきで世話をした。

――あいつは、大村で病人の世話をしていたといっていたっけな。

マチアスの手なれた看護ぶりを見て、伊太は思いだした。

外で声がして、数人の男や女がはいってきた。十次郎やマチアスのすすめで入信した、猿渡村のキリシタンである。

十次郎が、ふところからうすい本をとりだした。表紙に『こんてむつすむん地　巻第一』としるしてある。慶長元年（一五九六年）に、天草で刊行された、キリスト教の教義を説いた本のうつしである。信徒たちは、マチアスと十次郎をかこんですわった。十次郎は数馬をよんだが、数馬は伊太とならんで縁さきに腰をおろしたままうごかなかった。

「第十五　人のあやまりをかんにんすべきこと」

十次郎がまず声にだして読み、ほかのものがあとからくりかえした。

「わが身にも、人のうえにも、なおすことかなわざることをば、でうす、べつに御はからいあらんまでは、こころよくかんにんせよ……」

あたりにもれないように、ささやくようなひくい声であった。

「そのゆえは、わが身をこころみられ、かんにんの善をもとむるために……」

そのあとで、みんなはなにかかたりあっていたが、なまりの強い津軽弁なので、伊太にはほとんどききとれなかった。鬼沢村でも、おなじように、『こんてむつすむん地』や『どちりなきりしたん』などの教義書の読みまわしがおこなわれる。しかし、猿渡村での集会のほうが、人数はすくないが、はるかに熱がこもっていた。

わかい男が十次郎にたずねている。

おれたちのように、人間の数にはいらないようなあつかいをされているものでも、天主（デウス）さまの目からごらんになれば、殿さまやそのご家来衆とすこしもかわらないというのは、まったくありがたいことだ。しかし、おれたちにはありがたくても、殿さまやえらい人たちには、おれたちといっしょくたにされるのはいやだろう。殿さまのほうで、この教えを正しいとわかってくれなくては、けっきょく、おれたちの暮らしはらくにはならない――。

音吉というわかい男は、津軽弁で、どもりながら、そんな意味のことをいった。

日の高いうちに、四人はタカの家をでた。

「音吉のいうことにも、一理あると思うのですよ」

十次郎は、道みち、マチアスに話しかけた。

「どうしても、支配者にはたらきかけなくては……津軽公に、天主(デウス)のみことばをきく耳をもってほしい。あのかたは、いちどは洗礼をうけたこともあるのだから……」

村はずれまできたとき、四人は、ふいにゆくてをさえぎられた。三人の、わかい強そうな男が、道のまんなかに、立ちふさがっていた。

猿渡村の仲間だ――と、伊太はさとった。

「仙次ではないか」

十次郎とマチアスは、あいてを知っていた。

まんなかの男が、ひと足まえにすすみでた。

「またきたな。このまえいったことをわすれたんけ」

仙次があいずすると、横にいた男が、マチアスの腕をつかんで、ねじりあげた。

「なんばすっと」

とびかかろうとする伊太を、十次郎はおさえた。殺気だった男たちに、「待ってくれ」と、おちついた目をむけた。

「きょうは、かんべんしねえ。このまえ、いったはずだ」

「そうか」

十次郎は、仙次の腰にさげられた縄のたばに目をつけた。

「よし。それをかしてくれ」

「縄さ武器にするのけ。おもしれえ。やってみれ」

仙次は、腰から縄をはずし、十次郎のまえにほうった。

十次郎は、縄をひろうと、すばやく、伊太と数馬をくくりあげた。

「なにをなさるんです、兄上」

「十次郎さん、なんばすっとじゃ」

あっけにとられているあいだに、ふたりはいっしょに、ぐるぐるしばりあげられてしまった。村の男たちもおどろいたようだ。

「こうしておかぬと、おまえたちはあばれるからな」

十次郎はわらって、

「さあ、気のすむようにするがいい」

と、両手をさげて立った。

三人は、かってがちがうというようにためらったが、

「おう、やってやるとも」

と仙次がわめき、十次郎をけりあげた。

「やめろ、ちくしょう」

「縄ばほどけ」

伊太と数馬がじだんだふんでどなるまえで、三人の男は、無抵抗のマチアスと十次郎を、さんざんになぐりつけ、けりたおした。

やがて、仙次は、息をはずませながら、

「さあ、わかったべさ。二度とこの村さこねえとちかえ」

「その約束はできないと、このまえもいっただろう」

十次郎はこたえた。仙次は、もういちど、十次郎をけりたおした。

仙次は、ふいに、地にひざをつき、頭をさげた。

「たのむ。おたのんもうすだ、もうこねえでけれ」

仙次の顔は、泣きだしそうにゆがんだ。

「タカさ、これ以上キリシタンにひきずりこまねえでけさい。タカは、おらが妹のようにめぐしがってるむすめだでばよ、タカさキリシタンにしねえでけれ」

やっと立ちあがったマチアスが、伊太と数馬の縄をほどいた。

「おらだちは、もうじき村さでねばならねえだよ」

仙次はいった。

「おらのいねえ間に、タカが役人衆につかまるようなことさあったら……」

「村をでる？　どこへいくのだ」

「鉱山(やま)さつれていかれるだよ」

村の男たちはうなだれた。仙次はおもい声で、

「鉱山の人足がたりねえから、おらだちも狩りだされるだよ。お役人からお達しがきただ」

「鉱山は地獄だでばよ」

仙次の仲間のひとりが、うめくようにいった。

「へえったらさいご、死ぬまで、おてんとうさまはおがめねえそうだ」

「タカのとっつぁんのめんどうみてけるのは、ありがてえと思ってるだ」

仙次は、ややこうふんがさめたようだった。

「だどもよ、キリシタンはこまるでや」

泥だらけで、おまけに、こぶやあざまでこしらえてかえってきた十次郎とマチアスを見て、藤江は顔色をかえ、わけをきいたが、ふたりとも、わらってこたえなかった。

山道でころんだのでしょう、大きいくせにそっかしいわね、と、小萩がませた口ぶりでたしなめ、みんなをわらわせた。

夕方、外出していた兵庫が帰宅した。くらくしずんだ顔をしていた。十次郎やマチアスの顔の傷にも気がつかないようであった。

「どうなされましたか」

藤江にたずねられ、兵庫は、おもいため息でこたえた。

「きょう、耳にした話なのだ。いまから心配してもしかたのないことだが……」

藤江は、いろりの火をそっとかきたてた。

「津軽藩では、このところ、鉱山の開発に力をそそいでいる」

伊太も数馬も、その場にいあわせた。鉱山の話

なら、きょうきいたばかりだと、ふたりは顔をみあわせた。十次郎とマチアスも、知っている、とうなずいた。

「だが、坑夫が思うようにあつまらぬ。領内にはいりこんだ無宿者や、租税をおこたった百姓などは、どんどん狩りだされ、鉱山におくりこまれている」

兵庫は、のどにからんだ啖をきった。

「いずれ、この部落からも、人手をだすようにいわれるらしいのだ」

「しかし、父上、われわれは幕府の命令でここに流されてきたのですから、津軽藩でかってにわれわれを鉱山におくったりすることはできないのではありませんか」

十次郎は冷静に判断した。

「藩から幕府にねがいでているそうだ。許可がおりしだい、何人かさしだすようにいってくるものと思われる。鉱山の開発は、幕府の方針でもあるから、許可はたやすくおりるだろう。収穫のとぼしい湿地を開墾させるより、鉱山でつかうほうがとくになるということらしい」

「鉱山はおそろしいところだそうですね」

藤江がおろおろした声をだした。

鉱山ではたらくものは、三年、五年とたつうちに、〈よろけ〉とよばれる鉱毒病にかかり、やせおとろえ、すすのような黒い啖（たん）をはいて死んでゆく、という話を、藤江もうわさにきいていた。

「そんな命令、だれがきくものですか」

数馬は眉をあげた。

話がはっきりするまで、このことはほかのものにはいわぬほうがよい、いたずらに不安をあたえるだけだから、と兵庫はいましめた。

だが、十次郎たちがだまっていても、うわさは、ほかの村から流れこんできた。

猿渡村のものが数人、尾鷲（おわせ）銀山におくられたという話もきいた。タカの家をたずねた十次郎とマチアスは、それが真実であることを知った。

津軽の南の国境は、秋田、南部の二藩に接している。秋田藩も南部藩も、ゆたかな鉱脈をもち、開発がさかんである。秋田の白根、院内は金鉱を豊富にうみだし、南部にも、水沢、大野など、鉱山の数はおおい。それらに対抗しようとして、津軽藩の鉱山開発の計画は、かっぱつにおしすすめられていた。

マチアスのなみだ

猿渡村の仙次の心配していたことが、ほんとうになった。タカをはじめとする猿渡村のキリシタンが、ことごとく、役人の手にとらえられたのである。

十次郎もマチアスも、それを知らなかった。

いつものように、タカの家をおとずれた。家のなかは、ふみあらされていた。病気の父親のねていたふとんはくしゃくしゃになっていた。石うすと杵が土間に投げだされ、わらびの根がちらばっていた。

「タカがこんなに家のなかをだらしなくしておくとは、めずらしいことだ」

十次郎は、不安をおしころそうとした。

「おじさんがいないのはおかしいですね。ひとりではうごけない病人なのに」

近所の小屋をのぞいて、そこで、タカたちがとらえられたことを知らされた。

くらい気持ちで、ふたりは村をでた。村人たちの目が、背なかをつきさした。

十次郎は足をとめた。

「わたしは城にいこう」

ほおが青白くなっていた。

「高岡城へですか」

「そうです」

「殉職をいそぐのは……」

とめかけて、マチアスは口をつぐんだ。

十次郎の決心が、いまきゅうに思いついたものではなく、まえまえから、じゅうぶんに考えぬかれたものだとさとったからである。

「まえにもいったように、わたしは、いちど藩公のまえで、神の教えを説きたいとのぞんでいた。だが、決心がつかなかった。いまこそ、それをやろうと思うのですよ。わたしには、タカをすくいだす力はない。そのかわり、タカといっしょに、神のみもとにいこうと思います。城におもむき、キシリタンであることを告げたうえで、城の人びとに話します。心ある人びとの耳に、わたしのことばがいくぶんなりとものこれば、それでわたしは満足だ」

「あなたはそれで、そのまま十次郎をいかせたのですか」

　藤江は、マチアスの両肩をつかんで、ぐいぐいゆさぶった。目がつりあがって、おそろしい顔になっていた。数馬と兵庫がみかねてとめるまで、藤江はつかんだ手をはなそうとしなかった。

「どうして、むりにでもとめてくださらなかったのです。あんないやしいむすめのために……天主（デウス）さまも、むごいことをなさる。さきにわたしのむすこをひとりうばっておいて、それだけでは満足なさらず、もうひとりの子まで……」

　藤江は、泣きながら、くるったように床をたたいた。

「徳太郎の殉教のときも、わたしはこらえました。天主（デウス）の御心と思い、たえしのびました。でも、もう、いやです。霊魂（アニマ）をあたえられたのは天主（デウス）でも、産んでそだてたのは、わたしです。十次郎をかえしてください。徳太郎をかえしてください」

　なだめるように肩をおさえていた兵庫の手をふりはらい、藤江は、マチアスの腕をつかんだ。

「あなたは、十次郎が殉教するというのを、だまってみおくったのですね。いいえ、名誉なことだと、よろこんでいるのでしょう。あなたがたポルトガルのパードレたちが、神のために死ねとおしえたのです。誇りをもって死ねと……」

　マチアスは、うなだれたままだった。藤江がゆさぶるたびに、首が折れそうにがくがくゆれた。

伊太はマチアスをかばおうとしたが、藤江のけんまくのはげしさに、口をはさむことができなかった。おびえて泣きじゃくる小萩をだいて、背なかをなでてやっていた。

「みぐるしい！」

兵庫が、泣きさけぶ藤江のほおを打った。

「おさないときから、殉教を名誉と思えとおしえてきたのは、わしだ。うらむなら、わしをうらめ」

「それでは、キリシタンは、まるで死ぬときのために生きているようなものではございませぬか」

藤江は、あとにひかなかった。

藤江の怒りは、兵庫にむけられた。そのすきに、伊太は、小萩をおろし、マチアスをうながして、外にでた。

いつも数馬と剣術のけいこをする裏のあき地にまわった。薪のたばに、ふたりは腰をおろした。

雪どけで、土はぬかるんでいた。薪のたばのかげに、野すみれが、小さいつぼみをのぞかせている。その葉さきも、泥にまみれていた。

マチアスは、両手のあいだに顔をふせ、ひっそり泣いていた。


高岡城は、いまでいう弘前城である。五層の天守閣、十二の城門、八つの矢倉、三重にめぐらした堀……。堀に影をおとすさくらのつぼみは、まだ目にふれぬほどに、小さく、かたかった。

城の東、岩木川ぞいの、紺屋町のあき地に、キリシタン処刑の刑場がつくられた。

火刑であった。

十次郎が、のぞみどおり藩主のまえで信仰をかたることができたのかどうか、鬼沢村のものにはわからなかった。

処刑の日、鬼沢村の流人たちは、兵庫の小屋のまわりにあつまり、祈りをささげた。だれも、刑場に足をはこぶものはいなかった。数馬は、祈りにはくわわらず、木剣で、立ち木の枝を、がつっ、がつっ、と、打ちたたいていた。

　マチアスだけが小屋をでていった。よせと伊太はとめたが、マチアスはきかなかった。

　夕方かえってきたときは、血の気のない、うつろな顔をしていた。

　夜ふけ、伊太は、縄のむちの音をきいた。


――大坂へかえろう。

　伊太は思った。

　雪はほとんどとけた。木々のこずえは芽ぶき、岩木山の山すそは、青みをおびてけむっている。

――黒市のやつが、日本にかえってくるころだ。数馬にしこまれた腕のみせどころだ。

　剣術は、すこしも進歩していなかった。みこみがないと、数馬はなげいていた。

「けんかは強かばってん……」

「おれを黒市だと思って、かかってこい」

　ふっくらとまるい数馬の顔を、ひげだらけの黒市だと思うのは、むずかしかった。

「あだうちというのは、いのちがけなんだぞ」

「わかっちょらい」

　じぶんでもじれったくなるくらい、腕はあがらなかった。

　夜のけいこのあとで、伊太は数馬をさそった。

「いっしょに大坂ばいかんか」

「いきたいなあ」

　数馬は、夜空をみあげた。うっすらと、もやがかかり、星の光はにじんでいた。

「いって、助け太刀(すだち)してやりたいが……」

「助け太刀はいらん」

　伊太は強く首をふった。

「小父さんのかたきは、おいがひとりでうつ。ばってん、鉱山(やま)おくりになるちゅうではなかか。はよう逃げたほうがよか」

「ひとりだけ逃げるわけにはいかない。あとにのこったものがとがめをうけるものな」

太刀をひとふり、大きくふって、

「さあ、もういちどかかってこい」

数馬は、きっと身がまえた。


マチアスも、ここにのこるといった。

「なんして」

いっしょに大坂にかえるものと思っていた。伊太は、なじるようにたずねた。

――京、大坂のキリシタンとりしまりは、ここよりずっときびしいから、マチアスは津軽にいるほうが安全かもしれない。

そう思いかえして、

「そうじゃな、大坂にはかえらんほうがよかごとある」

「流人部落から坑夫をだすことになったら、いっしょに鉱山にいこうと思って……」

伊太は、マチアスのほおを平手でなぐりつけた。


伊太が鬼沢村をたつ日、マチアスは、とちゅうまでみおくりについてきた。伊太とマチアスに手をひかれて、小萩は、ぴょんぴょんとびはねながら、里うたをうたっていた。

「ここで、さよならすっとね」

伊太が、ふりもぎるように手をはなすと、いってはいやだと、小萩は泣きだした。

「鉱山にはいるのだけは、やめろ」

伊太は、念をおした。マチアスの笑顔を見て、むだな忠告らしいとさとった。

「おそろしゅうはなかとか。鉱山ばはいったら、生きてはでられんと」

マチアスの微笑は、こころもち、かたくなった。

「こわいよ……。ほんとうは、とても、こわい」

あとのことばは、ききとれないほど小さかった。うすむらさきのしじみ蝶が、小萩の髪にとまって、ゆれていた。

第五章　伊太の船

黒市を追う

着物の肩も背も、すりきれて穴があき、すそはやぶれて、泥でかたまり、縄のようによじれて、ぶらさがっている。ちかよると、あかと汗のいりまじった、すえたようないやなにおいがする。

すぐには、伊太だとわからなかった。

「おまえ……」

といったきり、弥吉は、あきれてあいてをみつめている。伊太は、にやっとわらうと、店のまえに、へたへたすわりこんだ。

「あかん、お客さんのじゃまになる。こっちへきてくれ」

弥吉は、あわてて、伊太の腕をひっぱった。振り売りからかえってきて、売れのこりの野菜を店さきにならべていたところであった。

伊太を店のわきにひっぱりこんで、

「腹がへっとるとね。待っとれ」

弥吉は店のおくにはいり、ふちのかけたどんぶりに、粟めしを山もりにしてもってきた。

「おかみさんにみつかると、しかられるけん、はしまでさがしとるひまがなかったと」

伊太は、ものもいわず、手づかみでめしをほおばった。

「津軽から、ずっと歩いてきよったんか？」

返事をするひまもおしいように、伊太はめしを口におしこんでうなずいた。

どんぶりがからになると、満足そうに、ふかい息をついた。

「よう、ぶじでかえってきたと」

「あのとき、おまえがおしえてくれたおかげで、役人につかまらんですんだばい」

「マチアスは？」

「かえってきよらんばい。あのあほう」

弥吉は、店のほうを横目で気にしながら、流人部落のことや、マチアスが津軽にのこったいきさつをきいた。

「それで、おまえ、これからどげんすっと。また、しもごえ船ばこぐんか。与惣次さんが、あんじとったばい。どこぞ、かたいところに奉公せなあかんちゅうて」

「木屋船は、アマカワからかえってきたんか」

「ああ」

「黒市も、かえってきちょるとね」

「かえってはきちょるばってん……」

弥吉は、声をひそめた。伊太が黒市にかたきうちしようとしているのを知っている。

「あいつ、木屋船にのれんようになったとじゃ」

「なんして」

客がはいってきたので、弥吉は、店にもどろうとした。その腕をつかんでひきもどし、

「黒市が、どげんしたと」

「手ばはなせちゅうに。お客さんたい」

「ほっとけ」

伊太のきびしい顔つきを見て、弥吉はあきらめて、口ばやに、

「おいも知らんかったばってん、去年の暮れ、お布令書きがでよったとじゃ」

豊臣秀吉によってさだめられた人身売買禁止の法令が効力をうしなっていたことは、まえにのべたとおりであるが、徳川幕府は、あらためて、人身売買を禁止する禁制を公布した。去年——元和二年（一六一六年）のすえであった。

「黒市は、あいかわらず、女子(おなご)ば買うて、船にのせよったとじゃ」

売ったものは、きついおとがめをうけると、禁制にさだめられている。木屋船の航海ちゅうに、黒市の奴隷売買が役人の耳にはいった。黒市をこころよく思わない木屋の店のものが、ひそかに

うったえたらしい。

　黒市が航海にでているので、木屋の主人がとりしらべをうけた。

「ほんまのこついえばの、黒市が女子衆ば売り買いしたのは、木屋のだんなのさしがねじゃちゅううわさもあったと。黒市ももうけたが、木屋のだんなのほうが、もっとかせいだちゅううわさや」

　うわさやで、ほんまのこつは、おいは知らん、と、弥吉の声は、いっそうひくくなった。

　木屋助右衛門は、じぶんはなにも知らないといいはり、処罰はうけないですんだ。

「木屋のだんなは金持ちじゃけん、お役人にまいないばおくって、たすかったとじゃ」

　木屋船が日本につくと同時に、黒市は奉行所によびだされ、とりしらべをうけた。

「そいでん、木屋のだんなが手をまわしよったけん、かどわかしではなか、アマカワばいく女子衆をのせてやっただけちゅうこつになって、おとがめなしですんだと」

「いま、なんしとるとね、あいつは」

　弥吉の話が、なかなかかんじんなところにいかないので、伊太は、じれったそうにうながした。

「おとがめはうけんですんだが、人の口がうるさいやろ。木屋のだんなのはからいで、黒市は、江戸にいきよったと」

「江戸？」

「木屋が江戸に出店ばだしとるんや」

「江戸か」

　伊太は遠くを見る目つきになった。

　津軽まで往復したおれじゃないか。江戸なんか、津軽の半分みちだ。

「江戸まで黒市、追いかけるつもりか」

　弥吉、弥吉、と、よびたてるおかみさんの声がする。店には、客が四、五人あつまっていた。

「わかっちょるんか。おまえは、キリシタンといっしょに山越しばした大罪人たい。黒市より罪はおもかぞ。また、山越しして江戸にいくんか」

「江戸でん、えぞでん、天竺でん、どこまででも追いかけたるばい。役人も、おいが津軽まで山越ししたことは知りよらんもんね。おまえが訴人でもせんかぎり」

弥吉は、おちつかなく目をそらせた。

「おまえ、路銀ばもっとるんか」

目をふせたまま、弥吉はたずねた。

「金などなくても、なんとか旅はでくるもんたい。腹がへったら、畑のうりでん、とったると」

「ちいと待っちょれ」

弥吉は、いそいで店にもどった。

「なにしとったんや。このせわしいときに」

おかみさんのどなり声を、頭からあびた。

「へえ、すんません、ちょっと……」

弥吉は、首をすくめ、店のおくに消えた。

「店をてつだわんかい、あほ」

きこえないふりをして、弥吉は、伊太のそばにかけもどってきた。ふところから、白い紙にくるんだ小さなおひねりを、伊太の手におしつけた。

「なんね？」

「路銀たい」

包をひらいて、伊太は、声をあげた。豆板銀（まめいたぎん）（豆の形をした銀貨幣）が二枚はいっていたのである。せいぜい、びた銭が二、三十文と思っていた。

「おまえの店、えらい景気じゃの。こげに給金ためこんだのか。前借りしよったとか」

「よか、よか」

弥吉は、うろたえて、はやくしまえ、とうながした。

「旅にでるまえに、髪床（かみどこ）と湯屋（ゆや）にいったほうがええで。古着買うて、着がえていけ。くそうてかなわん」

「女子ごたる口うるそうなったと」

どうせ、旅にでれば、またよごれるんだけど、と伊太は思った。

まぼろしのクルス

　永代浦をうめたてるごみくずの、すえたにおいが、風にのってただよってくる。神田川べりの材木置き場で、伊太は黒市を待っていた。

　雲がきれて、月が川面にうかぶ木材を照らしだした。

　鐘の音がひびいた。亥の刻（午後十時ごろ）であろう。犬の遠ぼえがそれにつづいた。人通りはなかった。材木置き場のまわりは、いちめんのあき地で、北のはずれに、大名の下屋敷（しもやしき）らしい土塀がみえる。雨があがったばかりであった。ごみと土でうめたてた地面は、どろどろにぬかるんで、伊太の足は、ふくらはぎのほうまで泥まみれになっていた。

　のどがかわいた。胸がどきどきし、脇差をにぎりしめた手は、じっとり汗ばんでいた。

　脇差は、弥吉にもらった金で、古道具屋で買った安物である。しかし、月の光をぎらぎら照りかえす刃は、よく斬れそうだった。

　足音がした。伊太は、たわら積みにつみあげた丸太のかげで、息をひそめた。足音は、そのままとおりすぎていった。黒市ではなかった。

　背なかに、どっと汗がふきだした。

〈人身売買ノ事、一円停止（ちょうじ）タリ〉という幕府の禁制が、黒市には、どうしてもなっとくできなかった。売りたいというものがあり、買いたいというものがある。そのなかだちをしてやるのは、人だすけになると思っている。ほかにもおなじことをしているものはおおぜいいるのに、じぶんだけがとりしらべをうけたのは運がわるかった。密告したものがだれだかわかったら、ただではすまさないぞ、と腹をたてていた。

　伯父の木屋助右衛門から、ほとぼりがさめるまで、江戸であそんでこいといいわたされた。

　両国米沢町にあたらしくひらかれた木屋の出店に寝泊まりして、江戸市中を見物して日をすごしていた。秋になれば、また朱印船にのるつもりであった。ところが、堺の木屋では、あらたにオランダ人のパイロットを木屋船の按針にやといいれるという話がつたわってきたのである。奉行所ににらまれている黒市と、あまりかかわりあいをもちたくないという腹らしい。おどろいて、木屋に飛脚をたてた。

　くびにされても、腕のいい按針だ、はたらき口はいくらでもある。しかし、だまってひきさがるつもりはない。木屋助右衛門が人売買（ひとばいばい）に一枚かんでいたことを、あばきたててやる。手紙には、そうにおわせた。

　助右衛門からの返事を、いらだたしい思いで待っていた。

　たいくつしのぎに、中橋広小路で興行しているお国歌舞伎（十七世紀初め、出雲（いずも）の阿国（おくに）がはじめた歌舞伎）を見物にでかけ、茶屋酒をのんでかえってきたところ、店のものから手紙をわたされた。

　木屋助右衛門からの返事だと思った。

　さっと文面に目をとおして、黒市はふとい眉をぴくりとうごかした。

　びしゃっ、びしゃっと、ぬかるみをはねかえして、ゆっくりした足音がちかづいてくる。

　伊太は目をとじて、ひとつ大きく息をすいこみ、腹に力をいれてから、材木のかげをでた。

　脇差を槍のようにかまえた伊太を見て、黒市は立ちどまった。とっさには、伊太の顔を思いだせなかったようだ。

「だれだ、おまえは」

　アマカワの小鉄にあずけた小僧だな、と、黒市はすぐうなずいた。

「おれになんの用だ。そのぶっそうなものをかたづけろ」

「小父さんのかたきば、うってやる」

おちつかなくては、と思いながら、声がうわずった。

「ばかなまねはよせ」

黒市はへいきな顔だ。

「おまえ、おかしなことをいったな。小父さんのかたきだと。かたきうちとは、なんのことだ」

「しらばっくれるな。小鉄小父さんば、どげんしたと。心にやましかところがあるけん、はたし状ば見て、とんできたとじゃろう」

亥の刻、神田川の材木置き場にこい、としるした手紙のさいごに〈小鉄〉と名をしるしておいたのである。

「死人から手紙がくれば、だれだっておどろく」

黒市はせせらわらった。

「どうせ、だれかのいたずらだとは思ったがな」

目のまえにつきだされた脇差などは、まるで気にならないように、黒市はうすら笑いをうかべて、ずかずかちかよってきた。伊太は、うしろにさがった。数馬におしえこまれた、敵に対したときの心がまえなど、すっかりわすれてしまっていた。

——あの胸もとにつっこんでいかなくては。

気ばかりあせって、足ははんたいに、一歩二歩と、うしろにさがっていた。黒市のからだが、のしかかるように大きくみえた。

黒市は、手をのばして、むぞうさに脇差をうばいとろうとした。よけようとして、丸太の山に背なかがぶつかった。これ以上はうしろにさがれない。伊太は、目をつぶり、からだをひくくして、まえにとびだした。

——しまった、目をとじてはいけないといわれていた。

手ごたえはなく、からだが宙をおよいだ。ふみとどまって、ふりむいた。こんどは、材木を背にしているのは、黒市だった。

月は高くのぼっていた。材木も、地面も、川の水も、なにもかもがあおざめてみえる。

汗にぬれた手のなかで、脇差の柄は、ぬるぬるすべった。

目をみひらいたまま、伊太は脇差をぐっとつきだした。黒市は、もう、わらっていなかった。地をけるように、横にとびのいた。刀は、黒市のからだをわずかにそれて、丸太につきささった。

いきおいあまって、伊太はまえにつんのめり、丸太の山にぶちあたった。

はっとするまもなく、地ひびきとともに、丸太がくずれおちてきた。

――下敷きになる。

とっさにからだをまるめ、頭をかかえて、ころがってよけた。

おそるおそる目をひらく。伊太のからだは、くずれた丸太の山から、すこしはなれたところにあった。どこもけがはしていない。ほっと息をついた。

うめき声がした。

黒市は、下半身をおもい材木にがっちりはさみこまれていた。

よし、いまだ。

伊太は、脇差をひろいあげると、ねらいをつけた。こいつは、身うごきのできないでいる小父さんをしめ殺したのだ。みろ、じぶんがおなじめにあっているじゃないか。

黒市は、自由にうごく両手をふりまわし、よせ、とさけんだが、よわよわしいうめき声にしかならなかった。

ひとつきにしてやる。

刀をつきだそうとして、伊太は、立ちすくんだ。月の光が、すさまじいほど青かった。黒市と伊太のあいだに、黒い南蛮服の少年が立っていた。

「マチアス！」

マチアスは、やさしいえくぼをうかべて、ゆっくり首をふった。

「どいてくれ、マチアス」

マチアスは、ほほえみながら、ゆっくりと首をふりつづける。

　おれは、頭がどうかしているんだ。こんなところにマチアスがいるわけはない。これはまぼろしなんだ。おもいきって刀をつきだせば、まぼろしなんて、あっけなく消えてしまうんだ。

「どけ、どかんと、おまえごとつきさすぞ」

　マチアスは、ちょっと首をかしげた。クルスがきらめいた。

「たのむ。おいのするこつば見んといてくれ。どこぞへ去(い)んでくれ」

　マチアスは、やさしくわらって手をのばした。指のさきが、刀をかまえた伊太の腕にふれた。伊太は、おもわず刀をとりおとした。まっかに焼けた鉄の棒をおしあてられたような痛みがはしった。

「マチアス――」

　伊太と黒市のあいだをさえぎるマチアスのすがたは消えていた。

　脇差は、地面にころがっていた。

　しばらくのあいだ、伊太はぼんやりつったっていた。

　川風がさっと吹きあげて、ごみくずのすえたにおいが鼻をついた。伊太はわれにかえった。

　材木の下敷きになっている黒市にちかより、からだの上にのしかかっている材木のはしに手をかけ、注意ぶかくもちあげた。ふくざつにかみあった丸太を、くずれおちないように一本一本とりのぞくのは、根気のいる仕事だった。材木をうごかすたびに、黒市はうめき声をあげた。

　こんちくしょう、こんちくしょう、とかけ声をかけながら、伊太は、材木をとりのぞいていった。

「それで、けっきょく、かたきうちはせんかったんか」

　弥吉は、おもしろくない顔つきでたずねた。

　せみの声がむし暑さをさそう。弥吉は、振り売りにでるとちゅうだった。天びんの両はしにさげたざるのなかで、青菜がぐんなりとしおれている。

　伊太は、こざっぱりした身なりをしていた。江戸からかえってから、与惣次のところにいき、古着をもらい、湯もつかったのである。

　日かげをえらんで、ふたりは歩いた。

　伊太は、無言のまま、そっと右腕をなでた。

　弥吉には話してないが、伊太の右腕には、マチアスの指のあとが、あざになってのこっている。話しても、とても信じてもらえそうになかった。なにをねぼけているんだ、気おくれしたのを、そんな夢みたいな話でごまかすつもりだろう、とわらわれそうだった。伊太自身、あれは目のまよいだったという気がする。しかし、腕にのこった指のあとだけは、どうにも説明がつかないことだった。

「このまま、黒市ばみのがすんか」

　じぶんではなにもしなかったくせに、弥吉は不服そうだった。

「おいは、もういちどマチアスにあいとうなった」

「あほか」

　弥吉は天びんをゆすりあげた。

「かわってやろう」

　伊太は、天びんに肩をいれ、じぶんの肩に重みをうつした。

　マチアスにあいたいとは思ったが、いますぐ、また三百里の道を歩いて津軽まで旅するほどの気持ちにはなれなかった。伊太は仕事口がきまっていた。南蛮貿易の船に水子（水夫）としてのれるよう、与惣次が紹介してくれたのである。笹子屋という商人の持ち船で、按針はオランダ人である。

　秋には笹子屋船にのって、呂宋へいくのだと弥吉に告げて、

「ばってん、水子しちょってもな、なかなか、じぶんの船はもてんな」

と、伊太はつぶやいた。

「伊太、おまえ、按針になるとじゃなかか。じぶ

んの船もちたいんか」

弥吉が、伊太をみつめた。

「小鉄小父さんの船にのるつもりじゃったばってん、小父さんがおらんもんね。他人の船をうごかすよりは、じぶんの船がほしか」

船主が船長をかねる例は、いくつもある。

もとでがあればな……と、伊太はひとりごとのようにいった。

「もとでがあったら、どげんすっと」

「屏風でん、小袖でん、脇荷にもちこんで、もうけたるばい。その金で、呂宋やアマカワで南蛮物買うて、日本で売って、またもうける。たんともうけて、船一そう、手にいれたるばい」

もとでは、おれがだす、と弥吉がいった。

「おまえは、金持ちやったな」

豆板銀を旅の路銀にくれたことを、伊太は思いだした。

「ばってん、豆板銀のひとつやふたつでは、南蛮あきないのもとでにはならんと」

伊太はわらった。

「たっぷりあきないができるほど、かしたるで」

弥吉は目をそらせ、おこったような顔になった。

「ばってん、そげん目つきでおいば見るな、やましかこつしてためた金ではなか」

石うすの音

もとでにしろ、と弥吉がわたしてくれた銀は、一貫三百ほどあった。小判にすれば三十両ちかい大金である。

伊太は、息をのんだ。

「どげんして、おまえ……」

だが、

——これだけあれば、じきに船が買える。

伊太の頭は、金の計算でいっぱいになってしまった。

——五年で、船一そう買いいれるだけの金はつくれる。

船のあたいは、俗に、千石積みで千両といわれる。

——七百石でじゅうぶんだ。

御朱印船は、二千石から三千石ぐらいの大船がおおい。七百石というのは、外洋を航海する船としては、いちばん小さい。それでも、腕がよければ、外洋をのりきれないことはない。

マカオ、安南、呂宋などで買いこんだ品じなを日本で売りさばくと、仕入れ値の倍には売れる。三十両が、一年で六十両になる。二年めには百二十両、三年めには二百四十両……五年たてば、はじめの三十両のもとでは、九百六十両にふくれあがる計算である。

投げ銀といって、貿易資金を船主や大商人からかりることもできる。しかし、利息がひじょうに高い。元金の三割から五割ぐらいとられる。十一割、つまり、利息が元金以上、というひどいのもある。そのうえ、伊太のような年のわかい未経験なものに投げ銀をだしてくれる商人はいない。弥吉の申し出は、伊太にとって、このうえなくありがたいものだった。

——それにしても、弥吉のやつ、どうして銀一貫三百もの大金をためこんだのだろう。

気になったが、弥吉は、

「わるかこつしたんではなか。金のでどころだけは、きかんといてくれ」

と、ひっしにいいはった。

もとでができたことで、うちょうてんになった伊太は、弥吉を問いつめる気にはならなかった。

一貫三百の銀を脇荷のもとでに、その年の秋、伊太は、笹子屋船に水子としてのりこんだ。船中では、オランダ人の按針の航海術をぬすみおぼえることにつとめた。

呂宋島の鹿皮を、伊太はおもに買いこんだ。

日本にもちかえると、おもわくどおり、倍に売れた。

　だが、なにもかも計画どおりというわけにはいかない。南蛮貿易は、うまくいけば、ばくだいな利益をあげることができるが、いつも大きな危険をともなっている。嵐である。船がしずんでしまえば、せっかく苦労して買いあつめた品物も、魚のねぐらになるだけである。利益どころか、借金だけがのこることになる。

　二度めの航海で、笹子屋船は嵐にぶつかった。船荷が、かたはしから波間に投げいれられた。そのなかには、伊太の買いあつめた鹿皮や鮫皮の梱もまじっていた。

　しかし、伊太は、用心ぶかかった。最初の航海のもうけを、ぜんぶそそぎこみはしなかった。もうけた金の半分を、手をつけず、とりわけておいた。木屋船の船長（カピタン）、与惣次の忠告にしたがったのである。伊太は、はやく船を手にいれたいと、六十両の金をまるまるもとでにしようと思ったのだが、与惣次は、海のおそろしさをよく知っていた。

　与惣次は、木屋船にのれなくなっていた。やとい主の木屋助右衛門が、奉行所のとがめをうけ、重（じゅう）追放（ついほう）という、おもい刑罰をあたえられた。日本じゅうのおもだった国、どこにも住むことをゆるされない刑である。木屋助右衛門は、黒市をやめさせ、オランダ人を按針にやといいれた。これ以上奉行所とめんどうをおこしたくなかったのである。腹をたてた黒市は、木屋助右衛門が人をつかって南蛮人に日本人の女を売っていたと、奉行所に申したてた。とりしらべの結果、木屋助右衛門は家財没収のうえ、重追放、黒市も、おなじ刑をうけた。木屋の財産をとりあげるのが奉行所のねらいだったので、助右衛門がおくった賄賂（わいろ）も通用しなかった。

　のる船をうしなった与惣次は、もう年だから船乗りはやめると、いんきょしていたが、ちょっとさびしそうだった。

嵐のおかげで、伊太の計画はふりだしにもどった。

七百両の金をためるのに、七年かかった。そのあいだに、弥吉にかりた三十両も、利子をつけてかえすことができた。

「十月には、また、笹子屋船でアマカワにいく。こんどは、おいの、じぶんの船ばあやつって、日本にかえってくるばい」

伊太は、弥吉に告げた。

「唐船を、アマカワで買いつける手はずになっちょる」

二十四歳になっていた。

肩から胸、二の腕にかけて、たくましく筋肉がもりあがり、銅色（あかがねいろ）に陽やけしている。

「そらよかったな」

弥吉は、うわのそらでこたえ、

「火を、もっと、とろうせなあかん。ごまがこげるがな」

と、口やかましく職人にさしずした。

伊太がかえした三十両の金は、弥吉が南蛮菓子の店をつくるもとでになった。

店をもって二年になる。小さな店だが、めずらしい品なので、けっこうはやっている。材料の砂糖は、伊太が高砂（たかさご）や呂宋などでしいれてきたものを、元値でわけてくれる。

土間に大きなかまどがふたつならび、なべがかかっている。わかい職人が、ごまのまじった糖蜜を、長い柄の木杓子でかきまわしている。もうひとりの職人は、石うすでいりごまをひきつぶしていた。

弥吉は、ふたりの職人より年もわかいし背もひくいが、ふとって、かんろくがでてきた。

「おまえに、ぜひともききたかこつがあっと」

「なんやね」

弥吉は、かまどのほうを気にしながらたずねた。

「あの金のでどころたい」

「なんの金や」

「おいの脇荷のもとでにと、かしてくれた金たい」

弥吉は、さっと目をそらせ、

「火をとろうせいいうとるやろが」

職人に、かんだかい声でどなりつけた。

伊太は弥吉の肩をつかんで、じぶんのほうにむきなおらせ、

「どげん考えても、青物屋の下ばたらきだったおまえに、銀一貫三百ちゅう大金がつくれるはずはなか。なんぼおまえが、わるかこつはせんちゅうても、おいは、なっとくがいかん。いままでは、金をためるのにむちゅうじゃったけん、気に病むひまもなかったが……」

「むかしのことで、わすれてもうたわ」

「わすれるはずはなか」

伊太は声をあらげ、弥吉の肩をつかんだ手に力をいれた。

「いえ。いえんとか」

弥吉は顔をしかめた。

「ぬすんだか」

伊太の声はひくくなった。

「おいは、ぬすっとではなか」

弥吉は、むかしのことばにもどっていた。大坂商人らしい、ものやわらかな話しぶりはわすれていた。

「どげんしても、いわんとゆるさんか」

「おしえてくれ」

職人たちに目をやってから、弥吉は、土間をとおりぬけ、共同井戸のある裏庭に伊太をともなった。

つるべのふちにとまっていた赤とんぼが、ついと、とびさった。羽がひかった。

ごま入りの糖蜜を煮るあまったるいにおいが、裏庭にまで流れてくる。ぎりり、ぎりり、と、石うすでごまをひきつぶす音がきこえる。

伊太は、小鉄に買ってもらってはじめて口にした大胡麻餅の、舌のしびれるようなあまさを思い

だした。

弥吉は、井戸のふちにもたれ、なかをのぞいた。ふかい底にたまった水に、ぼんやり顔がうつる。その影に話しかけるように、弥吉はつぶやいた。

「マチアスば訴人した金たい」

せやけどな、と、井戸を背にふりむいた弥吉は、ふてぶてしい表情をとりもどしていた。

「おれは、さいごのところでは、うらぎらなんだんやで。おまえとマチアスをみかけても、役人には、いわんといてやったんやで。津軽へおまえらがいこうとしとったとき、おれが、役人が追っているとおしえてやったん、おぼえとるやろ」

「なんして、マチアスば訴人したと」

おこるより、おどろきのほうが強かった。ながいあいだ、気ごころの知れた友だちだと思っていた弥吉が、ふいに、見も知らぬ他人にかわってしまった。

弥吉は、ふてくされたように、あつぼったいくちびるのはしをひんまげた。

——おそろしかったのだ。

弥吉は思いだしていた。

青物屋の主人の子どもをおもりしながら、ぐつぐつまわしの手さばきにみとれていたとき、マチアスに声をかけられた、あのときのおどろきとおびえ……。

他人の口から、マチアスがイルマンであることや、こっそり日本にしのんできていることが奉行所に知れたら、どうしよう……そう思うと、いたたまれなくなった。バテレンやイルマンがかくれていることを知りながらだまっていたものは、キリシタンとおなじように、おもいおしおきにあう……賞金もほしかった。

「せやけど」

と、弥吉は、にがっぽい笑いをうかべた。

「お奉行さまのほうが、おれたちより、ずっとうわてや。ごほうびは銀三百枚くださるいうことやったのに、おれの手にわたったのは、たった三十枚や。一貫三百や。うまいことごまかされてもうた」

「たったの三十枚ちゅうこつがあっか」

おどろきがしずまると、腹の底から、じわじわと怒りがこみあげてきた。伊太の目がけわしくひかりだすのを見て、弥吉は、すばやく井戸のむこうがわにからだをすべりこませた。

「おれかて、マチアスにはすまなんだと思うたんや。そやさかい、あの金は手えつけんと、とっておいたんや。ほんまは、もっとはように店をもちたい思ったんやけど、なんやしらん、あの金つこうたらマチアスにすまんような気がして……」

「おいにかせがせて、店ばもったではなかとか」

「金は、おまえにくれてやったつもりやった。かえしてもらう気いはなかった。せやけど、おまえから、かえしたるいうて三十両に利いつけてわたされたら……もう、手ばなせへん。これは、キリシタン訴人のごほうびやない、伊太にもろた金や、そない思うて……」

「あほ、うまいこついうて、おいばたぶらかそうちゅうて……」

伊太が井戸のふちをまわって弥吉にちかづこうと、ひとあしふみだすと、弥吉も、ひとあし横にそれた。

「ほんまや。おまえにくれてやって、さっぱりするつもりやったんや、あんときは……」

伊太は、はっと思いあたった。

「大坂のキリシタンが……マチアスをかくまっとった太右衛門さんやお美代さんたちがとらえられたんも、おまえのせいだな」

「おれは知らん。そないキリシタンの名も知らん」

「ばってん、おまえがマチアスのこつば告げたために、キリシタン狩りがおこなわれたとじゃ。お美代さんたちがとらえられたんは、おまえの訴人がきっかけたい」

だから、弥吉は、気がとがめて、賞金をさっさとつかうことができなかったのだ。

マチアスは、訴人されても、けっきょくつかまらずにすんだ。最初の予定どおり、津軽まで金をはこぶことができた。しかもマチアスが津軽にいくことを役人に告げたのは、弥吉ではない。拷問にまけた太右衛門たちである。だから、マチアスを訴人したことだけなら、弥吉は、それほど責めをおうことはない。

しかし、マチアスについてしらべているあいだに、太右衛門、美代をはじめ、かくれ住んでいたキリシタンたちがあらいだされてきた。みんなとらえられ、火刑にされた。

「それにちがいなかろうが」

「おまえかて、あれがどないな金か、うすうすは気いついとったんやないのか」

弥吉は、いつでも逃げだせるよう腰をうしろにひいて、伊太を上目で見ながら、

「キリシタン訴人でもせな、あないな金、おれがもてるわけはないやないか」

ぎりり、ぎりり、と石うすをひく音を、美代のうめき声のように、伊太はきいた。

ぎりり、ぎりり、という音は、伊太の頭のなかで、悲鳴ともどよめきともつかぬ声にかわっていった。

ほのおの色。ここしばらくわすれていた、ほのおと煙。胸のわるくなる悪臭……。

マチアスの顔が、白い花のようにうかびあがった。

七年になる。鉱山のくらい坑道のなかで、七年
――。

「弥吉、おいといっしょに、船にのれ」

「なにいうとるんや」

弥吉は、あっけにとられた。

「船にのって、どないするねん。おれは商人(あきんど)や。船乗りやないわい」

「そうたい。おまえは商人たい。ばってん、かり

たもんはきちんとかえすんが、商人の道ではなかとか。キリシタンに、借りばかえせ」

「おまえ、頭おかしゅうなったんとちがうか。七年もむかしのことやで、訴人したんは。お奉行さまに、ええことしたとほめられたんやで。おれはな、じぶんの力で、おれひとりの力で、ここまで店をしあげたんや」

「店など、売っぱらってしまえ」

「店売って船にのったら、なんで、キリシタンに借りかえしたことになるんや」

　石のうすの音が、ふと、とだえた。

第六章　海と十字架

地獄銀山

　大工大工と
　名はよいけれどョ
　住むは山奥
　穴のなかョ

　坑道はくらい。

　壁のところどころにとりつけられた素焼きの灯(ひ)皿(ざら)。魚油にひたした灯心が、人魂のように黄色くひかっている。

　大工とよばれる坑夫たちが、たがねを打ちたたくつちの音が、陰気にこだまする。

　竪(たて)あな三千尺
　くだれば地獄ョ
　死ねば切羽(きりは)の
　土となるョ

　ざぶり、と水をかいだす音がする。

　竪坑の底には、たえず地下水がわきだし、へそのあたりまでひたるくらいの、ふかいよどみをつくっている。手をやすめないでくみだしていないと、水かさがどんどんまして、大工がはたらく切羽は、水の下にかくれてしまう。

　きりたった竪坑のがけのところどころに足場をもうけ、水替え人足たちが、七、八人がかりで、滑車からつりさげたおけで、水をくみあげている。おけは、いちどに五升もはいる大きなもので、鉄のたががはめてある。鉄おけとよばれる。くみあげた水は、請舟（うけぶね）という木箱にすてる。その水を、さらに上のほうから鉄おけでくみあげる。順送りに、上の請舟へと、いく段にもくみあげていって、さいごに、水廊下（みずろうか）という排水口にすてるのである。

　坑道のなかは、灯火の魚油が燃える油煙がみち、大工がたがねをふるうたびに、鉱石の粉塵がまいあがる。

　数馬は、水替え人足のなかにまじっていた。

　ほかの大工や水替えたちとおなじように、ふんどし一本のまるはだかである。かっこうはいさましいが、顔色は、周囲の岩壁のような土色で、ほおがこけている。

　気が遠くなるように息苦しい。

　――気絶（けた）えだろうか。

　数馬は、不安になって、まわりの男たちのようすを見た。だれもが、青黒いつやのない顔で、口をあけ、あえいでいる。

　坑内の酸素が不足して、呼吸困難な状態になるのが、〈気絶え〉である。人足たちにとって、これほどおそろしいことはない。

　しかし、息が苦しくても、水をくみあげる作業はなまけるわけにはいかない。ぼんやりしていれば、じぶんたちが水漬けになってしまう。

「それよっ」

　数馬は、気をとりなおして、鉄おけの綱をぐいとひいた。

穿子（ほりこ）かわいや
穿子すりゃ細るョ
骨のずいまで
煤（すす）まみれョ

下のほうから、小さい弱い光が、ゆらめきながら、ゆっくりのぼってきた。

丸太にきざみめをつけた下駄ばしごが、足場から足場にかけわたしてある。

下駄ばしごをのぼってきたのは、鉱石のかますをせおった穿子（運搬人）であった。口にくわえた〈釣りともし〉の灯がゆれている。両手は下駄ばしごをにぎりしめているので、手であかりをもつことができない。それで、穿子は、火のついた灯油のつぼの長い柄を口にくわえて、はしごをのぼりおりするのである。

穿子はマチアスであった。

数馬のわきをとおりすぎるとき、ちょっとほほえんだ。そげたほおに、えくぼが傷あとのようにみえた。

油煙をすいこんだのか、マチアスはせきこんだ。口にくわえた釣りともしがおちた。底のわき水のたまりにおちこんで、じゅっと灯が消えた。

それを合図のように、壁にともされた灯蓋（とうがい）のあかりが、つぎつぎに、ふらふらと消えはじめた。

「気絶えだっ！」

大工も水替えも、穿子たちも、われさきに、はしごにかけよった。

さいごのあかりが消えた。

くらいなかを手さぐりで、細い丸太のはしごをよじのぼる。むらがる男たちの、汗にぬれたはだかのからだがもみあう。そのなかからしぼりあげられるように、数馬は、上へ上へとはいあがっていった。

悲鳴がきこえた。水音がつづいた。だれか足をすべらせて、坑道の底におちたらしい。

他人のことに気をつかうゆとりはなかった。めまいをこらえ、岩壁のわずかなくぼみやでっぱりを手がかりに、足場から足場へとのぼる。

九段めのはしごまでたどりついた。そのあたりから上は、まだ灯もともっていて、いくらか呼吸がらくになった。

数馬は、ひと息いれて、下のほうをすかしてみた。黒いやみのなかからわきあがるように、男たちがよじのぼってくる。マチアスの顔はみえなかった。

――さっきおちたのは、マチアスではなかったのか。

気になった。しかし、ひきかえすことはできない。

入り口につうじる横坑(よこあな)にでた。ここは天井も高く、少し腰をかがめれば、立ったまま歩ける。

入り口は、釜ノ口とよばれている。とめ木でささえた釜ノ口から、初夏の陽の光のなかに、数馬はよろめきでた。そのまま、まえのめりにたおれこんだ。やがて、ねがえりをうって、あおむけになる。光がまぶしい。腕を顔の上にのせた。陽ざしが肌にあたたかかった。

「なにをなまけている。はやく敷(しき)(坑内)へもどれ」

とどなる差配(さはい)の声や、「気絶えだ」と抗議する大工たちの声を、ぼんやりきいていた。

「うそだと思うなら、じぶんで切羽さへえってみれ」

大工たちも、みな、ごろごろと地面に横たわって、胸を波うたせている。

数馬は、すこし頭をもちあげて、ねころがっている男たちをみまわした。

マチアスはいない。

――逃げおくれたのか。

からだをおこした。うしろにひきもどされるように、頭がぐらりとゆれた。

釜ノ口から、からだの大きな男が、はうようにしてでてきた。背なかに、わかい男をかついでいる。土の上にそっとねかせると、じぶんも横になった。

数馬はにじりよった。

マチアスは目をとじていたが、数馬のちかづいた気配に、目をあけて、だいじょうぶ、とほほえんでみせた。

マチアスをたすけだした男は、横になったま、気づかうような目をマチアスにむけた。ほかの水替えや穿子たちの視線も、じっとマチアスにそそがれているのに、数馬は気がついた。どの男の目もやさしかった。たすかったのか、よかった、といっているようにみえた。

それを見たとき、マチアスは勝った、と、数馬は思った。


――あしかけ、八年になるんだな。

指のふしばかりがごつごつめだつ手を、顔の上にかざして、数馬は思いかえした。

鬼沢村からも鉱山（やま）人足をだせと、山仕置（やましおき）奉行から命令がきたのは、あれは、たしか、伊太が村をでていってから、十日……いや、半月もたってからだったかな。

こまかいことはわすれていた。だが、だれが鉱山にはいるかきめなくてはならなかったときのことは、はっきり思いだせる。その日、小萩が、うすいひわ色の小袖を着ていたというようなことまで、思いだされてくる。

五人、と山仕置奉行は命令してきた。

重大な相談ごとがあるとき、いつもそうするように、おもだった男たちは、尾形兵庫の小屋にあつまった。

父の尾形兵庫は、「五人のうち、ひとりはわしだ」と、じぶんにいいきかせるようにうなずいた。母が小さいさけび声をあげた。

「あと、四人」

父の声につられるように、

「わたしもいきます」

数馬は、おもわず、名のりでてしまった。

年とった父だけをいかせるわけにはいかないと、ひどく、きおいたっていた。

だれも口をひらかない。うっかりなにかしゃべって、「それでは、おまえがいけ」といわれてはたいへんだと、目をふせて、おしだまっている。

「あと、三人」

数馬は、父のかわりに指をたてた。

「ふたりですよ」

マチアスがいった。

「わたしもいきますから」

――おれはあのとき、マチアスに腹をたてていたな。

のこりのふたりは、くじできめた。

坑内の労働は苦しい。年とったものから、鉱塵が肺にたまる〈よろけ〉をわずらって、死んでいった。父も死んだ。鬼沢村から狩りだされた五人のうち、のこっているのは、おれとマチアスだけだ。おれたちにしても、いつまでいのちがつづくことか。

マチアス、と、数馬は、首をまげてよびかけた。

マチアスは、てのひらを、ひらひらうごかした。その笑顔を見ると、なんとなく、心がやすまるようなきがした。

――おれまで、キリシタンかぶれしてきたかな。

数馬は苦笑した。

マチアスだって、鉱山にはいったはじめのころは……。

あれくれた大工たちに、ひまをみては教義を話そうとして、うるさがられ、ときにはどなられたりなぐられたりしていたマチアスを、数馬は思いだしていた。

一昼夜、ぶっつづけの作業をおえて坑内からでてくる大工や人足たちは、つかれきっている。たのしみは、酒と賭博である。一日十二文の日当は、酒代に消える。岩に話しかけるようなむなしい努力を、マチアスはつづけていた。

マチアス自身、からだがつかれはてている。

鉱石を採掘する大工の仕事は、技術がいるので、藩内からあつめられた百姓などのしろうとは、ほとんど、水替えや穿子にまわされる。穿子は、水替えや大工よりは、いくらからくな仕事とされているが、マチアスにとっては、うまれてはじめての、はげしい労働だった。

マチアスの態度が、だんだんなげやりになっていくのを、数馬は見ていた。

後悔しているのだろう、こんな地獄のようなところへじぶんからはいってきたことを、と思ったが、同情する気にはならなかった。

人手がたりなくて、人足をあつめるのに大わらわなので、奉行所では、鉱山のなかにどんな犯罪人がまぎれこんでいようと、よほどのことがないかぎり、みのがしていた。

マチアスがキリシタンのイルマンであることも、気がついたようだが、役人は、べつにとがめようともしなかった。クルスをもっていても、祈りをささげていても、禁止されることはなかった。

マチアスのほうで、いつしか、祈ることをやめてしまった。

——鉱山に、ほかにもキリシタンがはいりこんでいることを知ってからだった、マチアスが、また笑顔をみせるようになったのは。

数馬やマチアスが寝泊まりしている四番小屋に、ほかの小屋の水替えがやってきたのである。

はたらいている敷がちがうので、話をかわしたことはなかったが、あごの長いしゃくれた顔は、ときどきみかけたことがあった。

ほかのものには目もくれず、マチアスのところへいくと、頭をさげて、いっしょにきてくれとたのんだ。

「バテレンさまだときいたので……」

告解(コンヒサン)をしたがっている病人がいるのだ、と、男はいった。

「パードレではない。わたしはイルマンです」

それでもかまわない、と、男は手をとるようにして、マチアスをつれだした。

二時間ほどしてかえってきたマチアスは、いくらか上気して、目をうるませていた。

「二番小屋の病人のところへいってきた」

と、マチアスは数馬にかたった。

「その人も、キリシタンだった。わたしに、告解（コンヒサン）をきいてくれといった。わたしは、パードレではないから、ざんげをきく資格はないのだけれど、ふりきることはできなかった。わたしには、なんの力もない。ただ、ざんげをきいてあげただけだった。それでも、あの人には、大きなぐさめになったようだ。わたしをなかだちにして、ざんげが天主（デウス）につうじたと思えたからでしょうね」

マチアスは、もういちど外にでていった。

星の光がそそぎかかるなかで祈っているうしろすがたを、数馬は、戸のすきまからのぞき見た。

鉱山のなかではたらいていれば、役人も大目にみのがしてくれると知って、追いつめられた各地のキリシタンが、無宿者などにまざって、鉱山にしのびこむようになってきた。

それらの人びとが、イエズス会のイルマンときいて、マチアスにささえをもとめるようになった。ともに祈り、ざんげをきいた。キリシタンたちは、マチアスに心のよりどころをもとめたが、マチアスもまた、これらの人びとによって、心をささえられた。

キリシタンたちがあつまりをもつのを、ほかの人足たちは、なんとなくおもしろくない目でながめていた。いやがらせをしたり、ののしったりするものもあった。

しかし、坑道の底からたすけだされたマチアスをみまもる坑夫たちの表情を見て、数馬は、マチアスがいつしか、これらの、キリシタンではない男たちからも好意をもたれるようになっていたことを知ったのである。

「けがをしたか」

数馬はマチアスにたずねた。

「腰をうった。たいしたことはない」

いつも、へまばかりやっていると、マチアスは、いたずらをみつけられた子どものようにわらった。


その夜、四番小屋の空気は荒れていた。

仕事をとちゅうで中止して敷をでてきたのだから、日当ははらわないと、差配役から小屋頭をつうじて知らせてきたのである。

「ほたらこと、あるもんでねえ」

「気絶えだつうこと、小屋頭も知ってるべ」

人足たちにはげしく抗議され、

「もういちど、差配さんに話してみる」

と、小屋頭は、ほうほうのていで、でていった。

「小屋頭は、たよりになんねえ」

「あたら男はだめだ。小屋頭は差配となれあってるだもん」

十二文の日当がもらえないということは、人足たちにとって、たいへんな問題だった。

そのうえ、きょう仕事をとちゅうでやめたのは、なまけたわけではない。坑内の空気がわるくなって、これ以上いたら窒息してしまうことがあきらかになったからである。灯もともらないような酸素のたりない空気のなかで、人間が呼吸できるわけがない。

「気絶えで仕事をやめたからつうて、銭こもらえねえなんて話、きいたことねえべ」

「ほかの小屋では、気絶えでも、銭こくれると。それどころか、見舞いだつうて、いつもより、よぶんにくれたつうぞ」

「おらだちの小屋頭はよ、差配とぐるになって、銭こ、おのれのふところさいれてるだ」

日当のほかに、奉行所からは、米、野菜、塩、しょうゆ、みそなどの代金が、まとめて係の役人にわたされる。役人は、この代金で品物を買いいれて、差配役にわたす。差配が小屋頭にくばる。役人と差配や小屋頭がぐるになれば、いくらでもピンはねができた。

このごろ、食事がひどくそまつで、量がすくないのは、きっとピンはねされているせいだと、人足たちはうたがっていた。

米や雑穀の支給される量は、出番の日と休み番の日と病人とでちがっている。坑内ではたらく日は、一日一升二合五勺、休みの日は、ほぼ半分の五合八勺、病人は五合、とさだめられている。

肉や魚があたえられることはほとんどない。粟やひえなどの雑穀まじりのめしだけで、腹をみたさなくてはならない。はげしい労働のあとである。いちどにどんぶりめしを三ばいたべても、まだたべたりない。

それなのに、支給される食事の量がへってきていた。米より雑穀のほうがおおくなった。病人などは、うすいかゆしかあてがわれない。

不満がつのっていた。日当をはらわないという差配からの通達は、人足たちの怒りに油をそそいだ。

数馬とマチアスのいる四番小屋には、三十人からの水替えや穿子がつめこまれていた。

小屋頭はなかなかかえってこない。

「お奉行所に、かけこみ訴えやるべか」

ひとりがいった。

「おう、やるべ、やるべ」

ほかのものが、無責任に声をあわせた。

「かけこみさやると、あとで、おらだちが、おしおきうけるぞ」

反対するものがいる。

「そんだら、小屋頭いためつけて、おらだちからくすねた銭こ、はきださせるべ」

「ほたら話、マチヤスにきかせるなや」

からだの大きな男がいった。マチアスを坑道からたすけだした男であった。

「マチヤス、こまるべよ」

マチアスは、小屋のすみに横になっていた。

「こったら鉱山、火さつけて、ひとおもいに、燃してしまいてえでや」

人足たちのなかでも、とりわけ気のみじかい、要助という男が、いらいらした声をあげた。

おれは海賊になる

伊太の船は、へさきを北西にむけていた。

長崎はとうにすぎた。いま、船が走っているのは、日本列島の裏がわ、日本海である。

マカオで買いいれた七百石積みの唐船に、伊太は、鹿皮や鮫皮などの商品をつみこむかわりに、十人ほどの水夫をやといいれた。

甲板でたちはたらく水夫たちのはだかの胸には、クルスがひかっている。

マカオにには、きびしい迫害をのがれて、日本からひそかにわたってきたキリシタンがおおぜいいた。マチアスがむかしそだてられたマードレ・デ・デウス修道院の前面は、これからの日本人キリシタンの力で、美しい彫刻をほどこし、ステンドグラスをはめた、石の前壁ができあがっている。

伊太は、この人たちにたのんだ。

津軽に、キリシタン流人がいる。そのうち何人かは、鉱山におくられ、口ではいいあらわせないほどの苦しい思いをしているはずだ。そのなかには、じぶんのしたしい友だちもいる。たすけだしたい。たすけだして、この、平和なおだやかなマカオにつれてきたい。力をかしてくれないか。

キリシタンの血によって得ることのできた金を、キリシタンのために役だてよう。あの金がもとで手にいれることができた船、〈南海丸〉を、迫害をうけているキリシタンを安全な国外にはこぶことにつかおうと、伊太は計画をたてたのである。

元気のいいわかい男たちが、水夫として、南海丸にのりこんだ。なかには、船のあつかいになれた本職の水夫も、いく人かまじっている。

　伊太のさしずで、水夫たちは、きびきびと帆の向きをかえ、物見にたつ。

　伊太のとなりに立っているのは、与惣次である。

　与惣次にも、伊太はたすけをもとめた。伊太が陸にあがってキリシタンたちをたすけだすあいだ、船にのこって、水夫たちのたばねをする人物が必要であった。

「御禁制をやぶることになるのだぞ。かくごはできているのか」

　与惣次は、伊太をみすえた。

「御朱印状はあきらめたとです」

　伊太はこたえた。

　南蛮貿易をおこなうのは、幕府の許可状〈朱印状〉をもった朱印船にかぎられている。

　朱印状を下付してもらうには、やっかいな手つづきがいる。まず、つてをもとめて、幕府の重臣本多正純か長崎奉行長谷川左兵衛、あるいは、金座の後藤庄三郎などに紹介してもらい、そのなかだちで、幕府にねがいでることになる。朱印状を発布する係は、金地院崇伝（こんちいんすうでん）という、将軍のそばちかくつかえる、位の高い僧侶である。

自日本国到
天川国船也
年　月　日　朱印

　日本からマカオにむかう船である、という意味の、たったこれだけのみじかい文句と、将軍の名をしるした朱印のおされた紙きれ。

　この紙きれを手にいれるために、あちらこちらにたのみこみ、賄賂をおくらなくてはならない。

　これまでにいくども南蛮貿易をおこなっている豪商なら、幕府にも顔がきくから、そのつど、たやすく朱印状を手にいれることができるが、伊太のようにはじめて船をもったものが朱印状を下付してもらうのは、よういなことではなかった。

伊太は、知人から知人へとつてをもとめて、朱印状を手にいれる手はずをととのえかけていた。そのために、だいぶ金もつかった。

しかし、伊太は、あきらめた。

国の掟をやぶって、キリシタンたちを海外につれだそうというのである。鉱山にとじこめられたキリシタンたちを、脱走させようというのである。たとえ成功しても、そのあと、御朱印船として、おおっぴらな貿易はできなくなる。

「バハンばやりますたい」

伊太は、たくましい笑いをみせた。

バハンというのは、海賊だ。幕府の正式の許可をうけないで、かってに取引きする。室町時代には、このバハン船が大あばれしていた。取引きのあいては、おもに、明国（みんこく）の商人だった。あいてが取引きに応じなければ、力ずくでうばいとる。朱印船の制度が確立してからは、バハン船はすがたをけしていた。

伊太がバハンをやるといったのは、海賊になってあばれまわるという意味ではない。密貿易をやるつもりなのである。幕府の許可状などなくても、マカオや高砂（たかさご）を根じろに、外国商人との取引きは、いくらでもできる。天竺やイスパニア、ポルトガルにまで船を走らせてもいいな、と考えている。南蛮人は、海をわたって、はるばる東洋にまでやってくる。そのぎゃくのことができないはずはない、と伊太には思えた。

「バハンばやります」

もういちど、きっぱりと、与惣次にくりかえした。

「おれを海賊船の船長（カピタン）にしたてるつもりか」

与惣次は苦笑した。

弥吉は、ついに、船にはのらなかった。

キリシタン処刑の口火となった弥吉の訴人。そのつぐないに、キリシタンをたすけだす仕事を弥吉にもてつだわせようと、伊太は思った。しかし、弥吉は、「すまなんだ」と口ではいいながら、店を手ばなして伊太の船にのることは、どうしても承知しなかった。

「そないあぶないことをしたら、首がとぶぞ」

夢のような話やと、腹のなかでせせらわらっているようだった。それでも、

「おまえがなにをしようと、こんりんざい、訴人などはせん」

金はなんぼでもいるやろ、と、たくわえてあるもうけのなかから、丁銀（ちょうぎん）（なまこ形をした銀貨幣）を五枚つつんでよこした。

八年まえ、マチアスと旅した北陸路をはるか右手に見ながら、船は日本海を北にすすんでいった。

男鹿半島から艫作崎（へなしざき）の沖をすぎ、大戸瀬崎（おおどせざき）の端を東にまわる。もう、津軽領だ。大戸瀬崎から弁天崎いったいは、山すそが水ぎわまでせまり、岩礁がおおい。あらい波が岩にうちあたって、白いしぶきをあげる。

弁天崎からさきは、しばらくきりたった断崖がつづき、やがて、なだらかな砂浜にでる。漁師の部落がまばらにみられる。

赤石川が海にそそぎこむ河口をすぎると、鰺ヶ沢の部落があらわれる。

伊太は、船を西にすこしもどすよう命じた。部落にちかいところは、人目にたつおそれがある。みなれない船がいると、船番所の役人に告げられてはたいへんである。

二そうの伝馬船が、南海丸の伝馬込（てんまこみ）から海におろされた。伊太のほかに、四人の水夫が、ふたりずつにわかれて、それぞれの伝馬にのりこんだ。

断崖と断崖のあいだの、わずかな砂地に伝馬をこぎつけ、伊太だけが上陸した。ほかの四人は、鬼沢村のキリシタンが脱走してくるのを待ちうけ、本船にはこぶ役である。伊太は、そのあと、もしマチアスが鉱山にはいっていれば、それをすくいだしにい

かなくてはならない。そのあいだ、船を沖に碇泊させておくわけにはいかない。みとがめられるおそれがある。さらに北上させ、三日後にもとの場所にもどってくるよう、与惣次と計画をたてた。

鬼沢村の流人は、役人の監視をうけているわけではないので、ぬけだすのもたやすいが、鉱山を脱出するのはむずかしい。日数はかぎられている。

——マチアスが鉱山にはいらず、鬼沢村にのこっているといいのだが。

マチアスばかりでなく、数馬までが銀山にいることを、伊太は知らなかった。

鬼沢村は、鰺ヶ沢から南へおよそ七里。はやる気持ちをおさえて、伊太は、ゆっくりと、上陸して最初の一歩をふみだした。

敷内追込み

坑内作業は、まる一昼夜はたらいて、つぎの日はやすむ、一日交替になっている。気絶えの事故のあった翌日、四番小屋の人足たちは、きょうは休み番だと、小屋でごろごろしていた。

「夕方になったら、柵外にのみにでかけるか」

坑夫たちあいてに酒をのませるところが、鉱山の柵の外にある。鑑札をみせて、坑夫たちは外にでることができる。

小屋頭がやってきて、「きのう、仕事をなまけたがら、きょうは休み番なしだ。敷さへえれと差配がいっている」

と告げた。

「気絶えだつうのに、わからねえのかよ」

「おらもそう話しただけんどよ」

小屋頭は、人足たちの味方のような顔をした。

「このごろ、おめえらが、なにかってば、気絶えだ気絶えだって、敷さあがってくるべ。差配がおこってよ、きのうのは、気絶えでねえ、なまけてるつうだ」

人足たちが腹をたてて口ぐちにどなるのを、両手をあげてなだめながら、

「おらはわかってるだ。気絶えはおそろしいもんな。だども、差配が、なんとしても承知しねえだ。こらえて、きょうは敷さへえってけれや」

「ほたら、あすは休み番とってええだな」

ひとりが念をおした。

「いいや、あすは、敷詰（しきづめ）（坑内作業）ときまってるべ。きょうへえるのは、きのうのかわりだはで……」

「差配のとこさいってな、きょうは四番小屋は休みだといってこ」

ひとりの男が、いやにおちついたひくい声でいった。

「おめえら、差配にさからうと、あとで、おしおきくらうど」

「差配がなんだっちゃ。差配でも敷役でも、つれてきてみれ。おらだち、ひとあしでも、小屋からでるもんでねえ」

男はいいつのった。

小屋頭は、いったん、小屋をでていった。つぎにもどってきたときは、差配や敷役人たちといっしょだった。そのうしろに、奉行所からきている山方（やまかた）役人が立っていた。

山方役人は、「上司の命にそむいたのは、ふとどきである」と、しかりつけ、「そうそうに敷内にはいらぬかぎり、重敲（じゅうたたき）にする」といいわたした。

ふとさ十三センチ、長さ六、七十センチの、わらをかたくたばねた棒で、五十回、百回、と、はだかにむいた背なかをたたきのめす刑である。ひふがやぶれて血をふいたところに砂をまいて、さらにたたく。箱入りといって、八十センチ四方くらいの小さい箱に罪人をおしこめ、数日間、身うごきひとつできないままほうっておく刑もある。

処刑がおそろしいので、人足たちは、かげでは大きなことをいいながらも、役人のまえにでる

と、なにもいえなくなってしまうのである。

「きょうは、われわれは休み番です。きのう作業を中止したのは、気絶えのためだ。きょうはたらけというのなら、あすは休み番にしてください。三日もつづけて敷にはいらされるのではかなわない」

抗議しながら数馬は、しまった、と思った。なにか口をだせば、そのぶん、かならず、いやな思いをすることになる。だまってなりゆきにまかせているほうがとくだと思いながら、かっと腹をたててしゃべりだしたら、とまらなくなっていた。

「気絶えだ気絶えだって、おめえら、なまけてばし、いるでねえか」

差配が、いたけだかに、

「なして、気絶えだとおらだちにわかる。おめえらのいうことなど、信用できねえ」

「それでは、事故のあったとき、すぐに敷内をしらべるようにしてください」

そういったのは、マチアスであった。

すこしびっこをひきながらおきてきて、数馬とならんで、役人たちをみあげた。

「気絶えだとわたしたちが告げたときは、すぐに、役人がたが敷内にはいってしらべてみてください。うそかほんとうかはわかるはずです」

んだ、んだ、と、人足たちが声をあわせた。

数馬は、ほう、というように、マチアスをながめた。マチアスがじぶんから役人にたててつくようなことをいおうとはおもわなかったのである。

山方役人は、うすくわらった。

「おまえはたしか、お上の掟をやぶって、お目こぼしにあずかっているものだったな」

はっきりキリシタンだとはいわなかった。キリシタンと知ってだまっていたことがおおやけになると、役人のおちどになるからである。さわぎを大きくすると、キリシタンであることをあかるみにだし、処刑するぞ、と、暗にくぎをさした。

マチアスは、それに気がつかないのか、

「きのう、四番小屋のものは、日当をもらいませんでした。これは不公平です」

と、ことばをつづけた。

——もう、おまえはだまっていろ。

と、数馬は、マチアスの袖をひいた。

小屋頭や差配のかってなふるまいを、山方役人にうったえれば、なんとかなるのではないかと、きのうは数馬やほかの人足たちも思っていたのだが、このようすでは、山方役人も、差配と腹をあわせているらしい。ここでなにをいいたてても、むだなのだ。

その日はとうとう、坑内に追いこまれた。

翌日もひきつづいて作業につけといわれて、人足たちは、怒りをおさえきれなくなった。

「きょうは休み番だ！」

小屋頭を四、五人がかりでおさえつけると、ほかのものが、内がわから小屋の戸にしんばり棒をかった。

人足たちが小屋にとじこもって作業をやすんでいることは、すぐ、差配や敷役人たちに知れた。小屋のまわりに、役人やその配下のものがつめかけた。

「ただちに小屋頭をはなして、外にでろ。仕事につけ」

山方役人の命令に、

「きょうはおらだち休み番だ」

どなり声と、どっとあざわらう声がかえってきた。

「戸をぶちやぶって、ひきずりだすぞ」

差配がどなりかえした。

「おう。ぶちやぶってみれ。こっちは、小屋頭の頭さ、ぶちやぶってくれべえよ」

小屋頭を人質にとってあるので、人足たちは気が強くなっていた。

——どうせ、勝ちめのないけんかだ。

数馬は、小屋頭をなぐりつけてうっぷんばらしをしている人足たちを、あきらめた目でながめた。

小屋のなかには食糧はなにもおいていない。竹筒につめた酒が数本ころがっているだけである。二、三日で、腹がへって降参してしまうことは、目にみえている。いちじの腹だちまぎれに、こういう状態になってしまった。計画をたててはじめたことではなかった。あとは、二日もつか三日もつかのちがいだけだで、いずれ、ひどいしおきにあうことは、まちがいない。

しかし、役人のほうでは、人足たちが飢えにまけてでてくるまで待とうともしなかった。役人たちは、小屋頭の頭がぶちわられることなど、なんとも思っていなかったのである。人足たちをひきずりだして、みせしめのため処罰することしか考えていなかった。

山方役人の命令で、捕り手たちは、げんのうや大づちで、戸をたたきやぶりはじめた。そまつな小屋は、地震にあったようにゆれた。

「やめれ！　やめねえと、ほんとうに、こいつの頭たたきわるぞ」

鉱山など火をつけて燃してしまいたいと口ばしったことのある、気のみじかい要助がどなった。要助は、はいつくばった小屋頭を足でふみつけて、鉄槌をにぎりしめていた。たがねをたたくのにつかうつちである。

戸が、めりっ、めりっとくだけはじめると、要助の目が血ばしった。頭に血がのぼって、あとさきをわすれていた。鉄槌をふりあげた。その腕に、マチアスがしがみついた。戸が内がわにくだけ、たおれた。役人たちは、すぐにふみこんではこなかった。さらに、前面の板壁をうちこわし、小屋をはだかにしていった。せまい戸口からでは、いちどに数人しか小屋のなかにはいれない。はいったものが、あべこべに、人足たちにとりおさえられてしまうおそれがある。小屋の前壁をうちこわし、おしたおすのと同時に、捕り手たちが、わっと、おおいかぶさるように、人足たちにおそいかかった。

刑は、二十日間の敷内追込みだった。

二十日間、ぶっつづけで、坑内ではたらかされるのである。そのあいだ、いちども外にだしてもらえない。日当もわたされない。

四番小屋の男たちは、水替えも、穿子も、いまにもばくはつしそうな怒りをおさえた表情で、釜ノ口から坑道へ追いこまれていった。

朝やけの船出

まる一日がかりで、伊太は鉱山から海岸へでる道をしらべあげた。鬼沢村の流人は、すでに南海丸にのりこんでいるはずであった。

見も知らぬ異国へいくよりは、日本にいるほうがいいといって、村にのこったものもいた。荘七老人も、いまさら、海のむこうの南蛮人の国へなどいきたくないといった。歯がぬけ、ひからびて、すっかり年よりくさくなっていた。

小萩と、その祖母の藤江、そのほか二十人ほどが村をぬけだし、浜で待っている伝馬で、南海丸にのりこんだ。あとにのこったものが藩からとがめをうけるのではないかという心配があったが、のこるものたちは、まさか死罪にもならないだろうと、とがめをうけるのはかくごのうえで、マカオにいくものをおくりだした。

鉱山を西におり、赤石川の流れにそって北へくだれば、海辺にでられる。およそ四里の山道である。しらべあげて、鉱山の柵ぎわにもどってきたときは、陽がおちかかっていた。

――数馬もマチアスも、一日の仕事をおえて、小屋にもどっているころではないだろうか。どうやって、おれがむかえにきていることを知らせたらいいか。

木戸の門番にたのめば、かんたんにあわせてくれるのではないかと思った。鉱山人夫は罪人ではないのだから、面会の制限はないはずである。

面会できれば「西の柵をこえて、赤石川づたいに逃げろ。船が待っている」と、つたえることができる。

山の陽のしずむのははやい。五兵衛岳の森のあたまが赤くそまり、やがて、うすずみ色ににじんでゆく。鷹巣山の上に、赤茶けた月があらわれた。十三夜であった。

柵ぞいに山の中腹をつたって、木戸口にでた。木戸のおくには、人足小屋らしい建物がならんでいる。そのひとつは、むざんにうちこわされていた。

木戸のそばの番人に声をかける。酒をのんでいたらしい。目のふちを赤くした番人が顔をだした。伊太は、小銭をわたして、「鬼沢村からきている、尾形数馬というものにあいたいのだが、よんでもらえないか」とたのんだ。マチアスの名をださなかったのは、日本名の変名をつかっているかもしれないと思ったからである。

「名まえをいわれても、わからねえ。何番小屋のものだ」

「それがわからんのですよ。さがしてもらえんでしょうか」

伊太は、小銭をさらに男の手ににぎらせた。

「さがせちったたって、おめえ、小屋は二十もあるだによ」

番人は、ぶつくさいいながら、それでも、銭をふところにかくし、数馬をさがしにいった。

ほどなくもどってきて、

「おめえのさがしている男は、四番小屋だども、よ、四番小屋の衆は、敷さへえってるから、あえねえだ」

と、首をふった。

「こんなにおそくまではたらくのですか。仕事は、いつおわるのですか」

「四番小屋はよ」

番人は、歯ぐきをみせて、おもしろそうにわらった。こわれた小屋のほうを指さして、

「きのう、さわぎをおこしてよ、二十日もおめえ、敷内追込みだでば。二十日だでばよ」

「二十日間、敷内にはいりっぱなしなのですか」

「んだ。とうぶん、あえねえやな」

「どの敷ですか。おれがそこにあいにいくことはできませんか」

「めっそうな」

男は手をふった。伊太は、もうひとつかみ小銭を男の手にのせた。

男は、小銭をなめまわすような目で見て、それから、伊太にかえしてよこした。

「銭こほしいどもよ、敷内へはへえれねえだ」

おもいのほか、正気な気のいい男だった。

数馬たちのはいっている坑道の場所を、この男からききだそうと思って、ことばをつごうしたとき、きゅうに、あたりがそうぞうしくなった。男たちがあわただしく走りまわるのがみえる。小屋のなかからも、半分はだかの男たちがとびだして、走ってゆく。

「なんだいやあ」

番人は大声でたずねた。

「火事だでばあ。敷内が火事だでばよお」

どなり声がひびく。

「どこの敷だやあ」

番人は、じぶんも走っていきながらたずねた。こたえをきくと、伊太のほうにもどってきて、

「四番の衆がはいっている敷が火事だでば。おめえのあいにきた男、むし焼きになったかもしんねしさ」

と告げ、「火事だあ」とわめきながら走っていった。

伊太も、柵のなかにはいりこんだ。男たちのあとについて、いっしょに走る。

きなくさいにおいがただよってきた。

火事の原因は、放火であった。犯人は、四番小屋の水替え、要助だった。

坑道のなかには、人間ひとりが、はってもぐれるような小さな穴が、いくつもある。鉱脈をさ

ぐって、すこしずつためし掘りしたあとである。狸掘りとよばれている。

要助は、この狸掘りのあとにはいりこんでやすんでいた。おとといの気絶え、きのうの小屋うちこわし、二十日間の敷内追込みと、腹のたつことばかりだった。

狸掘りの外の切羽を、小屋頭がとおりかかった。

「要助、またなまけとるけん。差配におこられるど」

あざわらわれたように思った。要助は、右手にさわったものをにぎりしめ、狸掘りの穴をとびだすと、小屋頭の頭にたたきつけた。小屋頭は、ぐっとうめいてたおれこみ、うごかなくなった。

右手ににぎりしめていたのが、大工のおきわすれていった鉄槌だと気がついた。

小屋頭は、息がたえていた。要助はあおくなった。みつかったら死罪である。さいわい、だれもそばにいなかった。坑内の天井や壁がくずれてこないようささえているとめ木の朽ちかけたのを、二、三本はずして小屋頭のからだの上にのせ、壁にかかっている灯油の皿をとり、油をかけて火をつけた。

火をつけると同時に、「火事だあ」とわめきながら、竪坑にむかって走った。小屋頭の死体がみつかっても、火事で焼け死んだということになるだろうと思ったのである。

火は、天井や壁をささえている坑内とめ木に燃えうつり、壁の灯皿の油に、つぎつぎ引火して燃えひろがった。煙が、せまい坑道にいっぱいになった。要助の逃げ足より、火の燃えひろがるほうがはやかった。要助は、煙にまかれてたおれた。ほのおがその上を走った。

「火事だ」

という声と、切羽からふきだしてくる煙は、気絶え以上に、人夫たちをぞっとさせた。坑内で火事がおこることは、めったになかったのである。とめ木が燃えあがる。灯皿から灯皿へとほのおが走る。請舟の水をかけるよゆうもない。人夫たちは、おしあいながら、細い下駄ばしごをよじのぼる。

マチアスは、この日、入り口にちかい上のほうの切羽の鉱石をはこんでいた。おととい坑道の底をおちたときの腰の打ち身がまだいたむので、仲間が、らくな上の切羽にまわしてくれたのである。

「火事だ」

というさけびが、竪坑の壁にわんわんひびきながら、きこえてきた。黒い煙がふきあげてくる。大工や人夫たちの群れにおしつつまれて、マチアスも、釜ノ口にいそいだ。

きなくさいにおいをのがれて、坑道の外にとびだし、大きく息をすったとき、

「マチアス！」

腕をつかまれた。

「マチアスじゃろ。ちがうか、おまえ、マチアスとちがうか」

ひくい、切迫した声がささやいた。

あたりはくらかった。右に左に走りまわる人びとのかざした灯がゆれる。その灯影に、あいての顔がちらりと照らしだされた。

マチアスには、あいてがだれだかわからなかった。伊太は、あまりにたくましくなっていた。それに、この鉱山のなかに伊太がいるなどとは、思いもつかなかった。

「おいだ。伊太だ」

「伊太！」

「そうたい」

伊太の腕は、マチアスの両肩をがっしりつかんだ。

「数馬さんも、ここにおっとじゃろう。どげんした」

「まだ、敷のなかだと思う」

マチアスは、はっと、釜ノ口にかけもどろうとした。

「待っちょれ。ここばうごくな」

釜ノ口から、すすだらけの顔で、男たちがはき

だされてくる。

「数馬さんがあらわれたら、おしえろ。おいは、顔がみわけられんかもしれん」

「あれだ」

と、マチアスが指さした。伊太は走りよると、数馬の腕をつかんでひきよせた。

「数馬さん、おいだ。伊太だ」

数馬は、油煙をあびて、顔半分、まっ黒になっていた。髪の毛が、焼けちぢれていた。

「……おれは、夢を……」

数馬は、ぼんやりつぶやいた。その背なかを、どやしつけるようにひとつたたいて、

「ぐずぐずしてはおれんたい。このどさくさにまぎれて逃げるんじゃ。さ、はよう、ついてこい。おいの船が待っちょる」

うむをいわさず、ふたりの腕をつかんで、走りだした。

「西の柵をこえるんじゃ」

話をしているひまはなかった。待ってくれ、とマチアスがさけぶのも耳にいれず、腕をつかんだまま、ひた走りに走った。

西の柵をのりこえ、さらに、赤石川めざして、急な斜面を走りおりる。

木の根につまずいて、マチアスがころんだ。たすけおこすのももどかしく、手をひいて走りだそうとするのを、

「待ってくれ」

息をはずませながら、マチアスがとめた。

「伊太、いったい、どういうことなのだ」

せせらぎの音がちかくにきこえる。東の山かげがほのかに紅いのは、鉱山のほのおだろうか。

「おまえたちば、マカオにつれていく。おいは、船をもったとじゃ。数馬さん、あんたのおっかさんも、小萩ちゃんも、おいの船で、あんたば待っとるばい」

「ほんとうか」

「マチアス、やせたな」

伊太は、月の光で、マチアスをすかし見た。

「マカオにかえろう。マカオには、日本から、キリシタンがおおぜいのがれてきとる。マードレ・デ・デウス修道院が、りっぱになったばい。日本人のキリシタンが寄進しての」

話は船でゆっくりする、と、伊太はふたりをうながした。

「おれたちをマカオにつれていく――そのために、伊太、危険をおかしてここにきたのか」

数馬に問いかえされ、

「そうたい」

伊太の歯が白くひかった。

「伊太、ありがとう、だけど……」

マチアスは、いいにくそうに、

「わたしは、マカオにはかえらない」

「なんして」

伊太は、ききちがえたのかと思った。

「わたしは、じぶんからのぞんで、鉱山にはいったんだよ」

「知っちょらい。ばってん、八年もおれば、もう、じゅうぶんたい。マカオにかえって、からだやすめてこい」

「鉱山で、わたしを待っている人たちがいるから……」

「あほ、人の気も知らんと……」

こぶしをあげかけて、ぱたりとおろした。じぶんの腕力が、八年まえよりはるかに強くなっているのを思いだした。

「逃げだしたと知れると、かえったとき、いためにあうからね。いまのうちなら、まだ、こっそりかえれるだろう」

「おいが、よけいなこつしたと思っとるんか」

伊太はがっかりしてたずねた。

「そんなことはないよ、伊太。ほんとうにうれしい」

マチアスの声が、すこし、くぐもった。

「でもね、やはりかえらないと……」

「伊太、ひきとめてもむだだよ」

数馬が、伊太の肩に手をかけた。

「マチアスが、この八年、鉱山でなにをしてきたか、おれがいちばんよく知っている……」

数馬は、マチアスのほうをふりむいた。

「だが、マチアス、おれは、ひとつ、いいたいことがあるんだ」

かるくくちびるをかんでから、数馬はつづけた。

「鉱山の役人が、おまえの布教やキリシタンの集会をみのがしているのは、なんのためだと思う？　人足がたりないためばかりではないと、おれは思うんだ。キリシタンは、おとなしい。あらそわない。つらいめにあっても、天主（デウス）のおぼしめしだと思って、じっとこらえている。だまって、はたらいている。あの世へいけば、すべての苦しみはつぐなわれると思って、なにも不平をいわない。さからわない。役人たちにとっては、たいそうつごうのいいことじゃないか……」

マチアスは、ほおに手をあてて、よろめいた。

まるで、いきなり、横っつらをひっぱたかれたというように。

雲が、月のおもてをかすめて走った。こずえがざわめいていた。マチアスは、地面にひざをついて、かがみこんだ。黒い小さい石のようにからだをこわばらせ、しばらく、地面をみつめていた。

山の東の空が、ますます紅くなった。

うなだれていた顔をあげ、マチアスは、ゆっくり立ちあがった。数馬をみつめた目が、いつになくきびしかった。

「おまえがそこに立っているように……」

マチアスの目は、天にむけられた。

「天主（デウス）は、わたしのまえに立っておられる。その、みことばを、つたえないわけにはいかない」

そそげたほおに、波紋のように微笑がひろがった。伊太の目にしたしい、やさしい笑顔になった。

「役人のいいなりになっていては、布教はつとまらない。たたかわなくてはならないときは……」

たたかうよ、といいきって、マチアスは、ふたりに手をふり、背をむけた。急な斜面を、木の根に手をかけながら、のぼりはじめた。すこし、びっこをひいている。

「だいじょうぶ。伊太は、走りよって手をかそうとした。

「だいじょうぶ。それより、おまえたちは、はやく逃げたほうがいい。わたしは、もしみつかっても、なんとでもいいひらきができるけど、伊太はそうはいかない」

おいしげった下草のかげに、みえかくれしながら、マチアスは斜面をよじのぼっていく。

その背なかに、

「あほう！」

伊太は、ののしり声をおくった。左手は、無意識に、右の腕をなでていた。あざは、うすれもせずのこっていた。

マチアスはふりかえり、手をふった。マカオへの旅を祝福するように、十字をきった。

「さあ、いそごう」

伊太は、数馬の肩を、どんとたたいた。

谷川の音がちかくなった。


南海丸はいかりをあげた。帆がふくらんだ。東の空があかるんできた。

「おもかじ、いっぱあい」

伊太の声が、りんとひびく。

「おもかじ、いっぱあい」

舵取りがくりかえす。

数馬も、小萩も、藤江も、みんなが上甲板にでてきている。陸地がうすくかすんでいく。岩木富士が、朝やけの空に、なだらかなすそをひいている。マチアスのいる銀山は、そのむこうにある。

伊太は、ふりむかない。ほおがぬれているのは、朝の風が目につめたいからだ。なみだではない。

陽がのぼりはじめた。

炎のように鳥のように

PART 2

Ⅰ　炎の軍団

1　禁じられた館(むろつみ)

おれは、物語ろう。

その日、おれは、はじめて鹿(しか)を射殺(いころ)した。

おれの放(はな)った矢がふかぶかと、鹿の胸につっ立ったとき、おれは、目をうたがった。

二日つづいたみぞれは、ようやくやんだ。陽(ひ)がのぼりはじめたというのに、空は死んだ魚のようだった。

おさないころから、狩りをする兄たちのあとをついてまわり、弓矢も手にはしていたが、おれは、鉄の鏃(やじり)のついた矢は持たせてもらえなかった。せいぜい、けものの骨をけずった鏃か、ひどいときは、先端をそいだ竹だったのだ。

おれの射る矢は、草むらに落ち、谷川に落ち、みえなくなることがおおかった。

鹿たちは、夜じゅう餌(えさ)をあさり、夜明けとともにひきあげる。男たちは、その通りみちの要所(ようしょ)要所で待ちぶせ、矢を射かけ、追いたてる。

鹿はかならず、山から川にむかって、逃げ走る。力のかぎり走りぬく鹿のからだは、灼(や)けた鉄のように熱くなる。

おれはそのとき、断崖(だんがい)の上にいた。おれが受けもたされた待ち伏せの場所から、すこしはなれていた。だれも、おれの腕をあてにしてはいなかった。もっと上(かみ)のほうで、兄たちが仕とめるはずだった。

岩の上から、からだをのりだしたとき、急流の岸に近い浅瀬を、よろめきながらすすんでくる鹿のすがたが目にはいったのだ。

鹿は、つかれきっていた。追いたてられ、追いたてられ、死にものぐるいで走り、ようやく追っ手をふりきって、ほっとしたところであった。哀（あわ）れだと、おれは思った。しかし、おれは弓に矢をつがえ、ねらいをさだめた。

　空をおおっていたどんよりした雲が流れさり、梢（こずえ）のあいだから朝の光がななめに走り、岩をあらう水がきらめいた。

　おれは、矢を放った。

　胸に矢を立て、鹿は大きくはね、走りだした。とたんに、肢（あし）をすべらせ、水に横たおしになった。

　はげしい水流が鹿のからだをさらった。おれは断崖の下をのぞいた。いくえにもかさなりあって、つきでた岩にぶちあたり方向をかえる流れの渦は、鹿をまきこんだ。

　鹿の顔の上を浅く水が流れた。鹿は頭をもちあげた。三叉（みつまた）のみごとな角（つの）が、いかにも重そうだった。水流にもまれて、よじれながら踊るようにみえ、ふいに静止し、つーっと下（しも）のほうに流されれはじめた。

　川べりにおりる道はなかった。おれは、走った。道をさがし、流れてゆく鹿に追いつかねばならなかった。

　泥土を吸った落ち葉を踏みちらして、おれは走った。なんとしても、鹿を矢ごと持ち帰らねばならぬ。

　もちろん、鹿は、たいせつな獲物だ。だが、そればかりではない。胸につきささっている鏃が、鉄のやつであったのだ。一本だけ、中（なか）の兄（あに）のを、だまって持ちだしてきた。

　矢は折れてもかまわぬ。矢羽（やばね）がぬけ落ちようと、怒られることはない。だが、鉄の鏃はうしなうわけにはゆかぬ。兄たちは、鏃の数をおぼえている。とぎなおし、とぎなおし、いくども使うのだ。

　鉄は、たやすくは手にはいらない。鉄穴（かんな）からとれる鉄（くろがね）、海辺の砂からとれる砂（すな）の鉄（あらがね）、唐国（もろこし）から買いいれる鉄鋌（ねりがね）、そのほとんどが近江（おうみ）の京（みやこ）にあつめられ、貴人や役人にわけあたえられ、それがまた、さまざまなものととりかえられ、ようやく、おれたちの手のとどくところまでまわってくるのだという。

おれの矢があたらないのは、骨や石の鏃を使うせいだ。そぎ竹（だけ）を使うせいだ、鉄のやつを使わせてくれれば、きっと仕とめられるにちがいないのだ。

おれがそういうと、兄たちは笑った。姉も妹も、母まで笑った。

父も生きていれば、笑っただろうか。

おれは、父をおぼえていない。むかし、いくさにかりだされ、そのまま帰ってこない。妹の父親は、べつの男だ。

いくさといっても、どこにあるのか見当（けんとう）もつかぬ海のむこうの国――海ってなんだ？　おれは名前しか知らぬ――で、勝ったのか負けたのかもわからない。つれていかれた男たちは、ほとんど帰ってこなかった。

おれたち、山に棲（す）むものは、もともと田畑を持たぬが、田作（たづく）りたちは、そのいくさのとき、ひどいめにあった。いくさにかりだされた正丁（せいてい）（二十一歳から六十歳の男子）が、死んだり捕虜（ほりょ）になったりして帰ってこなかったところは、田畑をとりあげられたうえ、残ったものは、官（つかさ）の奴隷（どれい）にされてしまったというのだ――。

弓をにぎりしめ、

「おれはやったぞ！」

走りながら、おれはどなった。

おれはあいつらが好きなのだ、鹿やうさぎが、というつぶやきを、おれは、おしころした。

男たちが鹿やうさぎを射とめるたびに、おれは、感嘆するのと同時に、なにかもやもやしたものを感じたのだが、そのもやもやは、じぶんの手で殺したとき、くっきりと、かたちをとった。

おれは、おれに殺された鹿を、いとおしんでいた。おれは、あいつらが好きなのだ、鹿だのうさぎだのが。そのくせ、はじめて、おれひとりで仕とめたのだと、きおいたってもいた。

素足に踏まれて、厚くつもった落ち葉は、じわりと水をはきだした。杉木立が、うっそうと空をかくした。山は、紅葉のいちばん美しいときをすぎ、冬にはいろうとしていた。ぬれた草のにおいがみちていた。

背丈より高いすすきやかやをかきわけて、どのくらい歩きまわっただろうか。しだいに下り坂になり、瀬音が耳についた。

ふいに、目の前がひらけた。おれは、息をのんだ。知らぬ場所ではなかった。だが、近づいてはならぬと、おとなたちにいわれていた場所であったのだ。

ふたすじの渓流がひとつにあつまり、深いよどみをつくり、一本の川となって下に流れてゆく。その台地に、垣をゆいめぐらしてある。

とめられれば、のぞいてみたくなるので、おれは、中兄——中の兄——と、なんどかここにきてみたことがある。

かくべつ、おもしろいところではない。垣のなかに、白木の柱をたて、床を高くはり、草の屋根をふいた館が三むね、たっているのだが、これまで、だれも住んでいなかった。そのほかに、土間に煮炊きのためのかまどをすえた炊屋、馬屋と、倉らしい小屋もあったが、どれも、いつみても、からであった。〈宮〉と、おとなたちは、その場所を呼んでいた。

このように大きな住まいを、おれは、ほかにみたことがなかった。おれたちは、岩穴をねぐらとする。冷たい風や、降りしきる雪やみぞれをふせぐにも、ぎらぎらした夏の陽をさえぎるにも、岩屋はたいそうぐあいがよかった。

里におりれば、地に浅い穴を掘り、柱をたて、草の屋根をすっぽりかぶせた、たて穴の住まいに、田作りの人びとが住んでいる。

　おれは、おとなたちが、射とめた鹿や猪、熊、山鳥をかついで里におり、米や粟とかえるときについてゆくから、知っていた。

　里の人びとは鹿や猪をきらう。畑を荒らすからだ。おれたちは、鹿にかわって、里人たちに、詫びの舞いを舞い、うたってやる。

　むかし――といっても、おれが生まれる十四、五年まえのことだそうだが、この〈宮〉で、貴人が殺されたと、年寄りたちからきかされたことがある。貴人は、古人大兄といい、大王の一族のひとりだった。そのころは飛鳥にあった京からのがれてきて、ここに身をひそめた。京からおしよせた四、五十人の兵士が、よってたかってなぶり殺しにしたのだという。

　〈宮〉はもともと、京の大王の一族が山あそびをたのしむときのために建てたのだが、その血なまぐさい騒ぎのあとは、うちすてられていたのだそうだ。

　いま、おれが目にする〈宮〉は、めずらしく、人馬のすがたがあった。

　館は扉をとざしていたが、朝日をあびた庭に、つるばみ（どんぐり）染めの黒っぽい粗い布をまとった男たちが、水をはこんだり、馬屋につながれた馬のために餌をきざんだりしていた。

　白い衣褌に毛皮を着こみ、沓まではいた男が数人、あれこれ指図し、炊屋では、黒っぽい布を着けた女たちが飯を炊いでいた。

　おれは、その男たちの前にでてゆくつもりはなかった。鹿のせいだ。鹿が、おれを呼びよせた。

　木立の奥から、ふたりの男にかつがれて、おれの鹿が、はこびこまれてきたのだ。川岸に流れよったのを拾いあげたのだろう。

　四本の肢を藤づるでひとつにくくり、長い木の枝をとおして、男どもは、ぐっしょりぬれたおれの鹿をかついでいた。男どもの足もぬれ、寒そうにくちびるを青くしていた。
庭に、鹿を投げだした。
「たいそうな獲物だ」と、人びとは、鹿をかつい
できたふたりをほめそやした。
おれは、あけはなしてある門から、走りこまな
いわけにはいかなかった。
「おれの鹿だ！」
おれは、わめいた。とたんに、両がわから腕を
つかまれた。
「おれが仕とめたのだ。おまえたちは、拾ってき
ただけじゃないか」
ぬれた鹿の胸に立った矢は、指ひとつぶんの長
さを残して、折れさっていた。
「なんだ、そうぞうしい」
館のひとつの扉がひらき、なかからでてきた男
が、階（階段）の上につっ立って、おれを見お
ろした。
「近江がたの候（スパイ）でもとらえたのかと
思ったら、子供ではないか」
「子供ともいえぬ。十五か十六にはなるだろう。
いっぱしのつらがまえだ」
すわれ、と、おれの腕をつかんだ男はいい、強
く腕をひいた。
おれは、さからって立っていた。熊でも狼で
も、こっちが身を低くすれば、上からおどりかか
る。
「モウケの王に申しあげるか」
男どものひとりがいい、
「王をわずらわすまでもあるまい」
階に立った男はいった。
男どもは、武器を手にしてはいない。おれの腰
には、鉄の山刀があった。
「この鹿は、おれのだ」
おれは、おしえてやった。
「おれが、持って帰る」
おれは、いきなり、なぐりつけられた。

「待て」

階の上の男が、なおもなぐろうとする男どもを、とめた。

「おまえが射とめたのか」

「そうだ」

階の上の男は、目で合図した。男のひとりが、鹿の胸から矢をひきぬいた。小さい穴から、しずかに血が流れ、ぬれた胸毛ににじんだ。ほかの男が、おれの背のえびらに残る三本の矢を、手荒くぬきとった。男どもは、折れ矢と、三本の残り矢を、みくらべた。

それから、

「うそをつくな」と、おれをけたおした。

えびらに残っていた矢は、三本とも、そぎ竹だ。しかし、だからといって、鉄の鏃のついた矢がおれのものではないと、どうして決められるのだ。考えのたりぬやつらだ。

「矢をかえせ」

おれは、起きなおり、階に足をかけた。うしろにひきもどされた。あおむけに地にたおれたおれの胸に、男の足がのった。

自由のきく手で山刀をぬこうとすると、その手も踏みつけられた。

だれかが、おれの山刀をうばった。

「おまえは、国栖(くず)のものか」

階の上の男がいった。

「国栖のものなら」と、男は、おれをおさえつけている男どもに、「手荒にするな。ゆるしてやれ。いずれ、われわれの役にたつ。いや、役にたたせねばなるまい。童(わっぱ)に恩をかけてやれ」

「手を放せば、こやつ、手負いの猪(いこ)の子のように荒れくるいそうだ」

「わっぱ」と、階の上の男は、なだめるようにいった。「矢はかえそう。鹿も、やろう」

かえしてやろう、と、男はいいなおした。おれの胸をおさえている足が、どいた。おれは、立ちあがった。

「名はなんというのだ」

　おれの名？

「知らぬ」

「おのれの名を知らぬのか」

「知らぬ」

「国栖であろうと、名はもっているだろう」

　おれの兄たちも、姉も妹も、名などもたぬ。兄たちは、おれを弟と呼ぶ。妹は弟兄と呼ぶ。母は、来いと呼ばわり、去ねとどなる。それで、ことはたりた。

「おまえの名はなんというのだ」

　おれはいいかえし、また、なぐられた。

「年はどれほどになる」

　階の上の男はいった。

「知らぬ」

　おれは答え、それから考えた。おれは、生まれてどれほどたつのだ。

　おれの大兄（上の兄）は正丁だから、二十をすぎている。中兄は去年から中男になった。中男は、十七歳以上の男だ。もっとも、母も、何人もの子供が生まれたり死んだりして、ひとりひとりの年を正確におぼえてはいない。調べがきたとき、いいかげんに答えたのだから、たしかなところはわからない。おれは中兄よりすこし下なのだから、たぶん、十五ぐらいなのだろう。

　左がわの館の扉がひらかれた。

うすぐらいなかに、はなやかな色があふれた。

女たちが、いた。おれは、このように色とりどりの布をまとった人びとを、生まれてはじめてみた。

　裳すそは長く床にひき、肩にかげろうの羽のように透きとおった布をかけ、それらの色は、つきくさのように青く、あせびの花のように白く、桃のようにうす紅く、はねずの朱、さねかずらの実の真紅、つげの葉の濃い緑、藤の淡い紫、かきつばたの濃い紫に似ていた。

女たちにかこまれて、子供がひとり、いた。かたかごの花のようによわよわしかった。そう、おれの目にはみえた。

　女の子かと思ったが、よくみれば、男であった。外の騒ぎに興味をもって、見物する気になったらしい。

　さっさと、鹿と矢をかえしてくれ、山刀もかえしてくれ、と、おれはいった。

　おおぜいの人間から、なにかめずらしいものでもみるようにながめられるのは、気分のいいことではなかった。

「みごとな鹿ですね」

　女たちが、口ぐちにいった。

「この鹿を、その若い男が射とめたというのですか」

「まだ子供ではないのかしら」

「からだは大きいけれど」

「どうやって持ち帰るつもりだ」と、階の上の男は、おれにいった。「ひとりではかつげまい」

「まさか、この鹿を」と、女のひとりが声をあげた。「持ってゆかせるつもりではないでしょうね、男依（おより）」

　せっかくの鹿を、どうして、くれてやるのか、と、女たちはさわぎはじめた。

　子供は、おれと鹿をながめている。ふと、心をひかれた。たいそう、しずかな子供であった。

　そうだ、王子（みこ）よ、草壁王子（くさかべのみこ）よ、それが、おれがはじめてあなたと会ったときであった。

　あなたは、目にうつるものを、心のなかにすうっと吸いとり、しまいこみ、声にはださない、そんなふうにみえた。

　いや、正確に思いだしていおう、おれは、そのとき、ただ、しずかだな、と思ったのだ。

　男依はおれに、

「手をかしてやろう。奴（やっこ）どもに、おまえの家まではこばせてやろう」といった。「そのかわり、鹿の半分を、われらによこせ」

　女どもは、

「国栖にそのような情けをかけることはないでしょう」と、不平がましくさわぎたてた。

「手なずけねばならぬからな、国栖のものは」男依は女どもをなだめた。「ちょうどよいおりだ」

　男依に命じられ、奴のひとりが、鹿の肢にとおした棒の片はしを肩にかつごうとした。もう一方をおれがかつぎ、ふたりではこぶというわけだ。

　そのときだ。王子よ、あなたが、いっしょに行くといいだしたのだ。

「おお、こい」

　おれは、さそった。

　とたんに、耳に火がついた。灼（や）かれたわけではない。なぐられたのだ。

　おれは、さからわなかった。相手のほうが、人数はおおいし力も強そうだ。そうして、おれを殺そうとはしていない。そういうときは、たたかわぬ。

　おれは、なぐられながら、あなたをみつめていた。あなたも、おれをみつめた。

　こいつは、おれといっしょにきたがっているんだな。おれはそのとき、そう思っていたのだ。よし、つれていってやろうじゃないか。

　おれは、いろいろなことを知っていた。

けものをうまく仕とめるやりかた。

強いやつにおそわれたら、どうやって逃げるか。

敵意をもっているものと、そうでないものを、
とっさにみわける勘（かん）。

　おれは、目で合図した。

こいよ。おとなどもをまいて、うまく、ついてこいよ。すきをみて、走りだせよ。

　ことは、おれの思うようにはこばなかった。もうひとつの館の扉がひらいた。すると、男どもは、にわかにしずまった。地にひざをついた。男依は階をかけおりて、やはり地にひざをついた。

その館のなかには、ひげをはやし、髪をみじかく切った男と、女がいた。それから、従者らしい人びともいた。

男は、目がおちくぼみ、ほおがこけ、おそろしい顔つきをしていた。女は、からだが大きく、まゆがふとく、きびしい目でおれを見すえた。

おれは、ぞくっとした。

その男が、あとでわかったのだが、あなたの父ぎみであり、女は母ぎみであった。そうして、あなたの父ぎみは、近江の大王の弟ぎみ、皇太弟と呼ばれる人であったのだ。

2 脱出

わたしは、思いかえそう。

軍船のなかでわたしは生まれた、と、乳母からきかされたことがある。月が明るく、船べりにくだける波頭が、白い鳥が舞うようだったと乳母は語ったが、正確にいうと、船のなかではなかったらしい。もちろん、わたしはなにもおぼえてはいない。

わたしの記憶にあざやかなのは、おだやかな陽がさす近江の館で、女官にかしずかれている、六、七歳のころの情景である。

館は、淡海の湖（琵琶湖）のほとりにあった。おさないわたしの目には、湖は、はてしない大海のようにみえた。庭の池でさえ、とほうもなく大きくうつった。池のまわりに桃の木がならび、うす紅いはなびらを水に散らしていた。

ひとつ年下の大津王子と、その姉の大伯王女が、わたしのあそび仲間であった。

大津と大伯のきょうだいは、母を早くにうしなっていた。ふたりの母は、わたしの母の姉である。わたしの父は、母と、母の姉と、ふたりを妃にしていた。そのほかにも、父の妃はおおぜいいた。それぞれ、べつの館に住んでいたから、わたしは、そのすべては知らぬ。

　大津は、年は下だが、わたしよりはるかにからだはたくましく、力も強かった。腕ずくのあらそいになれば、わたしはいつも負けるのだが、大伯が割ってはいって、わたしが泣きだすまえにとめた。そうして、大伯は、かならず弟をしかるのだった。

　しかりながら、わたしとひきはなし、ふたりで他へいってしまう。とりのこされたわたしは、池のふちにしゃがんで、てのひらをくぼめて水をすくい、指のあいだから水が流れ落ち、はなびらが手にはりついて残るのを、ぼんやりながめていたりした。

　そういうとき、うしろに人の視線を感じ、ふりむくと、母がいた。母の目は、やさしくはなかった。

　おおぜいいる異母きょうだいのなかで、もっとも年長なのは高市王子(たけちのみこ)で、わたしより八歳年上である。この兄のおとずれが、わたしには、なによりうれしかった。高市の母は生まれがひくいので、兄でありながら、高市はわたしにていねいな口をきいた。しかし、わたしは、高市を尊敬していた。

　背の高い高市が大またに歩いてくると、わたしはかけより、森の樅(もみ)の木のようなさわやかなにおいを感じた。


　冬のはじめ——十月十九日、淡雪が降る夜のしらじら明け、わたしはいきなり、女官(めのわらわ)たちに「王子(みこ)さま、早う」とせきたてられ、輿(こし)に乗せられた。

　どこへ行くのかと問いただしても、だれもが血ばしった目で、あらあらしく首をふるばかりであった。

　館(むろつみ)を出立した一行は、三十数人であった。馬に乗った父がいた。僧のように髪をみじかく切った父のすがたは、異様であった。父の舎人たちが、わたしたちのまわりをかため、女は、母のほかに、女官と婢が十人ほど、そうして、子供はわたしひとりであった。大津と大伯のきょうだいは加わっていなかった。

　わたしは奴のかつぐ輿からからだをのりだし、どこへ行くのかと、いくどもたずねた。

　さわいではなりません、と、前の輿から母がふりむいてしかりつけた。

　風の冷たさに、輿をかつぐ奴たちの手は、みるみる赤くふくれ、淡い雪はその上でとけた。

　途中、うすぐらい行く手に、馬に乗った人影がふたつ、にじんであらわれ、それが近づいてくると、ひとりは高市王子、もうひとりは、これも異母兄の忍壁王子であった。忍壁はこのとき十五歳で、わたしより五つ年長である。忍壁の母も、高市の母とおなじように、大王の一族ではなかった。忍壁は、高市のように快活ではなく、無口でおとなびていて、わたしはすこし親しみにくかった。

　高市は、しばらく父と馬をならべ、それから母の輿とならんで話をかわした。

　つぎに、わたしの輿とならんだので、わたしは手をのばした。高市は、わたしを抱きとるようにして、じぶんの鞍の前にわたしをまたがらせた。

　どこへ行くのだろうかと、わたしは、だれも答えてくれぬことを、このたのもしい異母兄にたずねた。

　吉野です、と高市は答えた。

「吉野の離宮です」

　たのしいことがいろいろあります、と高市がつけくわえたが、そんなはずはないと、わたしは思った。山あそびにでかけるには、ものものしすぎた。

　大王がおられる大津の宮の前で行列はとまり、

父が舎人をふたりつれて、なかにはいった。わたしたちは外で待った。

　高市は、「お寒くはありませんか」と、母をいたわった。

　大王は、父の兄にあたる。そうして、わたしの母と、大津大伯の亡くなった母、このふたりは、大王の娘でもあった。

　大王は病気が重いという話を、わたしは耳にしていた。

　やがて、父がでてきたが、左大臣、右大臣など、大王の重臣たちがいっしょであった。さらに、武装した兵士数十人がわたしたちの一行をとりかこみ、南にむかって出発した。

　まるで、護送される罪人のようだと、わたしは感じた。父も、父の舎人たちも、なにひとつ武器はたずさえていないのに、わたしたちをかこむ兵士たちは、これからいくさにおもむくもののように、甲冑(かっちゅう)をつけ、太刀(たち)をはき、弓を持ち、背には矢をさしたえびらを負うていた。

　大臣(おおまえつぎみ)たちは父と馬をならべ、口ぐちに、

「気をつけて行かれますように」

「あまり突然のことでおどろきました」

などといっていたが、その口調がそらぞらしいのは、わたしにさえ感じられた。

　逢坂山(おおさかやま)を越え山科(やましな)をすぎる長い道中のあいだに、人びとはあまり話をかわさなくなった。雪はときどき呼吸をとめたようにやみ、また降った。

　高市は、わたしを輿にもどした。いつまでもふたりで乗っていては、馬が早くつかれるからだろうと、わたしは思った。

　輿よりも、わたしは馬で行きたかった。わたしは、ほかのことはともかく、乗馬だけは、かなりたくみであったのだ。しかし、余分な馬はなかった。

　宇治橋のたもとの小さな宮で、わたしたちはひと休みした。水かさのました宇治川は、鉛色(なまりいろ)にに

ごり、渦をまいていた。

おとなたちは酒をくみかわした。高市と忍壁も、いっしょに盃をかたむけていた。わたしは女たちといっしょに、橘の実や餅を食べた。朝御食をとるひまもなく出立したので空腹だった。

従者たちは、ほとんど休息もとらず、たちはたらいていた。

一頭の馬の背には、近くで調達してきたらしい松明の束がつまれ、ぬれぬよう、上から獣皮がかけられた。もう一頭の馬には、食糧がつまれた。

みじかい休憩がおわると、大臣たちは、わたしたちを橋のたもとでみおくった。武装した兵士たちは、大臣のうしろにひかえた。

忍壁は、わたしたちの一行に加わった。高市も当然、いっしょにくると思ったのに、

「では、王子、しばしおわかれです」

高市はわたしの肩を強くつかみ、そういった。

「なぜ。兄ぎみは吉野へは……」

「わたしは近江に残ります。残らなくてはならないのです」

きっと、また会えます、と、高市はささやいた。

わたしの失望は深かった。

だれも、なにもおしえてはくれなかったが、父の身に異変がおきたことは察していた。

大王の弟である父が、謀反をおこしそうな疑いをかけられているという女たちのうわさ話を、わたしも耳にしたことがあった。

大王と父は、力をあわせて政治の改革をおこなってきた。父が大王のあとをつぐことは、当然とされていた。しかし、大王は、じぶんの子、大友王子を皇太子にたてた。父は大王にうらぎられた。大王は、父をのぞこうとしている。そのような事情は、おさないわたしも、うすうすは知っていた。

父の住む館と、わたしが母と住む館ははなれていたから、わたしが目でみたわけではないが、お

とといい、病気でやすんでいる大王に呼ばれて内裏(だいり)に行った父が、帰ってくるなり髪を切って僧のうになったということや、きのう、父の館の庫(くら)におさめてある弓矢、槍(やり)、矛(ほこ)、盾、甲冑、いっさいの武具が内裏のほうへ持ちさられたということも、あわただしい気配とともに、つたわってきていた。

ふたたび、三十人あまりの集団になったわたしたちは、長い宇治橋を渡った。

わたしは、いくどとなくのびあがって、ふりかえった。兵士をともなった大臣たちは、去ってゆき、じきにすがたはみえなくなった。

馬上の高市は、ただひとり、わたしたちをみおくっていた。

高市が、こらえきれなくなったように、橋の上に駒をすすめかけたとき、これも騎馬の男たちが、どこからともなく走りよって、行く手をふさいだ。

騎馬の兵士につつまれるようにして、高市は近江のほうに去っていった。わたしたちの一行も、橋を渡りきり、さらに南にむかった。

その先にあるのは、飛鳥の古京(こきょう)であった。

四年まえ、大王が宮殿を近江にうつすまで、京(みやこ)だったところである。わたしも、六つの年に近江にうつるまで、住んでいたところだが、ほとんどなにもおぼえてはいない。

隊形がたてなおされた。二十人の舎人は、三組にわかれ、一隊は先頭にたち、父の馬とわたしたちの輿の両がわに一隊、そうして、のこる一隊は、しんがりについた。さらにうしろに、奴や婢たちがしたがった。

「走れ!」

父は腹の底からひびく、すさまじい声で命じた。命じると同時に、馬に鞭(むち)をくれた。

馬は走りだした。輿をかつぐ奴たちも走り、輿は大波にもまれる小舟のようにゆれた。

追っ手がかかるのを、おそれていた。

大臣たちがにこやかにみおくったのは、わたしたちをゆだんさせるためかもしれない。人目のあるところで、まだ謀反人と決まったわけではない皇太弟(もうけのきみ)を殺害することはできないから、飛鳥へむかう途中を、おそうつもりかもしれなかった。

　父が髪を切った理由もわかってきた。大王に手むかうつもりはないという態度を示すために、僧のすがたになってみせたのだ。

　輿のへりに力いっぱいしがみついていなくては、ほうりだされそうであった。わたしは、馬で走りたかった。わたしに一頭の馬をあたえてくれれば、父におくれず走りとおせるだろうに。

　もちろん、父にかなうわけはなかったが、他人まかせに、輿にゆられてはこばれるよりは、どれほどましかしれなかった。

　おとなは、えらぶことができる。えらび、決断し、つきすすみ、あるいは逃げることができる。わたしにはまだ、その力はなかった。わたしはただ、わたしをまきこんだ波のありようを、ながめているほかはなかったのである。

　疾走(しっそう)する輿にゆられながら、そのとき、そこまで考えたわけではない。しかし、感じてはいた。子供にとって、大人は、運命の一部なのだ、と。

　雪は、いつか、やんでいた。輿をかついで走る男たちは、全身汗にまみれ、汗のしずくは風といっしょにとび散った。

　母は右手に笞(むち)をふりあげ、輿をかつぐ奴(やっこ)の足がのろくなると、馬の尻を打つように、ようしゃなく、奴の肩を打ち、背を打った。

　飛鳥の古京にはいるまえに、陽は落ちつくした。男たちは馬をとめ、腰にさげた革袋から火打ち石と火打ち金をだし、はげしく打ちあわせ、とび散る火花を火口(ほくち)にうつした。それから、馬の背からおろした松明に火をつけた。

　闇のなかを、片手に松明をかざし、火の粉を散らして、みなは走った。

飛鳥の古京の嶋の宮は、かつて、大王の一族と勢力をきそいあった蘇我馬子が築いたものである。馬子の孫の入鹿が大王に殺されてから、大王家のものとなっている。そこに、ひとまずわたしたちはおちついた。吉野まではまだ遠い。山を越えねばならぬ。嶋の宮は、広大ではあるが、館は荒れていた。

ぬれた衣をかえたあと、父は、男依をはじめ数人の舎人と、なにか論じあい、そのあいだに、婢たちはかまどに火をおこし、夕御食のしたくをした。

燭台に灯がともされた。楡皮の粉と塩に蟹をつきまぜたなめものの鉢が、おとなたちのあいだにまわされた。

雉の肉のなますにはじかみ（さんしょう）をそえたものや、醤と酢にまぶした茎韮（にら）、塩漬けのあわび、はまぐり、凝藻葉（トコロテン）などを盛った盤がならべられた。

わたしは眠くなった。真菰のむしろ六枚をかさね刺し、藺むしろと麻布を表と裏にはった敷物を床にしき、衾（上掛け）を肩の上までひきあげたが、冷えたからだは、なかなかぬくもらなかった。

女官が帳をたてて灯をさえぎってくれた。うすい布の帳は、おとなたちの話し声まではさえぎりはしなかった。

「わたしたちは、かならず、この地にもういちどもどってまいります」

母の、きっぱりと、なにかにむかって宣言するような声であった。

わたしはそのとき、わたしが軍船のなかでうまれたということを、なにか重い強い力でしめつけられるように、思いうかべた。

いくさといえば、いさましく、はなばなしく、心おどるものであるはずなのに、重く暗くおそろしい力をおぼえるのは、そのいくさが無惨な負けいくさで、数百の軍船が焼き討ちにされ、死んだ兵士の血で川の水が真紅になったというような話を、しばしば耳にしたためかもしれない。

　いくさは、遠く海をへだてた韓土の半島の、百済の白村江でおこなわれた。

　韓土（朝鮮半島）は、高句麗、新羅、百済の三国がせめぎあい、その北の巨大な唐が、半島をのみこもうとしていた。このときは、唐は新羅と手をむすび、百済を攻めていた。わが国は百済と盟約をむすんでいたから、百済のために出兵した。

　大本営が那の大津（博多＝いまの福岡市）におかれ、父は、そこにおもむく船に、わたしの母や、そのほかの妃たちをともなった。そうして、そこでわたしは生まれたのである。

　百済はほろびた。

　その話をきくたびに、異母弟の大津王子は、はがゆそうに、じぶんが総大将であれば、負けはしなかったのに、と、力んだものだった。


　翌朝早く、氷雨の降るなかを、わたしたちは出立した。

　わたしは、馬に乗りたいと、おずおず申しでたが、

「けわしい山を越えなくてはならないのです」

と、母は相手にしなかった。母の、墨でふちどったような大きな目に、ひややかに見すえられると、わたしは声がでなくなる。それは、おさないころから、身についてしまっていた。

「いそがねばならない。おまえがひとりおくれたら、みながこまるのです」

　せめて、平地を行くあいだだけでも、と、わたしはいい、ようやく、ゆるされた。鞍にまたがり手綱をにぎると、馬のからだのぬくもりや心の動きがつたわってくるようだった。

　雨のむこうに、わたしの目にうつる飛鳥は、四年まえまで京だったときのりっぱな館が、とりこ

わされかけたり、住む人のないまま、丈高いすすきに半ば埋ずもれ、つる草が柱にからみつき、壁をはいのぼり、くもの巣が雨つぶをつらねて光っていたりした。

　人の住む館や寺も、もちろん、あった。しかし、どれも戸をとざし、まるで無人のようにみえた。

　昨夜、馬のひづめの音をたて、松明をかざし、三十人あまりの一行が嶋の宮にはいったのを、だれもみなかったはずはないし、目撃したものの口から口へ、ひろまっていないはずもなかった。

　そうして、のちになって、わたしも知ったのだが、このとき、わたしたちの動静をひそかにうかがっている目は、いくつもあったのだ。

　近江の朝廷の候（うかみ）。それから、のちに高市王子がわたしに語ったところでは、唐人（もろこしびと）、新羅人もまた、父の動きに目をつけていた。

　泥をはねかえし、飛鳥川にそった道を南にすすみながら、おとなたちは、なつかしそうに飛鳥の里をふりかえり、ふりかえり「あれが畝傍山（うねびやま）、むかいあったあれが香久山（かぐやま）」と、指さしては、わたしにおしえた。おとなたちは、長くここに住んでいたから、新しい近江の京より飛鳥になじんでいるようだった。

3　鹿の舞い

おれは、物語ろう。

山は、雪でおおわれた。

雪が降ろうと、つもろうと、おれたちは狩りをしてまわらねばならぬ。

おれは、京からきた皇太弟の子供――王子よ、あなたに、あの鹿の脛皮（すねかわ）で沓（くつ）をつくってやった。

脛皮は、とめ矢を射たものがもらえるものだ。

鹿をつかれはてるまで追いたてたのは兄たちだ

けど、とどめの矢を射たのはおれだから、たいせつな脛皮は、おれがもらった。

　なぜ、たいせつかというと、沓をつくるのに、脛皮がいちばん、ぐあいがいいからだ。脛皮のひざのところは、皮がとくべつじょうぶになっている。ここをかかとにして沓をつくると、たいそう歩きやすいのだ。夏は、はだしでかけまわるけれど、冬、雪山を走るには、沓がいる。

　そのたいせつな脛皮の沓を、おれは、あなたにやった。

　あなたはそのかわりに、あなたの馬を、おれにさわらせてくれた。あなたを乗せて、冷たい雨のなかを、飛鳥から吉野へ、山を越えてきた馬だ。

　あの鹿の半分は、約束どおり、あなたの舎人たちにわたした。いちばんうまい肝（きも）をつけてだ。秋から冬の鹿は、栂（つが）だの樅（もみ）だの、やにのにおいの強い木の末（先端）を餌に食べるから、肉がやにくさいけれど、肝は、なまのまま塩をつけて食ったら、こんなうまいものはない。

　それ以来、あなたの舎人たちも、おれたちとつきあうようになった。

　そうして、おれたちの首（ひとごのかみ）（族長）が、〈宮〉に呼ばれたときは、ちょっとした騒ぎだった。

　年寄りたちにいわせれば、京の大王の一族といったら、たいそうなものだというのだ。

　どんなふうにたいそうなものか、それはもう、口にすることばもない、といった。ことばもないのでは、なんのことやら、いっこうわからない。

　しかし、おれの母などは、不安がった。十年まえのいくさを思いだしてみろ、と、母はいった。

「おおぜいの男たちが、いくさにかりだされ、帰ってこなかった。わたしの夫もそうだった。国造（くにのみやつこ）の命令だったけれど、国造は、大王の命令を受けたのだということではなかったか」

　そればかりではない。なにかというと、労働にかりだされる。寺を建てる。京をうつす、堀をつくる、そのたびに、こきつかわれる。そのほかに、毎年、おさめさせられるものがたいへんだ、と母がいうと、どうだ、そうだ、とほかのものたちも、うなずいた。

田作りたちは、田を貸しあたえられてはいるけれど、田といっても、水のおおい土の肥えたいい田もあれば、ひからびた悪い田もある。いい田は大王の一族や貴族や役人や寺のもので、田作りが使えるのは、土のひび割れた悪い田ばかりだ。悪い田もいい田も、おさめる米の量はおなじだから、田作りたちは、秋のとりいれから、五、六か月もすると、もう、手持ちの米がなくなってしまう。三月ごろには種もみもなくなって、役所から借りなくてはならない。土のかわいた堅い田をたがやすには、鉄の鍬がほしいのだけれど、鉄は、めったに田作りたちの手にはいらないから、木の農具でがまんしなくてはならない。新しく土地を開墾すれば、その土地はじぶんのものにしていいといわれても、木の鍬で、どうして荒れ地がたがやせるものか。鉄の鍬をあたえられるのは、豪族やえらい役人や、寺ばかりだ。

田作りたちは、そういっていた。

しかし、招ばれたものをことわることはできない。長(おさ)や男たちが十数人、でかけた。おれも、ついていった。おれのふたりの兄もいっしょだった。

館の階の上に、王子よ、あなたたちは床(とこ)をおき、腰をおろしていた。あなたの舎人たちが階のしたにつらなっていた。

おれたちは、地にあぐらをかいた。

庭には、火がたかれていた。

首(ひとごのかみ)は、木の実をかもした醴酒(こさけ)を贈った。はじめはかしこまっていたが、酒がまわると、みな、陽気になった。

「うたえ、舞え」と、舎人たちがけしかけた、女たちもすすめた。

「小鹿(おじか)、舞え」と、舎人のひとり、男依がいった。

おれは、いつのまにか、小鹿という名で呼ばれるようになっていた。

おれは、小鹿、と名を呼ばれるのは、あまり好きではなかった。名をもつということに、どうしてもなじめなかったのだ。なぜだろう。おれにもよくわからないのだが……。

おれはこのとき、おとなたちのあいだにまじって、陽気な気分になっていたから、立ちあがった。田作りたちの前で舞う鹿の舞いを、王子よ、あなたに見せてやろうと思った。

中兄も立った。

おれは、布をひたいにむすび、地に落ちていた枯れ枝を二本拾ってさした。中兄が、弓に矢をつがえるまねをして、焚（た）き火のまわりをとびはねるおれを追った。

国栖の男たちは手拍子を打ちながらうたい、中兄とおれは、それにあわせ、さまざまなしぐさをした。

あしひきの　この片山に
ふたつ立つ　櫟（いちい）がもとに
梓弓　八つ手挾（た）み
ひめ鏑（かぶら）　八つ手挾み
鹿（しし）待つと　わがおるときに
さ雄鹿の　木立ち嘆く
…………

木枯らしに吹きさらされながら、おれは汗ばんだ。しだいにおれは、追われる鹿の気分になった。

わが角（つの）は　御笠（みかさ）の料（はやし）
わが耳は　御墨（みすみ）の坩（つぼ）
わが目らは　真澄（ますみ）の鏡
わが爪は　御弓（みゆみ）の弭（ゆはず）

おどけた身ぶりでとびはねながら、ずいぶん悲しい歌なのだと、はじめて気がついた。

追いつめられた鹿は、命乞いするのではなく、

わたしの角は　あなたさまの笠に
わたしの耳は　あなたさまの墨壺に
わたしの目は　あなたさまの鏡に

お使いくださいと、すべてをさしだしているのだ。

わが毛らは　御筆料（筆の材料）
わが皮は　御箱の皮に
我が肉は　御鱠料（なま肉料理）
わが肝も　御鱠料

あなたが、こまったような顔をしているのを、おれはみた。鹿のなま肝を、うまいと食べたのを思いだしたのだろう。歌をききながら、おれと、食べられる鹿とがひとつにかさなってしまったのだろう。

男たちの囃子は、ひときわにぎやかになった。

わが身ひとつに
七重花咲く　八重花咲くと
申し賞さね　申し賞さね

宴は、走りこんできた騎馬の男によって中断された。

「近江の軍兵か！」

舎人たちが立ちあがったが、馬からとびおりた男は、ひざまずき、

「高市さまからの使者です」と叫んだ。

木簡（手紙のかわりに使ううすい木の札）をさしだした。

男依がとりついで皇太弟にわたした。

皇太弟は、すばやく目をとおした。

「大王が亡くなられたのですか」

あなたの母ぎみが、からだをのりだしてたずね

た。くっきりした大きな目が、そのとき、よろこばしげに光った。おれには、そうみえた。

「それとも、近江がたが、軍をおこして、われらを攻めるという知らせでしょうか」

「いや、そうではない」と、皇太弟は木簡をあなたの母ぎみにわたし、

「男依」と呼びかけた。「唐の使節団が、筑紫（九州）に到着したそうだ」

「高市さまのお知らせは、そのことですか」

「そうだ」

なんだ、たいしたことではない、といったざわめきがおこった。

「使節といっても、その数がおびただしすぎますね。唐使、郭務悰ら六百人、唐に降伏した百済の貴族、沙宅孫登以下千四百人、あわせて二千人が、四十七隻の船に分乗してきたと記してあります」あなたの母ぎみは、木簡を読みあげた。

「二千人！　それではまるで一大軍団ではありませんか」男依は、階をかけのぼり、皇太弟のまぢかにひざをついた。「筑紫を占領し、わが国を、百済、高句麗のように攻めほろぼす意図なのでしょうか」

他のものたちも、階の下にかけあつまり、かたずをのんだ。おれたちがいることは、忘れさられた。

「戦意はないという。しかし、唐は、いま、新羅を敵としている。倭（日本）も、唐のために、甲冑、弓矢など、いくさに必要な武器、および兵士をさしだせと求めてきた」

「ついさきごろ、新羅からも、倭に協力を求めてきたではありませんか」

「また、韓土のいくさにまきこまれるのでしょうか」

「大王が病が重いと知ったら、これを機に、倭の国土に攻めこむのではありませぬか」

「もっと早くに、わが夫が王位についておられた

ら、いえ、すくなくとも、皇太子として、大王にかわって命令をくだす立場におられたら、このようなとき、うろたえることはなくすんだものを」あなたの母ぎみは、あざわらうようにいった。「近江のものどもは、いまごろ、皇太弟を敵にまわしたことを悔やんでいるにちがいありません。大友王子では若すぎます。豪族たちをひとつにまとめ、唐にたちむかう力はありませんもの」

「唐は、さしあたり、わが国といくさをおこすのは、なるべくさけたいにちがいない」

皇太弟が話しだすと、舎人たちは口をつぐみ、熱心にききいる顔になった。

「唐は目下のところ、新羅を制するのに全力をそそいでいる。唐は、倭を味方につけたいのだ。倭が新羅がたにつけば、やっかいなことになる。だから、おどしをかけてきたのだ。唐の国力は、倭の兵士や武器を必要とするほどまずしくはない。唐が求めているのは、倭がけっして唐にそむかぬという誓いなのだ。その証しとして、大量の武器や兵士を要求してきたのだ」

「それにしても、唐の船は大きいのだなあ」舎人のだれかが、吐息(といき)をついた。「二千人を四十七隻ではこべるのか。わが国の船なら、八十隻はいるところだ」

「いや、唐船(もろこしぶね)には、はるかに大きいものもある。二百人、三百人を乗せて、荒海を越えるのだそうだ」

「それではまるで、館のようではないか」

舎人たちは、ささやきかわした。

おれには、なんの話か、さっぱりわからなかった。ただ、皇太弟の話しかたは、いかにも力強くたのもしく、しかも考えが深そうだった。舎人たちはみな、皇太弟を信頼しきっているようにみえた。

「あるいは……」と、皇太弟は、「このことは、われらにとっては、さいわいとなるかもしれぬ。

近江のものたちは、唐使との対応に心をうばわれ、われらの動静に目をむけるゆとりをうしなうだろう」

「ああ、そのとおりです」若い舎人が叫んだ。「近江のやつらの目が筑紫にくぎづけになっているあいだに、われらは、東国の兵をじゅうぶんに組織することができます」

「根麻呂（ねまろ）」と、あなたの母ぎみがしかった。「どこに近江の候（うかみ）がひそんでいるかしれないのです。気をつけなさい」

　あなたの母ぎみの目は、おれたちをにらんだ。

　男依が、

「いま耳にしたことは、だれにも告げるな」と、おれたちにいった。

「なんの話か、わたしどもには、いっこうわかりませんでした」首（ひとごのかみ）が答えた。

「おれにはわかる」中兄が、いばっていった。「大友王子さまというのは、近江の大王の子供だ。皇太子だ。本当は皇太弟が皇太子になるはずだったのに、大王がじぶんの子供をひいきして皇太子にしたのだ」

　首があわてて、中兄の口もとをつねりあげた。

「だれに、そのようなことをきいた」

　男依が、こわい声でいった。

「あのひとだ」

　根麻呂と呼ばれた若い舎人を、中兄は指さした。

「わっぱどもにも、おしえてやろうと思ったのです。いずれは、皇太弟の御（み）いくさには、はたらかさねばならぬと思い……」

　根麻呂はからだをちぢめた。

「いずれはな」男依や舎人たちはうなずきかわし、おれたちを、ながめわたした。その目は、田作りたちがおれたちのはこんだものを値ぶみするときの目だったが、おれは気づかなかった。ただ、あなたの母ぎみのようしゃない目を、こわいと思った。

そうだ。おれは、国栖(くず)の山の外が、どのようになっているのか、まるで知らなかった。

4　ぬいどりの占(うら)

わたしは思いかえそう。

吉野の山中の暮らしは、寒さがきびしかったけれど、わたしには、たのしかった。

近江にいたころは、べつの館(むろつみ)に住み、顔をあわせることもすくなかった父が、ここでは、いつも、いっしょにいた。

川の、岸に近い浅瀬には薄氷(うすらい)がはった。水草は、なびいた形で、うすい氷の下にはりつき、雪はその上につもった。

館の火のぬくもりを求めて、床の下に猿などがはいりこんでくることが、よくあった。山に木の実草の実もとぼしくなり、けものたちは、わたしたちの食べものの残りをあさりに近づいてくるのだった。

川をへだてた向こう岸で、猿が山犬に追いつめられたのをみたことがある。木の上にのぼり、葉かげに身をすくませている猿を、下から山犬が吠えたてる。すると猿は、両手でじぶんの目をおおった。目かくししていれば山犬がみえないから、山犬のほうでも、じぶんをみることができないと思ったらしいのだ。

わたしたちは、けだものにしては知恵がはたらくというものと、おろかだと笑うものにわかれた。

ほかのけものは、ばかなこととわかって目かくしをしないのではなく、そんなことを思いつく知恵さえもたないのだから、猿はかしこいといえないことはないと、忍壁(おさかべ)がいった。

なまじっか、あさはかなかしこさは、かえって身をほろぼす、と、舎人の大伴連友国(おおとものむらじともくに)がいった。

「吉野にこもって身をひそめているおれたちは、あの目かくしした猿のようにも思えるな」舎人のひとりがいった。「おれたちは近江がたのもののすがたをみることがないから、安心しているが、じつは、近江の候に、おれたちのことはつつぬけになっているのではあるまいか」

「ばかなことを」と、笑ったのは、文首根麻呂(ふみのおびとねまろ)であった。「気をゆるしているのは、近江のほうだ。おれたちが、ここにいながら京のようすをことこまかに知らせを受けていることなど、朝臣(ちょうしん)どもは知るまい」

　朝臣のなかに、父に内通するものがあることを、わたしは、舎人たちの話のなかから知った。

　それらの人びとは、年若い大友王子の政治力をこころもとなく思い、側近で権勢をふるっている大臣たち、蘇我赤兄(そがのあかえ)や中臣連金(なかとみのむらじかね)たちのやりかたに賛成できず、父のほうが王者としてはるかにふさわしいと思っているのだ。

左大臣(ひだりのおおまえつぎみ)赤兄(あかえ)をはじめ、五人いる重臣のなかで、紀臣大人(きのおみうし)は、あきらかに、父に心をよせている。また、高官の蘇我臣安麻侶(そがのおみやすまろ)は、父を謀反人(むほんにん)として処刑するきっかけをねらっている赤兄らの策謀を知らせて警告してくれ、父が大王に反逆する意志はないという証(あか)しをみせるため、武器もすて少人数で吉野にこもったのちも、ひそかに高市王子をたすけ、宮廷内の事情を知らせてきている。

　大伴馬来田(おおとものまぐた)、吹負(ふけい)のきょうだいのように、武人の名門の家柄だが近江朝では重くもちいられないので不満をもち、父に味方して近江朝をたおし、一族の勢力をもりかえしたいとくわだてているものもある。

　高市王子、大津王子が吉野に同行せず、近江に残ったのは、大王の命令だったが、赤兄や金(かね)たちの意志がはたらいている。つまり、人質にとられたのである。

　そのような事情が、吉野で日をすごすうちに、しだいにわたしにもわかってきた。近江にいるときと異なり、せまい館でともに暮らしているのだから、おとなたちの話は、おのずと耳にはいってくるのだった。

　吉野にのがれる直前、父にどれほど危険がせまっていたかも、わかってきた。

　病の重い大王が、父を呼び、王位をおまえにゆずろうといったとき、大王はたしかに、いつ外敵に攻めこまれるかもしれぬ倭の政治をまかせるのは、若い大友より父のほうが安心だと思ったのかもしれないが、同時に、最愛の大友にゆずりたくてならぬ気持ちを、むりにおさえてもいたのだ。

　そうして、父に上にたたれることを好まぬ赤兄や金などの重臣たちは、父が王位をつぐことを承知すれば、それを謀反の心がある証拠として、ただちにとりおさえ処刑するつもりでいたのだ。

　赤兄は、以前にも、計略にかけて謀反人にしたてあげ、有間王子を殺害している。

　もっとも、わたしが、舎人たちの話を、そのときすぐに、すべて理解したわけではない。のちになって思いかえし、そういうことだったのかと納得することもおおかったのである。

　内裏の西殿に、病の重い大王が五人の大臣を呼びあつめ、大友王子への忠誠をちかわせたという知らせもとどいた。十一月二十三日のことである。

　そうして、二十四日には、大蔵省の倉が火事になった。放火らしいということであった。

　その知らせを受けたとき、大伴連友国が、父に、

「唐か新羅の侯のしわざかもしれませぬな」

といった。

「なぜ、唐がそのような」

　根麻呂が、合点がゆかぬようにたずねた。

　各地の豪族のなかからえらばれて京にのぼり、大王やその一族に仕えている舎人たちのなかでも、吉野までしたがってきた父の舎人たちは、みな、父に心服しきっていた。

「大王の病が重く、きょうあすにも、かくれられるかもしれぬということは、京の人びとを不安にしている。えたいの知れぬ火事は、不安をいっそう大きくする。たかまった不安は、ちょっとしたきっかけで、騒ぎをひきおこす」

友国はいい、じぶんの考えの正しさをたしかめるように、父の顔をうかがった。

「それでは」と根麻呂が「唐か新羅か、どちらか知らぬが、京に騒ぎをおこさせ、つけいって攻めいるということか。……しかし、筑紫における二千人が武器をとったとしても、その人数で京を攻めおとすことはできまい」

「唐は、皇太弟(もうけのきみ)がことをおこすのを待ちのぞみ、ひそかに力をかしているつもりかもしれぬ」

「唐がどうして、皇太弟に」

「恩を売っておけば、皇太弟が即位ののち、唐が新羅とことをかまえるとき、倭に唐の味方につくよう強制できる」友国がいうと、

「われわれがことをおこすのは」と、男依がつづけた。「かならず勝つと、目算がたったときだ。だから、けっして負けることはないが、唐としても、もし、われらが敗北し、近江がたが勝利を得ても、そのときは、近江がたのために力をかしたといいたてるだろう。新羅にしても、そうだ。どちらも、倭を、じぶんの国につごうのよいよう動かしたいのだ」

「兄ぎみも、それで苦心なさった」父がいった。「白村江の出兵と敗戦は、兄ぎみの政治の、とりかえしのつかぬ失敗だった」

父とひざをつきあわせて話しあっている数人の舎人と、ほかのものや奴まであわせても、たたかえる男は二十人あまりだ。それなのに、いくさに勝つ目算がたつように話しているのを、わたしはふしぎな気持ちできいた。

父と舎人たちが話しあっている席には、いつも、母もいた。母は、ひとつひとつ、うなずいた

り、じぶんの考えを述べたりした。

近江に残っている大津王子と大伯王女のことは、ほとんどだれも口にしなかった。もし、いくさになったら、大津と大伯はどうなるのだろうと、わたしは思った。

その数日後、村国男依と和珥部臣君手、身毛君広の三人の舎人が、馬で館をでていった。ひとりでも人数がへるのはさびしかった。すると、根麻呂が、

「三人は美濃（いまの岐阜県）へ行くのですよ」

と、おしえた。

根麻呂は、舎人のなかでもいちばん若く、よくわたしの相手になってくれた。

「三人とも、美濃で生まれそだったのです。帰ってくるときは、武器をたくさん持ってきます。武器がなくては勝てませんからね」

「でも……」わたしは、いつも疑問に思っていることを口にした。「たったこれだけの人数で、どうしていくさができるのだろう」

根麻呂は、おもしろがって、目をくるりとまわしてみせた。

「そのときになれば、兵士は、おおぜい、湧きだしてくるのですよ」

「では、いまは、どこにかくれているのか」

わたしは、あたりをみまわした。

木立のかげで、ヒン・カラカラと、時告鳥が啼いた。駒のいななきに似ていた。

大王の死の知らせが近江からとどいたのは、男依たちが東国についたであろうころであった。

十二月にはいっていた。空が晴れわたり、雪の表面は凍てつき、吉野川の速い流れは、雲と空の色をうつしていた。

舎人たちが〈小鹿〉とよぶようになった国栖の子と、その中兄が、鹿の肉をとどけにきた。

ちょうど、館には、京から食糧がとどいたと

ころであった。米や稗、粟、黍、それに、豆、小豆。和布（わかめ）、滑海藻などの海藻。鴨やうずら、山鳥。塩、醤。牛の乳からとった酥（バター）。韓土から買いいれた末醤。甘蔓を煮てとった飴、はちみつ、甘柿の粉などのあまいもの。

馬の背から、つぎつぎにおろされるこれらのものをみて、小鹿は、あっけにとられたように口をあけていた。

「これでは、鹿の肉はいらないのだな」

すこしがっかりしたようにいったので、婢たちが笑いながら、

「いいえ、鹿の肉はおいしいから、たくさんいるよ。おいていっておくれ」

荷おろしの指図をしていた根麻呂が、

「かわりに、なにかすこしわけてやれ」と命じた。

飴がいい、と、わたしは、小鹿におしえた。

壺から小さい盤にすくいとった飴に指をつけてなめた小鹿は、まるで泣きだしそうな顔をして、しばらくたってから、「こんなうまいものは、はじめて食べた」といった。中兄もなめ、うなずいた。

根麻呂は、穀物や海藻も、わけて持たせてやるように婢に命じた。

「国栖は、手なずけておかねばならん」

根麻呂はいった。わたしは、小鹿が腹をたてないかと思った。しかし、小鹿は、手なずけるといわれた意味がわからないようだった。

食物の包みを背負った小鹿は、わたしを目でさそった。小鹿といっしょにあるくと、なにかしら、おもしろいことがあった。

かけすが栗や椎の実をこっそり埋めている場所をみつけて掘りかえしたり、熊鷹がうさぎをするどい爪でけたおして傷をおわせ、つかんで翔びたとうとするところを、「ホーイ」とどなっておどろかしたりした。熊鷹は、うさぎを放して、逃げ翔ぶのだった。

わたしが小鹿と歩きだすと、根麻呂が護衛についてきた。

陽だまりは、首すじにほんのりあたたかみを感じるが、木立のあいだにわけいると、きゅうに冷えた。風が枝をかみ鳴らした。わたしは、いくさになると湧きだしてくるという兵士がかくれてはいないかと、あたりをみまわし、根麻呂がおかしそうに笑っているので、からかわれたと知った。

ヌイー……と、鳥が啼いた。細い、ものさびしい声だった。

「ぬいどりだ」と、小鹿は耳をすませた。

ヌイー……、ヌイー……と、声はつづいた。

「おかしいな」小鹿はいった。「一羽だけだ。ふつうは、雄が啼くと、雌がこたえる。二羽で啼きかわすんだよ。片方しか啼かないのは、この近くでだれかが死ぬ知らせだ」

「ばかばかしい」根麻呂は笑った。

おーい、おーい、と呼ぶ声をうしろにきいたのは、それからまもなくだった。

走ってきた舎人が、

「早くもどれ。京から知らせだ。大王が亡くなれた」と根麻呂に告げた。

小鹿が大きく息を吸いこみ、吐くのといっしょに、

「ぬいどりの占があたった」と、いった。

中兄が首をふり、

「あたったのは、半分だけだ」といった。「死んだのは、遠くの人だからだ」

「あのぬいどりは、それだけ、かしこいんだ」小鹿はいった。「だから、ふつうより遠くにいる人の死んだことまで、わかるんだ」

「それでは、いちばんかしこい鳥は、朝も夜も啼きつづけていなければならない」中兄がいった。「東の山のむこうで人が死んだ、ヌイー、西の山のむこうで人が死んだ、ヌイー。近江で死んだ、ヌイー、宇陀で死んだ、ヌイー、難波で死んだ、

ヌイー、ヌイー」

いいあらそっているきょうだいにはかまわず、根麻呂は、早く館にもどりましょう、と、わたしをうながした。

大王は、わたしの父の兄ではあるけれど、敵であるはずだった。その敵が病で死んだのだから、みな、よろこんでいるのだろうかと思ったが、館は、ひっそりしずんでいた。

父の目に、うすく涙がにじんでいるようにさえ思えた。

舎人の大伴連友国が、わたしをすこしはなれたところにつれていった。わたしが父の顔をまじまじとみつめているのが気にいらなかったのかもしれない。

友国は、軍人（いくさびと）のおおい大伴の一族で、白村江のいくさのときも、父にしたがって、那（な）の大津まで行ったそうだ。

「皇太弟と大王が、ひとつに心をあわせておられたときもあったのです。むかしは、よかった」白髪のまじった友国のまぶたも、赤くなっていた。

「大王は、皇太弟を信頼しておられたし、皇太弟も、大王と力をあわせて、倭を唐のように律令のととのった国にしようとしておられた。皇太弟が、大王のあとをついで、大王がやりのこされたことをごじぶんでなしとげようと願われるのは、当然なことなのですよ。王子。しかし、大王は……」

わたしにぐちをいってもしかたがないと思ったのか、友国は、

「さあ、王子は、女官（めのわらわ）どものところへおいでなさい」と、おしやった。

わたしは、去りながら、母のほうをみた。母は、涙ぐんではいなかった。亡くなった大王は、母の父ぎみであったのだけれど。

「いま、兵がととのわないのは、残念なことですね」

ふいに、母はいった。わたしは足をとめ、母をみた。

「いま、不意討ちをかければ……」と、舎人たちが、うなずきあった。

「しかし、武器も兵も、まだ……」

「美濃、尾張（おわり）（いまの愛知県西部）の兵をあつめるのに、どのくらいかかるのだろう」

「はじめから味方につくつもりでいる豪族はよいが、どちらにつくか迷っているものを説得せねばならないし、兵といっても、集団でたたかう訓練を受けたことのない田作りどもだ。将軍の指揮どおりに動くようになるまでには、まだまだ、ひまがかかる」

「冬のあいだは、われわれは、ここで雪にとざされてすごすのだな」

「大王の殯（もがり）（葬儀）には、おいでになるのですか」

男依がたずね、

「いいえ、それはあぶない」と、母が首をふった。

「むこうは、わずかな口実でもみつけて、謀反の名のもとにとらえて処刑しようとしているのですから」

「たしかに、有間王子さまの例もありますな。古くは山背大兄王（やましろのおおえのきみ）も、また近いところでは古人大兄王（ふるひとのおおえのきみ）も、みな、謀反の疑いを受けて処刑されている」友国がいった。

その数日後、朝廷から正式の使いがきて、大王の死を告げた。

父は、山歩きで足をいためたといつわって、ふせっていた。

「こころぐるしいが、このようなありさまで、とうてい近江まで旅することはできぬ。近江にいる高市を、わたしのかわりに列席させる」という父の返書を持って、使いは帰っていった。

大王の殯は、あらたに造営中の大津の新しい宮でとりおこなわれた。なきがらをおさめた柩（ひつぎ）は、舟にのせられて瀬田川をくだり、山科にはこばれたそうだ。陵（御陵）が完成するまで、仮に、そこにほうむられた。

5　雪つぶて

野うさぎの死骸だろうかと、おれは思った。雪に紅く血がしたたり、傷口をさらしていた。

おれがそれに近づいたとき、山鳴りのように羽音をたて、熊鷹が舞いおりてきた。やつも、ねらっていたのだ。おれに獲物を奪られると思ったのだ。

しかも、二羽だ。おれは、弓に矢をつがえるひまもなかった。

おれの目の前を、いっぱいにひろげた大きな翼がおおった。鉄の鉤のような爪がおれの顔をおそった。雪の上をころがって、どうにかのがれると、もう一方が、強い前羽でおれの顔をたたいた。

逃げまわるおれを、二羽の熊鷹は、かわるがわるおそった。爪が、腕を裂き、肩を裂いた。おれの目に、人のすがたがうつった。

あなただった。王子よ。

あなたは、無謀にも、雪をつかむと熊鷹に投げつけた。あたりはせず、熊鷹の注意をひいただけだ。あなたは、鷹の爪のおそろしさを知らなかった。

熊鷹の一羽があなたの頭上すれすれに翔びぬけざま、爪で頭を裂いた。

あとからかけつけた舎人の根麻呂が、矢を射かけて殺さなかったら、あなたもおれも、背をひき裂かれ、目をえぐりだされ、はらわたを食われていたところだろう。

根麻呂は、まっさおな顔で、おれをなぐりつけ、たおれたおれをけった。おれは、熊鷹の爪と根麻呂のこぶしで、血まみれになった。

雪にからだを半ば埋めてたおれたおれの目は、鷹が獲物としてねらったものをみた。

野うさぎではなかった。それは、人間の片腕だった。

根麻呂は、おれがそれに目をとめたのに気づくと、いっそう、おそろしい顔になった。

おれは、根麻呂に殺されるかと思った。しかし、あまり恐怖を感じなかったのは、気をうしないかけていたからだ。

気がついたとき、おれは、〈宮〉の馬屋にねかされていた。年老いた婢が、おれの傷の手あてをしていた。

庭では、奴たちが、死んだ熊鷹の羽をとっていた。

男が馬屋にはいってきて、おれの頭のそばに立った。陽の光を背にしているので顔がよくわからなかったが、やがて、根麻呂だと知った。

根麻呂は、しゃがみこみ、おれの顔をのぞいて、

「すまなかった」といった。

「おれは、おまえが、王子をあぶないところにつれていったと思ったのだ。王子に、ひとりで遠出をされてはならぬと申しあげてあるのに、ときどき、おまえがつれだすからだ。王子が鷹におそわれているのをみて、頭に血がのぼったのだ」

おれは、だまっていた。痛いのをこらえて口をきいてやる気にはならなかった。

根麻呂は婢に命じて、甘蔓（あまづら）の飴を持ってこさせた。

きげんをとろうとしている根麻呂の腹がよめて、おれは、なんだ、このやろう、と思ったが、飴はうまかった。

こいつのことは、信用しないぞ、と、根麻呂の顔を上目でみながら、思った。こいつばかりじゃない。〈宮〉のやつらは、いっさい、信用しないぞ。

王子よ、あなたはべつだ。おれをおそう鷹に、雪つぶてを投げてくれた。

だが、あなたは、鷹のおそろしさを知った。こんど、おなじようなことがおきたら、どうだろう。

いや、そんなことは、いい。あなたは、おれを、せいいっぱいたすけようとしてくれた。あなたは、おろかだ。なにも知らない。鷹を追いはらうには、音をたてるのがいちばんいいのだ。おれの中兄や大兄なら、そうしただろう。声をあげ、ものをたたいて、おどすのだ。おれだって、もし、あなたが——あなたとかぎらず、だれでも、おそわれているのをみたら、そうする。

雪つぶてを投げるなんて、わざわざ、鷹におそってくれというようなものだ。

しかたがないさ。あなたは、狩りになれた国栖ではないのだから。

「小鹿」根麻呂は、妹がおれにものをねだるときのような調子でいった。「おまえは、雪の上に落ちていたものをみたな」

「みた」人間の腕だった、と、おれはいった。

「あれは、小さなけものの死骸だった」根麻呂はいった。

おれは、だまって根麻呂をにらんだ。

「わかった」根麻呂はいった。「おまえは、強情だ。では、たのみをきいてくれ。おまえがみたもののことを、だれにも話すな」

「だれの腕なんだ、あれは」

「おれも知らぬ。だが、ひとに知られると、王子にもわざわいがかかる」

おれは、また、根麻呂をにらんだ。

「強情なやつだ」根麻呂はふとい息を吐いた。「おまえには、わけを話したほうがよさそうだな」

根麻呂は声をひくめた。

「おまえも、うすうすは気づいているかもしれぬが、おれたちをねらう敵がいる。敵は、候をこのあたりにしのばせようとしている」

「候って、なんだ」

「おれたちのようすをさぐって、京に報告するのだ。みつけしだい、斬る」

おれは、顔をそむけた。傷の痛みがからだじゅうにひびいた。

根麻呂の腰につるした太刀が目についた。はじめのころは、だれも武器を持っていなかったのに、このごろは、弓矢も太刀も身につけている。

「いいか、だれにもいうな」

「おれは、あんたを、友だちだと思っていた」

だが、あんたは、おれをなぐり、けりたおした。熊鷹の爪に裂かれたおれを、だ。

「あやまる」根麻呂はいった。「いいか。河内の文首の子、根麻呂が、国栖の子に、頭をさげてあやまったのだ。国栖は、たいせつな味方だからだ。もう、おれのしたことは忘れろ」

「忘れない」おれはいった。また、なぐられるかと思ったが、根麻呂はとほうにくれたような顔をしただけだった。

「王子の傷は、ひどいのか」

「いいや、さいわい、深くはなかった。しかし、あのようなめにあわれたのは、はじめてだから、たいそうおびえられて、熱をだされた」

「ばかだな」おれは笑ってしまった。傷が深くて熱をだしたというのならわかるが、おびえて熱をだすなどという話は、きいたことがない。

「しかし、鷹というのは、すさまじいものだな」いまさらながら感嘆したというふうに、根麻呂はいった。「最後の最後まで、抵抗してくるのだな」

「二羽とも射落としたのか」

「いいや、一羽は逃げた。おれの矢があたったやつは、地面にあおむけにたおれ、起きあがる力もなくなっているのに、たおれたまま翼をひろげ、近よったらけるぞというかまえをみせた。息絶えるまで。あの気迫(きはく)にはおどろいた」

「男たちが鷹の羽をとっているけれど」と、おれは明るい二羽のほうをさした。「どうするのだ」

「矢羽(やばね)にする」根麻呂はいった。

「風切り羽(ば)が折れていただろう」おれはいった。

「風切り羽？」

「あんたも、なにも知らないんだな。鷹が翔ぶのに、なくてはならない羽だ。ほかの羽なら、二枚や三枚折れたり傷ついたりしても、どうってことはないけれど、こいつが折れたら、鷹は翔べなくなるんだ。そんなたいせつな羽だから、鷹は、じぶんが死ぬとき、人間にそいつをわたすのをこばむんだ。死ぬとわかったら、じぶんのくちばしで、たたき折るんだ」

「ほんとうか」根麻呂は、ちょっと感動したようだった。「武人だな、鷹は」

「おれにも、羽をくれよ」

「矢をつくるのか」

「ああ」

おれは、起きあがろうとした。傷がずーんとひびいたが、立ちあがった。

矢にする羽は、どれでもいいわけではない。十二枚の尾羽にかぎる。そのなかでも、一対（いっつい）になっている特別な二枚が、風の切りぐらいがすばらしくて、こいつでつくった矢は、当たりがいいのだ。でも、根麻呂にはおしえてやらないぞ、と、おれは意地悪く思った。

歩きだすと、目がくらんだが、鷹のところにいった。

めったに手にはいらない羽だ。すばらしい矢を、あなたにつくってやろうと思った。惜しい気が、まるでなかったわけではない。

だが、おそいかかる鷹に雪をぶつけるなんて、ばかげてはいるけれど、やはり、おれは、うれしかったのだ。


それまでも、王子にはだれかしら舎人がつきしたがっていたのだけれど、それ以来、いっそう厳重になった。おおぜいいっしょでないかぎり、遠出は禁じられた。

おれたちは、いそがしくなった。矢をつくることをたのまれたのだ。いや、命じられたのだ。いちど、鹿の腊（乾し肉）を食わせてやったばかりに、これも、できるだけたくさんつくって持ってこいと命じられてしまった。鹿の肉を熱湯で煮て、焚き火であぶって、樫の枝のようにかたくするのだ。そのかわり、飴や、おれたちにはとても貴重だけれどなかなか手にはいらない塩をくれるから、まあ、悪くない取引きとはいえた。

〈宮〉の舎人たちは、しばしば、何日もどこかへでかけ、帰ってくると、べつのものがでかけた。木簡を持った使いが騎馬でくることもあった。

長い寒い冬がおわりに近づき、川は雪どけで水かさをまし、草が青みはじめると、あなたの父ぎみは、国栖や宇陀や吉野の人びとをおとずれてまわるようになった。女たちは、せりやわらびやよもぎをつんだ。やわらかい若草のあいだに、女たちの裳すその紅やうす紫や青が、大きな花のようだった。

国栖の首たちは、京の貴い人が親しいことばをかけてくれるといって、ひどくよろこんだ。あなたの父ぎみの一行がくると、できるだけのもてなしをした。川でとったうぐいを焼き、よく肥えた蛙を焼き、せりや山蘭をそえた。そうして、舞った。

春である。太陽があたたかい。おれたちは、陽の光をよろこび、口をたたいて笑うさまを舞った。おれたちと〈宮〉の人たちは、親しみをました。はじめてあなたの父ぎみをみたとき、やせて、くぼんだ目がぎらぎらし、こわい人だと思ったのだが、たぶん、脂ののった鹿の肉をたっぷり食べたからだろう、春の太陽のなかにあらわれたあなたの父ぎみは、威厳はあるがおそろしさはうすれ、大声でよく笑った。

だが、おれは、こっちが傷だらけなときに根麻呂になぐられ、けられたことだけは、どうしても忘れることができなかった。いまも、忘れていない。

根麻呂は、たぶん、冷酷でもなければ残忍でもなかった。気さくで親切で、明るくきびきびしていた。

〈宮〉の人びとと親しくなるにつれ、仕事がふえた。矢と腊のほかに、皮で沓(くつ)をつくることも命じられた。おれたちは、せっせと鹿を殺し、鷹を獲らねばならなくなった。仕事といっても、矢を何本つくったら塩をどれだけくれるというような、はっきりした約束はなかった。

　国栖とかぎらず、吉野も宇陀も、女たちは〈宮〉の女に命じられ、茜の根を掘りとり、陽に干して釜で煮、煎じ汁をつくった。つぎの命令は、その汁で白布を染めることであった。つるばみ染めの黒っぽい布をまとった婢たちが〈宮〉からはこんできた大量の白布を、〈宮〉の女に指図されながら、染めた。はじめ灰汁にひたしてかわかし、それから茜(あかね)の汁にひたして、またかわかす。これをいくどもくりかえし、染めかさねるにつれて、布は美しい赤みをました。染めあがった赤布は、〈宮〉のなかにしまわれた。

　国栖の女たちは、楮(こうぞ)や麻の繊維を織った、粗いごつごつとした布を身につけているだけだ。寒いときは毛皮をかさねる。京の布は、しんなりとやわらかく、ぬれたようにつやがあった。

　茜汁にひたして赤くそまった布を木の枝にかけて干しておくと、ときどきみえなくなった。なくなるのは小さい布ばかりだった。

　はじめ、染めている女たちがうたがわれた。みていろ、と、おれは〈宮〉の女を、ものかげにかくれさせ、干した布をみはらせた。

　盗人は、空からきた。かけすだ。かけすという鳥は、なぜか、赤いものが好きなのだ。

　大きい布は手におえないけれど、小布なら、くわえて翔びさる。京の女は、そんなことも知らないで、おれの妹をうたがった。

　こんなにたくさんの赤い布をなんに使うのか、と、おれがきくと、そのうちわかる、と、かるくあしらわれた。

　おれは王子にもたずねてみたが、王子は、おれ同様、なにも知らなかった。

6　反乱

　陽ざしがあたたかさをますにつれ、いくさの準備のための動きは、活発になった。

　近江がたには、じゅうぶんな兵力がある。それに対抗し、勝利を得るための兵力を、まず確保せねばならぬ。

　父は、吉野からただちに近江に攻めいることはできないのだった。離宮に大軍を結集させることはできぬ。

　父が味方につけることができたのは、美濃、尾張などの東国の豪族たちであった。

　それゆえ、父のたてた計画は、吉野を出発したら、まず東国にむかい、兵をあつめ、一大軍団を組織して、不破より近江に攻めいるということであった。

　そのためには、不破までの道中の安全を確保する必要もあった。

　一方、近江に残っている高市、大津を脱出させる手はずもととのえねばならなかった。

　父の決起に参加せよと、豪族たちに呼びかけることは、危険をともなっていた。

　近江の朝廷への反乱である。父からの密使には承知の返事をし、近江へ内通されるおそれもあるから、相手をじゅうぶんにえらび、また、計画をうちあけた以上は、かならず味方につけねばならなかった。

　この困難な役目のために、父の舎人たちは、あわただしく東国と吉野のあいだを行き来し、また、ひそかに、飛鳥、近江とも連絡をとった。

　大王の死、新羅、唐への対策などで手がいっぱいで、吉野への注意は手うすになっていたのではあるまいか。

　父が東国の兵をあつめるなど思いもよらず、女や子供もまじえて、たかが三、四十人の人数でなにができるかと、たかをくくっていたのではあるまいか。討つつもりになれば、いつでも討てる、ただ、おとなしく吉野にこもっているものを、理由もなく攻めほろぼすわけにはいかない。大王の弟なのである。いよいよほろぼす気になれば、口実はどのようにでもつけられる。まだ、その時期ではないということで、ほうっておかれたのだろう。

　近江の候がねらっているから注意せよと、わたしたちはしきりにいわれたが、実際には、そのような気配はすこしもなかった。

　あれは、近江への敵意と警戒心をもちつづけさせ、あおりたてるために、いわれたのではなかったかと、のちになって、わたしは思ったのだ。

　根麻呂があやまって、山人らしい男を斬り殺したことがある。候と思いちがいをしたのだ。斬られた男は、候として、ひそかに埋められた。山犬か野狐が、その腕を掘りだした。鷹がさらおうとし、その爪で傷を受けた。おそろしい経験だった。鷹もおそろしかったが、山人を斬り殺しながらごまかしてしまった根麻呂がおそろしくなった。

　父は、国栖、吉野、宇陀のあたりの首（ひとごのかみ）たちを招んだり、父のほうからおとずれたりし、味方につけた。父には、人をひきつけ信頼させる力があるようだった。

　父や舎人たちが身につける武器、甲冑も、しだいにととのえられた。

　いくさには、鉄製の武具がいる。

　鉄は、年に二回、二月と八月に、大王の一族、貴族、役人、女官たちに支給される。

　鉄のほかに、鍬（くわ）や絁（ふとぎぬ）や綿や布などもいっしょに支給される。暮らしに入り用なぶんをのぞいて、残りは、市にだし、ほかの必要なものと交換する。

だが、この季禄の鉄は、いまのまにあわなかった。

　朝廷に鉄をおさめるようさだめられているのは、出雲、伯耆、美作、備中、備後（いずれも中国地方東部の国ぐに）、筑前（福岡県）など、西の六つの国である。

　しかし、ほかにも鉄のでる土地はあって、そういうところでは、豪族が自分の部民に鉄穴を掘らせていた。

　村国男依の生まれそだった美濃は、そのひとつだった。父の料地もあった。

　男依は美濃におもむき、大量の武器をつくるよう、手はずをととのえるとともに、吉野の父や舎人たちのために、太刀や鏃や小札をはこんできた。

　鉄の小札は、女たちが革紐でとじあわせ、みじかい甲をつくった。それらの武具は、館の奥にしまわれた。雨が降ると、館のなかは、鉄のにおいがただよった。

　わたしは、小鹿に鉄の小札を三、四枚、やった。三枚や四枚では、なんの役にもたちはしないけれど、めずらしいから、小鹿はよろこんだ。

　舎人のひとり、朴井連雄君が、美濃から帰ってきた。

「美濃、尾張の農民が、朝廷の命令で、かりあつめられています」雄君は父に報告した。

「亡き大王の陵を造営するためということなのですが、武器を持たせ、いくさの訓練をさせているようです」

「いよいよ、吉野におしよせるつもりか」若い根麻呂が、血相をかえた。

「しかし、吉野をおそうのに、そのような大軍はいるまい」友国が首をふった。「それは、唐や新羅、外国の敵にそなえてのことではあるまいか」

「いや、われらが尾張、美濃で兵をあつめているということを知り、対抗するために……」

「われらの美濃の手兵は、その農兵でおさえておき、べつの少数精鋭の兵が吉野を攻めるのでは……」

殺気だつ舎人たちに、父は、おちついた声でいった。

「その陵造営にかりだされたものどもを、われらの手兵としよう」

父の大胆なことばに、舎人たちはどよめき、かたわらで母が我が意を得たというふうに、ほほえんだ。

「どのようにして」舎人たちは父をみつめた。

「兵は、いくさの相手がだれであろうと、気にかけはせぬ。将の命ずるままに動く。国司、豪族をわれらの味方にひきいれればよい。美濃の多臣品治は、すでにわれらの同志だ。男依をまた行かせよう。男依と品治に説得させ、美濃十八郡を、わが軍力とする。尾張の国司はだれだ」

「小子部連鉏鉤です」雄君は答えた。「かれが、山陵造営に、二万の農兵を組織しました」

「かならず、味方にひきいれよ」父は命じた。自身にみちた強さを感じさせる声であった。「友国、雄君とともに尾張にいそげ。鉏鉤をかならず味方にせよ。よいか。われらは、反乱の軍をおこすのではない。王位を正しい日嗣の王子にとりもどすのだ」

わたしは、父のことばが、波のように舎人たちをまきこむのをみていた。

「大友は、卑しい女の腹から生まれたのです」母が、ことばをついだ。「ほまれある家のものが、卑しいものにひざまずいてはなりません。高光る日の御子にしたがえと、そう告げなさい。これは、正義の御いくさなのですよ」

母の声はしだいに高くなり、ふだんはひややかな目が、酒に酔ったときのように、赤く光った。

美濃、尾張ばかりではない。伊勢（長野県）、信濃（長野県）から、駿河（静岡県）、甲斐（山梨県）にまで、父の密使は走った。

　近江にいた大伴馬来田、吹負のきょうだいは飛鳥にひきあげ、いざというときは、飛鳥はじぶんたちが陥とすといっていた。

　筑紫にいすわっていた唐の使者、郭務悰の一行が、ひきあげていったという知らせがはいった。朝廷は、唐使の要求にしたがって、莫大な武具と、絁、布などをわたした。知らせをよこしたのは、筑紫の豪族来隈王であった。まえから父に好意をもっていた。

　もし朝廷から、近江をまもるために出兵せよと命じられても、じぶんは兵をださないからご安心ください、という口上をそえてあった。

　その伝言は、父をたいそうよろこばせた。父は、東国の兵をあつめるのには成功しつつあったが、西国には、あまり力をもっていなかった。

「唐使が帰国したとなると、近江の目は、吉野にむくな」父は母に話しかけた。「一日も早く、兵をととのえなくてはな」

「武具が錆びませんうちにね」母はいい、微笑した。

　雨季であった。

　六月。

　夏のさかりである。

　近江から食糧がとどく時期なのに、おくれていた。

　炊屋の係の女官が、こまった顔で、

「どうしたことでしょう。まさか、朝廷はわたしたちを餓え死にさせるつもりではないでしょうに」と、ため息をついた。

　父の封戸、母の封戸からおさめられる租や調は、近江の倉においてある。吉野の離宮には、ぜんぶをおさめきれない。毎月、役人の指揮のもとに、奴が必要な量をはこんでくるのだが、それがとどかないのだ。

　舎人がようすをしらべにいったが、もどってきての報告では、運搬のものたちは、宇治橋で警備のものに追い帰されたというのであった。

「近江がたは、われらを挑発しているのだ」

「われわれが、おとなしくひそんでいては、手のだしようがない。いやがらせをして、われらがなにか行動にでるのを待っている」

「不平不満をうったえれば、すかさず、謀反人としてとらえるつもりだ」

「食糧の輸送をさまたげるのは、いやがらせどころではない。だまっていれば、餓死だ。さわげば、謀反の志があるとする」

「こっちが兵力をととのえていることを、まだ知らんのだな。みくびっているのだ」

「美濃は、だいじょうぶだな」

父は、男依に強い目でたずねた。

「だいじょうぶです。大王のお指図(さしず)を待ちわびています」男依は、父を皇太弟とは呼ばず、大王と呼んだ。「安八麿(あはちま)(皇太弟の料地、美濃にあった)一郡でも、三千の兵は動かせます。十八郡、そのことごとくというわけにはまいりませんし、また、道すじの国司、郡司のすべてをお味方につけることは、まだできませんが」

「吉野が兵をあげたと知れば、近江は、全国から兵をあつめるだろう」

父は、めずらしく、すこし弱気をみせた。男依には心をゆるしているのかもしれなかった。

「よし、太占(ふとまに)によって、御信託を受ける」

やがて、父は、きっぱりといった。

母が、箱のなかから、たいせつに布でくるんだ大亀の甲をとりだした。

それは、ほとんどむこうが透けてみえるくらいにうすくなるまで、みがきこんであった。

舎人たちが、小竹(しの)を四本と、梓(あずさ)の細枝をあつめてきた。そうして、庭の中央に小竹を四角のすみずみにたてて、しめなわをゆいめぐらした。

母は、白い衣の上から水を浴び、からだをきよめた。ぬれた白衣（しらぎぬ）をぬぐと、女官が、新しい白衣を肩に着せかけた。

　ひきしまった表情で、母は、亀甲（きっこう）の裏に、墨ですじを記した。その記しかたは、決まっていて、たてに一本、その中央より上に、左にむかって枝すじを一本、下に、右にむかって枝すじを一本ひくのである。

　東をカミ（加身）、西をエミ（依身）、南をホ（普）、北をト（吐）、中央をタメ（多女）と呼んでいる。

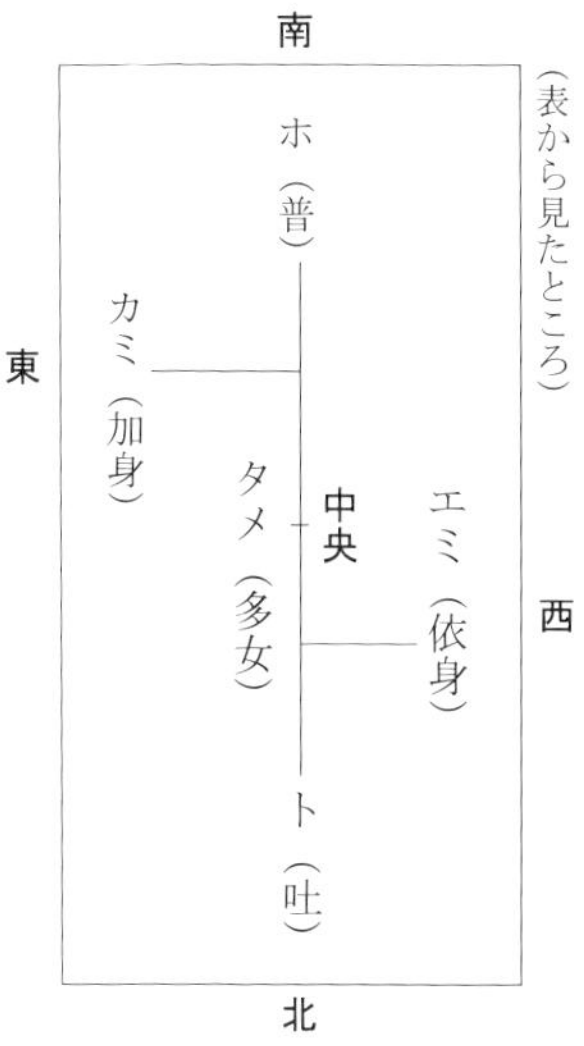

服部龍太郎著
『易と呪術』より

しめなわをめぐらしたなかに、母ははいり、梓の小枝をつみあげ、火口（ほくち）の火をうつした。

　亀甲を裏がわから灼いた。北から南へ、つまり、亀甲の手前のほうの〈ト〉から、上方（じょうほう）の〈ホ〉にむけて、火をかよわすことを、三度くりかえした。さらに、中央〈タメ〉から東〈カミ〉へむけて三度、〈タメ〉から〈エミ〉へむけて三度灼き、そのあいだ、ひくい声で呪い言（まじないごと）をとなえつづけた。

　父は、しめなわの外に、地にすわり、ほかのものも、すこしさがったところにすわって、母の呪い言にひくい声をあわせた。

「トホ　カミ　エミ　タメ、トホ　カミ　エミ　タメ……」

　炎は亀甲を灼き、亀裂があらわれはじめる。

　しめなわの囲いからでて、亀裂の走った甲を父にわたした。

　父は、亀甲の上にいちめんに墨をぬり、ぬぐいとった。すると、亀裂はだれの目にも鮮明になった。

　みつめる父の表情が、みるみる明るくなった。

「よし。すべては神意にかなっている。起(た)とう！」

　父は決然と叫んだ。

　六月二十二日。男依と君手(きみて)、広(ひろ)、三人の舎人が馬で出発した。途中の味方に開戦を告げ出陣の準備をさせ、あとから行く父たちに加わらせるためであり、さきに美濃に行き、多臣品治(おおのおみほむじ)の兵をひきいて、不破の関を占領するためでもあった。

　さらに、舎人たちのひとりが近江の高市王子のもとへ、もうひとりは、大伴きょうだいに挙兵を知らせに、これも馬で走った。

　二日を準備についやし、二十四日の朝早く、父をはじめ、わたしたちが吉野を発とうとしたときは、一行は、のこり二十人たらずの舎人と、十数人の女官、奴、婢という、こころぼそいありさまであった。

　七頭いた馬は、五頭までを先発の舎人たちが使ったので、二頭しか残っていなかった。一頭を父、もう一頭を忍壁が使うことにし、母とわたしは輿で行くと決まった。

　根麻呂はわたしに、鉄の小札をつらねた短甲（みじかいよろい）をつけさせ、太刀をはかせてくれた。いくさじたくというよりは、まんいち、途中で敵におそわれたとき、いくらかでも身の守りにあればということのようだった。母も、短甲をつけ太刀をはき、輿に乗った。

　行く先には、味方の兵が待ちうけているのだときかされても、とても、いくさにでるようないさましい気分ではなかった。

　わたしは、熊鷹におそわれたときのおそろしさと、鉄の鉤のような爪で裂かれた痛みを思いだした。

　出発まぎわに、国栖の男たちが、ふとい木の枝と藤づるでつくった輿を三つはこんできたので、三人の女官が歩かずにすむことになった。

国栖の男たちは二十人ほど、わたしたちの奴といっしょに、輿をかつぎ、荷をかつぎ、いっしょに歩きだした。

わたしの輿のわきを、背に荷をかつぎ、小鹿が歩いていた。

栗の実のような色に日やけした肩に、汗がにじみはじめた。

7　炎の軍団

おれは、腹をたてていた。怒っているので、足は早くなった。王子の輿をはなれ、先に行こうとすると、舎人にひきもどされ、隊列を乱すな、と怒られた。のろのろ歩けば、いそげ、と、こづかれた。

おれは、王子よ、あなたと友だちのつもりではあったけれど、どこともわからぬ遠い国にまで、いっしょに行く気はなかった。それも、荷を負わされ、いそげいそげと、舎人どもに命令されてだ。しかも、奴のひとりがおれにおしえてくれたところによると、いくさがあるらしというのだ。

国栖の首が、あなたの父ぎみの命令にしたがい、二十人の若い男を、荷かつぎとしていっしょに行かせることにしたのだ。

中兄とおれが、そのなかに加えられていた。母は、怒った。ひとつの戸から、どうしてふたりもうばうのだ。

えらんだのは、舎人たちであった。あつめられた若い男たちのなかから、がんじょうそうなのを、こいつとこいつ、と、えらびだしたのだ。

すぐに帰すという約束であった。だから、母は、承知した。

見知らぬ国へ行ってみたいという気持ちが、まるでなかったわけではない。だから、おれも、いやだとはいわなかった。

しかし、乱暴に命令され、いそがされると、腹がたった。輿をかついだ奴たちは、いそげいそげとせきたてられ、汗みずくになって息をきらした。津振川(つふりかわ)にそって、一行はすすんだ。濃い緑の葉がかさなりあって陽ざしをさえぎっていた。枝がとぎれ空がひらけると、夏の陽はまともに照りつけた。

おれたち国栖は、平気だった。だが、鹿や鳥を追うわけでもなく、命令されてもくもくと歩かねばならないのが、おれは、おもしろくなかった。

そのうち、おれは気がついた。あなたたちが〈宮〉にいるあいだ、あなたたちとおれたちは、親しかった。あなたの父ぎみと母ぎみには、あなりなれなれしくしてはいけないようで、おれも近よらなかったのだが、舎人たちは、おれたちを見くだしているふうではなかった。きけば、舎人というのは、みな、ほうぼうの国の豪族、つまり、おれたちでいえば首にあたるような、いや、それよりも、もっともっと身分の高いえらい人の、息子や弟なのだそうだ。

〈宮〉を遠ざかり、すすむにつれ、おれたち国栖は、奴とおなじようにあつかわれだした。

奴と婢は、奴隷だ。〈宮〉にいるとき、馬の腹を鞭(むち)で打つように、舎人や女官か、奴婢(ぬひ)を笞(むち)で打つのを、おれはみている。

細いけわしい上り坂になると、輿に乗ったままではすすめなくなった。あなたは、国栖の男に背負われて山を越えた。

やがて、あなたの母ぎみや、足弱の女官も、国栖の背に負われた。

婢たちのかついだ荷を、おれたちは、半分ぐらいひきうけて、かるくしてやった。あぶら汗をうかべ、あおざめながら歩いている婢もいたからだ。

下り坂になり、ひろびろとした平野にでた。宇陀の、阿騎野(あきの)というところであった。そこに、武装した数人の男が待ちうけていて、一行に加わった。大伴馬来田という貴族とその従者だということだった。

「弟の吹負は、飛鳥の古京でいくさのそなえをしています」

馬来田は、あなたの父ぎみに告げていた。

さらにすすんだとき、男が馬を走らせてきた。

馬からとびおり、ひざまずくと、

「お待ちしておりました。屯田司の舎人、土師連馬手と申します。御食（食事）をととのえてあります」と、先にたって案内した。

小さい館があり、あなたたちは、なかにはいった。おれたちは、館の裏手にみちびかれ、そこには、清水の湧く井戸があり、小さい掘割となって流れていた。われさきに顔を洗い、からだの汗を流し、冷たい水をのんだ。朴の葉に盛った飯が、館のものの手でくばられた。

太陽は、高く頭上にあった。

どこまで行くのだろう、と、おれは思った。

家に残っている母や妹が気にかかった。しかし、このさきどうなるのか、好奇心もあった。

小柄な婢が、清水に足をひたしていた。岩の角にでもぶつけたのか、小指の爪がはがれ、血をふいていた。おれは、縛る布をやりたいと思ったが、なにも持っていなかった。おれたちのかついだ荷のなかには、国栖の女たちが茜で染めた赤い布が、たくさんはいっていた。あの布をすこしもらってきてやろうと思ったが、顔みしりの舎人も女官も、みな館のなかにはいっていて、みあたらなかった。

飯を食べおわった国栖や奴たちは、木かげにからだをのばし、眠っていた。

おれは、草の葉をちぎり、手をもんで、爪のはがれた指にあててやった。

「小鹿……という名だね」婢はいった。

「舎人たちが、かってにそう呼んでいるだけだ」

おれはいった。「妹は、おれを弟兄と呼ぶ。おまえは？」

「名など、ないよ」

「おれはおまえを玉女(たまめ)と呼ぼう。おまえは、瑠璃(るり)の小玉のようにきれいだもの」

「わたしは、おまえを、やはり小鹿と呼ぼう。小雄鹿(さおじか)と呼ぼう。おまえは、若い鹿のように、すばしこくて、きれいだもの」

おれは、ふいに、小鹿という名が気にいった。

「おまえは、さっき、わたしの荷を半分、背負ってくれたね」

背負ったのがだれの荷か、気づかなかった、と、おれはいった。

「この先は、おまえの荷はぜんぶ、おれが背負ってやる。ついでに、おまえも背負ってやる」

玉女は、ころころと笑った。


出発するとき、一行の人数は、百人ほどにふえていた。ふえた五十人ほどは、馬手(むまて)にかりあつめられた、このあたりの農兵であった。馬も五十頭ほど用意された。女がのるための、片あぶみの鞍(くら)をつけた馬もいた。あなたの母ぎみも、あなたも、馬に乗った。あなたの母ぎみは、片あぶみをつけた鞍に横ずわりになった。

馬に乗った舎人たちの短甲は、夏の陽をまぶしく照りかえし、漆(うるし)をぬった弓や槍の柄(え)が、てらてら光った。

兵の数がふえると、はこぶ荷もふえる。騎馬のあなたとおれは、遠くはなれた。玉女ともはなれてしまった。玉女の荷を背負ってやると約束したのに、できなかった。

「どこへ行くのかな」

おれは、ならんで歩いている中兄にいった。

「知らん」

「じきに帰れるかな」

「帰れるだろう」

途中で、二十人ほどの男が、さらに加わった。

この男たちは、宇陀の山人だった。首にひきいられていた。宇陀の首は、あなたの父ぎみにあいさつし、礼物を受けとって、山人をおいて帰っていった。

　宇陀の男たちは、荷をわけ持って背負い、おれたちの仲間に加わった。

「どこへ行くのだ」

　宇陀の男たちは、おれたちにきいた。

「知らん」

「いくさときいたが」

「敵はだれだ」

「いそげ」馬の首をめぐらして、前方から走ってきた舎人が、しかった。「むだ話をするとつかれるぞ。だまって歩け。道は遠い」

　陽が西にかたむくまで、おれたちは歩きつづけた。大野というところで、小休止した。

　腹ごしらえをした。吉野で、おれたちがせっせとつくらされた鹿の腊は、こういうときに役にたった。もっとも、それは、おれたちの口にははいらなかった。

　このあたりで野宿するのかと思ったら、ふたたび、出発した。なんと、よく歩かされることだ。

　陽が落ち、松明がともされた。しかし、途中できれてはこまるからだろう、長くつらなってすすむ一行の、ところどころに、ぽつりぽつりとともされるだけであった。先を行く灯をたよりにすすむのだが、足もとはまっくらで、ころんだりつまずいたりした。けものの遠吠えがきこえた。ふいに、隊列がとまった。

　集落のそばであった。

　野獣がはいりこむのをよけるためか、周囲に垣をゆいめぐらしてあった。

「垣をこわせ。火をつけろ」

　命じたのは、あなたの父ぎみであった。

「垣をこわせ。火をつけろ」

　馬を走らせる舎人が、こだまがひびきかえすように、隊列の後尾にまでつたえた。

百人あまりの集団がおしよせ、垣をひきぬき打ちこわした。垣の柴や小枝をたばね、火をつけた。松明のかわりに、左手にかかげ持った。

「すすめ」

いきなり垣をこわされた家の人びとがとびだしてきて、ぼうぜんと立ちすくんだ。

「すすめ、すすめ」

「われらは、大王の御軍だ」馬をとばしながら、叫ぶ舎人がいる。

炎は、人びとを活気づけるとともに、興奮させた。

赤ん坊や子供がおびえて泣きさわぐ声が耳をうった。

垣の松明をかざしてすすみ、燃えつきると、つぎの村の垣を焼いた。

まるで、炎の蛇だ、と、おれは思った。あっけにとられていた。松明は、おれの手にも持たされた。火の粉が手に落ち、皮膚に小さい火ぶくれをつくった。

騎馬の集団は、走った。馬の脚におくれぬよう、おれたちも走らねばならなかった。

乱れる隊列を、笞を持った舎人が叱咤（しった）して、ととのえた。

火に赤く照らされた根麻呂の顔を、おれはみた。白い歯が、炎に光った。

「中兄、おれは、こわい」

「これが、いくさだ。たぶん、そうなんだ」

中兄は、すこしふるえながらいった。

だが、このくらいは、ほんの手はじめだった。

山道にはいった。人家は絶えた。垣を焼いて松明とすることはできぬ。持参の松明をともした。

倹約して、わずかな数だけ使う。野鳥が啼（な）きかわし、山犬の遠吠えが闇に尾をひいた。

「われらの挙兵は、もう、近江に知れただろうか」

「われらの通行をみた郡司が、急使を走らせただろう」

　舎人たちの話し声が耳にとどく。

「高市王子さまは、ぶじ近江を脱出されただろうか」

「大津さまは……」

　おれたちは、川岸にでた。松明の明かりのとどかない暗闇に、星を散らしたように、蛍がとびかっていた。浅瀬をえらび、石づたいに渡る。おれは、玉女をさがした。

「玉女！　玉女！」

　闇のなかで、「小鹿！」と呼びかえす声がした。

「玉女か？　玉女か？」と、女らしい人影に、ひとりひとり、たしかめる。

「小鹿！」と呼ぶ声が近くなった。

　玉女の髪に、蛍が光っていた。背負ってやりたいと思ったが、背は荷でふさがっているので、手をひいて渡った。

「足はまだ痛いか」

「痛い」

「待て」おれは、荷を前にまわして胸にさげた。それから、玉女を背負った。

「重いだろう」玉女はいった。

「おまえは、かるい。荷が重い」

　川を渡りきり、山道を行き、広い平らな道にでたところで、玉女は背からおりた。

「歩きやすい道だな」おれがいうと、

「駅馬(はゆま)の通る道なんだろ」玉女はいった。

「駅馬って、なんだ」

「おまえって、なにも知らないんだね」

　暗いので、玉女の顔はよくみえなかった。声で、笑っているとわかった。しかし、意地の悪い笑い声ではなかった。

「京から、ほかの国ぐにの国府をつないでゆく道の、ところどころに、駅をおいて、馬を飼っているの。えらい人や、そのお使いだけが利用できるんだよ。駅につくたびに、馬をとりかえて走るの」

「おまえって、よく知っているんだな」

玉女は、また笑った。

「隠の里だ」

舎人の声だ。隠の里だ、隠の里だ、と、声が隊列のうしろに送りつたえられた。

「郡司には、男依が話をつけてあるのだろうな」といった声は、根麻呂だろうか。

「だれも出迎えにでておらぬではないか」

「お味方せぬつもりか」

舎人たちの声は、なにか不安そうになった。

「もうすこしすすもう」これは、あなたの父ぎみの声であった。

すすんでゆくと、前方に、小さい明かりがいくつかみえた。

「郡司の兵か」

「いや、駅家のかがり火だ」

「郡司はあわられぬ。われらをむかえ討つ用意をととのえ、待ちうけているのではあるまいか」

舎人たちの不安は、みなにひろがった。

「根麻呂」あなたの父ぎみが呼ばわった。

「駅家に、火を放て」

「放火するのですか」

「火矢を射かけろ。ひそんでいるものを追いだせ。手むかうものは斬れ。射殺せ。したがうものは、味方に加えよ。大王がいくさをおこすと呼ばわれ」

あなたの父ぎみの声は、ようしゃなかった。

「馬をうばえ。逃げる馬は射殺せ。追っ手にわたしてはならぬ。火矢は、国栖に射させよ。国栖は弓矢がたくみだ」

「国栖のもの。あつまれ」命じたのは、根麻呂であった。

「大王の命令だ。駅家に火矢を放て。あのかがり火のみえるところだ。このあたりからで、矢はとどくか」

「むりです」国栖のひとりが答えた。「もうすこし近づかないと」

「よし。では、矢のとどくところまですすめ」

「おれは、いやだよ」おれはいった。「馬が焼け死ぬもの」

松明を片手に持った根麻呂が、ずかずかと歩みよった。

「いやだといったのは、小鹿か」

「ああ」おれの声は小さくなった。鷹におそわれたおれをなぐりたおしたときの顔が、松明の明かりのなかに浮いていた。

「反対はゆるさぬ。いいか、小鹿」

「おれは、いやだよ。馬は、つながれているんだろう。火をつけられたら、苦しいじゃないか」

根麻呂は、太刀を鞘ごと腰からはずすと、ふりあげた。

しかし、それで打ちのめすまえに、さとしにかかった。

「いいか。あのかがり火のもとに、敵が息をひそめ、われらを待ちうけているかもしれぬのだ。われらの攻撃がおくれれば、むこうが射かけてくる。いくさは、敵の機先を制したほうが勝つ」

わかったな、と、根麻呂は念をおした。

おれはよくわからなかった。

ほかのものも、ためらっていた。

「鹿を射殺し、鳥を的殺すおまえたちが、なぜ、馬ばかり情けをかけるのだ」

「わたしたちも、弓矢なら国栖にまけない」と、宇陀の山人がいった。「火矢を、わたしたちが射よう」

そうか、と根麻呂がうなずいたとき、

「ならぬ」と、ほかの舎人が近づいてきた。友国であった。

「大王は、国栖に射させよと命じられたのだ。命令にそむくことをゆるしてはならん。このさき、しめしがつかなくなる。国栖、行け」

おれたちは、舎人たちにとりかこまれるかっこうになり、すこしずつ前にすすまされた。

「このあたりでいいだろう。あまり近づいては、敵に気どられる」友国がいった。

舎人たちの指図で、荷のなかから竹筒がとりだされた。なかにはいっているのは、油であった。椀（まり）（わん）に油をうつした、ほかの荷から、布がとりだされた。布を、いくつにも裁った。おれは、その布をすこしとって、たふさぎ（下ばき）にはさんだ。あとで、玉女にやるためだ。

布は油にひたし、矢の先端にきりきり巻きつけ、はしをすこしたらした。

「国栖、ならべ。宇陀もならべ。弓を用意しろ」

矢の先の油に松明の火がうつされた。燃える火矢を、おれたちはわたされた。

「国栖、宇陀、どちらが弓の上手かきそえ」

おれたちは、火矢を弓につがえ、ひきしぼった。いっせいに、矢を放った。

炎が燃えあがった。


炎は、闇のなかに駅家を浮きだたせた。築地塀（ついじべい）でかこまれたなかに、大小五棟の建物がならび、そのわきに馬屋があった。草葺（くさぶ）きの屋根は、たちまち炎のかたまりとなって、火柱（ひばしら）をふきあげた。

馬のいななき。人の悲鳴。築地の門が、なかからあけはなされ、男や女がまろびでて逃げ散った。

舎人たちは、いっせいに矢を射かけた。

駅家のものが小屋の丸太をはずし、綱をといてやったとみえ、二、三十頭の馬がたてがみをふりみだして走りでた。

兵たちはつかまえようと馬を追い、つかまえきれぬとみると、矢を射かけた。

柱に火がまわり、馬屋も家も、焼けくずれていった。舞いあがった火の粉は、まわりの民家の屋根に落ちた。もはや、火矢を射てはいないのに、そこここで、炎があがった。

舎人たちは、騎馬で走りながら呼ばわった。

「大王がいくさをおこされる。御軍に加われ」

地には、矢を背に立てた男や女や馬がたおれていた。

おれは、弓を手に、ぼうっとなっていた。こんなすさまじいことになるとは、思わなかった。

おれのかたわらに、中兄が立った。

「中兄」おれは、たおれている人たちを指さした。

「だれも、武器をもっていない」

「だまっていろ」中兄は、しかりつけるようにいった。

手むかうものも、軍に加わると申しでてくるものもなかった。逃げ散った人びとはどこにかくれたのか、ごうごうと音をたてて燃えさかる炎が、たおれた人や馬を照らしているばかりであった。

やがて、舎人たちに指揮され、おれたちはひとつにあつまり、歩きだした。

あなたの父ぎみをはじめ、あなたやあなたの母ぎみや女官たち、そうして舎人と軍勢の半数は、おれたちが火矢を射かけているあいだに、先にすすみ、川のほとりで待っていた。

夜の空を焼く炎は、ここからもみえた。

「男依は、大王の挙兵を郡司に告げなかったのだろうか」

「だれひとり、お味方につかぬとは、どういうことだ」

「男依は、失敗したのか」

「いや、郡司が男依をだましたのかもしれぬ」

舎人たちは、たかぶった声で話しあった。

おれは、玉女をさがした。玉女のほうでも、おれをさがしていた。

玉女はこわがってすこしふるえていたから、おれは平気な顔をみせないわけにはいかなかった。いいたふさぎにはさんでおいた布を、玉女の足の指に巻いてやった。

小休止のあと、歩きだした。おれは、気がはれなかった。

月がないので、夜がどのくらい更けたのか、あとどのくらいで朝がくるのか、見当がつかなかった。

　吉野を発ってから、もうずいぶん歩いたように思えるのに、まだ、つぎの日の太陽はのぼらないのだった。さすがに、おれたちもつかれた。眠かった。

　あなたは、馬から輿にうつり、眠っていた。馬に乗った舎人たちも、頭をたれ、半ば眠っているようだった。

　夜のうちに、おれたちは、もういちど、駅家に火を放つことを命じられた。

　伊賀というところまできたときだった。

　馬はとらえるか殺すか、どちらかにせよ、けっして逃がすなと、きびしくいわれた。敵に使わせないためだというのであった。

　隠の駅家を焼いたときのように、国栖と宇陀に火矢がわたされた。おれは、受けとれなかった。隠では、舎人にだまされた。武器を持った敵など、駅家のなかにはいなかったじゃないか。だが、舎人たちのおそろしい顔つきをみると、とても、それを口にできなかった。しかし、火矢を手にするのもいやだった。

　おれがぐずぐずしていると、舎人は、おれの背を鞘ぐるみの太刀で打った。おれは背骨が折れたかと思ったほどだ。

「いいか。いくさの最中には、敏速に命令にしたがえ。おまえたちに、いちいち、こういう理由だからこうしろと、説きあかすひまはないのだ。だまって、したがえ。いくさに勝つために、ぜひともせねばならぬことを、大王は命じられるのだ。こいつは童だから、このくらいでゆるした。だが、つぎからは、ようしゃしないぞ。命令にそむけば、その場で斬る。そのかわり、手柄をたてれば、恩賞をあたえる」

　火矢は、つぎつぎと放たれた。

　火矢が命中するたびに、歓声があがった。

夜の道をすすむおれたちの背に、首すじに、火の粉や灰が降りかかった。焼けだされた人びとの悲鳴や泣き声、吠えたてる犬の声、恐怖に荒れくるう馬のいななき。それらは、しだいに遠くなった。

国栖は、隊列の先頭にいた。舎人がふたり、指揮をとった。そのひとりは、友国であった。そのうしろに、農兵の一団。大王の一族と女たちを中央に、後尾は農兵と宇陀でかためられ、そのところどころに、舎人や郡司が指揮についた。

国栖が先頭にたったのは、遠矢の腕を役だたせるためであった。敵が前方から攻めてきた場合、まず、矢を射かけて足どめする役をもたされたのである。うしろから攻められれば、宇陀の矢がふせぐ。しかし、接近戦になったら、弓は役にたたない。武器のあつかいになれぬ農兵では、どのていどたたかえるか、おぼつかない。舎人たちは、たくましく敏捷な国栖と宇陀の男たちをたよりに思っていた。

そうして、おれは、思っていた。さっき、おれは、火矢を力をこめずに射た。駅家の草葺きの屋根が音をたてて燃えさかっているとき、おれの火矢は草むらに落ち、小さくゆらめいて消えた。しかし、そんなことはすこしもおれの心をかるくしてはくれなかった。

だれもがつかれて、ふきげんだった。

林のあいだの道をぬけると、目の下のほうに、まだ燃えつづけている炎がみえた。

そうして、道の前方から、いくつもの火が、ゆれながら近づいてきた。

道幅は、広くはなかった。四、五人横にならべばいっぱいになるのだった。

「とまれ」友国は命じた。「国栖。四人ずつならべ。矢をつがえろ。おれが合図したら、放て。ただちにうしろにしりぞき、つぎの四人が射かけろ。だが、まだだ。合図するまで、待て」

友国は呼ばわった。

「だれだ」

「皇太弟の御一行か」前方から、どなり声がかえった。

「おまえたちは、なにものだ」

「皇太弟の御一行ならば、名のろう」

「まず、名のれ」

「皇太弟がそこにおわすなら、名のろう」

「無礼ではないか！」友国がどなりつけた。「まず、名のらぬと、矢を射かけるぞ」

「名のらぬは無礼といわれた。そういわれるからには、皇太弟の御一行と思っていいのだな。われわれは、皇太弟の舎人、村国男依の先触れを受け、御一行をおむかえにきた。伊賀の郡司だ」

おれたちは、ほっと力をぬいたが、むこうも、名のるには勇気がいったにちがいない。まっくらで、たがいに相手のようすがわからないのだ。こちらが近江勢であれば、ただちに攻撃するところだ。

おれたちは、弓を持った手をさげた。

空はしだいに明るんできた。

おれたちは、広い野をすすんでいた。

吉野を発ったとき、おれたち国栖二十人を加えても、五十人にみたなかったものが、数百人の集団になっていた。

まる一昼夜（いっちゅうや）、重い荷をかついで山を越え、川を渡り、そのうえ放火をし、矢で射殺し、武器を持った敵におそわれることはなかったけれど、気をはりつめて歩きつづけてきた。まるで大患いをしたあとのように、吉野からの仲間は、みな顔色が悪く、目がくぼんでいた。

「嵐が近づいている」

国栖のひとりがいった。

きのうは、歩くと汗みずくになったが、きょうは風が涼しい。真夏だというのに、涼しすぎた。青黒い雲が渦まきながら、あらあらしく空を走っていた。黒い馬の群れがおしあいながら走るようにみえた。

伊賀の郡司にひきいられ、あとから加わった連中は、おれたちのようにつかれてはいなかった。みごとな太刀をはいた武人もいるが、ほとんどは、土地の田作りである。太刀も弓矢も持たず、武器のかわりに鍬をかついだり、石くれをつめた袋を腰にさげたりしていた。石つぶても重要な武器になるのだ。兵士たちは、婢をからかってよろこんだ。女官をからかうわけにはいかない。

あなたの父ぎみ、母ぎみ、そうしてあなたは、もう、おれから遠くはなれてしまった。

「おれたちは、いつ、くにに帰るのだ」

おれは、国栖の男のひとりにたずねた。

「わからんな」

「どこまで行く約束になっているのだ」

「あのひとたちがいいというところまでだ」

「ずいぶん何日もたったような気がする」

「ああ、手足をのばして、ぐっすり休みたい」

あとは、だまって歩いた。

おれは、夜空に燃えあがった炎や、矢を背にたてておれている女や男や、たてがみに火がつき、泡をふいて狂い走る馬を忘れたいと思った。女も男も武器を持っていなかったことを、忘れたいと思った。女は、駅家ではたらく婢だったのだろうか。そうして、おれの放った火矢も、その炎のもとのひとつになったことを、きれいさっぱり忘れることができたら、どんなにいいだろうと思った。あなたは火矢を射なかったのだな、と思った。

ようやく、休めといわれたときは、すっかり明るくなっていた。河原であった。

おれたちは、荷をほうりだし、葦(あし)のしげみにねそべった。

水を汲め、枯れ枝をあつめるようにと命じられた。おれは、けとばされても動くものかと、ねそべったままでいた。黒馬に似た雲は、すごい速さで空をかけぬけ、そのあとを、あらたな雲が追った。

あとから加わった元気のいい連中が、走りまわってたきぎを拾いあつめ、火をおこした。

やがて、あたたかい粟の飯がくばられた。

玉女がおれのとなりにきて、足をなげだしてすわった。

ゆっくり食べていることは、ゆるされなかった。すぐに出発が命じられた。

「こんなに人数がふえたのだ。もう、おれたちは帰ってもいいのではないか」国栖は、いいあった。舎人にかけあったが、まるで相手にされなかった。そうして、おれは、くにに帰りたいと思ういっぽう、ここまでかかわってきてしまったのだ、なりゆきを最後までじぶんの目でみたいという気持ちもあった。

「玉女、おれが国栖に帰るとき、いっしょにこい」

「わたしをつれてゆくと、おまえは盗賊になる。馬盗人（うまぬすびと）とおなじになる」

おれは、おりをみて、あなたにたのもうと思った。

隊列を組めと命じられたが、おれは玉女をおれのとなりにならばせておいた。兵がふえたから、国栖は先頭にたたなくなった。国栖の男たちのあいだに、小柄な玉女の頭はかくれた。おれたちは、玉女の荷物を、わけて持ってやった。

おれは、眠かった。

深い森にはいった。強い風がたえず吹きぬけていた。風は、四季、いつもおなじほうから吹くとみえ、梢はみな、一方になびいた形にのびていた。

森をぬけ、山や丘陵がたたみかさなるあいだの道をすすんだ。

「このあたりは積殖（つむえ）というのだ」農兵のひとり

がおしえた。「おれの本貫(ほんかん)(本籍地)は、この近くだ」

軍団が、ふいにとまった。

なにがおこったのかと、おれたちはのびあがった。人の頭にさえぎられて、なにもみえぬ。国栖のなかでも背の高い男が、荷を地におろすと、玉女を肩にのせようとした。前のほうのようすをみろというのだ。

「やめろ」おれは、いそいでとめた。「玉女が敵にねらわれるかもしれないじゃないか」

「それなら、おまえをかついでやろう」

「よし」

おれは、しゃがんだ男の肩にのった。男はゆっくり立ちあがった。

りっぱな武装をととのえた若い男が、あなたの父ぎみと抱き合い、舎人たちが、やはり舎人らしい男たちと、肩を抱いたり手をにぎりしめていた。

やがて、あなたの父ぎみは、かたわらの岩の上にのぼった。若い男もそれにつづいた。

「大王が、おまえたちに告げる」あなたの父ぎみの声がひびいた。

「このいくさは、われらのものだ。われらは、かならず勝つ。わが子、高市王子は、近江を発ち、いま、われらとひとつになった。幸先がよいぞ」

若い武将は、太刀をぬくと、たかだかとあげた。

「近江は、わたしがぬけだすのに気づかぬほどゆだんしている。勝ちいくさの出陣をことほごう」

おう、と、みなは気勢をあげ、太刀や弓をうちふった。鍬しか持たぬ農兵は、鍬を高くあげた。

「しかし、気をゆるめるな」と、若い武将はつづけた。「近江がたも、いまは、大王の挙兵に気づいただろう。あなどってはならぬぞ」

おう、と、また兵たちは応じた。

青黒い雲は、渦をまいて頭上を走っていた。

あらたにふえたのは、あなたの父ぎみの第一王子、高市王子と、その七人の舎人、従者をふくめて二十人あまりという少人数だったが、数百人の農兵より、はるかに力強い感じをあたえた。

根麻呂など、すっかり元気づいて、太刀をふるう身ぶりをして大声で笑ったりしていた。

高市王子は、みるからにさわやかだった。きもちのいい声で笑った。

おれたちも、疲れがすこし消えたような気がした。

しかし、それからまた一日歩きつづけたのだ。けわしい大山越えにかかった。

尾根は野獣の牙を思わせ、谷は底知れず深かった。このあたりの山にくらべたら、吉野、国栖の山やまは、なんとおだやかで、なだらかなことだろう。おれは、玉女を背負って歩きつづけた。

「もういいよ」玉女はなんどもいった。「わたしも、歩くよ。わたしは、女官や王女ではないんだよ」

「おまえを背負っていると、なぜだかわからないけれど、きもちがいいんだ。荷物を背負うより、おまえを背負うほうがいい」

「そのぶん、おれたちのかつぐ荷がふえるんだぞ」中兄がいった。「すこしかわれよ。おれに玉女を背負わせろ。おまえは、荷をかつげ」

「わたしは歩くよ」玉女はいった。「もう、足は痛くないもの」

おれたちが越えたのは、鈴鹿の山なみであった。伊賀（三重県北西部）と伊勢の国ざかいである。

尾根のてっぺんに立ったとき、伊賀と伊勢の両方がみわたせた。もっとも、曇天なので、遠い眺望はきかなかった。

「晴れていれば、この先のほうに、伊勢の海がみえるのだそうだがな」

おれのそばにきて、肩に手をおき、そういったのは、根麻呂だった。火矢を射ろと命じたときのおそろしい根麻呂とは、別人のように気さくだったが、おれは、心をひらききれなかった。

しかし、たずねずにはいられなかった。

「海って……」

「川を知っているだろう。向こうの岸のみえぬほど広い川を思いうかべてみろ。それは、一方に流れてはいない。岸にむかって、波がうちよせるのだ」

「みたことがあるのか」

「茅渟（ちぬ）の海（大阪湾）をな。おれは河内の生まれだ」

尾根の上の風は強かった。足をふんばっていないと、吹きたおされそうであった。

尾根をくだり、すすむ道で、兵の数はふくれあがった。伊勢の郡司たちが農兵をひきいて、つぎつぎに加わったのである。まえもって、男依たち、あなたの父ぎみの舎人が連絡をとっておいたのだ。

郡司たちのなかには、反乱軍に味方するのをためらっていたものの、あなたの父ぎみの軍勢の、力のあふれたさまをみて、心を決めたものもいたらしい。

あなたの父ぎみは、五百人の兵に鈴鹿の関をかためるように命じた。

陽が西にまわるころ。風に雨がまじった。たちまち豪雨になり、横なぐりに、雨はからだを打った。

足の下を、土砂が急流のように流れた。おれは、玉女を胸に抱きこむようにして、雨風からかばい、歩いた。前を行くものがはねかえす泥しぶきが顔にかかり、おれも、うしろのものに泥をはねた。泥は、雨が洗い流した。

とても夏とは思えない冷たさだった。

「寒いか。寒いか」おれは、玉女にいくどもたずねた。寒いといわれても、どうしてやりようもなかった。ただ、抱きすくめて歩いた。そうすると、玉女のぬくもりが、おれにつたわってくるようだった。

「おまえは、どうして、わたしにやさしいの」

玉女が、寒さに歯を鳴らしながら、きいた。

どうして、ときかれても、おれにもわからなかった。やさしくしているつもりもなかった。

「やさしいって、なにが？」

「背負ってくれるし、雨からかばってくれるし、足の指に布は巻いてくれたし」

「ああ、それなら、答えるのはたやすい。そうすると、おれが気分がいいからだ」

陽が落ちるまえから、あたりは暗くなった。稲妻が走った。すこし間をおいて雷鳴がとどろいた。炸裂する稲妻のなかに、木立が銀色にふちどられてきらめいた。

紫の光とすさまじい音が、いちどにからだを打ち、地にふせた。

玉女がおびえているかと思ったら、平気な顔をしていた。

「こんなことでおびえていたら、婢は生きてはいられない」

玉女は泥だらけの顔で笑い、それからきゅうに、泣きだした。

やはり、こわかったのだと、おれは思った。

そういってからかうと、

「ちがう」といって、一、二度しゃくりあげ、涙をひっこめてしまった。

それで、おれは、雷にあうよりもっと、つらいこわい思いを、これまでにしているのだろう、それを思いだして、つい泣いたのだろう、と気がついたが、だまっていた。

陽が落ちると、となりの人間の顔もみえぬほどの闇にぬりつぶされる。

松明をつけたが、雨にたたかれ、なかなかともらなかった。ようやく燃えあがっても、すぐに雨にたたき消されたりした。

三重の郡家（郡の役所）にたどりついたときは、骨のしんまで冷たい雨がしみとおったように、冷えきっていた。

高床の建物の周囲に、草葺きの、たて穴の住まいが集落をつくっていた。

あなたの父ぎみ、母ぎみやあなたたちは、高床（たかゆか）の家のなかにはいった。しかし、千人をこえる兵士をいれる家はなかった。

腹もへっていたが、なにより、寒くてたまらなかった。雷雨はいっそうはげしかった。

高床の階の上に、高市王子があらわれた。

「大王の命令だ。家いえを焼け。その火で、ぬれたからだをあたためよ」

かがり火からぬいた、火のついた薪（まき）を、舎人たちが、兵士にわたした。

「起きろ！　起きろ！　外にでろ。大王の御軍のために、この家を焼く。けがをせぬよう、外にでろ」

呼ばわりながら、兵士たちは、家のものが外にでるのを待ちきれず、草屋根を打ちたおしはじめた。

内がわの草や柱は、まだぬれとおっていなかった。松明の火をうつすと、めらめらと燃えひろがり、炎の柱となった。

そのこころよい熱に、みなはうきたった。つぎつぎと、たて穴に草屋根をかぶせた家を打ちこわし、火をつけた。

寝ころんでいるところを、いきなり屋根をはがされ柱をたおされ、火をつけられた人びとは、あっけにとられ、豪雨のなかに立ちすくんでいた。子供が泣きだした。

おれは、どんなに、その火が恋しかった。

だが、なにもせずに、ここちよいあたたかさだけ受けとるのは、ずるい、と、おれはみとめないわけにはいかなかった。

この、凍った骨をとかしてくれるような熱い火は、なにも知らない人びとの家を焼きはらい、冷雨のなかに追いだす作業の代償なのだ。

　放火に手をかさぬなら、おれは、夜が明けて嵐がすぎ、太陽がおれのからだをぬくめてくれるまで、歯をかみ鳴らし、ふるえているほかはない。

　知らぬ顔をして、火にあたっていればいい。親切そうな顔をして、焼けだされた女に、「寒いだろう、きのどくだな」と声をかけ、子供の頭でもなでてやればいい。

　おれは、平然と火をつけよと命じた人に、腹をたてた。

　おれは、大声で悪態をついた。

　それから、冷えきったからだを両手で抱きすくめ、高床の家の裏に行った。炊屋があった。のぞくと、婢たちが飯のしたくをしていた。そのなかにまじって、中兄がかまどの火でからだをあたためていた。

　中兄は、おれより要領がいいな、と、おれは思った。中兄もきっと、火をつけるのはいやだったのだ。それで、さっさと、べつのやりかたで、からだをあたためることにした。

　中兄は、おれをみつけ、「はいれよ」とさそった。

　おれは、やめた。炊屋の外壁にからだをもたせかけた。せめて、このくらいのぬくもりは、じぶんにゆるしてやろうと思った。軒が雨をふせいだ。

　炊屋からでてきた玉女が、「小鹿」と呼んだ。

「どうして、からだをあたためないの。ぐっしょりぬれたままじゃないか」

「いいんだ」

「よくはないよ」といいながら、玉女は、つるばみ染めの黒っぽい衣をぬいだ。火のそばではたらいていた玉女の衣は、すっかりかわいていた。

「これで、からだをおふき。そうして、おまえのぬれた衣をよこすのよ。かまどのそばにおいておけば、すぐにかわく」

おれは、ぬれた衣をぬいだ。たふさぎは、ぬがなかった。玉女の衣はごつごつとかたいが、かわいているので、きもちよかった。そのうえ、かまどの熱を吸って、あたたかかった。

玉女は、おれのぬれた衣を持ってなかにはいりかけ、

「小鹿、その衣を着てはいけないよ」といった。

「着はしないさ。小さすぎる」

「いいえ、そうじゃない。つるばみ染めの衣は、奴と婢だけが着るものだから。あんたは、奴じゃないから」

着ろといわれても、玉女の衣は小さすぎて、着られはしなかったのだ。

高床の家のほうから、うたい笑う声がきこえた。そのむこうの空は、雨脚が炎を照りかえし、赤く光りながら走っていた。

8 赤い布

嵐の夜が明けると、ぎらぎらした夏空が、きょう一日のはげしい暑さを予告するようにひろがった。

館の外にでたわたしは、昨夜、落雷がひとつの村を焼きつくしたのかと、黒い灰の山をながめて、おどろいた。草屋根は、あとかたもない灰となり、黒く焼けこげた柱がかさなりたおれていた。土の壺や瓶が、割れ散っていた。

灰にまみれ、全身ぬれた男や女が、そのそばにうずくまっていた。

風の音、雨の音もきにならぬほど、昨夜、わたしは深く眠った。稲妻も雷(いかずち)も、ほとんど眠りをさまたげなかった。

短甲をつけた下が汗みずくになったのに、ぬぐうことができなかったので、金具のあたる部分が

赤くただれたのだが、その痛みやかゆさも忘れて眠りこけた。

　焼けあとのむこうの、ぶじな家いえから、朝餉をつくる煙がたちのぼっていた。

　地面は泥沼のようになっていた。朝日に照らされて、かげろうがたちのぼり、遠い木立がゆらめいた。

　やがて小角（角笛）が吹き鳴らされると、家いえから人が出てきた。みな、兵士であった。兵たちは、それらの民家に泊まって雨をさけたのだなと、わたしは思った。力ずくで住人を追いだしたと知ったのは、のちのことだ。

　小角の合図で整列した兵は、わたしの目には、大軍団にうつった。

　そうして、夜、郡司たちが兵をひきいて加わったとき、わたしはほとんど眠っていたので、一夜のうちに、この大人数の兵がこつぜんと湧きだしたような、ふしぎな感じをもった。

　深夜、鈴鹿の関司から急使がきて、「山部王、石川王と名のるものが、従者とともに御軍に加わると到着したので、関にとどめてある」と知らせ、父のほうから迎えの使者をだしたことも、知らなかった。

　軍団の指揮にたった舎人たちは、吉野の山中でわたしの身近にいたかれらとは、まるでちがってみえた。

　父もまた、近江から吉野へ、みぞれのなかをのがれてきたときとは、べつな人間のようだった。

　大角、小角が鳴りわたり、色とりどりの幟や旗がはためいた。

　武器も兵も、みな、赤い布を身につけていた。吉野で、土地の女たちに大量に染めさせた布であった。槍の柄にむすびつけるものもいれば、かぶとの上から巻きつけたものもあった。

　兵たちは、汗どめをかねて手首に巻いたり首にむすんだりしていた。赤い布は、戦闘のとき、敵とみわける目印だが、おなじ印をつけることで、おおぜいの人間の気持ちをひとつにむすびつけるような呪力をもっている――そう、わたしには思えた。

　母は、父とならんで馬に乗っていた。横鞍は使わず、男のように両あぶみの鞍にまたがり、茜染めの布は、ひたいに巻いてむすんでいた。

　わたしは輿に乗り、隊列からははなれ、女官たちのところにいた。母に、そう命じられたのである。

　わたしは、思いがけぬ人のすがたをみた。

　父のそばに、異母兄、高市王子がいたのである。忍壁とならんで、騎馬であった。

　高市が到着したとき、眠っていたことが、残念でならなかった。ぶじに近江をぬけだし、わたしたちといっしょになれたことを、どんなにわたしがうれしく思っているか、告げたかった。

　わたしは熱心に高市をみつめたが、高市の目は、兵の群れのうえにあった。女官にかこまれたわたしのほうをふりかえることはなかった。

　軍団は出発した。陽にあぶられ、雨に打たれ、夜も昼もなく、わずかな人数でいそぎつづけたこれまでとは、うってかわった、大人数の進軍であった。わたしは、馬に乗り、父のかたわらをすすみたいと思ったが、馬はすべて、いくさに用いねばならないと、あきらめていた。

　出発してまもなく、昨夜父が鈴鹿の関に送った使者がもどってきた。使者の口上をきく父の顔が、太陽に照らされたように、みるみるはれやかになるのを、わたしはみた。

　鈴鹿の関にとめられている山部王、石川王というのは、じつは、近江を脱出した大津王子とその舎人たちの一行だったのである。鈴鹿の関を父の軍が占領したことを知らぬ大津たちは、偽名をつかったのであった。

　使者につづいて、朝日を全身にあび、騎馬の大津たちがあらわれた。そのなかのひとりは、男の服装をしているが、大津の姉の大伯王女であった。父の舎人たちはよろこびの声をあげ、弓や槍や幡旗をうちふってむかえ、兵たちもいっしょに歓声をあげた。

　父は、太刀の柄にむすんであった赤布をはずすと、大津の太刀にむすんだ。それから指をのばして軍団をさし、「あれは、だれそれがつれてきた兵だ。あの男は、どこそこの郡司だ」と、大津に説明してやっているようだった。高市もそばに寄り、いちいちうなずいたり、話に加わったりした。

　母が父になにかささやいた。父がうなずくと、母は、大伯に話しかけた。大伯が不服そうに首をふった。しかし、母は強く命じ、舎人にも命令をくだした。

　舎人につきそわれ、騎馬の大伯王女は、わたしのほうにきた。

「王女の馬にお乗りください」と、舎人はわたしにいった。「王女は輿でおはこびします」「わたしは、輿になど乗りたくないのよ」舎人のたすけをかりて馬からおりながら、大伯は、輿からおりたわたしにいった。「わたしは近江から安川ぞいに鹿深（甲賀山）を越えて鈴鹿の関まで、まっくらな夜道を、馬でかけとおしたのよ」

「それでは、すこし輿で休まなくては」わたしは、おどろいていった。「ゆれるけれど、つかれているときは、眠れる」

「わたしは、輿では休みたくなんかないわ」そういいながら、大伯は輿に乗せられた。

　わたしは、大伯の乗ってきた馬の鞍にまたがった。

「あなたのお母さまが、わたしの馬をあなたにゆずれとお命じになったから、貸してあげるのよ」

「あの嵐のなかを、こわくはなかった？」

「こわいものですか」

大伯の衣褌は泥まみれで、まだぬれていた。

「着かえないと……」

「着かえても、どうせすぐよごれるわ」輿の上に片ひざをたててすわった大伯は、いった。

舎人がわたしの馬の手綱をとって、父のほうにつれていった。母は、父と大津のあいだにわたしを割りこませた。わたしは、高市に小さく手をふった。高市は笑顔をみせた。それから、わたしと大津は顔をみあわせて、笑いあった。


軍団はふたたび全身をはじめ、朝明郡（あさけのこおり）の郡家の近くまできたころは、陽はかなり高くのぼっていた。昨夜、火をたいてからだをあたためねばならなかったことが、ふしぎに思われるほど、太陽はあらあらしい力で照りつけた。

わたしと大津は馬をならべ、父たちのあとにしたがってすすんだ。まわりは、舎人と兵でかためられていた。短甲の下に汗がたまり、ただれたところがかゆくてたまらなかった。

「ゆうべは眠っていないのだろう？」大津にきくと、

「鈴鹿の関で待たされているとき、すこし眠った」大津は、あくびをした。大きくあいた口に、汗が流れてはいった。

隊列の前のほうで、どよめきがおこった。歓声がつづいた。

兵たちをかきわけ、騎馬の男が父のほうにやってくる。四日まえに美濃に発った村国男依とわかって、父も、馬上から、からだをのりだした。

馬からとびおりると、男依は地にひざをついた。

「男依、どうなのだ。美濃の形勢は」

「すべて、うまくいっております。それをお知らせにまいりました。美濃十八郡、ほとんど動員をおわりました。そうして、安八磨（あはちま）三千の兵をもって、不破の関を占領しました」

「おお、これで勝利はわれらのものだ」槍をかざし、高市が、ほとんど馬上におどりあがらんばかりにして叫んだ。

「そうか。成功したか」父は馬上から手をのべた。「男依、立て、立て。よくやった。これほどよろこばしい知らせはないぞ。立て、男依」

立ちあがった男依の肩を、父の手は、がっしりつかんだ。

舎人たちが、兵にときの声をあげさせようとするのを、父はおさえた。

「まだだ。まだ早い。いくさはこれからなのだ」

父は、兵たちをみわたした。

「いいか。はやる心をおさえておけ。奔馬の手綱をひきしめるように。力はためておけ。雄叫びは、のどの奥に封じこめておけ。弓をぎりぎりとひきしぼるように。いまは、まだ、力をとき放つときではないのだ。いざというとき、手綱を放せ。怒濤のように、力はふきあがるだろう。そのときまで、待て。そのときというのは……」父は、ことばをきり、「近江と決戦のときだ」

歓声があがった。おさえよといわれても、おさえきれずほとばしりでる声であった。わたしは、自在に兵たちの気分をあやつる父を、ふしぎな思いでみていた。

桑名に到着すると、尾張の豪族、尾張大隅の館にむかえいれられた。

館は、ひろびろとした河口に面していた。

深くいりこんだ伊勢の海にそそぐ三つの川は、前夜の雨で氾濫し、ひとつの大河となっていた。

みわたすかぎり、土色ににごった水に、嵐でおし流された民家の残骸がただよっていた。

河岸に近く、おびただしい舟が杭につながれ、その舟のなかに、家をうしなったらしい人びとがうずくまり、男たちに追いたてられていた。

「大隅さまの軍船だ。失せろ、失せろ」

父たちは館の奥で軍議をひらき、母も、その席につらなった。

わたしと、大津、大伯は、従者や女官にみまもられて、館の外に出、海にみとれた。海鳥が翼を陽にきらめかせて舞っていた。

　海辺には、何千人もの兵たちが腰をおろして休んでいた。陽をさえぎるものがないので、だれもが汗みずくで、白っぽく塩さえふいていた。

　わたしは、そのなかに、小鹿をみつけた。小鹿は足をなげだして、腰をおろしていた。小鹿のとなりに、若い婢がいた。小鹿の胸に頭をもたせかけていた。

　わたしは、手をあげて小鹿を呼んだ。大津や大伯に、小鹿がどれほどいろいろなことを知っているか、そうして、それらをわたしにおしえてくれたことか、鹿の舞いをどれほどおもしろく舞うか、知らせたいと思った。

　小鹿はわたしをみとめた。わたしは笑って、いっそう大きく手をふった。

　小鹿のかたわらにいた婢が、わたしたちをみて、からだをかたくした。

　わたしといっしょにいた女官が、「なにをなまけている」と、どなりつけた。

　女官に指図されて、従者が兵たちをわけて婢のところへ走ってゆき、なぐりつけた。

　やめさせろ、と、わたしは女官に命じた。わたしが大王の子であるのなら、これくらいの命令はしてよいはずであった。

「いいえ、王子さま。あれは、罰をあたえなくてはなりません」

「なぐるのをやめさせたいのか」

　大津がわたしにいった。わたしがうなずくと、大津は従者のところへ行き、「やめろ！」強い声で命じた。従者はおどろいて、手を放した。

「行け」

　大津にいわれ、婢は、とびはねるように立ちあがると、走りさった。

　もどってきた大津に、大伯が小声で、

「ああ、ああ、おまえは、このひとのしたにたってしまったのよ」と、いった。

「命令したのは、このひと。行動したのは、おまえ」そういって、首をふった。

　わたしも大津も、大伯がなにをいっているのか、わからなかった。わたしは、じぶんが強く命令できなかったのを恥じていたし、大津は、ひと声で相手をしたがわせ、いい気分になっていたのだった。

　小鹿は、わたしたちのほうをみながら、近よってはこなかった。なにを考えているのか、わたしにはわからず、ただ、ひどくさびしい気がした。

　高市は、その日のうちに兵をひきいて不破にむかって発った。

　翌日——六月二十七日——、浜は、果ての見とおせぬほどの兵で埋ずまっていた。

　潮が満ちてきていた。満ち潮は、河口の水を逆に上へ上へとおしあげていた。

　母とわたし、大津、大伯、それに警護の兵を残して、父をかしらとする大軍団は、不破にむかう。忍壁も、舎人たちにまもられて軍に加わった。尾張、信濃、駿河などの兵が、ぞくぞくと不破にあつまる予定であった。

　父たちの一団は、舟に乗りこんだ。川づらがみえぬほどの、おびただしい舟が、上げ潮にのって川をさかのぼる。それをまもって、騎馬の軍団と徒歩の兵が、船団にならんで岸を行く。

　赤い幡旗をなびかせ、大角(はら)、小角(くだ)を吹き鳴らし、鉦(かね)や太鼓をひびかせて遠ざかる軍団を、わたしはみおくった。

9　兄よ

　あなたの父ぎみの大軍団が不破に発ったあとの大地は、かきまわされた汁田(しるた)のようだった。馬のひづめのあとや人の足あとが、泥の上に浅く深くいりみだれていた。

だれかが落としたらしい赤布のはしが、泥に半ば埋ずもれ、それを水鳥がつついていた。水鳥もかけすのように赤いものが好きなのだろうかと、おれは思った。

地と海と川は、さかいめがわからず、ひとつづきになっていた。汁田のような大地のつづきが、いつのまにか、河口であり、満ちよせる海であった。

館の周囲は、残った兵が陣をしき、館のなかのあなたたちをまもっていた。

中兄がいくさにつれていかれたことを母が知ったら、どんなになげくだろうと、おれは思った。

きのうのことだ。

「国栖、宇陀、あつまれ」と、高市王子の舎人が命じたのだ。

おれはそのとき、手足を縛られ、地にころがされていた。

なぜ、そんなことになったかというと、玉女が打たれているのをみて、腹をたてたからだ。

浜でおれのそばにいた玉女を、あなたの従者が打ったとき、あなたはとめさせてくれた。

しかし、そのあとで、玉女はまた、打たれた。打ったのは、尾張大隅の奴頭だ。おれはそいつになぐりかかった。そうしたら、男どもによってたかってなぐられ、そのうえ、こらしめのためだと縛りあげられてしまった。

ころがされているおれの前を、泥水をはねあげ、国栖と宇陀の男たちが走り、高市王子の舎人の前にあつまった。

「よし、そこにならべ」

男たちは「国栖と宇陀は、べつべつにならぶのだろうか」と、まごついた。

「早くしろ」

せきたてられて、国栖も宇陀もいりまじってな

らんだ男たちの、まんなかあたりを舎人はさし、

「ここからふたつにわかれろ」と命じた。

「よし。右の一団は、この地に残って、館の守護にあたれ」

では、半数は帰国させるのだろうか、と、おれは思った。ほかのものもそう思ったらしい。ざわめいた。

「左の一団は、高市王子の御軍に加わり、不破にいく。わかったな」

不破に行けと命じられた一団のなかに、おれの中兄がいたのだ。

おれは、縛られたまま、うちすてられ、ようやく日の暮れがたになって縄をとかれ、守備の一団にいれられた。


おれは、不服だった。なぜ、こういうことになったのか、納得がいかなかった。

しかし、ひとりで国栖に帰るには、道もわからず食べものもない。のたれ死にするばかりだというくらいのことは、おれにもわかった。

腹だたしいから、命令はきかず、できるだけなまけることにした。

あなたたちの周囲は、いつも、ものものしく武装した尾張大隅の従者でかためられ、おれは、ほとんどあなたの顔をみることもなくなった。

不破の本陣からは、あなたの母ぎみのところへ、しじゅう、騎馬の使者が、たたかいのようすをつたえにきた。

戦場の、土のにおい、草のにおい、地のにおいを、おれは嗅いだ。そうして、それは、おれの心をときめかしたのも事実だ。

おれは、中兄が、なにか大きな手柄をたて、高市王子やあなたの父ぎみに、ほうびをもらうところを思ってみたりした。

桑名の館にいるのは、たいくつだった。山を走って鹿や猪を追わなくても、そうして、それら

の獲物をかついで里におりなくても、朝と夕、食べるものはくばられた。交替で警備にあたるのだが、敵の気配はなかった。

暑い日がつづいた。あふれた水はすこしずつひき、中州があらわれた。家を流された人びとが、つくりなおしをはじめていた。泥土に生いしげるかやや葦を刈ってたばねたり、柱にするために伐りたおした樹の枝をはらったり、土に穴を掘ったりしていた。

内海は、おだやかであった。小舟が沖に漕ぎだし、網をひろげたり、先端に鉤のついた竹竿でうなぎを掻きとったりしていた。

すこし沖のほうでは、男が舟を漕ぎ、女が海にもぐり、浮きあがったときは手に海藻やあわびを持っていた。波の上に顔をだした女は、苦しそうに長い口笛を吹くのだった。

塩をとる竈屋も、嵐でたおれたのがつくりなおされ、まばゆい陽ざしの下で、竈の火をたく男や女は、汗まみれだった。ほんだわらやアマモなどの海藻を浜につみ、海水をいくどもくりかえしてそそぎ、それを焼いてつくった塩灰を海水でとき、竈にいれ火で煮つめて塩をとるのだということを、おれは、はじめて知った。竈屋のあたりでは、潮のにおいがことさら濃く、なまぐさかった。この塩を持って帰ってやったら、母たちが、どれほどよろこぶかしれなかった。

あなたに会えたら、たのんでみようと思った。玉女をつれ、塩を持って帰るのだ。そう思ったら、すこしははたらいてやってもいいなという気になった。しかし、もう、じゅうぶんにはたらいたのではないだろうか。火をつけることまでしたのだ、と、おれはまた思いだしてしまった。

田は水がみちていた。嵐になぎたおされた青い稲穂は、すこしずつ立ちなおりはじめていた。

館には、米だの雑穀だの豆だのが、ほとんど毎日、馬ではこびこまれていた。いまは米のとれる時期ではないから、どこかの倉にたくわえられているのが、うつされてくるのだろう。

　魚や貝も、とりたてのものがはこばれてくる。それを、男や女が、塩漬けにしたり干したりしていた。玉女も、そのなかにいた。

　玉女はいそがしく、おれはなかなか、そばに寄って話しこむことができなかった。手を休めると、打たれるからだ。玉女が打たれるたびに、おれは打ったやつをなぐりかえし、とっくみあいのけんかになり、ほかの、たいくつしているやつらも加わって騒ぎを大きくした。さわぐと、いくらか気がはれた。

　米や雑穀や豆や塩漬けの魚介は、みな、ふたたび馬の背につまれ、はこびだされてゆく。

「どこにはこぶのだろう」おれがきくと、

「きまっているではないか」と、笑われた。「不破だ。腹がへっては、たたかえぬ」

　あなたの父ぎみの軍団の、あの、とほうもない人数を思った。あれだけの将兵が飢えずにたたかうためには、まるで底なしの穴にそそぎこむように、たえず食糧をかきあつめ、はこばねばならない。おれは、海の底から、苦しそうに長い口笛を吹いて浮かびあがる海女を思った。あの、手にしっかりにぎったあわびは、たちまち、もぎとられるのだなと思った。

　おれがそういって思わず吐息をつくと、相手は、

「もちろん、ここだけが全軍の食糧をまかなうのではないさ」といった。

　この男は、四、五日まえ、あなたの父ぎみの本陣がある不破の野上の行宮（かりみや）に荷をはこんで帰ってきたのであった。

「おそろしい人数だぞ。野も山も、赤い幡旗で埋まっていたぞ。食糧だって、あちらこちらからはこびこまれていた」

「いくさは、はじまっていなかったのか」

「おれたちがついたときは、その大軍がふた手に

わかれて、進軍を開始したときだった。人間もな、ああおおぜいあつまると、人間とは思えなくなる」

　そんな話をかわした数日後、おれは、食糧はこびの一団に加わることを命じられた。はこぶ荷は、食糧ばかりではなく、弓矢、太刀、槍、弩（おおゆみ）、抛（いしはじき）などの武器もあった。

　途中、敵におそわれるかもしれぬ。けっして武器はうばわれるなと、きびしくいわれた。

「東国にも、近江がたに心をよせる郡司がいないとはかぎらないのだ。いや、当然、いるにちがいない。行きあう相手が農民だろうと山人だろうと、心をゆるすな。候かもしれんのだからな」

　いくさが、遠くにあるときは、心ときめきもした。だが、いよいよそのなかにはいってゆくのだとなったら、おれは、正直のところ、おびえた。

　中兄はどうしているだろうか。家を焼いてあたたまるかわりに、炊屋にもぐりこんだように、要領よくやっているだろうか。

　そんなことを思いながら、おれは、歩いた。

荷はこびの列は、揖斐川（いびがわ）にそって、北へ北へとすすんだ。二百人あまりの列は、長くのびた。そのおおくは、荷はこびのために、あらたにかりだされた農民たちであった。

「桑名から不破まで、どのくらいあるのだ」

　となりを歩く男にたずねた。この男は土地のものだというから、知っているだろうと思った。

「およそ九十里（当時の距離は、およそ十六キロメートルを三十里としている）ときいているな」

　ふとい腕でひたいの汗をしごき落として、男はいった。

　吉野から桑名まで、二百七、八十里はあると、舎人たちが話したのを聞いている。その道のりを、昼夜ぶっつづけで、二日二夜で歩きとおしたのだ。九十里ならたいしたことはあるまいと、たかをくくった。しかし、日の暮れぬうちにつけといそがされたから、らくではなかった。上流にすすむにつれ、川は網の目のように細くわかれ、道はけわしい山路になった。杉の古木が陽をさえぎる道であった。

陽が落ちて、野上についた。

行宮は、急ごしらえの仮小屋であった。兵たちがびっしり周囲をまもり、かがり火が燃えさかっていた。盾をならべたかげに、ねそべって休んでいる兵たちもいた。

ここにすこし荷をおろし、夜明けを待って、さらに先にすすむことを命じられた。

警護の兵のなかに、おれは中兄をさがしたが、みしらぬ顔ばかりであった。

「いくさは、どうなっているんだ」

おれは、休んでいる兵にたずねた。

「前線の軍が、こぜりあいはなんどかやっているらしいがな、そのたびに、こっちの勝利で、高市将軍の本営は横川のあたりまですすんでいるらしい。おまえたちのはこんできた武器食糧がとどいたら、腹ごしらえして決戦にでるらしいぞ」

「国栖や宇陀の男は、ここにはいないのかな」

「さあ、おれは知らんな」

その夜は野宿し、星がまだ残るうちに出発した。戦闘隊は、すでに近江との国ざかいを越えたということであった。

近江にはいれば敵地である。こちらが勝っているとはいっても、どこから奇襲を受けるかしれぬ。よくよく気をつけろといわれた。気をつけろといわれても、どういうふうに気をつけたらいいのか、わかったものではない。

高く低くつらなる山地のあいだをぬってすすんだ。

途中の集落は焼きつくされていた。稲穂はなぎたおされ、踏みにじられ、折れた矢が泥田につきささっていたりした。

うちすてられてある骸（むくろ）をいくつもみた。こぜりあいというのは、このことか。胸の悪くなるにおいが、緑の濃い野山にただよっていた。

ふいに、おれの目は、赤い布をとらえた。たおれている男の首に巻いた赤布は、血を吸って黒ずんでいた。

「中兄じゃない。ちがう」

おれはいったが、前にすすめなくなった。

「中兄とはちがう。中兄は要領のいいやつだ。中兄であるものか」

おれはひざまずき、中兄を抱いた。

ヌイー、ヌイー。おれは、ぬいどりの声で啼いた。

10　鹿の火

「飛鳥を、大伴吹負の軍が占拠しました」

「不破の本隊は、近江をはさみ撃ちにするため、ふた手にわかれ、進撃を開始しました」

「男依のひきいる軍が、横川で敵を撃破しました」

母のもとに、たえず使者が馬をとばしてきて、戦況を告げた。野上の行宮の父は、戦線からの伝令がようすを知らせてくると、すぐ、母のもとに使者を送るのであった。

父と母は、はなれていても、ひとつのものであるようだった。

「おまえがもうすこし年かさであれば」と、母ははがゆがった。「高市や忍壁のように、父ぎみのおともができたのに」

十九歳の高市は、将軍としてじゅうぶんに兵に指図できる年であったけれど、十六歳の忍壁は、いくさの将となるにはおさなすぎた。それなのに、父が戦場につれていったのは、ひとつには、新羅の軍のやりかたをまねたのだった。

唐や新羅に侵攻されることをおそれてはいたけれど、いろいろなことで、唐、新羅の影響を受けていた。というより、積極的に、まねをしていた。

近江の朝廷には、百済から難をのがれてきた人びとがおおかったが、父のほうが、新羅からの渡来人の影響が強かった。

新羅の軍は、花郎(ファラン)集会という戦士団をもっている。十五、六歳の上級貴族の少年が、花郎と呼ばれ、若者の集団の中心にたてまつられる。巫女のように、神の力が、花郎をつうじて若者軍団を守護する、と信じられているのだそうだ。忍壁は、ちょうど、花郎にふさわしい年であった。

わたしは、海をながめて、桑名での日をすごした。

海は、一日じゅうみていても、あきなかった。単調なようで、海は、しじゅう、すがたと色をかえていた。沖へひいていった波が、しずかにもりあがり、ゆっくりうねりながら、しだいに高くなり、もちこたえられなくなったように、へりのほうからくずれて、白く泡だちながら這いよる、そのくりかえしをみていると、かぎりない時のなかにからだがとけこんでゆくような気がした。

母は、わたしがそうやって、ひとりで海をながめたりしているのを、きらった。

大津は活発だったから、舎人たちを相手に、毬(まり)をけり、石を投げ、ときには魚をとり、貝をとった。わたしも、さそわれれば仲間に加わった。あそびまわるのも、海をながめているのとおなじように、たのしかった。

太陽はいつも、海のむこうからのぼり、館のうしろに落ちた。わたしは、父や高市や忍壁がいくさにでていることを、ふと忘れ、館のまわりに、盾をならべ槍や矛をたて、兵たちがひしめいていることも忘れ、灼けた銅(あかがね)の板のような暁の海にみいった。

ある朝、荷はこびの男たちが、戦場から帰ってきた。夜じゅう、歩きとおして帰ってきたとみえ、火の消えた松明をさげ、顔や手足は汗とほこりと松明の煤(すす)で黒くよごれていた。

二百人ほどで出発したのが、帰ってきたのは、五十人にもならなかった。

　地元であつめられた農民は、荷をはこぶ仕事がすむと、館までもどらず、そのままじぶんの家に帰ったものがおおいためであった。

　もどってきた男たちは、海藻や貝がらが打ちあげられている引き潮の浜に、からだをのばした。

　昼ごろ、人を背負った男が、ひとりおくれてもどってきた。小鹿であった。小鹿は、いくさで殺された兄の骸をかついで帰ってきた。骸のまわりを、蝿(はえ)が羽音をたててとびまわっていた。小鹿は、首に赤い布を巻いていた。それはところどころ黒ずんで、光のかげんで玉虫の翅(はね)の色に光った。

　守備の兵の長たちが、小鹿を怒りつけた。

「穢(けが)れをもちこむな」

「不吉をもちこむな」

「国栖につれて帰る」小鹿はいい、中兄のからだをゆすりあげた。

「たわけ！　腐りはじめているではないか」

　わたしが近よろうとすると、長(おさ)たちにおしとどめられた。

「小鹿」わたしは呼びかけた。「中兄は、海にほうむれ」

「おれたちは、山で生まれたのだ。山につれて帰る」

「海の底には、海の宮がある。中兄は山からの客人(まれびと)として、たいせつにされるだろう」

　小鹿は、すこし考えていた。それから、岸辺にあげてある刳(く)り船のひとつに、中兄をのせ、海にむかっておしだした。舟が波に浮かぶと、じぶんも乗って、櫂(かい)を漕いだ。

　波はしずかだった。小鹿の漕ぐ小舟は、沖をめざし、小さくなり、海面(うなも)のきらめきと見わけがつかなくなった。

浜辺にわたしが立っていると、婢が走ってきた。わたしと婢のあいだは、わたしの従者たちでさえぎられていた。婢は波打ちぎわで、沖をみつめた。ほかの男たちがきて婢をしかり、「仕事をなまけるな」と、追いやった。

「小鹿が帰ってくるまで、ここにいさせて」と、婢は哀願した。「小鹿は、中兄を海にほうむるために、舟で沖に漕ぎだしたって、ほんとう？　小鹿は、舟なんか漕いだことはないのに」

「たくみに漕いでいた」

　わたしがいうと、婢も、男たちもひざをついた。ここにきてからは、わたしが話しかけると、兵や婢はすぐ、ひざまずくのだ。

だれかが告げたのだろうか、わたしの身のまわりの世話をする女官がやってきて、

「卑しいものに近づかれますな」と、とがめた。

「その娘を、小鹿がもどってくるまで、ここにいさせてやれ」

と、わたしがいうと、女官は、首をふった。

「奴婢の指図は、奴頭がいたします」

「でも、吉野にいたときは……」

炊屋のなかにはいって、奴と婢とことばをかわしても、とがめられはしなかった。

　小鹿の舟がもどってきたので、女官もそっちに気をとられ、わたしをとがめるのを忘れた。

　浅瀬で小鹿はとびおり、からの舟を浜におしあげた。

「待て。近よるな。おまえは穢れている。穢れをきよめねばならん。その舟も、穢れた。燃やすほかはない」

　だれか年寄りが、そういった。

　浜に薪がつみあげられ、舟は焼かれた。水を吸いこんでいる舟は、なかなか燃えず、くすぶった。薪はごうごうと燃えさかるのに、しぶとく、黒く横たわっていた。

　小鹿は、川に行っていくども水をかぶり、身を

きよめた。

　それがすんでも、すぐに人に近づくことはゆるされず、小屋にとじこめられた。

　わたしは気になったが、小屋に近よると、そのあたりにいる男たちに、

「穢れの場所においでになってはいけません」

と、おしもどされた。

　小屋からだされた小鹿が笞で打たれたのは、その数日後だった。高市の軍の最先鋒は鳥籠山（とこのやま）を陥（お）とし、安川（やすのかわ）のあたりまで攻めいったと知らされていた。

　小鹿が打たれているのをわたしにおしえたのは、大伯王女であった。

「国栖の子が、罰を受けているわ」

　わたしは、とめにいこうとした。

「お待ちなさい」大伯がいった。「国栖が、なぜ罰を受けているのか、知っているの？」

「いいや」

「尾張大隅の舟をかってに使ったからよ」

「それは、わたしが命じたのだ。舟を使えと」

「そう。それでも、あの国栖は、罰せられるでしょうね。それからもうひとつ、あの国栖は、父ぎみを憎んでいるといったのよ。小屋に食べものをはこんでいった婢にそう話しているのを、ほかのものがきいてしまったの。それでも、あなたは、笞打つのをとめるの？　それは、父ぎみに反逆するものの味方をすることになるのよ。よくって。あなたは王子だから、あなたのひと言ひと言は、たいそう重要なのよ。父ぎみを憎んでいる、といったものをゆるすのなら、こんど、ほかのものが、父ぎみに反逆したとき、あなたは、そのものもゆるさなくてはならなくなるの。わかっているのかしら。裁きは、公平でなくてはならないのよ」

　大津、と、大伯はかたわらにいた大津に呼びかけた。

「おまえなら、どうする?」

「父ぎみを憎むなどというやつや、ゆるせはしないさ」

赤い小さい蟹を、大津は右手から左の手の甲にはわせようとしていた。

「でも、小鹿は……」

「わたしのいうことが、正しいか正しくないか、わからないのなら、あなたの母ぎみにきいてごらんなさい」

大伯は、ちょっとあごをしゃくるようにした。

わたしは、この気性のはげしい美しい異母姉を、きらいではなかった。むしろ、好意をもっていた。大伯は、けっして、意地の悪い娘ではなかった。ただ、母がいないということを、いつも意識していた。そうして、そのぶん、強くなって、外から圧しつぶされぬよう、じぶん自身と大津の立場をまもらねばと、思いつめているようだった。大津はのどかでくったくのない性質だから、大伯のように、ひりひりと気をはってはいなかった。

大伯は、わたしをとめながら、なにか、けしかけているようでもあった。

わたしは、小屋のほうへ行った。すでに処罰はおわったとみえ、ふたつに折れた竹の枝が、すててあった。小鹿のすがたは、みえなかった。


小鹿は、いなくなった。国栖へ、ひとり帰っていこうとしたのである。しかし、それは、脱走ということになった。

ひとりの逃亡者をとらえるために、おおぜいの人数をさく余裕はないが、そうかといって、このままゆるすことはできないと決議された。

残った国栖たちが、動揺していた。二十人ほどつれてこられた国栖の、半数は戦場に行かされ、のこりが郡家にいたが、「じぶんたちも帰りたい」とか、「いくさにつれだされた仲間をおいてゆくわけにはいかぬ」とか、「小鹿がひとりで帰っていったのは、勇気がある。それを、脱走だといって罪人あつかいするのはひどい」とか、声をひそめて話しあっているようすだった。しかし、小鹿がひどい罰を受けたさまをみているから、正面きって不満を口にすることはできないでいるのだった。

　このあたりの道にくわしい農兵の一団が、追っ手を命じられた。

　小鹿は、道を知らない。たやすくつかまえられ、つれもどされてきた。

「どのように罰したものでしょうかな」尾張大隅が、母にいった。「たかが、国栖の子供ひとりです。笞の五十もくれてやればよいと思いましたが、ほかのものへのみせしめということがございます。なにしろ、おそれおおいことに、大王を憎むと大声で叫んだのを、おおぜいのものが耳にしております。脱走の罪、盗みの罪……」

「盗み？」

「米と塩を炊屋から持ちだして、身につけておりました。わたくしの民であれば、わたしの一存で成敗するのですが、国栖は大王がおつれになったものですので、お指図をあおぎます」

「そうですね」

　立ちあがりかけたわたしを、母は目ざとくとらえ、「ここにいなさい」と命じた。

「もちろん」と、尾張大隅はつづけた。「罪人の処分は、本来なら刑官（うたえのつかさ）の仕事でありまして、后（きさい）の宮のお手をわずらわすことではございません。しかし、いまは非常の場合ですし、裁きのひとつひとつが、これからの先例になります」

「わたしに国栖の子の処分を決めよというのですね」

「おまかせいただけるのでしたら、わたくしがとりはからいますが」

「きびしい刑が必要ですね。ことにゆるせないのは、大王を憎むといったことです。日の御子に無礼なふるまいをしたものは、ようしゃなく灼きほろぼされるということを、すべての民の心にきざみこまねばなりません」

草壁、と、母はわたしをよんだ。

「尾張大隅に、あなたから命じなさい。大王にさからった国栖は、奴におとす、と」

「奴に……でございますか」大隅は母の顔をみた。

「大王のかわりとして、王子、あなたがお命じなさい」

いやです、とわたしはいったが、声は弱かった。母にさからうのは、わたしには、たいへんな力がいった。

「いまは、いくさの最中です。大王は戦場におられます」

母は、父を大王と呼んだ。母だけではない。父のもとのすべてのものが、そう呼んだ。まだ、近江には、若い大王がいたのだが。

「こういう非常のときは、大王の長子であるあなたが、父ぎみにかわって、ことを決めなくてはならない場合もあります。しかし、あなたはまだ年が若くて、なにをどう判断してよいか、わからない。ですから、大王の后であり、あなたの母であるわたしが、補佐します。さあ、あなたの口から、お命じなさい」

「わたしは、長子ではありません。上に、高市のきみもおられるし、忍壁のきみもおられます」

「高市も忍壁も、身分のひくい母から生まれています。父ぎみのかわりはできません。それができる王子は、あなただけです」

「草壁王子さま」と、尾張大隅が口をはさんだ。

「近江の大友王子さまが、即位をされたのに、したがわないものがおおぜいいて、父ぎみに心をよせ、お味方になったのは、なぜだとお思いですか。大友さまの母ぎみが、身分の卑しいかただだからでございますよ」

おとなたちをいいまかせるほど、わたしは強くなかった。わたしはただ、いやです、といいはり、あとは無言をつづけることで反抗した。

小鹿が小屋にとじこめられたまま、日はすぎた。わたしが裁きをつけなければ、だすことができないというのであった。陽のささぬ、せまい小屋にとじこめられたまま、ほうっておかれる小鹿を思うと、わたしは苦しかった。

「大津、あなたなら、どうする」大伯がいった。

「あの国栖は、たしかに罪をおかしているのだから……」大津は明快にいった。「罰を受けるのは、当然だろう」

「大津は小鹿を知らないから……」わたしは、いいかえした。「そんなひどいことを平気でいえるんだ」

「だって、あの国栖は、食べものを盗んで逃げようとした」

「食べものを持たなければ、飢えて死ぬもの」

「塩も盗んだ。塩は高価なものだ。どんな重い罰を受けたって、あたりまえだ」

わたしは、すじみちをたてて話すのは、うまくなかった。これはいいことだ、これは悪いことだ、感じはするのだけれど、そうして、それはかなりしっかりした手ごたえで感じられるのだけれど、相手を納得させるには、力強く、きちんと話さなくてはならないのだった。わたしは、大伯のようにかしこくもなく、大津のように明快で力強くもなかった。

「あなたは、国のきまりをよく知らないのでしょう」大伯がわたしにいった。「わたしは、知っているわ。あなたの母ぎみは、父ぎみのかわりをすることができるのはあなただけだといわれたけれど、そんなことはないのよ。大津だって、資格は、あなたとまったくおなじなのよ。そうして、わたしだって、資格があるのよ。大津とわたしの母ぎみは、あなたの母ぎみの姉ですもの。わたしたちの母ぎみが生きておられたら、きっと、ここにいっしょにきているわ。そうして、あれこれと指図するのは、わたしたちの母ぎみだったかもしれないわ。父ぎみのかわりは、大津が命じられたかもしれない。こんなことを、わたしがいったと、あなたは告げ口するつもり?」

「いいや、告げ口なんか……」

「わかっているわ。あなたは、告げ口はしないわ」大伯はうなずいた。

わたしが直接、小鹿に刑を申しわたすわけではなかった。舎人に命じ、舎人が下のものにつたえ、それから奴頭にとどくような手つづきをふむようだった。もちろん、正式なやりかたではないが、反乱の最中で、政治の体制そのものが、まるでできていないのだから、やむをえなかった。

母がわたしのうしろにいた。わたしは、舎人に、「国栖の小鹿をとき放て」と命じた。母の、はっとする気配を感じた。

「国栖はこれまで、わたしたちのために、ずいぶんつくしてくれた。すこしぐらいのあやまちは、ゆるしてやれ。何日も、小屋にとじこめられ、つらい苦しい思いをしたはずだ。罰はそれでじゅうぶんではないか」

舎人は、母の顔をみた。

「王子が、命じるとおりに、したがいなさい」

舎人がさがったのち、母は、わたしとむかいあって、きびしい目をわたしにすえた。

「王子、あなたが口にだして命じたことは、もう、とりかえしがつかないのですよ。あなたの裁きは、まちがっています。すこしぐらいのあやまち、と、あなたはいった。盗みが、小さいあやまちですか。逃亡が、小さいあやまちですか。それから、国栖は、わたしたちのためにつくした、といいましたね。このいくさは、ただ、わたしたちのため、だけではないのですよ。倭の国を、唐や新羅にまけぬ、律令制（りつりょうせい）のととのった、大国にしようとされているのです。そのためには、大王に絶対服従しなくてはならない。小さい国ぐにの豪族が、じぶんの土地、じぶんの民をもって、力をきそいあっていては、だめなのです。亡くなられたさきの大王――あなたの父ぎみの兄であり、わたしの父であり、近江の大友の父でもある、開別大王（ひらかすけのおおきみ）も、それをこころざされた。しかし、成功しませんでした。いまの近江朝廷は、律令をととのえることなど、すこしも考えていない。父ぎみが大王の位につかねば、倭を強大にすることはできないのです。国栖が、父ぎみのためにつくすことは、国栖のためにもなるのです。あなたは、まだおさない。なにもわかってはいない。しかし、いちど、あなたが命じたことを、とり消すわけにはいかない。みなが、あなたを信頼しなくなり、尊敬しなくなるからです。あなたは、ゆくゆくは父ぎみのあとをついで大王になる人です。民の絶対的服従」母は、わたしに指をつきつけるようにいった。「今後、わたしのゆるしなく、かってな命令をくだすことは禁じます」

「小鹿は、みせしめのために……」わたしは、ようやくいった。「それほど悪いことをしたわけでは……だって……」

わたしは、母のように、よどみなく話せなかった。小鹿のような無力なものに、重い罰をあたえるのは、つまり、ほかのものへのみせしめなのですね、小鹿は犠牲にされるところだったのですね。わたしは、そういいたかったのだろうと思う。だが、十一歳のわたしはそのとき、まだ、じぶんがなにをいいたいのかさえ、はっきりわからなかった。

わたしは、泣くまいとこらえるだけで、せいいっぱいだった。大王の子として、せめて、みじめな泣き顔を人の目にさらさないくらいのことはできなければ。相手が母であっても。

しかし、とにかく、小鹿は小屋からだされた。

二十日ちかくすぎ、男依の軍が瀬田で近江軍をほとんど全滅させたという知らせがとどいた。その翌日、大友王子が自害されたと急使がきた。七月二十三日。波が荒くなりはじめていた。

近江の京は、すさまじい混乱におちいったということであった。

敗戦とともに、近江朝廷に仕えていた人びとは、家族をつれ、従者や奴婢ともども、京の外へのがれさろうとした。そこへ、勝利のいきおいにのった、男依たちがの大軍が殺到した。

騎馬は、人びとを踏みにじり、からになった館に兵がなだれこみ、倉にたくわえられたものをうばいとり、火をつけてまわった。

百済の工人（たくみ）たちが技術のかぎりをつくしてつくりあげた華麗な都城は、黒焦げの柱が散乱するばかりとなった。淡海（おうみ）の湖は、何日も、炎をうつして紅くかがやいた。父母をうしなったおさない子が、泣きながら、焦土（しょうど）の大路（おおじ）を、食べものを乞うて歩き、興奮してみさかいのなくなった兵に、つきたおされた。

そんなありさまが、不破からの伝令によって、わたしたちの耳にもはいった。

父は近江朝を滅亡させたあとも、野上の行宮にとどまって、戦争終結の事務をおこなった。近江軍は全滅したといっても、どこに残党がひそんでいるかわからないから、ゆだんはできなかったし、戦功のあった将士への恩賞、近江がたの重臣の処刑、軍隊の解散など、処理しなくてはならぬことは、山のようにあった。

そのいそがしさをきわめる日々のあいだに、父は、忍壁と数人の舎人たち、従者などをひきつれて、母に会いに、桑名にきた。ともに戦勝をよろこぶためであった。不破には、高市と、男依たちおもだった舎人や将軍が残った。もちろん、父は、すぐにひきかえさなくてはならないのだった。

　肆宴（とよのあかり）が、にぎやかに、もよおされた。ととのえられるかぎりの、豪華な料理がならんだ。父と母の、これほどくつろいだうれしそうなようすをみるのは、わたしには、はじめてのことであった。

　海のそばだから、魚貝の料理にはことかかなかった。各地の豪族からの献上品もあった。

　酒がまわると、歌になった。

　館の前の庭には、兵たちが群れていた。ものめずらしそうに、のびあがって、なかをのぞきみたり、きこえてくる歌にあわせて、手を打ったり、立ちあがって手をふり足をあげ、踊る身ぶりをするものもいた。

「あのものたちにも、うたわせろ。東国の、めずらしい歌を知っているだろう」

　父が命じた。舎人にそれをつたえられ、はじめはしりごみしていた男たちは、やがて、手拍子とともにうたいだした。

　稲つけば　輝（かが）るわが手を　今宵（こよい）もか
　殿の若子（わくご）が　とりて嘆かむ
（稲もみをついて、ひびのきれたあたしの
手を、今宵も、きっと、
若さまが、やさしくとって、かわいそうにと
嘆いてくださるだろうよ）

　信濃路（しなのじ）は　今の墾道（はりみち）　刈株（かりばね）に
　足踏ましなむ　履（くつ）はけ　わが背
（信濃路は、新しくきりひらいたばかり
いとしいあなた、切り株を踏みぬいて足を傷
つけぬよう、履をはいてくださいね）

「宇陀のもの、うたえ。東国のものたちにまけぬよう、うたえ」

けしかけられて、宇陀の山人たちは、立ちあがり〈鴫をとろうと罠をはっていたら、鴫のかわりに鷹がかかった。前妻がほしがったら、肉のすくないまずいところをやろう。かわいい若い後妻がほしがったら、肉のたっぷりついた、うまいところをやろうよ〉と、身ぶりをまじえてうたって、喝采をあびた。「ええしやこしや、ああしやこしや」と、囃子ことばを、みながあわせた。

父も、ゆかいそうに大笑いした。

「国栖もおったな。国栖にもうたわせろ。舞わせろ」

そういったとき、父は、すこしなつかしそうな顔になった。そう、わたしにはみえた。

わたしは、ふいに、胸苦しくなった。国栖たちをくにに帰してやれる、いい機会だと思いついたのである。

しかし、わたしは、ひごろ、父と気がるに話しあうことがなかった。おおぜいの人びとのいる前で、父に声をかけるのは、たいそうな勇気がいった。

「父ぎみ」

父よりさきに、母の目が、わたしのほうにむいた。目顔で、あとになさい、と、とめた。

「父ぎみ、お願いがあるのです」

父は、盃を口にはこんでいた手をとめて、わたしをみた。

「国栖の小鹿をごぞんじですね」

「小鹿を？」

「吉野で、鹿の舞いを、それはじょうずにおもしろく舞ったことがあります」

「ああ、おぼえている」

「小鹿に、舞わせてください。そうして、じょうずに舞ったら、ほうびに、国栖のものたちを

「……」

「お待ちなさい」母がとめた。「そういうことは、この席であなたがいうことではありません」

「国栖に、ほうびになにをとらせろというのだ」

「くにに帰ることを、ゆるしてやっていただきたいのです」

「なぜだ」

「帰りたがっています」

父は、おどろいたように、

「不破の陣をみまわっているとき、国栖のものに出会った。国栖は、このいくさに加われたことを、たいそうよろこんでいた。長いあいだ苦労をかけた、くにに帰すよう、はからわせようといったら、涙を流し、いつまでもそばに仕えていたいといったぞ」

「でも……」

わたしは、まっ赤になり、口ごもった。帰りたがっているものもいるのです。そのことばが、なかなか口からでなかった。大津なら、こんなとき、なんのためらいもなく、はっきりとした口調でいうだろう。

「それで、わたしは考えたのだ」父は、つづけた。「国栖には、わたしがここをひきあげ、飛鳥にはいるとき、わたしの伴(とも)をする栄誉(ほまれ)をあたえよう。いま、わずかな人数の国栖人だけがつれだって帰るより、はなばなしい隊列に加わって帰るほうがよかろう。そう、長いさきの話ではない」

「飛鳥にはいられるのですか、父ぎみ」大津が明るい声をあげた。「近江ではないのですか」

「近江は、焼け野原だ」父は、いつくしむような目を大津にむけた。「近江は、すてられた古い京だ。われわれは、近江には用はない。飛鳥に、新しい宮を建て、新しい政治をはじめるのだ」

さあ、国栖、舞え、と、父はいきいきした声で命じた。

人の群れのなかから、十人ほどの男が立ちあがったが、小鹿はいなかった。

「あの子がおらぬようだな」

「おそれおおいことだ」舎人がいうのがきこえた。「大王が、とるにたらぬ国栖の童（わっぱ）を、心にとめておられる」

　小鹿をつれてこい。国栖の童をさがしてこい。そう呼びかわしながら、何人かの男が、走っていった。

　やがて、ひきずるようにしてつれてこられた小鹿に、

「大王の御命令だ。舞え。鹿の舞いを」と、舎人は命じた。「吉野で、おまえが舞ったあの舞いだ。それ、わが角（つの）は、御笠（みかさ）の……御笠の料（はやし）、というやつだ」

　小鹿は両足を踏みひらき、わたしたちをにらみつけ、首をふりかけたが、思いなおしたように、首に巻いた赤い布をとって、ひたいにむすんだ。

「木の枝がいるのではなかったか。ほれ、角のかわりにする」

　男のひとりが、はぜの木の小枝を二本折りとってきて、小鹿の前に投げだした。それは、紅いつややかな葉をつけていた。

　ひざをついて、血のしずくのような葉をつけた小枝をひたいに巻いた布にはさむと、小鹿はすっくと立った。国栖の男がひとり、弓に矢をつがえるまねをして、小鹿を追おうとした。

あしひきの　この片山（かたやま）に
ふたつ立つ　櫟（いちい）がもとに
梓弓（あずさゆみ）　八つ（やつ）手挾（たばさ）み
ひめ鏑　八つ手挾み
鹿（しし）待つと　わがおるときに
さ雄鹿の　木立ち嘆かく
……………

小鹿は、逃げまわりはせず、つっ立ったまま、

威嚇するように、小枝の角をふった。

そうして、父をみつめ、うたいはじめた。

わが角（つの）は　御笠（みかさ）の料（はやし）
わが耳は　御墨（みすみ）の坩（つぼ）
わが目らは　真澄（ますみ）の鏡
わが爪は　御弓（みゆみ）の弭（ゆはず）

お使いください、と、すべてをさしだす歌なのだが、わたしの耳には、ちがうふうにきこえた。

角もさしだそう、耳もさしだそう、目も爪も、よこせというのなら、さしだそう、だが、おれは、おれだ。

角を奪われ、耳を奪われ、目を奪われ、爪を奪われても、なお、残る、おれは、おれだ。

足を踏みひらいてつっ立ち、わたしたちを見すえ、小鹿は、そう、うたっていた。

わが毛らは　御筆（みふみて）料（はやし）
わが皮は　御箱（みはこ）の皮に
我が肉は　御鱠（みなます）料（はやし）
わが肝も　御鱠料
わが肝も　御鱠料
………

ただならぬ気配を感じた国栖人たちは、とっさに、機転をきかせた。陽気な声をはりあげ、ことさら、たのしげな拍子をとって、

わが身ひとつに
七重花咲く　八重花咲くと
申し賞（はや）さね　申し賞さね

やんや、やんや、と、手ふり足踏みし、小鹿をかこんで踊りだした。ほかのものも、ひきこまれて立ちあがり、七重花咲く、八重花咲く、と、め

でたい詞に声をあわせ、踊りまわりはじめた。

東の空はすでに暗く、たそがれの残光が、西空をほの明るくしていたが、人びとがうたいはやし、踊りまわるうちに、その光もしだいにうすれた。かがり火がつぎつぎにともされていった。

「よく舞った」

父が笑顔で小鹿に声をかけた。小鹿は踊りまわろうとはせず、ずっと、つっ立ったままだったのである。

小鹿は、ふいに走りよった。階に足をかけると、父をみすえ、

「あなたも舞え！」

と叫んだ。二、三段かけあがり、指をつきつけ、

「おれは、あなたのために舞った。あなたも、舞え」

階をつき落とされた小鹿の角が、するどい音をたてて折れとんだ。紅い葉が散った。

II　揺れる大地

11　とらわれ

地ひびきをたてて、ふたかかえはある檜の巨木がたおれた。木くずや枯れ葉が、土ぼこりといっしょに舞いあがり、空を暗くした。

近江田上山の深い森林を、伐採の男たちは、冬のさなかに汗で背を光らせ、斧を幹に打ちこみ、枝にかけた綱をひき、たおれた樹の枝を鉈ではらう。

切り株には、そのたおした樹の末枝を刺したてて、山の神に祈り、つぎの伐採にとりかかる。

切り口は、濃いやにのにおいをただよわせる。目もくらむほどの高い梢によじのぼり、いのち綱でからだをささえ、枝を落としているものもいた。

せっかくたおした樹が深い谷間に落ちないよう、崖の中途には、木を組んだ棚をはりだしてある。そこにたおれ落ちた樹を、本と末にかけた綱でひきあげる二基のろくろには、それぞれ十四、五人の男がとりついていた。十字の形につきでた把手に、全身の重みをかけて、ぎりぎりと、おしながらまわすと、巨木は、とがった岩角にひっかかったり、小さい灌木をおしつぶしたりしながら、すこしずつひきあげられてくるのだった。

　山じゅうが、どよめき動いていた。大がかりな伐採と運搬は、飛鳥の新宮造営のためである。

　おれは、材木を釣りはこぶ男たちのなかにいた。

　一本の巨木をはこぶには、二十人あまりの力がいる。ひとしい間隔にむすびつけた横木を肩に、二列にならんで釣りはこぶさまは、巨大な百足に似ていた。

　この一本の大丸太が、新宮の、柱になるのか根太になるのか、梁になるのか、おれは知らぬ。

　おれはただ、もくもくと、命じられたとおりにはたらくだけだ……。

　王子よ、あなたの父ぎみに命じられ、鹿の舞いを舞ったときの、怒りと、おれの誇りは、灰の下に埋ずもれた燠火のようになっている。

　舞いおわったおれに、あなたの父ぎみは、「よく舞った」と、笑いながらいった。

　そのとき、おれの目には、燃える駅家だの、火に追われ狂い逃げる馬だの、おれと中兄を待ちわびている母だの、つるばみ染めの黒っぽい衣を着て、足の指をいためて泣いている玉女だの、あなたの父ぎみの命令で草葺の家に火をつけ、その火をかきいだくようにしてからだをぬくめる、つかれはてこごえきった兵たちだの、放火をこばんで炊屋の壁のぬくもりでからだをあたためているおれ自身、玉女がぬいでわたしてくれたつるばみ染めの衣、放火するかわりに、要領よく炊屋のかまどであたたまっている中兄、そうして、赤い布を血びたしにしてたおれていた中兄、それらが、なにもかもいちどに、あなたの父ぎみの笑い顔に、かさなった。

　あなたの父ぎみのひげは、きれいにかりそろえてあった。

　おれは、館の階に足をかけると、

「あなたも舞え！」と、いったのだ。あなたの父ぎみにむかって。

「おれは、あなたたちのために舞った。あなたも、舞え」

　おお、そのとき、即座に首をはねられなかったのが、ふしぎなくらいだ。

　おれは、裁かれた。官の奴におとされた。奴におとされるとは、自由をまったくうしなうことだ。牛や馬と同様に、売り買いされ、こきつかわれ、それは、死ぬまでつづくということだ。そうして、おれが女に子を生ませれば、その子も、奴とされるのだ。

　あなたの父ぎみが、日の神のように絶対的な力をもちはじめていることに、おれは気づかなかった。吉野の宮で、わずかな舎人たちとともに、さびしい暮らしをしていた父ぎみのすがたのほうが、心に強く残っていたのだ。

　大王のためにどれほどはたらこうと、ひとたびさからえば――ほとんどなんの危害もあたえないささやかな反抗でも――きびしい刑をあたえられるということを、人びとは、まのあたりにした。

　おれは、大木をつるした横木を肩にくいこませ、のろのろと、道ともいえぬ杣道（そまみち）をくだる。

　汗みずくの肩を、木枯らしがたたく。

　きついかたむきの崖には、桟手（さで）がもうけてある。気を組んで、すべりやすい通路をつくり、その上を、いっきに、森をすべらせて落とす。

　桟手も組めぬきりたった崖は、釣木（つりき）で落とす。材木の先端にあけた孔（あな）に綱をとおし、立ち木を巻きつけてつるし、ゆっくりおろしてゆく。

木津川の本流まではこびおろされた丸太は、筏(いかだ)に組んだり、あるいは一本のままで、川を流される。下流には網をはり、流されてきた木をせきとめて陸揚げし、ここから奈良山を越えて、飛鳥まではこばれる。

国栖は、そのはるか南だ。

12　やさしい手

新宮(にいみや)建造の最中である飛鳥の京は、深夜、月明かりの下にみると、廃墟に似ていた。新宮ばかりではなく、おおくの建物が、あらたにつくられたり建てなおされたりしつつあった。

土は堀りかえされ、材木や板や綱や石が、そこここに乱雑につみあげられ、月光に青白く浮きだしていた。

しかし、陽がのぼると、いそがしくたちはたらく人びとで、京はきゅうにいきおいづくのだった。

土ぼこりがもうもうと舞いあがり、汗まみれの男たちの肌に、黒くへばりついた。

京がいちじ近江にうつったために、かなり荒れていたところへ、父の反乱のあいだ、ここでも大伴吹負の軍と近江軍とのたたかいがあったから、館や寺は焼かれたりこわされたりして、いっそう荒れた。

父は、不破の陣をひきあげ、嶋の宮にひとまずはいったが、不破にいるときから、新京造営の計画をたてていた。

新しい年は、まだ完成しない新宮でむかえた。甘樫丘(あまかしのおか)を西にのぞみ、天香久山を北にみる飛鳥川のほとりであった。河原の湿地も、まわりの水田も、宮の敷地にするため、うめたてられていた。

新宮の、ようやくととのった一郭で、父が朝政をとっているあいだも、槌(つち)の音、木を挽(ひ)く音、綱をひくかけ声などが、さわがしくひびいていた、あえぎあえぎ、巨石をはこぶ男たちに、土けむりをあびせて、騎馬の貴族が新宮にいそぐすがたがみられた。新宮や新しい館を建てるために土地をとりあげられた民が、かわりにあたえられた遠い地にうつるため、こころぼそそうに歩いていた。雨の日には、地は泥沼になったが、そんなときでも、工事は休まずつづけられていた。

わたしは、母とともに、嶋の宮にうつった。大津と大伯も、いっしょであった。高市や忍壁、それから数おおい他の異母きょうだいも、それぞれ、館をあたえられ、うつった。めいめいの母と、ともに住むものもあれば、わかれ住むものもあった。

わたしの母は、日中はほとんど父とともに朝堂で政務をとった。政務は、朝、日の出とともにはじまり、昼まえにおわるならわしだが、父には、ととのえなくてはならない制度、さだめなくてはならない役人の任命、などが、かずかぎりなくあった。これからの倭の国のありようが、それによって決まるのだから、じゅうぶんに考え、そうして、決然とさだめなくてはならなかった。

二月、父は正式に即位し、母は皇后となった。

嶋の宮には広い池があり、わたしに近江の館を思いださせた。しかし、わたしたち――わたしと大津と大伯――は、おさないころのように、池のほとりでたわむれあそぶことはすくなくなっていた。

大伯王女は、館のなかにこもっていることがおおく、わたしは、大伯につっかかるようなもの言いをされないのを、半ばほっとし、半ばものたりなく思っていた。

近江の館の庭とおなじように、ここの池のまわりにも桃の木が植えられていたが、手入れが悪かったため、枝がしげりすぎ、花がすくなくなっていた。

そのわずかな花がほとんど散り、やわらかい若葉が枝をおおうようになった。わたしは、大伯が池のふちにしゃがんでいるのをみた。そばに寄ると、大伯は、泣いていた。

どうしたのかと、わたしがたずねると、大伯は、

「あなたに話してもしかたがないわ」と、ひさしぶりに、とがったことをいった。

それから、めずらしく哀願する口調になって、

「大津となかよくしてね」といった。

ここにうつってから、大津とあらそったことはいちどもない、と、わたしはいった。活発でくったくのない大津を、わたしは好きだった。

「どうして？」

「あなたには、なにもわかっていないのね」

大伯に、ため息まじりにそういわれると、わたしは、じぶんがひどくおろかなのではないかと思ってしまい、うなずいた。

「父ぎみが王位につかれたわ。そうして、あなたの母ぎみが皇后になったわ。いいこと、皇后になったのは、あなたひとりの、母ぎみなのよ。あのかたは、わたしの母ではない、大津の母でもない、高市のきみの母でも、忍壁のきみの母でもないわ」

「ああ、そうだけれど……でも……」

「皇太子(ひつぎのみこ)が、まだ、決まっていないのよ。これは、おそろしいことよ」

あなたはゆくゆくは父ぎみのあとをついで大王になるひと、と、しばしばいう母のことばを、わたしは思いだした。あまり、しじゅういわれるので、わたしは、いつかは大王になるのだと、もう、決まったことのように思っていた。それは、すこしもたのしいことではなかった。大王になるにしても、まだまだ、ずっとさきのことなのだ。さしあたっては、だれが皇太子になろうと、わたしにはかかわりのないことだし、たぶん、大王の男の子供のなかではいちばん年かさの、高市王子が、

まず、皇太子になるのだろうと、わたしは思っていた。

　皇太子は、大王をたすけ、政治を実際におこなわなくてはならないのだから、高市王子でなくてはつとまらない。

「あなたとおなじように思っているものはおおいわ」大伯はうなずいた。「高市のきみは、父ぎみのいくさにも、たいそうなはたらきをしたし、舎人たちからも慕われているわ。でもね、高市のきみの母ぎみは、大王の一族ではないのよ。胸形君徳善の娘というのでは、身分がひくすぎるわ」

「でも……高市の兄ぎみは、父ぎみのいちばん最初の男の子供なのだし、あんなにたのもしいかたなのだから……」

「それだから、あなたは考えがたりないというの。ね、よくって。父ぎみは、大友王子は、身分のひくい母から生まれたから、王位につく資格がない、といって、大友のきみをたおしたのよ。もちろん、反乱の理由は、それひとつではないけれど。わたしも、高市のきみはりっぱなかただと思うわ。でも、高市のきみを皇太子にしたら、父ぎみは、大友王子をたおしたことが、まちがっていたとみとめなくてはならなくなってしまうじゃないの」

　声が高くなったのに気づいて、大伯は、ちょっと口をつぐんだ。

　わたしは、かがんで、池の水を手にすくった。水はなまぬるく、菱のつるが指にからまった。

「わたしはね……」大伯はささやくような声でいった。「ここを、追われるのよ。でていかなくてはならないの」

「どうして。だれが、そんなことを……」

「父ぎみの命令よ。でも……おそらく、あなたの母ぎみの考えだわ」

「そんな……、あなたを追いだすなんて……。そんなこと、できるはずがないよ。なにも悪いこともしていないのに」

「わたしは、伊勢に行かされるのよ。斎王（いつきのみこ）として、伊勢の斎宮（いつきのみや）で、日の神に仕えるの」

　大伯は、もう、泣いてはいなかった。

「それは……」わたしは、なぜ大伯が悲しむのか、よくわからず、たずねた。「悲しいことなの？」

「わたしは、ひとりで伊勢に行きたくはないのよ。でも、だれにも、そんなことはいえないわ。たいせつな、名誉な仕事だとありがたくお受けして、身も心もきよらかにして、行かなくてはいけないのだわ。わたしがいなくなったら、大津も、ひとりになってしまう」

「そんなことはないよ。わたしがいるし、母もいるし」

「その、あなたの母ぎみが、おそろしいのよ。ああ、こんなことを、だれにもいってはだめよ」

「いいはしないけれど……」

「わたしたちの母ぎみが生きていてくださったら、けっして、わたしを伊勢にやったりなさらなかったわ。もし、とうとい御役目なのだから、伊勢の斎王になりなさい、と命じられても、母がいるのなら、わたしはこんなに悲しみはしないで、承知したわ。大津はひとりにならないし、母なら、わたしにいつまでもさびしい思いをさせておくことはない、かならず、すぐに呼びもどしてくれるでしょうから」

　わたしが口をひらきかけるのを、大伯は、身ぶりでおさえた。

「最初、泊瀬（はつせ）の斎宮にはいるんですって。そこでみそぎをして、それから伊勢に行くの。お願いするわ。どんなときでも、大津の味方になってね」

　強く念をおされて、わたしは、うなずいた。

「わたし、二度とはいわないわ。ここをでて泊瀬の斎宮にはいったときから、わたしは、恨みだの、疑いだの、そういうおそろしいものをすてなくてはならないの。だから、いま、ここで、いちどだけ思いきりいうわ。いいこと、母ぎみにあやつられては、だめよ。あなたは、じぶんで考えて、あなたが正しいと思うようにふるまうのよ。わたしは、あなたの母ぎみより、あなたのほうを信頼しているのよ。こんなおさない子供のような人を。わたしは、高市の兄ぎみにも忍壁の兄ぎみにも、大津のことをたのんでゆくわ。大津には、まるで、うしろだてがないのですもの。あなたにも、お願いするわ。こんな年弱なあなたに……」

大伯は、わたしの手をとり、じぶんのひたいにおしあてて、すこし泣いた。

京は、めざましいいきおいで、ととのえられていった。

つぎつぎと、詔勅（しょうちょく）がだされた。

新羅からも高句麗からも使者がきた。高句麗は、国はすでにほろび、韓土の半島は新羅によって統一されていたが、皇族は残り、国の力をもりかえしたがっていた。唐使もきた。倭の動きは、新羅にとっても、唐にとっても、重要であった。倭は、新羅と唐に監視され、干渉されていた。

武力で政治権力を手にいれた父の強烈な信念は、政治の要は軍事であるということだった。

武力によってふたつの国がほろびるのを、じぶんの目でみていた。百済と高句麗である。外からの力ばかりではなく、それらの国は内部からもくずれかかっていた。

父は、国の武装を強化することに全力をつくした。その強大な軍事力を、父は、父ひとりの手ににぎるつもりであった。反逆者である父は、他人を信用できなかった。

筑紫、周防（山口県西部）伊予（愛媛県）、吉備（岡山県）を軍事基地とし、武器をあつめた。

軍団を強化するためには、兵を、いつでも徴集できるようにせねばならぬ。そのためには、唐のように戸籍をととのえ、何歳の男がどこに何人いるか、政府がつかんでおく必要があった。
戸籍は、開別大王(ひらかすけのおおきみ)のときに、いちどつくられているが、それはごくおおまかなものだった。戸籍の作成は、たいそうな手間と時間がかかるので、あとまわしにされ、とりあえず、宮の造営がいそがれた。

大伯王女は、わずかな侍女たちとともに泊瀬の斎宮にこもった。

伊勢にくだったのは、翌年の秋であった。

新宮は、内安殿(うちあんどの)、大(おお)安殿、外(との)安殿と、しだいにかたちをととのえ、宮門(きゅうもん)の前には、警護の兵が、ものものしかった。

わたしには、父の政治がどのようにおこなわれているかなど、まだ、わかりようもなく、大伯のいなくなったさびしさばかりを、感じていた。大津はいっそうさびしかっただろうと思う。

しかし、母のいない大津と、母のいるわたしが、嶋の宮で、そうちがったあつかいを受けているとは感じなかった。大津は、のびやかに、明るい声で笑い、庭を走り、馬を乗りまわした。大伯はなにをあんなに心配していたのだろうと、ふしぎに思えるほどだった。

嶋の宮は、ときおり、客をむかえた。公(おおやけ)の客は新宮にまいるから、嶋の宮をおとずれるのは、政治むきのこととは関係なく、雑談してくつろぐためであった。

高市も、政治の仕事をはなれて、嶋の宮にくることがおおかった。わたしは、いっそうたくましくおとなびた高市を、まぶしいものをみるように、みた。

二月、嶋の宮は、美しいふたりの女の客をむかえた。
十市王女(とおちのひめみこ)と阿閉王女(あべのひめみこ)である。

十市王女は、わたしの異母姉にあたる。高市よりも年上のこの姉は、むかいあったわたしの母の視線が痛いように、ひっそりとすわっていた。

この姉は、父にほろぼされた大友王子の后になっていた。つまり、夫を父に殺されたのである。そのつらい思いが、姉をこのようにさびしい顔だちにしているのだろうかと、わたしは思った。

近江にいたころ、この姉の館をおとずれたことがある。そのころも、十市は、ひっそりとしずかだったけれど、これほどさびしそうではなかった。その日、大友王子をむかえて、館は、はなやいでいた。

父のおこした乱のとき、姉は、夫の大友王子のそばにいないで、おさない息子をつれて、美濃の額田にのがれていた。父の命令を受けたものの手引きであった。

阿閉王女は、わたしの母の妹である。この年、明けて十四になったわたしより、ひとつ年上で、ゆったりしたからだつきや、濃いふといまゆが、わたしの母とよく似ていた。

ふたりは、伊勢の斎宮に大伯王女をたずねて、帰ってきたばかりであった。そのようすを母に告げようと、おとずれてきていたのである。わたしと大津も、その席にいた。大津は、熱心にききいり、どんなところに、どんなふうに暮らしているのかと、こまかく問いただした。わかれて住む姉のようすを、すみずみまで知りたいようだった。

しかし、十市王女はたいそう口数がすくなかったし、阿閉王女のほうは、大津を満足させるほど、注意ぶかく大伯の暮らしぶりを心にとめてきてはいなかった。

「お元気でしたよ」阿閉はいい、

「わたしへのことづては?」大津が、きくのに、

「さあ、べつに」と、首をふった。「十市さま。なにかおききになりました?」

十市は、うなずいているのか、いいえ、と首をふったのか、わからないような、あいまいなようすをみせた。

「わたしのさしあげた鴨（かも）は、元気かしら」

十市は、大津にたずねた。しばらくまえに、十市の名で、庭の池にお放しくださいと、つがいの鴨が贈られたのは事実だけれど、ずいぶん唐突な問いかけだった。むりに話題をかえたがっているようにも思えた。

「元気ですよ」大津も、めんくらったふうに答えた。

「みたいわ。案内してくださる?」大津にむかって、十市はいった。

「庭は寒いのに」母は、ふゆかいそうにまゆをひそめた。母のゆるしを得ずに、十市が直接大津をさそったのが気にいらないのであった。

大津と十市がでてゆくと、母はわたしに、

「あなたも、お行きなさい」と命じた。「そうして、十市が大津になにを話したのか、よくきいて、あとでわたしにおしえるのですよ」

「あのかたは、すっかり陰気になってしまわれたわ」阿閉が、いささかうんざりしたというように、首をふった。「人にかげ口をきかれるのも、むりはないわ。いくさのときに、大友のきみを見すてて、逃げていたのですものね」

「さあ、早くお行きなさい」母は、わたしをうながした。

池のほとりの桃は、まだ蕾（つぼみ）がかたく小さかった。十市は寒そうに衿もとをかきあわせ、大津は、くちびるをかたくむすんで、十市のことばにひとつひとつ、うなずいていた。

わたしがそばに行くと、十市は、笑顔になり手まねいた。

「あなたにも、大伯のひめからのことづてがあるのよ」

「なんでしょう」

「約束を、忘れないで、って。そういえば、あなたにはわかるはずですって」

「ええ」わたしはうなずいた。「大津となかよくするように、といわれました。あらそったことなどないのに」

「大王の一族は……」と、十市は、しゃがんで、池の水に手をのばした。枯れた菱(ひし)が、水面(みなも)をおおっていた。十市の指にすくいあげられた菱は、つるや根がもつれあい、からみあって、水底につづいていた。「父と夫が殺しあい、兄と弟が憎みあい……だから、大伯も……」

わたしは、十市の指にからまった菱をすて、細い指のしずくを袖でぬぐった。十市は、そのわたしの手をとり、大津の手にかさねあわせた。

「憎みあわないでくださいね。どんなことになっても、大伯に、くれぐれもたのまれたの。ふたりにそうつたえてくれと。わたしからも……この、亡くなられた近江の大王の后であり、いまの大王の娘であるわたしも……願っています」

そういいながら、十市は、ふいに池に両手をさしいれ、菱のつるをつかむと、ぐいとひきちぎり、顔をふせ、声をあげて泣いた。

わたしと大津は顔をみあわせ、どうしてよいかわからないでいた。

十市は、じきに涙をおさえた。

「さあ、もう、まいりましょうね。わたしはこのまま、帰ります」

わたしと大津は、門のほうに行く十市をまもるように、両がわにすこしさがってならび、歩いていった。

門の内がわには、十市の従者たちが、輿をおいてひかえていた。

十市が乗ろうとしたとき、ひづめの音が近づいた。わたしは外をみて、高市であることをみとめた。

高市はわたしに手をふりながら近づいた。

門をでようとする輿と高市の馬が、ぶつかりそうになった。

「無礼(なめげ)な！」

高市は声をあらげたが、輿に乗っているのが十市王女だと気づき、いそいで馬をおりた。

「無礼は、わたくしのほうでした。おゆるしください。伊勢に行かれたときいていましたが」

十市は、目をふせてえしゃくし、従者に合図して、輿をすすませた。高市はちょっとためらい、ふたたび馬にのると、十市のあとを追った。

十市の輿と高市の馬は、たちまちならんだ。高市が馬上から、からだをすこしのりだして、十市に話しかけている。

右手の道からあらわれた一団が、十市たちの前をさえぎるかっこうになった。

それは、奇妙な身なりの人びとであった。赤や青や色とりどりの布をまとったり、はでな頭巾をかぶったり、笛や鉦(かね)を持ったりしていた。色ははでやかだが、うすよごれていた。おどけた面を、頭のうしろにまわしてつけているものや、尻につけたものもいた。貴人の馬と輿の前に、あわててひざまずいた。その人びとをけちらすようにして、十市の輿と高市の馬、そうして、従者たちは遠ざかった。

「あれは、なんだ」

門をまもる警護の兵に、大津は、奇妙な一団を指さしてきいた。

「ほかい人(びと)でございます」兵は、うやうやしく答えた。

「ほかい人？」わたしはききかえした。

「うたったり踊ったりして、そのかわりに、食べものを乞うて歩きます。海石榴市(つばいち)にでもまいるところでございましょう。市(いち)には、人がおおぜいでておりますから」

ほかい人の群れは立ちあがり、ひざの土をはらうと、北にむかって歩きだした。尻に面をむすびつけた男が、くるり逆立ちした。そうして、とびはねて、もとの姿勢にもどった。ほんの一瞬だが、尻につけた面が、本物の顔にみえ、わたしは天と地がいれかわったような、目のくらみをおぼえた。

　十市はなにを話したのです、と母に問われたとき、わたしは、

「鴨をみていました」と答えた。

13　ほかい人

　逃亡できるかもしれないと、おれが思ったのは、近江田上山の伐採作業から、飛鳥の土木工事にまわされたからだ。

　近江から国栖まではあまりに遠い。食糧をじゅうぶんに用意しなくてはならないが、とても手にはいらないし、道もわからなかった。つるばみ染めの、ひと目で奴とわかる衣を着せられているのだ。道をたずねたりしたら、あやしまれる。

　しかし、飛鳥から国栖まで歩いて帰るのは、それほどむずかしいことではない。国栖のものが、飛鳥の北の海石榴市や西の軽市に、鹿や熊の肝などを塩や鏃ととりかえにおりてくることもあるのだから。

　だが、仕事のあいだは、見張りがきびしかった。そうして、一日の重労働がおわると、夜はもう、とても起きてはいられなかった。

　小山のような岩塊にかけた綱を、おおぜいの男たちとひきながら、おれはつかれてにぶくなった頭のなかで、おれは帰るのだ、国栖へ帰るのだ、と、呪いのようにくりかえした。

　巨石は、しきならべたころの上を、すこしずつ動いた。

　細川と飛鳥川がひとつにあわさるあたりからすこし北にある広大な館のそばを、おれたちは、亀のようにまるめた背に綱をかけ、一歩一歩、すすんだ。ふとい綱につけた細い綱の輪を肩から背にななめにかけるのだ。綱はおれたちの背に赤いみぞをつくった。

ほこりにまみれて、すみれが花をつけていた。

とまれ、と役人が合図した。

北のほうから、騎馬の貴人がくる。その顔に、おれは見おぼえがあった。高市王子であった。

館の門から、女人(にょにん)を乗せた輿がでてきて、行きあった。高市王子は輿の女人にあいさつすると、馬の向きをかえ、従者にかこまれた輿といっしょに、いまきた道を、ふたたび北へむかった。

おれたちはうずくまり、貴人たちが遠ざかるのを待った。

いちどうずくまると、腰がくだけ、もう立ちあがれなくなりそうだった。

そのとき、館の門からでてきて高市王子たちをみおくる、王子よ、あなたを、おれはみた。

そうか、ここは、あなたの住む館なのか。

立て、すすめ、と役人がおれたちに命じた。

奴におとされてから、二度めの春をむかえているのだなと、おれは、ふいに思った。立ちあがったとき、おれの手のなかに小石があった。気づいて、おれは、それをすてた。

四つ辻(つじ)を、東から西へ、ほかい人の一団が横ぎっていった。


新宮への道は、さまざまな人が行き来した。それをみていると、世のなりゆきが、うっすらとみえるようであった。

若い男が従者をしたがえて新宮へはいってゆく。緊張してほおを赤くしたり、めずらしそうにまわりをみわたしたり、こころぼそそうなものもいる。大舎人として大王に仕えるため、地方からのぼってくるものたちだ。

美しい女を乗せた輿が行く。地方の国ぐにから、采女(うねめ)として大王にささげられる女たちだ。

そうかと思うと、手を縛られた罪人が、護衛の役人にまわりをかためられて飛鳥をでてゆく。身分の高そうなものがおおかった。

なにかおちつかぬ世のなかであった。刑を受ける貴人があいつだ。

「無実だ、無実だ。なぜ、このような刑を受けねばならぬのだ。大王に忠誠をつくしたものを、なぜ、このようにむごいことをなさるのだ」

　大王の政治を批判したために、流罪になったという貴人は、馬の上から新宮をふりかえり、叫んでいた。いっしょに配所に送られる妻や子供たちが、泣きながらあとにつづき、おさない子供は、なにがおこったのかわからず、はしゃいでいたりした。

　囚人たちの一団といっしょにはたらくようになったのは、夏になって、堀をひく工事につかされているときであった。衣はおれたちとかわらぬ黒っぽいつるばみ染めだが、足に鈦（かなぎ）をつけられていた。歩くたびに、鎖がおもおもしく鳴った。

　囚人の見張りをする物部丁（看守）は、弓を持ち背のえびらには矢をさし、くるみ染めの下げ緒で太刀をつって武装していた。

　逃亡は、いっそうむずかしくなった。

　一日の労働をおえて小屋に帰り、うすい粟がゆを腹に流しこみ、土の上に横になると、おれは樅（もみ）や栂（つが）のすがすがしいにおいを思った。岩から岩へ、はねとぶおれ自身を思った。玉女といっしょに野をかけた。母たちといっしょに、あけびを食った。

　それらは、いそいで思いうかべないと、疲れの力のほうが強くて、おれはたちまち、夢もない深い眠りのなかにおちこんでしまうのだった。

　すきをみて、かならず、国栖に帰る。そう心にちかっていたのに、考えをかえなくてはならなくなったのは、ある年をとった囚人と話をかわしてからである。

　見張りはきびしかったが、仕事のあいまにみじかい休みがある。強い陽に照りつけられ、その年寄りは、気分が悪そうだった。うろうろ日かげをさがしていたが、空のてっぺんまでのぼった太陽は、ほんの小さな影も恵んでくれなかった。おれたちの影でさえ、足もとにちぢこまって、すまなそうにしていた。

わずかに陽をさえぎるのは、枝を八方にのばした櫟の樹だけだったが、その木かげは、いち早く場所をとったすばしこいものたちで占領されていた。じつをいえば、おれも、そのすばしこいひとりであった。足に鈦をつけられた囚人たちは、おれたちのように身がるに動けないのだった。

干からびた蛙のように、地にへばりついてあえいでいる年寄りの腕をつかんでひっぱり、おれは、おれの場所にひきずりこんでやった。そのかわり、こっちが、まともに頭を陽にあぶられることになった。

しかし、からだがつらいほうが、よけいなことを考えないですむ。

年寄りは、「水をくれまいか」と、うすく目をあけた。

おれの竹筒は、もう、からだった。

「ないよ。汲んできてやる」

「おお、虫麻呂ではないか」黒目と白目のさかいのぼやけた目で、年寄りはおれをみた。

「なんだ、こんなところにおったのか」

「ちがうよ。人ちがいだ」

「おれにかくさんでもいい」

年寄りは声をひそめ、おれの耳たぶをつまんでひっぱり、口もとに耳を近づけさせた。年寄りの息が、ほおにかかった。

「なんと、ばかなことをしたものだな。おまえ、みつかってしまったのか。みつかって、奴におとされたのか。そんなことなら、なにも逃げんでもよかったのに」

「人ちがいだよ。水を汲んできてやる」

おれは川べりに行ったが、堀をひくために土を堀りかえしたので、水はにごっていた。顔を洗い、上ずみのなるべくきれいなところを竹筒に汲んだ。

　もどってくると、年寄りは竹筒をうばいとるようにして、いっきにのみ、むせかえった。

「虫麻呂、おまえは、ほんとうにおろかだ」年寄りは、あごに流れた水を、しわだらけの手の甲でぬぐい、「つかまって奴におとされるのでは、なんのために逃げたのか、わからん。おまえのせいで、おまえの母親も妹も、罰を受けたぞ」

「おれが、なにしたっていうんだ」

　人ちがいだとわかっていたが、年寄りからもうすこし話をききだそうと思って、おれはそういった。

「なにをしたもないもんだ。どうせつかまるのなら、雑徭で京の溝つくりにきて、仲間とけんかをして大けがをさせたあのとき、さっさとつかまっていりゃあよかったんだ。それが、家に逃げ帰っただろう。おまえの母親は、哀れがって、おまえをかくしたよ。かくさないではおれんだろうが、息子だものな。ところが、役人がしらべにきた。役人には、おまえが逃げたらどこへ行くかぐらい、ちゃんとわかっているのだ。戸籍というものがあるからな。おふくろが役人をひきとめているあいだに、おまえは、また逃げた」

「それで、母親と妹が……」

「罰として、婢におとされたぞ。田をたがやして租をおさめる労役や兵役にでる正丁が逃げたあとの女子供など、そのままにしておいても役にたたない」

「それじゃ、かくれなければ……」

「かくれなくても、まあ、おなじことだったかもしれんがな。おまえはつかまって罰を受ける。母や妹も連座だ。いっしょに、罰を受けることになる」

「ひどいな」

「ひどいものだ。近江の、さきの大王がつくらせた戸籍というやつのおかげだな。役人に、ひとりひとりの名前から年から、だれがどこに住んでいるかということまで、みんな知られてしまっているんだから、ごまかしようがない。京から遠い国では、まだ、ひとりひとりの名前や年までは、調べがついていないそうだがな」

母やきょうだいたちも、おれのせいで罰を受けたのだろうか。いや、大兄がいるから……それに、国栖は田作りではないから……。

うかつに国栖へはもどれない。おれは、あなたの父ぎみの力が、おれたちのひとりひとりにまで指をのばしているのを知り、ぞっとした。

もう、母には会えないのか。国栖へはもどれないのか。そう思ったら、はじめて、涙があふれてきた。

「虫麻呂、おまえは、まったくひどいやつだぞ。すなおな、いい若者だと思っていたのに、なぜけんかなどした。なぜ逃げた。相手にけがをさせたとき、おとなしくつかまって罰を受けておれば、母や妹たちまでまきぞえにすることはなくてすんだのに」

「おれは、虫麻呂じゃないんだよ」

そういいながら、おれは、名をきいたばかりの、顔もなにも知らぬ虫麻呂を、なつかしいもののように思った。

「もっともな、奴は、いっそ気らくでいいかもしれんがな」

といいながら、年寄りは、陽ざしが動くにつれて動いた樹の影を追って、からだをずらせた。おれのいるところにも、すこし影はのびた。

「なにが気らくなんだ」

「租も調もおさめなくていいものな、奴は」年寄りは、なまつばを吐いた。「主人に食わせてもらえるし、気らくなものだ」

「おれは、食わせてもらわなくていい。じぶんの食いものは、じぶんで手にいれる」

――自由になることができればの話だ……。

つぎの日から、年寄りは仕事にこなくなった。ほかの囚人にたずねると、「寝こんでいる」といった。あの年寄りは、虫麻呂の祖父なのか、近所に住む顔みしりなのか、きくのを忘れていた。名もきかなかった。夏がおわらぬうちに、おれたちは、新宮の東の丘をけずって敷地をひろげる作業にまわされ、囚人たちとはわかれた。

三度目の冬をむかえた。

おれは、なんど、国栖に帰ろうと思ったかしれない。そのたびに、あの年寄りのことばが、おれをひきとめた。おれのために、母やきょうだいたちを、むごいめにあわせるわけにはいかぬ。おれは、夜、仮小屋の土のうえに横たわり、くやしさに泣いた。だが、あなたの父ぎみに指をつきつけ、舞え、と叫んだことを、悔やみはしない。

この冬は雨がおおく、渠(みぞ)の修築にまわされたおれたちは、からだのかわくひまがなかった。貴人の館の池に飛鳥川の水をひきこむ渠が、はげしい人の行き来に踏みこわされたのを修理する仕事であった。

おれは、あなたにたのみたいと思った。

いいや、自由の身にしてくれとはたのまぬ。そうではないのだ。おれを罰したことは、あなたの父ぎみの恥だ。おれは、ひざをまげて、自由にしてくれと乞うたりはしない。

あなたにたのみたいのは、おれがなにをしようと、母やきょうだいを、そのために罰するなということだ。そのことだけが、おれを縛るのだ。そうは思っても、あなたに会うすべはなかった。

玉女にも会いたかった。おそらく、新宮の炊屋にいるにちがいない。だが、玉女をつれて国栖へ帰ることは、夢に思いえがくことさえ、できなくなった。

おれは、すべてをうばわれた鹿だ。

こわれた渠は、たえず、水をにじみださせていた。底と両がわに石をしきつめ、つきかためるのだが、石のつぎめは、翌朝になると、ゆるんでいた。

　そうして、深夜、ふとめざめると、おれはかすかな地鳴りをきくような気がすることが、しばしあった。目がさめて地鳴りに気づくのではなく、その不気味な大地のうめきが、おれを眠りの底からひきずりだすらしかった。つかれきって、頭をけとばされてもわからぬほど眠りこけているというのに。

　飛鳥川や細川の、川底の石の下にもぐっていた魚が、浅瀬にあらわれ、たやすく手でつかめるようになった。

　草むらに、蛙が群れているのをみた。冬ごもりの時期なのを忘れているようだった。

　樹々の枝に、鴉が黒い葉のしげみのように、びっしりととまって啼いた。

「なにか妖しいことがおきる前ぶれだ」

踏まれそうになっても、逃げようともしない蛙をつまみすて、奴のひとりがいった。

　近ごろ加わった椋手という男であった。

　田作りだったというが、熊のようにたくましく、髪もひげも濃かった。

「田作りが、どうして奴になったのだ」ときかれると、この男は、

「兄が、借りた出挙（利息つきで貸す稲）をかえせなかったからだ。おれは、兄に売られたのだ。妹も売られた。兄は、おれと妹を売って、借りた稲をかえした」

といいながら、大声で泣くのだった。たくましいひげづらの男が、ひげから涙をしたたらせて泣くさまが、こっけいだといって、奴たちは、いくどもおなじことをきいては椋手を泣きくずれさせた。

「ことしは米がとれなかった。春に借りた稲がかえせなかった。利稲もはらえなかったよ。兄は、

おれを奴に売った。兄は、奴のほうが気らくだといった。おれはだまされた。朝から夜まで真罵られて（ののしられて）、真罵られて、なにが気らくなものか」

「おお、おお、椋手よ、かわいそうにな。ところでおまえ、なぜ奴になった」

　すると椋手は、また、「兄に売られた。兄は出挙がかえせなかったのだ」と、泣きはじめるのだった。

「妖しいことといって、なにがおきるのだ」

「地震だ。地震がおきるよ。おれのくにでは、山の神が怒ると、山の頭から火を噴くのだ。そうすると、おそろしい地震がおきる。そのまえに、けものや虫や魚は、おれたちにおしえるのだ、山の神が怒っているぞと。それで、おれたちは、ささげものをしてあやまるのだ。そうだ、あやまったほうがいいぞ。蛙がおれたちにおしえている」

　そういって、椋手は、蛙をつまみあげ、大きなてのひらにのせた。

「なあ、蛙、蛙、地震はいつおきるのだ。大きいか。大きいだろうなあ。おれはくにに帰りたいがなあ。帰れんよなあ」

　椋手がいったように大地震がおきたのは、月が奇妙に赤く大きくみえる夜であった。

　小屋で寝ているおれたちの耳に、けものの遠吠えのような声がきこえた。

　はじめ、おれたちは、おびえた。しかし、やがて、それが人の叫び呼ばわる声だとわかってきた。

「申そうぞ、申そうぞ」と、その声はいっていた。

「大王に七つのあやまりあり。申そうぞ。ひとつは、大王は……」

　声はときどき、風に消された。

「狂れもの（狂人）だ」

「狂れものだが、貴人らしい」

　奴たちは、ふるえながら、ささやきかわいた。

「どこで呼ばわっているのだ」

「のぞいてみるか」

「やめろ、やめろ。かかわりあいになるな」

「大王をののしっている」

「おそろしい。狂れものではなくては、できないことだ」

「なんといっている？　おれにはよくききとれない」

「租が重すぎるとは叫んでいないか」と耳をすませたのは、椋手であった、「おととしの大王のいくさにかりだされて、田が荒れたよ。それからというもの、米はろくにとれないのだ。そのうえ、去年はひでりつづきだった。大王のためにいくさにでたのに、租も調も免じてはくれぬのだ。そう、叫んではいないか。ああ、あれは、おれたちの声だ。正丁は、雑徭にはるばる京までかりだされ、帰りの食糧をくれぬから、みな飢えて死んだ、くにに帰りついたものはほんのわずかだったと、叫んではいないか」

「いいや。狂れものは、貴人だ。田のことなど叫んではいない。よくきいてみろ。ああ、おれにはきこえるぞ。あの狂れものは、近江の大王に仕えていたのだ。しかし、いまの大王に命じられて、近江の若い大王をうらぎったのだ。そういっているぞ、だから、苦しくてならぬと」

おれも耳をすませた。しかし、わめきたてる声は、ほとんど、なにをいっているのかわからなかった。

ひときわ高い悲鳴がきこえ、ふっつりとぎれたあとは、しずかになった。

「斬られた！」

「首をはねられた」

ひそめた声がかわされたとき、どーんと、からだが大地の底に落ちこむような衝撃を受けた。

気がついたときは、重いものの下敷きになり、なにもみえず、息苦しさから早くぬけだそうと、もがいていた。

息をすいこむと、藁くずがのどをさし、鼻をさした。

地ひびきがした瞬間、小屋をささえる柱が、高くはねあがったのを目にしている。それが、よみがえった。小屋がつぶれ、草の屋根がおおいかぶさっているのだ。ほかの仲間がどうなっているのか、まっくらでなにもわからなかった。

ゆりかえしがきた。そのたびに、からだをおさえこんでいるものが、すこしずつ動く手ごたえがあった。

それと同時に、まわりが厚くなってきた。おれは夢中でもがき、ようやく、顔がでた。とたんに、熱い風に息がつまり、髪がちりちり焼けるように感じた。目の前はまっ赤だった。

火種をいつもたいせつに残してあるかまどの上にも、屋根の藁がたおれかかり、火がついたのにちがいない。

どうやってのがれたのか、ほとんどおぼえがない。

どこまで走っても、熱かった。おれたちの小屋ばかりではない。あちらこちらの小屋や、館までも、燃えはじめていた。

地のゆれは、まだおさまらなかった。人びとが逃げまどっていた。東へ走るものと西へ走るものがぶつかりあった。火の粉をさけて走る足もとの地にひび割れが走った。

炎が照らすところは赤くかがやき、炎のとどかぬ闇は、月の光をぬりつぶすほど濃かった。

馬屋から逃げだした馬たちが、人びとをけとばすいきおいでつっ走っていた。焼けくずれてきた木材が、一頭の馬の行く手をふさいだ。馬は棒立ちになり、向きをかえようとした。そのために速度がおちた。おれは、思わずその馬のたてがみにしがみつくと、とび乗った。

鞍も手綱もつけていない、はだか馬であった。しまった、と思った。足で走るより馬のほうがよいと、とっさに判断してとび乗ったのだが、たけりくるった馬は、おれの指図などききはしなかった。おれは、ふり落とされないようにするのがせいいっぱいで、どこに行くかは馬にまかせるほかはなかった。

馬にしても、目的があるわけではない。やみくもにつっ走っているだけだ。

はだか馬の背中の骨が、尻に痛かった。なみたいていの痛さではない。おれのからだは、毎日の労働できたえにきたえられ、全身なめし革ばりのようにがんじょうなのだが、股のあいだの皮膚だけは、きたえてなかった。馬がとびはねるたびに、おれの尻の骨と馬の背骨がぶつかった。馬は、おれをふり落としたほうがらくに走れるということには気がまわらず、ひたすらかけた。ときどき、木の枝が顔にふれた。

なにも考える余裕などないはずなのに、おれの頭のなかには、さまざまな思いがいちどにうかび、かさなったりもつれたりした。

玉女はぶじだろうか、と思った。

さきの近江の大王がつくらせたという戸籍の記録は、この火事で灼けてしまわないだろうか。おお、そうなれば、おれは国栖へかえれるのだ。この混乱だ。おれが脱走しても、あとをたどることはできまい。あの戸籍というものが焼けていれば。しかし、新宮が焼けたかどうか、わからない。いや、戸籍の記録は、ほかの場所においてあるのかもしれない。焼けずに残っているのなら、いままでどおりだ。なにもかも……。

あなたは、どうしているだろう。そうも思ったのだ、おれは。嶋の宮は、出火せずにすんだだろうか。

この地震は、国栖までゆり動かしただろうか。

おれは、そうして、中兄を思った。海の底の宮に客人としてむかえられた中兄よ。海の宮はしずかだろう。地震におどろかされることはないだろう。いや、地震は、海の底までゆり動かしただろうか。

　囚人たちは、どうしているだろう。仕事にでるときは、鈦（かなぎ）をつけられるが、獄舎のなかでは、鈦ははずされ、罪の重いかるいによって、首かせや足かせをつけられるのだといっていた。重い罪人は両方つけられ、かるければ、足かせだけだという。足かせひとつつけられても、逃げ走るのは用意ではあるまい。

　この地震と火事がおさまったら、おれたちの仕事はふえるなあ、と思った。また、なにからなにまでやりなおしだ。焼け落ちた柱のかわりに、田上山（たなかみやま）の檜をきりたおし、土を掘り、渠をつくり、屋根にする草をあつめる。百済の工人（たくみ）たちは、せいをだして蓮華文（れんげもん）の瓦を焼かねばなるまい。

　そんなさきのことまで考えるゆとりのできたころ、馬の足は、すこしゆるやかになっていた。馬のからだは、追われて走る鹿のように熱く、ふとい首すじに浮いた血の脈が、はげしく動いていた。

　人影のほとんどない場所であった。

　いや、三人の男のすがたが目についた。ふたりは田作りか奴か、そまつな身なりのおとなで、もうひとりは、十四、五ぐらいの少年であった。

　ふたりの男は、少年の衣をぬがせていた。

　なんと、ずぶといと、おれはあきれ感嘆した。このどさくさにまぎれて、子供の衣を強奪しようというのだ。

　少年は、手むかいせず、衣をはがされるにまかせていた。

　馬の足音に気づいて、男たちは逃げだした。ぬがされた衣は、ぬけめなく、かかえて逃げた。

　炎はすでに遠く、西にうつりかけた月は、赤みをうしない、光が弱かった。それでも、目鼻のみわけはついた。

　羽をむしられた鳥のように、たふさぎひとつのはだかのままおきさらされた少年は、王子よ、なんと、あなたであった。

おれは、馬をおりた。おりたとたんに、馬は走りさった。

あなたは、はじめ、おれの顔をみてもわからないようだった。

奴として三度冬をむかえるあいだに、おれは、ふたまわりもからだが大きくなり、水にうつるおれの顔をみると、鼻柱やあごがしっかりして、われながらおどろくほど面がわりしてきていた。

あなたは、あまりかわっていなかった。背がすらっとのび、顔はいくぶん細くなったが、ものしずかな感じは、まえのままだった。顔は煤でよごれ、髪の先が焼けちぢれていた。

おれは馬を走らせ汗ばんでいたが、衣をはぎとられ、たふさぎひとつになったあなたは、鳥肌だっていた。

おれは着物をぬぎ、あなたに、着ろとすすめた。

「それは、奴の着るものだ」と、あなたは首をふった。「大王の子は、つるばみ染めの衣は着ない」

「おれだって、着たくて着ているわけじゃない。だれだって、着たくはない」

あなたは、月明かりでおれの顔を見、けげんそうにみつめた。

「おまえは、国栖の小鹿ににている」

「そうだ」と、おれはうなずいた。「小鹿だ」

「だが、わたしの知っている国栖の小鹿は、とうに国栖に帰ったはずだ。なぜ、奴の着物を着ている」

「奴にされたからだ」

あなたが息をのむのがわかった。

「知らなかった……」と、すこし間をおいて、あなたはいった。「国栖に帰ったと、きかされていた」

「着なさい」と、おれは着物をおしつけた。「おれは、はだかでも平気なんだから」

「それは、奴の着物だ」と、あなたは、またいって、しずかに、だがきっぱりと、おれの手をおしもどした。

ほかのやつにそんなことをされたら、おれは、どれほど腹をたてたかしれない。なぐりたおしたかもしれない。だが、なぜか、あなたをなぐる気にはならなかった。

「そうだ、奴の着物だ。おれは、むりにこいつを着させられているのだ。ほかの奴たちもだ。そうして、おれたちは、着たくないからといって、こいつを着ないですますわけにはいかないのだ。奴はつるばみ染めの布しか、身につけられないのだ。あなたたちが、そうさだめたのだ」

おれはいきりたっていたが、いま、あなたをののしってもはじまらないと思い、立ちどまっているわけにもいかないので、なんとなく肩をならべて歩きだした。

「寒い」

「どうしてまた、あなたともあろうひとが、ひとりで……。舎人だの、女官だの、従者はおおぜいいるだろうに。だれも、あなたをまもらなかったのか。みな、かってに逃げたのか」

地震はどうやら、おさまったようだった。

しかし、炎はまだ、遠くで燃えさかっていた。

「館が火事になった。火のまわりが早すぎた。どうやら、騒ぎに乗じてつけ火をしたものがいるらしい。わたしは、ひとりのがれるだけで、せいいっぱいだった」

おまえが奴にさせられたことは、知らなかった、と、あなたは、またいった。

「あのときのことが原因か」

「そうだ」

「国栖に帰れるようにしよう」

「いや、待ってくれ」おれはいった。

「帰りたくないのか」

「帰りたい。だが……」

あなたが力をかしてくれれば、おれは奴の身分をとかれ、母たちも、むろん咎（とが）めを受けることはなく、以前のようにいっしょに暮らせるのだろうと思った。

だが……おれは、なぜか、こだわった。じぶんでもよくわからなかったが、このまま、なしくずしに、なにもなかったようなことになっていいのか、という気がした。

「ここは、どのあたりだろう」

「すこし高いところにのぼったら、ようすがわかるかもしれない」

あなたがたふさぎひとつなのが、おれは、どうにも気になった。朝になるまでに、こごえ死んでも知らないぞ。おれは、あなたの背を手でこすった。

道はすこしずつ上り坂になった。

森のなかが、ぼうっと赤みをおびて明るかった。こんなところまで火の粉がとんで、山火事になったわけではあるまい。

おれたちは、足を早めた。

楢（なら）や櫟（いちい）や柏（かしわ）が葉の落ちた枝をひろげる下で、七、八人の男女が枯れ枝や落ち枝や落ち葉をかきあつめて火をたき、うずくまっていた。

あなたは、走りよって手をかざした。

「なんと、はだかだ。もの好きな」男は目をあげていった。前歯が欠けていた。

ほかいの人の群れだなと、おれは思った。

「焼けだされたかね」前歯の欠けた男はいった。

「家のあるものは不便だね」女がいい、口をすぼめて笑った。「それにしても、この寒い夜更けに、はだかとはね」

「なにか、着るものをゆずってくれないか」

だまって火にあたっているあなたにかわって、おれはたのんだ。身のまわりのことを他人に世話されつけているあなたは、じぶんからたのむことを思いつかないのだ。おれがそばにいなければ、じぶんでたのんだのかもしれないが。

「ゆずれというが、おまえ、なにか、かわりのものを持っているかね」

はだかのあなたはもちろんのこと、おれにしても身ひとつだった。

「いまは持っていないが、このひとは身分の高い若子(わくご)だから、館に帰れば、なんでもある」

「身分の高い若子が、なんで、はだかでいるのかね」

「衣をうばわれたのだ」

「おや、すばしこいのがいるんだね」

人びとは、うれしそうに笑った。

「身分が高いといわれても、はだかでは、わからんねえ」

「いやいや、ほんとうに、えらい人の若子かもしれんぞ。というのはな、はだかでも、すこしも恥ずかしがらずに、ひとの前に立っている。しかも、こけ(ばか)のように、ぼんやりと、口もきかず、頭もさげず。ひとにものをたのむのに、頭もさげず口もきかないのは、よほどのこけか、よほどのえらい人だ」

「おれが手をついてたのむ。あとでかならず、かわりのものを用意するから、とにかく、なにかありあわせのものを貸してくれ」

「おまえは、奴だな」白髪の男がいった。

「そうだ」

「奴なら、わかるだろう。一枚の衣を手にいれるために、どれほどの苦労がいるものか。ひとにぎりの米を手にいれるために、おれたちは、雨が降ろうと風が吹きすさぼうと、祝(ほ)ぎごとのある家をたずね歩き、うたい、舞い、心をこめて祝がうのだ。市がたつときけば、どんなに遠くても、いそぎ歩いていって、人びとに舞いをみせ、たのしませるのだ。おれたちは、田を持たぬ。米をつくらぬ。奴婢は、どこの司の奴、だれそれの婢と、戸籍にも記されるが、おれたちは、籍がないから、そのかわり、どのような官のたすけもない。家もない。おれたちは、ただ、祝ぎ歩くのだ。そうして、そのかわり、一枚の破れ衣、ひとにぎりの粟を受けるのだ。歩けなくなったときは、死ぬときだ。身分の高い若子と、口先だけでいわれても、そうですかと、たやすく衣をやれるか」

「でも、かわいそうだ」と、若い女が口をはさんだ。「ふるえている。いくら火にあたっても、はだかでは、背まではあたたまらない」

おれがすこしおどろいたのは、あなたが、むきになってじぶんの身分を信じさせようとせず、怒りもくやしがりもせず、そうかといって卑屈にもならず、じぶんにはわからないことを、なんとかわかろうとする子供のように、一心な顔つきで、みなをみつめていたことだ。

「こうしたらどうだ」前歯の欠けた男がのりだした。「おれたちは、うたい舞い、ことほいで、一枚の衣を手にいれる。この奴と若子にも、ことほいでもらおう。いつも、ひとをことほいでいるおれたちを、ことほいでもらおうじゃないか」

「そうして、かわりに衣をもらうのか」

みなは、がやがやとうなずきあい、竹を編んだ籠から、女が衣をとりだした。とりどりの布を縫いつづった、ぼろとしかいいようのないしろものであった。

「借りるだけだ。あとで、礼物といっしょに、かえす。約束する」

おれがいうと、

「わたしもちかおう」あなたがいった。「かならず、礼をしよう」

「そのまえに、まず、ことほぐことだな」

「よし、やろう」おれはいった。「ひたいに巻く布を貸してくれ」

「なんと身じたくがいるのか」といいながら、女が細い布をわたしした。

おれは、てごろな枯れ枝を二本、さがした。

あなたの表情が、いきいきとひきしまった。

「小鹿、わたしにやらせろ」

「むずかしいのだよ、追われる鹿の役は」

あなたは、目をきらきらさせて、うなずいた。小枝の角をつけ、あなたは追われる鹿になり、おれは弓に矢をつがえるまねをした。

　あしひきの、この片山に、と、追われる鹿の歌を、おれたちはうたい、舞った。

　あなたの舞いときたら……。ぎこちなくて、不器用で、どうにもみられたものではなかった。たいそう熱がこもっていたことだけは、おれもみとめるけれど。

　しかし、ほかい人たちは、おもしろがって手をたたいた。そうして、ぼろきれをつづった着物をあなたにわたした。はねまわって舞ったあなたは、着物などいらないくらい、汗ばんでいたけれど。

　あなたは礼をいい、

「かならず、かえそう。礼物もあたえよう。わたしの名は……」といいかけると、白髪の男が手をあげてとめた。

「名をきくのは、やめておこう。身分もなにも、知らんでよい。その衣は、さしあげる」

　あなたのへたな舞いが、そんなに気にいったのか、おれの歌がうまかったのか、おれはふしぎに思った。

「なぜ？」

「えらい人とかかわりをもつと、ろくなことにならんからだ」と、白髪の男はいった。「いまみせてもらった舞い、きかせてもらった歌を、おれたちもこれからつかわせてもらおう。それでじゅうぶんだ。おれたちは、海人（あま）の出だ。だから、海の歌はうたうが、山の歌は知らなかった。これからは、山の鹿の歌もうたおう」

「えらい人とかかわりあうと、どういうふうに、ろくなことにならんのか、おれたちが舞ってみせてやろう」前歯の欠けた男がいった。「ことしの二月ごろだったなあ。大王が、カワイや摂津や、近江、若狭、伊勢、尾張、そのほかもろもろの国ぐにに『田作りのなかで、歌や舞いのじょうずな男女を、京にさしだせ』と、命じられた。知っているだろう」

　おれは、知らなかったが、あなたは、うなずいた。

「宴の席で、貴人のなぐさみにするためだ」

　そういって、前歯の欠けた男は、よいしょと立ちあがった。横幅は広いが背が低く、ずんぐりしていた。

　腰をおとし、おどけた身ぶりで横ばいに歩き、陽気にうたい踊り、ほかのものが声をあわせ、手拍子を打った。中指と親指に盃の形の小さい鉦をつけ、打ちあわせて澄んだ音をひびかせ、薄板をつないだささらを両手でのばしたりちぢめたりして、おもしろい音をたてた。

おし照るや　難波の小江（おえ）に
廬（いお）つくり　隠（なま）りておる
葦蟹（あしがに）を　王（おおきみ）召すと
何せむに　吾（わ）を召すらめや
歌人と　吾を召すらめや
笛吹と　吾を召すらめや
琴弾（ことひ）きと　吾を召すらめや
かもかくも　命（みこと）受けむと
今日今日と　飛鳥にいたり
東（ひむかし）の　中の御門（みかど）ゆ
参り来て　御言（みこと）受くれば
あしひきの　この片山の
もむ楡（にれ）を　五百枝（いおえ）剝（は）ぎ垂（た）り
天照るや　日の気に干し
囀（さいず）るや　碓（からうす）につき
わが目らに　塩塗りたまい
もち賞（はや）すも　もち賞すも

（難波の海辺にいおりをつくり、わたし、葦蟹はかくれ棲んでいた。すると、大王のお召しだ。はて、なにごとだろう。うたえといわれるのか、笛吹きの上手と思われたのか。それとも琴をひけといわれるのか。ともかく、おおせのままにしたがおうと、はるばる飛鳥にのぼってまいった。なんの御用でございましょうかと、うかがった。おお、なんということだ、このわたしを、楡の干し皮といっしょに臼にいれて、こなごなにつきくずし塩をまぶし、うまいうまいとお食べになる、うまいうまいとお食べになる)

「まさか、食べはしない。楽人として京にのぼってきた田作りたちを」

あなたは、まじめな顔つきで、あっけにとられたようにいった。

「そのかわり、田作りたちは、くにには帰れなくなった」踊りおわって、息もきらさず、前歯の欠けた蟹おとこはいった。「そのまま京にとどまって、子孫代々、歌男、歌女として、大王に仕えることになってしまったのだ。いわば、奴だ」

「おお、そんなことを、貴人の若子の前でしゃべってだいじょうぶかね」

女のひとりが、心配そうに口をはさんだ。

「なに、朝になれば、おれたちは消える。おれたちは、夢さ。陽の光のなかでも、役人どもがおれたちをさがし、つかまえようとしても、むだなことさ」

「告げるなというのなら、だれにも告げはしない」あなたは、熱心にいった。

「さあ、もういちど、さっきの鹿の歌をうたって、わたしたちにおぼえさせておくれ」

とりなすように、若い女がいった。さすがに、歌をおぼえるのは早かった。二度めには、もう、みんな、おれといっしょにうたっていた。そうして、おれよりよほどたくみに舞った。若い男や女のからだは、しなやかで、あおむけにそると、てのひらが地につき、からだは弓のようになった。ひとりの肩にもうひとりがとびのれば、まるで、背丈が倍もあるひとりの大男のようにみえた。その前にひれふす鹿は、哀れで、しかもおどけていた。

舞いは、即興で、つぎつぎにつくりだされてゆくのだった。

「でも、小鹿」と、あなたは、おれにささやいた。

「おまえの舞いのほうが、わたしは好きだ」

「おれも、あなたのへたな舞いが好きだ」おれもささやいた。

おれは、いつのまにか眠っていた。

まぶたの裏が明るくなってめざめたとき、焚き火はほとんど消えかかっていた。そうして、だれもいなかった。

おれたちは、夢さ。蟹おとこの声を思いだした。しかし、ほかい人たちは、足あとだけは残していった。焚き火のまわりに、舞い踊ったときの足あとが、いりみだれていた。

「かゆい」

あなたは、ぼろきれの衣のすそをめくり、手をさしいれて、背をかきむしった。

「かいてくれ。手がとどかない。かゆい。」

「しらみだ」

おれは、笑いだした。ぼろきれは、寒気をふせいでくれたけれど、その住人に、王子は、たっぷり礼を吸われたのだ。

「帰らなくてはな」あなたは、残念そうにいった。

「小鹿、おまえは、このまま国栖へ帰れ」

「そうはいかない」おれはいった。「母たちがとがめられる」

それだけではなかった。おれは、やはり、このままなしくずしに、なにもなかったようにはできない、という気持ちをすてられなかった。だが、どうすればおれの心が納得するのか、じぶんでもわからないのだった。

　朝の光のなかを、おれとあなたは歩きつづけた。あなたはときどき、背や腹をかいた。

　鳥がいっせいにさえずりはじめていた。

　川の瀬音がきこえた。そう遠いところまできてしまったはずはない。飛鳥川か、それとも西の檜前川（ひのくまがわ）かわからないが、川下にくだってゆけば、見おぼえのあるところにでるだろうと見当をつけた。

　斜面をくだり、川ぞいに歩いた。道があるわけではなかった。急な崖のすそが川に落ちこんでいるところでは、川床の石のあたまをつたってゆかなければならなかった。あなたは足を踏みはずして水に落ちこみ、おれが手をのばしてささえたものの、胸のあたりまでぬれた。ぬれた衣は、はだかより冷たくて、しまつが悪い。

「ぬいだほうがいい。せっかく手にいれた着物だけれど」

「どうせ、またぬれる」といいながら、あなたは歯の根もあわぬほどふるえていた。

　川岸がすこし広くなったところで、もういちど、「ぬれたものはぬいだほうがいい」とすすめると、あなたは、さすがにたえきれなくなったのだろう、すなおにぬいだ。おれはじぶんの着物をぬぎ、強引に、あなたの頭からかぶせた。おれのからだのぬくもりで、着物はいくらかあたたかくなっていたはずだ。

「すこしのあいだのしんぼうだ。ふゆかいだろうが、これを着ておいでなさい」

「おまえが、こごえる」

「おれは平気だ。あなたのようにひよわじゃない」

　そうはいったが、風が肌に痛かった。おれは、えい、えい、とかけ声をかけ、腕をふりまわした。

　田がひらけたところにでた。田は畔（あぜ）も溝もこわれていた。田作りたちが、地震でたおれた家をつくりなおそうとしていた。

「ひどい地震だったな」

おれは寄っていって話しかけた。

「ああ、ひどかった」田作りたちは、柱をたてなおす手を休めなかった。仔犬がおれの足にじゃれついた。「はだかとは、どうしたことだ。寒かろうに」

狂（たぶ）れているのではないか、とささやきかわす声もきこえた。

「狂れものは、寒さも暑さも感じないというからな」

「かわいそうに。まだ若いのに、地震でおびえて狂れてしまったのかねえ」

「地震のおかげで、火がでて……」おれはいった。

「逃げまわっているうちに、道にまよい、川に落ちたんだ」

「ぬれた衣はどうした」

「これだ」

おれは、こわきにかかえていたやつをみせた。

「なんと、ひどいぼろだな。かわかしてやるか」

田作りの男たちは、藁くずをかきあつめ、腰の革袋から火打ち石をだして、火をつけた。藁くずが燃えあがったところで、木くずや枯れ枝をくべた。

衣をかわかすついでに、からだもあたためながら、

「このあたりは、火事にならなかったのか」

「火はでなかったが、このとおりのありさまだ。おまえたちは、焼けだされたのか」

「ああ」

「そういえば、夜なか、あっちのほうが燃えていたっけな」

「このあたりは、なんというところだ」

「高取（たかとり）だ」

「ああ、高取か」と、あなたがうなずいたとき、笞（むち）を手に、太刀をはいた男が数人、近づいてきた。仔犬がころがるように走りよってじゃれつくのを足蹴にかけ、

「こい。男どもは、みなこい。早くしろ」

笞を持った男は命じた。

「おまえもこい、おまえも、おまえも、男という男は、みなこい」

男は、馬や牛を追いたてるように、笞を鳴らした。

みまわすと、あちらこちらから、黄色い着物の田作りたちが、笞を持った男にひきたてられ、つれさられてゆくところであった。

おれとあなたにも、こいと男は命じた。

「どこへ行けというのだ」おれがいうと、男は、「だまってついてこい」と、どなって、笞で地をたたいた。

「そうはいかない。おれは、造営司のもとではたらく奴だからな。造営司の命令でなければ動かないのだ」おれはいった。

「造営司の奴が、どうして、こんなところにいるのだ」

「地震のおかげで小屋が火事になり、逃げたのだ。もどらなくてはならない。早くもどらないと、逃亡奴とまちがわれる」

「逃亡奴なのだろう、おまえたち」と、男はおれとあなたをにらんだ。

「まあ、いい。とにかく、こい。造営司へは、こっちから話をつける。だいたいが、造営司のする仕事なのだ。火急の場合だから、こっちで人をあつめている。こい」

「おまえは、だれだ」

あなたがいったので、男は、あきれたように、あなたを見、それから、わめいた。

「奴が、なんという口のききようだ」

男は、いきなり、笞をふりあげた。とっさに、おれは、男をつきとばした。

なにを考えるひまもなく、思わず、手がでたのだが、あなたに痛い思いをさせたくないという気持ちと、あなたを打ったりしたら、この男があとでひどい罰をうけるはめになる、という気持ちが、同時にはたらいて、おれの手をつき動かしたらしい。

しかし、つきとばしてから、しまった、と思った。

案のじょう、怒った男は、仲間を呼びあつめ、手むかいをしないおれとあなたの腕を、ねじりあげた。

きのどくにな、と、おれは男たちのことを思わないわけにはいかなかった。王子の腕をねじりあげたと、あとでわかったら、ひどい罰を受けるだろうにな。それこそ、奴におとされるかもしれないぞ。そうなったら、とりかえしがつかないのだぞ。

そんなことにならぬうちに、なんとか、おれたちを放させなくては。

「やめろよ、このかたは、草壁王子さまだ」

おれがいうと、男たちは、笑いだした。それから、おそろしい顔つきになって、

「たとえ、ざれごとでもな、二度とそんなことをいったら、牢にぶちこむぞ」

「ざれごとじゃない。わけを話すから、まあ、きけよ」

「そんなひまがあるか。おまえも、奴らしい口のききかたをしろ」

男は、おれとあなたを、ひとつずつ笞で打った。

ああ、これで、この男は縛り首だ、と、おれは胸が痛んだ。

あなたというひとは、まったく、やっかいだ。あなた自身はなにもしなくても、他人を罪におとしてしまうのだ。

あなたに奴の着物を着せたのは、おれだ。あなたは、おそかれ早かれ、身分がわかるだろうさ。まさか、奴とまちがえられたままということはあるまい。だが、このままでは、あとで罪人になるものがふえるいっぽうだ。王子がつるばみ染めの衣を着ているなんて、まったく、男たちが思いもおよばない

のも当然といえた。しかし、この天変地異なのだ。どんなことだって、おころうじゃないか。

いばりくさりやがって、と、おれは腹のなかで、男たちに毒づいたが、内心は、おれのほうが、男たちに、もっといばっていた。おれはやはり、あなたといううしろだてを、たのみにしているのだ。いずれはひどいめにあうにちがいない男たちを、哀れむいっぽうで、ざまをみろ、という気持ちがないわけではなかったのだ。

じつのところ、おれとこの男たちは、たいしたちがいはないのだった。つまり、あなたたちは命じるがわにおり、この男もおれも、命じられるがわにいるということだ。

おれがあなたに衣を貸したのは、けっして、悪意からではなかった。あなたに寒い思いをさせたくなかった。それだけだ。

しかし、おれは、衣の色の力を、まざまざとみせつけられた。

「嶋の宮のひとを、だれか呼んできたほうがいいぞ」おれは、笞の男に小声でいった。「そうすれば、おれたちのいったことが、うそかほんとうか、すぐわかる」

男は、まるで相手にしなかった。

おれたちは、たおれかけた館の前につれてゆかれた。

あなたは笑顔で、おれにささやいた。

「やはり忍壁の兄の館だ。高取ときいたときから、それなら忍壁の兄の館の近くだと思っていた」

館にいた舎人らしい男が、あなたをみて、けげんそうな顔をし、しげしげとみつめた。あなたは舎人に近づき、ささやいた。舎人は、半ばうたがっているようすなので、あなたをどこかへつれていった。

たぶん、あなたが行方不明になったことは、この、あなたの兄ぎみの館にも知らされていたのだろう。あなたの顔は、ここの舎人たちにも知られていたのだろう。

あなたは、それきり、もどってこなかった。

そうして、おれは、まもなく呼びだされた。人気のないところへつれてゆかれ、笞で打ちのめされた。貴い人に奴の着物を着せたことを、とがめられたのだ。それから、きびしく口どめされた。地震の夜から翌朝にかけてのことを、すこしでも他人にもらしたら、死罪にするといわれた。

もとの造営司の奴小屋にもどされた。焼けた小屋を、仲間たちがつくりなおしていた。おれは、それに加わらされた。

地震のまえと、なにもかわらぬ状態となった。おれは、なにかうちのめされた気分だった。

空にむかってひらいた戸を、じぶんでとざしてしまったようなものだ。おれは、あのとき、逃げようと思えば、逃げることができたのだ。あなたも、そうすすめてくれた。それなのに、おれは、ことわった。なぜ、ことわったのか、そのときもはっきりしなかったけれど、なにかうすぼんやりと、みえかけてはいたのだ。小屋につれもどされて以来、おれは、なにもみえなくなった。ひどくみじめな、うらみがましい気分だけが残った。

あなたが、おれを打てと命じたとは、もちろん、思わなかった。しかし、おれは、ひそかにのぞんでいたのだ。あなたがおれのために、なにかしてくれることを。

ああ、なんにでもちかっていうが、おれは、けっして、あなたになにかしてもらいたくて、あなたをたすけたわけじゃない。はだかでふるえている、あなたをみるのはつらかった。いっしょに歩いたのは……そうだ、それが、おれにとってたのしかったからだ、それだけだ。

おれは、たしかに、あなたといると、あなたが大王の子であり、おれが奴であることを、しばし忘れた。あのとき、おれが出会ったのが、たとえば、あなたの異母弟の大津王子であったら、おれは、どうしただろう。大津王子が衣をうばわれ、はだかでふるえていたら、おれは、つるばみ染めの衣を着ろとすすめただろうか。おれは一歩しりぞいて、ていねいなことばで話しただろう。頭から衣をかぶせて着せるようなことをしたら、おれはなぐりたおされたかもしれない。

このあと、小さい地震はときどきおこった。そうして、新しい年がきた。

おれが嶋の宮に呼びだされたのは、ようやく初夏になってからだった。

役人にともなわれて、おれは築地塀の門をくぐった。

「草壁王子さまに会えるのか」

おれがきくと、役人は、あきれた顔をして、そうして、

「ことばに気をつけろ」といった。

宮は、焼けたあとをとどめていなかった。裏の門からのぞいただけでは、どのくらい広いのか見当もつかなかった。

主殿のほかに、舎人たちの宿舎や、女官たちの住まい、そうして奴婢の小屋、倉、馬屋、いくつもの建物がならんでいた。

炊屋だけでも、ちょっとした館ぐらいの大きさはあり、のぞくと、百人以上の婢が、せわしそうにたちはたらいていた。

「いったい、この館には、何人ぐらいの人間がいるのだろう」

おれはつぶやいたが、役人は答えなかった。

馬屋も、広かった。何十頭いるのかわからなかった。まぐさのむれたにおいと馬の体臭が、鼻をついた。

馬屋のわきの小さな小屋に、おれはつれていかれた。そこにいる男に、

「それでは、ひきわたしたぞ」役人はいい、木簡をわたした。

「いったい、どういうことなんだ」おれはきいた。

「ことばに気をつけろ」と、この男にもいわれた。

「おまえはきょうから、嶋の宮の奴だ。馬の世話をさせる」

　そうか、これがあなたのやりかたなのか。造営司の奴から嶋の宮の奴にうつせばよいと思っているのか。おれは、腹だたしさをこらえた。

　馬の世話は、おれには楽な仕事であった。好ましい仕事でもあった。

　らくな仕事ではあったが、おれは、けっしてみちたりてはいなかった。そのくせ、奴の身分をといてやる、国栖へ帰れといわれても、よろこぶわけでもなさそうだった。おれは、じぶんの気持ちがわからず、なにか、ひどくねじけているなと思った。

　あなたの父ぎみにむかって、舞え、といったとき、おれは、あなたの父ぎみと対等のところにあった。そうして、そのとき、おれは、たぶん、燃えつきて灰になってしまったのだ。おれは、あの瞬間に、一生を生ききってしまったのだ。そんなふうにさえ思えた。

　いや、ちがう、と、おれは抗(あらが)った。おれは、たくましいおれの手をみた。これが、灰であるものか。

14　遠(お)ちかた野辺(のべ)

　父が泊瀬(はつせ)の迹驚淵(とどろきのふち)で宴をもよおしたのは、わたしが十七になった年の夏であった。

　三輪山、巻向山(まきむくやま)の山すそを流れる泊瀬川にそってすすむ一行は、父と母、高市、忍壁、わたし、大津、それに、高市の妃である御名部王女(みなべのひめみこ)と、その妹である阿閉王女(あべのひめみこ)。御名部王女と阿閉王女は、わたしの父の兄であるさきの近江の大王の子である。おなじ大王の子である川島王子(かわしまのみこ)と志貴王子(しきのみこ)もいっしょであった。

みな、それぞれの舎人、女官、従者、奴や婢までともなってきているのだから、かなりな人数になった。数人の歌男、歌女、技人（役者）が伴をしていた。

川はきよらかに、底の石をみせていた。この川でみそぎをして、伊勢の斎宮におもむいた大伯王女を、わたしは思った。すると、ひきつづいて、十市王女が思いだされた。

三月ほどまえ、十市王女は、わたしの父の命令で、倉梯川の川上の斎宮に斎王としてはいることになっていた。暁、父の行列もととのい、出立というときになって、十市王女は亡くなられたのであった。

わたしの先を行く高市王子も、いま、十市王女の死を思いだしているにちがいなかった。

高市王子が、わたしたちの美しい異母姉であり、大友王子の后であった十市王女を、どれほどいとおしく思っていたか、わたしたちは知っていた。高市はそれをかくさなかった。しかも、十市王女は、自害されたのだった。

わたしの馬には、小鹿がつきそっていた。

小鹿は、二十ぐらいになったはずだ。小鹿は、戸籍をおそれていた。わたしの父の兄である開別大王のときにつくられた戸籍、庚午年籍は、それほど精密なものではなかったし、わたしがたしかめたところでは、国栖はまだ、ひとりひとりの名や年までは記されてはいなかった。そう小鹿におしえると、小鹿は笑顔をみせた。しかし、むかしのように心をひらききった笑顔ではなかった。

やっかいなのは、小鹿の名を官奴として登録されてしまっていることだった。小鹿は、わたしには理解できないのだが、奴の身分をとかれることに、それほどのり気ではないようにみえた。だからといって、奴であることに満足しているわけでもなく、わたしは、なんとかしたいと思った。しかし、わたしの一存では、どうにもならないのだった。わたしは非力だった。大王の子でありながら、ひとりの無実の奴を自由にすることすらできないのだった。

父は、唐にならって国家の律令をととのえようとしていた。

〈律〉は、刑罰のきまりであり、〈令〉は、政治の基本的なきまりである。

そういう、このうえなくたいせつなときに、かって気ままな先例をつくることはゆるされないというのであった。わたし以外のものにいわせれば、小鹿は有罪だというのである。わたしは、小鹿は無罪だと叫ぶ。だが、その声は、だれにもとどかなかった。

そうして、地震と火事の、あの夜のことがあった。わたしが奴の着物を着、奴とまちがえられたのは、重大な秘密とされた。忍壁の館でも、それを知ったのは、ごく少数のものだけだったが、厳重に口どめされた。

そのようにうとましい着物なら、廃してしまえばよろしいでしょう、と、わたしは母にむかっていったが、つるばみ染めをやめただけでかたがつくものではないことぐらいは、大津や忍壁ほどかしこくないわたしにもわかるのだった。

小鹿が造営司の小屋からわたしの館にうつされたのは、小鹿がかくしごとをしゃべらぬように、監視する意味あいがあったらしい。

なにも語らず、わたしの馬の世話をする小鹿をみるのは、苦しかった。

泊瀬川のほとりを行く一行には、吉野にのがれたときから、ずっと父をたすけてきた舎人たちもほとんど加わっていた。男依だけがいなかった。男依は、おととし病死した。

根麻侶も友国もいるのに、だれも、小鹿に親しい声をかけなかった。馬のそばにいるのを気づきもしないようすをした。地震の夜のことを、まったくなかったことにしてしまおうとしているのを感じた。

細い滝が岩崖をつたい落ちるあたりで、御食となった。

鯛の楚割（細く割って塩干ししたもの）や、貽貝鮓や白貝の葅（はまぐりの塩漬け）小豆をまみした索縄（そうめん）、醤酢であえた蒜（あさつき）などがならび、椀には水葱の羹（すまし汁）がつがれた。川魚を手どりにしたものがいて、さっそく、なますになって膳にのせられた。

まだおさない奴が、貴人が腰をおろしやすいようにと、草を刈りとっていると、酒のまわった池田連という舎人が、歌でからかった。

「小児ども　草は刈りそ　八穂蓼を　穂積連が腋草を刈れ」

舎人の穂積連の腋毛が、草むらのように濃いのをからかったのだ。草がいるのなら、穂積連の腋毛を刈れよ。

みながわっと笑ったとき、穂積連は、にこりともせず、うたいかえした。大酒のみの池田連の、酒やけで赤くなった鼻のあたりをじろりとみて、

「仏のつくる　真朱たらずば　水たまる　池田連が鼻の上へ掘れ」

仏像をつくる赤い土がたりなかったら、池田連の赤鼻の上を掘れ。

にぎやかな笑い声に、朴の梢から鳥が翔びたった。

「うまいぞ。だれか、もうひとつつくれ」

みなは、はやしたてた。

父は、以前よりやせ、青白かった。いっきに燃えあがった炎が野山を焼きつくしたようなあのたたかいのときよりも、国というえたいのしれないものをたちちづくろうとするいまのほうが、はるかに、父にとっては困難な、苦しいものではないかと思えるほどであった。

母は、自信にみちて、ゆったりと、父のかたわらにいた。

わたしは思った。父は、やむをえず冷酷な命令をくだすとき、その刃でじぶんの心をも切るが、母は、平然と苛酷になれるのではないか、と。そ

うして、じぶんが苛酷であるとは思いもしないのではないか、と。

　すっかり酔った舎人のひとりが、

「家にありし　櫃に鏁さし　蔵めてし　恋の……」と、うたいだした。

「ほう、手におえぬ恋心を、櫃にしまいこんで鍵をかけ、とじこめたのか」

「ところが、どうして。櫃に鏁さし　蔵めてし」と、舎人はくりかえし、ちょっと間をおくと、

「恋の奴のつかみかかりて！」というなり、となりの男につかみかかり、笑いながら髪の毛をひきむしった。

「これは、ひどい！」

「だめだ。この男は、いつも、酔うとこれをやるのだ」

「もうすこし雅な歌はできないのか」

「十市のきみと伊勢にまいったとき……」と、上座から阿閉王女が口をはさんだ。阿閉王女は、まもなくわたしの妃となることに決められていた。

　このざわめいた席で、十市の名をだすのは、心ないことだとわたしは思ったが、舎人たちもいる前で、わたしより年上の阿閉をたしなめることは、臆病なわたしにはできなかった。

「十市のきみの乳母がよみました。たいそうよい歌なのですよ」と前おきし、

「川上の　ゆつ岩群に　草むさず　常にもがもな　常處女にて（この川の川上にかさなりあった岩いわに草がはえず、きよらかであるように、とこしえにきよらかなおとめであってください）」

と、うたった。

　高市がしずかに座をはずすのを、わたしはみた。わたしも、その場にいるのがつらくなり、そっと立とうとした。そのとき、大津が快活な声で、

「大名児」と、呼んだ。

　大津の侍女の大名児が、なんでしょう、というように首をかしげた。

「このあいだ、おまえを待っていたのに、待ちぼうけをくわせたな。

あしひきの　山のしずくに　妹（いも）待つと　吾（われ）たちぬれぬ　山のしずくに」

おまえを待っていて、山の木末（こぬれ）のしずくにぬれてしまったぞ。

大名児は、さらりと笑って、即座にうたいかえした。

「吾（あ）を待つと　きみがぬれけむ　あしひきの　山のしずくに　ならましものを」

わたしを待っていておぬれになったという、その山のしずくに、わたし、なりとうございましたわ。

ふたりのかろやかなやりとりは、笑い声と拍手でむかえられた。

父の笑い声もまじった。

「大名児」と、わたしも呼んだ。

「はい」と、大名児は、わたしをみて微笑しながら首をかしげた。

「大名児を　彼方野辺（おちかたのべ）に　刈る萱（かや）の　つかの間も　吾わすれめや」

おまえのことを、つかのまも忘れはしないよ。

「これはたいへんだ。ふたりの王子に想われて、大名児、身をふたつに裂かねばならないぞ」

舎人がからかった。

わたしはすこし赤くなって、その場を去った。

大名児という侍女を、それほどよく知っているわけではなかった。大津との軽妙なやりとりに、ついさそわれて、かるいざれごとを口にしたのだった。

わたしの馬は木かげにつながれていた。小鹿はいなかった。昼寝でもしているのだろう。

十市のきみの乳母がよんだという歌を、わたしは思いかえした。乳母も、十市の幸のうすさが哀れでならなかったのだろうか。ひとは、十市が夫のきみに殉死しなかったと、せめ、それも面とむかっていうのではなく、かげでささやきかわすのだけれど、どれほどつらかったことだろう。しかも、十市が、夫をうらぎり、父に近江がたのようすを内通したなどと、うわさを流すのだから。

いちどは人妻であった十市のきみに、とこしえにおとめであってくださいとうたった乳母の心のうちを、わたしは思った。

そこここの樹につながれた馬たちが、足掻(あが)いたり、尾で蠅(はえ)を追ったりしていた。

岩かげに、小鹿はいた。崖に背をもたせかけ、若いあいらしい婢の髪を、櫛(くし)ですいてやっていた。崖をおおった蔦(つた)は、白い小さい花をいちめんにつけていた。

わたしは、その婢と小鹿が、桑名で親しくしていたのを思いだした。小鹿が、中兄をのせた舟を沖にむかって漕ぎだしたとき、浜辺で、心配のあまり、おろおろとうろたえていたのは、この婢だった。

いまは、父の宮ではたらいているのだろうか。

わたしは、声をかけず、そこをはなれた。

父の宮に婢は数おおい。そのなかから、あの婢が伴(とも)にえらばれたのは、だれか、小鹿とのことを知っているものが、心づかいしてやったのだろうかと、わたしは思った。

目をとめてみると、野は、夏の花のさかりなのだった。どれも、はなやかではないけれど、じぶんのなかのいのちの力があふれて、花になって咲かずにはいられないのだ、というふうにみえた。

川岸の石と石のあいだから、つきくさが青い小さな花をのぞかせ、水面には、ぬなはの花が、指の先をつきだした形で咲いていた。いぐさも、菅(すげ)も、よくみれば、かれんな花をつけていた。

あせびは、もう花のときをすぎたけれど、茨(うまら)やうのはながさかりであった。合歓木(ねぶ)の大樹は、けむるような紅い花でかざられていた。

くぼ地の草のしげみに横たわると、目の上で菅の長い葉が交叉し、そのむこうに空が澄んでいた。

「あなたは、もどったほうがいい」

耳にとどいた声のは、高市であった。だが、わたしに語りかけているのではなかった。

あおむけにねころがったままでは、高市のすがたも、その相手のすがたもみえなかった。

「あなたとわたしが、ふたりだけで話をしていると知っただけでも、あのかたは、疑いをかける」

「どういう疑いですか」

と、おちついた、ほとんど冷たくさえきこえる声は、忍壁であった。

「わかっているだろうに」

「その、まさに、うたがわれていることを、わたしはあなたにいいたいんだ。あなたをみていると、いらいらするな。なぜ、もっと堂々と、あなたの立場を主張してくださらないんです」

「わたしは、なにごとも、父ぎみのおおせのままだ。わたしは父ぎみに忠誠をつくしたい」

「しかし、草壁にも忠誠をつくせますか。あのたよりない子供に」

「いまは子供でも、やがては……」

「父ぎみの力でおさえつけておられるあいだはいい。だが、父ぎみの力が弱まれば、また内乱がおきますよ。あなたが皇太子にたつのなら、だれもが納得する。これまでもじゅうぶんに父ぎみをたすけてこられた」

「そんな、謀反の疑いをかけられるようなことはいわないほうがよい」

「謀反の話など、していない。わたしだって、父ぎみには忠実でありたい。后(きさい)の宮の目のとどかぬところで、わたしたちが——あなたとわたしとはかぎらない、川島であれ、志貴であれ、つまりは王族の子たちが、かってに行き来をすることさえ、あのかたの気にいらない。かげでなにをたくらんでいるかと、気をまわされるのだ」

「たくらんでいるじゃないか、あなたは」と、高市はすこしからかうようにいった。

「なにもたくらんではいませんよ。ただ、あなたの立太子（りったいし）が早く実現するよう、父ぎみを動かしてほしいだけだ。わたしも、もちろん、協力します」

声は、すぐに遠くなった。

ふたりが、あのかた、とか、后の宮、と呼んだのは、わたしの母のことであった。

近江朝の政治は、大王の下に、太政大臣（おおまつりごとのおおまえつぎみ）、左（ひだり）・右大臣（みぎのおおまえつぎみ）、三名の御史大夫（ぎょしたいふ）をおいたが、父は、太政大臣も左・右大臣もおかなかった。父が、独裁政権をもったのである。

皇太子の座は、いまだにあいたままであった。おおくの人びとが高市王子の立太子をのぞんでいるのはあきらかだったし、一部には忍壁をおすものもあった。忍壁は、高市のように人望のあつい武人ではなかったが、計画力があり、政治には適しているというものがおおかった。

わたしにも、そう思えた。だから、いま耳にはいってしまった話をきいても、忍壁の、わたしや母にまるで好意をもっていない口調が悲しくはあったけれど、当然なことをいっているという気がした。

高市や忍壁の母の身分がひくくて大王となる資格がないというのなら、きまりのほうをかえればいいではないか。父にはそのくらいのことは、たやすいはずだ。わたしは、子供っぽく、単純に、そう考えていた。

王子たちの自由なつきあいを母がよろこばないというのも、事実であった。

猜疑心（さいぎしん）の強いのは、父もおなじだなと、わたしは思った。

もっとも、父の場合は、貴族たちの動きにたいしてであった。

この数年、父は、謀反の疑いのあるものは、ようしゃなく、徹底的に、とりのぞいてきた。何人の高官が、流刑になり死罪になったかしれぬ。

近江朝の大臣たちは、もちろん、いくさがおおると同時に、処分された。

右大臣中臣連金は、斬られた。左大臣蘇我臣赤兄、御史大夫巨勢臣比等、その子や孫、中臣連金の子、御史蘇我臣果安の子など、みな流罪となった。

　御史大夫のひとりでありながら、紀臣大人が刑をうけなかったのは、父に内通した、戦勝の功労者だったからである。

　父のために、二万の農兵を組織した尾張の国守、小子部鉏鉤は、なぜか、戦後、ひそかに自害している。なぜ、と、だれもふしぎがった。

「鉏鉤は、ほんとうは、近江の味方だったのだ。こちらにつくようなふりをして、おりをみはからって、こちらを攻めるつもりだったのに、それと察した大王の命令で、兵団をいくつにもわけられてしまった。そのため、鉏鉤は全体の指揮をとれず、心ならずも近江がたの滅亡に大きな力をあたえることになってしまった。鉏鉤は、それがたえられなかったのだ」

というものもいたし、

「鉏鉤は、どちらか勝ちめのあるほうにつこうと、ようすをみていたのだ。その卑怯なやりかたを大王は憎まれた。鉏鉤が自害したのは、そのためだ」

「いや、大きな声ではいえないが、鉏鉤は自害ではない、殺されたのだというぞ」

　さまざまなうわさがささやかれた。わたしにはなにが真実かわからなかったけれど、なにかくらい影を感じとっていた。

　さらに……、
　麻続王は因幡（鳥取県）にながされた。紀臣訶佐麻呂の子は東国にくだされ、官位をうばわれて百姓とされた。筑紫太宰三位屋垣王は土佐に流された。杙田史名倉は、王族をそしったということで伊豆に流された。

　そのほか、かぞえあげればきりがない。

政府の官職は、父に忠実なものでかためられた。

わたしは、いつのまにか涙を流しているのに気づいて、いそいでふきとった。べつに、悲しんでいるわけではなかった。泉があふれるように、ふと、心のなかのなにかがあふれ、それがほかにかたちをとりようがなくて、涙になった、というふうであった。

まもなく、わたしたちは帰途についた。

途中、母が馬を寄せてきて、

「迹見（とみ）の駅家あたりで閲兵（えっぺい）をおこないますから、そのつもりでいるように」と告げた。

ふたたび、いくさがはじまるのかと思われるほど、おびただしい兵馬の群れが、迹見の野にみちあふれて、父を待ちうけていた。

小軍団ごとに整列し、それぞれの軍団の叛旗をたて、父と母をむかえた。父と母は正面にならんで軍団とむきあい、その片がわに、わたし、大津、忍壁、反対がわに、高市、川島、志貴の順にならばされた。

やがて、騎馬隊は、父の前で行進をはじめた。この閲兵がきょうの目的で、野あそびはつけたしであったらしい。

地の深いところから湧きだしてくるように、兵馬の列はつづき、指揮官の命令にしたがって、走ったり歩調をゆるめたりした。

父と母の前をすぎるとき、旗を高くふり、父も母もそれにこたえた。

いくつかの軍団は、高市の前をとおるとき、ひときわ熱をこめて旗をふり、思わず感きわまったように高市の名を呼び、歓声をあげた。

高市とともに、近江との決戦をたたかった将士たちであった。

陽はすこし西にうつったものの、暑さはきびしかった。立てや槍の穂先や弓弭が、奇妙にゆらゆらと白く燃えあがり、わたしは、馬の上でからだがかしいでゆくのをとめられなかった。

落馬した衝撃が、遠い意識をとりもどさせた。

暑さにあたって、めまいがしたのだ。わたしは起きなおり、従者が走りよって、わたしが馬に乗るのをたすけた。

なにごともなかったように、閲兵はつづけられた。

15　訳語田の館

おれは、馬屋の藁の山によりかかり、馬のための藁沓を編んでいた。夜のあいだにおりた薄霜がとけて、藁の山はすこししめっていた。

青毛の馬は、ときどき首をのばし、おれの首すじにあたたかい息をかけた。

ほかの馬たちも、首をふったり、前肢で地をたたいたりしながら、おおむね、おとなしかった。

馬飼の丁や奴たちが、さわがしくやってきて、馬にくつわをはませ、手綱をとって、ひきだしにかかった。

「どうするのだ」おれは、たずねた。

「大津王子さまだ、訳語田の新しい館にうつられるのだ。それで、馬もつれてゆくのだ」

ああ、そうかと、おれは気のない声で答え、藁をきゅっとしごいた。

あなたの異母弟だという大津王子は、これまでずっと、この館におられたが、おれはほとんどかかわりがなかった。

丁は、青毛の馬に頭絡をかけはみをかませようとした。馬は、頭をふり、あとじさりした。丁は首すじをたたいてながめたり、しかりつけたりした。

「草壁王子さまも、外出なさるのか」

「いいや、大津さまが乗られるのだ」

「それは、草壁さまの馬だ」

「草壁さまが、大津さまに、引出ものとしておゆずりになったのだ」

「おれは、なにもきいていないぞ」

「上のほうで決まったことを、いちいち奴に話すか」

「その馬は、おれが世話をまかされているのだ」

「おまえも、手つだえ」

「おれは、なにもきいていない」

「おれが命令する。手つだえ。この馬に頭絡と鞍（くら）をつけろ」

「草壁さまの命令なら、な」

「そうだ。草壁さまの命令だ」

「おまえがそういっているだけだ。あてにはならない」

「なぐられたいのか」

　馬飼の丁はどなったが、おれが下からにらみあげ、立ちあがる気配を示すと、あわててとびのいた。

「おまえは、いやなやつだ」丁は、すぐ逃げられるよう、腰をひいて「奴のくせに、いばりくさっていやがる。草壁さまが目をかけてくださるのをいいことに、仕事はなまける、口答えはする、まったく、手におえん」

　なんとでもいえ。おれは、また沓を編みつづけた。

　丁は、青毛の馬にはみをかませようとして、てこずっていた。

「そいつは、気が荒いぞ」おれは、いった。

「いいや、おまえがおしえこんだのだ。おまえと草壁さまのほかのものの命令をきかないように。……そうだ、この木の荒い馬は、大津さまにさしあげたりしないほうがいいのだ。まさか、大津さまにけがをさせるために……」

「なんだと。いまいったことを、もういちどいってみろ」

「まさか、おれは、そんなこと信じやしないさ。だが、そう思うものもいるだろうな」

「どう、思うんだ」

「草壁さまとおまえのいうことしかきかない馬を大津さまにさしあげてさ、もし、万一……大津さまは、どんな馬でも乗りこなしてしまわれるだろうが……万が一にも、大津さまがふり落とされてけがでもされることがあったら……」
「そんなことがあったら、どうだというんだ」
「おい、手をかせ。早くしなくては」
「おれは、なにもきいていないといっているんだ」
「あたりまえだ。いくら、おまえが草壁さまに目をかけられているつもりでもな、たかが奴だぞ、おまえに、いちいち話があるなどと思うなよ。思いあがりもいいかげんにしろよ」

おれは、立ち、丁の手から頭絡をとり、青毛の馬の頭にかけ、はみをかませた。丁は、へっぴり腰で、鞍をおれによこした。鞍は、大津さまのいつも使っているものであった。鞍橋の透かし彫りのようなものが、草壁さまのものとはちがっているから、すぐにわかった。

おれは、鞍を馬の背にすえ、胸繋と尻繋で固定してやった。胸繋も尻繋も、馬鐸や杏葉や雲珠などの飾りのついた美々しいもので、まるで儀式に使うときのように、馬は正装させられた。

門の前にひいていくと、行列がととのえられ、大津さまがでてこられるのを待っていた。

大津さまに以前からつきしたがっている舎人たちが、馬に乗っていた。大津さまづきの侍女たちがあつまっているところは、色とりどりの裳すそがはなやかだった。奴婢が行列のうしろのほうにかたまっていた。そのなかに、玉女はいなかった。

玉女が、大王の宮から嶋の宮にうつされたのは、去年の夏、迹驚淵で野の宴がもよおされた、そのしばらくあとであった。おれは、もしかしたら、あなたがとりはからってくださったのではないかと思ったが、たしかめるすべはなかった。馬飼の丁は、あなたとおれがとくべつ親しいようなことをいい、ほかにもそう思っているものはおおかったが、実際のところ、ふたりで話をかわす機会など、あまりなかった。

だいたいが、王子と奴のあいだに心のかよいあいがあるということが、異例であったのだ。

そうして、おれは、あなた以外の人びとから、警戒の目でみられていた。おれが大王に反抗して奴とされたということを、忘れない人がおおぜいいた。第一に、あなたの母ぎみだ。大王は、おそらく、おれの顔さえ見おぼえておられないだろう。あんな事件があったということさえ、記憶にとどめておられないかもしれぬ。

そうして、地震の夜の事件があった。おれを警戒する人びとは、おれから目をはなすのが不安なのだ。

やがて、おおぜいの人をしたがえて、大津王子があらわれた。

青毛の馬に、かるがると乗った。おれは、館にもどろうとした。

大津さまの舎人が、

「おまえもいっしょにこい」といった。この馬は、おまえによくなれているということだ。しばらく、訳語田の館にとどまって、この馬の世話をしろ」

おれは、だまって、舎人をみた。うかつに対等な口をきくのは、なまいきだ、無礼だとなぐられるし、そうかといって、むやみにうやうやしい口をきくのは、舌がくたびれる。

「草壁王子さまのおゆるしはいただいてある。荷物を持って、ついてこい」

おれの手に、大きな荷がわたされた。馬のにおいがしたから、余分な鞍や頭絡などの馬具がはいっているのかもしれなかった。

おれは、荷を背負い、行列のうしろのほうについた。

北にむかって、すすみはじめた。

馬にまたがった大津さまのすがたは、歩いてゆくおれたちの前方に、ひときわ、きわだってみえた。

おれのまわりは、みな、大津さまの従者たちだった。

「りっぱだなあ、大津さまは」ひとりが、ほれぼれといった。

「このごろ、めっきりおとなびてこられた」

「ちょっと陽にあたると、落馬されるようなかたとは、まるでちがうなあ」

「やめろよ」と、ひとりがとがめ、目顔でおれを示した。

従者たちは、口をつぐみ、ほかのことを話しはじめたが、話題は、すぐに、大津さまとの比較にもどった。

「なにしろ、なにもかも、おれたちの大津さまのほうが、くらべようもないほどすぐれておられるのだから、気がもめることだろうな」

「后の宮さまがか?」

「しっ。貴(とうと)いお名前は、口にだすな」

「去年の夏だったなあ。大津さまと草壁さまが、ひとりの女をあらそわれたのは」

「大津さまの呼びかけた歌に、女は、なさけのこもった歌をかえしたが、草壁さまにはこたえもしなかったそうだな」

「どういう歌をよまれたのだ」

「知らないのか」

「歌のやりとりがあったということはきいているがな」

「大津さまは、女に、山の木の下でおまえを待っていて、梢から落ちるしずくでぬれてしまった、とうたわれたのだ」

「すると、女のこたえた歌が、また、みごとだった」と、ほかのものが横から話をひきとった。「そのしずくになりとうございました、と、こうこたえたのだ」

「女というのは、大津さまの侍女だろう。この行列のなかに、いるのかな」

そういった男は、わざわざのびあがって、前のほうをみた。

「気をつけろよ」と、ひとりが、おれのほうをあごでしゃくった。「あいつは、草壁さまの奴だ」

「草壁さまの奴が、なんで、おれたちの仲間にはいっているのだ」

「ひょっとしたら、候として送りこまれたのかもしれないぞ。大津さまのようすをさぐって、嶋の宮に告げ知らせるためだ」

「もし、そんなことをする気配がみえたら」と、おれにきこえよがしに、声が大きくなった。「ただではすまさない。ぶじに嶋の宮に帰れるなどと、思わぬほうがいいだろうな」

　おれは、さっき馬飼の丁が口ばしったことを思いだしていた。大津王子にけがをさせるために、気の荒い馬を、草壁王子は引出ものにしたのではないか。そういう意味のことを、いったのだ。おそらく、その邪推は、大津さまの従者のあいだにも、ひろまるだろう。嶋の宮でも、ひそかにささやかれるのだろう。

　あなたがそのようなあくどいことを思いつくとは思わないものでも、あなたの母ぎみなら、やりかねない……いや、かならずやる、と思うものさえいるだろう。あるいは、あなたの母ぎみの意にそうように、だれかたくらんだものがいる、と。

　あなたの母ぎみが、あなたを皇太子にたてようとやっきになっていることは、おれたちのような下のもののあいだでさえ、あれこれいわれていた。

　すこしまえで、高市王子の立太子をのぞむ声が強かった。なにしろ、近江朝をたおすという、とほうもないたたかいの、最前線で指揮をとったかたなのだし、その指揮は果敢で、しかも思慮ぶかく、りっぱなものだったと、みなの信頼をあつめていた。忍壁さまも、一部の人びとには人気があった。あのたたかいのあいだ、忍壁さまは、花郎（ファラン）として、いわば、戦士たちのこころのささえとなっていた。人の力だけではどうにもならない、なにか運命といったものに動かされる部分もおおい戦争で、人は、神の力にすがりたくなる。忍壁さまは、その、神の力のよりまし（神の力が一時的にやどる人や人形のこと）であったのだ。たいそうかしこくて、そのうえ冷静なかただという話であった。

　ことしの正月、〈卑母（ひぼ）〉を拝することを禁ずというおふれがでたのは、あきらかに、高市さまと忍壁さまを、決定的に王座から遠のけるためであった。

　高市さまと忍壁さまがのぞかれれば、皇太子は、草壁さまか大津さまかということになる。

　年は草壁さまのほうがひとつ上だけれど、年長順というきまりはないのだから、おふたりは、おなじ条件のもとにある。

　あなたは、后の宮——あなたの母ぎみ——という、このうえなく協力なうしろだてがあることをべつとすれば、の話だが。

　野の宴のおり、歌のあそびや、その後の閲兵式であなたが暑さにあたって落馬したというような些細なことをとりあげて、悪意のこもったうわさを流したのは、大津さまを皇太子にたてたいもののたくらみにちがいないのだ。

　あなたがひよわで、半病人のようなものだとか、大津さまとひとりの女をあらそって、まるで相手にされなかったとか、そういうかげ口は、これまでも、おれの耳にもはいっていた。

　あなたが皇太子となり、つぎの大王となれば、あなたの母ぎみの力はますます強くなる、それをよろこばない人がおおいのだ。大津さまが立太子されれば、ほかの人びとの発言力が強まる。たとえば、さきの近江の大王、開別大王の遺児、川島王子さまや志貴王子さまだ。おふたりはまだ少年だから、政治や、権力をもつことにそれほど強い関心はないにしても、かつて近江がたに心をよせたため、いま、朝廷で苦しい思いをしている人たちは、后の宮の力がこれ以上強くならぬよう、大津さまの立太子をのぞむだろう。

　大王の新宮の前で、行列はいったん、とまった。大津王子は、大王にあいさつなさるために宮にはいってゆかれ、おれたちは待った。

　この数年のあいだ、飛鳥は、遠い山なみが見とおせぬほど、広大な宮や寺院がたちならんだ。

　あいさつはすぐにおわり、ふたたび行列はすすみ、訳語田（おさだ）の館についた。嶋の宮ほど大きくはないが、新しいだけにすがすがしく、ここにも広い池があって、鴨が群れていた。


　おれは、青毛（あお）がなにか不始末をしでかさないよう、気をつかった。万一にも、大津さまが乗られたときにあばれてけがをさせるようなことがあったら、あなたがなにをいわれるかわからないからだ。

　だが、青毛は大津さまによくなついた。大津さまもこの癇（かん）の強い馬が気にいられた。

　訳語田の宮から三輪山のあたりまでは、ほんのひと走りだった。大津さまは、朝駈（あさが）けを好み、おれは伴につれだされ、馬のあとを、おくれじと走った。

　嶋の宮とちがい、訳語田の宮は、のびのびとしていた。おそらく、あなたの母ぎみの目がないからだろう。ここでは、舎人も従者も、大津さまといっしょになって、親しい口をききあった。奴婢でさえ、わけのわからぬ叱責や仕置をいつ受けるかと、びくびくしている必要はなかった。

　まるで、吉野の離宮であなたたちと知りあったころのような、いや、あのときより、いっそう明るい、親しみやすい雰囲気が、ここにはあった。

　川島王子（かわしまのみこ）や志貴王子（しきのみこ）も、ここには気がるにあそびにきた。高市王子や忍壁王子がみえることもあった。

　いくらか、うっとうしいといえば、嶋の宮から年とった女官が、大津さまづきとなってこちらにきたことであった。おれは、后の宮の候だろうなどど、とんでもないことをいわれたが、この女官は、后の宮の内意を受けて、訳語田の宮のようすをさぐっているのかもしれなかった。

「わたしは、后の宮が王位に執着されるのは、当然のことだと思うのだよ」

　高市王子が、ほかの王子たちに、そんなふうに話しておられるのを耳にしたことがある。嶋の宮では、貴人の話がおれたちの耳にきこえることなど、およそありえなかったが、ここでは、だれもがくつろいで、場所がらなど考えずしゃべっていた。

「いまや、大王は、神なのだ。なにしろ、大王は、みなの人間の力ではできないようなことをやりとげられたのだから」

「それも、兄ぎみのおはたらきがあったからでしょう」

　口をはさんだのは、忍壁王子であった。

「わたしは、ただ、たたかっただけだ。しかし、政治はいくさとはちがう。父ぎみは、その両方を、なしとげられた。いまも、なしとげられつつある。そうして、父ぎみのなさりようを、だれよりもよく知っているのが、后の宮なのだ。后の宮が政治権力をほかのものにわたしたくないのは、ただの権力欲からだけではない。じぶんがやりかけた仕事を、途中で他人の手にわたしたくない。わたしたら、じぶんの意図したものと、まるでちがってきてしまうかもしれないからだ。草壁をたてておけば、あのきみは……」

「やさしいだけがとりえで……」と、また忍壁王子がいった。ここでなら、なにをしゃべってもだいじょうぶと、心をゆるしているようだった。

「やさしいというのは、たいそうよいことではあるけれど、あのきみがもっているのは、政治には不必要な……いや、かえってじゃまになる資質ばかりだ」高市王子がいった。「あまり、あのかたを悪くいう声がでるまえに、はっきりいうが、わたしは、あのかたが好きなのだよ。ただ……」

「たいせつなのは」と、大津王子が、倭の国がどのようにつくられてゆくかということでしょう。わたしたちも、それぞれ、倭は、どうあるべきかという考えをもっているし、これからも、ことあるごとに、考えてゆくでしょう。父ぎみ母ぎみの政治にあやまりがあれば、わたしたちは、それを正さねばならないし、正すことができるだけの力はもつようにしなければ。政治が正しくおこなわれているかぎり、だれが皇太子にたとうと……」

「それは、考えが浅すぎる」忍壁王子がさえぎった。「子供じみた考えかただ。あなたは、后の宮の力をみくびりすぎているよ」

だれが皇太子になろうと、おれたちの暮らしは、かわることはなさそうだ、と俺は思った。凶作で食べることができず、子を売るものがふえた。すると政府は、子を売ることを禁ずるおふれをだした。子を売らなくてもすむ手段は考えないのだ。水底におしこめられたものが、あまりの苦しさに水面に顔をだすと、頭を思いきりぶんなぐるというふうなやりかただ。

嶋の宮に帰れとだれからもいわれないので、訳語田の宮で日をすごした。

道ばたで、子供たちが、菖蒲草（あやめぐさ）の葉を頭に巻いてあそんでいる。五月、ようやく、おれは嶋の宮に帰れと命じられた。訳語田の宮あたりには、まだ田もおおく、あそぶ子供のすがたもみられたが、大王の新宮に近づくにつれ、いかめしい建物ばかりがおおくなった。

訳語田の宮から帰ってみると、嶋の宮のおもくるしさが、ことのほか強く感じられた。

馬屋に行こうとすると、舎人が寄ってきた。根麻侶であった。親しげに笑いかけ、

「もどってきたのか。ご苦労だったな。たまには話しにこないか」と、さそった。

嶋の宮ではたらくようになってから、根麻呂をみかけたことはなんどもあったが、声をかけられたのは、はじめてだった。

おれは、すこし用心した。

池の上に藤の花房がたれ、池のなかにも、花が咲きほこっているようにみえた。

「元気か」

「ああ、元気です」

「こまることがあったら、なんでもいえ」

訳語田の宮のようすを、おれからききだしたいのではないか、と気づいた。だが、根麻呂は、あまり器用ではないし、正直で武骨だから、むだ話をしながら、じょうずに話をひきだすというようなことは苦手なのだ。しかし、吉野で、舎人のなかでおれといちばん親しくしていたのは根麻呂だから、えらばれたのだろう。

おれのことを候だといったやつは、まるでまちがっていたわけでもなさそうだ。最初から、おれにようすをさぐってこいなどと命じたら、おれがいやだということがわかっているから、なにもいわず送りこんでおいて、帰ってきてから、それとなくききだそうという腹だ。

そんなふうに思ったが、おれの思いすごしかもしれなかった。訳語田の宮にいるとき、あまりしばしば、后の宮の腹黒さが話題になったので、おれは、あなたの母ぎみに偏見をもってしまったのかもしれない、と、思いなおした。

「大津さまのところには、どのくらいいたことになるかな」

「むこうへ行ったのは、二月です」

そうか、と、根麻呂は、ことさららしく、指を折ってかぞえたりした。

「ずいぶん、いろいろなかたが、出入りしていただろうな」

「そうですね」

「草壁さまのゆずられた馬は、大津さまをてこずらせなかったか。あれは、気性が荒くて、草壁さまも、案じられたのだが、大津さまが、引出ものをいただけるのなら、ぜひあれをと、ねだられてな」

「大津さまには、よくなれました。だから、安心しておいてきた」

ふゆかいなかんぐりをしたやつがいたことは、話さなかった。

「高市さまや忍壁さまも、よくたずねてこられたか」

「そうですね」

「なにかこう……おまえが耳にして、気にかかるような話はでなかったか」

「奴の耳には、なにもはいりません」

「そう、あっさりいいきってしまわないで、思いだしてみてくれ。草壁さまのためになるのだ。おまえは、草壁さまの忠実な従者だろう」

友だちです、といいかえしたいことばを、おれは、のみこんだ。王子よ、おれはけっして、あなたの忠実な従者ではない。

おれは、名前をもたぬ。小鹿という名は、玉女がおれにふさわしいといったから、そう呼ばせているだけだ。

ひとは、おれを奴と呼ぶ。おれも、ときに、じぶんをそう呼ぶ。だが、おれは、強いられて、いやいやながら縛られているのではないのだ。おれは、あなたが気がかりだから、ここにいる。

すこしまえまでは、そうではなかった。おれは、だんだんわかってきた。たぶん、おれは、すねてあまえていたのだ。あなたたちのせいで、こんなにひどいことになったと、それを見せつけたい気持ちが、あったらしいのだ。だから、逃げようと思えば逃げられるときに、逃げなかった。もちろん、それだけではない。母たちにわざわいがかかってはいけないとも思った。それに、なにより、おれはあなたを好きだ。おれたちは、友だちだ。

ところで、いまは、もう、めめしくすねた気持ちはない。しかし……と、おれは、おどろいた。おれは、なんと、ぬくぬくとしたこの暮らしが、そういやでなくなってきている……。じぶんのなかに、そんな気持ちがあることに気づき、おれは、ほんとうにおどろいた。

これでは、手なずけられた犬ではないか。


それからまもなく、おれは、吉野の離宮への伴を命じられた。

16　吉野の誓い

五月六日。

父は、榊の枝に銅鏡をかけた。背面に竜と鳳凰、ふたつの頭をもった神獣を浮き彫りにしたものである。

母は、袈裟衣の上に裳緒を巻き、腰に鈴鏡をさげた。小さい円形の鏡のふちに、小鈴を五つとりつけたものである。これは母が神力を身に受けるときの正装であった。

これから、おごそかな誓の儀式がおこなわれるところで、場所は、吉野の離宮の滝津瀬のそばである。

きのうの夕方、飛鳥から、わたしたちは離宮についた。

父と母、それに、わたし、大津、高市、忍壁、川島、志貴の六人の王子。護衛の従者たち。

昨夜は、きょうの誓にそなえて、吉野川の水でみそぎをし、黙想して、きよらかにすごした。

梢のあいだを、朝日が水流のようにさしこみ、銅鏡は、白熱した小太陽となった。

小太陽を背に父と母は立ち、わたしたち六人は、その前に半円をつくってひざまずいた。

六人は、父にならって東のほうをむき、礼拝した。父が祝詞（のりと）を奏上した。

父は、これまでの神の加護を感謝し、こののちも守護たまわらんことを祈願した。そうして、じぶんのあとをつぐものに、じぶんと同様に、お力をさずけたまえと願った。

母が、「おー」と、神降ろしの声を発した。

それから、わたしたちはひとりひとり、誓をおこなった。

じぶんたちは、異なる母から生まれてはいるが、みな、父の子である。どのようなときにも、大王の御言のままに、力をあわせる。この誓をやぶったときは、いのちほろびるであろう。

父は、わたしたちの上に手をひろげ、

「この子らを、わたしは、わけへだてなくいつくしもう」

とちかい、母もそれにならった。

そのあと、直会（なおらい）になった。神にささげた供物や酒のおさがりを、みなで食べ、のむ宴である。

父は、はればれとしていた。神力（しんりき）は、たしかにこの場に降り、王子たちは誓いのとおり、力をあわせ敵にあたってゆくだろう、と確信をもったようであった。

しかし、わたしたちは、父のようにはれやかな気分にはならなかった。わたしたちは、めいめい、こののちの困難ななりゆきを予想していた。

父と母によっておこなわれたこの儀式が、わたしの立太子を容易にするためのものだと、だれもが、口にはださないけれど承知していた。

誓いを奏上する順序によって、わたしたち六人の王子の序列が、はっきりさだめられた。

わたし、大津、高市、川島、忍壁、志貴の順であった。

開別大王の遺児であり、大友王子の弟である川島と志貴。いわば、敵の生きのこりともいえるふたりの王子が、これほど優遇されるのは、他の勢力がかれらとむすびついて、反旗をひるがえすことがないようにというはからいであった。

　川島や志貴のほうからいえば、敵であるわたしたちの父の手のうちに、とりこまれてしまったということになる。

　父の王子は、このほかにまだ四人いた。しかし、王位あらそいに加わるには年がおさなすぎた。わたしを皇太子にたてるとき、ほかの王子たちをたおして反逆する勢力を、この誓いによって、あらかじめおさえこんだのである。

　わたしたちは、神酒をまわしのんだ。

　他の王子たちは、父と母をはばかり、口数がすくなかった。うかつなことをしゃべれば、本心がこぼれのぞく。

　父母きょうだいといっしょにいながら、わたしは、枯れ野にひとり立つように、孤独であった。わたしばかりではない、ここにいるひとりひとりが、みな、それぞれに孤独なのだと思った。

　すこし座がくつろいだとき、わたしは目だたないように席をはずした。

　川のほうへおりて、いくらか高くなった陽が、さざなみをきらめかせていた。

　逃げることはすまいと、わたしは思った。

　大王として、わたしは無能ではない。母ぎみにあやつられる飾りものではない。

　足音が近づき、高市の声が、「王子」と呼びかけた。

「立太子もまぢかですね」

「まだ、なにも決まってはいません」

「わたしたちは、あなたの力になりますよ」高市はいった。「わたしばかりではない。大津のきみも、忍壁も、川島も、志貴の王子たちも、あなたが立太子ということになれば、力をあわせます」

「兄ぎみにそういっていただけたら、心強い」

「わたしたちは、あなたに力をあわせるのです」

　あなたの母ぎみにではない、という高市の気持ちを、わたしは感じとった。

わたしの立太子を、人びとに受けいれさせる準備が、ととのえられはじめた。

吉野の誓いは、その重要な手はじめだが、翌年の三月、宇陀の阿騎野でおこなわれた狩りも、そのひとつであった。

わたしが病弱といううわさは、根強くゆきわたっていた。たしかに、わたしはたくましいからだつきではなかったし、ひとなみすぐれて頑健なわけではなかった。

しかし、べつに病がちということもなく、これといった大病もしたこともないのだが、父という超人のあとつぎに、人びとは、やはり超人をのぞんでいるのだった。——人びとというのは、もちろん臣や舎人たちである。閲兵の儀式で落馬したことは、うわさに、動かしようのない真実味をあたえた。

ほとんど身ひとつで吉野にのがれた父が、わずか半年ののちには、数万の大軍をあつめ、全国的な規模をもつ近江の大王の軍に圧勝し、大王の位をうばいとった、そのすさまじさ。その後ひきつづいて、法令をつぎつぎにだし、国のありようをととのえてゆく父は、じぶんを神とし、人びともそれを受けいれた。

その父にふさわしく、雄々（おお）しく力強い王子であるのだと、人びとにみとめさせるために、もようされた狩猟であった。

狩りは暁（あ）けがたからはじまるから、その前夜、野に仮小屋をつくり、泊まることになった。

陽が西にしずみかけていた。

仮小屋のならぶあたりからすこしはなれた川べりで、小鹿がわたしの馬に水をのませているのをみかけた。

他人の目がないので、小鹿は、わたしをみてもひざをつきはしなかった。

川の面は、夕霧がたちのぼりはじめていた。水をのみおえた馬を、小鹿は櫟の幹につないだ。わたしが岩に腰をおろすと、小鹿はそのかたわらにあぐらをかいた。

　霧はすこしずつ濃くなり、夕闇もまた、濃さをました。

「小鹿、子供ができたのだそうだな」

「よく、ごぞんじですね」

　小鹿は草をひきぬいてまるめると、器用に音をたてて吹いた。

「いつ生まれた」

「ことしのはじめです。あなたの奴がひとりふえた」

「わたしを憎んでいるのか」

「いいえ」

「おまえの奴の身分をとこうと、なんどかいったのに、おまえはことわった。おまえがことわろうと、わたしの命令ひとつで、おまえを良民にもどすことはできるのだ」

　いまでは、わたしにもそのくらいの力はある。

　霧は、わたしたちをつつみはじめた。

「子供が生まれると知ったときは、わたしもずいぶん考えました。婢の生む子供は、相手がだれであれ、生まれたときから奴です。一生、奴だ、のがれようもない」

「おまえと、女と、おまえたちの子供と、みな良民にしようというのだ。田もあたえようといった。おまえの耳には、まだとどいていないのか」

「ききました。奴婢は、みな、身分をとかれることを願っています」

「それなのに、おまえはことわった」

「すこし考えなおしました。玉女と子供は、玉女ののぞむようにしてください。わたしは、あなたに身分をといてもらおうとは思わない」

　わたしは、それ以上は問いたださなかった。わたしは、よくわからないながら、なにかきびしいものを、小鹿の声音に感じた。

「しかし、女と赤ん坊だけでは、田をあたえられてもこまるだろう。おまえが家の長（おさ）としてたたねば」

わたしがそういうと、小鹿は、痛いところをつかれたように、ちょっとくちびるをかんだ。

「いろいろ考えているのです」

小鹿は立ちあがって、去った。

なにを迷っているのか、わたしにはわからなかった。

翌日の狩りは、かなり大量の獲物を仕とめた。

そうして、その翌年、二月、大安殿で、父と母は朝臣をあつめ、律令を作成することを命じ、ひきつづいて、わたしの立太子の儀式がおこなわれた。

17　手古（てこ）を背に

「手古よ、手古よ」

玉女が呼ばう声がする。

おれと玉女の子は、四つになった。

おれは、子供にも名をつけなかった。〈手古〉は、おれの子だけのとくべつな名ではない。親の手に抱かれ、いつくしまれる子は、みな〈手古〉だ。

玉女は、おれをうらんでいる。奴の身分をといてやるといわれたのに、ことわったからだ。

それを知ったとき、

「狂（たぶ）れたのか」と、玉女は血相をかえた。「こんな、ありがたい話は、ないじゃないか。おまえの気持ちがわからない」

「おれにも、わからない」おれはいった。「だが、たぶん……こういうことだ。おれを奴におとした人の手でとき放たれたら、おれは、骨の髄（ずい）まで、飼いならされた犬とおなじになってしまう。あのひとたちの気分ひとつで、どうにでも動かされるということだ。おれは、じぶんを、とうにとき放っているのだ」

「おまえは狂れている」

玉女はいいつのった。

「おまえは、とき放たれたければ、手古といっしょに、良民になれ。王子さまがゆるしてくれる」

「おまえといっしょでなければ……。わたしひとりでは、田はつくれぬ。わかった。おまえは、田をつくるのがいやなのだろう。良民となって、田をつくり、租をはらい、雑徭にかりだされるより、奴のまま馬の世話をしているほうが、気らくでいいと思っているのだろう。嶋の宮の奴でいるかぎり、どんなに米がとれぬ年だろうと、飢えて死ぬことはない」

「そうではない」おれはきっぱりといった。

その言いあらそいは、なんどもくりかえされた。おれは、じぶんの気持ちを、どういいあらわしていいのか、よくわからなかった。

「手古よ、どこへ行った」

玉女の声が近くなり、おれのいる馬屋をのぞいた。馬屋は中央に通路がのび、その両がわの出入り口は、板戸があいたままなので、切りとったようにぽっかり明るい。

板羽目のすきまからさしこむ陽の光が、馬の背に縞もようをつくっていた。おれは、鞍をつくろっていた。

「手古はこなかったかい」

「こない」

「いっしょにさがしておくれよ」

「なにをうろたえて、さがしまわっているんだ。どうせ、館のなかのどこかにいるだろう。腹がへれば、炊屋をのぞく」

「きのう、倉にはいりこんで、とじこめてしまったのを知らないのかい。あいているところをみつけると、どこへでももぐりこむんだから。知りたがりで、むこうみずなんだよ。あぶなくてしかたがない。きのうも、子供がはいりこんでいるとは知らないで、仕丁が戸をしめ、外から閂をかけてしまったんだよ。きのうのうちにもういちど、戸をあける用事がなければ、餓え死するところだったよ。そんなめにあったのに、こりもしないで、きょう、朝からずっと、みえない。倉のなかにもいなかった。おまえも、さがしておくれったら」

「こんどから、ひもでも、おまえの腰にくくりつけておけ」

「おまえは、すっかりかわってしまった。むかしはやさしかった。いまは、ねじけて、かたくなだ」

おれは、すこしもねじけてはいない。かたくなかもしれないが、それは、ひとつのことについてだけだ。飼いならされて尾をふる犬にはならないということだ。

いかにも、おれは、はた目からみれば、嶋の宮の奴だ。籍にもそう記されていよう。だが、王子よ、あなたの申し出をことわったとき、おれは、じぶんで、いまのおれをえらびとったのだ。

おれは、いつでも、おれがのぞむときは、ここをでていくだろう。あなたにとき放たれるのではなく、逃亡奴として。

おれは、ときに、手古に国栖の山や谷を走りまわらせてやりたいと思った。鹿を待ちぶせ、追い落とし、追いつめるすべをおしえてやりたいと思った。

手古のために、おれは、ありがたく、あなたのおなさけを受けるべきか。手古に、えらびようのない生をあたえてしまったおれは。

だが、あなたたちに、〈ゆるされて〉良民となるということは、おれが奴におとされる原因となったあの行動を、あなたたちに〈ゆるされる〉ということなのだ。〈ゆるす〉とは、あやまちがあったから、〈ゆるす〉のだ。おれが、あなたたちに、悪いことをしました、と、みとめることになるのだ。

そうして、おれがあの行動をとった背後には、燃える駅屋だの、武器をもたないのに射殺された人びとだの、あなたの父ぎみのいくさのためにかりだされ、たたかわされ、殺されたものたちだの、かぞえきれぬいくつのもことが、ひしめいているのだ。それらのすべてにたいして、あなたたちのほうが正しかった、おれがまちがっていた、とみとめることになるのだ。

いいや、おれは、奴でありつづける以外に、おれの怒りの正しさを、かたちにあらわしようがない。

おれは、王子よ、あなたが好きだ。おれが嶋の宮にとどまる理由は、たぶん、それだけだ。さもなければ、とうに逃亡している。

逃亡は、おれたち——田作りや奴——にできる、ただひとつのささやかな抵抗だ。

しかし、あなたの父ぎみは、先年、おそろしいおふれをだした。本貫(ほんかん)を逃亡した浮浪者は、かならずつかまえて本貫にかえす、また、他人の家に住みこんでいた場合は、本貫と寄住先の家と、両方に課役を負担させるというのだ。課役とは、租、調、雑徭だ。

あなたの立太子以後、あなたの母ぎみは大王の宮にうつられたので、嶋の宮は、ずいぶんのびやかになった。主の気性をうつすのだろう、訳語田の宮にくらべれば、ものしずかではあるけれど、息をひそめて、監視の目をさけているような雰囲気はなくなった。

しかし、大津王子さまがことしの二月に、朝政に参加されるようになってから、舎人たちの気配が、なんとなくものものしい。

「すでに皇太子がおられるのに、なぜ、大津さまを、肩をならべるような位置につけられたのだ」

「大王に、皇太子を廃したてまつり、大津さまを皇太子にとおすすめしているものがあるというが、ほんとうか」

きょうも、あなたは、暁けの星がようやくうすれるころ大王の宮に出仕され、まだもどってみえない。朝議は夜明けとともにはじまり、昼ごろおわる。

「このままでは、また、あらそいがおきるだろう」

「訳語田の宮に仕えるものたちは、大津さまこそ皇太子にふさわしいといいたてる」

仕丁がはいってきて、

「馬をだしてくれ」といい、鞍をわたした。女人用の鞍であった。

「妃さま（阿閉王女）の館に、女官がごきげんをうかがいにゆくのだ。妃さまの御出産が近い。皇太子さまは、おいそがしくて、このところ、おいでになれないから、女官をかわりにおつかわしになる」

あなたの妃となった阿閉王女さまは、嶋の宮からすこしはなれた館に住んでおられる。

「おれもお伴をするのか」

「いや、馬を東の御門の前にひきだしておけばよい」

鞍をつけた馬をひき、玉女には、

「夕方になってもいなければ、いっしょにさがしてやる」といって、東の御門の前に行った。

ところが、妃さまからの知らせのほうが、早かった。

仕丁がつきしたがった馬が、妃さまの女官を乗せて、小いそぎにやってきた。

女官はほおをまっ赤にして、館にはいってきた。おれは、仕丁から女官の馬の手綱を受けとり、馬繋ぎにひいていった。

「王子がお生まれになった」

仕丁は、息をきらせながら、誇らしげにいった。

ほどなく、嶋の宮の女官が、裳すそを足にからませて、ころびそうにあわてながらでてきた。

「すぐに、大王の宮にお知らせにゆきます。馬の用意は？」

「できています」

「おまえ、ついてきなさい」

女官が馬に横乗りになるのを、おれはたすけ、馬の口をとった。

おれが嶋の宮にもどったのは、夕刻だった。

王子誕生の知らせに、大王の宮では、さっそく祝いの宴がもよおされた。

馬を小屋にいれようとして、なにかようすがおかしいのに気がついた。奴の仲間のひとりが、おれから馬の手綱をとり、

「おれがあとはやっておいてやる。玉女のところへ行け」といった。

玉女は奴婢の小屋のすみにうずくまり、婢たちがとりかこんでいた。

玉女が泣き声をあげようとするたびに、

「めでたい日に、不吉な声をたててはいけない。泣いてはいけない」と、婢のだれかがしかった。

「泣くと、打たれるよ。おまえだけではない、みんなが打たれる」

泣き声をたてぬために、玉女は、じぶんでしたのか、させられたのか、布を口にいれ、歯でかみしめていたが、それでも、ぐっ、ぐっ、と声がもれた。

しかし、おれをみると、玉女は布を吐きだした。泣きはせず、おれをにらみつけた。これ以上、恨みのこもりようのない目であった。玉女は、手古を抱いていた。池に落ち、おぼれたのだと、婢のひとりがおれにおしえた。おれが手をだすと、玉女はいっそう強く抱きしめた。

玉女は、怒りと恨みのすべてを、おれひとりにぶつけるほかなかった。

手古のなきがらは、宮をはずれた林のなかに埋めた。婢の仲間たちが、碓女（うすめ）と哭女（なきめ）の役をつとめてくれた。碓女は、黄泉の国の手古のために米をつくしぐさをし、哭女は泣いた。小さく土を盛った上に、椎の梢から枯れ葉が舞い落ちた。

王子のぶじな成長を祈願するために、薬師寺に、嶋の宮の官奴五十人が奉納された。薬師寺

は、三年まえ、后の宮が病まれたとき、早くなおられるようにと祈願するため、大王が建てられたもので、まだすっかりできあがってはいなかった。

玉女は、奉納の官奴のなかに加わった。

玉女が嶋の宮をでるまえに、おれは玉女にいった。

「いっしょに、逃亡する気はないか」

玉女はあきれ、さげすんだ目でおれをみた。

「のたれ死にするばかりだ」

そうして、「おまえは狂れているよ」といった。

「とき放してくださると王子さまがいわれたのに、おまえはことわったのだよ。わたしにはおまえがわからないよ」

18 女帝

わたしの立太子の前年に、父は大病をわずらった。いったん恢復したが、それは、父が意志の力で、むりやりに病をねじふせたもののようであった。病は父のからだのうちにひそんでいた。

みまかるまでの最後の数年を、炎が燃えあがり、燃えつきるように、父はすごした。病に身をけずられながら、あらゆることを、新しく父の考えでさだめていった。

軍制をしき、身分、位階を制定した。歴史書を編む事業をはじめた。さらに、都城を二、三の場所につくろうと計画していた。そうして、なによりの大事業である律令を作成するために、入念な準備をすすめていた。

それは、たしかに、壮大な国つくりであった。そうして、母が父のそばにいて、どれほど父をたすけたかも、わたしは、つぶさにみてきた。

すべては、父と母によって決められた。髪の結いかた、馬の乗りかたといった、こまかいつまらぬことまで決めずにはいられなかったのは、母であろう。

わたしの皇太子の地位は、ただ、父のあとをつぐものであることを示すだけで、発言がほとんどゆるされなかった。

わたしにできたことといったら、あの反乱のとき、父が兵をあつめた伊賀、伊勢、美濃、尾張の民に、調と雑徭を一年おきにする、つまり、調をおさめた年には雑徭にでなくてよく、雑徭にでた年には調をおさめなくてよい、とすることぐらいのものであった。

これも、そのまえの年から朝政に加わった大津の力ぞえが大きかったように思う。

大津は、このことにはむしろ反対だった。労働はいくらでも必要だったからである。しかし、わたしに協力して、父を説得してくれた。

父の事業は、しばしば地震でさまたげられた。ほとんど毎年のように、大小の地震におそわれた。

やがて、父は病床に臥したきりになった。

政治は、父にかわって母がおこなった。

「これが、大王のおおせです」

「大王は、このように命じておられます」

ほかのものの提案に、母が不賛成な場合は、

「大王は、その案はおとりあげになりません」

「それは、大王の御心にそむきます」

と、しりぞけられた。

母は、すべてのことを母の意志で決めねば承知できなかった。ことに、母は、大津が力をもつことを警戒していた。

朝議の席で、軍事力を大王が統制することが問題になったとき、大津が、

「武器はすべて、郡家におさめることにしては」

と、提案しかけた。

母は、

「そのことについては、大王が、深く考えておられます」と、大津の発言をおさえた。

　そうして、しばらくしてから、

「大角（はら）、小角（くだ）、鼓（つづみ）、吹（ふえ）、幡旗（はんき）、および弩（おおゆみ）、抛（いしはじき）のたぐいは、私の家におくべからず。みな郡家におさめよ」

という詔（みことのり）がだされた。その発案者が大津であることは、無視された。

　母と大津の反目は、父の病が重くなるにつれて、いっそうはげしくなった。

　大津の、政治へのわかわかしい気負いは、母には、じぶんの地位をおびやかすものに思えたのである。

　ふたつの力が対立したとき、生きのこるには、先制攻撃をしかけねばならない。相手をたおさなければ、じぶんがたおされる。

　母の敵意を、くったくのない大津も、感じとらないわけにはいかなかった。

　わたしは、じぶんが、母が権力をうしなわないための道具であることを知っていた。

　皇太子の地位を、ほかのものにわたさないために、わたしはそこにおかれているのであった。

　わたし自身にも、政治への理想と、それを実現したい気負いが、もちろん、あった。

　しかし、母と大津と、ふたつの力が刃をかわすようにしてせめぎあいながら、かろうじてつりあいをたもっているとき、わたしの不用意なひと言は、そのつりあいをやぶって大事をひきおこす。

　わたしは、沈黙をつづけるほかはないと思った。

「『皇太子は卑怯だ』といわれるかたがいます」

と、わたしにとりいるつもりか、わざわざ告げるものがいる。

「そんなことをいわれるのがどなたか、わたしの口から申さずとも、おわかりでしょう」

　そういって、その男は、ふゆかいな目まぜをしてみせたものだ。

おなじようなことをわたしの耳にふきこんだものは、ほかにもいた。その密告者は、卑怯だといったのは、忍壁王子だと名前まであきらかにしたが、さらにつけくわえた。

「すると、高市王子さまが、卑怯とは、なぜ？と、問いかえされたのです。忍壁さまは、こういわれました。

『皇太子は、すこしもじぶんの意見をおっしゃらない。だまってさえいれば、だれからも非難されないと思っておられるのだ。あのかたは、確固とした政見がないのだ』

高市王子さまは、それにたいして、こういわれました。

『皇太子が、大津のきみを支持すれば、后の宮は、いっそう、死にものぐるいになって、ごじぶんの地位をたもとうと、画策されるだろう。思いさって、大津のきみを抹殺する手段をとられるかもしれぬ。また、ぎゃくに、皇太子が后の宮のがわにたって発言すれば、后の宮の力はますます強くなり、大津のきみは窮地におちいるだろう。それがわかっているから、あのかたは、苦しい思いをしながら、だまっておられるのだ』

すると、忍壁さまは……」

「もういい」と、わたしはさえぎった。

「いいえ、耳をふさがれてはなりませぬ。すべてを御承知にならないと。どなたがお味方で、どなたが敵か、よくわきまえておられないと、たいへんなことになります。心をゆるされていい相手と、用心せねばならぬ相手を、みきわめておかれませ」

「そんなことを、后の宮のお耳にまではいれるな」

わたしはきびしくとめた。密告者は、わたしの剣幕に、ちょっと鼻じろんで、はいと頭をさげた。実際は、わたしのところへくるまえに、すでに母に告げていたのであった。

密告はふゆかいであったが、高市の兄が、そこまでわたしの気持ちをわかってくれていると知ったことは、このうえなくうれしかった。

沈黙をつづけるわたしを、卑怯だとか、いくじがないと真罵（まぬ）る声のあることは、密告をまたなくても、わたしの耳にはとどいていたのである。

皇太子の位を大津にゆずればいい、という声すらあった。

わたしがその道をえらばないのは、ひとつには、わたしの退位もまた、母が大津を討つきっかけをあたえると思えるからだが、もうひとつの理由もあった。

大津と母は、政治のありように関しては、そう大きな意見のちがいはないのだった。

〈政治の要は軍事にあり〉という父の根本方針を、大津は、母以上に過激に強力におしすすめようとしていた。

わたしの目には、父が近江朝をくつがえすために軍をあげたときの記憶がよみがえるのだ。そのとき、わたしはまだおさなかった。しかし、巨大な炎の車が驀進（ばくしん）するように、道すじにあるものを焼きつくし、焼きはらい、ひた押しにすすんでいった光景は、記憶にあざやかに残っている。わたしは、実際は、そのほとんどを、直接じぶんの目でみてはいないのだ。あるときは、眠っていた。あるときは、はなれたところにいた。

しかし、人びとが、なつかしそうに、あるいは誇らしげに、あのときの思い出を語るのを、いくども耳にした。

あのいくさは、父にとっては、やむにやまれぬものだったかもしれぬ。しかし、小鹿にとっては、なんだったのだろう。小鹿の中兄にとっては、鍬（くわ）を肩に、田からつれだされたものたちにとっては。

父たちには、それらの兵の数は、弩（おおゆみ）とか、抛（いしはじき）とか、槍とか矛とか、弓矢とか、武器の数をかぞえるのにひとしい、戦力の量であった。

わたしは、小鹿を知ってしまった。

だからといって、いま、わたしになにひとつできるわけではなかったが……はげしい水流のなかに、ただ一本たつ杭のように、わたしは、川底に足を埋ずめ、おし流されまいと立ちつくす。

そんなふうに考えているわたしとしては、まったく矛盾したことを大津にむかって口にした。

四月、母は、父の平癒祈願のために、使者を伊勢神宮につかわした。その使者をだれにするかで、母と大津はあらそった。

大津は、妃である山辺王女を、使者のひとりに加えたいとのぞんだが、母はゆるさなかった。

大津としては、十二年まえに斎王として伊勢の斎宮にこもった姉、大伯のようすを、山辺王女からききたいと、願ったのだろう。

伊勢につかわされたのは、多紀王女(たきのひめみこ)と、山背姫王(やましろのひめのきみ)、石川夫人(いしかわのおおとじ)の三人であった。

三人が旅装をととのえ、従者をしたがえて輿で発ったあと、大津は嶋の宮にわたしをたずねてきた。

池の水にうつる藤の花房は、まだ花がひらききっていなかった。花の影を、水鳥が乱した。

白瑠璃の盃を、大津はたてつづけに口にはこんだ。酒をみたした瓶は、たちまちからになった。

大津は、ふいに、盃を床に投げつけた。

「あなたは、いったい、なにを考えているのだ」

いらだたしそうに大津は叫び、瑠璃の盃は、くだけはせず、澄んだ音をたてて、ころがった。

大津は手をのばして、ふとい指で盃を拾いあげた。

「十市の姉ぎみに、いわれたことがあったな」大津は、盃を持った手をみた。「この手と、あなたの手をかさねあわせ、十市の姉ぎみは、ごじぶんの手でわたしたちの手をくるみ……」

憎みあわないでくださいね、といわれた……と、わたしたちはいったがどちらも声にはだささなかった。

「あなたは、皇太子の地位はじぶんこそふさわしいと思っている」

わたしがいうと、大津はわたしをみつめ、はっきりとうなずいた。

「わたしは、はがゆいのだ。やりたいこと、やらねばならぬことが、山ほどある。いちいち、后の宮のおゆるしを得ねばならず、后の宮は、わたしの提案だというだけの理由で、反対なさる。あなたは、政治に関心がないのでしょう」

「わたしに、退位をすすめにきたのだね」

「そうです」

「それなら、力でうばうがよい」と、そのとき、わたしはいったのだ、「父ぎみが、大友王子から力で王位をうばったように」

「わたしに、謀反をそそのかすのか。あなたが……」

「父ぎみが勝つことができたのは、それだけの深い策謀と、人びとの信頼があったからだ。あなたも、大王にふさわしい力があれば、兵をあつめ、わたしと母をたおすことができるはずだ。わたしをたおし、母をたおせば、人びとは、あなたを大王とみとめるだろう。わたしがいま、退位をいいだしたら、母は、即座にあなたを討つかもしれない」

「あなたを、力でたおせ、兵をあげろといわれるのか」

「父ぎみのように、かならず勝つと、準備をととのえての話だ」

大津は、思いがけないわたしのことばに、茫然として帰っていった。

わたしもじぶんが口にしたことばに、いささかおどろいてはいた。しかし、大津が思うぞんぶん政治力をふるうには、それ以外のみちはないのだと、わたしは思った。

だが、大津に「力でうばえ」といったとき、わたしは、〈力〉とはすなわち、射殺され斬り殺される兵の数であることを考えていなかった。わたしは、やはり大王の子であり、小鹿ではなかった。

父の快癒(かいゆ)のために、あらゆる手がつくされた。伊勢王が飛鳥寺につかわされた。大はらいがおこなわれた。調を半分にへらし徭役(ようえき)を免じた。

そうして、七月、政治は后の宮と皇太子にゆだねるという詔(みことのり)がだされた。

九月九日、父はみまかった。

すると、母はただちに、「以降、政治は、朕が称制する」と詔した。正式な即位はしないが、母が大王として政治のいっさいをとりおこなう、と宣言したのである。

それと同時に、宮の南庭に殯宮(もがりのみや)を建て、人びとの関心を、亡き大王の殯の儀式に集中させた。

殯庭(もがりのにわ)には、無数の貴族、廷臣、僧尼で埋められた。

暁けがた、東の地平にわずかに光がさしそめたころ、僧尼の慟哭(どうこく)の礼から、葬儀ははじまった。

もろもろの臣(まえつぎみ)が、つぎつぎに、誄(しのびごと)を奏上した。

父の生前をしのび、偉業をたたえ、忠誠をちかうのである。

大海宿禰菖蒲(おおしあまのすくねあらかま)は、父の出生をしのび、伊勢王は、もろもろの大王について奏上し、県犬養宿禰大伴(あがたいぬかいのすくねおおとも)は、宮内のことについて申し述べた。

誄は、四日間にわたった。歌や舞いもささげられた。

そのあいだに、母の力で大津を抹殺するたくらみがすすめられていることに、わたしは、うかつにも気づかなかった。

誄がすべて奏上されたのちも、殯は、いつはてるともなく、えんえんとつづいていた。

もちろん、その盛大な儀式は、父にふさわしいものであったし、父をしのぶ母の心の篤さにもふさわしいものであった。

同時に、父の威光でかざられた母のすがたを臣たちに示すのに役だった。

　父の死から二十日しかたたぬ、十月一日の夜、わたしは母に呼ばれた。宮のまわりは、警護の兵でかためられていた。

　部屋には、川島王子が、母とともにいた。

「大津が謀反をくわだてました。討たねばなりません」母のきびしい目が、わたしを見すえた。

「大津が、兵をあつめているのですか」

「そのような余裕をあたえてなるものですか。もっとも、川島が知らせてくれなかったら、おくれをとるところでしたが。兵政官(つわもののつかさ)の藤原大嶋に、すでに討伐を命じました。あなたもこころえていてください」

「誄(しのびごと)奏上(そうじょう)のため、あらゆる国ぐにの国造(くにのみやつこ)らがあつまっています」川島が、すこしあおざめた顔でいった。「大津のきみは、かれらと手をむすんで反乱をおこそうと、くわだてられたのです。わたしも、さそいを受けました。しかし、わたしは、吉野で大王に誓(うけひ)をしたことを忘れてはおりませんから」

「それで、大津をうらぎった……」

「亡き大王と后の宮、そうして皇太子に、忠誠をつくしたのです」

「高市や忍壁、志貴もここに呼びました。じきにそろうでしょう。遅参するものは、大津に荷担(かたん)したとみなして、討ちます」

　わたしは、大津にいくさをおこせ、力で王位をあらそおうといったが、それは、このような一方的な殺戮(さつりく)を考えたのではなかった。

　双方で兵をあつめ、互角にたたかおうというつもりだったのである。そうして、おそらく、わたしのほうに勝ちめはないだろうとさえ考えていた。どちらに人の心があつまるか、それによって勝敗が決まるのだった。

　てだてがあれば、大津に、逃げよと知らせたかった。

やがて、高市をはじめ、忍壁、志貴もかけつけてきた。

だれもが、急なことに、いちおうおどろきはしていたけれど、予想もつかない事態がおきたというふうではなかった。母が大津を、起たざるをえないところまで追いつめてきていることは、わたし以外のものの目には、あきらかだったらしいのだ。わたしの目は、注意ぶかい手でふさがれていた。わたしは、じぶんのおろかさに、うちのめされていた。もう、まにあわないのか。まにあわないのか。

母は、ひとりひとりに、大津から反乱のさそいを受けなかったか、また、大津に反乱の志があることに気づかなかったかと、問いただした。だれもが、否定した。

大津を討つようすをつたえる伝令がとどいた。桑名の館で、父からの伝令を待っていた母を、わたしは思いださずにはいられなかった。

訳語田の宮は包囲され、大津はとらわれたと、知らせがはいったとき、母は、わずかに微笑した。その笑顔は、仏像の、あるかないかのうすい笑いに似ていた。

謀反に加わった、壱伎連博徳、中臣臣麻呂、巨勢多益須といったものたちが捕縛されたという知らせも、つぎつぎとはいってきた。謀反に加わったといっても、実際に兵馬をととのえたものは、まだひとりもいないようすであった。

わたしは、部屋をでた。高市を目でまねいた。

回廊には朝日がさしていた。ふとい柱の木目が、光のなかにきわだっていた。

「大津をすくうてだてはないでしょうか」

わたしがいうと、高市は、いつにないひややかな目で、わたしをみた。

「王子、あなたがそれを口になさるのですか。大津を謀られたあなたが」

「わたしが大津を……」

「かつて、有間王子を蘇我赤兄が謀ったのとおなじ、きたないやりかたですね」

「わたしが……」

「いつでしたか、大津のきみは、わたしに相談にこられたのですよ。草壁に謀反をすすめられた。どういうことだろうと。蘇我赤兄は、有間王子に謀反をすすめ、はじめためらっていた有間王子が、ようやく挙兵の決意をかためたとき、うらぎって密告し、王子をとらえて縛り首にした」

「兄ぎみ……ちがいます。わたしは、たしかに、大津にたたかえといった。しかし……」

　わたしは、ことばにつまった。

　高市の表情がすこしやわらいだ。

「わかっています。わかっているつもりです。蘇我赤兄にあたる人物は、このたびは行心（こうじん）という僧です。その男が、大津のきみに謀反をすすめた。行心は、后の宮の内意を受けていたのです。蘇我赤兄の背後に、ときの大王や皇太子、中臣鎌足（なかとみのかまたり）らがいたように、行心の背後には、后の宮がいた。しかし、あなたのことばが、大津のきみを強く動かしていたことも、ほんとうです」

　高市は、ちょっとまぶしそうに、手をあげて朝日をさえぎった。

「わたしは、こんども大津のきみに相談を受けました。おやめなさいと、わたしはとめた。しかし、川島のように后の宮に告げることはしなかった。わたしを、大津のきみの一味として、捕縛されますか」

「大津を……たすけたい」

「いま、大津のきみのいのちをたすければ、のちに、あなたが大津のきみによって、いのちをうしなうことになるかもしれません。おわかりですか」

　わたしはうなずいた。大津にたたかえといったとき、わたしはすでに、それを覚悟していたのではなかったか。

「殯宮の最中に、大津のきみがひそかに飛鳥をぬけだし、伊勢に行かれたことも、あなたはごぞんじないのでしょうね」

「知らなかった……。大津が伊勢へ……」

大伯に会うために、大津は危険をおかしたのだと察したとき、わたしは、「大津にはまるでうしろだてがないのですもの。お願いするわ」といった大伯の声をきいた。大伯がわたしの手をひたいにおしあて、そういってすこし泣いたのは、伊勢にくだる直前であった。

母ぎみよりもあなたを信頼している、とも大伯はいった。その信頼に、わたしはまるでこたえられなかった。

部屋にもどると、母は刑官の阿部久努朝臣麻呂(あべのくののあそんまろ)に、なにか命じていた。

「母ぎみ、お願いがあります」

「あとにしなさい」

「大津の助命(じょめい)をお願いいたします」

話にもならないというように、母は首をふった。

「大津は、まだ兵をおこしたわけではありません」

「おなじことです」

「大津はすぐれています。臣たちからうやまわれ、慕われています。母ぎみが政治をきこしめすうえで、大津ほど力になるものはいません。大津を処刑されるのは、ごじぶんの片腕を断ち落とされるようなものです」

「その腕が、膿(う)みくされ、心の臓にまで害をおよぼすとなったら、断ち切りもしましょう」

母はうるさそうにいった。

「お願いです、母ぎみ。わたしはこれまで、母ぎみにことばをかえしたことはいちどもなかった。しかし、大津のことだけは……」

「大津は、あなたの敵なのですよ。あなたの将来のために、すべてのわざわいのもとを、いまのうちに断っておかねばならないのです」

「わたしは退位……」といいかけたとき、母は、手にしていた太刀で床を打った。

「あなたの一存で決めることではありません」

翌日、大津は自害を命じられた。

十一月、斎王の役をとかれた大伯が、飛鳥に帰ってきた。わたしは会いたいと思ったが、訳語田の宮にこもった大伯は、会うことをこばんだ。

わたしは、強大な兵力をもった母によって、嶋の宮に、半ばとじこめられたも同様になった。

まるで、ひとつの生を二度生きるように、わたしは、これまでのわたしを思いかえしてきた。すべてを思いかえしたつもりでいた。まだ、たいせつなことで、記憶の底に埋ずもれたままのことがあるだろうか。

みずから食を断って三日めになる。からだはすでに、半ば地上から消えたようなここちだ。

池に陽がさしているのがみえる。嶋の宮はしずかだ。妃の阿閉王女は、王子たちをつれて、母の宮へ行ったきりだ。

鴨が岸辺に泳ぎよってくる。忘れずに餌をやってくれるものがいるだろうか。

19　朝

王子よ、おれは、いま、あなたの柩がおさめられた真弓の岡のすそにいる。

あなたは、ひっそりとみまかった。おれには、なにもできなかった。

殯をおえ、真弓の岡にほうむられたあなたに、おれは、一夜かけて、語りつづけてきた。

おれは、これから飛鳥をはなれるのだ。逃亡奴として。

おれは、飢えて死ぬ気はない。祝がい歩くのだ。小枝の角をひたいにかざし、鹿の歌をうたい舞い、その礼物に、米を、粟を、受け、市から市へ、祝ぎごとのある村から村へ、歩きに歩くのだ。

朝だ。おれは、いま、語りおわった。

「炎のように鳥のように」あとがき

島の宮　上の池なる　放ち鳥　荒びな行きそ　君まさずとも
島の宮　勾の池の放ち鳥　人目に恋ひて　池に潜かず
東の　瀧の御門に　さもらへど　昨日も今日も　召すこともなし
天地と　ともに終へむと　おもひつつ　仕へまつりし　情違ひぬ
真木柱　太き心は　ありしかど　このわが心　しづめかねつも

草壁皇子がみまかったのち、舎人たちが悲しんで詠んだ歌二十三首（『万葉集』巻二）は、どれも、儀礼的ではない真情がこもっています。

その草壁は、悲劇の英雄として多くの人の共感をさそう大津皇子にくらべて、凡庸で病弱でとりえがないと、どの本にも書かれています。

強い人間より、弱い人間に、わたしは心をひかれます。大津をたたえるために、逆にひどくおとしめられる草壁が、わたしのなかに棲みついたのは、十年以上まえでした。天智、天武、持統といった強烈な個性をもった英雄たちがからみあい、天武が権力を奪取し、律令国家をつくりあげてゆく怒濤の時代に、無力な草壁は、弱い人間の目にしか見えないものを見ていたのではないか、そう思えてならなかったのです。

いつか、草壁を素材に書きたいと思い、おりにふれて資料も集めながら、なかなかとりかかれないでいたのですが、突如、結晶作用が生じるように、作品が凝固したのは、偕成社の方がたのあたたかいはげましのおかげです。

十年のあいだに、じぶんでも知らぬまに、果実が熟すように物語がわたしのなかで熟していたらしく、遅筆のわたしにはめずらしく、筆をおろしたら一気に、のびのびと書けました。

あとがきを書くのは蛇足めきますが、物語を一人称にしたため、筆が足りなかった点などを、二、三、おぎないます。

まず、〈馬〉です。当時の馬は、ずんぐりと小さく、脚も太く短く、いまのサラブレッドのようなかっこうよいものではなかったようです。しかし、そのおかげで、けわしい山路を踏破できたのでしょう。

つぎに、忍壁皇子を天武の第二子とした点です。ふつう、忍壁は、草壁、大津につぐ第四子とされています。しかし、実際の年齢は不明です。卑母の出であるにもかかわらず、天武からひじょうに重視されていることから、高市につぐ年長者ではないかと思いました。さいわい、直木孝次郎氏に忍壁第二子説があるのを知り、用いさせていただきました。ただし、新羅の花郎とむすびつけたのは、わたしのかってな想像によるものです。

奴婢の服の色については、はっきり規定されたのは持統朝になってからですが、それ以前にも慣習的に、つるばみ染めの服はもっぱら奴婢に用いられていたものと思います。

〈館〉という語は、「新しき館を難波の高麗の館の上に造る」(『日本書紀』推古十六年)とあるところから、外国使節、旅客の宿舎の意とされていますが、敢えて屋形の意に用いました。

この物語を書くにあたり、『日本書紀』、『万葉集』をはじめ、多くの書にたすけられましたが、とりわけ、左記の諸著のお世話になりました。なかでも、壬申の乱における天武の足跡を実際に踏査された三浦昇氏、マタギの狩猟について実地に調査された松山義雄氏の御労作にたすけられること大でした。付記して、著者にあつく御礼申し上げます。

北山茂夫『天武朝』『壬申の内乱』／亀田隆之『壬申の乱』／三浦昇『敵見たる虎か吼ゆると』／松山義雄『狩りの語部』／直木孝次郎『飛鳥奈良時代の研究』／宮原武夫『日本古代国家と農民』／八木充『律令国家成立過程の研究』／高橋崇『律令制官人給与制の研究』／上田正昭『日本古代国家論究』／石母田正『日本の古代国家』（順不同敬称略）

＊

最後になりましたが、いつもあたたかくはげましてくださり、解説の労をおとりくださった岩崎京子先生、美しい絵で拙作をひきたててくださった建石修志さん、そうして偕成社の方がた、ありがとうございました。

一九八二年五月

シュプールは死を描く 他1篇

PART 3

シュプールは死を描く

脱走

まだ、午前三時を少し回ったばかりだというのに、たそがれのような暗さであった。鉛色(なまりいろ)の空に、雲が渦を巻いて立っていた。山すそから吹き上げる風は、厚く積もった雪を巻き込んで、顔に打ち当たった。

コメツガやトドマツ、オオシラビソなどの針葉樹林は、雪の重みにたわんだ枝をきしませていた。

「吹雪にでもなるんじゃねえか」

木田登(きだのぼる)はジャンパーのえりをかきあわせた

歯の根が震えていた。足に合わないスキーぐつのため、かかとと爪先にくつずれができて、ずきずき痛む。途中でかっぱらってきたくつだから、文句は言えない。

「おれ、氷の柱が服着てるって感じだ」

木田登はつぶやいた。

連れの二人、上村史郎(うえむらしろう)も須藤洋平(すどうようへい)も、返事を返さなかった。

「いま、いったい、おれたちどこにいるんだろうな」

登は、押し黙っている二人の顔色を盗み見た。

三人とも、青みがかったグレーのズボンにグレーのセーター、グレーのジャンパー。国家からの支給品である。スキーとスキーぐつ、ストックは、途中のスキー場でうまく手に入れた品だった。

「どこにいるのかわからねえけどよ、とにかく、鉄格子のなかでないことだけは、たしかだぜ」

須藤洋平が、おとなびた笑いを見せた。

鉄格子はないが、彼らは、白い樹海の真っただ中にいた。

施設を脱走して、四日目だった。

トドマツのこずえ越しにのぞく空は暗さを増し、風が強くなった。こずえから、時々、どさりと雪のかたまりが落ちる。樹木の間を進むのに、長いスキーがじゃまになる。サイズを合わせる余裕がなく、手当りしだいにかっぱらったスキーは、登には長すぎた。

地図も持たず、土地かんもなく、雪におおわれた山地を走破しようというのは、まったく無謀な計画だった。だが、施錠作業の合間に、こっそり寮の入り口の合いかぎを作るのは、施盤に閉じ込められた生活の、たった一つの生きがいのようなものだった。かぎが完成して、しかも、うまくするりと錠が開くのを確かめたからには、脱走の誘惑は押えきれるものではなかった。

大湯からバス通りに下り、Y駅に出て列車に乗れば、一番簡単だった。しかし、駅には網を張られるおそれがある。山を越えて、西の沢田口に抜けようと、上村史郎が先に立って計画を立てたのだった。三人のなかでは、登が一番年が若い。

――そういえば、きょうはクリスマス・イブ、おれの誕生日じゃないか。

凍えて感覚のなくなった足を無理に動かしながら、登は、ふいに、思い出した。雪をかぶった針葉樹は、空に枝を伸ばした、巨大なクリスマス・ツリーのようだ。

――きょうで、おれ、十七歳になったんだな。史郎と同じ年になった。もう、一番ちびじゃない。

「きょうは、おれのバースデイだぜ」

先に行く史郎の背に声をかけた。二人とも、振り返ってはくれなかった。バースデイどころではないのだ。

もっとも、母からだって、クリスマスもバースデイも祝ってもらったことはなかった。

父の飲んだくれに愛想を尽かして母が家を出たのは、登は五歳のときだった。それから何人かの女が、父のところへ出たりはいったりしたけれど、一人として、クリスマスとバースデイのお祝いにまで気を配ってくれた女はいなかった。

デパートのおもちゃ売場から、銀色の星をかっぱらってきて、部屋に飾って、一人で〝ハッピバースデイ〟を歌ったこともあった。

中学二年のとき、同じクラスの牧由美子が、「クリスマスとお誕生日がいっしょなんてね、損ね」と、小さな糸切り歯をのぞかせて、バースデイカードとハンカチの包みをくれた。

N・Kと、登のイニシャルが縫いとってあった。それが、あとにも先にも、ただ一度のバースデイプレゼントだった。

カードには、「学校休まないでね」と、小さく書き添えてあった。そのころ登は、すでにだいぶぐれて始終学校をさぼっては盛り場をほっつき歩いていたのだった。家は、時おり帰って寝泊まりするだけの場所にすぎなかった。

由美子は、目立たないおとなしい生徒で、顔立ちもきわだった美人というわけではなかったから、それまであまり気にとめていなかった。小さなカードとイニシャル入りのハンカチは、登の心を、ほんのり暖かくした。しかし、その日を最後に、由美子は転校して行った。うつろにあいた穴を満たしてくれるのは、盛り場で声をかけられた仲間になった連中から教えられた、酒の味、たばこの味、シンナー、ギャンブル……。

ぼんやり思い出にふけっていたので、先を行く二人よりだいぶ遅れた。登は、あわてて足を速めた。

腹がへっていた。疲れて、ひざがガクガクした。

樹海は、果てしなく続くように思われた。一昨日忍び込んだスキー場のロッジで、客の荷物を探って手に入れた食糧は、とっくに食べ尽くしていた。

洋平のがっしりたくましい背が、ぐいぐいと先頭きって進んでゆく。十八歳だが、からだつきは、もう、まったくのおとなである。

傷害罪だと聞いていた。施設の中でも、登の知っているだけで、三度、けんかで相手にけがさせている。そのうち一人は、教務課の職員だった。そのたびに、反省室に入れられる。二十日間の孤独な正座のあと、反省室を出されても、あまり反省した顔はしていなかった。いつも、むっつりと無表情だった。娑婆で待っている〝おれの女〟のことを口にするときだけ、小さい鈍重な目の色がなごむ。

「バーに勤めてて、おれより二つ年上だけど……」

かわいいんだ、と、はにかんだように笑う。

史郎は、登にとって、洋平よりさらにとっつきにくい相手だった。

どんな理由で施設送りになったのか、自分の口からは一言も語らないが、職員たちの話の断片から、政治運動に参加して逮捕されたのだと、聞きかじった。住んでいる世界が違うという気がした。

三人は、施設で同室だった。

ふいに、目の前が開けた。

スロープが銀色に輝き、あざやかな色彩のアノラックが、そこかしこに散らばって、雪煙をあげる。リフトが、風に揺れながら、まだ運転を続けている。斜面のはるか下には、ロッジがこんもりと雪をかぶり、その右手に、ふもとに降りるロープウェーの乗場が見える。

登は、へたへたと、しゃがみこんだ。針葉樹の林のなかを、さんざん歩き回って、一昨日忍びこんだおなじスキー場に、また、舞い戻ってきてしまったのだ。

ロッジに侵入

「やり直しだ」

洋平がうめいた。

「えさの仕入れからな」

史郎は笑って言った。登が、おや、と思うほどくったくのない笑い声だった。

とにかく、おりを出さえすればよかったのだ。

史郎にとって、施設送りは、不当な監禁としか思えなかった。脱走という行為そのものが、彼にとっては意義があった。一刻も早くたどりつきたい目的地があるわけではなかった。

政治活動にも、彼は熱意を持てなくなっていた。あまりに早く、力の差を思い知らされた。なにもかもがむなしいなかで、脱走という行為は、瞬間的に活力を与える麻薬の効果のように、彼の知覚と脳髄を活発にした。

「えさの貯蔵庫にもう一度たどりついたんだから、運がいいってなもんだな」

洋平も苦笑した。

「早くしたほうがいいぜ。この天気では、じき、リフトが止まりそうだ。スキー客たちがロッジに引き上げてくるとやばい」

「一度はいったところだから、様子がよくわかっているのは、都合いいな」

と、登が、

「ついでに、金もいただいてきたほうがいいぜ。銭っこがないと、なにかと不便だもの」

「かね?」

と、史郎は、ちょっといやな顔をした。食糧を盗み取るのに、なんの嫌悪感もなかった。楽しいいたずらをしているような気分だった。ところが、取る目的物が金となると、抵抗を感じた。

洋平は、目ざとく、史郎の表情の変化に目を留めた。

「おまえ、脱走ごっこのつもり? 一文なしで逃げ切れると思ってるのか」

「甘いよ」

と、登がしり馬に乗った。

「スキーだの、ストックだの、もう、いろんなものを盗んでいるんだ、いまさら、手はよごさないなんて顔はできないんだぜ」

ロッジは、たてに細長い口の字型をしている。正面が、玄関、フロント、ロビーなど。中庭をはさんで、向かい合った棟は、乾燥室、修理室、ボイラー室、浴室などが並び、それをつなぐ東の棟が、食堂、厨房、倉庫など。

西の棟は、客室になっている。蚕だなのように、ベッドが上下二段に八人分造りつけになった板敷の間が七つ。

東棟と西棟には、非常口がついている。乾燥室には、外から直接はいれる。

登たちは、乾燥室に忍び込んだ。

スチームの熱気が、快く、冷えたからだを包んだ。

四方コンクリートの小部屋で、壁に沿って、ぬれたくつをかわかすための浅いたながが、ずらりと並んでいる。客はほとんどゲレンデに出ているらしく、たなには二、三足しか置いてなかった。

「おれの足に合うやつ、ねえかな」

登は、まず、くつをはきかえようとした。

「待てよ、これからの計画を練ろう」

と、史郎が、

「空模様が怪しいだろう。きょう、これから山を突っ切るのは無理だ。ここに一晩隠れて、あした出発するか、それとも、思い切って、ロープウェーで湯元まで降りて国道を行くか、どっちか決めよう。

ロッジで一晩明かすつもりなら、食糧の仕入れはあすだ。いま、やったら、客が帰ってきてから、とられたのに気がついて、騒ぎだす。

ロープウェーに乗るつもりなら、早いとこ、やっつけよう。ただし、どっちにしても、つかまる危険性は大きいぜ。おれたちがにげたこと、もう、ニュースなんかで伝わっているかもしれない」

「さあ、そいつはどうかな」

と、洋平が、

「おれたち、そんな大物じゃねえ。刑務所や特少（特別少年院）なんかの脱走なら、大騒ぎになるだろうが、おれたち初等だから」

施設は、特別、中等、初等の三段階に分かれている。

脱走してつかまったら、収容期間が伸びる。おとなしくしていたほうが、得だったかな、と、登は、いささか気が重くなる。

一つの思いつきが、登の顔を明るくした。

「湯元へ降りて、東京へ長距離電話かけようや。組の兄貴に、車で途中まで拾いに来てもらう。公衆電話で、いくらぐらいかかるかな。早いとこ、金と食い物をぱくって、下へ降りよう」

「うぬぼれるなって」

洋平は首を振った。史郎も、話にならないといった顔つきだ。

「車で、東京からたっぷり四〇〇キロのドライブだぜ。しかも、おれたちを乗せて、検問でひっかかったら、脱走幇助(ほうじょ)かなんかで、そのおあにいさんだってぱくられる。おまえみたいなちんぴらに、そんな犠牲を払ってくれるものか」

「大丈夫だよ。兄貴たちは、おれのこと、かわいがってくれるもの」

「おまえが役に立つ間だけだ。役に立たなくなれば……」

ばっさりさ、と、洋平は手で断ち切る身振りをした。

「そんなこと、ねえって。やってみようや。もし、だめだって、もともとだ」

登は、腕時計をのぞいた。これも、食糧と一緒に、一昨日、スキー客の荷物から手に入れたものだ。

四時十五分。

「かね、捜してくるぜ。すぐ戻る」

登は廊下に通じるドアを細目にあけた。右に行けばボイラー室や浴室を隔てて、食堂のある東棟。左は、客室のある西棟につながっている。

あたりを見回すと、ちょろっと、素早い動作で廊下に出、後ろ手にドアをしめた。ドアは、ギイッときしんだ。

「しょうのねえやつだ」

洋平はチッチッと舌を鳴らした。

「ここで待っているのは、やばいんじゃないか。スキー客が、そろそろ引き揚げてくるだろう」

「河岸をかえるか」

「キー公が困るかな。おれたちの居場所がわからなくて」

キー公は、木田登の呼び名である。

「ボイラー室にはいって、修理工みたいな顔でもしているか」

史郎は、外の様子をうかがった。

「かなり風が出てきたけど、まだ、リフトは動いている」

「ちくしょう、一服吸いてえな」

洋平は、いらいらした声を出した。施設にいたときも、煙草が吸えないのを、なによりつらがっていた。

「キー公に、モクもついでにパクってこいと言うんだった」

登は、なかなか帰ってこなかった。

「一人でずらかりやがったかな」

「一人で逃げる度胸はないだろう。あいつは、しょっちゅう、だれかのけつについて歩いている」

史郎は笑って言った。

「とっつかまったんでないと、いいけどな。つかまったら、簡単に吐いちゃうからな、あいつ」

外に通じるほうのドアが開いた。にぎやかな笑い声が飛び込んできた。史郎は、はっと、からだを固くした。洋平は、落ち着いてかがみこみ、くつのひもをほどくようなふりをしている。史郎もそれにならった。

外からはいってきたのは、三人連れの若者だった。

ゴーグルをはずした顔を、史郎は、うつむいたまま、横目で盗み見た。中の一人は、史郎と同じ年ごろの少女だった。ほかの若者は、いくらか年上に見える。

かがみこんでいる史郎と洋平のことは、気にもとめない様子で、笑いころげている。

「……だってよ、てんで、しまらねえの。キー子、ひっちゃけになって、ストックつっぱってるんだよな」

キーコという名前がでてきたので、史郎はぎくっとしたが、それは、一緒にいる少女の呼び名らしかった。

「それでも、風がぴゅーっとくると、スースースーって、流れてっちゃうんだもんな」

「あたしがスマートだって証拠じゃない」

「自慢にならねえよ。やせっぽちだとは思っていたけれど、まるで、紙くずみたい」

風がぴゅーっとくると、ス、ス、スー、だと繰り返して、青いアノラックの背の高い若者は、からだを折って笑いこけた。胸に34というゼッケンをつけている。ナンバーの下に、ＥＪＴスキー学校という文字がしるしてあった。ほかの二人も、同じゼッケンをつけている。ナンバーは、少女が36、もう一人の男は、３、と番号が若かった。

「自分だって、やせっぽちのくせに」

少女はふくれた。

「指導員も、あっけにとられてたぜ。五班のやつ、一列に並べて、でかい声で訓示をたれてる最中に、キー子一人、すーっと流れてっちゃうんだ」

「斜面でやるからいけないのよ。平なところでしゃべってくれればいいのに。それに、あたし一人じゃないわよ。ほら、あのおばちゃん。なんて名前だっけ……そうそう、脇さんだ。高校の先生だって言ってたわね。あの人だって、風が吹きつけるたびに、ヨットみたいに吹き流れていたわよ」

しゃべりながら、手袋を脱ぎ、くつひもをとく。史郎の目に、白い形のよい指が映った。

「あのおばちゃん、傑作なんだ」

ゼッケン34は、けらけら笑いながら、

「キック・ターン、できねえの。足が短いんだな。レッスンの終りに、円陣作って、片足上げてスキー立てて、シー・ハイル、シー・ハイルとあいさつするだろ。そのたんびに、ひっくりかえっちゃうんだもんな」

「でも、あのおばちゃん、得してる」

とゼッケン36の女の子は、ゼッケン8に、

「きょう、あたしたち五班の連中、みんな、第一リフトで〈しらかばゲレンデ〉の上まで連れていかれたのよ。もう、斜滑降もプルークボーゲンも習ったんだから、下まで降りられるはずだって。

ところが、彼女、降りられないんだ。なにしろ、曲がれないのよね。顔面制動なら、まだかっこいいけど、いちいちしりもちついて止まって、それから方向転換するの。まるで、バテちゃってさ。そしたら、例の二枚目、市森さんがさっとそばに寄ってきて、あのおばちゃんのこと助け起こしてさ、後ろから手を腰に回わせて、ひっぱって降りてった。おばちゃん、気持ち良さそうだったわよ。ああ、やける」

「あれが、二枚目かね。女って、ああいうエリート面が好きなの？　趣味悪いな」

「少なくとも、梅ちゃんやノブより、彼のほうが趣味いいわよ」

「なんて、自分は一度もころばなかったみたいに聞こえるぜ、キー子」

「あたしは、一人でちゃんと降りたもの」

「こけつまろびつってやつだ」

「悪口言ってないで、あの市森さんみたいに、ひっぱって誘導してくれればよかったのに」

「単車の二人乗り（タンデム）はお手のものだけど、スキーでそんな高級技術できるくらいなら、五班でかっこ悪くまごまごしてないよ。栂野（つがの）といっしょに、一班にはいってる。

だけど、キー子、脇さんの悪口言っていいの？
あのおばさん、お前のこと、いやにかわいがって
くれるじゃないか」
「死んだ妹さんに似てるんだって、あたしが。
ちょうど、同じ年くらいで死んじゃったんだっ
て。……十七で」
「病気？」
「詳しいこと知らない」
「早くしろよ、ぐず」
ゼッケン8は、もう、くつをスリッパにはきか
えていた。
「せっかち」と、言い返して、
「栂野、お前の班で、ジャンプの練習中にけが人
出たって？　てっきりお前だと思って、喜んでた
んだけどな」
「おれ、国体に出られる腕前なの。あんなジャン
プで、まずってたまるか」
「なに言っちゃって」
「あの市森って人も、国体級だぜ」
と、ゼッケン8はほめた。
「だれがけがしたの？」
「市森の姉さん。珠美（たまみ）さんての」
「彼、美女を二人も引き連れて来てるから、チキ
ショーと歯ぎしりしてたんだけど、そうか、一人
は姉さんなのか」
「花模様のすげえ派手なアノラックを着たほう
が、姉さんの珠美さんで、もう一人の由井道子（ゆいみちこ）さ
んてのが、婚約者だって。だから、ノブ、コナか
けるんなら、珠美さんのほうだぜ」
「ばあさんすぎら。市森の姉さんなら、少なくと
も、二十七か八になるだろ。市森って、もう、サ
ラリーマンだろう。二十五、六に見える」
「ノブみたいなの、向うが相手にしないって」
「早くしろよ」
ゼッケン8は、また、促した。
「めしの前に、一度、音合わせておいたほうがい

いぞ。めしがすんだら、すぐ商売だから」

「やっぱ、クリスマスソング入れるの？　のらねえな。おれたちのオリジナルオンリーでいこうよ」

「きょうのは、ここの客の好みに合わせなくちゃならないんだよ。野音（やおん）なんかで、フォークやロックのファンを相手にやるのと違う」

「それじゃ、全部ロックにアレンジしたやつでやろう」

　三人は乾燥室を出て行った。のっぽのゼッケン34は、出がけに鴨居（かもい）に頭をぶつけ、痛いっ！　と悲鳴をあげた。

「たっぱが高すぎるのも不便だな」

　笑い声を残して、三人は廊下の向うに去った。

タバコ泥棒

　とうとう、怪しまれないですんだ。これなら、だれかに姿を見られても、スキー客の一人と見まちがえられるのかもしれない。

　史郎は、ほっとして、からだの力を抜いた。

「ここでキー公を待っていても、大丈夫らしい」

「それにしても、あいつ、やけにおそいな」

　洋平は、落ち着かなく立ち上がった。

　さっきのにぎやかな三人組を皮切りに、スキーヤーたちがゲレンデから引き上げてき始めた。

　狭い乾燥室のなかは、急にさわがしくなった。戸をあけるたびに、風のうなりが聞こえる。はいってくるスキーヤーたちの頭や肩に、雪が白い。吹雪になったらしい。

　ひとしきりにぎわった乾燥室は、ぱったり静かになった。ドア越しに、かすかに、ホワイト・クリスマスのメロディーが流れてくる。パイプオルガンの響きも混じって、食堂の方でかけているラジオの音楽番組らしかった。

「せしめてしまった」

　と、洋平がうれしそうな顔で手を開いてみせた。手品のように、煙草が一本のっていた。フィルターつきのハイライトだった。

「お前、これもやるのか？」

史郎は、すりの指つきをした。

「初めてだ。割合、簡単にできるものだな」

アノラックのすそのポケットに、タバコを突っ込んでいる野郎がいた。いかにも、取ってくださいといわんばかりに口が開いていたから、一本すりとったのだ、と洋平は口もとをほころばせ、

「マッチ、マッチ」

と、騒ぎだした。

「たばこだけあってマッチがないんじゃ、まるで、タンタロスだな」と史郎が言うと、

「それ、どこの喫茶店だ？」

と、洋平は、見当はずれなことを言った。

「火がなくても吸えるタバコというのを、いつの日か、きっと発明してやる」

くやしそうに、洋平は煙草を見つめた。

床のすみにころがっているひしゃげたマッチ箱を史郎が見つけてやったときの、洋平の顔といったらなかった。

「これで、からだったりしたら、もう……」

恐る恐る中箱を引き出す洋平の手つきに、史郎は、テストの成績を期待と不安をこめてのぞいてみたころの自分を思い出した。

——トップを取ろうと、ひっちゃけになっていたこともあったっけな……。

「あった、あった！　三本はいっていた」

はしゃいだ声をあげて洋平は、タバコをくわえると、勢いよくマッチをすった。

一本目は、湿けていたためか、頭の薬がぽろりと取れ、二本目が、やっと黄色っぽい炎をあげた。口もとへ持っていこうとする手が、激しく震えた。

目を閉じた洋平の顔が、ひきゆがんだ。

ほおから血の気が引き、からだをたたみ込むように前に倒れた。口からタバコが落ちた。

床をのたうって、四肢を痙攣させる。床をかきむしる爪の間に、血がにじむ。

すさまじい苦悶のさまに、史郎は立ちすくんだまま、声も出なかった。

ひきつるように痙攣していた手足の動きが、だんだん、鈍くなる。ひくっ、ひくっ、と、かすかに指先が動く。うつぶせに倒れ、手脚をねじくれさせて、ついに動きが止まった。

史郎の足から力が抜けた。目の前が暗くなった。ふらふらと倒れかかったとき、廊下へ通じるドアが、ギイッときしんであいた。ラジオの音が飛び込んでくる、にぎやかなジングルベルの歌声が、史郎をわれに返らせた。

さっき、にぎやかに笑い興じていた三人連れのなかの、少女だった。

床に倒れている洋平には気づかず、史郎と目が合うと、にこっと笑いかけた。

スキー服を、ベルボトムのGパンと真赤なセーターに着替えていた。

やせっぽちと仲間にからかわれていたように、ほっそりしたからだつきで、たまご型の小さな顔に、まつげの長い目だけが、くっきりと大きい。清冽なさわやかな印象が、目に焼き付いた。さっきは、気づかれないようにと下ばかり向いていたので、顔を十分見ることができなかったのだ。

「あら、まだここにいたの？　もう、みんな食堂に集まっているのよ。早く行かないと、お夕飯食べそこなっちゃうわよ」

スキー学校のメンバーとまちがえているらしい。

「あなた、気分悪いの？　青い顔しているわ」

手袋をここに置き忘れちゃったの、と、少女は首をすくめて、小さく笑った。人なつっこい笑顔だった。えくぼが愛らしかった。

気がつかないでくれればいい、と史郎は願った。この少女をおびえさせたくなかった。しかし、床に横たわった洋平のからだが、目にはいらないわけにはいかない。

「どうしたの、この人!」

まさか、死んでいるとは思わなかったようだ。

驚きの声をあげはしたものの、

「二人でけんかしたの?」なぐり倒されたぐらいにしか思っていない。

「こんなところに寝せといちゃ、いけないわ」

「あ、待って」

洋平のからだに手をかけようとするのを、あわててさえぎった。廊下に通じるドアをぴったりしめると、

「お願いだから、大きな声を出さないでほしい」

少女は、やっと、薄気味悪くなってきたようだ。明るい笑顔に、おびえた影が走った。

「急に、心臓麻痺かなんか起こしたらしいんだ」

「それじゃ、早くお医者さんに見せなくちゃ」

少女は、ドアの方に向かって、じりじり後ずさりにさがった。


その両手を、史郎は、いきなり握りしめた。

「頼む、ぼくをこわがらないでくれ。なにも、きみにひどいことはしない。ただ、少し、ぼくに時間を与えてくれ。どうしたらいいか、ぼくも途方にくれているんだ。考える時間を貸してくれ」

少女は手を引き抜こうとしたが、史郎の手にがっしり握りこまれているのを知ると、すなおにあきらめた。

「時間を貸せって、どういうこと? 病気だったら、少しでも早く、お医者さんに見せないといけないでしょう」

気味悪そうに洋平のからだに向けた視線は、それがすでに息絶えたむくろであることを、うすうす承知しているようだった。

「もう、手遅れなんだ」

「やっぱり……」声が震えていた。大きな黒い目の目じりに、涙が盛り上がった。

史郎は、くつのたなに寄りかかった。足がなえ

て、立っているのがつらかった。

――洋平は死んでしまった。どうしたというのだろう。あんなに元気そうだったのに……。心臓麻痺だろうか。心臓が悪いということは、聞いていなかったけれど……。

さまざまな考えが、とりとめもなく、心に浮かんでは消えた。

――ずっと吸わないでいたタバコを、急に吸ったのがいけなかったのだろうか。急性のニコチン中毒?……そういえば、キー公のやつ、どこへ行ったんだ。キー公……この女の子、キー子とよばれていたっけな……。

「どうしたの、あなたも病気?」

心配そうな少女の声に、いっとはなく意識を失いかけていたのを知った。思いのほか、疲労が深かった。雪の山道を、ろくな食物もなく、歩き続けたのだ。

「とにかく、食堂へ行きましょうよ。ロッジの人に話さなくちゃ」

そう言ってから、少女は、しげしげと史郎の顔を見つめた。何かさとったようだった。

「あなた、人に会うの困るの?」

史郎は、目を閉じてうなずいた。もう、どうにでもなれと、やけっぱちな気分だった。

――また、あの金網と鉄格子のおりの中に戻るのか。

施設の中は、ちょっと見たところでは、知らぬ者が想像するように陰惨ではなかった。

野芝のはえた広々とした敷地に、菜園や家畜小屋があり、のどかな田園風景とも言えた。しかし、田園には、鉄格子やかぎは存在しない。

敷地に立ち並ぶ、電気工事、自動車整備、溶接、建築などの職業訓練を受けるための作業棟。その、どの建物も、窓に鉄格子がはまり、戸には錠がついていた。

寝起きする寮にも、やはり、鉄格子とかぎはついてまわっていた。ベニヤの板壁に囲まれた、殺風景な私室。

そこでは、どんな個性の主張も許されない。私物を持ち込むことはいっさい禁じられているので、部屋を飾るのは、ただ一枚のカレンダー。それも、どの部屋も同じ図柄で、貼る場所さえ、一定の所に決められてあった。

壁ぎわに、新聞紙一ページ大の、引き出しもない木のすわり机が五つ、入口のそばの小さな本だな、これだけ使用を許されている数冊の学習参考書。五人一部屋の室内にあるのは、それだけだった。

ギブソンのギターと、ギュスターブ＝モローの複製画で飾られた、わが家の自分の部屋が、ダブって浮かんだ。五月、その部屋にはばらの香りが満ち、その部屋にはギターの音が流れ、十二月になれば数々のクリスマスカードが壁にピンでとめられた。

その部屋にも、かぎはついていた。だが、それは、彼の自由をはばむためではなく、家人の勝手な侵入から自分の城を守るため、彼自身で取りつけたものだった。もう二度とあの部屋に帰ることはないだろう……。

懲罰を受けるいわれはないと、信じていた。機動隊に取り巻かれ、ガス銃を発射されたときの恐怖。完全黙秘を続けてがんばった取調べ室。警察のやっかいになるやつなど、わしの子ではないと怒号した父。何もわからない子どものくせに、大きい人たちにそそのかされて、お姉さんの縁談にさしつかえるのよ、と泣きくずれた母。

洋平のやつ、女に会うんだと、楽しみにしていたのに……顔も見ないで……女とやるって、どんなものなんだろう……。

頭に浮かんでくる思いは、まるでとりとめがなかった。額に、ひやりと冷たいものを感じた。目を開いて、いつのまにか、固いベッドに寝かされているのを知った。貧血を起こして、失神していたらしい。

　ベッドの感触は、施設の畳敷きの木製ベッドと同じだった。連れ戻されたのかと錯覚した。はっと起き上がろうとする肩を、柔らかい手が、なだめるように押えた。

「気がついたの？」少女の声だった。

「栂ちゃんとノブに、あたしたちの部屋まで運んでもらったのよ」

　向かい側のベッドに、さっき乾燥室で見かけた二人が、並んで腰をおろしていた。

「ここ、あたしたち三人だけで占領しているんだから、大丈夫よ」

「洋平は？」

「あの、死んだ人？」

　と、少女の声は低くなった。

「乾燥室のすみに、あのままなの。ロッジの支配人に知らせなくてはいけないんだけど、あなたの話を聞いてからにしようと思って。あなた、考える時間を貸してくれって言ったでしょう。だから、待ってたの」

「もう、いいよ」

　史郎は、弱々しく言った。どうせ、逃げ切れない。コンクリートの床に横たわったままの洋平を思うと、胸が痛くなった。

「すぐ知らせてくれ。あのままじゃ、かわいそうだ」

「ほんとにいいの？」

　少女は、ほっとした顔になって、念を押した。

　史郎がうなずくのを見て、背の高いほうの若者が、大またに部屋を出ていった。鴨居をくぐるとき、ひょいと首をすくめた。

「いまの間に、自己紹介するわね」

　史郎の気をひきたてるように、少女は強く明るい調子で、

「あたしは、夏目紀子。この人は栂野靖夫。いま出ていったやせっぽちののっぽが、ノブ。本名は

内田伸也。三人で、フォーク・グループを作っているの。アマチュアだけど」

あいたベッドに、ハードケースにはいったギターが三ちょうおいてあった。「ぼくは、上村史郎……」そのあとのことばが、すらすらとは出てこなかった。

あわただしい足音とともに、ノブが駆け戻って来た。ドアをあけると同時に叫んだ。

「おい、えらいことになった。市森さんが死んだ……いや、殺された！」

食堂の死人

「市森さんが殺された？」

栂野が声をあげた。

「おれの目の前で……」

と、ノブは、真青な顔で、ベッドにへたへたと腰を降ろした。

「落ち着いて話せよ。どういうことなんだ」

栂野にどやしつけられ、

「おれが食堂にはいったとき……、まるで、おれがドアをあけるのを合図のように、市森さんが、いすごとひっくり返って、ぶったおれたんだ」

ノブの声は、かすれていた。

「すげえ苦しみようだったぜ。もがき苦しむって、ああいうんだな。じき静かになって、それっきり……」

——洋平と同じだ。

と、史郎は、洋平の死にぎわのすさまじい苦悶を思い出した。

——早く、洋平を、なんとかしてやらなくちゃ……。

「医者らしいのが、メンバーの中にいてよ、そいつが調べて、毒物の中毒死らしいっていうんだ」

「それじゃ、自殺ってことも……」

「だって、めし食いながら、大ぜいの人間のまん前で自殺するやつもねえだろう」

おれたち、まだ、めし食ってねえや、とノブは放心したようにつぶやいた。

「こわいわ」

紀子の手が、史郎のひざに触れた。大丈夫だよと、その手を握って励ましてやるだけの余裕は、史郎にもなかった。

「警察は?」

梠野は、一番年長だけあって、落ち着いていた。

「知らせたんじゃないかな。でも、この吹雪で、上がってこれるかどうか……」

窓の外は、真暗だった。吹き荒れる吹雪が、窓ガラスを打ちたたいていた。注意深い耳なら、風のなかに、かすかなせせらぎの音を聞き分けるだろう。ロッジの西棟は、渓谷の上に突き出すように立っていた。

ＥＪＴスキー学校は、東日本ツーリスト(略称ＥＪＴ)という旅行斡旋会社の主催による、五泊六日の合宿であった。夜行列車できのうの朝スキー場に着き、きょうで二日目である。ロッジは、期間中、スキー学校の貸切りになっていた。

参加者は一般から募集するので、年齢もスキー技術も、まちまちである。小さい子ども連れの家族もいれば、五十を過ぎた紳士も交じっている。十七、八から二十五、六ぐらいの若い層が一番多い。男女の比率は、ほぼ、半々だった。

四十名の参加者を、技術の程度によって、五つの班に分けている。一班は、国体級とまではいかないが、かなり高度の技術をマスターした者。さらに腕をみがいて、スキー連盟公認の一級ないし二級のライセンスを獲得しようと、ジャンプなどのハイ・テクニックにいどむ。五班はまったくの初心者である。

ＥＪＴ主催のスキー学校は、毎年各地でいくたびも開かれ、指導が適切だというので、好評を得ていた。死人を出したのは、初めてだった。

ドアがノックされた。栂野が立っていて、ドアを細くあけ、

「なんですか?」

スキー学校にEJTから派遣されている添乗員の宮尾であった。すっかりうろたえて、どもりながら、

「きみたちも、食堂に来てください。とにかく、全員に集まってもらわないと……」

「警察から調べに来たんですか」

「いや、警察には連絡がつかないんですよ。この吹雪でしょう。電話線が切れたかどうかしたらしい。ロープウェーは止まってしまっているし、困ったことになった」

「市森さんが毒物中毒死だというのは、本当ですか」

栂野がたしかめる。

まるで、おれの言うこと、信用してないみたい、と、ノブはぼやいた。


「三班の迫水(せきみず)さんという方がお医者さんでね、シアン化合物による中毒死らしいというのです」

「シアン化合物って、なに?」

紀子が、ノブにささやいた。ノブは首をかしげた。

——青酸性の毒物だ。青酸カリとか、青酸ナトリウム。あるいは、猛毒の、シアン化水素……。

史郎は、その程度の知識は持っていたが、口には出さなかった。

「すぐ行きます」

栂野は、添乗員を押し出すようにドアをしめ、史郎に近寄って、

「上村くん、といったね。きみは、この殺人には、関係ないのか」

「知らない。市森さんて人、顔を見たこともない。ぼくは、このロッジに、コソドロをするために忍び込んだんだ」

紀子の視線を、痛いように、ほほに感じた。

「君の相棒が、乾燥室で急死したのは、偶然の一致か」

「ぼくには、何もわからない。ぼくは、初等少年院の脱走者だ」

史郎は顔を上げ、栂野を見つめた。

「〝脱走者だ〟って、いばることねえよ」

ノブが、紀子の肩に手を置いて、それとなく、守るように引き寄せた。

史郎は、弁解しなかった。他人が何を思うと、おれはおれだ、と、かたくなに心をとざしている。

――少年院と聞くと、皆、恐ろしそうな顔をするけれど、根はさびしがり屋が多かった。キー公だって……キー公のやつ、ほんとうに、どこへ消えちまったんだろう。

「乾燥室のことは、まだ、ロッジの支配人に話していないのか」

と、栂野がノブに聞いた。

「話すひま、なかった。ドアをあけたとたんに、殺人騒ぎだからな」

「とにかく、食堂へ行かなくちゃならないが……」

と、栂野は、史郎を見た。

「一緒に行く」

史郎はうなずいた。

「隠れてるほうがいいと思うわ」

と、紀子が、

「少年院からの脱走者って聞いたら、みんな、きっと、色めがねで見るわ。最初から、この人のしわざって決め込んで、責任を押しつけてしまうわ」

「でも、殺人騒ぎがあって、おまけに乾燥室のこともある。隠れとおすことは、むずかしいだろう。あとで見つけだされたら、かえってやっかいなことになる」

「シアン化合物というのは、青酸カリなんかのことだ」

と、史郎は言った。

「身一つで脱走してきたぼくが、そんな毒物など持ってるわけがないこと、ちょっと落ち着いて考えれば、だれにでもわかるだろう。まして、食物に混入するチャンスなんて……」

「そうね」

紀子は、安心したように、えがおになった。

もう一つの死

食堂には、スキー学校の参加者と、添乗員の宮尾、ロッジの支配人、食堂従業員、それに、食事を一緒にしていた五人のスキー指導員が、食事しかけのまま、詰めていた。

市森豊(ゆたか)の死体は、すでに別室に運ばれ、彼の席は、ぽっかりあいていた。

テーブルの上には、食べかけの食器が、ずらりと並んでいる。魚のフライと、せん切りキャベツ。どんぶり盛りきりの飯。つけ物の小皿。

ノブたち三人の皿は、手をつけないまま置いてある。その席に、三人は腰を降ろした。隣の席が一つあいていたので、史郎はそこにすべりこんだ。

きのう開校したばかりで寄せ集めのメンバーは、それほどなじみ深くなっていない。史郎の見なれない顔を見ても、おかしなやつがまぎれこんだとも思わないようだった。だれ一人、四十人のメンバーの顔を全部覚えている者はいないのだ。

市森豊のいた空席の右隣に、若い娘が、目を泣きはらしていた。二十二、三にみえる。まぶたと鼻が赤く泣きはれていなければ、かなり整った顔立ちと思われる。純白の毛足の長いセーター。指に大粒のダイヤの指輪がきらめいているのは、スポーティな服装とそぐわない感じだが、みるからに、育ちのいいブルジョアの娘というふんい気をただよわせている。

「あれが、市森さんの婚約者の由井道子さんだ」

栂野が史郎に小声で教える。

「腹へったな」

ノブはつぶやいた。

「食べちゃだめよ」

紀子が首をふる。

「もしかしたら、毒がはいっているかもしれないんだから」

「毒殺魔がいて、だれかまわず、皿に青酸カリふりかけたって言うつもりか」

「だって、きみ悪いじゃない」

「おれは食うよ。飢え死にしそうだ。遺言して食うよ。キー子おまえを愛してる。ぼくはおまえが好きだ。これが内田伸也の遺言だ」

食うぞ、食うぞ、と騒いだだけで、やはり薄気味悪いのだろう。はしをつけようとはしなかった。

添乗員と、でっぷりふとったロッジの支配人が、集会の司会でもするように、部屋の正面に立っている。

添乗員の宮尾は、スキー指導員と見分けがつかないくらい、真黒に雪焼けしている。金つぼまなこが、悲しそうに、おどおどしていた。


「ご承知のように……」

と、宮尾添乗員が口を開きかけたとき、ドアが開いた。

はいってきたのは、ロッジの従業員の背に負われた女であった。右の足首は添え木を当てた上から厚く包帯で巻き込んである。土のような顔色をしていた。アップにまとめた髪が、がっくりくずれ、乱れた毛が額やほおに垂れている。

栂野に説明されるまでもなく、史郎にも、これが、ジャンプの練習中に足をくじいたという市森の姉の珠美であることは、すぐわかった。

宮尾が駆け寄って手を貸し、珠美をあいたいすにすわらせると、スツールを運んできて、傷ついたほうの足をそっと載せた。同情と好奇心の入りまじった視線が、珠美に集中する。

珠美は、くちびるをかみしめ、市森の空席をみつめている。由井道子のほうには、目をくれようともしない。

「お姉さま」と呼びかけて、片手をあげて合図しようとした道子は、鼻白んでそっぽをむいた。

　珠美に付き添って、なかば白髪のまじった初老の品のいい男が、一緒に食堂にはいってきた。市森の死を、シアン化合物による毒物中毒死と診断した迫水医師であった。

「先生、どうぞこちらへ」

　と、宮尾添乗員は医師をそばに招き、

「ご承知のように……」

　みんなに向かって、さっき中断された話をまた続けた。

「電話が不通となり、ロープウェーも動かず、湯元の警察署に連絡が取れません」

　不安そうなささやきが、テーブルのあちこちで、ひそひそと取りかわされる。

「そうかといって、このまま天気が回復するまで手をつかねているわけにはまいりません。それで、このロッジの責任者、横田支配人、お医者さんの迫水氏、それに僭越(せんえつ)ですがわたしなどが中心になりまして、事情を調べてまいりたいと存じます。ご異存はございませんでしょうか」

　客商売だけあって、腰の低い、丁寧な話しぶりだった。

「迫水さんにうかがいたいんですが」

　客の一人が、

「青酸カリで毒殺されたというのは、確かですか」

「わたしは、そうは断言していませんよ」

　迫水医師は、慎重だった。

「解剖してみなくては、はっきりしたことは言えません。わたしは、医師といっても、警察関係ではない。耳鼻科の開業医です。変死体を検死した経験はないんですよ。

　市森さんのように、それまで元気だった人がふいに死亡したというとき、まず考えられるのは、急性心臓麻痺と呼びならわされています。

　しかし、市森さんの場合、一つの特徴があった。中華料理や漢方のかぜ薬に用いられるアーモンドに似たにおいがしたということです。きょうの料理には、念のため炊事係の人に確かめてみたが、アーモンド・エッセンスは、まったく使用されてないそうです。これは、青酸性毒物の中毒死に特有なにおいでありまして……」

洋平の突然の死を、まったく思いがけないことだったから、心臓麻痺かと思った。毒物中毒とは、考えもしなかった。あのとき、アーモンドのにおいがしただろうか……史郎は、考えてみたが、思い出せなかった。

「この青酸臭は、人によって、きわめて敏感に感じる者と、鈍感な者とあるのです」

と、医師は話を続けた。

「腹腔を開いてみて、胃の粘膜がただれ、アルカリ作用でぬらぬらしている、アーモンド臭が強い、ということになれば、これは、かなりの正確度をもって、青酸性毒物による中毒死と断言できるのですが……」

「一応、市森さんは、青酸カリによって毒殺されたという前提のもとに……」

と、宮尾添乗員が言いかけるのを、あくまでも慎重な迫水医師がさえぎった。

「青酸性毒物といっても、青酸カリとは決められません。青酸ナトリウムもあれば、シアン化水素もある。致死量がそれぞれ違います。いずれも猛毒であることに代わりはないが、青酸カリ、正しくはシアン化カリウム、ＫＣＮ、というやつは、致死量０．１５ｇ。これに対し、シアン化水素は、致死量は、０．０６ｇという極微量です」

「また、シアン化水素は水にもアルコールにも溶けるが、青酸カリは、水には溶けるが、アルコールには溶けにくいという性質をもっています」

「水ものめねえのかよ」

と、ノブは、皿のわきに置かれた水のはいったコップをながめた。

「では、青酸性毒物といいなおすことにします」

添乗員は、早く問題を片づけてしまいたいというように、

「毒物が食物に混入される経路ですが、この料理の皿は、前もって並べてありました。指定席ではないから、だれがどの席にすわろうと、まったく自由なわけです。だから、もし、市森さんを毒殺しようと思ったら、料理に毒物を混入するのは、市森さんが席についてからでなくてはいけない」

「ひどいわ」

金切り声があがった。市森の婚約者の、由井道子だった。

「それじゃ、まるで、あたしか川本さんが毒を入れたみたいに聞こえるじゃないの。豊さんの料理に毒をいれられるのは、あたしと、そっち側の隣の席の川本さんしかいないんだから」

スキー指導員の川本も、黒光りのする顔に憤満（ふんまん）の色をみなぎらせて、

「宮尾くん、変ないいがかりはつけないでほしいな」

由井道子は、市森豊の死を目撃した瞬間の恐怖とショックからややさめた今では、婚約者の死を悲しむというよりは、めんどうな事件に巻き込まれたと、腹を立てているように見えた。

「いや、決して、そんなつもりで言っているのではありません」

気弱そうに目をしばたたいて、宮尾添乗員は大きく手を振った。

「たとえば、カプセルに毒物を詰め、前もってのませるというような方法が用いられたのなら、料理には関係がないことになります」

タバコが殺しに使われた

史郎は、隣の栂野にささやいた。

「青酸性毒物に火をつけると、どういうことにな

るか、あの医者に聞いてみてくれないか。有毒ガスを発生するかどうか」

洋平が倒れたときの状況を思い出していた。

スキー客のポケットからすり取ったというタバコ。あの中に、青酸カリを混ぜ込んであったとしたら……。

栂野は、けげんそうな顔をしたが、手を上げて、

「質問があります。青酸性毒物というのは、燃やすと、有毒ガスが発生しますか」

「さあ……」

迫水医師は、返答につまった。

「わたしも畑違いなものだから、毒物に関して、そう深い知識はなくて……。

硫酸の中に青酸カリを投じれば、これは、すさまじい猛毒ガスというやつを発生するがね。

しかし、どうして、そんな質問を?」

栂野は、困惑した目を史郎に向けた。

——いや、待てよ。

史郎は、もう一度、じっくりあのときの様子を思い浮かべた。

洋平はタバコを口にくわえ、マッチをすった。

一本目はつかないで、頭の薬品が落ちた。

二本目をすった。そして、タバコに火がつかないうちに苦しみだしたのだった。だから、有毒ガスを吸い込んだのではない。

洋平の死が毒物中毒であるなら、タバコのフィルターに毒がぬってあったとしか考えられない。

「タバコ持ってる?」

栂野に聞いた。

「吸うのか?」

栂野はポケットをさぐり、ハイライトの箱を取り出し、一本抜いて史郎に渡した。

フィルターの白い丸い吸い口をながめながら、

「洋平は、スキー客のポケットからパクったタバコを口にくわえて、火をつけようとしているうちに苦しみ出して死んだ。心臓麻痺かと思ったけれ

ど、死に方が、市森って人の場合とそっくりだった。もし、洋平の死も、青酸カリによるものだとしたら……」

栂野の頭の回転は早かった。

「宮尾さん」

と、添乗員に声をかけ、

「市森さんは、倒れたとき、タバコ吸っていたんじゃないですか」

「ぼくは知らないな。由井さん、どうでした」

「知らないわよッ。あたし、お茶のおかわりがほしくて、席を立ってやかんを捜していたときなんですもの」

由井道子は、いらいらした声で、ヒステリックに答えた。

「ほんとに、いやになっちゃうわ。せっかく楽しみにきたのに。気持悪いったらないわ」

「あなた、道子さん、そんないい方なさっては、豊がかわいそうだわ」

珠美が、こらえかねたように声をかけた。こぶしを握りしめた手が震えていた。

「それに、豊がだれにどういうわけで殺されたのかわからないけれど、道子さん、あなただって、ひょっとしたらねらわれるかもしれなくてよ。あなたは豊の婚約者なんですもの。関係が深いわ」

「いやッ！」

道子のほおからさあっと血の気が引いた。

「おどかさないでよ。いやだわ。あたし、何も人に恨まれるようなことしてないわよ。だれなの、いったいい豊さんを殺した人。この中にいるにちがいないんだわ。早く、警察の人を呼んでちょうだいよ。

宮尾さん、東京に電話をかけてよ。あたし、パパに迎えに来てもらうわ。こんな恐ろしいところに、もう、一分だっているのいやだわ」

道子は、わめきたてた。

「由井さん、落ち着いて、無理いわないでください。わたしたちだって警察の人が来てくれたらどんなに心強いかわからないんだが、電話が通じないんですから」

「それなら、だれか使いを出せばいいじゃないの」

「赤ちゃんだなあ、由井さんは」

川本指導員が、だだっ子をなだめすかすように、

「ほら、窓の外を見てごらんなさい。この吹雪なんですよ。一歩も外に出られやしない」

「美人はとくだな」

と、ノブが小声で、

「キー子があんなことといってみろ。どなりつけられるのが関の山だ」

「なんか、あたしが美人じゃないっていってるみたい」

紀子は口をとがらせたが、からかわれるのは毎度のこととみえ、本気で怒ってはいなかった。

「きみはきれいだよ。あんな、由井なんて人よりずっときれいだ」

思わず言ってしまって、史郎は、耳たぶが熱くなった。いままで、あまり、女の子に縁がなかった。史郎の通っていた高校は、共学ではなく、男子ばかりだったのである。

「ありがとう」

紀子の返事は、すなおで、感じがよかった。変にてれたり茶化したりはしなかった。紀子のほおがしっとりとなめらかで、くちびるの曲線がそれは柔らかくやさしいのに、今、あらためて史郎は気がついた。

「川本さんは知りませんか」

と、宮尾は話をもどした。

「市森さんが倒れたとき、タバコを吸っていたかどうか」

「さあ、ぼくは自分が食うのに夢中になっていたからな」

「タバコ、のんでたよ」

と、子どもの高い声がした。

両親と一緒にきている、小学校一年ぐらいの男の子だった。

「あの人、タバコのんで、それからころんじゃったよ」

「ほう、タバコねえ……」

迫水医師がからだを乗り出した。

「ちっとも火がつかなくて、困ってるみたいだった」

男の子は、皆の視線が自分に集中しているのに気がつくと、得意そうにほおを赤くした。

「タバコに毒がしこんであったということでしょうかねえ」

宮尾添乗員は、医師に問いかけた。

「そうねえ……」

医師は、栂野に、

「きみがさっき、青酸カリを燃やすと有毒ガスを発生するかとたずねたのは、タバコに混ぜ込んであったのではないかと気がついたから？」

「まあ、そんなところです」

「そのへんを、よく捜してみてください。タバコが落ちていませんか」

そう言いながら、添乗員は、自分もテーブルの下にもぐりこんだ。タバコはすぐ見つかった。迫水医師は、ハイライトを手に取った。

「火がつかないはずだ。吸い口にセロテープがはってある」

「おかしなことをしたもんですねえ。これじゃ、タバコの葉に青酸カリを混ぜこんでも、何もならない」

と、横田支配人が、医師の手もとをのぞきこんだ。

「いや、このセロテープの部分に、青酸カリの水溶液を塗ったんじゃないかな」

「うまく塗れますかね。セロテープとなじまないで、とれてしまいそうに思えますが……」

「ゼラチンじゃないですか」

栂野が言った。

「ゼラチン液に青酸カリを溶かしたものを塗りつけておけば、とれることないですよ」

「さえてるぅ」

と、ノブが小声でほめた。

「火が燃えつかない、おかしい、吸い口の舌ざわりが変だ、と気がつくころには、ゼラチンは溶けて、毒が唾液に混じり込んでいるというわけです」

そのとき、けたたましい叫び声をあげて、作業服の男が食堂に飛び込んできた。ロッジのボイラーマンであった。

「死、死骸(しがい)が……」

――洋平が見つかったのだ。

覚悟していたことではあったけれど、史郎は、みぞおちがきりっと痛んだ。

しかし、ボイラーマンのことばは、違っていた。

「西棟の便所で、首つってる。十五、六の男の子だ」

――あ、キー公！

史郎は、思わず立ち上った。

女が消えた。

「待って、待ってください」

いっせいに、わっと立ち上がる客たちを、支配人と添乗員が、手を広げて押さえた。

「皆さんは、ここにいてください。まず、わたしたちが見てきます」

「ぼくも行く。もしかすると、それは、ぼくの友だちのキー公だ」

犯人が混じっているかもしれない客たちの監視の意味もあって、添乗員は食堂に残り、ボイラーマンを先頭に、支配人と迫水医師、それに史郎が続いて、便所に駆けつけた。

男子用の便所の、三つ並んだブースのうち一つを、ボイラーマンは指さした。ドアの前に、脚立が置きっぱなしになっている。

「こっちです。中からかぎがかかっている。何度ノックしても返事がないくせに戸があかないので、脚立に上がって、ドアの上からのぞいてみたんでさあ。そしたら、子どもが中でブランコしてるじゃないですか」

脚立に乗って中をのぞいた医師は、白茶けた顔で支配人を振り返り、うなずいた。

それから史郎に、

「いやだろうが、ちょっと見てほしい。たしかにきみの友人か」

――別人でありますように。

一目のぞいて、ころげ落ちるように、史郎は脚立を降りた。冷たくぬれたコンクリートの床に、べったりすわりこんだ。吐き気がこみあげた。

赤紫にふくれあがり、眼球が突出し、鼻血とよだれにまみれたすさまじい顔……。

――キー公……、いったい、どうして……どうして……。

支配人やボイラーマンがドアをがたがた押したが、中からかけた掛金ははずれない。体当たりをぶちかまそうとするとボイラーマンを、医師が止めた。

医師は、札入れから名刺を取り出し、ドアのすき間にさし込んで、掛金を下から押し上げ、うまくはずした。

鉄パイプにベルトをかけ、首をくくった木田登のからだを、ボイラーマンにさしずして降ろさせながら、

「どうして、こんな少年が自殺を……」

支配人はひとり言のように、

「この少年が、市森さんを毒殺した犯人ですかねえ」

「ちがう！　キー公は殺されたんだ」

顔をあげて、史郎は叫んだ。

「キー公が自殺なんてするはずがない」

金を盗んでいるところを見つかったとしても、そのくらいのことで自殺するキー公じゃない。

登のからだは、便所の前の廊下に横たえられた。

「この死体は、他殺ですよ」

登のからだを調べていた迫水医師が、支配人に向かって断言した。史郎は、廊下にうずくまっていた。登の顔を見るのが恐ろしかった。それでも、ときどき、ちらっと目を上げて見ずにはいられなかった。これが夢のなのか現実なのか確かめるために。

「でも、迫水先生、便所のドアは、中からかぎがかけてあったんですよ」

「いや、こんな簡単な掛金なら、糸とピンがあれば、いくらでも外から操作してかけられますよ。自殺と思わせるために、犯人が密室を作っただけです」

「でも、どうして他殺と断定されるのですか」

「自分で首をつった縊死と、他人に絞められた絞死では死体の徴候がはっきり違います」

専門違いの耳鼻科の医師だといったが、さすがに、その程度のことは心得ていた。

「この死体には、絞死体の徴候が顕著に表われている。顔面が暗紫色を呈している。結膜や口の回り、のど、粘膜などに、溢血点——点状の皮下出血——が表われている。これが縊死であれば、顔面は蒼白になるし、溢血点はほとんど見られません」

「つまり、絞死の場合は、頸動脈が完全に圧迫されて閉ざされても、椎骨動脈は閉ざされず、脳や頭部に血行が続く。そのため、顔が鬱血し、溢血点も表われる。縊死だと、椎骨動脈も完全に閉ざされてしまうので、脳や頭部への血行は、瞬間的に止まる。それで鬱血せず、逆に蒼白になるのです」

いやだねえ、まったく困ったことになったと、支配人は重苦しいため息をついた。

　それから、ふと気がついて、史郎と登の服装をじろじろ見比べた。二人とも全く同じ、上から下までグレイ一色の粗末な服なのだ。気をつけて見れば、スキー客のくつろぎ着には、あまりふさわしくないかっこうだった。

　史郎は、もう、覚悟を決めていた。

　支配人に詰問される前に、低い重い声で、すべてを語った。少年院からの脱走、食糧や金を盗み取るつもりでロッジに侵入したこと、洋平が、スキー客からタバコをすり取ったこと、そして、彼の急死……。

「この野郎！」

　支配人は怒りを爆発させた。容赦ないこぶしが史郎の耳に飛んだ。

「バカヤロー、なぜ、相棒が死んだとき、すぐに知らせなかったのだ。そのときすぐ調べていれば、みすみす、市森さんが毒タバコで死亡するというような事態にはならないですんだのだぞ。なぜ、黙っていた。自分一人逃げることばかり考えていて、なんというやつだ」

　この野郎、この野郎、と、支配人は、無抵抗の史郎をなぐり続けた。

　支配人のことばは、史郎の胸を刺した。確かに、洋平が死んだときすぐに検死すれば、死因がわかり、次の犠牲者を出すことは防げたかもしれないのだ。史郎は支配人のこぶしを歯を食いしばってこらえた。

「いいかげんにしろよ」

　と、振り上げた支配人の腕を押さえた者がある。ノブだった。

　栂野やノブ、紀子をはじめ、客たちが、いつのまにか食堂からぞろぞろ出てきて、便所の前の廊下にあふれていた。

「だめじゃないか、宮尾さん！」

　支配人はわめいた。

「お客は食堂に閉じ込めておけといったはずだぞ」

逆上した支配人は、われを忘れて、ホテルマンにあるまじきことばを口走った。

「わたし一人の手には負えませんよ」

宮尾添乗員も食ってかかる。

「お客さんみんな、興奮して、好奇心の押えようがなくなっているんだから」

「きみたちもきみたちだ」

支配人は、ノブにほこ先をむけた。長髪にうすぎたないGパンのノブたち三人は、支配人の目には、上等な客とは映らなかった。

「この小僧を脱走者と知ってかくまっていたなんて、いずれ、おまえたちも、警察に引っぱられるぞ」

ノブたち三人は、毎日夕食後にギターを演奏し、客を楽しませるという条件で、ちゃっかり出演料を取ることをロッジ側と契約している。支配人にとって、この三人は、客というよりは、雇ってやった芸人だった。出演料で宿泊費ぐらいは浮かせようというのが、三人の計算である。まだ、まるっきりのアマチュアなのだから、かなりあつかましい話だった。

「乾燥室の仏さんというのも、調べなくてはなりませんな」

医師が、木田登の顔に自分のハンカチをかぶせて、立ち上がり、腰をたたいた。

「ちょっと、さっきから気になっていることがあるんですけど」

栂野が、支配人に呼びかけた。

「なんだ」

「このなかに一人、スキー学校のメンバーなのに、全然姿を見せない人がいますね。キー子が、おかしいって言うんですけどね」

栂野のことばに、宮尾添乗員が、ひい、ふうとえかけたが、「ああ、脇さんのことだろう。あの廊下で押し合いへし合いしている人々の頭数を数人は、用があるとかで、早くロープウェーで湯元へ降りたんだ」

「きみ、それは重大なことだよ」

迫水医師が強い口調で、

「何時ごろ、降りて行ったんだ」

「ぼくは直接には知らないんですよ。フロントから伝言を受けたんです。三時二十五分ごろだったそうです。吹雪でロープウェーが早く止まったので、帰れなくなっちゃったんじゃないかな」

「迫水さん」と、支配人が促した。

「まず、乾燥室のほうを見てください。係の者にドアを見張らせているんですが、お客さんたちが中をのぞきたがって、困っているそうで」

「そうしましょう。それじゃ、この仏さんは、市森さんと同じ所にでも運んでおいて……」と言いかけて、「所持品も一応調べておくべきだな」

と、また、かがみこんだ。

登のズボンのポケットから引き出されたのは、きれいな花模様を印刷した紙包みだった。

「チョコレートですな、スイス製の」

医師は、ちょっといじらしそうに微笑した。

「あら、あたしのだわ、きっと」

人垣の最前列にいた由井道子が声をあげた。

「まだ、何かある」

さらに、白い小さな封書が取り出された。その表を見て、医師の表情が変わった。

遺書は語る

『遺書』

木田登のポケットから現われた白い封書の表には、黒々と、その二字が記されてあった。

「そんな……そんなばかな。キーが自殺なんて」

史郎は、激しく首を振った。

「おそらく、犯人の偽装だ」

と、迫水医師も、

「この死体の徴候は、明らかに他殺だ。わたしの目に狂いはない」

医師は、引きちぎるように封を切って、中の紙片を取り出した。

「なんて書いてあるんですか」

せきこんで尋ねる史郎を手で制して、医師は読み進む。横から支配人がのぞきこむ。

読み終わった医師は、目を上げると、

「支配人と市森珠美さんだけ食堂に残っていただいて、他の方は、めいめいの部屋に引き取ってもらえんでしょうか。詳しいことはあとで発表しますから」

不満の声が一斉にあがる。医師は手を拡げて、皆をしずめた。

「この遺書は、この少年が書いたものではない。ロープウェーで湯元へ降りたという、脇田鶴子さんの署名があるのです。遺書に関しては、プライベートな事情もからんでくるので、この場はわたしに任せていただきたい」

勝手なことをいうとか、警察の係官でもないくせにいばっているとか、捨てぜりふを残しながら、従業員に追い立てられるように客たちは引きあげて行く。

「この小僧は、倉庫に閉じ込めておけ。しっかりかぎをかけて、逃がすんじゃないぞ」

従業員にきびしく命令する支配人に、ノブがあきれ顔で、

「逃がすんじゃないぞって、逃げられると思ってるの、この吹雪の中。目下のところ、ロッジ全体が一つの監獄みたいな状況なんだぜ。あんた、わりかし頭悪いのと違う?」

と、栂野も調子を合わせる。

「彼は、友人を殺害された、いわば被害者だ。遺書の内容というのだって、知る権利がある」

「かわいそうよ、ひとりぼっち監禁するなんて」

と、紀子。

「さあ、きみたちも部屋に戻った、戻った」

支配人は、手を振って、三人を追い払った。ボイラーマンなど、二、三人の従業員に引きたてられ、史郎は倉庫に引きずり込まれた。ドアが閉ざされ、ガチリと外からかぎを回す音がした。

東棟のいちばん端にある倉庫の中は、かびくさく、裸電球が一つだけ、うすぼんやりとあたりを照らしている。折れたスキーや、こわれた暖房具などが雑多にほうり込まれている。

史郎は、あき箱に腰をおろし、両手の間に顔を埋めた。疲労が、恐怖と孤独をいくらか忘れさえてくれた。

ドアと敷居の間がわずかにすいていて、そこから廊下のともしびがもれてくる。そのともしびがちらちらとかげった。それと一緒に、ギターのアルペジオが聞こえてきた。傷ついた心を、やさしい手がそっとなでているようだった。

「紀子さん？」

「そうよ」

と、小さい声が返ってきた。

「ありがとう」

――でも、心配してくれなくても、大丈夫なんだ。一人で閉じ込められるのには、慣れている。

洋平と同様、史郎もいくたびか反省室に入れられ、壁とにらめっこの数日を過している。

――キー公は、なぜ、他人の遺書なんか持って……。

ドアが軽くノックされた。

敷居とのすき間から、白い紙片が伸びてきた。

史郎は紙片を取った。

〈情報Ｉ〉

と、ボールペンで走り書きしてある。

〈遺書の内容
脇田鶴子（たずこ）には、奈保子（なほこ）という妹があった。二年前、奈保子は、当時大学生だった市森豊によって妊娠させられ、中絶手術が失敗して死亡したのだそうだ。奈保子は十七歳だった。市森のヤローは、責任をとろうとせず、ずらかりやがった。

　手術の失敗は、子宮センコーというんだそうだ。どういう字を書くのか、おれは知らないよ。子宮に穴があくことらしい。

以下次号　　ノブ〉

短い文面に、史郎は繰り返し目を走らせた。

脇という女性については、乾燥室でノブたちがうわさしていたのが記憶に残っている。

高校の教師だということ、スキーがへたくそなこと、死んだ妹に似ているといって、紀子に好意をみせたこと……。

　そういえば、脇田鶴子がゲレンデの上で降りられなくて困っているとき、市森が手を貸して降ろしてやったといっていたけれど、市森は、田鶴子が、自分がかつてひどい目にあわせた奈保子の姉だということを、知らなかったのだろうか……。

「待っててね。もうじき、第二報が届くわ」

と、紀子の声。

やがて、白い紙片が再び差し込まれてきた。

〈情報Ⅱ〉

〈遺書はかなり長いから、要点だけつまむよ。

　田鶴子と奈保子の姉妹は、年が八つも離れている。両親に早く死に別れたんで、田鶴子が親代りになって妹のめんどうをみてきた。

　田鶴子のほうが、先に市森と知り合った。田鶴子は市森のほうが年下だけど、恋人みたいに思っていたんだな。ところが、市森は妹にまで手を出して、ことがめんどうになったら逃げちゃった。

　田鶴子がイカるのも無理ないな。市森を妹に紹介したのは自分だから、妹の悲惨な死に責任感じて、ノイローゼみたいになってたらしい。

　二年過ぎた。田鶴子は、気晴らしに旅行でもしようかと思って、ＥＪＴの窓口を訪れた。そこで、思いがけなく、市森のヤローの姿を見かけた。

〝迷信深くはないほうですが、この時ばかりは、妹の引合せかと思いました〟

と書いてあった。

はっとして、物陰に隠れて、様子をうかがう。市森は、美女と（すなわち、由井道子さんと）二人連れで、しかも、話のぐあいから、二人が婚約していていること、相手は市森が就職した会社の重役の娘だということなどがわかった。

だれだって、チキショーと思うな。

二年間、心の奥にためこんできた憎悪が火を吹いた。

小生、小便に行きたくなったから、栂野と交替する。以下次号〉

「立聞きしてるの？」

ドアのかぎ穴に口をつけ、外に向かって史郎はささやいた。

「そうよ」

と、紀子がドア越しに答える。

「ノブが、食堂のドアに耳押し付けて、中の話し声聞きながら、メモしているの」

つづく第三報は、ノブのメモより、はるかにきちょうめんな字で記してあった。

〈情報Ⅲ〉

〈脇田鶴子は、ＥＪＴの係員から、市森が婚約者とスキー学校に申し込んだことを聞き出し、自分もその場で申込みの手続きをした。スキーなんて一度もやったことがなかったけれど、この際、そんなことはいっていられない。なんとしてもこの機会に市森に復讐しようと決心した。

市森に対する憎悪は、強烈な殺意に結晶した。勤めている高校の化学実験室の戸だなから、ごく微量の青酸カリを盗み出した。科学の教師にほかの薬品の名をあげ、貸してほしいからと、薬品戸だなのかぎを借りたんだそうだ。

青酸カリを服毒させる方法は、例のたばこだ。セロテープをはった上に、ゼラチンでといた青酸カリを塗りつけるというやつ。

　次に彼女自身のことばを引用する。

〝わたしもこれまで教職にあった身です。人間一人の命を奪う罪の重さは、十分承知していきます。自分の犯す罪には、みずから罪を与えます。彼が絶命するのを見届けたのち、わたしもみずからの命を絶つつもりです。〟

　ノブが帰ってきた。交替する。ノブは立聞き行為に興味シンシンなのだ。栂野〉

アリバイをくずせ

　迫水医師が遺書を読み聞かせ終わったとたんに、

「豊さんて、そんなひどい人だったの！」

　由井道子は、荒々しく市森珠美のほうに向き直った。

「お姉さま――いいえ、もう、お姉さまなんて呼ばないわ。あなただって、知っていたんでしょう、豊さんが昔、そんなひどいことをしたっていうこと。それなのに、しらばくれて、あたしまでだまそうとしたのね」

「まあ、由井さん、そんなに珠美さんばかりを責めないで」

　宮尾添乗員がなだめた。

「珠美さんは、ごらんのとおりけが人で、痛みをこらえて起きているのだし、弟さんに死なれ、傷心のときでもあるんだから……」

　珠美は、青ざめた顔を伏せ、押し黙っている。

「だって、一言、この人からわびのことばを聞かなくては、あたしの気持がおさまらないわ」

「おわびして弟が生き返るものなら、何度でもあやまるわ。でも、豊は死んでしまった……」

　珠美の語尾が乱れた。大きく息をのむと、わっと泣きくずれた。

「珠美さん、ひとまず、部屋に帰っておやすみなさい。とにかく、犯人はこうやって自白の遺書を残しているのですから、これで事件はかたがつきました。あとは警察が脇田鶴子を捜してくれるでしょう。まだ自殺してないといいが……」

「自殺だとしたら、あの川じゃないかしら」

由井道子が思いついたように、

「あたしたちの部屋の窓の下に流れている川……。指導員の人がいっていたわ。あの川、じきに、トンネルのようにがけの中腹に流れ入って、中で曲りくねっているのか、川上で投げ入れたものは、トンネルを抜けた川下に流れ出てこないいんですってね。死顔を見られたくないと思ったら、一番いい自殺の場所ね」

由井道子が話しているあいだに、迫水医師が、ふいに立ち上がって、すばやくドアをあけた。

かぎ穴に耳を押しあてていたノブは、頭から部屋の中にころがり込んだ。

「なにをやっているんだ、きみは。こそこそとスパイみたいに」

「スパイじゃない。私立探偵だ」

ノブは、悪びれず、居直った。

「ぼくたち三人、このたび、フォーク・グループを解散して、私立探偵社を組織しましてね。その最初の依頼人が、上村史郎くんだ。彼の友人が二人も殺された。一人は、市森がのむべき毒タバコを誤って口にしたためで、これは災難ともいえるが、木田登くんの場合は、明らかに他殺です。彼の死の真相を究明しないで、事件はかたがついたなんていわれちゃ、木田くんが浮かばれない」

「脇田鶴子のしわざに決まっているじゃないの」

珠美はいい捨てたとき、

「たいへんよ、たいへんよ」

紀子が、大声をあげて、飛び込んできた。

「史郎さんが、拘禁性ノイローゼよ。ドアをあけないと、倉庫に火をつけるって騒いでるわよ」

紀子の真に迫った表情に、宮尾がたわいなく引っ掛かった。

「彼、マッチ持ってるのよ」

という紀子のことばに追い立てられるように、あわてて支配人からかぎをひったくり、倉庫の前に駆けつける。

ドカドカとドアを中から打ちたたく音。宮尾がかぎを回すや、史郎がドアを押しあけて出てきた。

「やあ、ご成功！」

と、栂野が手を伸べ、史郎と握手した。

「なんのまねだ、これは」

支配人が苦い顔でどなりつける。拘禁性ノイローゼなんてうそっぱちなのは、一目でわかった。

「依頼人が不当に監禁されていると、こっちも連絡に不便なので」

栂野が、けろりとした顔で、

「木田くんの偽装自殺については、ぼくらで徹底的に追求するつもりです。ご協力お願いします」

怒ってわめきたてる支配人をしり目に、史郎を中に囲んで、三人はさっと自室に引きあげた。

「まさか、あの支配人が木田くんを殺したなんていうんじゃないだろうな」

部屋に戻るなり、ノブがいった。

「木田くんが忍び込んだのを支配人が見つける。こら、何してるってんで格闘になり、木田くんがのびてしまった。支配人、あわてて木田くんを自殺に見せかける」

「そういう状況では、絞殺ということは、まず起こらないだろう。突き飛ばしたはずみに頭をぶつけて、打ちどころが悪くて過失致死ってことは起こりうるけど、そういう形態はないし……」

栂野が反対した。

「木田くんのポケットに脇田鶴子の遺書があったことから考えてみよう」

と、栂野は冷静にことばを続ける。

「木田くんがロッジに忍び込んだ時間、わかる？」

「四時十五分ぐらいだ」

史郎が思い出して答える。

「脇さんは、三時二十五分、ロッジを出て湯元へ降りている。ということは、木田くんが脇さんと顔を合わすはずはない。遺書は、彼女の手から受け取ったものではない……」

「キー公は、まず、由井さんの部屋に忍び込んだ。由井さんのチョコレートとってるからね。由井さんと脇さんは同じ部屋?」

「一緒だ。市森の姉さんも。ほかに、女の人ばかり五人。八人部屋だ。由井さんと市森はフィアンセなのに部屋は別々。いやにお堅いところを見せていたんだな」

キュッキュッと忍び笑いして、ノブは紀子をつついた。

「キー子なんか、野郎二人と一緒の部屋で……」

「ばか」

「もっとも、キー子のナイン見たって、はじまらねえけどな」

ノブのあけすな冗談に、史郎は軽い嫉妬(しっと)を覚え、話題をもとに引き戻した。

「そのとき、キー公、脇さんの荷物の中から、遺書を見つけたんじゃないだろうか。大変な物を見つけてしまった。知らん顔して見過ごすには重大すぎる。だれか自殺しようとしている者がいる。そうかといって、ロッジの人に話すわけにもいかない立場だ。思いあまって、ぼくたちに相談しようと、キー公は遺書をポケットに入れた……」

「そういうところだろうな。それが、なぜ殺されたのか……」

「遺書を見られて困るのは、市森だ。だけど、そのためなら、殺してから遺書は取り戻すはずだ。だから、犯人がだれであれ、殺した原因は、遺書のためじゃない」

「脇という人の行動で、一つ、腑(ふ)に落ちないことがあるんだけど」

史郎が言った。

「遺書には、市森が死ぬのを見届けたあと、自殺するつもりだと書いてある。それなのに、市森の死を確認しないで、タバコのすり替えだけで、作戦成功とばかり、さっさとロープウェーで降りちゃうというのは、おかしいよ」

「そこなんだ」

梸野も大きくうなずいた。

「おれも、その点が、どうも納得いかないんだ。遺書を残しているくらいだから、自殺の決意はしていただろう。でも、市森殺害が成功したのを、自分の目で確認してから、死ぬつもりだったはずだ。脇田鶴子の行動は、非常に不自然だ。だから……」

梸野は皆の顔を見渡し、

「脇田鶴子は、市森暗殺を企てたものの、自分も返り討ちになってしまった。すなわち、この勝負は相討ちだった。と、こう考えたんだ。市森にも、脇殺害の動機はある。重役の娘を嫁さんにもらって出世コースにのれそうで、ホイホイしているところへ、過去の亡霊がこつぜんと現われた。自分が手を下して殺したのではないにしろ、奈保子の死には責任がある。それを由井さんの前でばらされて、とんでもない色魔（しきま）だなんてことになったら、お先真暗だ。自分のほうから先制攻撃をかけようとするだろう」

「そういうことになれば、話は簡単だ」

ノブが、もうすっかり事件解決という顔で、

「脇田鶴子は、市森を殺そうと、毒タバコをすり替えた。いつやったかというと、市森にゲレンデを助け降ろしてもらったときだな。からだが密着しているから、やりやすい。そのあと、ロッジで、脇は市森にぶっ殺された。死骸の捨て場は、あの谷川だよ。あそこへ投棄すれば、死体は発見されにくいと、さっき耳にした。キー公くんは、その現場を見たため絞殺されたんだ。絞殺死体では、谷川に破棄しても、万一トンネ

ルに流れ込む前にどこかに引っ掛かって発見されたとき、他殺とわかってやばいから、縊死にみせかけた。脇田鶴子の場合は、撲殺すれば、死体が万一見つかっても、岩にぶつかった傷とまぎれる」

「と、いうふうに思うだろう」

「え？　違うのか」

ノブは、栂野を見返した。


だがホシにはアリバイが…


「おれも、お前と同じことを考えた。ところが、困ったことに、市森には脇田鶴子を殺せない。アリバイがあるんだよなあ」

「市森にアリバイが？」

「脇田鶴子は三時二十五分に、ロッジのフロントに姿を見せている。ところが、市森は、三時半を少し回ったころ、しらかばゲレンデのてっぺんにあるジャンプの練習場に到着しているんだ。ジャンプ練習の開始は三時三十分。市森は、二、三分定刻におくれただけだ。ロッジから第一、第二と二つのリフトを乗り継いでしらかばゲレンデの上に到着するには、リフトの所要時間だけでも、二十分近くかかる。だから、三時二十五分以降に脇さんを殺害して、三十二、三分にジャンプ場に到着することは不可能なんだ」

「それに……」

史郎が口をはさんだ。

「市森が脇さんをロッジで殺害し、その現場をキー公が目撃したとなると……キー公がロッジの部屋に侵入したのは、四時十五分ごろなんだ。時間のひらきがありすぎるな」

「四時十五分ね……」

栂野は何か考え込んでいたが、ふと思い当ったように、

「ちょうどそのころ、市森は、ロッジに降りてき

ているはずだ。珠美さんがジャンプをしくじって足をくじいたとき、市森が彼女をおぶって連れ、降りてやってたんだ」

「へえ、おぶったまま、スキーですべって降りるの？　いきなことするねえ」

「おれだって、そのくらいできる。キー子が足くじいたら、おれがおぶってやるよ。ノブではごめんだ。足が長過ぎて、つっかえる」

三人のくったくないやりとりが、史郎にはうらやましかった。この三人には、事件の捜査も、ただのなぞ解きゲームなのだろう。友だちを残酷なやり方で殺されたおれの心の痛みはわからないだろうな……。

史郎のさびしそうな表情に、紀子が目を留めた。紀子の両手は、暖かく、史郎の手を包み込んだ。

「そのときじゃないのかな、市森が脇さんを殺したとしたら……」

紀子の手のぬくもりに慰められて、史郎は沈みがちになる気分をしいて引き立てた。

「脇さんがロープウェーで降りたというのは、彼女のことばをフロントが聞いただけで、だれもロープウェーに乗るところを確認したわけじゃないだろう。実は脇さんはロッジに潜んでいて、珠美さんを背負って降りてきた市森と会う。市森はそのとき、脇さんを殺した」

「それはおかしいよ」

栂野は首を振って。

「脇さんは、何のために、ロープウェーで降りるなんてうそをつく必要がある？　それに、市森がロッジに降りてきたのは、姉さんのけがというハプニングがあったからだ。脇さんには、市森が降りてくることを予測できなかったはずだ」

「畜生、こんがらがってきやがったな」

ノブは、ギターのケースに手を伸ばし、中からギブソンを取り出すと、コードを引きおろした。

「おれは、ややこしいのは苦手だよ。そっちで適当にやってくれ」
サウンド・オブ・サイレンスのイントロが流れ出した。
紀子が、ヴォーカルを合わせた。
Hello, darkness my old friend,
I've come to talk with you again……
梅野は、「なんだよ、おりるのか」とむっとした声を出したが、メモ用紙を広げると、市森と脇田鶴子の行動を整理して書き止め始めた。
三時十分ごろ　市森、脇をゲレンデの下に誘導
三時二十五分　脇、ロッジのフロントに、ロープウェーで降りると告げる。
以後、消息不明
三時三十二分ごろ　市森、ジャンプ場にくる。
ロッジからジャンプ場までは、二十分近くかかるから、三時二十五分以後に脇をぶっ殺してからでは、市森は三時三十二分にジャンプ場に来れないのだ。
三時五十五分ごろ　珠美が足をくじいたので、市森、おぶってロッジに降りる。(ジャンプ場からロッジまで、スキーで滑降して、およそ十五分)
四時十五分ごろ　木田登、珠美たちの部屋に侵入。この直後殺害されたらしい。
ギターの音色が。史郎を誘った。史郎の手は、われしらず、もう一ちょうのギターに伸びていた。サイドを合わせながら、
In restless dreams I walked alone
Narrow streets of cobblestone……
メモに目を走らせて考え込んでいた梅野は、曲が〝コンドルはとんで行く〟に変わると、自分もギターを取り上げた。
オリジナルよりも、かなり速い激しいテンポにアレンジしてある。エイトビートのストロークをバックに、
I'd rather be a sparrow than a snail.

Yes, I would. If I could, I surely would.

しばらくギターに手を触れなかったけれど、史郎の指の動きは、かたくなっていなかった。

やるな、と、栂野は満足そうに史郎にうなずいてみせた。

ドアがはげしく打ちたたかれ、添乗員の宮尾が黒い顔をのぞかせた。

「困るよ、きみたち、何を騒いでいるんだ。ほかのお客さんから苦情が出ているぞ」

殺人事件があったというのに、なんて非常識な、と、ぶつぶつ口のなかで怒っている。あわてて出てきたとみえ、ジャンパーを裏返しのまま、肩に羽織っていた。

宮尾は、すぐ部屋に戻っていった。史郎はメモ用紙に目を落とした。室内がひっそり静まると、窓の外の吹雪の音が耳につく。紀子はくたびれたように、頭をノブの腕にもたせかけた。

「栂野さん……」

史郎は呼びかけた。

「ジャンプは、三時半に始める予定だったんだね」

「ああ、そうだ」

「全員、すぐあがった？　……珠美さんは、遅刻しなかった？」

「いや、女ってのは、時間にルーズだから。おれなんか定刻前から待ってるのに、珠美さんも由井さんも、だいぶ遅刻したな、珠美さんは、十五分ぐらい遅刻した。だけど、どうして？」

栂野の問いに、すぐには答えず、史郎は別なことを口にした。

「ぼくが食堂に行ったとき、最初、だれもぼくのことを変に思わなかったね」

「スキー学校のメンバーといっても、開校して二日目だ。四十人もいるんだから、皆、おたがいの顔を見覚えているわけじゃない。食堂におかしなのがまぎれ込んでも、名簿とつき合せて点呼でも取らなくちゃ、ちょっとわからない」

「まして、フロントの係員なんか、いちいち、名前と顔を結びつけて、はっきり覚えているわけじゃないだろう」

栂野は、史郎をまじまじと見つめ、はっと思い当った顔になった。

「ぶっ殺しといて、入れ替わったというわけか」

「だれが入れ替わったんだ」

ノブが、きょとんとした声を出した。

栂野は、メモの一番最初の項目、〝三時十五分ごろ市森、脇をゲレンデの下に誘導〟というところを、指でとんとんたたいた。

「市森が脇さんをぶっ殺そうと思ったら、この、ゲレンデを誘導しているときが、一番いいチャンスだったはずだ。ちょっとゲレンデをはずれて、トドマツの森の中に連れ込めば、だれにも怪しまれず殺せるはずだ。そこに共犯の珠美が待ち受けていて、脇さんのアノラックとゼッケンをつけ、下に降りる。フードとゴーグルで顔はほとんど隠れてしまう。まして、フロントは、いちいち顔と名前を結びつけて覚えてはいないから……」

「でも、それじゃ、木田さんはどうして殺されたの？」

紀子が、少し眠そうに尋ねた。

「さっきは、市森が脇さんを殺す現場を見ちゃったから殺されたっていったけど……」

紀子が不審そうに、

「トドマツの森の中で殺したのなら、脇さんの死骸、まだ、そこにあるわけでしょう。どうして……」

「あ、また、こんがらがってきた」

と、ノブがギターに伸ばした手を、栂野がぴしゃっとひっぱたいた。

「死体をほおっておくのは、割合危険だよね」

と、史郎が、

「雪の下に埋めて一時は隠せても、春になって雪が溶けたとき、他殺死体が発見されるかもしれない。死体はなるべく人目にふれないほうがいい。だから……」

　史郎は窓のほうをさした。吹雪の音に、かすかに川の流れの音が入りまじって聞こえる。

「谷川へぶち込んだっていうの？　そのためには、死骸をここまで運びおろさなくちゃならないじゃないか。そのほうが、よっぽど危険だぜ」

「とろいな、ノブは。おれにはすっかり解けたぜ」

　栂野がいった。

「入れ替りは、二回あったんだよ。二度目は、足をくじいた珠美を市森がおぶって降りたときだ。足をくじいたなんて、でたらめで、ふりをしただけだった」

「あら、だって、お医者さんがちゃんとみてるわよ」

「あとで、わざと足首を痛めたのさ。ジャンプのときは、いんちきだ。おぶって降りる途中で、脇さんと入れ替わる。つまり、市森がロッジに着いたとき、その背に負われていたのは、脇田鶴子の死骸だったんだ。珠美のほうは、非常口から部屋に戻り、二人で死骸を谷川に投げ捨て、それから珠美は故意に足首を痛める」

「この時間、客はみなゲレンデに出払っているから、見られる心配はないと思っていた。ところが、部屋には意外な闖入者が潜んでいた」

「……キー公……」

　史郎はつぶやいた。

「と、われながら名推理だと思うんだが、あいにく証拠がないんだなあ」

　栂野は吐息をついた。

「証拠がなくたって、自白させる手はあるさ」

　ノブが、うれしそうににやっと笑った。

銀色のゲレンデ

　重苦しい眠りから、珠美は呼びさまされた。

足首の痛みと、耐えがたい寒さのためであった。

――暖房が止まってしまったかしら……

ずきん、ずきん、と痛みは足首から全身にはい上がる。

天井の中央に一つともった豆電球が、床にあわい光の輪を落としている。部屋のすみずみは、薄やみに沈み込んでいた。

おや、と珠美は目をこらした。向かい側のベッドが真っ平なのだ。そこは、由井道子の寝ているべき場所だった。どう見ても、人間が寝ているふくらみがない。手洗いにでも立ったのだろうか、と、なにげなく、その隣のベッドに目を移す。

そこも、からだった。室内には、人の気配がまるで感じられなかった。かすかな寝息一つ聞こえない。

目を上げると、上段の二つのベッドも、からっぽだった。隣のベッドがからなのは、のぞかなくてもわかっている。そこは、脇田鶴子の場所なのだ。

背筋がぞくっとした。頭の上のベッドに声をかけてみた。

「ねえ、起きていらっしゃる?」

返事はない。

「ねえ」と声をやや高くする。

冷たい風が、背筋をなでた。珠美は、身ぶるいして、毛布を引き上げた。

どこからすきま風が?

見回すと、川に面した窓が、半分開いていた。雪まじりの風が吹き込んでくる。

窓の下に、黒い影がうずくまっていた。

ゆっくりと顔を上げる。青いフード。ゴーグルの下のくちびるが、藍をぬったように青ざめている。

静かに立ち上がる。青いアノラックはびっしょりぬれて、しずくがしたたり落ちている。

胸につけたゼッケン。38の番号。

脇田鶴子のゼッケンだった。

腹の底から、悲鳴がしぼり出された。

青いアノラックの女は、ぐしょぬれの姿を、一足前に進めた。

そばに来ないで！　叫んだつもりが、わけのわからない悲鳴にしかならなかった。珠美は夢中で、枕をほうり投げた。

しかし、すぐに、珠美は笑いだした。38というゼッケンナンバーが33をマジックで書き直したものであることは、すぐにわかった。

ひきつるような声で笑いながら、

「あんた、だれなの？　へたなお芝居であたしをおどかそうとして。川の中からあの女がはい上がれるわけが……」

口をすべらせたのに気がついて、珠美はもう一度悲鳴をあげた。

ドアが開き、同時に、こうこうとライトがONになった。どやどやと、ドアの外で息を潜めていた人々がなだれ込んでくる。

「寒い、寒い、こごえちゃう！」

ぬれたアノラックを脱ぎ捨てて、紀子はノブにしがみついた。

「おっかなかったわァ」

泣き声をあげる。

「なんだ、幽霊がおっかながっていたんじゃ、さまにならねえじゃないかよ」

笑いながら、ノブの手は、やさしく紀子の背をなでていた。

一晩荒れ狂った吹雪は、ぴたりとやんだ。

風に吹き払われたようにやみは去り、空が青みを増し始める。

風は少し強いが、すばらしいスキーびよりになりそうだった。もうじき、ロープウェーが動き出し、湯元の警察と連絡が取れるだろう。

「逃げるのなら、黙ってるよ。有金全部カンパする」

ノブがいった。史郎は首を振った。

「おれたち三人編成だけど、そのうちギターできるやつをもう一枚加えて、おれはベースに回ろうかと思ってるんだ」

栂野がいった。

「ベースがはいったほうが、サウンドに深みがでるからな」

施設を出たら仲間にはいらないかと誘ってくれていることがわかった。

「ありがとう、考えてみる」

「居心地いいの期待するなよ」

ノブがいった。

「なにしろ、栂野はサウンドにやかましくて、ガタガタ怒りっぱなしだ。キー子は、すぐヒス起こすしな」

史郎は、まっすぐに紀子を見つめた。

「キスしてもいい?」

紀子の目が、いっそう大きくなった。

史郎の表情が真剣なのを見てとると、

「いいわ。ノブがいいっていったらね。……ノブは、あたしのこと好きなの。わりかし本気で」

「一度だけ、大目に見てやらあ」

ノブは、ベッドに仰向けにひっくり返った。

史郎は、目を閉じてくちびるを寄せた。さわやかなにおいがした。

——朝の風のにおいだ。

これから十何か月かの間、紀子のくちびるの記憶にささえられて、鉄格子とかぎで閉ざされた日々を、耐えていけるだろうと思った。

そのあと、史郎は、一人部屋を出て、ゲレンデに立った。傷跡のような昨日のシュプールは、一筋も残っていない。

新しく生まれかわったゲレンデは、銀色に輝いていた。

ノブのひくギターの音が流れてきた。

暗い扉

1

1

「痛いじゃないの。押さないでよ」

中年の太った女が、遼一(りょういち)を押しかえしながら、すごい目つきでにらんだ。

セーターの特売場は、ごったがえしていた。ほとんど、主婦らしい女ばかりだ。ひじをつっぱり、一人で十枚ちかいセーターをかかえこみ、きょろきょろ見くらべて、また放りだし、山積みになった下の方から別のをひっぱりだし、一枚のセーターを二人で奪いあい、キャアキャア、ヒーヒーと、やかましいといったらない。

――押しているのは、あんたじゃないか。

遼一は、口の中でつぶやいた。

「ちょっと、いやらしいわね。さわらないでよ」

とんでもない言いがかりだ。おまえみたいなブスケに、だれがさわりたいかよ。

口に出すのは、やめた。心の中では威勢のいいたんかを切るけれど、遼一は、あまり気の強い方ではない。

あきらめようかと思った。押しあいへしあいしている女たちの中で、若い男は彼一人だ。婦人物セーターのバーゲンセールである。

中島遼一は、十九歳。あと一か月と三日で二十歳になる。郷里は岩手県。中学を卒業してすぐ上京し、就職した。小さなクリーニング屋だった。

何度か仕事口を変え、いまは板金(ばんきん)工場で働いている。

故郷に残っている妹が、この春中学を卒業する。なかなか郷里に帰ることはできないから、せめて、祝いに何か送ってやろうかと思ったのだ。彼は、妹をかわいがっていた。

隣りの女が投げ出した水色のセーターに、遼一は手をのばした。

水色なら、アキ子の気に入りそうだ。

遼一がつかみかけたセーターを、別の女が横からひっさらった。

「あ、それ……」

女は、知らん顔で店員を呼び、戦利品を渡して財布をだした。

――ちきしょう！　おれが目をつけたのを……。

女ばかりごったがえしている中に混じっているのが、気恥ずかしかった。

あきらめようかと思いながら、なお、みれんがましく、セーターの山をかきまわした。しかし、ちょっといいなと思うのは、値段が高すぎるし、安いのは、いかにもうすっぺらで、デザインも野暮(やぼ)ったい。

うんざりして額(ひたい)ににじんだ汗をぬぐった遼一の手に、何かが触れた。水色のセーターが目の前にさし出されていた。遼一が欲しいなと思ったのと、同じ色、同じ型のやつだ。

セーターを遼一にさし出しているのは、化粧の濃い若い娘だった。今しがた、遼一がとろうとしたのを他の女にひったくられたところを見ていたらしい。

娘は、小柄で、やせていた。つけまつ毛とアイシャドウが、ひどく毒々しかった。

遼一はセーターを受けとり、片目をつぶりにこっとして、右手でグーのサインを作った。娘は、笑顔をかくさなかった。

ちぇッ、お高くとまってやがる。

手にもったセーターの値札を見て、遼一は大きく溜息(ためいき)をついた。

——バーゲンだってのに、なんで、こんなにぶったくりやがるんだ。

予算オーバーだ。たたきつけるように、セーターを放り出した。

暑くてかなわねえや、のどが、からからだ。まだ汗ばむ季節には早いのだけれど、特売場だけは熱気がうずまいていた。

やめた、やめた。小母さんたちは、タフだねえ。女たちをかきわけて、遼一は人垣をぬけだした。

エレベーターの方にむかって歩きだした。そのわきを、ぎゅっと体をこすりつけるようにして、若い娘が追い越した。右手に持ったズックのバッグをひっぱられたような気がした。

さっきの娘だ。いやにいそいでいる。敏捷なさかなのように、かろやかに人込みを縫ってゆく。うしろ姿はやせているせいか、子どもっぽくみえる。化粧した顔は十七、八にみえたが、うしろからみると、まだ中学生ぐらいの感じだった。

遼一の横を、五十ぐらいの男が、これもせかせかした足どりで追いぬいた。

娘は、エレベーターの前に立った。男が近づいた。きびしい態度で娘に何か話しかける。娘はふりむいた。その顔を、遼一は、こんどは、はっきり見た。口笛を吹きたくなった。間隔の離れた大きな目が、すばらしく魅力的だった。

男は急に娘の手首を握り、乱暴にひっぱって歩きだした。娘はつんとした表情をくずさず、いっしょに歩き去った。

男の態度がいやに乱暴なのが気になったけれど、——べつに、おれが口出すことはねえや。遼一は、そのまま、デパートを出た。

のどがかわいてたまらなかった。駅にむかう通りは、歩行者天国でにぎやかだった。ふだんは車の往来がはげしい通りを、肩を組みあった若いペアや子ども連れの夫婦などが群らがって歩いていた。

どこに行っても、人、人、人、だ。

遼一は、目についた喫茶店にはいり、あいていた窓ぎわの席に腰を下ろした。

やっと、ほっとした。ウェイトレスにビールを注文した。

漫画週刊誌を出そうと、バッグのファスナーに手をかけて、ぎくっとした。ファスナーが開いていたのだ。もっとも、現金はジーンズのポケットにつっこんである。バッグには盗られそうなものは何も入れてない。

――ドジだな。閉め忘れたりして。

中をのぞいて、もう一度驚いた。見なれないものがはいっている。うすい水色をしていた。

セーターだ！

冗談じゃない。おれは、万引きしたおぼえなんて、ないぜ。いくら欲しいからって、物質移動のできるエスパーでもないしさ。

ビールが運ばれてきた。

遼一は、悪いことをしているところをみつかったように、どきっとし、あわててバッグの口を閉じた。

ジョッキを唇にあてたそのとき、窓の外を流れ過ぎる人の群れの中に、遼一は、あの娘をみつけたのだ。ショーウィンドーをのぞきながら、ゆっくり歩いてくる。パステルブルーのゆったりしたタートルセーターが、細い首をいっそう華奢（きゃしゃ）にみせている。

遼一は、ジョッキのなかみをいそいで流しこむと、レジで勘定を払い、釣銭（つりせん）をひっつかんで外に出た。

「おい」

前に立ちふさがれて、娘は立ち止まった。べつに、驚いたようすもない。

ふてってやがんの。

「何だって、よけいなことをするんだ」

「いらなかった？」娘は、ぶっきらぼうに言った。

「あきれたな。年中、あんなことをやっているのか」

「いらなきゃ、捨てちゃいなさいよ」

「おれは、万引きの片棒かつぐのなんて、ごめんだぜ」

娘は、ちょっと肩をそびやかしただけで、行き過ぎようとした。

「おい、どうするんだよ、このセーター」

「好きなようにしたらいいじゃないの。いらないんなら、返してきたらいい」

「そうして、おまえのかわりにガードマンから油をしぼられろってのか」

返事をするのもめんどうだという顔つきで、娘はさっさと歩きだした。遼一は、いそいで肩を並べた。

2

映画館の入口には、テンガロンハットをかぶり、太腿(ふともも)をむき出しにした女が、ななめうしろをむき、腰をひねり、顔だけ通行人の方にむけたポーズで立っていた。ベニア板を切りぬいて着色した等身大の看板だ。娘は足をとめた。遼一もつられて立ち止まると、娘は遼一のバッグからセーターをひっぱり出した。看板の女の肩に着せかけ、はじめて、ちょっと笑った。あどけない表情になった。

「映画、観るか？」

遼一は、ジーンズのポケットの中の金額を頭に思い浮かべながら聞いた。映画をおごってやったら、アキ子にセーターを買うかねはなくなっちまうな、と思った。

「ガールフレンドがやく」

娘は、セーターを指さした。

「妹のだ」遼一は、水色のセーターを羽織らされたセクシーな女の肩をぽんと叩いた。みかけはセクシーだが、板でできた女ではつまらない。

「妹？」

「郷里(くに)のさ。中学を卒業するから、祝いに送ってやろうと思ったんだ」

「あ、いやなかんじ。べたべた」

「何が？」

「妹思いのお兄さん。ああ、いやだ。べたべた」

冗談を言っているようではなかった。不きげんな口調になった。

「映画、観よう」娘は、急に言った。当然遼一がおごってくれるものと決めているように、両手をジーンズのポケットにつっこんだままだ。

「二枚」遼一がかねを払おうとすると、

「学割りで買わないの？」

娘は、定期入れをポケットから出し、遼一に渡した。写真を貼った生徒証を見て、

「なんだ、中学生かよ」

「悪かった？」

「いちいちつっかかるな。高校生ぐらいかと思ったんだ」

「二十（はたち）ぐらいに見えない？」

「化粧、とれよ」

「よけいなおせっかい」

「この方が、よっぽどかわいい」

生徒証の写真を、遼一は指さした。素顔で真正面をむいた顔は、どぎつい化粧でいろどった目の前の顔より、遼一には、はるかに好ましく思えた。しかし、写真の顔は、奇妙に暗いかげりを帯びていた。

まるでもう、生きるのに疲れはて、自殺でも思いつめているような……。

『十五歳の遺書』

そんな題名の本の、カヴァー写真にしたらぴったりだ。

三上悠子（みかみゆうこ）というのか、生徒証に記された名前だった。

「買うんですか。買わないんですか」

チケット売りの女がとがった声を出した。

「大人一枚と、学生一枚だ」

窓口の女は、ちらっと遼一の顔を見て、二種類の入場券をつき出した。

生徒証で見ると、悠子の住所は、田園調布になっている。高級住宅街だ。

いいところのお嬢さんなんだな。それにしては、やることが、まるでズベ公だ。甘やかされて、かえって、ぐれちまったというやつか。

デパートも通りも、うんざりするくらい混雑しているのに、映画館の中はすいていた。遼一は、売店でアイスクリームを二つ買い、悠子に一つ渡し、並んで席をとった。

むりしてつっぱっているけれど、アキ子と同じくらいの年なんだな。そう思うと、かわいくなった。

おめあての西部劇はまだはじまらず、近日上映の予告編をやっている最中だった。

七つか八つの金髪の女の子が主人公らしい。

「この映画、昔やったものの再映だわね」

うしろの席でささやき声がきこえた。

「だいぶ評判だった映画よ、たしか」

遼一は、西部劇とアクションもののほかは興味がないので、アイスクリームをなめる方に気分を集中した。

ふいに、膝(ひざ)に冷たいものを感じた。悠子の手から落ちたアイスクリームのせいだった。悠子は、前かがみにのめりこみ、あえいでいた。

「おい、どうしたんだ」

肩をつかんで、くずれ落ちそうになるのをささえた。

「気分が悪いのか」

「めまいが……」

しっ、と、うしろの方で声がした。

遼一は、悠子のからだを抱きかかえ、廊下に出た。胸のふくらみが手にふれた。

長椅子に横たえた。悠子は歯をくいしばり、顔に脂汗(あぶらあせ)をにじませ、からだをこわばらせてふるえていた。

「どうしたの。病気?」

売店の女が声をかけた。

「そうらしいんだけど……」

女は寄ってきて、のぞきこんだ。

「脳貧血らしいね。しばらく、そっとしておけば、じきになおるよ」女は、気さくに言った。

遼一は、どうしたらよいものかわからず、うろたえていた。ハンカチで、脂汗をぬぐってやった。つけまつ毛やアイ・シャドウがとれ、稚(おさな)い素顔があらわれた。生徒証にはってあった顔だった。疲れ果て、悲哀に打ちのめされたような……。

「救急車呼んだほうがいいかな」

困惑して、おろおろする遼一に、「脳貧血ぐらいで救急車を呼んだら、物笑いだよ」売店の女は、笑いとばした。

遼一は、悠子の手を撫(な)でた。そのくらいしか、してやれることはなかった。悠子の手は冷たく、それでいて、じっとり汗ばんでいた。

「ゆるして！」

うわごとのように悠子はかすれた声をあげた。

「ゆるして！　ゆるして！」

悠子は、なかば、からだを起こすと、遼一にしがみついた。

「ゆるして！　ゆるして！」

遼一の胸に顔を埋め、歯をカチカチ鳴らせ、たてつづけに声をあげた。意識はもうろうとしているようだった。

——万引きのことだろうか。あれを、こんなに気にしていたのか？

そうではなさそうだと遼一は思った。

「何をゆるすんだ？」

悠子の耳にささやいた。

「ゆるして……ゆるして……」

声が細くなり消えた。失神していた。

「やっぱり、救急車だよ、小母(おば)さん」

まのぬけた声を、遼一はだした。抱きしめた腕の中で、悠子のからだは、折れそうにもろかった。

「診断訂正。ヒステリーだよ、これは」売店の女は言った。

遼一は、悠子のからだを抱きつづけていた。

場内では西部劇がはじまったらしく、勇壮な言葉が流れだした。

「一一〇番に電話してくれよ、小母さん」

「火事と救急車は、一一九だよ、ばかね」

そう言いながら、女は赤電話の受話器をはずし、ダイヤルをまわそうとした。

悠子が小さいうめき声をあげた。

「苦しい？」

遼一の腕の中で、悠子は、小さく首を振った。

「いま、救急車呼ぶよ」

「やめて」

悠子は、あえいだ。

「もう、大丈夫だから。ちょっと、めまいがしただけだから」

「本当に大丈夫かい」

悠子はうなずいた。

「救急車なんて……恥ずかしい」

「大丈夫らしいや、小母さん」

「人騒がせだよ、まったく」

女は、奥の事務所に行き、茶をいれた湯呑みを持ってきた。遼一は、受けとって、悠子の唇にあてがった。唇のはしから茶がこぼれて顎をつたった。

口うつしで飲ませてやりたいな、と遼一は思ったが、売店の女がにやにやしながら眺めているので、やめた。

「甘ったれているんだよ」女は、聞こえよがしに言い、遼一に目くばせした。「いいね。若い人は。甘えたり、甘えられたり」

「ばか。そんなんじゃねえよ」

「ばかとは、ごあいさつだね」

そのとき、新しくはいってきた客がコーラと、声をかけたので、女は言いつのりそうになった悪口をひっこめた。

悠子は、遼一の胸に頭をもたせかけ、少し苦しそうな息づかいをしていた。

「あたたかいわ」

悠子はつぶやいた。

「え?」

「ここ……」悠子は、遼一の胸を人さし指の先でそっとさわり、すぐにはなした。

ゆるしてくれ……?

何を、ゆるしてくれというのだろう。売店の女の言うとおり、まるで、ヒステリーの発作(ほっさ)だった。

遼一は少しうすきみ悪くなった。しかし、腕の中にうずくまっている少女を、つき放す気にはなれなかった。

三月十一日のことだった。

2

1

桜も、もう終るか……。


伊倉(いくら)医師は窓の外に目をやった。柔らかい若葉が、梢(こずえ)をおおいはじめていた。

裏庭では、リハビリテーションを受けている患者たちが、畑を耕していた。軽い労働は、精神障害を持った患者たちの治療に役にたつ。

ドアがノックされた。

「どうぞ」

伊倉医師は、反射的に、デスクの上の置時計に目をやった。午後二時。ぴったり、約束の時間であった。

中野洋子が、顔色の悪い少女を伴ってはいってきた。二十七になる中野洋子は、家庭裁判所の調査官補である。家庭裁判所は、離婚などの家庭事件と、少年犯罪、および、少年の福祉に関する成人の犯罪を扱う。

精神科の専門医である伊倉は、家庭裁判所に送られてくる少年たちの精神鑑定をしばしば依頼されるので、中野洋子とは親しかった。

色の浅黒い洋子は、からだの芯にバネのはいったようなきびきびした身のこなしで、デスクに近寄った。右手は、少女の手を握っている。

やせて目ばかり大きい少女は、鉛のような頬をしていた。

これはてこずりそうだと、伊倉医師は思った。

何らかの反社会的な行為をおかし、ここに連れてこられる少年や少女は、大半が、目にみえない傷口を心に持っている。警戒心が強く、大人顔負けの凶悪なものも混じっている。精神鑑定を行う医師としてもっとも手をやくのは、陰性に押しだまり、いっさい、口も心も開こうとしない者たちである。反抗的につっかかってくるものの方が、調べはやりやすい。何でもしゃべってくれ。ぼくは、きみたちを罰するために質問するのではない。ぼくは、きみたちに手を貸したいのだ。きみたちがかかえこんでいる心の病根をえぐり出し、とりのぞいてやりたいのだ。そう思う伊倉の気持ちは、なかなか彼らには通じない。

伊倉医師は、若々しくみえるが、四十代の半ばであった。精神鑑定医としても経験を積んでいる。

「三上悠子さんだね」

青ざめた少女は、大きな目を白い壁にむけたまま、身じろぎもしなかった。

まるで、ドライ・フラワーのようだと、伊倉は思った。蕾のまま、みずみずしさも、美しいいろどりも奪い去られ、かさかさになってしまった小さい花だ。

ドライ・フラワーは、水を与え日光を与えても、ふたたびよみがえることはないけれど、この鉛色の唇に、少女らしい微笑をよみがえらせることは不可能なのだろうか。

「おかけなさい」

前の椅子を示すと、少女は、ぎくしゃくした動作で腰を下ろした。

「悠子さん、伊倉先生には、何でも話しましょうね」

中野洋子が、なだめるように言った。悠子は無表情だった。

伊倉医師のデスクの上には、三上悠子に関する調書のうつしがおかれてある。

これまでに、くり返し読み直したので、要点はすっかり頭にはいっている。

面接までに、悠子の事件を担当した中野洋子とも、その上司の関口信明調査官とも、何度も会って話をきいた。

中野洋子は、悠子の家庭環境について、くわしく調べていた。

〃今の父親は、義父なのです〃と、そのとき、中野洋子は彼に告げたのだった。

〃実父の三上義徳氏は、悠子が七歳のとき死亡しています。そのあと、母親の照子は、秋葉崇夫(たかお)と再婚しました〃

〃悠子が三上姓なのは？〃

〃秋葉崇夫が、三上家の籍にはいって、三上崇夫になったんですの〃

〃ほう、珍しいね。男の方が入籍したのか〃

〃三上義徳は、三徳印刷という印刷会社の社長でした。現在は、照子が社長、崇夫が専務取締役で、会社の経営はなかなかうまくいっているようですわ〃

〃うまくいかなかったのは、家庭の経営の方だな。悠子は非行歴があるということでしたね〃

〃ええ。万引きの常習で、何度も補導されています。ウィークデーに学校をさぼって盛り場をうろつき、補導されたこともたびたびあります。でも、特定の非行グループには属していないようで、単独で万引きしたため、かえって、他の非行グループから目をつけられ、リンチを受けたこともあるようです。本人は話しませんが、警察署の記録に残っていました。家出して北海道に行こうとし、途中で補導され、連れ戻されたこともあります。それは小学校六年のときでした〟

〝北海道へ？〟

〝札幌に、親戚がいるのだそうです。父親の弟一家。その父親の弟、つまり悠子の叔父にあたる人は、悠子が生まれる前に死亡しています。ですから、血のつながらない叔母と、いとこが三人いるだけで、悠子はその人たちに幼いころに一度会っただけだそうですが、女の子のことですから、北海道というムードにあこがれたのかもしれませんわね〟

義父との間がうまくいっていないのだろうと、伊倉は推察した。よくあるケースだった。母親が再婚したからといって、子どもが非行に走るとはかぎらない。血のつながった親子以上に和やかにいっているケースもたくさんある。統計的には、うまくいっている方が多いかもしれない。だが、複雑な感情を持った人間同士である。理想的にばかりは事がはこばないときもある。

〝そのほかに、悠子には弟がいたのですが、これは、生後数カ月で病死しています〟

洋子はつけ加えた。

今回、悠子が家裁に送られたのは、

〝本人の申し立てどおりとすれば、正当防衛ということになりますかしらね〟

洋子は、重い声で言ったのだった。

2

親のつきそいもなく、悠子は、ただ一人で、警察署に出頭した。四月十二日の夜だった。

「人を殺してしまいました」

血の気のない顔で、それでも声だけはしっかりと、そう告げる少女を見て、係官は、最初はかつがれているのかと思った。大の男さえ、自首するときは友人に介添えを頼んだりする。

「おちついて話しなさい。まあ、おちついて」そういう係官の方が、いささか、あわてていた。

「むこうが悪いんです。夜、道を歩いていたら、送ってあげるって寄ってきて、それから……いやらしいことをしようとしたので……陸橋の上だったんです。あたし、逃げようとして夢中で……。その人、陸橋から墜ちました」

そこまで言うのが、せいいっぱいだったらしい。急に、くたっとからだの力がぬけ、くずれおちた。そのあと、はげしく痙攣しはじめ、ゆるして……ゆるして……と、うわごとのようにくりかえすばかりになった。

「どこの陸橋だ。相手はどんな男だ」

少女は失神していた。医者が呼ばれ、ようやく正気づいた少女は、国道二四六号線が府中街道を交差するところから少し先にある陸橋だと、正確に場所を告げた。

係員が急行した。そのときには、陸橋の下の道を通りかかった自動車の運転手が死体を発見し、近所の交番にとどけ出て、警官が集まり検証をしているところだった。

「悠子の話には、腑に落ちないところが多すぎるのです」

中野洋子も、上司の関口も、口を揃えて言った。

「被害者は、上質の背広とコートを着た、四十前後の、サラリーマンらしい男でした。ところが、紙入れは持っているのに、名刺を一枚も所持していないのです。定期も持っていませんでした。このくらいの年代で、しかもきちんとした職業についているらしい男性が、名刺を持っていないというのは、奇妙なことです。まあ、たまたま切らすということはなきにしもあらずですが……。

そのために、身もとの確認が非常におくれました。背広の山本というネームと、ワイシャツの袖のK・Yという縫いとりなどから割り出していったのですが山本という姓はあまりにありふれていますからね、苦労しました。ようやく判明したところでは、被害者の姓名は山本謙治郎、東栄薬品本舗厚生課第二係長、住所は世田谷区の経堂です。家族に遺体を確認してもらいました」

関口調査官が語るのに、中野洋子が口を添えた。

「家族も、会社の人たちも、山本氏があんな場所で少女に痴漢めいたことをするはずがない、と断言するんですの。人間ですから、まじめに見える人が、かげで思いがけないことをするということはありえますから、悠子が嘘をついているとは言いきれないのですけれど……」

「山本氏は」と、関口調査官が、「この春の人事異動で経理部会計課から人事部厚生課に部署がかわり、名刺を新しくあつらえたばかりだったそうです。それが一枚も持っていない。しかも、経堂の自宅から日本橋の会社に通う定期も持っていない。失くしたという話もきかない。これでは、故意に身もとをかくしたとしか……」

「三上悠子が、山本氏の身もとをかくそうとしたというのですか」

「どうも、そう思えます。しかし、子どものことだから、背広の裏にネームの縫いとりがあるのに気づかなかった。あるいは、気づいても、ネームをはぎとるのはあまりにわざとらしい、山本という平凡な苗字だから大丈夫だと、たかをくくったのか……」

「三上悠子と山本謙治郎氏の間には、それ以前、何の接触もなかったのですか」

伊倉はたずねた。

「悠子は、ゆきずりの人だと言っています。これまでの調査では、前もって二人が知りあっていた形跡はまったくありません」

「山本氏は、どうしてそんなところを夜おそく歩いていたのでしょうね」

「家人も、それが不思議だというのです。三上悠子にしても、十五歳の少女が深夜一人で、自宅から遠く離れたところを歩いていたというのは……」

「その上、事件の現場なのですが、陸橋は、石の手摺が大人のこの辺の高さまであります」洋子が、自分の胸の真中より少し下あたりを示した。「いくら死物狂いで抵抗したといっても、あのやせて小柄な少女が、大の男を突き落せるとは思えません。山本氏の死因は、頭蓋骨折、それに、全身に打撲傷がありました。たしかに、墜落死とみられる状況ですわ。でも……。その辺を突っこんで調べようとすると、悠子は、痙攣と失神を伴った発作を起こすのです。脳波などを検査したのですが、肉体の機能には、発作を起こすような障害はみられない。かといって、訊問をさけるだけの仮病とも思えないのです。一種の神経症ではないか。それで、先生に悠子の精神状態の鑑定をお願いしたのです」

「悠子の母親や義父は、この事件について、どのように言っているのですか」

「わからないの一点ばりです」関口が言った。

「母親も、義父も……」と洋子。「ひどく冷たいんですの。ふつう、子どもが事件を起こしたとき、親は……ことに、母親は、〝うちに子にかぎって〟と、かばいますでしょう。悠子の母は、まるで、あの子ならやりかねないと言わんばかりの態度でしたわ。はっきりそう口に出したわけではありませんけれど……」

3

「中野さんは、別室で待っていてください」

伊倉に言われ、中野洋子は、はげますように悠子の肩をかるくたたき、部屋を出ていった。悠子は、こわばった表情で、壁をみつめている。

痴漢から逃れようとして、はずみで、陸橋から突き落としてしまった。それなら正当防衛だ。非は男の方にある。

しかし、関口調査官や中野洋子調査官補の話では、悠子の陳述は、どうもおかしい。何かをかくしている。その点も衝こうとすると、悠子は失神の発作を起こすという。

反抗の言葉でもいい。何か一言しゃべれば、そこが突破口になる。

あたしは、ちゃんと、自首したじゃないの。黙っていれば、警察だってあたしが突き落としたとはわからない。あたしとあの男は、何の関係もないんだから。それを、自首したのに。悪いのは、むこうなのに。なぜ、あたしを責めるの。この上、何をしゃべらそうっていうの。

そんなことでも、わめきたててくれればいい。悠子は、何もしゃべらない。

だが、無言の姿勢を保ちつづけるために、おそろしく神経をはりつめていることがみてとれる。このようなすさまじい緊張に、十五歳の少女がいつまでも耐えきれるはずはない。

はりつめた糸は、いつか、切れてはじけとぶ。その、切れ方が問題だ。

無言の拒否を通しぬくかたくなさと共に、もろいデリケートな部分がのぞく。

悠子の顔に脂汗がにじみ出す。玉のような粒となって筋をひいて流れ落ちる。

唇の色は死人のように蒼い。

息づかいが荒くなる。

唾をのみこんだのか、のどの骨が上下する。悠子は、ふいに立ち上がった。

「早くあたしを、牢屋に入れて！」悲鳴のような叫びだった「でないと、あたしはまた……」悠子は、前のめりに倒れた。あとの言葉は、言葉にならなかった。

でないと、あたしは、また……。

それにつづく言葉を、伊倉は、聞きとったような気がした。

激しい痙攣の発作が、あとにつづいた。からだを弓なりにそらせ、手足をつっぱらせ、わけのわからない叫びをあげ、陸に放り出されたさかなが水にとびこもうとするように、床をころげまわった。

伊倉は看護婦を呼び入れ、悠子をベッドに押さえつけ、鎮静剤を注射した。

早く、あたしを牢屋に入れて！　でないと、あたしはまた……。

そう、悠子は叫んだ。そこまでは、はっきり聞きとれた。

だが、そのあとの言葉。

薬が効いてきて、荒い呼吸が規則正しくなり、睡りにおちた悠子の蒼ざめた顔を、伊倉は、信じがたいものを見るように、みつめた。

「人を殺してしまう……」

伊倉の耳は、ほとんど声にならない悠子の叫びを、聞きとったのである。

3

1

「早く、あたしを牢屋に入れて！　でないと、あたしは、また……」

人を殺してしまう！

そう叫んで、悠子は気を失った。

家庭裁判所調査官補の中野洋子から、伊倉医師のもとにあわただしい電話がはいったのは、それから五日後だった。

その間に、三上悠子の神経症の症状は、悪化していた。下肢に麻痺が生じて、歩行が不可能になったのである。

肉体的には、何の障害もなかった。明らかに、心因性のものだと、伊倉は判断した。

激しい心の葛藤が、肉体的な症状をあらわすのである。

病気になることによって、心の苦痛から逃れようとする。仮病とはちがう。本人は、病気のふりをして、他の者をだまそうなどとは、少しも思っていないのである。しかし、実際に、記憶喪失だの、失神発作、からだの麻痺などが起きる。ときには声が出なくなることもある。

患者は、心の奥深くに、暗く波立つ海をかけこんでいる。果て知れず深い、闇の色をした海である。

悠子は、極端な無気力状態におちいっていた。看護婦が手を貸さないかぎり、食事をとろうともせず、うつらうつら眠り、めざめているときは、ぼんやりした目で壁を眺めていた。伊倉が話しかけても、ほとんど返事をしない。まるで、痴呆と化したようであった。

悠子の両親は、伊倉が何度電話をかけても、病院にあらわれなかった。

何という冷たい親なのかと、伊倉はむしょうに腹がたった。しかし、伊倉の方から出むく暇もなかった。伊倉が勤務する精神科の病院『愛渓園』は、千葉県の松戸にあった。そこから東京の西端にある田園調布の三上家まで往復すれば、まる一日つぶれてしまう。彼には、そんな時間の余裕はなかった。彼のかかえている患者は、悠子一人ではなかったのである。

悠子の両親のかわりに、死んだ山本謙治郎の妻がやってきて、悠子に会わせろと強要した。「私の主人は、見も知らぬ女の子にひどいことをするような人ではありません。あの女の子は、嘘をついている。あんな汚名を着せられては、死んだ主人が浮かばれません。三上悠子に合わせてください。真相をひきずりだしてやる」山本謙治郎の妻は、泣きながらののしった。気の毒だとは思いながら、伊倉はことわざるを得なかった。山本の妻に詰問されたら、悠子は、いっそう心を閉ざしてしまうだけだろう。

警察や家裁からも、悠子が仮病をつかって訊問をのがれようとしているのではないかと、厳しく聞かれた。そのたびに、仮病とはちがうのだ、悠子の心を開くには、時間をかけなくてはならないと、伊倉は悠子のために弁明した。

そんなとき、中野洋子から、切迫した声で電話がかかってきたのである。

「自首してきました」

洋子は、せきこんで、主語をぬかして喋った。

「え? 自首? 何のことですか」

「山本謙治郎を殺した犯人です。悠子はその男をかばっていたんです」

「それでは、悠子は……」

「ええ、死体遺棄に手を貸しただけです」

2

悠子は、夢を見ていた。

メリー・ゴー・ランドはゆるやかに廻り、悠子と遼一を乗せた木馬は、夜を馳けていた。

遼一の胸に頭をもたせかけ、悠子は微笑した。

——暖かいわ……。

遼一の胸は、暖かかった。悠子は今までに一度も味わったことのない安らぎをおぼえた。悠子を抱いてささえる遼一の腕は、たくましかった。そう、悠子には感じられた。遼一の唇が髪にふれると、からだが熱くなった。木馬は、台座から離れた。夜の空は、蒼い果てしない海だった。

「遼ちゃん」

「え?」

「何でもないの。ちょっと、呼んでみたかっただけ」

このままどこまでもとびつづけたい。

「あたしね、まるで、しあわせな人みたい……」

心の中で、黒い声が、〝しあわせ?〟と笑った。

〝しあわせ〟になれるつもりか? おまえが?

おまえが？

「あたしたち、どこへとんで行くの？」

黒い声をふりはらい悠子は、いっそう深く遼一にもたれて、甘えるように聞いた。

「パーティーだよ。そうだろ。おれの、バースデイ・パーティー。二人だけのパーティー。おれの……」

「お誕生日は、だめ！」

悠子は、さけんだ。

「遼ちゃん、お誕生日はだめ！　二十（はたち）になっちゃ、だめ！」

ふいに、木馬は、墜落した。青い底のない闇を、墜（お）ちはじめた。風が逆（さか）巻いた。

「遼ちゃん！　遼ちゃん！　遼ちゃん！」

「二十になるのね。遼ちゃん、大人なのね」

悠子は、ちょっと、まぶしそうな顔をして遼一を見た。それから、はしゃぎだした。

「お祝いしようね。何か、すてきなこと。ね、何か、とびきりすてきなこと」

悠子って、むりに背のびして大人ぶったり非行ぶったりしているところと、淋しがりで甘ったれてくるところとあって、と、遼一は係官に言ったという。映画館で気分が悪くなったとき、面倒見てやってから、すっかり、なつかれちゃって。何しろ、まだ、子どもでしょ。ガールフレンドとか、恋人なんてつもりじゃなかったんだけど……でも、つきあっているうちに、すごくかわいくなって……。そのうちにね、ああ悠子は、おれがいなくちゃだめなんだなって……そう思うと、いっそう、かわいくなって。

「悠子、何かすてきなことって、どんなことがしたいんだ？

あんまり、金のかかることは、だめだぜ」

「そうだなあ。たとえば、深夜のドライブとかさ。でも、だめね。遼ちゃん、まだライセンス持ってないもんね」

「ばかにするない。こうみえたって、車の運転ぐらいできるぜ」

「だって、やっと今日、二十になったばかりでしょ。免許とれるの、これからじゃない」

「運転おぼえるのは、教習所ばかりとはかぎらないんだぜ」

遼一が働いている板金工場には、ガードのフェンスにぶつかってバンパーのへこんだのや、フェンダーに傷がついたのや、いろいろな車が運びこまれてくる。先輩たちのみようみまねで、遼一は自由自在に車をこなせるようになっていた。

「とばしてやろうか」と言うと、悠子は、ちょっと驚いた顔をしたが、すぐ、目をきらきらさせてうなずいた。

遼一は、悠子を、彼の工場に連れていった。もう、工場は閉まっていた。

工場のものである小型トラックに遼一は乗り、悠子を助手台にすわらせた。

「ふつうの乗用車なら乗ったことあるけど、トラックに乗るなんて、はじめて」悠子は、よろこんだ。

途中のスナックでスパゲッティでもおごって、それから、家の近所まで送ってやろうと、遼一は計画をたてていた。

遼一とつきあっていることは、悠子は家の者に内緒にしているらしい。

スピードを上げると、悠子は、いっそう頰（ほほ）を上気させ、喜んだ。

――あんまり昂奮（こうふん）して、また、映画館のときみたいに脳貧血を起こされてはやばいんだがな。

脳貧血じゃない、ヒステリーだと、売店の小母さんは言ってたっけ。ヒステリーってのは、オールドミスの教師なんかが、目を吊り上げてキャンキャン怒りわめくことだと思っていたけれど……。

「遼ちゃん、あたし中学卒業したらね、うちを出るわ。そうしたら、遼ちゃんのお嫁さんに……してくれる？」

おしまいの方は、聞きとれないようなささやきになった。

「え？　あんまり、おどかしてくれるなよ。ハンドル、切りちがえちまう」

「いや？」

「わかってんのかよ、悠子。おまえ、まだ……」

「いっしょうけんめい、大人に追いつくから」

「いいぜ」と、遼一は言った。冗談だけれど、半分本気みたいな気分になった。

夜の道は、すいていた。車も、通行人もいなかった。安心して、遼一は、スピードをあげた。ライトの輪の中に、突然、黒い人影が浮かんだのは、そのときだった。

あっと、ブレーキを踏んだ。おそかった。異様な衝撃が、全身に伝わった。

一瞬、目の前が暗くなった。

やっちまった。

信じられなかった。しかし、路上にこわれた等身大の人形のようにころがっている男の姿が、彼の目になまなましく灼きついた。

周囲の世界が、くずれおちてゆくような気がした。

何もかも、だめになってしまった。

工場は、くびになる。実刑を受けるだろうか。郷里の母ちゃんに、なんと言おうか……。

車を寄せて駐め、下りて、男のかたわらにおそるおそる近寄った。悠子も下りてきた。

そっと手を触れ、遼一は、男が即死しているのを知った。

「だめ……なの？」

「ああ……」

悠子は、遼一にしがみついた。

「遼ちゃん、死刑になる？」

「まさか、死刑にはならないだろうけど、もう、成年だからな……」

遼一は、震えながら、悠子を抱きしめていた。

「いや、いや、遼ちゃんが刑を受けるなんて……」

「しかたねえや。無免許だし……。未成年じゃないし……」

「いや。遼ちゃん、だめよ。刑務所なんか行っちゃや、いや」

「むり言うなよ」

遼一は、悠子をまきこむまいと思った。

「悠子、送ってやるよ。それから、おれ、交番に行く」

「だめ。遼ちゃんが刑務所になんかはいっちゃったら、あたし……」

3

「きみは、はねて死なせてしまった人に対し、すまないと思わなかったのか」

伊倉は強く言った。

「今はね、悪いことをしたと思います。でも、正直言って、そのときは……なんて、まが悪いんだ、おれは、この先、どうなるんだ。それしか、頭に浮かばなかった……」

「責任のがれで言うわけじゃないんですよ。そうとられたってしかたないけどさ。でも、事実をありのままに言って、悠子が言いだしたのは、本当なんです」

「身代わりに自首することをか」

「ええ。あたしなら、未成年だから、たいした罰を受けないって言って。もちろん、おれは、だめだって言いましたよ。冗談じゃない。そりゃあ、おれは、あんまり度胸のある方じゃないさ。自首するのは、怖ろしかったさ。できれば、このまま逃げちまいたいと思ったくらいだ。でもね、身代わりを悠子に押しつけて、のうのうとしていられるほど、悪玉じゃないですよ」

だが、そのとき、悠子は、まるで鬼女のような凄まじさで、遼一に迫ったのだ。「あたしは、その方がいいの。お願い。そうさせて」

「ばか。おまえみたいな女の子が、深夜にトラック運転していたなんて、警察で通用するものか。ちょっと実地に調べられたら、アクセルとクラッチの区別もつかないことぐらい、すぐ、ばれちまう」

悠子は、ぞっとするような笑顔をみせた。

「ミステリーで、読んだことがあるわ。森村誠一って人が書いていていた。自動車事故の骨折と、高いところから突き落とされたときの傷と、区別がつきにくいって。あたしが突き落したことにすれば……」

「あんたには、わからないんですよ」遼一は言った。「あのときの悠子を見ない人には、わからない。おれには、わかったんだ。悠子の言うとおりにするのが、悠子にとって、一番しあわせなことなんだって」

「ばか！」拘置所の面会室であることも忘れて、伊倉は、思わずどなりつけた。

「わかってもらおうとは思わないですよ」遼一は、暗い声でつづけた。「おれだって、どう説明していいかわからないんだ。とにかく、あのときはそう思えたんだ。悠子の言うとおりにしてやらなくては、悠子はだめになってしまうって……」

再びどなりつけようとする伊倉を遼一は、手で押さえた。

「何て言ったらいいのかな……。おれがいなくなるってことがね、あの子には絶望的だったんだ。自分で言ったら、ずいぶんおかしな話だけれど、悠子にとっておれは……」

「救世主か」伊倉は皮肉に言ったのだが、「そう、ま、そんなものです」と、遼一は、あっさりうなずいた。

「うぬぼれるのもいいかげんにしろ」

「事実だから、しかたないですよ。おれだって、買いかぶられすぎるのは、いやだよ。だけど、悠子は、もう、おれにしがみついていた。あの子は、よっぽど、自分のうちがいやなんだよ。

未成年だし、正当防衛ってことを主張するから、ひどい刑は受けない。少年院に入れられるかもしれないけれど、一年ぐらいで出てくるから、待っていてくれって、悠子は言ったんです。待っていてね。出てきたら、抱きとめてね。それから、ずっと、ずっと、いっしょにいてね、って。悠子は何か……おれに賭けているって感じだったなあ。

おれはね、自分が自首した方が、ずっと気が楽でしたよ。あんたから言われなくたって、女の子に身代わりさせるなんて、どんなに薄汚ないことか、よくわかっている。だから、とうとう耐えきれなくなって、おれ、自首したんだ。でも、悠子にとっては、裏切りだなあ、おれの……」

「おまえの罪をひっかぶって、悠子がどれほど辛い思いをしたか、わかっているのか」

伊倉は、悠子が心の苦痛から発作を起こしたことを遼一に告げた。叩きつけるような強い口調になった。いくら自分から進んでしたことといっても、殺人者の汚名を着せられることは、耐えがたい重荷だったにちがいない。

「ちがうよ、先生」遼一は、心外そうにくってかかった。

「それは、悠子の持病だよ。ずっと前からだ。今度のことが原因じゃない。おれが悠子と親しくなったのも、その発作がきっかけだった」セーターの万引き事件を簡単に語り、「それから、いっしょに映画を観た。その最中に、悠子がぶっ倒れちゃったんだよ。ときどきこうなるんだって、あとで悠子は言っていた。ちょっと気味悪かった。許してくれ、許してくれって、うわ言みたいに言ってね。おれが看病してやって、そのあと、悠子は、すっかり、おれになついてしまった。まるで宿無し犬が親切にしてもらったみたいに」

「許してくれと、悠子は言ったのか？」

「ああ。でも、何のことかわからなかった」

「何という映画を見ていたときだ」

「予告編だよ。古い映画の再上映だった。何か、かわいい金髪の女の子が、生まれながら悪魔みたいな奴で、理由もなく人を殺してゆく……。おれ、よく見ていなかったけれど」

〝悪い種子〟という映画だ、と、伊倉は思いあたった。昔見た記憶がよみがえった。生まれつき殺人狂の素質を持った少女が無邪気な顔で犯罪を重ねてゆく話で、当時、評判になった。

悠子は、その映画を見てショックを受けたのか……。

何か怖ろしいものに突きあたったように、伊倉は、ぞっとした。

しかし、映画の主人公である少女は、あどけない顔で、平然で殺人をおかしてゆくのだった。

悠子は、許してくれ、と、何か、自分の罪でおびえている。

悠子の病根は、そこにある。かすかな手がかりを、伊倉は、つかんだ思いがした。

山本謙治郎氏の事件に関しては、解決がついたといえた。

中島遼一の自白にもとづき、警察は裏づけの調査を行い、山本謙治郎氏が、中島遼一の無免許運転の被害者であったことも明らかになった。

しかし、伊倉医師にとって、事件は、少しも終わってはいなかった。彼の仕事は、これからはじまるのであった。

悠子の心を閉ざす重い暗い扉を開け放し、ゆがみきった心に光をあててやらなければならなかった。

そのためには、悠子が必死になってかくそうとしている過去を、むりやりあばき出さなくてはならない。

辛い仕事になりそうだった。悠子にとっても、伊倉医師にとっても。

遼一が自白したことを知らされたとき、悠子は、激しい発作を起こした。悲鳴をあげ、泣き叫び、失神し、そのあと、前にもまして、化石になったように押し黙ってしまった。

その夜、悠子は、自殺をはかった。部屋の窓を開け、飛び下りようとしたのである。巡回の夜勤看護婦が発見し、抱きとめたので助かったが、悠子のいうとおりにした方があの子の救いになると思ったという中島遼一の言葉を、あらためて、伊倉医師は思い出さないわけにはいかなかった。

いそがしい時間をやりくりして、彼は悠子の家を訪れた。

4

義父の三上崇夫は不在だった。母親の照子は、あいそよく伊倉を迎えたが、彼の来訪を迷惑がっているのは明らかだった。

いかにも金のかかった応接間だった。マントルピースの上には、何十万円もしそうな大理石の置時計や、ボヘミアン・グラスの花瓶などが飾られ、絨緞(じゅうたん)は、脚が埋まりそうにふかふかしていた。

母親からは、何も、役にたちそうな話はひき出せなかった。

肉づきのいい大柄な照子は、おだやかな微笑を浮かべ、「何も存じませんわ」「私には何もわかりませんわ。病気でしたら、それをなおしてくださるのがお医者さまの仕事じゃございませんこと?」

などと言うのだった。

華奢(きゃしゃ)で顔色の悪い悠子を、伊倉は、想像の中で、もっとふっくらさせてみた。照子の顔だちとは、少しも重ならなかった。

「ちょっと変わった子で、私どもでももてあましていたんでございますよ」

照子は、悠子は分裂症か何かではないのか、もしそうなら、ずっとそちらに入院させておいてほしいというようなことを、それとなく、におわせた。厄介ばらいをしたがっているように伊倉には思えた。

何の収穫もなく、伊倉は病院に戻らなくてはならなかった。

悠子は、拒食がはじまっていた。看護婦がどれほどすすめても、食事をとろうとしないのだった。むりに食べさせようとしても、歯をくいしばって受けつけなかった。栄養剤の注射や点滴で体力を得させるのだが、目を離していると、点滴の針をぬいてしまい、緩慢な自殺をはかっているように思えた。

「中島遼一は、刑期がすめば戻ってくる。そのとき、元気な顔で迎えてやらなくては」

伊倉が言うと、悠子の見開いた目から、静かに涙が流れた。化石のように見えるけれど、感情が死んでしまっているのではない、と伊倉は確信した。

アミタール分析に頼るほかはないだろうか、と、伊倉は思った。

アミタールは、俗に、自白剤などとも呼ばれている。自白剤という呼び方はいかにもどぎついし、また、刑事事件の訊問にこの方法がとられることはない。アミタール剤の注射によって喋った内容は、本人の自由意思による自白とは認められないのである。

しかし、精神鑑定には、ときおり用いられる。

この薬を注入すると、ちょうど酒に酔ったときのように、心の抑制がとれる。ふだん、喋るまいと自分で押さえている自制心がゆるむのである。しかし、万能ではない。絶対に喋るまいと決心が固いときには効きめがないし、真性の分裂病のときなどは、とりとめないことを喋り出して、収拾がつかなくなるときもある。

できることなら、伊倉は、この方法はとりたくなかった。医者にだまされて、喋りたくないことまで喋らされてしまった、と患者があとで思うようでは、何より大切な医者と患者の信頼関係にとり返しのつかない亀裂がはいる。

　そのとき、伊倉は、悠子が小学生のころ家出して、北海道の叔母の家に行こうとしたということを思い出した。

　わざわざたずねて行こうとしたのは、その叔母に、悠子が好感をもっているからだろう。

　札幌まで飛行機なら一時間三十分。

　伊倉は、びっしり文字の詰まった手帖の予定表をひろげ、空白の日を探した。

5

　札幌の五月は、すがすがしかった。すくすくと枝をのばしたポプラの梢は、あざやかな緑におおわれた。

　悠子の叔母の三上小枝子は、夫の死後、生命保険の外交をして生計をたてているということで、暮らしぶりは楽ではなさそうだった。照子より年下のはずなのに、いくらか老けてみえた。住まいは、二DKの公団アパートだった。息子が二人、娘が二人、上の息子はもう就職して会社の独身寮にはいっているということだが、それでも、狭い部屋の中には、家族の持ち物があふれていた、箪笥にはいりきらない洋服が壁にかかり、ギターが投げ出され、本棚からはみ出したまんが雑誌が床に散ったりしていた。大学生の次男と高校生の娘はまだ学校から帰らず、小枝子は、「ちらかっていて」と恥ずかしそうに言いながら、その辺をかたづけ、茶をいれた。

「遠いところをわざわざ……」

「いえ、こちらこそ、おいそがしいところを」

　小枝子は、悠子の事件について、何も知らされていなかった。

　自動車事故の犯人の身代わりになったことや、その後神経障害が悪化して入院していることを伊倉の口から聞くと、「あの子が!?」と、まっさおになった。

そのほっそりした顔だちが悠子によく似ていることに、伊倉は気づいた。

「私の方には、何も知らせてくれなくて……。義姉さんも、ひどい……あの子が、そんな……」

「たいそう失礼なんですが……」

伊倉は、思いきって、当て推量を口にした。

「悠子さんは、もしかして、奥さんの……」

小枝子は、両手で顔をおおった。しばらく、無言であった。

「あの子が、そんな……」しばらくして、つぶやいた。「東京になんか、やるんじゃなかった」

あの子がお腹にいるときに、夫が急死したのです、と、小枝子は言った。

「東京の、主人の兄のところでは、子どもが生まれないので、前から欲しがっていました。うちにはもう三人もいるのだから、今度生まれたらよこせなんて。犬や猫の仔じゃあるまいし。でも、夫に死なれて、私が一人でやっていかなくてはならなくなって、とても四人は育てきれないということで……。悠子は、生まれるとすぐ、手放したんです。戸籍も最初から、東京の三上の子として届けました。もちろん、悠子には知らせてありません。しあわせじゃなかったんですね、あの子……。照子さんも再婚して、悠子にとっては、父親も母親も、血のつながらない他人になってしまったんですものね。それでも、生まれ落ちたときから育てて来たんですから、照子さんも情がうつりそうなものなのに……」

「悠子さんは、養女だということを知らされていないのですね」

「知らないはずですわ。そのために、戸籍も最初からむこうに入れたくらいですから」

「一度もお会いになったことは……?」

「会わないって約束したの。でも、一度だけ。照子さんが腎臓を悪くして入院したときでした。悠子は五つぐらいだったかしら。世話する者がいないというので、一週間ほどうちであずかったんです」

「悠子さんのお父さん……あなたのご主人の兄さんですね。その方がなくなられたときは、告別式などで会われたのではないんですか？」

「上京できませんでしたの。私、ちょうどそのとき、風邪をひいて寝こんでいまして。その後も、東京までとなると旅費が大変ですので、なかなか……。照子さんも再婚なさると、私とあの方は、もともと他人同士ですし……」小枝子は、ときどき指先で涙をぬぐった。

「悠子が、ぐれてしまったなんて……。照子さんも、再婚して崇夫さんとの間に男の子が生まれてから、悠子がじゃまになったんじゃないでしょうか」

「その男のお子さんも亡くなったんでしたね」

「ええ」

「病気ですか」

「ええ。肺炎だそうです。池に落ちたのが原因だとか」

小枝子の言葉に、ふと〝悪い種子〟を見て発作を起こしたという悠子を、伊倉は思い浮かべた。怖ろしい想像だが、それが悠子の病根ではないのか。周囲の愛情が幼い弟一人に注がれるのに耐えられなくなり、嫉妬のあまり、弟を池に……。子どもがそんな残酷なことを、と言うかもしれないが、子どもだからこそ、大人なら自制できる本能の願望が、むき出しに行動にあらわれる。その当座より、むしろ、物事の善悪が判別できる年齢になってから、自分のおかした行為の酷たらしさに気づき、おびえ……

6

悠子の細い腕をボムバンドで圧迫し、青く浮き出した静脈に、注射針をさしこんだ。アミタールソーダの溶液が、少しずつ、注入されてゆく。

注入の加減はむずかしい。少量では効きめがないし、量がすぎれば患者は睡ってしまう。針をさしたまま、薬の効きめが薄れたとみると、また少量注入する。

「今日、中島くんに面会してきたよ」

悠子は、目を薄く開いた。

「目を閉じたままで、少し先生とお喋りしよう。その方が楽だろう」

すなおに、悠子は瞼を閉ざした。

「遼ちゃん……元気？」これだけでも、口をきくのが珍しかった。薬が効き、心の鍵がゆるんできたようであった。

「きみのことを心配していた。食事をしないのはよくないね。栄養のあるものをとらないと、肌が汚なくなるよ」

悠子の口もとが、かすかに笑った。

「遼ちゃん、ばかね、自白するなんて」

「札幌へ行って、きみの叔母さんにもあってきた」

「ああ……小枝子叔母さん……」

「やさしそうな叔母さんだね」

悠子はうなずいた。

――うまくいっている、これからだ……

「きみのお母さんにも会ったよ。お母さんも、とても心配していた、早くきみが元気になって……」

「うそ！」薬がひきずりこむ睡魔から逃がれるように、悠子は、舌のもつれるような声で、しかし、強く抗議した。

「先生の嘘つき。お母さんなんか、嫌い。お母さんも、あたしを嫌ってる！」

胸に痛みを感じながら、伊倉は、病根にメスを突き刺すように、

「池に落ちた弟さんのことでかい？」

「どうして！　どうして、先生、そんなこと……」

悠子はからだを起こしかけ、めまいがしたように頭を枕に落とした。

「あたし……あたし……」

ふいに、激しい言葉が悠子の口からほとばしり出た。

「遼ちゃんより、あたしの方がよっぽど……あたしは、死刑になったって……。あたし……死なせてしまったんだもの……」

悠子は大きく息をのみ、一気に言った。

「お父さんを。一番好きだったのに。大好きだったのに……」

4 ——

1

「お父さんを死なせてしまった。一番好きだったのに……」

悠子の語尾は次第に細くなり、睡りにおちていった。

翌日、伊倉医師がアミタール分析を続けようとすると、悠子は強くこばんだ。

とんでもないことを喋ってしまったと、おびえきっていた。

看護婦が悠子の腕を押さえると、悠子は暴れ、看護婦の手に嚙みつこうとさえした。

伊倉医師は、看護婦に部屋から出るよう命じた。

「大丈夫ですか、先生。この患者、まるで狂犬みたいですよ」

「ばかなことを言うんじゃない」

看護婦が出ていったあと、悠子はベッドに起き直り、両腕で自分の躰を抱きすくめ、ふるえながら、おびえた目を伊倉にむけた。

追いつめられた小さい獣のようだった。

自分の意志に反して、かくしていたことをむりやり喋らされてしまった。だまされた。

悠子の目は、そう語っていた。

「悠子ちゃん、今日は、先生が子どものときの話をしようか」

あせる心を押さえて、伊倉は、のんびりした口調で話しかけた。

悠子は、烈しい目を伊倉にむけたまま、無言だった。

「ぼくだって、子どものときがあったんだよ。勉強が嫌いでね、学校の先生や親たちにおこられてばかりいた」

悠子の表情は変わらなかった。伊倉は、自分の喋り方が、まるで、小学生相手のような口調なのに気づいた。十五歳の少女は、部分的には、もう大人だ。あまり子ども扱いした話し方は、かえって反感をそそるかもしれなかった。しかし、今の悠子は、精神的に、かなり退行している面がある。幼児的な部分の方が顕著になっている。このままの接し方でいこう、と伊倉は思い、

「ぼくには、三つ違いの兄がいた。これが、よくできるやつでね、ぼくは、ことごとく兄貴と比較され、子ども心に、いやでたまらなかった。この世の中に兄貴がいなかったら、どんなにせいせいするかと思ったよ。ぼくの下には妹がいた。これは、たった一人の女の子だし末っ子だから、うちじゅうからかわいがられていた。ぼくは、いつも、よけい者みたいな気持ちを味わわされて育った」

悠子はあいかわらず表情をこわばらせ、躰を抱きすくめた姿勢をくずさなかったが、伊倉の話にひき入れられだしたのがわかった。

「兄貴が中学三年、ぼくが同じ中学の一年のときだった。兄貴は風邪をひいて、学校を欠席した。ぼくは学校で、兄貴の友人から呼びとめられた。期末テストの範囲が発表になったから、兄さんにつたえてくれと、その友人は、英語は教科書の何ページかた何ページまで、数学は何と何、と、紙に書いたのを渡してくれた。

ぼくは、その紙を兄貴にみせなかった。そのかわり、全然まちがったことを、兄貴に教えてやった。

悠子ちゃん、ぼくを、卑怯な、いやなやつだと思うだろう」

伊倉は、悠子の目をのぞきこむようにした。悠子は黙っていたが、その目の色が少し和らいだように伊倉は思った。

「そう、ぼくは、本当に卑怯だった。あとで、自分がいやでたまらなくなった。でも、兄貴に白状する勇気がなかった。兄貴は、テストの前日ぎりぎりまで熱があって欠席をつづけていたので、ぼくがわざとまちがったことを教えたのに気づかなかった」

伊倉は、兄弟の立場を逆にして、悠子に話していた。弟にでたらめを教えられ、テストのときあわてた兄というのが、伊倉であった。

「誰だって、善いことと悪いことの区別ぐらいは、わかっている。でも、誘惑に負けてしまうことがある。決して負けない強い人間もいるけれど、生まれつき、弱い、いじけた性質の人間だっている。そういう人間は、生まれながらに、一つのハンディキャップを背負っているんだ。故障した、性能の悪い武器で、人生っていう戦場を戦いぬいていかなくちゃならない。不利な戦いだよね。これが肉体的な欠陥なら、他人も同情してくれる。ところが、性格の弱さとなると、誰も許してはくれない。辛い戦いだね」

弱い人間の辛さ、哀しさが、精神系統の病人と接してきて、伊倉には、自分のことのようによくわかるようになった。今では、あのときの弟の行為を威丈高にとがめる気にはなれないのだった。

弟のしたことを、自分がやったように悠子に話したのは、そうすれば悠子が心を開くだろうという計算があったからだった。しかし、伊倉は嘘をつき、悠子をだましているという意識はなかった。弟の弱さ、辛さを、いま、彼は自分の痛みとして感じていた。強い人間、すぐれた人間は、どこかで、弱い者を傷つけている。

悠子の目が、しっとりうるおいを帯びてきた。

「あたし……叔母さんのところに行きたかったの」悠子は、低い声で言った。伊倉は手をのばした。指先が悠子の手に触れた。悠子は、さけようとはしなかった。

「お母さんが病気になれば、その間、また、叔母さんのところに行けると思って。子どもだったから……ばかだったのね。そう思っちゃったの」

伊倉は、力づけるように悠子の手を握った。悠子は、母がひどく冷たくて、うちにいるのが寂しくつまらなかったこと、母が腎臓を悪くして入院している間、叔母の家に預けられたが、そのときはみんなにかわいがられて、それは楽しかったこと、もう一度遊びに行きたいと思っても許されなかったことなどを、重い口で、一言一言、噛みしめるように話した。

もう、アミタールはいらないと、伊倉は思った。伊倉が自分の傷を見せたことで、(実はそれは偽りの傷ではあったのだが)悠子は伊倉に仲間意識を持ったようだ。

「うちの裏に、きれいな実のなる草が生えていたの。その実をこっそり食べて、あたし、病気になったことがあるの」

その実を一粒食べたあと、のどがかわいてたまらなくなった。それなのに、のどがつまるような感じで、水がのめない。物がぼうっとかすんで見え、ひどく眩しく、心臓がどきどきして苦しくなった。二、三日、寝こんでしまった。叱られそうな気がしたので、野生の草の実を食べたことは黙っていた。

その翌年、同じ実がなっているのをみつけたとき、ふと、思った。母がこの実を食べたら、二、三日病気になるだろう。その間、また、叔母さんのところに預けられる。いとこたちと楽しいときをすぎせる。

「そんなばかなことを考えちゃったの」

一途に、思いつめた。それほど、母は冷たく、叔母の家は楽しかった。

その実は、サクランボによく似ていた。父が、みやげにサクランボを買ってきてくれたとき、母の分の皿に、こっそり、その実を一粒混ぜた。

怖くなったので、自分の部屋に逃げこんでしまった。

翌日、病気になったのは父だった。父は、ひどく苦しんで、昏睡状態になる、その日の夕方、死んだ。

そう語りながら、悠子は、伊倉の腕の中で泣いていた。長い間心をしめつけていた重荷を、すっかり吐き出してしまって、躰中の力がぬけたように、伊倉に抱かれていた。一人で耐えるには、あまりに重い過去の行為だったのだろう。悠子は、そのおそろしい結果におびえ、誰にも打ち明けることができず、それでいて、誰かに話してしまいたい、許しを受けたいと、心の底で願いつづけてきたのだろう。

「何の実だったんだろうね。青梅かな」

未熟な梅の実は、劇毒の青酸を含んでいる。しかし、悠子が語った症状は、青梅による青酸中毒ではないようだった。

伊倉は、隣室に控えている看護婦を呼んで、図書室から植物図鑑をとって来させた。看護婦は伊倉に抱かれてひっそり泣いている悠子を見て、けげんそうな顔をした。色とりどりの植物の写真の中から、悠子は、一つを選んで指さした。

「これだわ。こういう花が咲いて、それから実がなるの」

紫紅色の、吊鐘型の小さい花をつけたその草は、〃ハシリドコロ〃と呼ばれる多年生の有毒植物であった。日本では、野草に混じって自生している。実は桜桃に似て、いかにも子どもが口に入れたくなるような、きれいな色をしている。

しかし、この植物は、実にも根にも、劇毒が含まれている。有毒成分は〃アトロピン〃である。純粋のアトロピンは、致死量が〇・〇七グラムという猛毒だ。悠子がその実を食べたあとの症状は、まぎれもなくアトロピン中毒であった。

アトロピンは、筋肉を麻痺させる作用を持つ、のんだあと、のどがかわき、しかも、ものをのみこむのが困難になる。目の虹彩（こうさい）の筋肉が麻痺するから、瞳孔が開き、眩しくてたまらなくなる。致死量以上をのむと、呼吸困難になり、昏睡して、全身麻痺で死亡する。眼科医は、このアトロピンを患者の目にたらして瞳孔を開き、眼底を調べるのに用いる。

　だが、伊倉は、納得がいかなかった。悠子がサクランボの皿に混ぜたのは一粒だけだったという。子どもの悠子でさえ、一粒食べただけでは死なかった。アトロピンの含有量が致死量に達していなかったのである。悠子の父にとって、ただ一粉のハシリドコロの実が致命的になったとは思えない。

　悠子の父三上義徳の死は、何か他の病気によるものではないのか。たまたま時期が重なったので、悠子は、自分のせいだと思いこんでしまったのではないだろうか。

　悲惨な錯覚だった。

　伊倉がそう言うと、悠子は、強く首を振った。

「あの実のせいなの」

「お父さんがそれを食べて苦しみ出すところを見たの？」

「見なかったけれど」

「お父さんが病気になったときのことを、できるだけ詳しく話してごらん」

　悠子は、遠い記憶をさぐるように考えこんだ。

「次の日だったわ。たぶん、日曜だったのね。お父さん、ずっとうちにいたから。お昼ごろから、寝こんでしまって……夕方には……」

「どうして、あの実を食べたせいだと、悠子ちゃんにはわかったの？」

「だって、あたしが病気になったときと、同じだったんですもの。のどがかわくって言って、それなのに、水がのめないの。眩しいって部屋を暗くさせて。それから、胸が苦しいって……」

「先生が、よく調べてあげよう。きっと、悠子ちゃんには責任のない、ほかの病気だったんだよ」

　悠子は、すがりつくような眸（ひとみ）になった。それから小さい声で、「弟が池に落ちたのは、本当にあたしのせいなの。でも、わざとじゃなかったつもりなんだけど……。弟がにくらしかったから、もしかしたら、わざとやっちゃったのかもしれない。自分でも、よくわからないの。あたしのせいで、二人も……」

歯をくいしばって、悠子は嗚咽をこらえた。

「思いきり泣いていいんだよ」と、伊倉は悠子の背を撫でた。洗いざらい喋ってしまったことで、心の奥にこり固まった重いしこりが溶けてゆく。暗い扉が少しずつ開き、細い光がさしこむ。だが、その扉が広々と開け放されるには、悠子の父の死因が彼女のせいではないということが明白になることが必要だと伊倉は思った。弟を池に落としたこと、母に有毒とわかっているハシリドコロの実を食べさせようとしたことは、なお、深い罪の思いとなって、悠子の心に血を流させつづけるかもしれないけれど、今までの苦しみで、もう、十分つぐなわれたのではないか。そう思いながら、伊倉は、悠子の肉の落ちた背を撫でていた。

2

伊倉は、札幌に長距離電話をかけた。悠子の叔母――それが実母であることを、伊倉は数回訪れたとき聞き知ったが――小枝子から、三上家の主治医の名を聞き出すためである。

照子やその夫の三上崇夫に直接たずねなかったのは、彼なりに考えるところがあってのことだった。

「悠子はどんなぐあいでしょうか」と、小枝子は心配でいたたまれない様子だった。

内田という内科の開業医が、三上家のかかりつけの医者だった。酒好きなのか、あから顔でよく肥っていた。

「三上さんは、このごろは、うちには見えんですよ。ほかの医者にくらがえしたらしい」

「三上義徳氏の最期をみとられたのは、先生ですね」

「私は、まにあわなかったんですよ。呼ばれて行ったときには、すでに死亡しておった」

「病気は、何だったんですか」

「古いことなので、カルテは処分してしまったんだが……」内田医師は、丸っこい指で額をこつこつ叩き、「三上さんは、急性心不全でしたな」

「前から心臓が悪かったんですか」

「いや。あの人も私と同じで、よく酒を飲んどったが、心臓、肝臓も、特に異常はなかったですな。急に発作を起こしたらしい。そう、奥さんが言うとった。テレビを見ているうちに、急に胸が苦しいと言いだし、倒れたそうです。奥さんは驚いてうちに電話をかけてきた。日曜で休診日だったんだが、幸い私はうちにおったので、すぐにかけつけた。だが、もう、まにあわなかったのです」

悠子の話とくいちがったところがあった。

「悠子ちゃんの話では、三上さんは、のどがかわくのに水がのめなかったり、ひどく眩しがったりしたというのですが」

「いや、そんなことは奥さんからは聞きませんでしたよ。悠子ちゃんは、何か記憶ちがいしているのではないかな。まだ、子どもだったから」

「先生が死亡診断書を書かれたわけでうすか」

「いや。あなたも知っているように、死亡診断書は、診療中の患者が死亡した場合か、自分が臨終に立ちあったときでなくては書けんでしょう。私は、前からのつきあいもあることだから、固いことは言わんで診断書を出してもいいと思ったんだが、奥さんが、やはり病因をはっきりさせたいということで、大学病院で解剖したのですよ。特に病院は発見されず、まあ、急性の心臓死、世間では俗に、心臓麻痺でぽっくり逝ってしまったなどという、それしか診断のつけようがなかったですな」

「くどくどうかがうようですが、三上さんの奥さんは、ご主人の様子をたしかに、テレビを見ていて急に胸苦しくなり倒れたとだけ、言ったのですね」

「そうですよ」

「のどがかわいた、水がのめなかった、眩(まぶ)しがった、というようなことはいわなかったのですね」

「私は、聞きませんでしたね」

悠子の話では、父親は昼ごろから苦しみはじめ、夕方息をひきとったということだった。医者を呼ぶ時間の余裕は、十分にあったのだ。それなのに、内田医師が呼ばれたのは、すでに手おくれになってからだった。

かすかに芽ばえた疑惑が、伊倉の心の中で、急にひろがりはじめた。

「大学病院で解剖したとき、腎臓、肝臓などの化学検査はしたのでしょうか」

「いや、そこまではやらなかったそうですよ。毒死の疑いでもあれば別ですが、あの場合、そこまで厳密にやる必要はありませんでしたからね」

三上義徳の死は、アトロピン中毒によるものにちがいなかった。すべての症状が、それを示している。

しかし、アトロピン中毒は、解剖しただけでは、わからないのである。青酸カリや農薬などなら、胃の粘膜(ねんまく)がただれていたりするから、解剖すればすぐにわかる。

解剖にあたった医者が、三上義徳の症状を詳しく知っていれば、腎臓や肝臓などの臓器を化学検査して、毒物の有無を調べただろう。

内田医師にしても、義徳がのどのかわきや眩しさを訴えたことをきけば、単純に心不全の診断はくださなかったことだろう。

瞳孔の散大はアトロピン中毒の特徴の一つだが、死者はふつう、みな瞳孔は開いているから、死んでしまってからではわからないのである。

アトロピン中毒にちがいない。だが、悠子がサクランボに混ぜたたった一粒のハシリドコロによるものではない。誰かが、ひそかに、三上義徳にアトロピンを混ぜたのにちがいないのだ。

誰が……？　と考えたとき、伊倉は、慄然とした。悠子でないとすれば、義徳の妻、照子のほかには犯人はいない。

伊倉は想像した。

サクランボの皿に、照子は、見馴れぬ実が混じっているのをみつけた。サクランボに似てはいるが、大人の目はごまかされない。

照子は不審に思い、その実をとりのけておいた。あとで、植物図鑑や百科事典などで調べ、それが強い毒性を持つハシリドコロであることを知った。

ハシリドコロは、家の裏に自生している。実だけではなく、根も、強烈な毒を含んでいる。

照子は、ハシリドコロの主成分であるアトロピンが、中毒死しても臓器の化学検査を行わないかぎり発見されないことも、知ったのであろう。根を刻んで煮出した汁を食物に混ぜれば、容易に中毒死させることができる。

医者が遺体を診ても、急性心不全としか診断のつけようがない。

「三上家の人たちの血液型はわかりますか」

と、伊倉は内田医師に訊いた。「カルテがないのでは、むりでしょうか」

「いや、おぼえていますよ」内田医師は言ったが、「だが、これはちょっと……」と、言葉をにごした。

「悠子ちゃんが養女であるという事情は、知っているのです。札幌の、悠子さんの実母である三上小枝子さんから聞きました」

「そうですか、それなら」と、内田医師は、三上義徳はＡＢ型、照子はＡ型、悠子はＯ型だと告げた。

「ＡＢ型とＡ型の間にＯ型の子どもが生まれることはない。それで、私が疑問を持ったところ、義徳氏が、悠子ちゃんを養女にもらったということを話したのです。悠子ちゃんには絶対秘密にしてくれということでした。義徳氏は、悠子ちゃんを、それはかわいがっていましたからね」

「悠子ちゃんの亡くなった弟と、現在の養父、崇夫氏の血液型は何型なのでしょうか」

「それが、義徳氏の死後、三上さんのうちの人たちは、私のところへは全然来なくなったので、わからんのですよ」

内田医師は、ちょっとおもしろくなさそうな顔で言った。

「悠子ちゃんの弟が生まれたときは、たしか吉野という産婦人科に入院したようだから、そちらで問いあわせれば、わかるんじゃないでしょうか。崇夫氏のは、彼の会社の嘱託医に聞けばわかるでしょう」

しかし、何のために血液型を？　と、内田医師は好奇心を持った。

3

吉野産婦人科には、悠子の弟のカルテは保存してなかった。

三徳印刷の嘱託医は、

「専務の血液型を、何のために調べるのですか」

と、疑わしそうな顔をした。

「理由がわからなくては、私の口からむやみに他人に教えることはできませんね。専務に直接聞かれたらどうですか」

伊倉は、三上照子が前の夫義徳をアトロピンで殺害したという想定にたって、その真偽をつきとめようとしていた。

照子が犯人でなければ、どうして、手おくれになるまで義徳を放置し、しかも、内田医師に、テレビを見ていて急に倒れたなどと、心臓麻痺とまちがわれる嘘をついたのだ。おそらく、義徳が完全に息絶えるのを見届けてから、内田医師に電話をかけたのに違いない。

動機も推察がついた。三上照子は、ずっと以前から秋葉崇夫と関係があり、そのために、夫の義徳が邪魔になったのだ。

照子は、義徳を殺害し、崇夫を三徳印刷にひきいれる機会を狙っていたのだろう。

だが、義徳の死がアトロピン中毒によるということは、今となっては、もう立証することができなかった。砒素のような毒物なら、死後十数年たった白骨からでも検出することができるが、アトロピンは、遺体が火葬にされてしまえば、それまでである。

照子が義徳の遺体の解剖を申し出たのも、後になって、万一、毒殺などの疑いをかけられても、申し開きできるようにするためだ。

アトロピン中毒であったことを示すのは、今では、悠子の言葉だけだが、裁判で有効な証拠となる力は、悠子の証言は持っていない。

伊倉は、悠子の弟が、照子と崇夫の間にできたものではないかと疑った。

義徳と照子の子であれば、ＡＢ型、またはＡ型であるはずだ。もし、悠子の弟がそれ以外の型を持っていれば、照子の不貞がまず立証されるだろう。さらに、うまくいけば、崇夫の子であり得る証拠にもなるかもしれない。

しかし、そのようなことを嘱託医に話すのは、はばかられた。

伊倉の想像がもしまちがっていたら、とんでもない疑いを崇夫にかけることになる。

照子が犯人であることは、ほぼ、まちがいない。伊倉には確信があった。

しかし、証拠がない。

伊倉は、心が重かった。悠子を苦しみから救うためには、父親の死が彼女のせいではないことを、十分に明らかにしてやらなくてはならない。

だが、母親と信じている照子が、その犯人だということになったら、悠子のやわらかい心は、やはり傷つかずにはいないだろう。そうかといって、いいかげんなごまかしは、悠子に通用しそうもなかった。

「あなたは、義徳氏が社長だったころから、三徳印刷の嘱託をしておられたのですか」

伊倉は、話題を変えて嘱託医にたずねた。

「いいえ、私がここの嘱託になったのは、去年からです」

嘱託医は、そっけなく言った。

この医師の口からは、何も聞き出せそうもなかった。伊倉はあきらめて部屋を出た。

三上崇夫が愛渓園を訪れたのは、その翌日だった。

いそがしいと言って、これまで一度も伊倉に会おうともしなかったのが、松戸までやってきたのである。

応接室で、伊倉は崇夫に会った。

三上崇夫は、品のいい、おだやかそうな男だった。

「どうも、悠子のことではお世話をかけます。もっと早く見舞いに来たかったのですが、なにぶん貧乏会社でやりくりにいそがしかったものですから」

「いや、たいそう業績がいいと聞いていますが……」

三上崇夫は、とりとめない世間話を少ししてから、「私の血液型を調べていらっしゃるとかききましたが、どういうことなのでしょうか」と、さりげなくはさんだ。「私はO型なんですがね」

あの嘱託医が崇夫に告げたのだなと、伊倉は察した。血液型の問いあわせは、うまくいかなかったが、そのかわり、三上崇夫をつつき出す役にたった。伊倉がいろいろ訊きまわっているのを知って、三上崇夫は、おちついていられなくなったのではないか。

「ほう、O型ですか。そういえば、悠子さんもO型ですね。義徳氏はAB型、照子さんはA型なのに」

「お人が悪いな。悠子が養女だということは、ご存じだそうじゃないですか。あれが札幌の小枝子さんの娘だということは、お聞きになっているのでしょう。内田先生が言っておられましたよ。内田先生に、何かいろいろ私どものことでたずねられたそうで……」

「そうそう、悠子さんは養女でしたね。だから、O型でも問題ないとして、その弟さん、これもO型というのは、おかしいですね。弟さんの方は、義徳氏と照子夫人の実子なのでしょう」

　悠子の弟がO型というのは、あてずっぽうだった。崇夫の反応を見ようとしたのである。

　崇夫は一瞬、虚（きょ）をつかれたように、頬がこわばった。それから、うすら笑った。

「どこでそんなことをお聞きになったのですか。あの子は、A型でしたよ。何かのおまちがいではありませんか」

「そうですか。それでは、ぼくが聞き違えたのかな」

「悠子が、そんなことを言ったのですか。弟がO型だったなどと」崇夫は、さぐるように問いかけた。

「いえ、悠子さんから聞いたのではなかったと思いますよ」伊倉は、わざとあいまいに言った。

「悠子が何を言おうと、気になさらないでください。あの娘は、昔から虚言癖（きょげんへき）がありましてね。私どもも、まったく困らされました。あんなにぐれてしまったのは、私どもにも責任があるかもしれませんが、万引きはする、学校はさぼる、嘘はつく、おまけにあんな不良工員とつきあって、その自動車事故の身がわりを買ってでるなんて」

　崇夫は、いっそう、さりげない様子で、

「悠子がまた、変なことを先生に申し上げたそうですね。義徳さんの死の状況について」

「それも、内田先生から聞かれましたか」

「はあ、内田先生が照子に電話をかけてこられましたね、義徳さんは死ぬ前に、のどのかわきを訴えながら水がのめなかったり、ひどく眩しがったりしたという症状があったのかと。悠子がそんなことを言っているのだそうですね」

「どうだったのですか、実際のところ。照子さんは、何と言っておられます？」

「照子が、嘘をつく必要はないでしょう。テレビを見ていて、急に倒れた、と照子は言っている。そのとおりだったのだと思いますよ。照子には、悠子のような嘘言癖はありませんから」

悠子は何で、自分が父を死なせたというような嘘をつくものか。

「悠子はやはり、どこかおかしいのでしょうね。何とか妄想というのが、心の病気にあるそうですね」

「そういう診断は、私の専門の仕事ですよ」

「いやあ、そうでした。私としたことが、とんと、釈迦に説法で」

ついでといっては何ですが、悠子を見舞って行きたいのですが、と、崇夫は言った。

「ここはふつうの病院と違うので、面会は面会室で行い、病棟に外部の方はお通ししないことになっているのです。悠子さんはいま、躰が衰弱していて面会室に出てこられませんし、おそらく、鎮静剤で睡っている時間だと思いますが」

まあ、いいでしょう。特別に、中をご案内しましょう。伊倉は言った。危険ではないか、ちらっと、そう思った。

「病室は、廊下から見とおせるようになっているのですね」崇夫は、もの珍しそうに言った。廊下に面した窓ガラスは全部素通しで、ドアも腰までの高さしかない。

「患者さんといっても、ふつうの人と同じですね」

「そうですよ。特殊な目で見る方がまちがっている。ここに入院してくるのは、あまりにぎずぎずした、力づくの世の中に、うまく適応できない、やさしい人たちが多いのですよ」

悠子は、個室で睡っていた。いたいたしくやつれた顔を見ても、崇夫は、心を動かされた様子はなかった。

彼は、あたりを抜け目ない目で見まわし、部屋の模様を頭に叩きこんでいるようにみえた。隣室の壁がでっぱって、外に面した窓の一部が廊下から死角になっている。彼は、そこにも、素早い視線を走らせた。


悠子は、睡っていた。深夜だった。

遼一が、夢の中で、立っていた。

「遼ちゃん」悠子は、呼びかけた。

いつも心をしめつけている重苦しさが、ずっと軽くなっているのに悠子は気がついた。

遼一にひたすらすがりついてゆく、あの狂おしいほどの烈しい感情も、おだやかなものにかわっていた。

遼一は、哀しそうな微笑で悠子をみつめ、少しずつ遠のいて行く。

遼ちゃん。

けたたましい物音が、悠子を睡りの底からひきずり出した。

重い瞼を開くと、周囲のものが、ぐるぐる揺れ動いてみえた。まだ、鎮静剤の効果がぬけきっていなかった。

数人の人間が、一かたまりもつれあっていた。もつれ、騒ぎ、ののしりながら部屋を出て行こうとしている。

その中に、白い看護婦の服を着た女がいた。まわりの人間に、よってたかって押さえこまれ、顔はよく見えなかった。

ちらっと目をはしを掠めた顔が、悠子のよく知っている人物に似ているような気がした。

まさか。

悠子は打ち消した。夢のつづきを見ているように、頭がはっきりしなかった。

人々は、どやどや出て行き、悠子のベッドの脇に、伊倉医師が、いつもの頼もしいやさしい笑顔で立っていた。

悠子の手を、伊倉医師はしっかり握り、背後の光景を悠子の目からかくすように立った。

そのおかげで、看護婦が二人、窓ぎわに垂らした縄をとりはずしているところは、悠子には見えなかった。縄の先端が環になっていることも。

看護婦にまぎらわしい白い服を着てマスクで顔をかくした照子が、その縄を窓枠にとりつけたことも、悠子を抱きかかえて、その先端が環になった縄のところに運ぼうとしたことも、夢の中で遼一と会っていた悠子は、気づかなかった。

悠子にこれ以上よけいなことを喋らせまいと、照子たちが愚かしい行動に出たりしなければ、こちらには、何の証拠もなかったのだ、と、伊倉は、悠子にやさしい微笑みをむけながら、思った。

札幌の小枝子が、おそらく、悠子をひきとるだろう。

だが、傷だらけだった、こわれやすいもろい心を持つ悠子の、これから先の生き方は、楽ではないだろう。

何から何まで、ぼくが引き受けてあげることはできないんだよ。

悠子は、伊倉に応えるように、淡い微笑をみせ、睡りにおちていった。

扉を開いたからといって、射し込むのは、輝かしい陽光ばかりではない。

目ざめてから、悠子が知らされねばならないことどもを思い、伊倉の表情が翳った。

今、悠子は無心に睡り、その静かなときを乱すまいとするように、伊倉は悠子の手を握ったまま佇んでいた。

足音がひびいて、知らせを受けた刑事たちが病室にやってきた。伊倉は、唇に人さし指をあてた。

戦場の水たまり

他1篇

PART 4

ドー・チ・ヨンの母は、朝露にぬれた野菜をかごに市場にでかけたまま、夜になっても帰ってこなかった。翌朝、国道のわきの茂みのかげに倒れているのが発見された。

ひたいに黒い小さい穴があき、網の目のように顔をおおった血は、赤黒くかわいていた。

政府軍にＶＣ（ベトコン）とまちがえられたのか、解放軍のそれ弾（だま）に当たったのか、誰にもわからなかった。

かごの中には野菜はなく、そのかわり、ヨンと妹のサウのために母が市場で買ったらしい、新しいゴムぞうりが二足入っていた。

祖父と、ヨンの兄のチエンが、たんかに乗せて村に運んだ。

祖父は棺のかたわらに坐りこみ、肩を落として黙りこくっていたが、ヨンとチエンは、モミの脱穀の用意にかかった。ついひと月ほど前に、父の葬式をすませたばかりだった。それで、ふたりとも、葬式に必要なことは心得ていたのだ。

近所の小母さんたちが手伝いに集まってきた時には、ふるまいに必要な米の準備はできていた。

「これをみんな炊いてふるまってしまうと、今度の収穫までもたないな」

洗った米をてのひらにしゃくいながら、チエンは、声をひそめて弟にささやいた。

「とりいれまで、あとふたつきだ。なんとかもつだろう」ヨンは答えた。

「あらかた、奴らに持っていかれちまったものな、この前穫れた分は」

防空壕にかくしてあったモミ米は、ほとんど接収されてしまっていた。解放軍の手に渡さないためだという。

「十二月には、」ヨンは右手をのばし、外にひろがる青田を指さした。「あれがみんな、黄金色に熟れる。それまで食べつなげばいいんだ」

妹のサウは黙って米を炊いた。近所の人や親類が集まってくると、サウは、奥の部屋にかくれた。奥の部屋といっても、ニッパヤシの葉をあんだ壁で客間と仕切っただけ、あとは台所しかない小さな小屋である。

「サウ、でておいで。お母さんのそばにいてやらなくちゃいけないよ」

ハイ伯母さんに、すぐひっぱりだされた。

サウは、皆の視線をさけるように、壁の方をむいて、うつむいていた。

「いいよ、サウ」チエンの声は、まるで怒っているようにきこえた。「あっちへ行っていな」

サウは、すくわれたように、隣の部屋にかけこんだ。

「なにも、はずかしがることはないんだよ」

ハイ伯母さんは舌打ちした。

「でも、顔だからね。女の子が、かわいそうに」

年の若いシン小母さんが言った。

「手とか足ならまだよかったのに」

「なにも、あかの他人の前に出るんじゃあるまいし。あの子だって、なれなくちゃ」

ハイ伯母さんは言いはった。

それから、女の人たちは、声を揃えて死んだ母のために泣いた。

翌日、チエンとヨンは、近所の小父さんたちに手伝ってもらって墓地に穴を掘り、母の体をおさめた。

雨季が終わろうとしていた。掘りかえされた土はまだ黒くぬれていたが、そこここの水たまりに映る空は青く晴れあがり、白い雲が、水たまりの底をゆっくり流れていった。

いつまでも悲しみにひたっていることはできなかった。チエンとヨンは、朝早く、川に入って、市場に出すためのさかなを穫った。

「たまごは、いくつとれた?」

家に帰りつくなり、チエンはサウにたずねた。サウは首を振って、からっぽのざるをみせた。

「まったく、こう空襲だの爆撃だのつづいては、にわとりもたまごを生めやしない」

チエンは荒っぽい手つきでさかなをざるに並べ、「おまえが市場に行くんだ」とサウに命じた。

サウはおびえたようにしりごみした。

「いやだ、兄ちゃん」

「おれとヨンは田んぼの仕事がある。じいちゃんは年よりだ。母さんのかわりは、おまえがするほかはない」

「だって……兄ちゃん……」

サウの目から涙があふれだした。涙は頰のはんこんを伝って流れた。ひと月前の爆撃で父の生命を奪った同じ砲弾の破片が、サウの頰をえぐっていた。傷はすっかりなおったが、頰にひきつれを残した。

妹の涙を見てチエンは少しためらったが、「おまえのほかに、誰が行くんだ」と声を荒げた。「市場へ行かなくては、現金が手に入らないんだぞ」

「おれが行くよ」

ヨンは言った。

「だめだ。田んぼや畠(はたけ)の仕事は、おれひとりでは手がまわらない。サウでは役に立たない。ヨン、おまえは草取りだ。さあ、サウ、早く行ってこい。おそくなると売れないぞ」

サウは布を頭にかぶり、顔を半ばかくすように結んで、さかなを並べたざると野菜を入れたかごを持って、出て行った。

チエンとヨンは田に入った。豊かな雨の恵みを受けて、稲は豊作を約束するような青い穂をもうつけはじめていた。薬を空から撒かれて枯れてしまった田が多いというが、このあたりは、幸いまだその被害はうけていなかった。

ふたりは腰をかがめ、草をぬいては畦の方へほうった。

陽がかなり高くなっていた。

ふいに、激しい炸裂音！　ヨンは、とっさに頭を押さえてからだを伏せた。

「ばかだなあ」

泥まみれになったヨンを、チエンは突っ立ったまま笑った。

「あれは、ずっと先の方だ。二キロは離れていら。いちいちたまげておびえていたら、ちっとも仕事がはかどらないぞ」

だが、それからしばらくして再び起こった物音は、ふたりをとびあがらせるのに十分だった。思い連続した地ひびきが、腹にひびくようなすさまじさで近づいてくる。

「いけない！　逃げよう！」

チエンが叫んだ。

「だけど、あれは何だろう。砲撃の音とちがうみたいだ」

「なんでもいいから逃げろ。早く田からあがれ」

ふたりは転げるように田からはい上がり、走った。

地ひびきは、ますます激しくなる。やがて、音の主が正体をあらわした。

「戦車だ！」

ふたりは、ねらい射ちされないよう、地面に腹ばいになった。

八台の戦車が、田も畦もひとつに押しつぶして進んでくる。地面にうつぶしたふたりの眼の前で、青田はみるみるうちに、こねくりまわされた泥の原に変る。

　戦車は去った。

　ヨンは、泥の中に押しつぶされた稲穂をつまみあげた。

「畜生！」

　母が死んだ時にも流さなかった涙が、ヨンの眼からこぼれた。

　チエンは、もっと冷静に情勢を判断していた。

「大作戦が近いぞ」

　彼は言った。


　数日後、チエンは家族の前で宣言した。

「おれは家を出るよ」

「どうして？　兄さん」

「トゥアダックの村が政府軍に攻撃された時の話はきいているだろう。村が占領された時、村に残っている若い男は、ＶＣのスパイだろうってんで、証拠があろうがなかろうが、みんな銃殺された。おれはそんなめにあうのはごめんだよ」

「家を出てどうするつもり？」

「さあ、どうするかな」

「おれたちは？」

「おまえやサウは子供だし、じいちゃんはよぼよぼの年よりだ。殺されることはないだろう。だが、恐ろしかったら逃げろ」

「逃げろと言っても」祖父がのろのろ口をはさんだ。「行きどころがありゃせんよ。土地を離れて、どうやって暮らしていける？」

「じいちゃん、おれにはどうしようもないよ。いよいよとなったら、避難民の収容所に入るんだ。でも、おれは、まず、おれのやりたいようにやってみる。じいちゃんのめんどうをみなくてすまないが、おれを行かせてくれよな」

　戦争のおかげで田んぼが半分にへっちまったから、おまえひとりでもなんとかやっていけるだろう、と、チエンはヨンに冗談めかして言った。

翌朝眼がさめた時、チエンの姿はなかった。夜の間に、本当に家を出て行ったらしい。

簡単な朝食の後で、ヨンは何も言わなかったが、サウは自分から野菜かごを背負い、市場へでかけて行った。

ヨンはひとりで戦車にふみにじられた田んぼに入り、わだちに押しつぶされずにすんだ部分の草を取った。

これだけでも無事にみのってくれればいいが……ヨンは、祈るような気持で、わずかに残った青い穂を眺めた。

田んぼからの帰り道、ヨンは、ふと足をとめた。足もとの水たまりにうつる空が、あまりに美しかったからだ。

深さは十センチ足らず、直径も一メートルにみたない小さな水たまりの奥に、はてしなく広い青い空が広がっていた。

はだしの足を、ヨンはそっと水の中にひたした。足は水たまりの底にはつかなかった。

ひろびろと青い空をつっきり、ヨンのからだは、水たまりの中をどこまでもおりていった。

白い雲が、胸をよぎって流れた。いつのまにか、雲はヨンの頭の上にあり、取り逃がしたさかなのように、白い腹をみせて泳いでいた。

ヨンの坐っているのは、青いやわらかい草の上だった。かおりの高い花々が彼をとりまいていた。

花房のかげに、なにかがちらりと動いた。少女の姿だったようにヨンには思えた。彼は、かさなりあった小枝のしげみを、はなびらを傷つけぬよう、そっとかきわけた。そこには誰もいなかった。

背後に笑い声をきいた。ヨンはふりむいた。少女は、そこに立っていた。

その後、彼はいくたびかこの水たまりの底の国を訪れているのだが、少女がどんな顔立ちだったか、白い服を着ていたのかそれとも青い服だったのか、そんな簡単なことも、家に帰ると思い出せなくなってしまうのだ。ただ、高くてよくとおる笑い声だけは、はっきり印象に残った。

何と言ってあいさつしたのだったろうか。気がついてみると、ふたりは前からの親しい友だちのように話しあっていた。

「高い空の雲に反射した光がはねかえって……」

少女は説明していた。

「幾重にも重なった空気の層を通りぬけて、そうしてここに届いたのよ」

ヨンは、めんくらってまばたきした。

「それじゃ、きみは影なの？」

「そう、複雑な光の反射と屈折のいたずらで、こんな遠くにまで送りこまれてしまったしんきろうってわけ」

「きみが影だなんて、信じられない。それでは、この花も、あそこに見えるきれいな町なみも、手を組み合って歩いている若い人たちも、みんな影なの？」

「そうよ。水たまりの水が干上がってしまうまでの、ほんのひとときの間だけ、あたしたちは生きていられるの。だから、思いきり楽しく遊ぶのよ。見てごらんなさい。きれいでしょ。みんな楽しそうでしょ。みにくいものや不ゆかいなことは、ここにいることを許されないの。だって、あたしたちの世界のいのちは、あまりに短いんですもの」

「信じられないなあ」

「信じる信じないは、あなたの勝手。そんなしかめっつらをした人は、あたし嫌いよ。あたし、もう行くわ。あなたと話していても、ちっとも楽しくないんですもの。時間がもったいないわ」

「ああ、待って……」

ヨンは、走り去ろうとする少女をおずおずひきとめた。

「ここにいると、おれも、いやなことはみんな忘れてしまえそうな気がする。もう少しここにいてもいい？」

「それはちっともかまわないわ。気むずかしい顔さえしなければね」

少女は高い声で笑った。それと同時に、うす紅い花が一りん、ぽっかりひらいた。驚いているヨンに、少女は言った。

「知らなかったの？　花は笑い声の変ったものだってこと。ほら、まわりを見てごらんなさい」

小鳥のさえずりだと思っていたのは、あたりをゆききする若者たちの笑い声だった。そうして、月の光のひと雫が、月見草を一りんひらかせるように、ひとりが笑うたびに、はなびらが開くのだった。

「キッスは蝶に変るのよ。あのうす紫のシジミ蝶も、宝石をくだいてちりばめたようなルリアゲハも、みんな、あの人たちのキッスなの。うそだと思ったら、ためしてごらんなさい」

ヨンは耳たぶまで赤くなって、首を振った。

突然、空が真赤に染まった。雲も紅く燃え、紅い霧が、花にもヨンや少女にもふりかかった。

「どうしたんだろう？」

「きっと、地上で何か起こったの。早く帰ってみた方がいいわ」

「また来てもいいかい？」

「かまわないわよ。ただ、その時までにこの国が消えてしまわなければね」

「きみの国はなくなりゃしないよ。水たまりが干上がってしまわないように、おれが毎日かならず水を注いであげるから」

ふたたび、雲はヨンの足の下を流れ過ぎ、彼は水たまりの外に出た。

そこに、ヨンは見た。近所の小父さんが、水たまりに顔をつっこんで倒れているのを。小父さんのからだには、ボール弾の破片が無数にくいこみ、水たまりの水を染めていた。

ヨンの家は半分焼けくずれていた。

「サウ！　じいちゃん！」

呼びながら、ヨンは、まだ煙をあげている焼け落ちた家々の間を走りまわった。

たおれうごめいている村の人たちの中にも、サウの姿はなかった。

妹をほったらかしにして、自分だけ楽しんでいたから、罰が当たっちゃったんだ……そう思って、ヨンは自分を責めた。しかし、戦火をさけて逃げていた人たちが、砲撃がしずまったとみてぽつぽつ帰って来たその中に、サウも祖父もまじっていた。

「市場から帰りかけたら、途中で爆撃が始まって、帰って来れなくなっちゃったの」

サウはヨンにしがみつき、とぎれとぎれに説明した。

「政府軍が進駐してくるって。シン小母さんのところも、ハイ伯母さんのうちも、みんな当分避難しているって、どうしよう、兄ちゃん」

「わしは、村を離れはせんぞ」

祖父は、焼けこげた柱を、かぎのように曲がった指で叩いた。

「わしの代で、やっと田畑が手に入った。それまでは、ずっと小作だった。決して手離さんぞ」

防空壕にかくしておいたモミ米は真黒にこげてしまったし、にわとりも焼け死んだり逃げてしまったりで、食べるものといったら、正月（テト）がすぎたら植えつけようと貯蔵しておいたヤムイモぐらいなものだった。

これでは暮らしていかれないと村を離れる者もあったが、難民になるのはいやだと残る家族もいくつかあった。
二、三日かかって、ヨンは、くずれた壁を修理し、粗末な屋根を草で葺（ふ）いた。さいわい乾季に入っていた。一時しのぎの不細工な修理でも、なんとか住むことはできる。

それがすむと、爆撃をまぬがれた共同井戸から桶に水を汲みこみ、水たまりに運んだ。

「おかしなことをしているのね、兄ちゃん」

一刻もヨンのそばを離れようとしないで、ついて歩いているサウが不思議そうに言った。

「あした、すばらしい所に連れて行ってやるよ」


その約束どおり、次の日、ヨンは妹を水たまりの影の国に連れて行った。

「しばらくね」

少女が笑いながら手を振っていた。

あたりの美しい景色にみとれていたサウは、兄の背に顔をかくした。

サウがなみだぐんでいるのを見て、少女は顔をしかめた。

「泣いたりしてはだめ。せっかくの花が、みんなしおれてしまうわ」


「だって……だって、あんまりきれいだから」

「そうよ、ここは、ほんのひとときだけ存在する影の国。だから、みにくいものやふゆかいなことは、ここにいてはいけないの」

サウは、大きくひとつすすりあげて、あたしは帰る、と兄に小声で言った。

少女はふと気の毒になったらしい。

「こんな楽しい所に来て、どうして泣くの？」

とたずねた。

「だって……みにくいものは、いてはいけないんでしょう。あたし……あたし、きれいじゃないんだもの」

「あら、あんたきれいよ。かわいいわ」

サウのすすり泣きがとまった。

「だって……あたしは……」

サウの指が、ためらいがちに頬の傷痕をさした。その時、サウは気がついた。頬にふれると、いつも指先に感じるひきつれの痕が消えていた。

指にふれる頬はなめらかだった。

サウの驚いた顔を見て、少女はまた笑った。

サウは兄の手を握りしめた。

「兄ちゃん、ここはすてきだわ！　ここにいたら、戦争のいやなこと、みんな忘れてしまえそう」

「ほら、それよ、その言葉」

少女は、じれったそうに、とんとん足ぶみをした。

「え？」

「戦争なんてこと、ここでは口に出してはいけないの。心の中で考えるだけでもだめ。あなたが『戦争』なんて言ったおかげで、ごらんなさい、ライラックの花の色があせちゃったわ」

「兄ちゃん、あたし、毎日でもあそこへ行きたい」

焼け跡の我が家に帰ってから、サウは兄に言った。頬の傷痕は、地上に戻ると同時に再びはっきりあらわれていたが、たとえ、ほんの少しの間でも、なめらかな美しい頬をとり戻せる時間のあることは、サウにはこの上ない喜びだった。

「ああ、行こうね」ヨンは答えた。

村には、攻撃の後、政府軍が進駐してきていた。ヨンたちの村は、野戦の基地になった。

村の人たちは、兵士たちとなるべく交渉をもたないよう、無関心なふりをしていた。ヨンとサウは、人目のない時をみては、水たまりの影の国を訪れ、重苦しい毎日の暮らしを忘れ楽しい数時間を過した。

政府軍には、米兵の一隊も混っていた。その中の黒人兵のひとりが、サウをみて、顔のけがをかわいそうに思ったのか、かんづめなどをわけてくれるようになった。

「アメリカで、傷のあとをきれいにする手術ができるように、上の人に話してあげてもいいって言ったのよ」

サウは、驚きと喜びのいりまじった表情でヨンに報告した。

兵士たちは、時々、ゲリラ討伐に村を出て行った。手ぶらで帰ってくることもあったが、何人かの捕虜を連れ帰ることもあった。捕虜は例外なく銃殺になった。

夕方、討伐から帰って来た一隊を見て、サウは顔色を変えた。妹の叫び声をきくまでもなく、ヨンも気がついた。

後手にくくり上げられひきずられてくる捕虜のひとりは、チエンにまちがいなかった。その縄尻をとっているのは、サウをかわいがってくれる黒人兵であった。親しい友人の何人かを戦闘で失なっている黒人兵士は、憎しみをこめて、チエンの腰をけりあげた。

ヨンは、兄の方へ走り寄ろうとした。視線が合った時、チエンは、冷淡にそっぽをむいた。ヨンの足がとまった。解放軍ゲリラの身内とわかって、ヨンたちまでが厳しい罰を受けることがあってはいけないという兄の心づかいだと気がついたのは、しばらくたってからであった。兵士たちは、VCめ！　と口汚なくののしりながら、捕虜をひきたてていった。やがて、銃声がきこえた。

「兄ちゃん、あたし、もういやだ！」

サウは、ヨンの手を握って走り出した。走りながら、人目もかまわず声をあげて泣いていた。

水たまりのふちで、サウは立ち止まった。

「もう、あたし、帰って来たくない。ずっとあそこにいるわ。行こう兄ちゃん」

サウは、強く兄の手をひっぱった。水ぎわで、ヨンはふみこたえた。

「サウ、おれは行かないよ」

「どうして？　兄ちゃん。あそこに行けば、いやなこと、みんな忘れてしまえるじゃないの。何も考えなくていいのよ。戦争のことも、みんなが死んじゃったことも」

「おれは行かないよ」

ヨンは同じ言葉をくり返した。

「忘れてしまうわけにはいかないんだ。でも、サウ、おまえいわけにはいかないんだ。でも、サウ、おまえに行くなとは言わないよ。おまえは小さいし女の子だ。おまえのたったひとつの楽しみを取り上げるようなことはしないよ。お行き。あの世界が消えてしまわないように、おれが毎日水を足してやる」

「兄ちゃんが行かないんなら……」サウは、しばらくためらってから、小さい声で、「あたしも行かない」

「行っておいで。でも、しばらくあそこにいて元気がでたら、また戻っておいで。あそこはきれいで楽しいけれど、やっぱり影の国だよ。ほんとの世界じゃないんだ。それに、あの女の子。楽しそうに笑ってばかりいるけれど、あまり親切じゃないように、おれには思える。自分のことしか考えていない。人の苦しみになんか、わかろうともしないんだ」

「だって、しかたがないわ。あの人たちは、ほんとの人間じゃなんですもの」

すぐ帰ってくるわと言って、サウは水たまりの中に入っていった。

ヨンは、共同井戸で桶に水を汲み、水たまりに運んだ。

家に戻る途中、村の小父さんのひとりに呼びとめられた。小父さんは、小声で早口に耳うちした。

「今夜、解放軍がこの村に夜襲をかけてくるぞ」

ヨンは、ギクッと足をとめた。

「おれのむすこが解放軍に入っているんだ。チエンといっしょだったんだよ。チエンはかわいそうなことをしたな」

「連絡でもあったの?」

「そうだ。さっき、駐留軍にみつからないよう、こっそりとな」

「逃げなくちゃ！」

「待てよ」

小父さんの強い手がヨンをとめた。

「いま、村からみんながぞろぞろ逃げ出したら、夜襲の計画を連中に感づかれてしまう。おれは解放軍の味方というわけじゃないが、むすこを裏切ることはできない。不意をくらってあわてないよう、一応伝えはするが、逃げ出すのは困る」

ヨンは家に戻った。

「じいちゃん、今夜、解放軍の夜襲があるってよ。じいちゃんだけでも、どこかへ避難していろよ」

「サウは、どこへ行ったんだ」

「安全な所にいるよ」

はたして安全かどうか自信があるわけではなかったが、ヨンは、祖父を安心させるためそう答えた。


祖父は、近所まで行くようなふりをして、村を出て行った。ヨンはひとり家に残った。

陽が落ちると、電灯の設備のない村は、闇のカーテンで包みこまれる。ヨンは歯をくいしばり、恐ろしさにたえている。いっそ、夜襲の計画を知らなければよかったと思う。いつ始まるのかと思いながら、その時をじっと待っているのは、たまらなく恐ろしい。冷たい汗が背中をぬらす。ヨンは立ちあがり、手さぐりで表に出、防空壕の方へ行く。明るいうちから防空壕にもぐっていてはあやしまれるが、もう大丈夫だろう。真暗でも、方角の見当はつく。物音をたてて、ゲリラとまちがえられては大変だ。少しずつ、少しずつ、にじり寄りながら、攻撃が始まるまで家の中にじっとしていた方がよかったかなと後悔する。砲撃が始まってからなら、おおっぴらに壕の中にとびこめる。

あたりはひっそりとしずまりかえっている。

本当に夜襲があるんだろうか。ひょっとしたら誤報だったんじゃないだろうか。このまま何事も起こらず夜が明けてくれたら……その時、ヨンは、びくっと耳をそばたてた。かすかな太鼓のひびき——

太鼓の音は、たちまちすさまじい喚声と共に村を取り囲み、機関銃の音がはじけかえる。政府軍の迎え撃ちが始まった。曳光弾の光に、一瞬あたりが赤く輝く。ヨンは、防空壕にとびこんだ。そのすぐそばに、迫撃砲が炸裂した。

夜襲は、夜明けと共にやんだ。ゲリラのかくれ場所を求めて、ヘリコプターがとび立った。

くずれた防空壕のトタン板が動いた。ヨンがはい出してきた。

よろめきながら立ちあがり、ヨンは、水たまりへの道をたどった。

石くれや砲弾のかけらが、水たまりをほとんど埋めていた。ヨンは、ひどくゆっくりした手つきで、その邪魔物をひとつひとつ取りのぞいていった。すっかりとりのぞいたあとに、水はほんのひとすくいしか残っていなかった。ヨンは、共同井戸に行った。井戸はこわれてはいなかった。道にころがっている桶に水を汲みこんだ。かついで運ぶ力は残っていなかった。桶を地においたまま、ずるずるとひきずって、ヨンは歩いた。その道は、いつもの倍も長く感じられた。水たまりにたどりついた時、桶の水は半分にへっていた。水たまりのふちに桶をたおした。青い空が、水たまりの奥にひろがった。

空は、どこまでも、はてしなくつづいていた。ヨンは、水たまりのふちにひざをついた。のめりこむように、彼はたおれた。水たまりの中の空は、赤く染まっていった。

コンクリ虫

鉄筋コンクリートのビルの壁の中に、一匹のコンクリ虫が住んでいた。

コンクリ虫のメニュー

朝食　コンクリート。
昼食　コンクリート。
夕食　コンクリート。

こう、毎日毎日朝から晩までコンクリートでは、ぼくだって飽き飽きしてしまう。

コンクリ虫は不平を言った。

何かほかの食べ物を探そう。

とがった尻尾の先をスクリューのようにまわして、壁に穴をあけ、外をのぞいた。

穴のむこうに見えたのは、きたない小さな部屋だった。青白い蛍光灯がひとつ、ぽつんとともっていた。

古ぼけた机と長椅子。

机の上には、黒いインクが半分入ったインク罎と、ペンと、絵を描きかけた紙と、目覚まし時計。長椅子の肘掛けに、裸足の足が二本。

足はジーパンを穿いていて、ジーパンは汚れたアンダーシャツを着たおなかにつながっていて、

おなかは、大きくひろげた新聞紙につながっている。

新聞紙は、規則正しく上下に動いていた。

目覚まし時計がジリリと鳴った。

新聞紙が床に落ちて、くしゃくしゃ頭の若い顔があらわれた。

まだ眠そうに機嫌の悪い顔をしていた。

若い男は、むっつり立ち上がった。そのはずみに、かじりかけのパンが長椅子から床に落ちた。

サンダルをつっかけ、若い男は部屋をでていった。

目覚まし時計はまだ鳴っている。

コンクリ虫は、ぴょんと床に下りた。

長椅子の下にころがっているパンをちょっとかじって、フンと軽蔑(けいべつ)した顔になり、それから机によじのぼった。

こいつをちょっとためしてみよう。

コンクリ虫は、尻尾の先のインク壜の蓋(ふた)に巻きつけ、ひねった。

黒いインクを一口すすり、うっとりして、尻尾の先をぴりぴりふるわせた。

すっぱくて、しぶくて、こいつはいいや。

うるさく鳴っている目覚まし時計を尻尾の先でちょいと止め、満腹したコンクリ虫は、部屋の中を探索してみることにした。

床も壁も天井も、みんなコンクリート。

なんだ、つまんない。

ぺたぺたと足音がちかづいてきて、ドアがあいた。

コンクリ虫はあわててコンクリートの中にもぐろうと、すごい勢いで尻尾の先をぐるぐるまわし、床に穴をあけだした。

まにあわなかった。

若い男の指先が、コンクリ虫をつまみあげた。

「やあ、なんだ、このちっぽけなもの」

「ぼく、コンクリ虫」

あきらめて、コンクリ虫はあいさつした。

「コンクリ虫？　聞いたことないな、そんなの。あれ、こいつ、どこかで見たことがあるぞ。先のとがった尻尾。まっくろで、つやつやしたからだ。なんだ、そうか、おまえ、アクマじゃないか」

「アクマ?　ちがう。ぼく、コンクリ虫。コ・ン・ク・リ・虫ッ」

「アクマだよッ。へえ、こいつはすごいや。アクマを一匹つかまえたぞ」

「ちがうってば。頭が悪いな。コンクリ虫を知らないの?」

「待ってろ。いま、おまえがアクマだっていう証拠をみせてやるから」

　若い男は、コンクリ虫が逃げないように、尻尾の先に目覚まし時計をのせておさえ、出ていった。

　コンクリ虫は目覚まし時計を持ち上げて尻尾を抜き取ろうとしたけれど、とても重くてだめだった。

　男はじきにもどってきた。大きな厚い本と、小さい本を、一冊ずつ腕に抱えていた。

　まず、小さい本を机にひろげてみせ、

「これは、昆虫図鑑。見ろよ。どこにも、コンクリ虫なんてのってないぜ」

「そんなはずはない」

　コンクリ虫は、一ページ一ページ、ていねいにめくってみた。

「汚すなよ。会社の図書館からもってきたんだから」

　男は注意した。

　どのページにも、コンクリ虫の絵はなかった。

「何かの幼虫かもしれないよ、ひょっとしたら」

　コンクリ虫は言った。

「トンボの幼虫は、ヤゴだろ。カの幼虫は、ボウフラだろ。コンクリ虫は、カミキリ虫か、カナブンブンの幼虫かもしれない」

「おあいにくさま」

　若い男は、いじわるく笑った。

「この図鑑には、幼虫だって、さなぎだって、何だってのってるんだ。ところが、コンクリ虫なんてのは、ないんだなあ」

コンクリ虫は、もう一度、熱心に、ずらりとならんだ昆虫の絵を、一つ一つ、研究した。

おしまいまで見終わって、はじめからもう一度。

「あきらめなよ。何度見たって、おなじことだ」

ほとんど泣き出しそうなコンクリ虫を見て、若い男は少し気の毒そうに言った。

「これ、書いた人、間違ってるんだ」

コンクリ虫はがんばった。

「コンクリ虫を知らないんなんて、いんちきだ」

「いんちきとは何だ」

ちょっとやさしい顔になった男が、たちまち怖い声でどなった。

「昆虫のことなら、世界一くわしい人が書いたんだぞ」

男は昆虫図鑑を閉じて脇にどけると、こんどは、大きい厚い本をひろげた。

「こっちは何の本？」

「これは、世界大百科事典。世界中の物事が、なんでもかんでものっている」

「コンクリ虫も？」

コンクリ虫は、はかない望みを抱(いだ)いて、たずねた。世界中の物事がなんでもかんでものっている本にもコンクリ虫のことが書いてなかったら、もう、死にたくなっちゃうんじゃないか。

「コンクリ虫は、のってないよ」

男はあっさり答えた。

コンクリ虫は、しくんとすすり泣いた。

「そんなに落ち込むなよ」

「だって、ぼく、かなしいもの」

「これを見てごらん。この絵」

男が指さした絵を、コンクリ虫は横目でながめた。

まっくろなからだ。ぴんとはねあがった、長い尖(とが)った尻尾。

「何だ、嘘つき。コンクリ虫、のってるじゃないか」

コンクリ虫は喜んで飛び上がった。尻尾の先を男につかまれていたので、付け根がきゅっと痛かった。

その絵は、たしかに、コンクリ虫とそっくりだった。頭の両側に三角形の耳がつきだしたところだけ、コンクリ虫とちがっていた。

「おあいにくさま。コンクリ虫じゃない。これは、アクマの絵なんだぜ。ア・ク・マ。ほら、そう書いてあるだろう」

「ぼくはアクマじゃない。ぼく、こんないやらしい顔していないもの」

「アクマじゃいやだっていうんなら、おまえに似ているものっていったら、ほかにはゴキブリぐらいしかないぜ」

「ゴキブリは、ゴミ食べるんだ。コンクリートは食べない。それに、こんなりっぱな尻尾、持っていない。ぼくは、だんぜん、頭のいいコンクリ虫だ」

「へえ、おまえ、頭いいの?」

「そうさ。きみがガジパン食べながら、新聞読んでうたたねしちゃったってこと、見ないでもちゃんとわかったんだから」

長椅子の下に落ちている新聞紙と食べかけのパンに、男は目を投げた。

「そんなこと、どんなまぬけだって、一目でわかる」

コンクリ虫はしょげた。

「それにおまえ、舌もまわらないんだ。ガジパンだって」

「ガジガジひっからびてるから、ガジパンですよ、だ」

「こいつ」

若い男は、コンクリ虫の尻尾をつまみあげて、さかさにぶらさげた。

コンクリ虫はあばれて、指のあいだから抜け出した。

男の手のとどかないところで、ふりむいて、

「ぼくのことばっかり悪口言ってさ、きみはいったい、だれなのさ」

「なまいきなやつ！」

「名前ぐらい、言ったら」

「吉田（よしだ）」

といいながら、つまもうとするので、コンクリ虫は、すばやく、さっき出てきた壁の穴とびこんだ。穴は、たちまち、平らに埋（う）まった。

次の夜、

「また、今夜もあいつ、出てくるかな」

長椅子にひっくりかえって、男はつぶやいた。

吉田くんは、夜のあいだだけビルのガードマンにやとわれているアルバイトの学生だった。イラストレーター志望で、暇（ひま）をみては絵を描いている。

見回りをはじめる時刻に目覚まし時計のベルをあわせ、とろとろ居眠りをしだしたとき、ちょんちょんと額を尖ったものでつつかれた。

コンクリ虫の尻尾だった。

「うるさいなあ。眠いんだから、そっとしといてくれよ」

「ねえ、ねえ、ものごとは、はっきりさせよう」

コンクリ虫は言った。

「ぼくのこと、コンクリ虫ってみとめる？　みとめない？」

眠いところを起こされた吉田くんは、いらいらしてどなった。

「しつっこいやつ。まだねばってるのか。コンクリ虫なんて、世の中にいないんだ。いないものをみとめるわけにはいかないよッ。おまえは、ゴキブリだ。ゴキブリがいやなら、アクマだ。その、どっちかだ」

「よし。きみはコンクリ虫を侮辱（ぶじょく）したんだ。そん

なに言うなら、ぼく、ゴキブリはきらいだから、アクマの方になる。アクマっての、あれから、大百科事典で、よく調べたんだ。ぼくは徹底的に悪いことしちゃうぞ。覚悟しといてね」

「なんでも、やりたいようにやってくれ」

寝言まじりに、吉田くんは返事した。

ひと眠りして、ベルの音で目をさまし、ビルの見回りに出た。

部屋に戻ってくると、机の上は、インクだらけになっていた。

「おい、ゴキブリ、アクマ、チビ、出て来い」

吉田くんは壁を拳で叩いた。

床にキリキリキリッと穴があいて、コンクリ虫の黒い小さな頭がひょっこりのぞいた。

「卑怯だぞ。おまえ、ぼくのいないあいだにこんなことをするなんて」

「だって、ぼく、アクマだもん。悪いこと、何だって、やっちゃう。それとも、ぼくの悪口言ったの、あやまる?」

「留守のあいだにこそこそやるなんて、汚いぞ」

「汚くたって、いいですよ、だ」

しゃべりながら、吉田くんは少しずつそばに寄って、とくいそうに顔をつきだしているコンクリ虫を、二本の指できゅっとはさみ、穴からひきずりだした。

「さあ、つかまえた。このインク、おまえのしわざだろ。おまえがぜんぶ、しまつするんだぞ」

「あ、そんなの、わけないさ。だけど、つかまえられてちゃ、できないよ。手をはなしてよ」

「はなしたら、逃げるだろ」

「逃げるか、逃げないか、ためしてみたら?」

吉田くんは苦笑して手をはなした。

コンクリ虫は逃げなかった。机の上にこぼれているインクをチュッチュッと吸いとって、

「ああ、おいしかった。ごちそうさま」

尻尾の先をふるわせた。

おかしなものが好きなんだな、と、吉田くんはあきれた。

「机の上にしみが残っちゃったじゃないか。ぼくが会社の人に叱られるんだぞ」

コンクリ虫はちょっとすまなそうにもじもじしたが、

「だって、ぼく、アクマですからねッ」

キリキリキリッと壁に穴をあけ、とびこんで逃げた。穴はすぐ平らにふさがった。


こんどはどうやってあいつを困らせてやろうかな。

コンクリ虫は考えた。

長椅子の肘掛けに一列に穴をあけてやろう。あいつが足をのせたら、とたんに肘掛けがぶっこわれるよ。

キリキリキリと穴をあけた。ところが、あんまりはりきって、せっせと働きすぎたので、二十三個穴をあけたら、尻尾の先が腫れ上がった。べそをかきながら、吉田くんに冷やしてもらった。

その次の夜は、吉田くんが買ってきたインスタント・ラーメンをこっそり食べてしまうことにした。

いそいで全部食べたので、おなかがいたくなり、べそをかきながら、吉田くんに指でおなかをなでてもらった。

その次の夜は、机の上にあったノートを穴だらけにしてやった。

これは大成功だった。吉田くんはものすごく怒って、バッカヤローとどなった。


その次の夜。

吉田くんは、元気のない顔で、ビルにやってきた。

　部屋のドアをあけたとたんに、コンクリートの粉の目潰しが、吉田くんの頭にふりかかった。

　吉田くんは、粉だらけの頭をちょっと振っただけで、長椅子にねころんだ。

　コンクリ虫は、がっかりした。これだけの粉をつくるのには、一日がかりだったんだ。コンチクショーとか、バカヤローとか、何か一言ぐらい、あいさつしたっていいじゃないか。知らん顔なんて、あんまりだよ。ひどいよ。

　吉田くんは、あおむけにねころがって、しばらくぼんやり天井をながめていたが、やがて、バッグから薄い大きい本をとりだした。

　壁の穴からようすを見ていたコンクリ虫は、がまんできなくなって、這い出した。

「ねえ、ねえ、それ、何の本？　新しい昆虫図鑑？　新しい世界大百科事典？」

　コンクリ虫のってる？　と訊くのは、ひかえた。

「船の本」

　吉田くんは、ぶっきらぼうに答えた。

「昨日と今日と、二度、きみの負けだね」

　コンクリ虫が言うと、

「ああ、やられたよ、まいったよ」

　吉田くんの声は、元気がなかった。

「あの……、ご病気ですか」

　吉田くんのようすがいつもと違うので、コンクリ虫は少しかたくなって、訊いた。

「病気じゃないよ。うるさいな」

「負けたからって怒るの、男らしくないな」

　吉田くんは、もうコンクリ虫を相手にしないで、薄い大きい本をひろげた。

「うわァ！　へえ！」

　ページがめくられるたびに、コンクリ虫はいっしょうけんめい、感心したように声をあげた。

　そのページも古い昔の帆船の絵が描いてあっ

た。白い帆が風をうけて大きくふくらみ、青い波がうねっていた。

「いいだろ」

吉田くんがやっと話かけてきたので、コンクリ虫は、何度も何度もうなずいた。

ほんとうは、帆船の絵なんて、ちっともおもしろくなかったのだけれど。

「おい、この本に穴あけたりしたら、おまえのこと、ひねりつぶしちゃうぞ」

「それじゃ、この本は、タンマってこと?」

「え? ああ、そういう手があったな。タンマか。あのノートも、タンマってことにしておけばよかったな」

「あれ、大事だったの」

「まあね」

もう、いいよ、と、吉田くんは笑顔になった。

「敵の目の前に置きっぱなしにしたんだから、こっちの油断だな」

「仲直り、する?」

「いいや。ぼくは、だんじて、コンクリ虫なんてへんてこなもの、みとめない。さあ、見廻りに出る時間だ」

「ぼくもいっしょに行くよ」

吉田くんは立ち上がった。

その肩に、コンクリ虫は這いのぼった。吉田くんは、ちょっと首をすくめた。

暗いがらんとしたビルの階段を、吉田くんはのぼる。

「ねえ、ねえ」

コンクリ虫は話しかける。

「どうして、船が好きなの」

「どうして、って……。落ち込んだとき船の絵をみると、気分いいだろ」

「あのノートに穴をあけたんで、落ち込んでたの?」

コンクリ虫は、まだ気にしてたずねた。

屋上にまでのぼってきていた。

空はスモッグにおおわれていた。光の強い一等星だけが、二つ三つ、散らばっていた。

「あのおかげで、たいへんなことになっちゃったんだぞ」

吉田くんの怖い声に、コンクリ虫は縮みあがった。

吉田くんはすぐ、笑いだした。

「嘘だよ」

「何だ。おどかさないでよ」

嘘じゃなかったのだ。

あのノートは、テストが近いので友達から借りたもので、その友達は、吉田くんがとても大事におもっている女の子で、それなのに、ノートをめちゃめちゃにされてしまったので、

——何と言ってあやまろうかなあ……。

吉田くんは、それで、憂鬱になっていたのだ。

コンクリ虫が穴をあけたなんて言ったって、信じるかな。

「きみに、一度訊こうと思っていたんだけど」

吉田くんは話しかけた。

「何？」

「きみは、壁に穴をあけるだろう。でも、その穴は、すぐ平らにふさがっちゃうだろ。あれ、どうやるんだ」

「いやだなあ。ぼくは、上品なコンクリ虫だからね、そんな質問にはあまり答えたくないな」

コンクリ虫はもじもじした。

「別に、恥ずかしがること、ないじゃないか」

「だってさ、あれはさ、ぼく、コンクリートを食べるでしょう。食べるとさ、いらなくなったものは、出すでしょう。それで埋めるんだ」

「ややこしい言い方しなくたって、あっさり〈くそ〉って言えばいいじゃないか。あ、さっき、ぼくの頭にふりかけたやつ、あれは、まさか……」

「ち、ちがう。あれは、ぼくが、一日がかりで、せっせと壁を削（けず）って……」

「どうしたんだい、コンクリ虫。居心地が悪くなったのか」

「ううん。ちょっと背中が痒（かゆ）いんだ」

首筋でもぞもぞ動かれて、くすぐったくなった吉田くんは、コンクリ虫を手のひらにうつした。

コンクリ虫はさっきから、背中がぴりぴり突っぱるんで困っていた。

「きみ、いま、ぼくのこと、コンクリ虫って呼んだね」

「あれ、そうだった？　しまった」

背中がますますぴりぴりする。

からだが固くこわばってきた。そのくせ、なにかすばらしい力が、からだの中からわきだしたがっているようだ。

——どうしたんだ、ぼくのからだ……。

「コンクリ虫、どうして動かなくなっちゃったんだ。おい」

吉田くんが声をかける。

ふいに、からだじゅうが、自由になった。

コンクリ虫は、夜の大気の中を、飛んでいた。

——ってことは、つまり、わァ、すごいや！

すきとおった羽が生えていた。

羽が生えたかわり肢（あし）がなくなったことには気がつかないで、コンクリ虫は浮（う）き浮きと、夜の空を飛び回った。

——コンクリ虫って、やっぱり、何かの幼虫だったんだ。もう、コンクリ虫じゃないや。コンクリートの中に住んで、コンクリート食べてるんじゃないもの。

ぼくは、いままでは、何なんだろ。

大空を飛んでいるから、大空虫（おおぞらむし）かな。

それとも、星にむかって飛んでいるから、青い星虫（ほしむし）なんていうのかな。

下を見ると、吉田くんが、驚いた顔で、手すりにもたれて、見上げていた。

コンクリ虫は——青い星虫は——思った。

ぼく、ひょっとしたら、夜の海を突っ走る白い帆船みたいに見えるんじゃないかなあ。

夜の底は、とほうもなく深くて、吉田くんの目には小さい星虫はじきに見えなくなった。

「海と十字架」作者と作品について

大石真

作者と児童文学

皆川博子さんという未知の作者の名前をはじめて私が知ったのは、G社の第一回児童文学賞の応募作品の中でした。

そのとき、皆川さんの作品は、審査員のほとんど満場一致の推薦で第一席にきまりました。その作品は、「川人（かわと）」という百八十枚ほどの時代小説でしたが、奔放（ほんぽう）な空想力を駆使した、ふしぎな味わいのある作品で、ゆたかな興味性の中に、さまざまなむずかしい問題を問いかけていました。

富と幸福の問題、差別の問題、無抵抗主義は、はたしてどこまで可能か、など。

この受賞作品は、やがて、単行本として出版されるはずでしたので、私はその本が世に出ることを楽しみにしていました。おそらく、この作品の出現は、児童文学界に大きな反響をまきおこすにちがいない、と思えたのです。

ところが、この作品は、いろいろ事情があって世に出ませんでした。それを知って、私ががっかりしましたが、それ以上に、作者の皆川さんは、どんなに落胆したことだろうと思うと、気のどくでならなくなりました。

それから、一年ほどたって、〈童話教室〉という講座がひらかれました。講師のひとりとして、一日だけ、私がそこに出席すると、受講者の名簿の中に、皆川さんの名まえを見つけました。

この講座は、これから児童文学を勉強していこうとする人たちの、いわば勉強会のようなものでした。そのような会に、なぜ、あれほどの腕をもった皆川さんが出席するのだろう、と私はふしぎな気持ちがしました。

ところが、その日、都合があって皆川さんは欠席され、お会いすることはできませんでした。

私が、はじめて皆川さんとお目にかかったのは、去年の秋のことで、そのときも、やはり児童文学講座の受講者として、皆川さんは出席していたのです。

想像していた皆川さんと実際の皆川さんが、まるでちがっていたので、私はひどくとまどいました。

私は、皆川さんを、大柄な、なにか、男まさりのたくましい、といった感じの女性だとばかり思っていました。それは、私の読んだ最初の作品の印象が、ひどく強烈で、そこから勝手に作りあげた、私のイメージだったのです。

ところが、実際の皆川さんは、小柄で、ほっそりした、いたってもの静かな方でした。そして、なにか、ふしぎな雰囲気が、身辺にただよっていました。この人の頭の中には、物語がたくさんつまっていて、いま、カイコのように、その物語の糸を吐きだしたくて、苦しんでいるのではないだろうか――そんなことを私は考えたりしました。そして、実際、私の想像どおりに、そのときの皆川さんは、もうこの『海と十字架』を書きすすめていられたのかもしれません。

作者のおいたち

皆川さんは、一九三〇年、京城(ソウル)(いまの大韓民国の首都)の梨化洞(りかどう)に生まれました。お父さんは、京城大学の医学部の先生でした。生後三か月で、一家は東京にうつり、お父さんは、渋谷で開業しました。

皆川さんたち家族は世田谷に住み、やがて皆川さんは代沢(だいざわ)小学校に入学しましたが、この学校には柳内(やなうち)達雄先生がいらっしゃって、熱心に作文を指導なさっていたそうです。皆川さんは、直接、先生に教わりませんでしたが、小学生のころは作文が、たいへん好きだったそうです。

六年生のとき、太平洋戦争が始まり、その翌年、都立第三高等女学校(いまの駒場高校)に入学しました。四年生になる春、縁故疎開で宮城県の白石に疎開しましたが、本の好きな皆川さんは、そのころ、本がなくて、ほとほとこまったといいます。「包み紙の新聞紙でも、牛乳のふたでも、とにかく、印刷されているものは、なんでも目を通しました」と、そのころのことを話していました。

その夏、長い戦（いくさ）が終わり、皆川さんは、東京にもどってきました。さいわい、世田谷の自宅は焼けずに残っていました。

女学校を卒業すると、東京女子大学の英文科に入学しました。しかし、病気のために二年の夏に退学して、二十二歳で結婚しました。三年後にお嬢さんが生まれ、やがて、育児から手がはなれるようになると、皆川さんは、なにか、自分の胸の思いを書いてみたくてたまらなくなりました。

たまたま、そのころK社で、創作児童文学を募集しているのが目にとまりました。

歴史の好きな皆川さんは、隠れキリシタンに興味をもち、また、きびしい迫害や、拷問にも屈せず、教えを守りとおして死んでいった殉教者たちにひどく心をうたれました。そして、その殉教者たちのふしぎな心のありかたが、書いていくうちにわかるかもしれない、と思って、殉教者の物語を書いてみることにしました。

それまでの皆川さんは、本が好きで、いろいろ読んではいましたが、作品を書くのははじめてだったのです。

いろいろ苦心したあげく、二百五十枚ほどのものを書きあげると、さっそく、K社に送りました。この作品は佳作に入選し、本にはなりませんでしたが、皆川さんにとっては大きな励ましになりました。（『海と十字架』は、この作品が、土台になって生まれたものです。）

そして、勉強にもますます真剣味が加わり前にのべたG社の「川人」の入選、それから、劇も好きな皆川さんは、劇団新児童の創立三十周年記念脚本募集にも応募して、ここでもメルヘン仕立ての「風の王子とツンドラ魔女」が入選しました。

こう書いていくと、なんだか、皆川さんは懸賞にばかり応募しているように思えますが、それは、皆川さんの周囲に文学の仲間がまるでいなかったためです。

まもなく、皆川さんは、仲間を求めて「アララテ」という児童文学史の同人に加わり、また、前にのべたように、童話教室などに出席して、勉強するようになったのです。

この作品について

『海と十字架』は、こんなわけで、皆川さんが世に問う、最初の長編歴史小説です。歴史小説という以上、あくまで史実に忠実でなくてはなりませんが、皆川さんは、おどろくほど克明に、いまから三百五十年ほど前の日本を再現してみせてくれます。

そして、その時代を生きぬく二人の少年、伊太（いた）と弥吉（やきち）とマチアスを、くっきりと描（えが）き出し、それぞれの個性がそれぞれの運命をまねきよせるという、人生のふしぎな法則も、しっかりと見すえています。なかでも、作者がもっとも力を注いだのは宗教とはなにか、ということでしょう。伊太は、けわしい目で、マチアスに問いかけます。

「おまえらバテレンやイルマンが、キリシタンの教えば説くごとに、ふしあわせになるものがふえるんじゃ」

それにたいして、マチアスは答えます。

「そんなことはない。イエズスの教えは、人間をしあわせにするためにあるんだ」

むろん、そんな答えで、伊太が納得するはずはありません。それなのに、伊太が、せっかくの敵、黒市を殺せる寸前にありながら、そうできなかったのはなぜでしょうか。かぎりない愛の心の持主であるマチアスの影響が、しらずしらずのうちに、伊太にそうすることを妨げたのです。

しかし、そのマチアスも、数馬から、「あの世へいけば、すべて苦しみはつぐなわれると思って、なにも不平をいわない」キリシタンが、鉱山の役人にうまく利用されていると知らされて、「横っ面をひっぱたかれた」ような気持ちになるのです。そして、この作品の問いかけは、そのまま、まっすぐ読者の胸につきささり、わたしたちを、はげしくゆさぶらずにはおきません。

巧みな物語作り、迫力ある文体、深い人間への洞察、丹念な史実の調査など、さまざまな要素がからみあって、この傑作『海と十字架』はできあがりました。

この作品から、重い歴史の海鳴りを聞きとるのは、私だけではないでしょう。

「炎のように鳥のように」解説

岩崎京子

皆川博子さんのこと

昭和四十四、五年ごろ、「アララテ」という児童文学同人誌がありました。毎月かならず発行の、たいへん熱っぽいグループで、そのなかに皆川博子さんの名があり、その存在はかなり目立っていました。たとえば25号の「こだま」という作品は、秋の山にとりのこされた〈バカヤロ〉のこだまと、〈マヌケ〉しかいえないこだまのやりとりがほほえましく、あたたかく、いまだに忘れられません。28号所載の「ギターと若者」は、若者に抱かれて野山を旅するギターが、聴衆の喝采が忘れられず、劇場に残ります。しかしエレキギターの出現で捨てられ、ふたたび若者に会ったときには、さびついてうたえなくなっていたという物語でした。イソップ風教訓と聞こえそうですが、それはわたしの紹介が悪いからで、語り口や扱いでギターのたどる人生（?）がよく表現されていました。

その皆川さんにお会いしたのもそのころで、楚々として控えめで、しずかな微笑がとてもチャーミングでした。ただ胸もとの金色のバラ（バラがお好きだそうです）のブローチが妖しく光り、なにかを語りかけてくるのですが、それがなんなのか、わたしにはわかりませんでした。

そしてその直後、昭和四十七年、最初の長編『海と十字架』が偕成社から出版されました。時は慶長のころ、キリシタン弾圧時代、三人の少年の波瀾万丈の物語です。舞台は長崎からマカオ、ふたたび日本にもどって、津軽にいき、銀山の坑道に到るというスケールの大きな設定で、物語のおもしろさといい、人間の複雑なからみ、個性の確かな描出といい、じつに堂々としていて、ただ、ただびっくりしました。もちろん「こだま」にも「ギターと若者」にも文章力、表現力は感じられたのですが、小品といっていいみじかいものでした。皆川さんのどこにこんな力がかくされていたのでしょうか。

ところが皆川さんはその後しばらく、児童文学からはなれ、おとなのものを書くようになりました。昭和四十八年〈小説現代新人賞〉を受けた『アルカディアの夏』、直木賞候補になった『トマト・ゲーム』。そのほかにも、『ライダーは闇に消えた』『水底の祭り』などなど……。まるで水を得た魚のような活躍ぶりは、目を見はるものがありました。

「人間は表ばかりでなく、裏もある。そのかげの部分に興味があるけれど、児童文学の範疇では処理できないもので……」という意味のことを、皆川さんはいわれたことがありました。わたしはふと、妖しげに光る金色のバラは、繊細で、傷つきやすく、残酷で、いくぶんの魔性と狂気など、少年の裏側の弁護の象徴だったんだなと、思いました。

昭和五十一年に出た『夏至祭の果て』は、『海と十字架』と時代も同じ、舞台設定も似ておりました。登場人物は内藤市之助という宗教に疑問をもつ神学生と、純粋に信仰に生きるアンドレという、これまた『海と十字架』の伊太やマチアスに似かようものがありました。つまり皆川さんは『海と十字架』ではいえなかったところを、ぞんぶんに追求し、こころゆくまで語っています。これも直木賞候補になりました。

わたしはつい先年、長崎、長崎……と、まるで蘭学にあこがれる幕末の医学生のように長崎がよいをしたことがありました。ある日、長崎の友人が大村の郷土史の先生のところへつれていってくれました。その先生が、「こういう人がきました」と出されたのが、『夏至祭の果て』で、皆川さんの取材ぶり、その作品化のみごとさをくりかえしいわれました。わたしは得意になって思わず叫びました。

「その方、知ってます」

皆川さんのおとな向けの作品には、二つのタイプがあります。ひとつは現代風ミステリーで、もうひとつは時代ものです。

たとえば『花の旅、夜の旅』（昭和五十四年）は、文壇へのデビュー作『アルカディアの夏』の延長のミステリーサスペンスでした。皆川さんは一般の読者が、物語のすじ運びのおもしろさ、徹底したエンターテイメントを要求すると、とまどっておられましたが、なかなかどうしてその要求にも応え、そのうえ自分のペース、人間の心の奥（これこそミステリアスです）がちゃんと書きこまれていました。おもしろかったのは、この作品には皆川博子の名が出てきます。主人公、鏡直弘は時代ものを書く作家ですが、現代ものを書くとき、皆川博子のペンネームを使うという趣向です。鏡直弘をローマ字にし、それを組かえると（アナグラム）、皆川博子になります。これはただの遊びなのか、愉快でした。

わたしの本棚の、ちょうど目の高さに皆川博子コーナーがありますが、半分近く時代ものです。同じ時代ものでも『海と十字架』の系列とはいえませんが、どれも全力投球のシビアなもので、作者はここで思うぞんぶん自分の真情を、つまり書きたいものを書きこんでいます。『壁——旅芝居殺人事件』（昭和五十八年）で第三十八回日本推理作家協会賞を、『恋紅』（昭和六十一年）で、ついに第九十五回直木賞を受賞して、頂点をきわめたわけですが、その後も筆力はますます冴え、『会津恋い鷹』（昭和六十一年）、『花闇』（昭和六十二年）、『二人阿国』（昭和六十三年）、『乱世玉響』（平成三年）、『妖櫻記』（平成五年）、と続きます。絢爛たる魔性の妖気、鬼気せまる闇に、わたしどもはぞんぶんに酔わされます。

わたしは短絡的に現代もの、時代ものと分けてしまいましたが、皆川さんはそんな枠は迷惑かもしれません。

「シュールというか、幻想的というか、日常からすこし足が浮いたものも書きたい」

これは直木賞受賞の記者会見のあいさつですが、すでに『変相能楽集』（昭和六十三年）、『薔薇忌』（平成二年、第三回柴田錬三郎賞）その他の幻想的なものもあります。

この作品について

天智天皇の弟、大海人皇子（のちの天武天皇）と、天智天皇の長子、大友皇子の皇位継承をめぐっての争いは、六七二年、壬申（みずのえさる）の年におこったので、壬申の乱といって、古代史中最大の内乱とされています。

天智天皇と天武天皇は、額田王という美しい才女をとりあったり、ことごとに対立したようにいわれていますが、天智天皇の参謀、藤原鎌足の生きていたあいだは、鎌足がうまくとりなして、あまり表面には出ませんでした。この物語はその後のことです。天智天皇が晩年、大海人皇子をさしおいて、自分の子に皇位を継がせようとしたことに端を発しています。そのため、じゃまな弟を暗殺しようとしたこともあり、大海人皇子はそれをさけて、吉野へのがれました。廷臣たちも二派にわかれ、だましたり、はかられたり、誤解したり、曲解したり……。それがいかに人の心を害い、むしばんでいくか、そしてそれが思わぬ悲劇に発展したかは、この作品にもよく出ています。

時の人たちの同情は大海人皇子に集まり、伊勢、伊賀、美濃の人たちもその陣営に加わって、大きな軍団になりました。このへんの描写は、古今の英雄叙事詩の戦闘場面の一大スペクタクルを読む思いがします。茜で染めた布をつけた兵士たちが野山を進軍するようすは、野火が燃えひろがっていく燎原の火のイメージがあります。

戦というもののむなしさ、かりたてられ、わけもわからずたたかわされるやりきれなさ、戦具を持たぬ人びとの背に矢を射る非情さ、ことに雨にぬれた兵士が暖をとるため民家に火をつける条のすさまじさを、作者は小鹿という少年の目をとおして書いています。

この小鹿は貧しい、卑しい身分ながら、人間としての誇り高さはさわやかで、なかなか魅力的です。皆川文学にかならず出てくるひとつの典型でもあるようです。たとえば『海と十字架』の伊太少年とか『夏至祭の果て』の市之助のように……。

この作品の体裁は、小鹿と交互に物語ることになっている、いまひとりの主人公がいます。大海人皇子の子、草壁皇子で、内乱のときには十歳でした。史書では病弱とかたづけられているところを、皆川さんはこの少年にライトをあて、ゆれ動く心のひだを追っています。育ちのよいこの貴公子は、かけひきも知らず、他人のおもわくも見ぬけません。読者は同情しながらも、ときにははがゆく思うのではないでしょうか。

皆川さんは、このふたりをとりまく人びとの描写も忘れていません。ことに女性たちがみごとです。

たとえば草壁皇子の母ですが、天智天皇の皇女で、十七歳も年齢のちがう叔父の大海人皇子にとついできました。若い幼妻は、はじめひたすら貞淑に夫に仕えていましたが、大海人皇子が皇位につくや、がらっと変身、男まさりで気丈で、権高の本性をあらわしていきます。草壁皇子も、この母にはへきえきしているようすが、文中にもたびたび出ております。我が子かわいさというよりも、自分の手に権勢を握っていたい一心で、じゃまものの大津皇子をさっさと殺してしまいます。大津皇子はなかなか才人で、詩文はよくでき、勇武でもありました。たよりない草壁皇子にくらべて、人柄が明るく人気があったから、草壁皇子の母としてはさぞやきもきしたと思います。

「母は、平然と苛酷になれるのではないか……そうして、じぶんが苛酷であるとは思いもしないのではないか……」（本文二七〇ページ）

権勢をもった女性の像がみごとに活写されているではありませんか。

その草壁皇子が思いがけず、早死にしてしまうと、自分が帝位についてしまいます。この女性こそ、〈百人一首〉の、「春過ぎて夏来にけらし白妙の衣ほすてふ天の香具山」の作者、持統天皇です。

大津皇子の姉、大伯皇女もイメージがあります。気性のはげしい、純粋で潔癖な少女期特有のことばづかいとか、その大伯皇女が弟の未来について不安な予感があったのか、草壁皇子に「頼む、頼む」というあたりもリアリティがありました。

小鹿の妻になった玉女も、かわいくういういしかったのに、結婚するとがらっと図太くなる出しかたもみごとです。

〈壬申の乱〉のいりくんだ複雑な血族関係や葛藤は、古代史の本を読むときも、系図の表を片手にいちいちたしかめてからでないと、理解できませんでしたが、この作品は、読者も六七〇年代の近江や飛鳥にいて、進軍したり、新宮の造営をしているような臨場感があり、物語づくりのおもしろさで、ぐっとわたしたちの興味をそそり、古代史のなぞも、ひとつ解明された思いがします。

後記

幼い頃より物語に溺(おぼ)れてきましたが、その中から好きな書を十冊選べと言われたら、まず、『万葉集』をあげます。さらにドストエフスキー『白痴』、ブルーノ・シュルツ『肉桂色の店』……と続きます。

『万葉集』は物語ではありませんが、波瀾(はらん)に充ちた史実を含んでいます。ことに、大津皇子の悲劇は、有馬皇子の悲劇と並んで、読むものの心に食い入ります。後世の者が古(いにしえ)をしのび、かくもあらんかと察して創ったのではない、当事者が、その折々に詠じた生々しい歌たちです。万葉集に幾つかの歌が含まれている大津皇子は、折口信夫が『死者の書』をあらわすなど、よく知られていますが、その異母弟・草壁皇子について語られることは、ほとんどありません。デビュー作である『海と十字架』の後、引き続いて児童書を書くよう編集の方に言われていたのですが、大人向けの作品を書くのに追われ、なかなか手をつけられないでいました。お約束を果たせるようになった時、題材に選んだのが〈草壁皇子〉でした。誰の目にも悲劇の英雄として映る大津皇子に比し、草壁皇子は、凡庸、病弱と誹られ影が薄いのです。しかし、強者には見えないものが弱い者には見えるのではないか。そう思ってこの一編を書き下ろしました。

今読み返すと、資料の読み込みなどが十分ではなかったかもしれないと思います。新羅、百済などとの関係にまで目が行き届いていませんでした。

それでも、作者としてはいとおしい一編です。掬い上げてくださった日下三蔵さん、ありがとうございます。

皆川博子

編者解説

日下三蔵

〈皆川博子コレクション〉第五巻の本書には、児童書として刊行された『海と十字架』『炎のように鳥のように』の二長篇に加えて、単行本未収録のジュニア向けミステリと童話の計四篇を収めた。烏有書林から〈シリーズ日本語の醍醐味〉の第四巻として刊行された『ペガサスの挽歌』（12年10月）と併せて読んでいただければ、この分野における皆川博子の業績が一望できるようになっている。

第一部の長篇『海と十字架』は、一九七二年十月に偕成社から〈少年少女／創作文学〉の一冊として刊行された。著者の最初の単行本であり、デビュー作ということになる。八三年十月には四六判ソフトカバーの偕成社文庫に収められ、二〇〇二年一月には白泉社〈皆川博子作品精華〉の時代小説篇『伝奇』にも収録された。偕成社版のカバー装画と挿画はいずれも田代三善で、偕成社文庫版にも同じ絵が使用されている。

この作品の原型は、六四年の第五回講談社児童文学新人賞で佳作となった『やさしい戦士』という長篇である。この時の受賞作は、赤座憲久『大杉の地蔵』と福永令三『クレヨン王国の十二カ月』であった。
七〇年には第二回学研児童文学賞に『川人』が入選、後述するように児童文学同人誌の「アララテ」にも寄稿している。七一年には劇団新児童の児童劇募集に二本のシナリオを送ったところ、『風の王子とツンドラ魔女』が採用され、翌年一月に新宿の朝日生命ホールで実際に上演もされた。このとき採用されなかった方の作品は、今年（二〇一三年）にポプラ社から刊行された書下し長篇『少年十字軍』の原型になったという。著者は九一年にも劇団新児童に児童劇『妖精パックの冒険』を提供しており、この分野への情熱はまったく衰えていないことが分かる。
入選作の『川人』は単行本化が予定されていたものの、事情があって刊行が見送られてしまった。「指の間に膜がある一族という設定が、差別問題に抵触するとチェックが入り、お蔵入りになりました」とのこと。（「ジャーロ　47号」13年春号掲載のインタビューより）
その後、偕成社の編集長に『やさしい戦士』を見せたところ、改稿のうえで本にすることが決まり、『海と十字架』として刊行されたのである。初刊本ではカラー口絵と目次の間に「はしがき」として以下の文が掲載されていた。

世のなかがかわると、掟もかわります。

ある時代には正しかったことが、ある時代はあやまりとなり、ある国ではゆるされることが、ある国では罰を受けます。でも、どこの国でも、どんな時代でも、けっしてかわることのないものが、ひとつくらいはありそうな気がします。

ただ『海の十字架』という作品についてだけではなく、皆川時代小説全般に通底するテーマが、早くもここに現れているのが興味深い。

同書には児童文学家の大石真氏による貴重な解説「作者と作品について」が付されているので、本書にも巻末資料として再録させていただいた。この解説は若干の加筆修正のうえ、偕成社文庫版にも再録されている。大きな加筆としては第二節「作者のおいたち」が「作者について」と変更され、末尾に以下の文が加えられている。

そして、昭和四十七年『海と十字架』を発表、以後しばらく児童文学から遠ざかって小説に専念、『アルカディアの夏』（小説現代新人賞）、『トマト・ゲーム』『夏至祭の果て』（ともに直木賞候補）などの秀作を発表しましたが、昨年、壬申の乱をえがいた『炎のように鳥のように』（偕成社刊）で、ふたたび児童文学界に登場したのは、なんともうれしいことです。

第二部の長篇『炎のように鳥のように』は、一九八二年五月に偕成社から〈偕成社の創作文学〉の一冊として刊行され、九三年八月には偕成社文庫に収められた。偕成社版のカバー装画と挿画はいずれも建石修志で、偕成社文庫版にも同じ絵が使用されている。

同書の岩崎京子氏による解説「作者と作品について」は、本書にも巻末資料として再録させていただいた。この解説は加筆のうえ、「解説」として偕成社文庫版にも再録されているので、本書ではそちらを収めた。第一節「皆川博子さんのこと」は初刊本では岩崎さんの台詞「その方、知ってます。」までであったが、偕成社文庫版ではご覧のように著者の一般向け作品についての情報が大幅に加筆されている。

先日、論創社で〈仁木悦子少年小説コレクション〉を編んだ際に、大井三重子名義の童話集『水曜日のクルト』に寄せられた杉みき子氏による解説を確認したところ、版が変わる際に細かい加筆修正が施されているのを見て驚いた覚えがある。大石、岩崎の両氏もそうだが、再刊にあたって旧(ふる)い文章にきちんと手を入れる誠実さからは、児童文学に携わる方々の作者と作品に対する深い愛情が感じられる。

第三部の二篇は、学年誌に連載された少年向けのミステリ。いずれも単行本化されるのは今回が初めてである。各篇の初出は以下のとおり。

シュプールは死を招く「高二コース」72年12月号〜73年2月号
暗い扉「中三時代」73年4〜6月号

本コレクション第一巻に収めたミステリ長篇『ライダーは闇に消えた』や初期の代表作「トマト・ゲーム」などのように、この時期の皆川博子には青春時代の若者を主人公にした作品が多い。児童文学出身ということもあるのだろうが、著者の思い描く「狂気の世界」を探求するに際して、感受性の鋭い若者は欠かせない存在だったと思われる。七二年の第十八回江戸川乱歩賞で最終候補に残って高く評価された『ジャン・シーズの冒険』も、やはり若者を主人公にした青春ミステリであった。

学研の「〇〇コース」、旺文社の「〇〇時代」などのいわゆる学年誌には多くの推理小説が掲載されており、ミステリ志向のあったデビュー間もない著者にとっては、うってつけの作品発表舞台だったといえるだろう。

「シュプールは死を招く」の第一回掲載ページにある「筆者紹介」には、以下のように書かれていた。

みながわひろこ　東京女子大英文科中退。アマチュア作家から、第2回学研児童文学賞に入賞して注目された。さらに本年、小説現代九月号に発表した「ジャン・シーズの冒険」で、乱歩賞の候補になるなど今後の活躍が期待されている。

江戸川乱歩賞は長篇公募の賞であるから「小説現代」に発表はされていない。やや混乱があったようだが、これはこの号で候補作が発表されたことを指したものであろう。

第四部の二篇は初期の童話で、いずれもこれまで著者の単行本に収められたことのない作品である。各篇の初出は以下のとおり。

戦場の水たまり　「アララテ　19号」70年6月号
コンクリ虫　『新潮現代童話館2』新潮文庫（92年1月）

皆川博子は『海と十字架』でデビューする以前の七〇年から七一年にかけて、児童文学アララテ集団の発行する同人誌「アララテ」に五本の作品を発表している。そのうち四篇は鳥有書林の初期短篇集『ペガサスの挽歌』に収録されたが、本篇だけは「ベトコンとか、あまりにあの時代にべったりなので、はずさせていただきました」（同書「解説」より）との理由で割愛されてしまった。

単発の単行本である『ペガサスの挽歌』ならば、時代色の強い作品の収録を見送るという措置もやむを得ないかもしれないが、この〈皆川博子コレクション〉は最初から著者の愛読者を対象とした選集である。発表時期を明記すれば問題ないと思われるので、改めて皆川さんにお願いして収録させていただくことにした。ただし「烏有書林の諒承を得ること」という条件付である。A社では収録を断ったのにB社の単行本に入れるというのではA社への仁義を欠くから、これはもっともな条件である。

幸い烏有書林の上田宙氏と『ペガサスの挽歌』の編者である七北数人氏に事情を説明してお願いしたところ、お二人とも異口同音に「あの秀作を収録できなかったのは心残りだったので、そちらの本に入るのはうれしい」といってくださり、こうして収録が実現した。出版社同士のなわばり意識など微塵もなく、純粋に作者と作品に惚れ込んで収録を快諾してくださったお二人には深く感謝したい。

「コンクリ虫」は「アララテ」七〇年七月号に発表され、今江祥智と灰谷健次郎の共編によるアンソロジー『新潮現代童話館2』に収められる際に大幅に改稿された。烏有書林『ペガサスの挽歌』には初出オリジナル版が収められているので、本書では新潮文庫の改稿版を収録した。ぜひ両者を読み比べてみていただきたい。

新潮文庫版の扉裏の著者紹介では、略歴に続いて「デビュー作からいきなり巧者で、以降ミステリーでも時代ものでも、花開く少女を描かせても英泉のような深味のある絵師を描かせても抜群の腕をもつ変化球の投げ手。いつかどっきりとするような少女小説もぜひ書いてほしい（I）」とある。署名からみて今江祥智氏の書かれたものであろう。

全五巻にわたってお届けしてきた〈皆川博子コレクション〉だが、幸いにしてご好評をいただいたため、第二期五巻を刊行できる運びになった。現在、来年二〇一四年のスタートを目指して編集作業に取り掛かっているところである。引き続いてのご愛読をお願いする次第であります。

［著者紹介］

皆川博子

（みながわ・ひろこ）

1930年、京城生まれ。東京女子大学外国語科中退。72年、児童向け長篇『海と十字架』でデビュー。73年6月「アルカディアの夏」により第20回小説現代新人賞を受賞後は、ミステリー、幻想、時代小説など幅広いジャンルで活躍中。『壁――旅芝居殺人事件』で第38回日本推理作家協会協会賞（85年）、「恋紅」で第95回直木賞（86年）、「薔薇忌」で第3回柴田錬三郎賞（90年）、「死の泉」で第32回吉川英治文学賞（98年）、「開かせていただき光栄です」で第12回本格ミステリ大賞（2012年）、第16回日本ミステリー文学大賞を受賞（2013年）。異色の恐怖犯罪小説を集めた傑作集「悦楽園」（出版芸術社）や70年代の単行本未収録作を収録した「ペガサスの挽歌」（烏有書林）などの作品集も刊行されている。

［編者紹介］

日下三蔵

（くさか・さんぞう）

1968年、神奈川県生まれ。出版芸術社勤務を経て、SF・ミステリ評論家、フリー編集者として活動。架空の全集を作るというコンセプトのブックガイド『日本SF全集・総解説』（早川書房）の姉妹企画として、アンソロジー『日本SF全集』（出版芸術社）を編纂する。編著『天城一の密室犯罪学教程』（日本評論社）は第5回本格ミステリ大賞（評論・研究部門）を受賞。その他の著書に『ミステリ交差点』（本の雑誌社）、編著に《中村雅楽探偵全集》（創元推理文庫）など多数。

◉おことわり◉本書には、今日の人権意識に照らしてふさわしくないと思われる語句や表現が使用されております。しかし、作品が発表された時代背景とその作品的価値を考慮し、当時の表現のままで収録いたしました。その点をご理解いただけますよう、お願い申し上げます。（編集部）

皆川博子コレクション

5 海と十字架

2013年11月15日　初版発行

著　者　皆川博子

編　者　日下三蔵

発行者　原田　裕

発行所　株式会社 出版芸術社
〒112-0013 東京都文京区音羽1-17-14 YKビル
電　話　03-3947-6077
ＦＡＸ　03-3947-6078
振　替　00170-4-546917
http://www.spng.jp

印刷所　近代美術株式会社
製本所　株式会社若林製本工場

ISBN 978-4-88293-444-8 C0093

Minagawa Hiroko
COLLECTION

皆川博子コレクション
5
海と十字架

日下三蔵 編

出版芸術社